人民艺术家·王蒙
创作70年全稿

讲谈编

演讲录
（二）

王蒙和顾彬

目　录

小说／文学(下)

文学与社会的互动 …………………………………（ 3 ）
文学与我们 …………………………………………（ 25 ）
我们的精神家园 ……………………………………（ 38 ）
可能性与小说的追求 ………………………………（ 45 ）
汉语写作与当代文学 ………………………………（ 61 ）
汉语的功能和陷阱 …………………………………（ 73 ）
文学与人 ……………………………………………（ 84 ）
文学的期待 …………………………………………（107）
文学的挑战与和解 …………………………………（124）
我看儿童文学 ………………………………………（139）
想象与文学 …………………………………………（145）
文学与生活 …………………………………………（165）
政治家的文学与文学家的政治 ……………………（179）
文学的说法 …………………………………………（187）
小说漫谈 ……………………………………………（207）
小说的可能性 ………………………………………（215）
文艺与异端 …………………………………………（236）
文学十讲 ……………………………………………（255）

文学的启迪 …………………………………………………（312）
在纪念萧平创作五十周年报告会上的讲话 ……………（329）
漫话小说 …………………………………………………（333）
文学的方式 ………………………………………………（357）
话题与歧义 ………………………………………………（379）
当代中国文学的相关话题 ………………………………（396）
泛漫与经典：当前文艺生活一瞥 ………………………（421）
从莫言获奖说起 …………………………………………（440）
文学中的诗与数 …………………………………………（451）
莫言获奖的案例分析 ……………………………………（462）
与顾彬谈文学及其他 ……………………………………（479）
青年与文学 ………………………………………………（489）
永远的文学 ………………………………………………（496）
在中国李商隐研究会第九届年会
　　暨唐代文学学术研讨会闭幕式上的发言 …………（518）
极致与从容 ………………………………………………（521）
我的新疆故事与文学创作 ………………………………（536）
文学中的党史与党史中的文学 …………………………（548）

小说／文学

(下)

文学与社会的互动*

我们中国是一个非常重视文学社会功能的国家,自古以来就非常重视。我们有文章济世的传统。中国的文论浩如烟海,各种的文论、诗话,《文心雕龙》《诗品》……这一类的东西非常多。我想还是从咱们老祖宗说起,从孔子的诗教说说起。孔子一大贡献是编辑,如果给孔子评职称的话,一个是教授,一个是编审,他编辑了《诗经》,这是了不得的事。孔子说诗可以兴,可以观,可以群,可以怨,如何如何。兴、观、群、怨,如果让古代学究们解释就复杂起来,你本来明白的也弄不明白了。现在咱们就简单地从字面上说。"兴",起兴,就是联想和想象,诗里面可以表现一个人的形象和想象。"观"就是观察、观赏、观点,就是可以表现一个人对世界的看法。"群",在现代语言来讲,就是有某种沟通的作用,通过文学作品,通过诗歌,增加人和人之间相互的沟通。比较妙的,就是孔子说也可以怨,孔子挺开明,他一点儿不道学,道学是后人把它搞成的,后人道学,念经的和尚嘴歪,孔子的经很好。怨是什么意思?就是可以发点牢骚,《诗经》里面很多是民谣,可以发点牢骚。

另外孔子提出来的主流的文艺标准,我觉得特别有趣,简直妙极了,他提出的标准:"诗三百,一言以蔽之,曰思无邪。"思想中没有邪恶的东西。什么叫思无邪?就是"怨而不怒,哀而不伤,乐而不淫"。

---

* 本文是作者在文化部机关的演讲。

这个实在是妙极了。第一,他非常重视文学的教化,过去不叫教育,叫教化,教育和教化不一样。教育让人想到是比较系统的、比较正规的、一节一节地上课;化,是润物细无声的意思,潜移默化,慢慢受到它的影响。这是第一点。第二,它特别重视的是感情教化的功能。孔子他没有在题材上提出要求,没有在主题上提出要求,他甚至也没有在政治上提出要求,虽然孔子当时处在春秋战国,也是一个非常政治化的社会,大家争雄争霸,中国本来就是一个很讲政治的国家,孔子又处在很讲政治的一个社会,但他编民间那些诗的时候,更多想到的是在感情上给人一种什么样的教化、什么样的影响。"怨而不怒",就是你可以发牢骚,但是不过分激烈,没有到很愤怒或者是很爆炸或者很乖戾的程度,用现在语言来说,没有要破坏社会稳定,要颠覆社会秩序,没有到这个程度。这样的情况下你可以怨。《诗经》里面,"硕鼠硕鼠,无食我黍",发牢骚的东西多得很,包括旷男怨女,这些都有。"哀而不伤",可以悲哀,他并没有要求每首诗大家看了高兴。"乐而不淫",乐,但没到伤害自己身心、伤害群体心理的程度。看来孔子他能够体会那些写诗、传诵诗的人的喜怒哀乐和他们复杂的立体的心情,但是反对极端化。孔子的思想真是历久而弥新。我们现在也提倡,反对极端宗教主义,反对极端民族分裂主义,反对极端,因为极端没有好处。中国古人认为极端是什么东西呢?极端就是有一种戾气,乖戾之气。明朝就有人提出来,说当时那个社会弥漫着乖戾之气。我们也要警惕这种乖戾之气,六七年以前,《解放日报》办的《报刊文摘》登过一个戾气的例子:武汉一个工人找几个哥们儿在家里喝酒,喝到午夜两点,三瓶酒都喝完了,那个工人就让女主人,让他老婆,说家里哪张床底下还有酒,你把它拿出来。女主人觉得他们喝得时间太长,也喝得太多了,在这儿折腾,她就假装去找,回来说酒已经没了,前几天来客人喝完了。她这么一表态,那几个哥们儿就走了。男主人等客人走了以后,就发火,拿起一把刀,一下子剁掉了自己四个手指头。当然这是酒后的心理,但是他心里有一种破坏性的东西,有一种乖戾的东西,乖戾的东西发展到极点,有可能成为恐怖。当然这和目前国际上的恐怖主义还不同,那里面有很多政治、宗教的矛盾冲突在里边,有更复杂的东西在里边。

所以我觉得孔子对诗教的这些主张,我们今天想起来,觉得仍然很有意义,起码可以供我们参考。孔子的这种主张不可能一下子实现,任何社会,除了主流的、良好的、被接受被提倡的东西以外,总还有另类的东西存在,古代中国也是一样。很难说大家都能做到一个个怨而不怒,哀而不伤,乐而不淫。特别是乐而不淫,这一条提得也很厉害,就是说好话你不能说滥了,好话一句一句加一句,就过分了,就淫了。我们也可以举例子,好话过分了也可以走向反面,"文化大革命"当中关于毛主席的好话,什么最红最红最红最红最最红的红太阳,什么铭刻在脑海里熔化在血液中落实在行动上……你好话没完没了地说,说得非常过分,也烦人,也制造戾气,这方面的教训我们也有。社会上总是有另类的东西。

《尚书》是中国最早的书,是记载政治的。《尚书》中有非常符合孔子这种标准的对当时民谣的记载。其中我最喜爱的、永远喜爱的,就是《尚书·大传》里的《卿云歌》:"卿云烂兮,糺缦缦兮,日月光华,旦复旦兮……"先秦还有《击壤歌》:"日出而作,日入而息,掘井而饮,耕田而食,帝力何有于我哉!"我们伟大的中华,远古时候就有这样的好诗,就有这样的气魄,这样的对大自然的歌颂,这样的对人生的肯定,对这块土地,对在这块土地上劳作的渴望和对劳动的赞美,简直是无可比拟的。北洋政府曾经把《卿云歌》定为国歌,歌是好歌,萧友梅的曲子,但是北洋政府太黑暗太差劲了,他们不配。"日月光华,旦复旦兮……"它简直就是一个极致,是一个精品,是一个不可企及的高峰。还有中华,我们祖国叫中华,我们的名字太好听了。顺便说一个笑话。我当文化部长的时候,见一批台湾人,有一位台湾人就说,那个台湾人非常赞成统一,他说两岸统一后,中国的国歌他建议一定要采用《义勇军进行曲》,台湾所谓的"国歌",实际上是国民党党歌,太难听了。汉字简化字他一部分同意,但是有一个字千万别简了,就是中华的"華",他说"華"字太美了,从篆体、隶书,一直到楷体、行书,没有比这个"華"字更漂亮的,就像一幅小画一样。现在一简化,弄成一个"华",上面成了变化的"化",搞得中共政策老变化,就是简化字给简化坏了,这当然是胡扯闲谈开玩笑了。《尚书》里有《卿云歌》这样的诗,但是《尚书》里也有非常另类非常可怕的诗。比如《尚书·汤誓》中的"时日曷丧,吾与汝偕亡?"这可是一种极端的仇恨的情绪。那时候人写这样的诗,当然和现在的恐怖分子无关,而且有它一定的历史合理性。但是"吾与汝偕亡",这是一种恐怖情绪。你什么时候完蛋啊,到了凶险的时刻,我跟你同归于尽,拼一个赚一个。这种极端的情绪自古就有。《水浒传》第十五回"智取生辰纲"里,白日鼠白胜挑着酒担子一上来就唱:"赤日炎炎似火烧,野田禾稻半枯焦,农夫心内如汤煮,公子王孙把扇摇。"而那边树林里已经藏好了蒙汗药,凶险的时刻就要到了。施耐庵写得真是逼真。所以孔夫子老是让大家不要极端,让大家都怨而不怒,哀而不伤,乐而不淫,老是正合适,往左你别太左了,往右你也别太右了,可是社会不完全按照孔夫子的意愿走。社会矛盾乃至激化是客观存在,所以文学也表现出了一种不但怨而且怒,不但怒而且怒极,不但哀而且伤,不但伤而且伤极,不但乐,而且淫,不但淫,而且海淫海盗,出现这种现象。这些虽然不处在中国文学史的主流,但是仍然不断地出现。甚至于我们可以说,如果没有另类的文学,就没有革命文学。还有,当社会矛盾呈极端尖锐化的形式表现出来的时候,什么怨而不怒云云,不但是无力的,而且可能变成虚伪的反动的。事物就是这样向对立面转化的。回顾中国古代,我就讲这么一点,我主要是讲现代。

现代的情况又非常不同。自一八四〇年鸦片战争以来,中国的社会内忧外患,社会的各种矛盾,民族矛盾,包括我们民族主体汉族和执政的清朝政府,所谓"驱除鞑虏,恢复中华",当然更不用说整个中华民族和帝国主义列强之间的矛盾,种种社会矛盾,就是毛主席所说的和三座大山,和帝国主义、封建主义、官僚资本主义之间的矛盾,乃至于国内地区之间阶级之间的矛盾,都达到了一个空前尖锐化白热化的程度。这种情况下,整个的社会要求着变革,而且要求着大变革,要求着爆炸,要求着翻天覆地的革命。这是当时的社会情况,这是一个现实。你现在离开那个社会情况来讨论革命的代价是不是太大了,能不能用更平稳的方式来进行中国的变革,其实根本没有意义。我常常举一些例子,就是说在那个时候,不仅仅是共产党和共产党所领导的进步作家,左翼的作家,而且大量的和共产党和革命没有特别密切关系的,至少还没有建立很巩固的关系的作家,他们作品里面都或多或少地表现了一种对革命的召唤,对革命的期待。就说鲁迅,鲁迅作品里没有直接描写革命的,没有一篇作品直接描写革命,但他作品里面的那种沉重,那种绝望,对旧社会的绝望,那种对一场风暴的期待,显而易见。我记得解放前我十几岁上初中的时候,最爱背诵的,而且背诵起来热泪盈眶的,就是鲁迅的杂文《野草·一觉》里写的:"是的,青年的魂灵屹立在我眼前,他们已经粗暴了,或者将要粗暴了,然而我爱这些流血和隐痛的灵魂,因为他使我觉得是在人间,是在人间活着。"再如冰心,她的父亲是清朝的海军军官,所以她长期在烟台生活。她属于社会的上层,受到良好的教育,美国麻省威尔斯利女子大学的高材生。她那个时候很难算一个左翼的或是马克思主义的作家,她写了很多关于大海、关于爱的作品,但是她也写了《到青龙桥去》,描写军阀混战中人们那种不幸的生活。她还写了《英士去国》,写一个留学生叫英士,回国以后看到国家一塌糊涂,根本没有他做的事情,他满心愿意为祖国做一点事情,但是他做不成,只能去国,走了。再比如说老舍的《骆驼祥子》,老舍在一九四九年以前也不是马克思主义作家。一九四九年以后他是党的好朋友,是人民艺术家,彭真同志亲自向他授予了人民艺术家的证书。可是他解放前写了《骆驼祥子》,你看完以后,你就觉得这个社会除了革命以外，甚至大杀大砍以外没有别的办法。你没有办法用一种渐进的、和平的、优雅的、不伤筋动骨的方法来解决中国的问题。所以中国的文学、中国的大部分作家选择了革命，选择了共产党，选择了毛泽东，而没有选择别的，没有选择民主同盟，没有选择其他第三条道路，只有极少极少的人选择了国民党。这是中国革命和俄国革命的一大区别。俄国知识分子选择沙皇的很少，但更多地倾向于孟什维克。十月革命前后，大批的文艺界知识分子，包括进步的知识分子都吓跑了，因为对布尔什维克，他们摸不着底，都是工人、农民、士兵等赤贫的人，这些人上台以后会怎么样？他们摸不着底。著名男低音夏里亚平跑了。作家里头蒲宁跑了，后来他获得诺贝尔文学奖金。阿·托尔斯泰也跑了，后来阿·托尔斯泰回来了，而且和十月革命以后的苏维埃政权建立了非常好的关系，他还大力歌颂斯大林。我们现在又有聪明人回过头来分析阿·托尔斯泰，说他也有懈可击，拍斯大林的马屁拍得太过分了。作家也是难办，跑了是错误的，那么回来以后不歌颂斯大林，那行吗？他怎么做都是错误的，反正错误在那儿都等着他呢。可中国不是这样，中国一九四九年前后，大量的知识分子费尽千辛万苦，有的受到国民党特务的追杀迫害，有的受到美国中央情报局的追杀迫害，但是他们非回来不可。从香港回来的，从美国回来的，从欧洲回来的，都有。老舍当时在美国，我一九八〇年访问美国的时候，费正清先生还活着，我到他家里去看他，他指着客厅外边一个挺破的长沙发说，那个是老舍临走的时候坐过的。费正清当时劝老舍说，你晚一点再走，你看两年再走，但老舍回答：我一分钟也不能晚，必须回去。所以我们看到，中国知识分子特别是中国最敏感的文艺界人士，尤其是最富有想象力的作家，他们真诚地选择了中国革命，真诚地选择了中国共产党。为此中国作家也付出了代价，比如说左联五烈士。现在有一些年轻人，以为国民党很礼贤下士，对待知识分子挺好，这也是无知，把作家绑到刑场枪决，这是国民党的创造、国民党的杰作。

但是与此同时,我们又发现一个什么现象呢?不少知识分子选择了革命,到了革命根据地,或者等到革命胜利以后,他们的日子过得并不顺利。他们又受到了革命本身的怀疑。原因在什么地方?就在于存在着作家、文艺家对革命的选择,以及革命对作家、文艺家的选择问题。它是一个互相选择,不光知识分子选择革命,革命同时要选择知识分子。

作家对革命的选择,带有一种正义感,带有一种爱国主义的精神,带有一种对大众,特别是对劳苦大众普罗大众解民于倒悬的使命感,同时带有一理想主义和浪漫主义激情,就是认为革命是非常理想非常浪漫的事情。比如说巴金,巴金不是共产党人,但是巴金的书一上来就描写革命,灭亡、复活、新生,都是描写革命。他描写的革命是什么样的呢?是俄国虚无党人的那种革命。巴金作品里多次提到波兰人廖亢夫写的反映俄国虚无党人革命的话剧,叫做《夜未央》。《夜未央》确实是一个非常戏剧化的故事,它写一个革命志士,这个革命志士拿着炸弹,多少有点,我无意给他们等同和类比,多少有点人体炸弹的味道。他拉响炸弹以后和总督一块儿"吾与汝偕亡"。谁来观察总督的到来、给这个志士发攻击的信号呢?是他的情人,他最爱的姑娘苏菲亚。苏菲亚看到总督的马车一过来,立刻把灯推翻,于是炸弹响了,志士和总督同归于尽。这种革命真叫厉害,爱情真叫厉害,能有比这样的爱情更惨烈更决绝也更浪漫的吗?

但是对革命抱相对清醒态度的也有,就是鲁迅。鲁迅有一些话,我那时看了很不舒服,因为我当时很追求革命,又很追求文学。鲁迅那时就说,革命文学大兴起的时候,其实是革命还没有发生的时候,是大革命的前夜。真到革命大兴起,大家冒着敌人的炮火前进了,就没有那么多革命文学了。鲁迅的这个话真是太清醒了。大家忙于革命了,哪儿还有那么多人,整天在那儿写诗:燃烧吧,大地!震响吧,惊雷!真打仗了,匍匐前进的匍匐前进,拼刺刀的拼刺刀,冲锋的冲锋,做思想工作的做思想工作,歇响的歇响,喂马烧饭打柴禾的喂马烧饭打柴禾,哪有那么多人在写燃烧吧大地震响吧惊雷,不可能的,所以鲁迅说得对。鲁迅还说过:革命的作家,你们千万不要以为革命胜利了以后,人民就拿着面包,捧着盘子,说你是革命作家,你们快吃吧! 这不可能的。而且鲁迅说,革命里头有血污,有琐碎,有卑贱的工作,等等。所以说作家、艺术家都喜欢革命、都选择革命、都投共产党的票是好事,当然是好事,使国民党恼火得很,所以国民党到了台湾以后,它也吸取教训,封了一些书,连老舍的书都封,那时候谁要看鲁迅的书,谁就可能进监狱。那么另一方面,我们看革命本身的情况,我们的革命是什么样的呢?中国革命的特点是武装斗争,是以军事斗争为主,以军事手段为主。用军事手段,我们的士兵、我们革命的主体是共产党领导的农民,那么这样的一个革命武装,它并不是每一个做着革命罗曼蒂克梦的先生来了都欢迎。它招待不起。一看一个伟大作家来了,啊,太好了,你高高坐上,给我们朗诵诗吧!这当然是罗曼蒂克梦。革命要选择的是什么呢?它首先要选择遵守纪律的人。武装斗争你不能不遵守纪律,随便打枪随便乱说还行吗?吃苦耐劳,敢于斗争,决不手软,不怕牺牲,勇于献身,它要的是这样的人。说得再简单点,通俗点,它要的是不怕死的人。如果你满脑子天花乱坠的想法,到时候一只鸡都不敢宰,心慈手软,遇事退缩动摇,又自称是独立思考,上级说什么你都怀疑打个问号,这样的人多了怎么打仗啊?作家选择革命,你老在白区那儿选择革命,其实你非常聪明,冲呀,干呀,打呀,你喊吧,可你真正到根据地了,你的表现却不符合革命的要求。你到根据地牢骚满腹,在延安时期就出现了萧军挨批,艾青挨批,丁玲挨批,出现了这种情况。最突出的一个事件是王实味,《野百合花》,最后把脑袋都批没了。于是就产生悲剧。悲剧的原因就在于革命和知识分子是互相选择的。选择了革命的作家却受到革命的负面选择乃至淘汰,这确是一种悲剧。

而这个互相选择的过程,到了一九四九年以后,由于历史的惯性,由于革命的惯性,这样的一种互相选择,互相摩擦,当然也有互相配合的一面,我就不用说了,这样的一个过程直到一九四九年以后,还延续着。一九四九年新中国刚建立,立足未稳,受到国内外敌人致命的威胁。美国对中国实行封锁,联合国席位还是国民党蒋家集团在那儿占着,台湾整天叫着要反攻大陆,国内各种被推翻了的敌对势力,都并不甘心失败。我们目前有法轮功邪教,那时候有一贯道、圣母救国军。河北西柏坡那里还有人制定刺杀新中国领导人的一个大的计划,是买通了农会的一个人,计划谋杀新中国建立时期的一些主要领导人。所以在这样的情况下,新政权对文学艺术的要求仍然是政治性的。首先是立场的要求,你站在我这边还是站在敌对势力那边,你有一句话说得不对,你就有一个往哪儿站的问题。作家们喜欢用一些花花哨哨的语言,喜欢什么正话反说,反话正说,好话赖说,赖话反问这一套,他是吃词儿饭的,他手里没点词儿,他怎么当作家?就像小贩身上得有零钱一样。可是这些东西都在政治上受到了非常高度警惕的注意。胡风反革命集团,现在看来无非是文人之间有时候发些牢骚,有一些不平的意见,有时候神侃几句。当时批胡风攻击何其芳,胡风说:什么叫何其芳?说成白话文就是多么香,何其芳,多么香,现在咱们看它就是一句闲话,对何其芳本身也不能说有什么不敬,不能牵扯到他的政治立场上。但是当时就牵扯了,越弄越悬,越弄越玄。所以这样的一个相互选择的过程,到新中国成立以后,那种被夸张了的和历史延续下来的思维的惯性、斗争的惯性、革命的惯性,造成一次又一次的对文艺家的整肃和斗争。

胡风的例子比较典型。胡风曾写过长诗《时间开始了》,发表在一九四九年十一月二十日的《人民日报》上。那是一首大型交响乐式的长诗,从头到尾,充满感情地歌颂毛泽东。至于他诗歌创作的艺术水准,这另说,胡风毕竟是理论家,以一个文学派别的领导人,而不是以诗人著名于国内外的。但是他那么热情真诚地放歌毛泽东,甚至到了个人崇拜的程度。我记得当时也批判,他歌颂毛泽东的作品也遭到批判,批他写毛泽东站在天安门上(不见得是胡风的原词,带有对他调侃性的）说"我要大"，毛主席越来越大，"我要小"就越来越小，竟然把毛泽东写成妖怪了。但是胡风的本意，绝对不是丑化毛泽东，而是说毛主席顶天立地，从大了来说他站在天安门城楼上顶天立地，从小了来说，他和我们大家都一样，是我们老百姓当中的一员。从艺术上讲，我也觉得胡风诗写得不算多么好，但是历史事实就是这样，一个作家一边歌颂着革命领袖，一边被革命组织进行思想整顿。这是那个时代的历史奇观。这种奇观我们以后可能不会看到了。现在你们哪位愿意写诗，好好歌颂我们国家的领导人，你们绝不会碰到悲剧，很可能得益于这种伟大的创作。但是要写得太差了也不行，写太差了我也帮不上忙，你如果写得还过得去我愿意帮忙，不光你得益，我也得点益。但是在《时间开始了》的时代，你越歌颂，你越检讨，越说你是假的，越歌颂越说你是假的，历史太耐人寻味了。

为什么会有这样的现象呢？就因为这是革命历史的惯性。这历史有两个惯性。一个惯性就是我们一些执政者革命者，对文艺家的某种事出有因的警惕。所谓文艺家有的有小资产阶级情调，有的自由散漫，有的思想不切实际，这些人嘴上虽然倾向于革命，实际上对革命往往成事不足败事有余。文艺家里头绝对有这一面。现在仍然有这一面。中国的政治，中国的经济发展，没有文艺家的参与是不可想象的，但你要事事听文艺家的，也是不可想象的。有个外国人跟我说这么一个事儿，大家也琢磨一下，到底什么意思。他说在美国，知识精英们，包括大学教授、艺术家、作家们都很聪明，但老百姓相当地傻。美国老百姓的傻劲我见过，包括牧师们在那儿传道，老百姓傻听着的样子，真叫傻。可是中国呢，他说了这么一个观点，我为之一惊，但没有完全理解，他说中国老百姓相当精，什么政策是真的，什么政策是假的，什么政策对他有利，什么政策对他不利，他们一眼就能看穿，如果他们不信，你说下大天来人家也不信。这好像也有点道理，比如一九五八年，北京报纸上说一亩地丰收了八十万斤白薯，老百姓死活不信。我当时在农村劳动，有个农民就对我说：一亩地八十万斤白薯,老王我告诉你,那白薯个个跟你这么大,你站一亩地,根本不够八十万斤。可是中国的精英,那个外国人认为相当地傻,对他有利的事他反对,对他没有利的事他坚决要求,办不到的事他坚决要求,办到的事他一概拒绝。我们有没有这方面的情况?咱们可以作为笑谈。这是一个方面的情况,得看到这一方面。革命历史的另外一个惯性,就是知识分子理想主义甚至于说是浪漫主义的政治观,和那种政治参与。作家王晓波提出来"少瞎浪漫",他就提出这么一个口号。知识分子们这种理想主义、浪漫主义的一厢情愿的政治拥抱、政治参与、政治燃烧,也作为历史的惯性留下来了。留下来以后有的时候会发生矛盾,发生悲剧。当然我们还有这样一种事实,这是任何别的国家、别的社会制度底下很难有的,就是说这个社会非常关注文学艺术事业,文学艺术事业受到从领袖到基层干部到老百姓的广泛重视。全世界没有这样的,连称呼都不一样。我们中国叫作家,一叫"家"好像就了不得了,英语是 writer,写字的人,我在这儿写字,我就是 writer。俄语里、中国维吾尔语里也是写字人的意思,日语"作家"读作 sakka,都不太含有作家、成名成家这种意思。美国现在是全世界活着得诺贝尔文学奖的作家最多的国家,索尔·贝娄、托尼·莫里森这些人都活着,他们得诺贝尔奖的时候,电视里出一个镜头,基本上就完了。中国幸亏没有人得诺贝尔文学奖,如果真有人得,不成活神仙了嘛,谁伺候得了?文化部、中国作协一边呆着去吧。当然国外很多观点跟我们是不一样的。有个美国人跟我说,他是共和党人,他说如果你问我共和党最不关心的是什么,我可以告诉你,就是文学。他说:不知道你们共产党怎么那么喜欢研究文学。我说这不很明显?你叫共和党,我叫共产党,差一个字嘛。我们用革命的手段,改造整个的社会,包括文学,跟你的观点和道路不同。美国总统发普利策奖完全是充当一个工具,组织者告诉他给谁发奖,他就来发奖,祝贺你,握手,给证书或者有少量的奖金,奖金数额也不太大,再握手,聊两句,走人。哪有在中国这么风光的,当作家能当成文化部长,写小说写成文化部长的没有，除非第三世界国家。我们对作家算是特别重视了，特别关心，而且写几篇小说就调到哪儿去了，起码成了著名作家了。得了奖了，领导接见，回到单位分房子、提级，一系列的事势如破竹。我们有特别好的一面，但是也有摩擦的别扭的那一面。

当然，我说的这些都已经俱往矣。现在中国的作家，他们的处境，他们的生活待遇，他们受到的关怀，包括他们写作上的自由度，都是从来没有这样好的。我一定要告诉大家这个老实话。因为我前前后后去过四五十个国家和地区，我退下来后和部里其他司局接触不多，但是和外联局的干部接触得比较多。因而我有机会接触很多国外的作家，各式各样的作家，和其他国家比较，由于小平同志的改革开放政策，和这几年国家的稳定发展，我要说目前处境最好的是中国的作家。有人说中国不是那么自由，那看你干什么了，你非得写小说歌颂法轮功，你觉得不自由，那您就请吧，你愿意去哪儿就去哪儿去，现在起码有人请。有人说还会遇到各种各样的干扰，但是世界上没有作家不受其他因素干扰的，没有在真空里写作的作家。好多年前我在纽约，在华美协进会演讲，这个团体是当年胡适等人创立的。一个美国人就问我：解放以后中国没有出现伟大的作家，您认为中国政府的政策是不是能出现伟大作家？我说中国解放以后有没有出现伟大作家，这个另外讨论，但是政策和出现伟大作家之间的关系，起码不像你想的那样。因为我要问你，曹雪芹是怎么出现的？托尔斯泰是怎么出现的？屠格涅夫是怎么出现的？是由于尼古拉二世贯彻"双百方针"贯彻得好？不可能，沙俄那里流放犯多了，还有其他各种麻烦。中国历史上，李白有过麻烦，杜甫、王维也有过麻烦，李商隐麻烦更多，一辈子闷闷不乐。目前中国作家的处境是相当不错的。中国目前实行市场经济，以经济建设为主，以发展生产力为主，一直发展到以"三个代表"作为我们党和国家的重要的指导思想。在这种情况之下，又发生了作家、艺术家和以市场经济为主的社会之间的互相选择，又出现新的问题。

市场经济和文艺到底是一个什么关系？作家整天不希望很多人干预他们的写作，真没干预了，他们火气又上来了。为什么呢？他提出来，现在市场经济一发展，文学艺术堕落了。所谓堕落，就是那种教育性、指导性、权威性的写作越来越少了，而消费性、娱乐性、休闲性的写作越来越多了，很多写作逐渐变成了一种满足人们精神消费的文化产品。他们可以举出很多的例子，特别是有一批自我感觉比较良好的中年或者中年偏大的作家，他们常常痛感到自己的优秀作品少人问津，而一些庸俗的消费性的作品大受欢迎，所以感到非常愤怒。有的地方还组织过关于作家的写作是一种悲壮的抵抗的文学活动。我就对作家写作是悲壮的抵抗这类说法，窃有不服之心。有的作家您哪儿悲壮啊？您刚得一个奖，得了五万；回到本省，本省宣传部又给了一个奖，五万；分房子补助，十万，这一悲壮就能进来二十万。那人家下岗的，在街上卖点熟食、卖点面食，一天挣几十块钱的人，人家倒没有这么悲壮。这些作家悲壮的原因在哪儿呢？就是说随着我们中国社会的发展，文学艺术在满足人们的各种精神需要的时候，有一部分，也不是全部，它满足群众精神需要中的娱乐、休闲等这类简单的消费需要。面对这个转化，我们是痛不欲生，痛心疾首？还是视若平常？文化市场里面确有很多消极的东西，我们文化部孙部长这里整天抓文化市场的整顿、文化市场的管理、扫黄打非、查抄制假，反正有很多政策措施和提法，我也没好好学习，说不全，我知道咱们没闲着。咱们得管这些事。

但是另外一方面，例如新中国很长一段时间，没有这些通俗的消费性的作品，那准是一件好事么？比如武侠小说，我们解放以前有很多武侠小说，郑证因的技击小说，还珠楼主的神怪小说，白羽的武侠小说，我小的时候就看过。这武侠小说起码并无大恶，有些写得还蛮好。现在金庸的武侠小说作品大受市场欢迎，我也看过，我觉得在武侠小说里边，金庸达到了一个顶峰，在短期之内，你想超过他，非常的难。至于说这种小说有没有局限性，当然有局限性，因为它有很多套子,什么寻找秘籍,寻找解药,门派之争,江湖之争,它要没有这些,就不是武侠小说了。所以王朔批评金庸的小说一上来就打,王朔我也熟悉,但是金庸写的是武侠小说,当然打戏多,它一上来就说"妹妹我爱你",那就是言情小说了。那么言情小说,写爱情的小说,我们有一个时期,起码在"文革"当中是不能写的。《沙家浜》里面只有阿庆嫂,没有阿庆嫂的丈夫,阿庆跑单帮去了。江水英的爱人是谁,去世了出差了还是怎么了,我们也闹不清楚。李玉和的家庭有妈,也有女儿,但是没有配偶。那时候我们连爱情都不能写的。所以新时期刚开始刘心武发表《爱情的位置》,现在看这篇小说有点概念化、简单化,但是当时就不得了了。那时我还在新疆,我去理发,收音机里正播《爱情的位置》。理发员听到高兴的时候,走到收音机旁边坐那儿听,我的头发剪到半截,头发茬子扎着脖子,他就搁那儿不管了。他一会儿坐下来听,一会儿走过来给我几剪子,由于刘心武,那次我头发剪得跟狗啃的一样。如果没有爱情,没有日常生活的这些东西,这是一个缺陷。过去我们还批过茹志鹃的家务事儿女情,但是文学离不开这些东西,必然有家务事儿女情。但是目前文学消费品当中这些东西它又不是平衡的单纯的,比较复杂,有的里头也有很多糟粕。因此我们碰到很多处理上的困难。

"文化大革命"以前,我们国家平均每年出十部长篇小说,现在每年出五百部至七百部。只出十部长篇小说的时候,你不要说它不好,它也有一个好处,就是大家都清楚出了什么书。很可能你要去买,因为除了这个别无长篇小说可看。任何一部长篇出来,都能引起人们的注意,总共十部,一个月还不到一部呢。可是现在一年出五百到七百部,你反而觉得一部好的都没有了。你看这个,还不如那个,看那个还不如那个,拿不准哪部最好。我现在看电视常常感到,由于北京电视频道太多了,我一晚上什么电视都没看,刚看北京1,又跳北京2了,然后又跳浙江台,刚看浙江台又看别的台。我非常怀念只有两三个频道的时候,甚至于我在新疆就一个频道的时候,就新疆电视台一个频道。那时候我家算是买电视比较早的,一到晚上,连周围的小朋友们都到我家来看电视,我女儿那时候还没有上学,她看电视学会了几个词儿,一个是"停电",还有一个"故障",在新疆看电视,看着看着经常停电,频道也老出故障。记得那时候播放电影《红雨》,《红雨》我起码看了七遍。演《春苗》我就看《春苗》,还有《地道战》什么的。那时候每天看了什么,脑子里都清楚,而且记忆非常清晰。现在我看一晚上电视,你问我看什么了,我很可能忘了。最近还好,《刘老根》这个电视剧名字我记住了,但又播完了。现在的书太多了,选择性非常强,少数好的书,淹没在大量的平庸的书里。读者又不接受你指导,你想指导他,看这本不要看那本,他往往不接受。你评了奖,他还是不看,你没评奖的,他非看不可。你真是没办法。这是第一个问题,就是文学的消费性、大众性与文学质量、文学精英之间的矛盾。

　　第二个问题,就是关于我们现在有没有大师的问题。现在文学界讨论得比较厉害,其中比较普遍的一句话,有人说中国近百年来,有一个鲁迅,很光荣,但是只有一个鲁迅,太可悲了,没有第二个活着的鲁迅。就是说现在没有一个人跟鲁迅一样,是精神的导师,是社会的良心,是正义的火炬,是不屈的斗士。现在没有人被推选也没有人敢站出来说我就是,绝对没有。可是对这个事儿我也老琢磨,鲁迅有鲁迅的条件,鲁迅的条件是什么呢?就是鲁迅的社会处在解体的过程中。那个时候,真理是没有声音的,恰恰是一个作家,他说出了真理,正所谓国家不幸诗家幸。在社会解体的过程中,诗家,作家,他道出了人们的愤懑,他道出了对那个社会的绝望,他道出了对一场历史风暴的渴望,那么他就成了导师,成了良心,成了火炬了。但是我们现在的这个社会,是处在相对比较稳定,而且正在蓬勃发展的一个阶段,尽管社会上也有很多矛盾,也有很多问题,也有很多复杂的事情。这种情况之下,我们就很难设想一个作家,以人民导师、正义火炬、社会良心、真理化身的面貌出现。如果一个作家以这样的面貌出现,你甚至觉得他有点儿可疑,是不是?是不是哪样药吃错了?怎么现在他成了鲁迅了?成了先知了?伊斯兰教也只承认穆罕默德是唯一的先知,没有第二个先知。情况不一样了,我们现在需要的作家,更多的情况下,我觉得他是人民的朋友,是精神的花朵,是文化的果实。我们可以想想,古今中外的伟大作家,能够成为鲁迅那样的导师的,极少极少。曹雪芹是伟大作家,他可不是精神导师,曹雪芹怎么会是精神导师呢?他树立了什么光辉榜样?贾宝玉是榜样?林黛玉是榜样?晴雯?王熙凤、薛蟠?晴雯咱们歌颂得多,但晴雯也不是榜样,你要学晴雯绝对不会有好下场,而且晴雯也很可怜。曹雪芹并不是导师。文学大家有各种各样的情况。我们老拿鲁迅来要求今天的作家,让今天的作家们太为难了,今天的作家做不到。我这些话很不容易说清楚,很容易引起争议。只有一个鲁迅,那当然,曹雪芹也只有一个。李白也只有一个,李贺是第二个李白?没听说过。有老杜,有小杜,然而杜牧也不是杜甫的重复,不是杜甫的copy。越是大师越是独一无二的,不可重复的。这个问题我一下子也说不清楚,但是可以一起探讨。到底现在我们有没有伟大的作家?没有,没有也没有办法;真有,那咱们也闹不清楚是谁。鲁迅活着的时候,并不是人人都认为他是伟大的作家,相反很多人攻击他,很多人贬低他,和他闹矛盾的人多得很,连郭沫若都骂过鲁迅,说他是法西斯什么的,上纲上线,扣大帽子,当然郭沫若后来不那么说了。苏雪林那些人更不用说了。

  当今伟大的作家到底是什么样的形象,到底我们需要什么样的作家?为什么我说他应该是一种精神的花朵,是一种文化的果实呢?我们当今要求的作家,恰恰是能够把我们几千年的中华文明和我们改革开放时期世界上这些优秀的文化成果,能够集于一身,能够为我们的民族,能够为我们的人民,能够为全人类缔造出一个精神的成果、语言的成果、情感的成果、文本的成果,我们需要这样的作家。我觉得如果完全用什么大师、经典,或者以某一个历史上的作家作为标准来剪裁今天的文学事业,未必能够做出一个公正的合理的结论。当然我的意思不等于说鲁迅的精神我们今天就不继承,当然要继承,鲁迅的深刻,鲁迅的清醒,鲁迅的使命感,鲁迅对中国文化的精通和那种超越,不光是精通而且超越,包括鲁迅的硬骨头精神,这是毛主席最欣赏的,硬骨头精神我们当然是要继承、要学习的。

  第三,我们的文学艺术,特别是文学,怎么样走向世界,怎么样能够得到全世界的公认?这个问题现在社会上也出现许多摩擦。最明显的就是电影,电影界有人用一些不完全合理的,或者说不完全合乎规章制度的方法,把自己的作品推出去,就是为了得到一个什么国际的奖。也有些在国际上得了奖以后,我们这儿干脆不能演,什么《活着》《蓝风筝》,有一批这样的东西,这也是很麻烦的一个事情。在文学上这个问题就更麻烦,因为文学里面意识形态的东西更多一点,但也不能说百分之百都是意识形态,那也不可能,因为那里面还有民俗等大量别的东西,但是意识形态的东西更多。另外民族之间、语言之间的隔膜和距离,它有所谓不可通约性,你翻译以后味儿就变了。这样就出现了一些不同的看法。于是有人说,中国的作家太没有出息了。中国作家有两大罪名,第一个罪名是至今没有出现当今活着的鲁迅,刚才我已经做了一些无力的辩解,因为我也找不出一个很好的理由能够说清楚。第二个罪名,就是中国作家没有人获得诺贝尔文学奖。我说幸亏二〇〇〇年有一个高行健在国外得了,不管我们喜欢不喜欢高行健的作品,起码我们知道诺贝尔文学奖得起来不是那么困难,不是中国人永远得不了,永远矬三分。至于给高行健奖是什么原因,有什么意图,我这里不细说。直到高行健得了诺贝尔奖了,还有报刊在登一位作者以前写的文章,说中国作家由于先天的缺陷、环境的限制,这个那个的,不仅二十世纪得不了诺贝尔文学奖,二十一世纪也得不了,二十二、二十三世纪再说吧,还有这样的言论。所谓文学走向世界,特别是文学作品被外国所接受,实际上我们已经有很多,像刚才那种理论其实非常幼稚,自己骗自己。外国专家也指出过这一点,我记得还是一九八六年,在上海金山开中国当代文学讨论会的时候,一个英国汉学家叫比尔·杰内尔的,他就奇怪:怎么中国这么崇拜诺贝尔文学奖?他说诺贝尔文学奖就是北欧有一个国家叫瑞典,瑞典有一个地方叫斯德哥尔摩,斯德哥尔摩有十来个老头儿,那十来个老头儿按照自己的意思今年一高兴就给了这个,明年一高兴就给了那个,给的钱还很多,几十万美元。现在涨了,将近一百万美元了。就是这么一个奖项。老有人问我中国作家得不了诺贝尔文学奖的问题,我就建议,将来咱们搞一点大点的奖,咱们弄不了一百万美元,弄一个一百万元人民币好不好?省得老让别人掌握着舆论,在那儿热炒。我觉得有一个微妙的事实,就是自从高行健得奖以后,那些放言的年轻评论家倒是蔫多了。

当我们国家的市场经济成为事实,当一个相对稳定的而且日渐提高的生活环境成为事实的时候,作家们仍然觉得不那么踏实,搞文学的人总是要讲一点理想主义的,而没有理想主义,没有对于社会的批评,就没有进步。这样他们仍然要找点事儿,仍然要发点牢骚,仍然要提点批评,仍然要表示一点儿悲壮,或者是表示一点儿孤独。有的作家喜欢强调孤独是作家最伟大的品质。在一个文艺讨论会上,有人一边谈着孤独,一边抢麦克风,别人正在用麦克风发言呢,他过去把人推开抢麦克风呼吁:我们要孤独!人家说你要孤独就别来参加这个会,你抢麦克风呼吁,起码让二百个人都和你一块儿孤独吧,二百个人和你一块儿孤独,就不孤独了,多热闹啊。

我觉得我确实是一个做写作的人,我说我是一个作家,不管给别人有正当职业还是没有正当职业的印象,哪怕给别人一个可疑的印象,但是我确实是一个写作的人。我愿意使大家能够了解作家的思维方式和语言表达方式,同时也企望作家们、艺术家们了解我们国家和社会在发展。这也是我的始终有的一个愿望。可能我做得并不好,有时做得很差,但我一直想着充当这样一个桥梁,使我们国家的党的领导层,能够更多地理解从事文学的这些人们,也能够让这些喜爱文学、从事文学创作和文学批评、文学研究的人,更加理解我们国家的大政方针,和大政方针运作的真实情况。所以我今天介绍了一点所谓文学与社会互动的问题、互相选择的问题,有些也属于信口开河的形式,讲得不对的地方,请大家原谅。谢谢!

(作者答与会者问)

问:东西方的作家,对文学的理解有多大差异?

答:东西方作家对文学的看法,其实不像我们想象的差异那么大。西方也有许多关注社会、批评社会、关注老百姓特别是关注工人、农民、市民生活的作家。比如我几次去英国,都见到他们一个非常优秀的作家,叫玛格丽特·德拉伯尔。她写了很多关怀老百姓处境的作品,我就跟她开了句玩笑,我说我怎么觉得有的中国的作家比你还新潮,跟他们比,您这不算太潮。再比如说南非的诺贝尔文学奖得主戈迪默女士,她一直站在反对种族主义、反对白人种族隔离统治的最前沿,甚至在南非有一些白人作家由于反对种族主义隔离坐了监狱。再比如在中国影响极大的哥伦比亚作家加西亚·马尔克斯,魔幻现实主义文学的代表人物,《百年孤独》的作者,他最近也很活跃,反对美国攻打伊拉克,他批评美国非常尖锐。一九八六年一月我去纽约参加第四十八届国际笔会的时候,当时美国国务卿舒尔茨在会上发言,下面人起哄,有的把皮鞋脱下来敲桌子,他们就大声抗议:耻辱!耻辱!就是指一件事,加西亚·马尔克斯要到美国来,美国不给他发签证,不准他入境。还有葡萄牙共产党员作家若泽·萨拉马戈,一九九八年得的诺贝尔奖,他特别同情巴勒斯坦人,几次去巴勒斯坦,前一段还在那儿发表对以色列的批评,我知道西方作家持这种立场的,不是他一个。西方作家大多是没有组织的,只有最可怜的小作家才加入作协,因为西方国家的作协整天跟着出版商、跟着盗版的在那儿办交涉,它是一个行业协会,行业保护性质的组织,那些大作家他根本不参加这类文学组织。但是西方社会是消费社会,他即使得了诺贝尔文学奖,还是不够一家衣食住行的。那些得诺贝尔文学奖的大部分都是教授,索尔·贝娄是芝加哥西北大学的教授。这些著名的作家,他们的文学主张、文学观念,我倒觉得还是比较容易理解的。

当然西方确实也有很自由的一面,你爱采取什么稀奇古怪的主张,也没有人管。比如说主张自己写作,认为作家最重要的是克制自己,不要想自己要写什么,他坐在桌前,拿起笔,铺张纸,就写,有点像下神儿,不要想,不要知道自己写的是什么,写完后不要想写的是什么,然后发表让读者看,说这才能写出最好的作品。可这种主张,咱们中国也有。湖南有一个作家叫残雪,她就说她在动笔以前从来不考虑写什么。她在美国演讲这么说,有的美国听众也不信,就跟她争。我对这个事的看法是这样,残雪以为她什么都没想,她并不是故意说谎,也不是故作惊人之举,她更多地依靠她那种直觉的潜意识的感情的喷发来写作,这个有可能。我们这么一个泱泱大国,有这么一位女士用这种方式写作,我觉得也挺好,多了也不行,有个把人,聊备一格,也挺好。

问:您刚从印度回来,印度和中国是两大文明古国,您觉得两国有什么不同?

答:印度文学我了解得不多,解放初期读得多一些,譬如泰戈尔的作品。这牵扯到整个的印度文明,在印度文明里头,宗教占很重要的地位。它宗教里头既有超人间的,所谓禁欲的东西,也有人间重欲的东西。我这次去印度参观了一个庙,那个庙里供着神佛那些东西,壁画上全都是性活动的内容,而且它最深层供的是男女生殖器,有人还点着蜡去膜拜,这和中国的风俗习惯和心理完全不一样,虽然中国古代佛教中也引进过这种东西,但是还是很不一样。印度的歌、舞、雕塑、绘画、电影,他们的艺术确实是好,可是印度城市那种肮脏,那种城市面貌,让你觉得它那里"三个代表"实在还是个问题,这让人怎么办呢?

问:您刚才说到您希望成为作家和政府之间的桥梁,我特别理解。我们许多作家艺术家,他们创作的个体行为,观察社会、展现作品也是在很个体的状态下。我们这么多年提倡建设艺术家与政府合作,来关注大众,改革开放二十多年社会发生了巨大变化,是不是还有一些人,心态没有转变过来,要保持什么独立、悲壮、孤独?从作家本身全面的修养和我们目前国家发展的需要来说,您有一些什么样的考虑?

答:各个作家的情况很不一样,你很难以一个作家作为榜样和标尺来把握作家群体。我们有所谓遗老遗少式的作家,你无法禁绝,他们更多的兴趣在中国古代文化上,喝喝酒,写两笔字,画上两笔,烧个菜,讲点过去的事儿,他们更偏于这方面。还有书斋型的作家,基本上是书香门第,他们一直生活在书斋里。我记得小的时候,家里边人见到一个读书人,就告诉我,这可是好人,一脸的书气。一看他那个脸,大概是苍白的,或者近视眼的,一看就觉得这人书读得特别多,也有这样的作家。也有在基层摸滚爬打出来的,还有什么流浪型的,现在作家的式样也各式各样,各有不同。另外文学本身个性化的东西比较多,我们常说少数服从多数,但它相对于文学的意义就很小。要让作家们对各种问题的见解很统一、很合作,有时候是很难的。但是我觉得应该提倡沟通,应该提倡善意的理解,也应该提倡应有的批评,提倡明朗的态度,我觉得这个可以做到,起码有助于情况的改善。

问:您很年轻的时候就成了作家,人生有特殊的经历,又当过我们的部长,前一段您出了一本书,叫《王蒙自述:我的人生哲学》。我觉得这本书写得很深刻,很现实,而且从部长经历这个特殊角度,对我们也很有指导意义。我想问一句话,可不可以通过《王蒙自述:我的人生哲学》这本书来解读您,解读王蒙?

答:我想任何一本书,你不管下多大决心想让它包容一切,实际上它不可能包容一切。书就是把语言文字化,任何一种语言,即使最精确的表达,当它表达出来以后,它都有各种先天的缺陷,它有时会顾此失彼,有时会显得将就,有时显得太灵活,不易掌握,有时它又有被推向某一个极端的可能,所以孔子就讲"述而不作",老子讲"道可道,非常道",诗家讲"得意而忘言",禅宗也讲"不可说",就是他们洞悉了语言本身的能量、力量,同时也洞悉了语言本身的局限性。在这个意义上说,任何书都不是全部,本本主义永远是要吃亏的。包括您要是想理解我,您光看我的书,您会有所收获,但是肯定也是不够的。那怎么办呢?我也不知道怎么办才好了。

2003 年 2 月 28 日

文学与我们[*]

第一点我想说一下家园和境界。文学对于我们来说,它帮助我们来寻找、建设一个精神的家园。这个精神的家园对于很多人来说,它的含义是不一样的。比如说一个献身于某种学问的人,这种学问就是他的精神家园,他真是尽其毕生的精力投身于这种学问。到这个学问里边,他就感到无限的快乐、无限的满足。他能为了这样一个学问而付出了自己的一切。我今天说到的精神家园的意思,主要不是指这个方面,而是指我们精神上有时候有这样一种需要,有时候我们甚至可以说我们有一种弱点,有时候需要有一种依托。有时候我们常常在人生中感到孤独,感到对别人的不十分了解,感到别人并不十分了解你,感到你的许多交流和别人说的话都是表面的,是浅层次的,你并不了解他的深层次的行为。这种孤独和陌生有时候会成为一种恐惧,使你觉得有许多事情都包含着某种危险,你不能够预测自己的未来,你不能够预料一件事情的后果,这是事情的一个方面。而当你对周围世界过分熟悉的时候,你就会感觉到一种憋闷,一种窒息,你会感觉到一种厌倦,你会感觉到非常狭隘,因为人生受制于时间和空间及个人的具体条件,太多太多了。那么在这个时候呢,我们应该感谢世界上有一种东西叫做文学。文学它能把很多的人的秘密告诉你,它把很多深层次的精神上的喜怒哀乐或者是非喜、非怒、非

---

[*] 本文是作者在中国农业大学的演讲。

哀、非乐的一种很难表达的东西表达给你，它使你增进了对周围的人的了解，对于人生的种种好的或者不好事情的一种体验，而且更主要的呢，是他提供了一个远比你所处的这个时空更为扩大的一个精神世界。譬如说，你在北京生活就未必有在西藏生活的经验；你在中国生活就未必有在美国生活的经验。去美国的人，现在越来越多了，还是对美国比较熟悉。我九月份去不丹，哎呀，这个国家太神奇了，因为这个国家的首都廷布只有七千多人口，在这样一个国家里完全是草地和森林，它真像以前人们所描写的乌托邦一样，像梦里的一个国家。人的生活经验总是受限制的，即使你有很好的条件去全世界。但是文学呢，使你扩展自己的这种经验、体验，满足了你对自己的了解，增进了你对自己感情的最深处的一些波动的感受。于是你就觉得你生活在这个世界上就不是那么孤独了，不是那么陌生了。你虽然会碰到一个和你的处境完全不同的人，你会碰到大人物，你会碰到小人物，你会碰到成功的人物，你会碰到失败的人物，但是你从文学领域上，你一定知道会有一些什么样的事情，会有一些什么样的心理，会有一些别人很难体会得到的东西在他们的中间。所以我就觉得一个人能够接触文学，他就能够找到精神上的一个家园。比你的现有的家园，比你现实的工作环境更扩大，更多样，更浓缩，也更深，它既是家园又是一个境界。我说境界的意思就是说我们搞文学的人，我们搞语言的人，我们学习语文的人，都讲究一个词叫做修辞。同样的一句话，同样的一句表述，经过了修辞以后它更通顺、更晓畅了，或者是更含蓄、更文雅了，或者它更富有某种动人的色彩，或者它能够传达出一句普通的话所不能传达出来的东西。我们管这个东西叫做修辞，修辞是一个语言学上的概念，但是我今天想跟大家讨论的就是我们应该来提升一下这个概念。修辞是一个什么概念呢？是一个生活质量的概念。你不仅语言上需要修辞，你的精神需要修辞，你的工作需要修辞，你的环境需要修辞。经过修辞以后呢，一种很普通的东西，甚至一种有可能走向低下的东西变得高尚起来。这样的例子最生动的在文学里就是爱情,爱情你可以从最原始的、最直接的、最器官化的一个角度来认识,来考虑,你可以用类似畜牧上的概念来考虑爱情。(笑声)但是经过修辞以后,如果你读了普希金的爱情诗,如果你读了雪莱的爱情诗,哪怕你读过《长恨歌》,你读过元稹的"诚知此恨人人有,贫贱夫妻百事哀"的诗,如果你在诗文上有这样一个修养,就说你的爱情已经修辞化了,已经高雅得多了,已经美丽得多了,已经离美和善更近了!所以我说文学对于我来说是很难缺少的一个东西。否则你就得不到这个家园,得不到这个境界。特别是你们年轻人,我真希望你们学好文学,至少为了一个原因,将来你们可以写非常动人的情书!而且我坚信,因为从我个人的经验,我在爱情上的成功靠的是情书写得好,当时在我爱人年轻的时候,她看见我,未必是特别地感兴趣,当然也没到厌恶的程度,但是她看完了我的情书以后,她完全服了。(笑声、掌声)相反的,你即使有很好的条件,一米八的个儿,六十二公斤的体重,包括眼睛双眼皮,脸上有酒窝等等,如果你的情书譬如是阿Q的这种水平,阿Q见到吴妈:"我们要困觉!"(笑声、掌声)我保证你打一辈子光棍!这是一个家园的问题,这又是一个境界的问题。

  第二个我要说的是方式和态度。我们不是专门搞文学的,哪怕我们的具体职业跟文学无关,这些都没关系。文学提供给我们一个不同的方式和不同的态度。人生有各种方式和各种态度,譬如说科学的态度,我对什么事都要进行定性定量的分析,我对什么事都要做试验。这是一种很好的方式,是人类文明所不能缺少的一种方式和一种财富。譬如说政治的方式,你们看在《红楼梦》里边,甚至于爱情都充满了政治方式,充满了谁跟谁结盟、谁跟谁分离,充满了合纵连横。你如果看《东周列国志》,那更是了,这个国和那个国的,联姻啊,谁嫁给谁啊,全都是政治。政治的方式也是必需的。但是还有一种方式,就是文学的方式。文学的方式我今天无法详细地跟大家讲,但是我至少可以提两点。一种是对人生抱适当的审美的态度,是一种既介入又超脱的态度。就是说一件事情,这件事情本身有它的功过、利害、是非,我们不说了,同时这件事情的本身又给我一种审美的体验。这里头有许多可爱的事,有许多可笑的事情,有许多让人感动的事,同时这里头又有很多让人忍俊不禁的事情。他耍一个小聪明,他想坑害你,结果他没有坑害成。这样你就觉得很像一个很小的戏剧。一个人他有点虚伪,在某种场合下的这种表现又非常像演戏。又有一段时候,你深深感觉到人本身他有固有的一种善良,还有他固有的一种良知和良心,感觉到人这种动物,人这种东西还是值得存在下去的,也是值得跟他打交道的。像这样一种态度,我称之为审美的态度。当你有这种审美的态度的时候,你即使有这样一件事情失败了,你也不会由于过度的悲伤而造成精神的崩溃。你有一次学习考试成绩非常的差,你如果只看到这次成绩,也许会认为自己没有学好,也许你会反过来责备这个教师,认为这个教师是故意地刁难你,为难你,也许你会想到由此会给你带来多少多少的不走运,带来多少多少的忧伤。但是如果你稍微带一点审美的态度呢?你带一点自嘲的态度呢?你想一想你这次失败在你的人生路程中,又是什么样的一场小戏呢?为什么不反过来想一想呢?也许你会得到某种超脱的感受,你也许会得到一种安宁。这是我要说的一种审美的态度。

第二个我要说的是一种总体性的方式和总体性的态度。因为我们做任何事情都是很具体的,譬如吃饭,吃饭问题的研究就包括它的营养,包括它的色香味,包括它属于哪个菜系。教书我们就说教书,做生意我们就说做生意。但是有一种学问,有一种知识,有一种方式,它需要对人生做总体性的感悟。它包括政治,它包括工作,包括经济,包括各种的沉浮,包括私生活,也包括你是个高还是个矮,也包括你是长着白头发还是没长白头发。我想我们的干部司不一定需要掌握这些材料,也没有这样一种材料,说某一个局级干部头上有三千多根白发,八千多根黑发。美国的 license,车照,为了防止假冒、伪造,有一套办法比我们还要先进,那个是不需要的。但是对于一个作家来说,对于一个文学作家来说那个很重要。你头发是什么颜色的,你头发给人什么感觉,是乱草还是鸡窝,是超前的,现代性的,还是后现代性的。

你譬如说阿Q他是癞痢头啊,是不是啊?他是长毒疮的,所以他不准人说。如果阿Q披肩发那就不是阿Q了,那这个故事就得重新写了。所以这样一种对人生对世界的总体关照,我就觉得这是文学的一种优点,而且它关心私生活。

第三点,我说得稍微底气差一点,因为我怕别人抓住辫子。第三点我要说的就是文学的一种不急于下结论的方式。世界上很多事情需要做判断。我们现在考试很时兴选择题,就是圈一个你选择的正确的答案。还有一种很简单的就是是非题,对的还是错的。但是文学这种东西恰恰在于它提供给你一种形象,提供给你一种生活的画面,而不明确作出一个结论。所以有时候我做文学上的选择题,我就非常地不擅长。

我孙子语文考试成绩老不好,我说我辅导一下你,孙子就说:"您不会。"我想这个我还不会吗?初中的题,拿来一看,我还真不会。为什么呢?它说是这样:在我们的房间的窗前,长着两棵树。然后下边有四种说法,问题就是哪种说法最接近于我的窗前有两棵树?第一种说法,有两棵树长在我的窗前。我看很对,就打了对号。第二种说法,从窗户向外一看就看见了两棵树,对,画对号。第三种说法,在我的门旁,对着窗户长着两棵树,我看这也对。对着窗户长着两棵树,我一打,四个都对。我孙子说:"怎么样?你及不了格。"它这个选择非常困难。我还写过,非常抱歉,我写过一个微型小说,而且得过三等奖的,叫做《羊拐》。我说的是实际的事儿,如果我因为说这个事儿得罪了我的女儿呢,我就回去以后再向她做检讨。我说的一个什么事儿呢?就是我在新疆的时候,那时候我女儿在北京,我从新疆回来探亲见到我女儿,我女儿就说,她们那时候和同学们一块儿玩儿那羊拐。你们懂吗?对,你们有畜牧系的。这个我女儿就叹息说:

"啊呀,为什么我没有羊拐?"当时我从新疆回来,我心里太难过了,我在新疆不能提供别的,我没有别的,但是羊拐,我要多少有多少。于是我在回到新疆以后,我就给自己定了一个任务就是收集羊拐,我在饭馆里吃饭,吃完饭,我很讨人嫌的,我问服务员,那时候不叫小姐的,服务员同志您看这儿厨房里还有羊拐没有,能不能给我几个?我交点钱也行。朋友请我吃饭,吃完饭以后,把人家饭也吃了,伊犁大曲也喝了,问人家:"今天你这羊肉做得不错呀,你这羊拐哪去了?"就这样儿呢,我存了一口袋羊拐,这个羊拐有染上了红颜色的,有绿颜色,有天然色,叫 nature。然后在第二次探亲的时候,我把这一口袋羊拐拿着,就像盲流一样的,扛在身上就回到北京了,回去了我就说:"闺女我给你带羊拐回来了。"然后我闺女说:"我们早不玩这个了。"(笑声、掌声)

这是我的一个经验,就写了一个小说,这个小说叫《羊拐》,发表在江苏出版的杂志叫《青春》上,而且还得了三等奖,三等奖那时候六十块钱吧,后来这个还被选到了一个中学的语文教材上,因为那时候语文教材各地可以出。这个教材就送给我一本,我傻了,为什么?其中又有选择题,说本篇小说的主题是:1. 父母爱子女,子女不爱父母。(笑声)2. 可怜天下父母心。3. 父母与子女应该加强相互了解。4. 一切事物都是与时俱进的,思想不能停留在一点上。这四个里头让回答哪个是正确的?我回答不上来呀,我就查这个答案,最后它要求回答的就是:一切事物,与时俱进。(掌声)我完全不怀疑编这本书的人,他的这种善良的、美好的愿望,希望通过我的一篇不相干的作品吧,来宣传"与时俱进"这样一个很伟大的、非常正确的,而且是救国救民的思想观念,我个人也拥护与时俱进啊,我可不是说拥护万古不变,或者说与时俱退,我是坚决拥护与时俱进的。但是小说这东西的魅力不恰恰在于也可以这样解释,也可以那样解释吗?如果说上边那四点儿让你回答,全都行,是不是?你如果能再搜出四点来,更好,说明我小说写得好。就是从这里头看出来,或者说,应该爱护羊只,或者主题是要好好发展农业大学的畜牧专业,还有养更多的羊,使全中国全世界的儿童都有足够的羊拐,如果把这主题引申成这样,我觉得也可以啊。决不会说这主题是错觉,也从来不反对发展畜牧业,而且我在新疆受穆斯林的影响啊,我是主张吃羊肉的。哦,对不起,这不要得罪养猪专业的人。(笑声)反正羊肉是很好的,对人身体又是很有用的。现在回过头来就是说,我们除了有科学的态度、政治的态度、政治的方式、法律的方式,乃至于数学的方式,把一切看成数字以外,我们也还可以有文学的方式、文学的态度、审美的态度、总体的态度,和不做结论的态度,或者慢慢做结论的态度,别说不做结论,不做结论容易让人抓住辫子。这是我说的第二点,方式与态度。

第三点呢,也就是个性与创造。文学的一大好处就是它发挥了人的个性。我看过天津的作家蒋子龙先生有篇文章,他有一个对各种行业的人的自杀比率的统计,就是根据外国的资料,反正这个搞文学的人啊,自杀的比率不小,可能是因为个性太发达了。这点大家别忘记呢,我献身文学已经五十余年了,我是越活越高兴,决无自杀之心,而且我希望大家学文学也不是为了自杀,而且活得更好更快乐,更健康,就是身心更健康。现在说到哪儿了?老了。我觉得个性本身,就是大自然的一个创造,个性那么多种,但是人和人很少有同样的,只有在小说里边儿有特别的同样儿。在《双城记》里就有两人长得完全一样。这是小说和电影里的事情,而实际上是没有的。文学的创造呢,应该说一切都有创造,特别是文艺类的东西都有创造,但是对文学类创造的要求,可以说更加严格。一个画家,比如说画画,画南瓜。他今天画一个南瓜送给张三,明天又画一个更大的南瓜,送给李四,而后天他又画一个小一点儿的南瓜,这个画家不会受到责备。但如果要是一个文学家,他今天写一个南瓜,明天写两个南瓜,后天写小一点儿的南瓜,再大后天写大一点儿的南瓜,那么这个作家就活不下去了,那大家就把他骂得一塌糊涂了,彻底否定了。创造和个性是分不开的，你不敢于发挥你自己的个性，你不敢于张扬你自己的个性是不行的。当然你对个性也要修辞，如果你对个性不进行修辞的话，那也可能带着一种恶劣的个性，恶劣的个性经过修辞在文学上也能变成正面的东西。我有时候觉得这文学啊，它对于个性有一种无害化处理的作用。比如说颓废，颓废这是一种不好的情感，如果我们班上哪个同学很颓废的话，我希望该班的班主任、班长、团支部书记以及他同宿舍的同学尽量帮助他，不要颓废，你这么点儿小孩你就颓废，你还年轻，真是。但是，如果你把你的颓废写成一篇非常美的文章，能够经过修辞学的锤炼，把它变成一个美的世界，把它变成一个美的宫殿，我就觉得这种颓废呢已经经过一种无公害化处理。最具体的例子，也是我个人的喜好之一，就是李商隐的诗，非常地悲哀："春蚕到死丝方尽，蜡炬成灰泪始干""一寸相思一寸灰"。他写得太悲哀了。所以李商隐一辈子倒霉，除了他际遇上的原因外，和他的个性可能有点儿关系，他偏于消极，他偏于叹息，老在自我叹息，他不像个办事儿的人，是不是？如果他上农业大学来不但不能当校长，我看这个教书都麻烦，哭哭啼啼这不成。但是李商隐，还是要聘他，为什么？如果我们聘了李商隐，即使书教不好，也是我们农业大学的荣耀。为什么？他诗写得好，他的诗，非常美，他用非常精致、优雅而且有出处的一种文字构成了一座宫殿，在这座宫殿里，你会叹息，你会落泪，你会徘徊，但是最后你必须承认，他为人类创造出了一件极为精美绝伦的艺术品，他把汉字，把中国的典故，把中国的故事，把各种表现的方法，运用到极致。这一种个性，甚至于消极面的个性，经过艺术的处理以后，我说它是一种无害化处理，而有着极其独特的创造性。当然不止文学是这样，我们看过那部电影，描写舒曼的，一九九八年，我还专门到舒曼的坟墓上，让我看了非常感动，他的坟墓上有儿童们献给他的儿童玩具摆在那儿，一年四季都会有花朵。但舒曼最后进了疯人院，死在疯人院。但是他作的曲子并不会使你疯狂。相反，他作的曲子把你带到一个创造性的、无人可以抵达的精神境界。

那么第四呢,我想说的就是文学带给我们的情志和趣味。文学对人来说是非常重要的,人应该有能力,人工作态度应该认真,应该尊重领导,遵纪守法,团结群众,应该孝敬父母,等等等等,这些都需要。但是人还是应该有情志、有趣味。当然对于一个坏人,我们应该少接近他,这个坏人也许他有过什么坑害别人的记录,也可能他贪污腐化,有过违法乱纪的纪录,这固然不好,但还有一种人,我常常为之叹息,而不掩涕,什么人?就是说一个无趣的人。同样的经历,比如说大家一起出去坐车,碰到一起车祸,这车祸当然是不好的,但我们假设这个车祸没有出现严重损伤的状况,大家回来了,别人说得有声有色,他只是说:"碰到车祸,没有死伤。"这样的人,怎么样跟他生活在一块儿呢?怎么跟他搞恋爱呢?(笑声、掌声)他就不能从生活中得到乐趣,他得不到生活给他的诱惑,他得不到任何吸引力,他也不会给别人一种吸引力。他也没有幽默、激情,也不会为任何人感动,他也不做梦,连梦都不做,他一句废话都不说。世界上最重要的废话之一,就是哎呀我昨天做了一个什么梦。我告诉你没有一个人想听你做的什么梦,包括你的妻子、你的爸爸或者你的女儿,只有一种人想听——精神病医生,如果你已经有了心理疾病,比如说你做了噩梦,这个精神病医生会听的。但是你至少有这种冲动啊,做梦的冲动,有一种说废话的冲动啊。像今天我在这儿讲话有百分之几十的废话,我想我自己往低了估计一下,起码百分之十五的废话,如果没有这百分之十五的废话,还是真实的王蒙吗?(笑声、掌声)我可以朗诵教材呀,我口齿清晰。从文学当中能够得到一点儿情志,得到一点儿趣味,对我们也是非常珍贵的。

最后我要说一下表达和理解,文学的最重要的一个能力,就是表达,通过表达来取得别人的意见。同样一个风景,大家一起去了,一起看了,一个有文学修养的人和没有文学修养的人,对这个风景的理解是不一样的;同样的一个经历,一个很普通的经历,比如说吃一顿饭,吃饭时吃得特别高兴,吃饭的时候碰到了老朋友,或者吃饭的时候和服务员吵起来了,那么一个有文学修养的人他的表达也是不一样的。我们说妙笔生花呀,有时候这个话有反面的意思,说天花乱坠,说讲起什么东西来,真是口若悬河,滔滔不绝,然后再说把死人都说活了,这是一种表达能力,而且真是非常遗憾,虽然我们有各种各样的表达方法,外国人也讲这个 body language,但实际上我们依靠的是语言,有声的和写在纸上的文字。如果我不幸,失声了,不能说话,在这儿,我一个半小时弄 body language,我又不是学法律的。所以这个语言文字对人太重要了,这种表达实在是太重要了。有时候,我甚至感觉到,有些政治上的纠纷,有些外交的纠纷,最后变成了一个修辞问题,我不知道我这样说对不对,就是要找一个词儿,要让各方都能接受。比如说中美撞机事件,撞机事件我们说你要道歉,美国说我不道歉,最后美国表示 deeply sorry,我们就理解为它表示道歉,因为美国"deeply sorry"了,美国说我没有 apologize,我没有正式道歉,"deeply sorry",我很难过,你死了一个人我当然很难过了。再举个例子,比如说,基辛格来上海会谈的时候,我们希望美国承认一个中国的原则,他想了一个什么词呢?既然海峡两岸都坚持一个中国的原则,我们对此,"没有异议"。不是用一个很强烈的词。这样,就连周恩来也说你基辛格是博士。其实基辛格不是语言学博士,也不是文学博士,当然他是哲学博士(Ph.D)。所以,语言表达太重要了,刚开始讲政治,前面也讲到了爱情,甚至就牵扯到你实用的各个方面。我在新疆的时候,我在这儿吹一个牛啊,因为我维吾尔语学得比较好,比我的英语强太多了,所以那时候我那个单位——新疆维吾尔自治区文联的维吾尔人办什么事儿,都找我当翻译,为什么?他们发现找我当翻译,这个事儿容易办成。比如说请假,比如说申请补助,比如说申请解决夫妻两地分居问题,比如说申请房子,比如要求挖菜窖,多分白菜和土豆,等等,他们认为只有王蒙才能做翻译,你不信你就换一个人来试试。比如说,我家里困难,我要求给我发七十块补助,那时候一百块钱不敢那么申请。你换一个翻译不好的人去:"领导,钱拿来,家里没钱。"我为什么要给你呀?相反我呢,我会说:"啊,我们确实有困难。"这种表达,是对成功的一种保证。我有时候还看,对不起了,我经验有时候很有限,我又讲到我的孙子,我看我的孙子小时候做的那些文字题呀,我有时候弄不清楚他考的是数学还是语文,因为它这个叙述非常地绕嘴,叙述如果你没弄清楚,那个题你无论如何也没办法做。同时还有理解,你要把不容易理解的话理解,你要把发音不正确的话,也要理解,把语法不正确的话也理解,所以有了文学。把人类的语言,在中国来说,尤其是把中国的语言,把它的可能性来进行充分的探求,就是这样一种语言究竟有多少表达的可能性。这个可能性既有正面也有负面,因为有时候一句很好的话,大家都接受后,它就变成了套话,本来是一个很好的话,本来是非常正面的话,变得使人家不相信了,比如说"我真心地感谢你",这是一句很好的话,但如果你一直挂在嘴上,人家给你办点什么小事儿,"我真心地感谢你"。人家不但没有认为你真正地感谢他,甚至觉得你虚伪,甚至觉得你酸溜溜的。还有些呢,很普通的话,但是经过不同的处理,一下子就有了味道。尽管我过去看的是俄文的翻译作品,我看卡拉耶夫在他的作品中描写苏联卫国战争期间,一个军官在战争中牺牲了。然后他的妻子就到他的坟上来,因为他只好就地掩埋了,他妻子到了他的坟上,这是一个俄国的老作家写的。最后结束时,就是写了:"然后她走了。"我现在无法给你们传达"然后她走了"这五个字对我的感动。对,因为"然后她走了",这是太普通的话了,但是我觉得这小说结束在这儿,是借这非常普通的话,非常一般的话,一下子就有一种说不完的力量,比怎么写都好。这样一个平静的结尾,一个含蓄的结尾,比那种夸张的、煽情的结尾要好得多。我们也可以这样写他的妻子,拿起枪来向着德国人冲去,喊着:"乌啦,斯大林。"这不对呀,它不能够,即使在战争期间也不是每天二十四小时都在冲锋的呀。所以我觉得,对于表达,对于理解,对于感受,我们天天用得如此之多，以至于司空见惯，以至于你发现不了它们的光彩和力度，那么文学起着一种激活的作用，使我们能够感觉到。"你好"，你想，"你好"这两个字，很好，中国现在说"你好"了呀，这是解放以后啊，这是建国几十年以后的事，过去见面都是"吃了没有"。从"吃了没有"到"你好"也许就是一种进步。你会觉得有许多普普通通的话，都有一种感情，都有一种光泽，这种光泽需要你的发现。

（作者答与会者问）

问：尊敬的王老师您好，您在几十年前写过一篇文章叫做《组织部新来的年轻人》，我也是来自组织部的年轻人，向您表示敬意，我现在是一名中国农业大学公共管理 MPA 的学员。我的问题是，我们在工作当中，经常要撰写公文，但是公文写作的文学色彩相对少一些，那么在实践中我们怎么样处理好公文写作与文学的关系？

答：公文写作呀，你别写成小说，也别写成诗歌，公文写作是有它自己的规范的，不能和文学混淆，但是如果说公文写作有生命力，就是说它反映了现实，这种真实性、现实对于文学来说永远是有意义的。

问：如果说在我们出生的那个年代，高校中有百分之九十以上是文学爱好者，那么现在一所人文气氛并不浓厚的学校里呢，估计百分之十九都不到，我觉得今天到场的学生当中很多的是出于对您的崇拜或者是好奇，您如何看待文学的没落和商业气氛的日益蔓延？您如何看待那些只为出名而从事文学创作的人？作为前文化部长，您会感到担忧吗？

答：从整体来说，中国爱好文学的人还是比较多的，我们是一个文学大国，有全世界最多的文学刊物，我们出版的文学类书籍的总销量也是非常大的。当然，毋庸讳言，商业化的影响在文学也是有的。那么比如说在"文化大革命"以前，每年出来的新的长篇小说，大约是十到十一种，现在每年出的长篇小说是五百到七百种。所以呢，我不认为这个是文学的没落。第二,我认为一些适应市场的消费性的文学作品,这是人之常情,比如说有些侦探的、武侠的。武侠有时候也可以写得很好,可以写得像金庸一样好。言情的,还有神怪的这样一些作品,这些都是不可避免的。其中有很不好的作品,我也完全相信。但是即使在这种情况下,仍然有好的作品,这些好的作品,仍然有它们的销量,虽然说并不太大。比如说现在有些中年人,像莫言、池莉、贾平凹,他们的作品既有相当高的艺术质量,也有很好的销路。像韩少功、张炜他们的作品没有上述的三位作家的作品销量那么大,但是也受相当的有知识的读者的欢迎,所以刚才你说一个是没落,一个是担忧,我必须说,第一不是没落,第二我没有那么担忧。那么这种不同的作品,在市场上激荡,在市场上它们会被不同的人所选择。我觉得这肯定是一个过程。我们无法期待每一位作家都成为最优秀的作家,他们有权利发出自己的声音,这是大狗叫,小狗叫,野狗也叫。

2003 年 10 月 27 日

我们的精神家园*

今天我着重谈一个问题,就是文学如何帮助我们去寻找、形成一个精神的家园。先说人的精神现象,人的灵魂家园。那么人的灵魂是什么?这有各种不同的说法,对一个宗教教徒来说,人的灵魂是永恒的。甚至于在人的肉体不存在的时候,也有灵魂。但如果从心理学的角度,我们可以把灵魂看成一种心理现象,就是人的自我意识,人的愿望、追求、情绪和内心世界。有一个略显夸张的说法,说除了宇宙以外,还有内宇宙,就是说,每一个人都是一个宇宙,他的内心对他来说,就是内宇宙。就像宇宙是探索不完的一样,你自己的内心你自己也弄不清楚。为什么灵魂需要家园,需要寻找家园?我想这是人对自己的精神世界,对自己的灵魂越知觉,就会越感觉到的困惑,乃至于痛苦。

首先,每一个对自我的知觉的个体,他会承担这生命本身带来的困惑。就是佛家所说的生、老、病、死。所以,寻找精神的家园,或灵魂的栖息,心中就包含着对永恒的一种渴求和追问。这是生命本身带给任何一个生命的困惑。其次,每一个人,从他出生的一刻起,他的主观、他的自我,他和这个世界、这个环境、这个社会就有诸多的不平衡、不协调。每一个人都希望自己过很幸福的生活,但他又往往能感觉到他的生活不那么幸福,所谓"人生不如意事常有八九",可能

---

* 本文是作者在深圳的演讲。

是对物质生活不如意,也可能是对家庭生活不如意,也可能对社会生活不如意,也可能对人际关系不如意,这几乎没有人能摆脱的。在我年轻的时候,我相信政治万能,就是说一切的不如意,一切的痛苦,都是社会制度不好造成的,社会制度好了,就会幸福了。当然,我们现在没有人这么看,我们现在不管你是在什么样的社会环境,什么样的体制下面,都会存在着你自己的愿望,自己的梦想和这个社会不相平衡、协调这样一种现象。香港人喜欢讲"心想事成",心想而事不成是一个悲哀,反过来我们想一想,如果你想有什么就有什么,那这人生活着还有什么意思,想有钱就有钱,想个子长高点就长高了,那样不叫生活,叫发疯。

　　这里产生了一个问题,人的精神生活。其实,人的精神现象它是充满了悖论的,是互相矛盾的。第一个矛盾,是人在自己的生活中,对于陌生的东西,是感到隔膜和疏离的,我们到了一个新的地方,我们会感到紧张,人一生下来,在这个陌生的世界,就有一种隔膜感,他不了解周围的一切,他不知道周围这些陌生的面孔是否都是好意的。但是你对周围的一切很熟悉了,你又会感到厌倦。契科夫写过很多小说,就是描写当人的很渺小的愿望实现以后的寂寞和沉重。比如他的封笔之作《新娘》,就是写这个新娘在她就要结婚的时候跑掉了,因为展现在她面前的是一个没有变化、没有生气、没有趣味的生活情景,尽管有房子和稳定的收入,但作为一个青春期的女孩子,她充满着对生活的憧憬,不愿意过这种平淡乏味没有色彩的生活。所以,陌生和熟悉是一对矛盾,对环境陌生让人困惑,但对环境太熟悉,也是一种灾难。

　　同样,理智与情感也是精神世界的悖论,一个非常清醒的人会丧失许多探询未知世界的乐趣。有报道说美国对恋爱中的男女进行调查,结果是这些人完全符合精神病的临床诊断要求。比如各种的幻想、莫名的兴奋、各种因心理作用产生的对对方的美化。所以,太清醒的人会希望自己有时候有那么一点感情的燃烧。能够奋不顾身,忘记一切,用心理学的话讲是有一次"高峰体验"。这是心理的悖逆现象,你无法解释。再比如说,此处与别处,这也是一对悖论,人对自己已经得到的东西是不以为意的,人们总认为自己理想的东西是在别处,在他处,英语里就有这样的谚语,叫"山那边的草更绿"。

有时候,精神世界的东西和物质世界又是相一致的。比如你的饮食正常,身体健康,那么就会心情愉快;反之,三天没有吃上饱饭,自然心情烦躁。但这些有时候又是相悖的。比如你生活安逸,一切都稳稳当当,你可能就会很痛苦。但如果你的生活处在极度贫困,或者还在为怎么吃饱饭在发愁的时候,你可能不会,因为你要考虑的事情很简单,就是如何糊口,如何把吃饭需要的钱弄到手。所以,安逸的生活,不一定会使你对生活的惶惑减少,相反还可能导致增加。怎么办,这就是我的第二个问题,就是人对自己的精神家园的追求。

这个问题也是因人而异的,子曰"朝闻道,夕死可也"。这句话,用现在的话说,就是"如果早上我能掌握了真理,那么我晚上死,也是甘心的。"在这里,真理就是人的精神家园。对于很多学者来说,真理就是他的精神家园。而对于其他人来说,精神家园应当是对宇宙的和个人的终极的去向、对自己、对别人的终极的归结的一种向往和追求。这已经不是科学的,而是宗教、神学的一种追求了。在苦苦的思索中,给自己缔造一个家园,这个家园就是神,它超出万物,成为我们的本原,我们的归宿。这个本原、归宿和主宰,是天主教所说的"主",你也可以把它理解是"法""佛法",是"安拉""胡大""耶稣",这里不管你具体的宗教信仰,他就是一种追求,就是追求至高无上、完美无缺,主宰一切,永恒不灭的一种归宿。宗教的问题在这不再多说了。

也有人对精神家园的追求表现为对精神的和道德的追求,这种追求不能解决任何的社会问题,比如"助人为乐""乐善好施",这就是说某人坚定地相信他所确认的道德观念,那他的精神世界是相对平静的。但这种价值和道德的认定也是一把"双刃剑",它具有排他性。比如助人为乐,我们如何看待没有这么做的人,对好人坏人,你的判断标准是什么？比如你向患者捐献骨髓,你很伟大,但你的邻居没有这么做,你怎么看？比如伊拉克战争,对发动战争的美国人来说,他们觉得这样可以带给人民自由和解放,但伊拉克的抵抗势力则认为美国人是侵略者,要坚决抵抗。这种不同的价值认定会形成非常残酷的纠纷。同样的,不同的宗教信仰,不同的道德追求,都会形成很尖锐的问题。

还有很多人,把他的精神家园和自己的事业是联系起来的,这种联系不能解决各种宗教间的区别和纠纷,不能解决有神无神的问题,但至少,可以把自己的那一件事情做好了。你是政治家,就推行你的政治纲领,希望你的党派实现其政治理想；你是企业家,就好好把你的企业做大做强做好。事业是永远不会终止的,是比个人的生存更长远宏大的东西。事业也是人们精神家园的一种努力。

综上所述,精神的家园,并不是像物质的家园一样,是固定的东西,它是动态的,本身是一个追求的过程。

第三个问题,文学究竟能给我们的精神家园带来什么？现在文学已经没有前二十年那样受人重视了,因为我们的社会走向已经相对来说比较稳定、正常了。人们更多地去关注经济和物质的东西去了。因为我们从那样一个起点,要发展到小康,物质上要做的太多太多了。但人们也不仅仅满足于物质这些东西,虽然文学没有二十年前那么热火朝天了,但中国还是有重文的传统,在"文革"前的十七年,每年出版新的长篇小说,十到十一部,现在是每年五百到七百部。这些书面对的文学读者加起来,是一个巨大的数量。所以,我认为,文学对于我们寻找精神的家园所起到的作用,是别的东西所不能代替的。

一,它大大地拓展了我们的生命体验。任何人在生命中体验到的东西都是非常有限的,小康生活的人不能体会赤贫的、冒险的、犯罪的各种其他的生活,生活在国内的人不能体会到海外华侨生活的感受。而文学的好处就在于它能扩展你对生命的体验。比如航海、探险、战争。再比如爱情,每个人对爱情的向往和追求都是无限的,但每个人也都受到很多的限制。我曾多次告诉听众,小说家在爱情经历上并不会比常人更神奇更丰满,因为谈恋爱也是不容易的事情,需要解决各种技术上的和设备上的问题。文学里有两种东西,最能满足人们的要求,一是爱情,二是战争。原因是发动一次爱情和发动一次战争一样,有相同的难度。许多著名的爱情小说,恰是出自在爱情上相当失败相当遗憾的人之手。比如安徒生,他是老单身汉,所以我想他之所以能写出那么多的童话,和他的单身生活是分不开的。相反,如果他红袖添香,夜夜笙歌,他能构思出那么美好的童话吗?古今中外的小说都有一个永恒的题材,那就是不圆满的爱情。再比如流芳千古的《红楼梦》,让我们感动的就是贾宝玉和林黛玉不圆满的爱情呀!相反,如果安排的是宝黛联姻,有情人终成眷属,那这出戏还会有人看吗?还会有这么多的人如此感动吗?再譬如罗密欧与朱丽叶,因为误会而双双丧命。所以,文学能够表现人类许多没有实现的愿望、理想或忏悔。它并没有解决多少实际的问题,但它至少能告诉我们,这个世界不是那么陌生,那么可怖的。正是"诚知此恨人人有"啊!

二,文学虚拟地实现了你的愿望。人都有很多的愿望,比如人在深圳,但想着去南极探险,怎么去?可以看一本讲述南极探险的小说,就是说人们在小说中发现了虚拟地实现自己的愿望的可能。用一个不是太恰当的比喻,那就是文学能让我们望梅止渴、画饼充饥、纸上谈兵、做梦娶媳妇。就是说哪怕是用语言和文字描写一个虚幻的、相对美好的前景,那对人也是有益的。

三,文学能把你各种的生活体验浓缩化、强烈化、戏剧化。我们可以假设你的生活基本平稳,缺少刺激的、强烈的、动人的事情,那么当你在文学作品中看到的一对青年男女,历经千难万险,终于走到了一起,那你会为之悲、为之喜,为之惧。这种感觉是对个人感情的一个很大的丰富。我的姨妈非常喜欢看苦戏,每次看都是为了能在剧场里好好地哭上一把。原因是她自己的生活中有很多的压抑,很多的悲哀,当她不能为自己哭泣时,她去看《赵氏孤儿》《狸猫换太子》《王宝钏苦守寒窑》,然后跟着戏里的人物好好哭上一场,让自己的精神得到共鸣和宣泄。这是好事。所以,从心理健康的角度来讲,有一出戏能让你好好哭上一场,这也是一种福气咧。另外,这也能让你对自己生活当中的细小体验有新的观点和感受。比如当你正在对身边的爱人和舒适的生活熟视无睹时,你看到了文学作品中其他人悲惨的境遇和苦难,你就会开始珍惜你现在平庸的,渺小的,但是弥足珍贵的生活。所以,文学能让你对生活少一点厌倦,多点感动,少点烦躁,多点趣味。这也是不易之事。

四,从文学作品中能获得感情的需要。除了上述三种,文学还有一种功用,就是追求感情。贾宝玉和林黛玉,追求的就是感情,没有别的。在贾宝玉那儿,所有的封建价值观念全部被否定了,比如仕途经济。林黛玉更是如此,他们唯一的追求就是情感。而灵魂,也就是被情感所缭绕,所缔造,所激扬,所困扰着。人活着,他的情绪是不断起伏变化的,而这恰是文学作品的强项。描写工业题材的作品,也许能帮助你搞好工厂,描写战役的作品,也许能提高你的军事素养和知识。但这些都是靠不住的,文学最重要的仍然是它在情感上带给我们的满足。包括亲情、怀旧之情、山水之爱等。作家出版社最近出了一本书,叫《你是不会说话的人——一个猫的家族的故事》。因为我是一个爱猫养猫之人,我可以作证,这本书对猫的描写是完全真实的。他写猫是最需要爱的,猫和猫的个性非常不一样,猫在经历了一些事情以后性格会发生变化等等,他的描写非常动人。同样,国外名著中描写动物的也是如此。

五,文学作品能或多或少地满足我们靠近、贴近永恒的愿望。世界上的一切事情,都是转瞬即逝的,这是很悲哀的。一切的东西,无论好坏,无时无刻不在变成往事。这是很无奈的。但是,还有书存下来。还有文学作品尽可能真实地记载着那些值得记忆的东西。哪怕是充满牢骚、愤恨、不满情绪的东西,它仍然包含着作者对美好事物的一种渴求。描写尔虞我诈的作品,恰恰表明作者在寻找和渴望一种真诚、善良。因此,作品无论正反,都在使我们和永恒贴近,因为现实总是充满了缺陷和局限的,但在文学作品中,无论哪种笔法,都表达的是作者希望这世界更完满,更美好的一种愿望。而这种东西恰恰是我们在真实世界里做不到的,但文学让我们朝着这个理想和完美的状态不断靠近。因此,我认为,热爱文学,多读些书,这不失为一个好的、寻找和形成自己的精神家园的方法。

2003 年 11 月 16 日

可能性与小说的追求*

一 可能性对文学来说是一个关键词

小说让"可能"变成现实

我要讲的不仅限于小说,但主要谈小说,原因是小说大体上是按照生活的本来面貌再现生活的。

可能性,在文学当中是一个关键的词,甚至于对人类的实践活动都是一个非常重要的词。比如说,各种原理的探索和发现都是对一个可能存在的东西或可能存在的规律的迫近。一个建筑师在他设计的宏伟建筑未建成之前,这个建筑对他来说只能是一个可能性。当然在科学的或工业的许多领域内,可能性并不意味着学问、实践或者活动的完成。只是画蓝图,不意味着建筑的完成,必须把它建成了,经过检验合格才算完成。但是文学不一样,文学上的可能性就是要把这个"可能"写得和现实一样,把可能性写好了就是完成了一部好作品,也就是使可能性虚拟地实现了。比如说爱情的可能性,爱情的可能性不能像建筑师似的画一张设计图,告诉人们你应这样相爱,这是不行的。你必须把这种可能性写得栩栩如生,和确已发生过一样,和已经完成过一样,和已经是现实一样。在文学作品里我们所说的可能性就是可能的现实,或者是现实的可能。

---

* 本文是作者在青岛海洋大学的演讲。

诸葛亮　用最通俗的例子说起,比如写一个人的智慧,这个人能智慧到什么程度？于是我们马上就会想到诸葛亮。诸葛亮的智慧就是上知天文、下晓地理,可以借东风火烧战船,可以看出谁有反骨,未出茅庐而知天下大事。这是我们所知道的一个人可能有的智慧,他的预见,他的知识,当然诸葛亮还加忠诚,智慧和忠诚的可能到了诸葛亮身上就变成了现实。但是这个诸葛亮是小说中的诸葛亮,它表达的其实是一个人可能的智慧与忠诚,是人们对于智慧与忠诚的理想。

　　林黛玉　再比如说一个美丽的人物——林黛玉,《红楼梦》写出了一个又多情、又美丽、又孤独、又忧郁、又脆弱、又天才、又智慧的女孩子的可能性。你很难设想出一个身体比林黛玉更健康的女孩子,每天早上跑四百米,但是具有林黛玉的才能和敏感。谈到诗,她十三四岁就能写那么好的诗,人又那么聪明,又那么秀气,很难超过她。这与其说是林黛玉的实际状况,不如说是一种可能性。

　　安娜·卡列尼娜　俄国人就把他们对于女人的美丽与真情的可能性的想象寄托在安娜·卡列尼娜身上。在俄国人心目中,她是一个圣洁的形象。托尔斯泰本来是写情欲给人带来的毁灭,但是最后被人们接受了,她变成了一个最美丽最圣洁的形象,所以俄国人看了美国人演的电视连续剧《安娜·卡列尼娜》就气得不得了,因为在他们心目中最圣洁的、高不可攀的,一个比美还要美的安娜·卡列尼娜落实成一个美国女演员。哪怕这个美国女演员身高1.72米,三围也都很合乎标准,但她把可能性给封杀了,她已经不是可能性了,变成了一个活人,甚至难免会有美国女人所特有的健康、豪爽、热情、淳朴,会有一种简单,会有一种浅薄,会有一种粗俗。

小说的"可能与不可能"

　　可能　特别是小说,为什么我没全面地谈文学的可能性而谈小说的可能性呢？因为小说是大概按照生活的原貌来给你讲一段生活,给你讲一段已经发生的事情。已经发生的事情不是绝对已经发生的事情,而是可能发生的事情。比如说爱情,可能发生的最震撼人心的爱情故事,于是有了罗密欧与朱丽叶。大家琢磨一下,小说里最动人的爱情故事大都是不成功的爱情故事,如梁山伯与祝英台、罗密欧与朱丽叶、安娜·卡列尼娜、包法利夫人,没有成功了的。没有几个两人身体健康,都有高等学历、正当职业、三室一厅,然后生活和谐,白头到老。当然白头到老也很可爱,也有专写白头到老的,但是正是在这种又是完全可能的又是没有完全实现当中,发挥了文学的威力和魅力。一个男孩、一个女孩很好,都很可爱,就是两人老是被各种机缘错过,你说这是怎样的勾人魂魄!

可能与不可能 还有些是把不可能和可能混在一起,譬如有一些神怪小说、童话,它里面有一些前提是不可能的,至少到现在为止我们常人认为是不可能的。比如说唐三藏,他收了两个徒弟,第三个徒弟沙僧我没研究透,先不谈。我们先说前两个徒弟,一个是猪,一个是猴,你想来想去总认为是不可能的,毕竟是佛教的高僧收了两个徒弟,这毕竟不是养两个宠物,也不是搞一个家庭小动物园。但是它又是可能的,小说在猪八戒的身上尽量靠拢猪的特点,好吃懒做、喜欢睡觉,有很多粗俗的东西,但猪八戒从大节看也还不错,它的一些表现符合猪的性格,符合猪的可能性,所以我们就慢慢接受了,他亦猪亦人,亦俗亦佛,亦忠亦奸,亦蠢亦精,很多地方符合了这种可能性。一只猴儿能有孙悟空那么大的本事,这是不可能,但同时又是一种可能。因为从另一个角度来看,猴子在动物中是够精的,有一句话叫"猴精猴精的",在动物里你很难找到比猴儿更精的。所以作者把一只猴儿描写得那么有本事,齐天大圣,定海神针,种种的故事,在这种可能与不可能的组合之中产生了文学的形象。

文本的可能性 还有一种,它确实不但是可能,而且是现实,就是所谓的纪实小说,所写的不是可能性,而是真正发生的事情。有一些作家,他的经历极为奇特,而且他不习惯于虚构,几乎是忠实地把已经发生的事情、已经看到的事情、已亲身经历的东西写下来。即使在这种情况下，依然是一种可能性。为什么呢？因为对同样一件事情、同样一个人，可以有非常不同的文本，这里探索的是文本的可能性，你用一个什么版本来说。不要说生活中经历的一些大事了，就是一件小事，比如宿舍里住着六个人，谁和谁有点不愉快，说话有点冲撞等一些小事情，这六个人就会有六个版本，或称六个文本，不可能完全一样，有的站在这边一点，有的站在那边一点；有的描写得大而化之，有的特别注意细节；有的是以调侃的态度来叙述这个事情，有的是很激愤地叙述这个事情。所以仍然有一个可能性的问题。

二　小说可能性之两方面

小说可能带给人类什么

这里所说的小说的可能性分两部分来谈，第一部分是小说可能带给人类什么，换句话说，就是小说的理念可能是些什么。中国自古是比较轻视小说的，重视诗歌，所有的大人物都写诗。也重视散文，特别是议论文、八股文，要是中了状元那也是不得了的事情。可是小说一直被认为是引车卖浆之流，在茶馆酒肆里街谈巷议的那些比较粗俗的故事，那些是我们小说的原型。但是到了近代，到了现代，对小说就提得越来越高，到了梁启超，就提出欲兴一国之政治者，必兴一国之小说，欲兴一国之经济者，必兴一国之小说，把小说的作用就看得越来越重要。在小说能有什么理念的问题上，这里只做一个粗略的讨论，并尽量用我们中国的传统语言来讲。

载道　文以载道，这是中国早就有的传统。这里讲的载道是说通过一些很可能是通俗的、曲折的小说故事，能体现宇宙的和人生的一些根本性的道理，能给人以大的智慧。当然不是说所有的小说都能做到这一点，有的小说看了以后不但增长不了智慧，甚至会让你变得更加愚蠢，但确实有些小说在看完之后让你觉得在接近这个"道"，让你接近这个宇宙的本源、根本的规律。所谓"道生一，一生二,二生三,三生万物",所谓"道可道,非常道",但你在接近这个道。

那么和这个载道相接近的,属于这个范围里面的我们也可以讲知命,知天命。这一点在文学作品中就更多,不管是看《三国演义》,还是看《红楼梦》,甚至于你是在读其他体裁的文学作品,比如说看莎士比亚的戏剧,它都有一种非常强的宿命感;巴尔扎克的小说,也有一种非常强的宿命感。其实宿命感就是人对自己不能完全掌握自己命运的一种叹息。全世界那么多人,那么多美好的愿望,但是究竟有多少人达到了自己的目的呢?究竟有多少人是胜利者呢?也有人分析,一个胜利者都没有!比如《红楼梦》里一个胜利者都没有。谁胜利了?林黛玉当然是失败者,难道薛宝钗胜利了吗?薛宝钗当然没有胜利。在莎士比亚那么多戏剧中,你也能感觉到。我在这里并不是宣传宿命论,这和世界观无关,我只是说人生的一种感受。这里可说感受到一种冥冥中你所无可奈何的东西,你感受到在冥冥当中有一种不是你自己能够决定的东西,所以我要讲,载道就是要知命。

还有一个问题现在也是常说的,就是超越。我们通过读一部又一部的小说,读了很多,就会知道世间的悲欢离合。有俄国人,有北欧人,有日本人,当然首先是我们中国人,有各个朝代的人。我们看到人和人之间可以爱到什么程度,可以恨到什么程度,斗争可以激烈到什么程度。最后我们在得到了种种感受之后,我们能不能达到一点点超越呢?

我想这个超越和虚无并不完全是一个意思,在这点上我稍微多讲一讲。有人说《红楼梦》中有一章在宣传所谓色空观念,色即是空,空即是色;好了,好便是了,了便是好,世界上的一切事都是虚无的。你看着是娇妻爱子,但实际上娇妻对你也不会忠实,爱子对你也不会孝顺,你没有什么对娇妻爱子那么放不开的;你看仕途高升是多么可爱,但是你今天高升,明天不知道出点什么事,就戴上枷锁,就进监狱了。但是如果我们判断《红楼梦》的思想倾向的话,不能单独从那几句歌来判断,我们要看整本书,整本书要求的是一种超越,但同时又有对人生充分的认同。看《红楼梦》你就会知道，林黛玉很美、很可爱、很纯洁，林黛玉绝对不是赵姨娘，绝对不是多姑娘，绝对不是尤二姐，林黛玉就是林黛玉。贾宝玉有贾宝玉的泛爱、真情，他的这种真情，也有很多真实的东西，如《寿怡红群芳开夜宴》，你会感觉到那是那个时候的青春的颂歌，因为那个时候不可能一群丫鬟一见贾宝玉，就"happy birthday to you"，只能用那个时候的方式，就是大家猜拳呀，行令呀，聚会呀。当然贾宝玉要享受，他既是那里唯一的男子，又是众女儿们爱慕的对象，还是贾母和王夫人宠爱所集中的一个人物，自然有特别的优越性，这揭示的是古代的一个命题，什么命题呢？就是"无非无"。这个话非常别扭，就是说无并非压根儿什么都没有。如果说《红楼梦》中有一种虚无，那是经历了人生的真正的滋味以后的超越，是什么都有过了以后的无，而不是对人生本身的否定。既然爱和不爱都一样，既然是为官的家业凋零，一切都是失败，人人要失败，那一生下来就掐死他好了。超越不是这个意思，而是在已经受了酸甜苦辣、悲欢离合以后，你会感觉到心胸更开阔，感觉到"白茫茫一片大地真干净"，这个干净并不是什么都没有。如果压根什么都没有，就没什么白茫茫的大地，只能是从黑洞到黑洞，一片白茫茫的大地，既有大地，又有白茫茫，已经是非无了。

所以说文学作品中的载道，哪怕是最虚无主义的、最超脱的东西，都是建立在人生的沧桑经验之上的，是对人类沧桑经验的一种肯定，是对那些表面的东西、肤浅的东西、狭隘的东西，亦即所谓浅层次的东西的一种超脱。它让人明白，人生当中原来可以有这么多悲欢离合，可以有这么多升降浮沉，可以有这么多前因后果。这样你在现实中碰到一点鼻子底下的小事，就根本不会把它放在心上，就能做到"无"了，能做到无就是超越，就是知命。人不可能每件事都计较，每个人都计较，每一分钟都计较，只有在有所不闻、有所不问、有所不知、有所不为的情况下人才可能有所知、有所问、有所闻、有所为。我想，大家看小说，会得到我们称之为"载道"的一种东西。

求仁　小说不管写成什么样,哪怕写得很残酷、很黑暗,但是我们总希望在里面看到作家的一颗仁者的心,一种对人类同情、理解、良善的愿望。很多写旧社会悲苦的作品,但读后都会让人感觉到作家有一颗求仁之心、仁者之心。鲁迅是一个非常尖锐的人,他的很多作品看上去是非常无情的,有些批评是严酷的,甚至于是苛刻的,但鲁迅在写到劳动人民的时候,他永远有一颗同情心。他写到那些不幸的知识分子的时候,也仍然有一颗同情心。不管是看《故乡》里的闰土也好,还是看《药》里夏瑜和他的家庭,甚至于看阿 Q,你总觉得在那么多嘲笑后面,仍然有一颗仁者之心。因为他写了阿 Q 那种物质上和精神上的绝对的匮乏所造成的这样可悲的处境,至于他写到孔乙己,写到魏连殳、子君、涓生这些不同时期老式和新式知识分子的悲剧时,更有一颗同情之心。

和求仁有关的或是非常接近的一个词,我很喜欢的一个词就是悲悯之心。因为人生确实并不顺利,人生有许多痛苦,有许多失败,有许多挫折,有许多困惑。那么作家写的这些作品呢,并不能够保证人们看完后心想事成、万事如意。因为万事常常不一定如意,或者不大可能都如意,心想也可能事成也可能事不成,所以有时候虽然是在小说里谈一些贩夫走卒之流的故事,但里面隐含着悲悯之心。比如《今古奇观》中杜十娘怒沉百宝箱,看完后总觉得难以释然。当然不同的人看杜十娘怒沉百宝箱也许会有不同的遗憾,要是一个财迷看完后最痛苦的是"那个箱子要是分给我一点,也比扔到江水里面好嘛",或者最好考证一下,那个箱子掉在什么地方,能不能去打捞一下。但是更可悲的,是杜十娘本身的命运,她一个风尘女子,还希望得到真情,这个愿望实际上是实现不了的。关于悲悯之心,柳鸣九教授要专门谈雨果。在《悲惨世界》那个主人公冉·阿让身上,悲悯简直是得到了理想化的表现,感到冉·阿让简直就是天使,就是佛,就是"我不入地狱谁入地狱",就是拯救所有人的灵魂,所以叫《悲惨世界》,这个小说题目的本身就充满了悲悯。

也有把求仁的可能性变成了小说中的自我忏悔的,这种忏悔性的小说也非常多,最著名的例子就是托尔斯泰的《复活》。作品中描写聂赫留道夫公爵的忏悔,一个出身很高贵,自以为很文明,自以为很绅士的这么一个人,当他回想往事,反思自己年轻时的所作所为,发现了自己身上那么多自私的东西、卑劣的东西、不负责任的东西。托尔斯泰在另外一个小说《安娜·卡列尼娜》里,对安娜·卡列尼娜可以说是用悲悯的眼光来写,而他对列文呢,则是用忏悔的眼光来写。在小说进入了忏悔的阶段时,就一下子获得了一个非常大的严肃性。一般地说我并不主张一切小说搞得非常严肃,因为人们每天的生活就够严肃的了,再看几本内容很严肃的小说,这够呛。但是我们不能否认有一些小说里确实有作者的血泪忏悔,有作者的血泪反省,而且我非常尊重这样的作者、这样的作品。我归纳到求仁这个大题目底下的,还有小说中表现的英雄主义和人道主义,这在古今中外都有,都是为了树立一种道德的理想,把道德的理想变成一个活生生的人。看《精忠岳传》,或者是《说岳全传》,也是树立一个爱国的、忠君的、几乎是无可挑剔的、完美无缺的英雄形象。人道主义呢,那就更多了。十九世纪的现实主义作家几乎都在自己的作品里头拼命地表达同情不幸的"被侮辱与被损害的"人的情愫。这是属于第二个方面,就是求仁的方面。

批判 小说的批判功能也是非常明显的,特别是在十九世纪后期,一批所谓批判现实主义的作家,他们和古典主义不一样,古典主义侧重于传奇,侧重于英雄故事。到了批判现实主义时期,他们注视着社会生活,他们剖析了社会生活中那么多的不义,那么多的不仁,那么多的不公正。不管是巴尔扎克、托尔斯泰,还是狄更斯,还有很多,俄国的更多了,他们都在自己的作品当中揭露了社会的许多问题,也揭露了人性上的许多问题。和批判有关系的,但是没有批判那么深刻的,比如说我们中国也有过所谓黑幕小说,像《官场现形记》、《二十年目睹之怪现状》。现在也不能说这种小说已经绝种,就是有一种类似的揭示的快感,好像让你知道,或者是生活,或者是某一件事,某一个群体,这里头有多少黑幕。但是这种单纯的黑幕小说,它的文学成就是有限的,因为它缺少一种更深刻的分析,也缺少我前边说的那种仁者之心。

益智 小说还追求益智,就是增加你各个方面的知识。这方面的作用也是不可少的,虽然有些不大靠得住。

对魏、蜀、吴三国的历史,包括我在内,我们是从哪儿知道的呢?非常抱歉,我们是从《三国演义》这部小说里知道的,尽管这部小说里有许多和史实不完全符合的地方,可是我知道了史实之后反倒觉得非常遗憾。比如历史学家说周瑜并不是那么年轻,也不是那么爱生气,因为你在京剧舞台上,在《三国演义》里(京剧舞台其实也是按《三国演义》来描写)诸葛亮是一个足智多谋、留着长须、身上穿着八卦服,学问很大、智慧很高的人。周瑜是带着翎毛、很帅很漂亮,但又很好胜、火气很大的人。但史学家说根本不是那么回事,说周瑜的年龄比诸葛亮还大;根据历史上的考证,周瑜也不是气死的,也不是活得那么短命。我知道了这个情况以后呢,小说的力量让我不愿意面对真实,觉得很遗憾,觉得好多的故事都没有了!有时候我们也知道一些具体的小说素材是怎么来的,这个作家也承认故事是根据谁的故事来的,但好事者是非常多的,他就愿意想办法去考证。比如说一个爱情故事,这男的是谁呀?那男的是老赵。那这女的是谁呀?这女的是小丁。你一考证就玩儿完。本来小说里写的小丁是非常美丽、非常漂亮的人,但你看到她的时候她已经五十八岁了。你一考证,哎哟,她值得这么失魂落魄吗?所以说小说给你很多知识,充实了你生活的经验。因为每个人现实生活的可能性是非常受限制的,而文学的可能性是不受限制的。你可以读希腊的古典神话,可以读荷马的史诗,可以读欧洲的、美洲的、航海的、探险的、沙漠的,一直到侦探的、警匪的……各种作品都可以读。

还有人们不希望各种经验都有,比如被抢劫的经验,不希望有;

天灾人祸的经验,不希望有;战争的经验也不是好事,原子弹轰炸的经验你也不希望有。但人们不希望有又希望知道,又求这个"知",那怎么办呢?那就读小说呗,小说在这方面起一个益智的作用。

游戏 这一点非常的重要。刚才我讲了小说那么多重要的作用,又载道又求仁,又批判又益智,但是最后我说,要游戏!因为小说不是以教科书的形式、以教科书的性质来让人受教育。当然你们文科有些书必读是为了得分,那另外再说。对多数人来说,从小说里头得到一种娱乐,得到一种趣味,得到一种轻松。邓小平同志就讲过,他说我有时候也看小说,我要换换脑筋啊。我想他说的换换脑筋,就是他整天忙于国家大事、党的大事,还有国际的大事,他换换脑筋就是轻松一下。所以连邓小平同志也承认,读小说有所谓"换脑筋"的作用,有休息的作用。

小说的游戏作用是被很多东西所决定的,它很有吸引力,可以转移你的注意力,即使它非常地严肃,题材非常地重大,但是它毕竟都是纸上谈兵,没有现实的危险。哪怕你看《忏悔》,看得心里头非常感动,甚至于流了眼泪,但这毕竟不是那个"双规"的忏悔啊,它不具有"双规"的威胁呀!你是舒舒服服地流泪的呀!还有叙述本身可以成为游戏,文字本身也可以成为游戏。自从人学会了语言、学会了文字以后,除了表达的功能外,如用语言来请求,用语言来说服别人,或者用语言来威吓、恫吓别人,语言还有一个功能,那就是游戏!语言本身是很好的游戏,有绕口令,如"吃葡萄不吐葡萄皮"什么的,这本身就是一个游戏。还有一些纯粹的文字游戏,它也有一种游戏的作用,能够使你变得轻松,能够使人通过非常美好的描写、非常深情的描写,起到一种间离的作用、间隔的作用。比如说李商隐,李商隐的很多诗是非常颓废的,如"春心莫共花正发,一寸相思一寸灰""春蚕到死丝方尽,蜡炬成灰泪始干",但是通过这种绝美的描写,使他的爱情和仕途上的悲哀,与文字表达之间产生了一个距离,变成了一个咬文嚼字——要有对偶,要有平仄的和谐;字还要用得非常地准确、非常地古雅,这又变成了一种对文字的推敲。我相信一个人到了这个时候,反倒得到了一种解脱。所以说小说游戏的作用也是非常重要的。

美 这一点为什么把它放在最后谈呢,因为这是我最没有把握的一点,但又是最重要的一点。就是通过我们的小说来追求一种美的可能。这种美的东西,对于文学家来说是太重要了,对于喜爱文学的人来说也太重要了,但是谁也说不清楚。你从理论上、科学上、学问上、学派上,讲美讲丑都可以,都可以讲得很方便。有时候我也想,世界上有许多事本来很明白,你一研究它,反而不明白了。一个最简单的问题,就是馒头,这馒头什么叫熟了?一吃就知道了。要对"什么叫熟了"下个定义,我觉得这事就麻烦了,不粘牙就叫熟了?干面儿它也不粘牙啊,吃着香就叫熟了?你如果想下一个科学的定义就非常困难。但是小说里能够给你一个美丽印象,哪怕你写的是很丑恶、很残酷的事情。有时候美让你欣赏、让你愉悦。比如去年我十二月去印度访问,泰戈尔的一些作品读起来,你就感觉到美。

但是也有从恶的一面、残酷的一面,来迫近这种可能美丽。譬如说一个英国作家,更严格地说应该是爱尔兰作家,叫奥斯卡·王尔德,如果你看过《快乐的王子》这个童话,觉得他是对世界充满着悲悯。他写城市里一个快乐王子的雕像,看到一些贫民、穷人生活的惨状,就委托一只小燕子来帮助这些穷人,今天说你把我的眼睛里的宝石挖去送给这个孤儿,明天说你把我头上的一个金片送给那个寡妇,最后小燕子来不及往南方飞便被冻死了,而这个快乐的王子也心脏爆裂,那是非常悲悯的。前年我在都柏林,看了爱尔兰话剧团演的《莎乐美》。《莎乐美》是根据圣经上的故事编写的。那个演员非常漂亮,不但是现实的漂亮,而且是可能的漂亮,她的声音特别有一种感动力,她演的莎乐美是一个非常漂亮的公主,她的爸爸抓住了一个当时认为是邪教的头子,绑在那儿,她随爸爸过来看。莎乐美一下子爱上了这个邪教头子,但是这个邪教头子对莎乐美公主不屑一顾,根本不予理睬。宫廷卫队队长爱着莎乐美,而莎乐美对那个宫廷卫队队长也是不屑一顾。于是那个宫廷卫队队长就当着国王、王后、莎乐美、邪教头子和各位宫廷卫队队员的面自刎,顿时身首异处,栽倒尘埃,就这么死了。事后她爸爸情绪很低落,说:"莎乐美啊莎乐美,你给我唱首歌,给我跳支舞吧。"莎乐美说:"我不想跳。"她爸爸求她,她还是不想跳。她爸爸说:"只要你给我跳支舞,你提出任何的要求我都能够做到,都满足你。"莎乐美说:"我就要邪教头子的脑袋,把脑袋割下来送给我!"她爸爸害怕了,说:"提这样的要求是恐怖的、是有罪的。"莎乐美很坚定:"我可以给你跳舞,你不能食言,我一定要这个邪教头子的头颅。"最后她爸爸被莎乐美给镇住了,被她的美给镇住了。她跳了一个舞,她爸爸就把邪教头子的脑袋割下来了,然后莎乐美就抱着这个脑袋亲吻,并不停地说:"我爱你呀!"中国人看了这个一定很奇怪,这比神经病还厉害嘛!这里面美变成了一个可怕的力量,美变成了毁灭的力量,一个毁灭的因素。欧洲人喜欢玩儿这套,中国人灵魂深处也有类似的东西,中国人对美女一直认为是妖魔鬼怪,妲己、杨贵妃都是女祸。下面我们再来分析这种心理,把美当做一种破坏的力量来表现,当做一种可怕的力量来表现,当成一种令人震颤的因素来表现,这是很奇怪的。欧洲还有美国一些作品有写吸血鬼的,我翻译过一部小说,讲一个很美好很可爱的女子,她是个吸血鬼,他们信这个,至少曾经信过这个,就认为有一个特别美的美人是吸血鬼。我们中国也有,就是京剧《武松杀嫂》。这本来是个暴力戏,但是京剧的表现方式是让观众把它当审美的对象来看,特别是武松杀人的动作,和潘金莲的躲避、躲闪、翻跟头,变成了一个舞蹈,那也是一种可怕的美。曹禺的话剧《原野》,里面有一段就是在荒野之上,仇虎要走了,金子追仇虎,瞎老太太拿着足以打死人的铁杖在后面追,那也是一种可怕的美。

由此可见,小说是从各种不同的角度、侧面来探寻美究竟是一个什么东西,美究竟会给我们一些什么样的震撼,美究竟会给我们一些什么样的吸引,美究竟会给我们一些什么样的刺激,美究竟会怎么样使我们叹为观止。有时候美使我们舒服,有时候美使我们不舒服,使我们感到一种惊奇、一种惊异、一种被刺激的感觉。就是在小说提供的各种不同的人生的经验当中,从各种不同的场景当中,从各种不同的宇宙的变换当中,在寻找一种东西,寻找一种能够震撼我们心灵的,或者能像泰戈尔那样愉悦我们的心灵、能够抚慰我们的心灵的一种美。

追求永恒　不管是载道也好,求仁也好,批判也好,益智也好,游戏也好,追求美也好,能起到什么作用呢?我们的小说在各种文学形式当中可以说是最富于世俗性的,它经常要讲一些平民百姓的故事,经常要讲一些男女婚丧嫁娶的故事,经常要讲一些恩怨情仇的故事,这种最富有世俗性的后面,揭示的是人们在追求一种形而上的东西,在追求一种永恒。

各式各样的小说里有很多很粗俗的东西、很浅薄的东西、很简单的东西和常说的善有善报、恶有恶报、善恶报应。但是在小说背后反映的是人的一种精神追求,反映了人把自己的精神提升到一个形而上的境界、一个永恒的境界的一种可能性。

在这里我也愿意提一下,就是我们大家都知道的一些故事,这些故事作为小说的发生学来讲,我觉得它们给人以启示,让人咀嚼起来无穷无尽。第一个我最喜爱的故事就是《天方夜谭》,也叫《一千零一夜》。故事一开始就开宗明义,是一个暴君由于受到女人的欺骗,每天晚上娶一个老婆,第二天早上杀掉。最后宰相把自己的女儿谢赫拉萨达送到暴君的身边,谢赫拉萨达对暴君说:"明早我就要被砍头了,请允许今晚我的妹妹来陪我。"就把妹妹找来了。妹妹说:"姐姐,你给我讲一个故事吧。"于是她就开始讲故事,暴君也在旁边听。讲到天快亮的时候,她说:"我已经到了死期了,我不再讲了。"这个暴君说:"这个故事这么好啊,今天不杀了,明天再杀,晚上接着讲。"于是她又讲了一晚,这样讲了一千零一夜,这个暴君恢复了人性,把他这条杀人的规矩取消了,一个也不杀了。哎呀,我觉得作为小说的发生学简直找不到更好的诠释了!首先小说是作为一个克服死亡的因素、作为克服残暴的一种因素而产生出来的。其次,小说还是作为克服恐惧的一种因素而产生出来的。为什么小孩子总是到晚上临睡的时候磨着他妈妈讲故事呢?他白天玩得正高兴的时候,在外面连蹦带跳,上墙头、上树,甚至和小朋友打架,他也不会听你讲故事。但是到了晚上,他相对处于一个弱势,人处在弱势的时候需要故事呀。暴君也有处于弱势的时候,虽然他那么残暴,但其内心是非常空虚的,他听到谢赫拉萨达给她妹妹讲故事,他也非常爱听,也吸引了他。小说也有这样一种充满魅力、充满吸引力的因素,也有使人向善的因素,我觉得这特别好。我们中国人喜欢讲大灰狼的故事,版本很多。是羊还是兔子?正宗的版本是什么,是羊?反正是比较温顺的一种动物。它们的母亲外出了,结果被一只狼冒充它们的外婆混进来了,这些弱势的动物联合起来最后把狼消灭了。我觉得这是一个非常好的故事,也是一个永恒的故事。

小说是对时光的一种抗拒,一本成功的小说能使其中的人物永葆青春。在我们的心目中不管什么时候,林黛玉永远是少女,没有一个人的脑子里会想象林黛玉是一个老妪;不管什么时候,贾宝玉都是个 boy,你也永远不会想到贾宝玉是一个 old man。所以说小说追求着一种永恒,连接着一种永恒,这是小说的最高境界。

小说构成的可能性

叙述的可能性 就小说创作本身而言,小说构成的可能性就更多了。比如说叙述的可能性,没有比叙述更引诱人的了。就是要把一件事情讲给别人听,能让人听得津津有味,这实在是一个本事。同样的一个故事,同样的一件事,有人就可以讲得非常生动,讲得非常鲜活,讲得惟妙惟肖,讲得如临其境,如见其人,如闻其声。看《红楼梦》多了,连说话的方式、语言都受到影响,它的叙述能够达到鲜活的程度。第一要生动鲜活,第二要精彩。人生可以是精彩的,也可以是不精彩的,生活中有许多不那么精彩的东西,但是你能不能从这些不精彩的东西里像沙里淘金一样地淘出精彩呢?这难道不是一种本事吗?这难道不是人类能力一种非常好的表现吗?我们说一个是生动鲜活,一个是精彩,那么和精彩紧连着的、比精彩低一等的就是刺激。有很多通俗小说,虽然不甚精彩,但是它很刺激,也算有可取之处。还有,在叙述当中,不断寻求叙述的角度、叙述的声调,这方面的文艺理论非常之多。我现在来说话,当然就是以王蒙的口气来说话,那我写小说就不见得。写小说的我,也可能是小说里的一个主人公,也可能是一个女性。一九五四年我在《人民文学》正式发表的第一个短篇小说,叫《小豆儿》,《小豆儿》中那个我是女性。

结构的可能性 除了叙述的可能性还有结构的可能性,结构的可能性也是无限的。最普通的叫所谓的线性结构,就是按因果关系、按时序来讲叙一个故事,这个方法没有什么不好的。但是如果人人都这样,先讲因后讲果,后一个果又变成一个新的因,如此循环人就烦了。所以就必然出现一种反线性结构,或者是多几条线,或者是颠倒次序。有很多小说它必须颠倒次序,比如说推理小说、侦探小说,必须把结果描得非常刺激,把破案的过程写得非常艰难,这才会有人看。一般的侦探小说、推理小说规律是这样,一看开头就放不下了,结局出来了,没有什么特别精彩的。但是小说通过它的结构完全吸引住了你,完全掌握住了你,完全让你欲罢不能。这些结构也好、叙述也好,可能性往往又是互相背拗的。比如一般我们希望让这个结构非常清晰,能够看得很明白、很清楚。但是有的作品在这方面让人费点劲,看得不那么舒服,甚至一开头看得乱哄哄的,左边说一句,右边说一句,前边说一句,后边说一句,好像给你一大堆七巧板,或一大堆积木,让你看完以后慢慢把它拼起来,最后你在心中整理出一个线索。而这样对有些人来说不失为一种乐趣,他不希望看现成的结论,不希望看流水账似的,或像编年史似的这样的过程。而且这种所谓时空的跳跃叙述能给人一种哲理的启示,这种启示是在那种按时空、顺序写的作品里所得不到的,这就是所谓的结构的可能性、叙述的可能性。

　　语言的可能性　我再特别强调一个,就是语言的可能性。自从有了小说以后,它能把那些我们司空见惯的语言,那些用了又用、已经变得苍白、变得陈旧的语言,经过使用上的花样翻新,能够化腐朽为神奇,使语言一下子发了光,一下子具有了强大的力量,这样的作品太多了,这样的故事也是非常之多。也有些小说家他们甚至不完全遵循一般的语法和修辞的规律。修辞学、语法学里有很多规矩,我们是应该学习的、掌握的。但到了小说家那里呢,有时他是鬼斧神工,有时他匪夷所思,你不知道这个词他怎么能就用上了,而且用了以后收到与众不同的效果,我想这样的例子也是非常之多的。

　　所以从小说的表现上,从小说的创作上,或者说从小说的制造上,它的可能性是无限的。我们可以说,小说是人的精神的试验场,这个试验场不仅是便捷的,而且是无穷无尽的。

2003 年

汉语写作与当代文学*

《汉语写作与当代文学》实际上是要讨论一个文学语言的资源问题。谈到文学资源问题呢,我想谈五方面:一是古文与古典的诗词。古文主要指文言文。文言文在"五四"时期曾经受到很猛烈的冲击,主要是因为长期以来它和活的口语脱节了、分离了。这样它丧失了活的语言的源泉以后,它就变得陈陈相因,变得甚至显得很老朽。可是今天我们重新拿起古代这些文章来看,仍然觉得它们有它们的特点,有它们的趣味。譬如说,古代的某些文章的观点也许令人觉得经不住推敲,但是读起来仍然让人相信他们写得精纯宏博,微言大义,高屋建瓴,势如破竹。文章写得很有劲儿!很有神!过去还讲很有气势!古人侃侃而谈,硬是把既缺少实证又没有经过严密的逻辑推理的观点讲得头头是道、雍容华贵,文章的论点实际上经不住严密的推敲,用现代逻辑或是实证的观点它经不住推敲。但是它讲得很漂亮,一下子就下去了,就是说"大学之道,在于明德,在亲民,在止于至善"。欲平天下者,"先治其国,欲治其国者,先齐其家,欲齐其家者,先修其身。欲修其身者,先正其心……"相声里管这个叫"贯口"。一下就从"治国平天下"一直到"正心诚意,格物致知",一下子就说下来了,气特别足,特别长。像独唱帕瓦罗蒂一样的一下就上去了,它几分钟过去了。它有一种很好的审美价值,譬如《老子》

---

* 本文是作者在山东理工大学的演讲。

里边的一些话，你解释起来，光为解释这个《老子》可以把人争得头破血流，但是你要不让人解释，你自己在那儿看，来回地背诵，你也觉得它简直就是绝了。什么"道可道，非常道，名可名，非常名，无名万物之始，有名万物之浓"。我最喜欢看老子的一句话"治大国如烹小鲜"。"烹小鲜"是什么呢？天津话叫"熬小鱼"，估计山东话也差不多。山东话是不是也叫"熬"啊？"煮"！这个"治大国"为什么如"煮小鱼"呢？你分析不清楚，不能告诉你，为什么呢？"天机不可泄露。"但是这句话一说，你就觉得语出惊人、举重若轻、气概非凡、胸有成竹、神机妙算、深不见底。老子写上这句话的时候，一定是哈哈大笑，面有得色。多少学问悟性，多少阅历思考，尽在其中。

　　再比如说我小时候背《孝经》，古往今来没有人认为它是好文章，但是现在你看起来，你也觉得它挺绝。你从第一章第一句的字看起，觉得同样非常善于表达。用最生活最浅近的语言，来解说，当然它是一厢情愿地解说重大命题，就是什么叫"孝"呢？"侍于世亲"，"侍"就是侍奉，服务，先给自己的双亲——爹娘服务。我不知道考据里是不是还包括这个更上一辈，当然也可以包括了。"中于侍君"，这个"中"是"中间"的"中"。现时要很好地给父母服务，发展下去就是要用对待父母的态度来对待领导，对待君，对待国君，对待老板。所以"侍于世亲，中于侍君，终于立身"，这样的话，你才能站立住，才能实现自我。把一个很本能的孝敬自己父母，一下上纲到人生观、价值观的层面来。这是一种递进的修辞手段，古已有之的无限上纲的魅力与魄力。这里的无限上纲不带贬义，我是作为文章做法来写的，不是说大侵害时候的无限上纲。它合辙押韵，犹之兴奋点昂扬。有时候你看古文，有一种大补的感觉，就好像吃了人参、鹿茸、复合维生素的感觉。这里头有汉语、汉字的伟大贡献，汉语特别是汉字，讲究审美讲究联想，讲究灵性和神性，所以《史记》上记载说，仓颉造字"天雨粟，鬼夜哭"，天上下小米，鬼夜里都哭。为什么？中国人学会汉字以后，太伟大了，太神奇了。再没有这样的字，如果不仔细地说，它提供的信息量这么多，兼有神、声、形、义，你一看字，它就给你一种暗示，一种理解，对你有一种吸引力。这种信息量是种种拼音文字不能望其项背的，汉语在古文中是字本位的，关键是要看这个字，你不看这个字光是别人给你念一遍，你理解不了。你不但要看这个字，而且你要背诵，为什么背诵呢？它是一个和口语适当地脱离了的，高高在上的语言系统。所以你平常的说话，如果都是用文言文说话，你会觉得非常可笑。就像《镜花缘》里描写的"到了一个君子国"，大家说话都是"之乎者也"："酒要一壶乎？茶要一杯乎？"你觉得非常可笑，它拔上来了。这样它脱离了口语，使它缺少了最生动的来源，这是一个缺憾，但是脱离了口语，它又带来了许多好处，什么好处呢？第一，它摆脱了方言。否则如果我们的语言是拼音文字的话，那山东话是一个拼音，广东话是一个拼音，那差别比德国话、比利时话、瑞典话、挪威话还大。所以摆脱了方言的区分。还有一个，汉字比较难学。它又特别精炼，特别富有审美气息，汉字写起来又非常费劲。古代的文章还是在竹简上刻出来的，所以特别精炼，给写文章的人一种很了不起的自我感觉。我们看古文这些写文章的人不管他混得怎样不强，怎么穷酸，他还在自荐，就是自己推荐自己，用现在的话来说还在求职。但是他写起文章来，他自我感觉仍然很好。他写起文章来，就像曹丕说的，"经国之大业，不朽之盛事"。所以我老想蒋介石先生的儿子蒋经国先生，"经国"两字还是从曹丕的《典论·论文》里来的，出自这里。它有一种大气。

汉以后，开始有纸、毛笔，蔡伦造纸，蒙恬发明毛笔，写起字时明窗净几，焚香沐浴，书童研墨，红袖添香，在一种极其美好的状态下写文章，文章写得手舞足蹈，吟之咏之，摇头摆尾，得意洋洋。特别是汉字还很容易有这种对仗，有这种骈体文，讲究辞藻，有时候辞藻在形式上能达到极致。比如说这是很普通的，很多人都会背的王勃的《滕王阁序》在辞藻和形式上就达到了极致："襟三江而带五湖，控蛮荆而引瓯越。物华天宝，龙光射牛斗之墟；人杰地灵，徐孺下陈蕃之榻。雄州雾列,俊采星驰。"你觉得他把好话都说尽了,把这个气概都用尽了。这些东西确实存在着"五四"时期所提出来的问题,因为社会总是从一个金字塔形向网络形来过渡,也就是这样一种民主化的过渡。向民主化的过渡,使越来越多的人脱离了文盲的苦境,解放了各种各样的人的精神力量、文化力量,所以现在写文章已经不是少数文人学士,摇头摆尾、吟咏赞叹、一唱三叹的人的专利了。相反的,工人、农民、打工仔、打工妹、下岗的、上岗的、养老院的,甚至现在还有超低龄写作。写小说的,十八岁的可以写,十四岁的可以写。文化高的,文化低的,还有不大认识字的也写出长篇小说,我就不具体提名字了。很多字都不认识,他画一幅画,用八年时间、十年时间,然后在文化教员的帮助下,整理出一部长篇小说。这种文化的民主化,文学的民主化,语言文字的民主化好不好?好,当然好。你怎么能够把写作,把笔当做少数人的特权呢?但是任何一种民主化都有一种代价,这个代价,就是少数人在写作时的优雅,那种精致,那种自我的满足,那种得意受到冲击。老子《道德经》有什么了不起,写来写去不就是几千字?现在一个十六岁的孩子,如果找人帮忙,再包装包装,自己又有点灵气的话,也许两年时间写三十万字。所以有时候历史会跟人开玩笑,民主化放在文化上,有时候——不是全部——它会带进来一些粗糙,带进来一些粗鄙,而减少了那种精英的、精神贵族的自我欣赏。所以在市场经济和民主化、大众化写作的情况下,在解放了大量的精神能力的同时,也会让人感觉到现在是众说纷纭、众声喧哗、雅俗共鸣、鄙俗平庸、起哄造势,加上网络文学、传媒文学、商业炒作、广告风格、市场导向、权力操控、大亨操控,还有海外强势文化,如此这般。如今这个年月到底好文章在哪里,到底公众知道不知道什么是好文章?尤其是还有没有工人的好文章?所以我们古代的这些杰作,是我们的一份遗产,如果丢掉这份遗产非常可惜,照样不懂得拿起来当然也不行。但古代的文学语言并不仅仅表现在我说的那些经典文章里边,尤其表现在诗词里。中国这种古典的诗词,今天在这儿也没有时间细说了,它本身和现在的知识产权是完全不一致的,不是把它看成一种专门的、职业性的,它是一种风雅、一种高尚,一种自遣,也是一种交际。所谓一唱一和。为什么中国古典诗后来到了"无一字无出处,无一字无来历"的地步呢?搞得很难创新,非常限制人的思想呢?就因为古典诗词本身像一棵大树,是我们民族传统文学的一棵大树,而每个人写的都是这棵大树上的一片树叶,一个叶脉,一个小芽,一个骨朵,或者是树皮上长出的一个疙瘩。写出的东西必须和这棵树相匹配,起码能被兼容。所以必须大量地熟读中国的古典诗歌,然后你可以写诗。现在喜欢古典诗的人非常多,领导干部从工作岗位上退下来,还有一些原来写新诗写小说的,就改写古典诗歌。有的写得很好,有的让你看着实在难受,因为它不匹配,不兼容。出来的是乱码,不伦不类。这是我今天顺便谈到的对古典诗歌的看法,这是很重要的文学语言的资源。

第二个资源是古典的白话小说,这些小说大不一样。中国自古以来,诗歌和散文看得是比较高的,而小说和戏曲看得是比较低的,比较世俗的。古代的白话小说和字本位,离开口语是完全不一样的,而是非常口语化的。不管是《金瓶梅》还是《红楼梦》都是非常口语化的。而且由字本位向音本位过渡。《红楼梦》里常常有这种情况,在这一章里说一些口语,在这一章里就变了三次,先用这两个字,语言是一样的,过会儿又换了另外两个字。许多口语,小的时候家里人都那么说,《红楼梦》里都能找到。这样一些语言让我们非常佩服,实在是非常杰出。《金瓶梅》也是非常口语化,和当时市民说的话几乎一样,向老百姓的语言靠拢,向口语靠拢,非常注重语音,并不注重字,但一旦写出字,也会给你很多联想,因为它毕竟是汉字。当然这种语言又不完全一样,古代白话小说也有半文半白的,比如说《三国演义》,介于书面语和口语之间。还有些基本是文言,比如《聊斋》,把文言文的精炼、精确、潇洒、细腻与通俗性联系到一起。《史记》虽然比较远一点,但也比先秦的容易接受。第二个资源至今有很多是我们无法逾越的，特别是这三本书，一个是《金瓶梅》，口语实在写得好，一个是《红楼梦》，一个是《儿女英雄传》。

第三是翻译作品的语言。"五四"新文学运动，新文化和大量的翻译作品开始进入。翻译作品只要翻译成中文了，就是汉语写作的一个资源。中国古代外来词也很多，不过我们不知道就是了。我在新疆待过很长时间，新疆的一些朋友告诉我说，香菜还有一个名称叫芫荽，"芫荽"是专门造的两个字，没有别的意思。这两字别的地方没得讲，单独一个组合。它来自阿拉伯语，是音译。菠菜在古代叫博冷菜，也来自阿拉伯。在晚清以后，有林琴南式的翻译，后来慢慢地有了白话文的翻译。翻译的文字实际上对中国的影响非常大，这些翻译的文字有很大的好处。古代白话小说缺少那些比较细腻的诗意的抒情的东西，很多都是市民的语言，也缺少很细微的描写的东西，尤其是描写风景的，也缺少一些比较高雅的而又带有哲理性的东西。翻译过来的文字这些正好是他们的长项，写心理、写风景、写一种对生活的思索，我想，写风景和西方的油画传统有关，更注重形似，而我们画风景主要为了抒发心中的感受。外国的绘画讲究写生，讲究风景、透视，还有几何学上的许多观念，远中近，比较细。其实中国文学有时也很几何化。比如"大漠孤烟直，长河落日圆"；"窗含西岭千秋雪，门泊东吴万里船"也有一种几何美，但毕竟不像翻译出来的作品那么细腻，在描写景物、描绘静物、描绘房间、描绘道具上那么仔细，这个对我们有很大启发。第二，描绘心理上。我想这个和西方心理学有关系，很注重人的幻想、感受、梦想、渴望、失望、焦虑这些，尤其与弗洛伊德心理学的发展有关系。心理上的变态、幻视、幻听、强迫观念等许多精神病学上的一些概念。

我们经常嘲笑西方的文学作品，比如，我们中国文学作品描写把一个茶杯从这边拿到那边，可能六个字就可以写完，把茶杯放到这儿就完了。可是让西方文学家一描写他的心理活动，写了十五页茶杯还没摸着呢！俄罗斯古典文学里"多余人"的形象，就是这样。但是他确实比较关心人的内心生活,描写里仍然有很多感人的细腻的地方,还有一个启示:一个人可以关注一下自己的内心生活,可以 take care your feeling(照顾你的感受)。你的感觉你的情绪你的梦,这方面对我们也有很多影响。再有那种哲理式的思索,这和西方从苏格拉底、柏拉图的时候谈论的一些事有关。西方的语言极大地影响我们的白话文,这是一个事实。西方比较讲究名词的格,这个名词在这个句子中是主语、宾语,还是一个从属的关系。白话文里经常要用很多的"的"字。"在一个美丽的、秋天的、半阴不晴的阳光的照耀下,从远方来的头发斑白的拄着拐棍的缓缓地走过来的……"文言文里从来没"的"字。"人夫"就完了,不用"人之夫",按本来我们的语言动词的主动态和被动态,有时不需加说明,自己理解就可。

有了西方翻译文学,我们常常喜欢强调"被……"比如,我来到山东理工大学被招待得非常好,其实"被"字完全可以省略。在表达方式上、在语法上、一些介词、连接词上都给了我们很大影响。而且,我们现在习惯用的一些词,实际都是从国外来的。很多新的科技名词、政治名词过去古书上没有,这样就有一部分中国作家不看古文,也不看古代白话小说,就是从外国翻译作品中学来的。毛主席在《论联合政府》《论人民民主专政》报告中,就是田家英起草的,带洋味。"过去是现在是将来还是。"这也不是中国人的说法。这只能是 I was, I am, I will be。但若只认这门,而排斥中国古文、古诗、古代白话小说,这个作品好比是一条腿走路。本来喜欢文学的人应该是五条腿走路。

第四,谈一谈五四时期形成的一些新文学的语言,你觉着它很有意思。五四时期一些新文学的作家既继承了中国古代的语言,也从外国翻译过来的作品中学习到了大量的东西。虽然他们受到了嘲笑,说他们的白话文是"引车卖浆"之流所用的语言,但实际他们尽量寻求相对比较高雅的语言。所以,我们看五四时期的作家有,一批应该算还是有点优美,但是又不完全站得稳的语言,很美。我小时候读朱自清的散文《匆匆》,"花儿谢了有绽开的时候,燕子去了有再回来的时候,但是你聪明的请告诉我,我们的时间为什么一去不复返呢?"光这个"你聪明的"就让我如痴如醉啊,很温馨啊!有一种被文字融化了的感觉。但是也有一些不是让人喜爱的词。老舍先生最反对、最不喜欢的就是"潺潺的流水",他就死活不明白什么叫"潺潺"?实际是象声词。但是听水的声音实在不像潺潺,哗哗比较大,潺潺比较缓慢,比较小,但是我后来接受潺潺,我听不出潺潺,但我也不彻底排斥潺潺,我觉得"潺潺"的字形,下面三个"孑"有点像水流的小细波纹。

我是通过我自己的很稀奇古怪的想法接受了"潺潺",但是老舍不接受"潺潺"。我还不接受一个词,就是"皎洁"。这也是从古文里来的,这个词对我的帮助很大。因为从小看月亮,我有一种很特别的感觉,因为北京的工业污染也比较少,所以月亮看着都很亮。我就有一种非常亮的明月的感觉,但这个亮怎么形容?我是不知道。后来我读了一本《模范作文选》,里边凡是写到月亮的都是"一轮皎洁的明月",我就知道了,它叫"皎洁"!后来我丧失了对月亮的感觉,一见月亮——"皎洁的月亮"就出来了。所以"皎洁"就变成我最痛恨的形容词之一。因为它控制了我,它抹杀了我的创造性,抹杀了我的原始的感觉。还有更古的一些词,五四时期的人喜欢用,现在的人也喜欢用,这个都不足为据。有时一些语言,一种语言文学引起某些人的偏爱,有时候又引起某些人的偏见。我就讲一些有偏见的词。一个是"鳞次栉比",形容建筑用鱼鳞来形容,用梳子来形容,这是我所不能接受的。梳子总觉得不大清洁,总觉得可能会传染秃疮之类的疾病,而鱼鳞的味道可不好,而且鱼鳞里含胆固醇比较高。假设我写一篇关于淄博的文章的话,我绝不会说看到了淄博鳞次栉比的房屋。我还不喜欢一个词,解放后的,"天麻麻亮","麻麻"两个字放到一块,给人一种身上起麻风的感觉,这完全是我个人的怪癖。

我不喜欢这样的词。相反的有些词我就非常喜欢,在写《青春万岁》的时候我就非常喜欢这种词,像"你好"。"你好"现在都有人说来了,解放前没人说。解放前见了人最多就说"吃了没有"。从"吃了没有"到"你好",我相信解放后到处说你好,跟俄罗斯有关,俄国人见面就说,我们把它翻译成"你好"。所以,五四时期又形成一种特殊的文字,这些文字都非常漂亮。像五四时期的刘大白、许地山,我特别喜欢许地山的文章,也愿意背诵,我背诵的时候,也有一种背诵古文的感觉。朱自清等等,确实出现了这种美文。

  第五,当代的人们的活语言。这种语言里,首先我要讲的是农民的语言,因为在延安的座谈会议以后,有一段在客观上,在事实上,农民的语言一下子大行其道,被提到一个非常高的位置,以赵树理为代表。赵树理缩小文学语言和农民口语的距离,基本上是零距离。赵树理的作品就跟听山西农民说话一样,也非常让人感动。我是解放前就读赵树理的作品,读他的书我真是太震动了,敢情还有这些作品。那种质朴,那种泥土气息,那种亲切,那种诚实、忠厚,简直是太感动人了。再比如在周立波的《暴风骤雨》里用的东北话,在他的《山乡巨变》里用的湖南话,但周立波已经不是那么口语化了,他已经是比较文的那些话了,但是它用的那些东西都非常美。《山乡巨变》把这个女孩叫"细妹","细"本身也给你一种很好的感觉,小,还有一种不需减肥的美好感觉。但是那时有一种说法,就是毛主席提出的,"五四"以后新文学运动很多人是"学生腔",毛主席在《反对党八股》里提出的"学生腔",这个和他在革命的根据地要向广大人民普及革命的宣传有关,你如果用刘大白、朱自清的语言,甚至用郭沫若的语言对农民进行宣传,那是很困难的,有一个距离,一个障碍。所以那时提倡大家都去下乡,都去学农民的语言,都去用农民的口语来写作。这也给我们的作品带来新的气息——乡土的气息。

  其次,我就要讲各地的方言。这种对语言的、对群众活的口语的回归,产生了一个很大的悖论。但是国家有一个政策,推广普通话。叶圣陶在其晚年做过一个非常认真的但实际上是不必做的工作,他把自己的作品《倪焕之》《稻草人》里写的不符合普通话规范的那些词,全都改了,改成普通话。老舍都发过牢骚,在我们最提倡普通话的时候,他写的一篇文章提到,拿什么东西,把钢笔什么的都带上,编辑就认为"什么的"不符合普通话的规范,给它改成"钢笔之类的带上"。老舍说之类的最多是文具但"钢笔什么的"也可包括牙刷。但方言里实际上有一些非常生动的说法,有些话也已经被引用了,所以被引用,有些是因为毛主席,如"知识里手",也是湖南话;他晚年还提出"过硬本领",说是四川话。还有些话被接受、被改造了,像"煞有介事",南方人说只能是"像煞有介事",但是现在大家写文章都是"煞有介事"。我们现在对待方言的态度要比解放初期好得多,开始感觉到方言也是一种文化,比如很多地方的戏曲和曲艺是不能离开方言的。评弹用普通话就尝不出那个味道来,广东的粤剧也不能改。方言实际是我们的一个宝库,但要用得太生僻了,又会排斥一些读者。在这方面,北方人尤其是北京人占了很大便宜。从老舍到所有的京味小说,大量用北京的土话,一直到王朔之类的,不管多么土的说法,连骂人的说法,胡同里的说法都往上用,而且很快就会被推广。因为普通话是以北京话为基础的。

然后是时尚语言。时尚语言层出不穷,而且不断变化。北京人说这个"好"就不断在变。我小时候都说"棒",这是受了八国联军外国人的影响,德语和法语都有类似的音。现在北京人没有说棒的了,"棒"存在了台湾,台湾的自命北京人,因为和北京分开几十年了,所以这是台湾北京人。所谓台湾京片子才这么说。北京人从说"棒",引领时尚语言新潮流的是儿童,说"帅""份儿",在一九八〇年左右,说"盖",说"盖帽儿"。形容学生作文水平很低,不会形容。北京的中学出了一题目:《游八达岭的感想》,说:"长城啊真他妈的盖啊!"然后说"狂""潮",合乎潮流,真潮!近两年说"酷""酷毙了""帅呆了",可能还要变化。"说话"在我上小学的时候是"聊",然后说"唠嗑""言传",后来就喜欢说"抡","海抡"就是指说话很夸张,但又不太靠得住。后来又叫"砍大山",由"海抡"变成"砍大山",现在的人写的"砍"呢,都写成"侃大山"的"侃",我始终认为这样写绝对是错误的,他指的"砍"呢,因为"抡"它是一个手的动作,他说起话来是这样的,"砍"是什么意思?说起话来这样。一斧子就下去了,你不知道这一斧子砍到什么地方,它指的是这个意思,我说这实际已经很落伍了。你像刚才我说的很不好意思地在这里用的那个国骂"他妈的",在网上没有人用"他妈的"都用"TMD"。这种时尚的语言哪,有的时候它冒得相当厉害,有的时候是通过商业广告。一开头我遇到我的孙子辈的人哪,讲什么"哇噻",我简直不知道从哪儿来的。后来我才知道是从一些什么香港片啊什么的,但是现在我也怀疑,没事说"哇噻"干吗?一见面,"哇噻"!这个还是受美国人的影响?我不知道。还有很多时尚的语言。

有些人非常追求这种时尚的语言,而且这种时尚的语言总能吸引许多读者,我用时尚的话说就是:"吸引很多眼球。"但是这些语言它也有很多根本的弱点。第一个弱点呢就是它来得快,去得也快,时尚总是不断变化的,你如果现在以为说"哇噻"很时尚的话,过两天也许不说了,也许说"噻哇"了。第二呢,时尚总是使人特别是年轻人趋之若鹜,因为他没有独创性,大家都用一个怪词,到处全是这个词,所以这个时尚的语言也有很大的弱点。但是呢,我也并不认为要把这些时尚的语言都统统清除,除恶务尽,彻底扫除,我觉得没有必要。当然,还有其他的各种影响,比如说某一个伟人,某一个大家的语言它也会有很深的影响。我年轻的时候就有这个体会,如果我连续这两个星期,每天读的都是鲁迅的作品,等我一写出文章来,怎么忽然带上鲁迅的味儿了?是吧?这个语言相当的明练,比较沉重,比较悲伤,比较忧郁,它有一种分量,一种往下沉的分量。再比如说前些时候也有很多人研究,就是,毛泽东主席,他的那个文体,他喜欢说的话,那个影响就更大了,我们有时候不知不觉地都会受这个影响。他最喜欢说的一些话,譬如说"惜亲又何其独也","司马昭之心路人皆知",我这些还都说得不对,他有些说话的这个方式啊,就连那些攻击毛泽东的、反对毛泽东的那些人,后来我一看他们的文章,都是很好地从毛主席那里学来的,那种反驳别人的口气,那种嘲笑别人的口气,不是从《敦促杜聿明投降书》啊,就是从《将革命进行到底》啊,都是从这些文章上学来的。一些重要人士的语言、文风,它会影响许多许多人,甚至影响一片。在这种文学语言的资源的问题上我们也有过很多教训。其中最大的教训呢,就是人为的,只肯定一种资源而排斥另外的资源,它会造成很大的损失。譬如说,如果我们把文言文彻底地看成是老朽的,是限制人的,那你一下子就和我们中国整个的几千年的文明都脱节了。

如果我们把这个口语说成是"引车卖浆"的,是低下的,是低俗的,那里面也有低俗的东西,这一下子也使你失去了那种活泼和生动。如果我们把五四时期的语言看成只是一种书生,一种"学生腔",这也是不公正的。如果我们把那种所谓翻译腔调,把所谓欧化的词句嘲笑得一钱不值,实际上被嘲笑的很可能就是自己。当然全世界的各种语言当中它也有一个互相交融、互相影响、互相启迪和互补或者是碰撞这样一个过程。所以我提到这一些呢,我是从文学语言的这个层面来谈的,事实上呢,还不仅仅局限于文学语言的问题。所以今天呢,我们用汉语来写作,对待我们的文学语言的资源应该抱一种非常珍视的态度。我们尽可能地拓宽我们自己的语言的素养,同时呢又运用自己最熟悉、最习惯、最有表达力的那一部分。

2004 年 10 月 13 日

汉语的功能和陷阱*

我今天讲的不是一般的通常意义上的语言学问题,如词汇学、语法等,而应该算是语言文化学或语言社会学或语言人类学。汉语主要有九大功能,即表达与交流、历史记忆、承载文化、发展构建与伸展、审美、政治、心理调节、哲学与神学、游戏;有四大陷阱,即言、意和文之间的错位、语言与现实的脱节、语言统治着人类、语言荒谬化的诱惑。

我先讲语言的功能。由于时间的关系,前三个功能就不讲了。大家都明白,语言可以表达、沟通、记载历史,因此从某种意义上说,历史对我们来说首先是文本。所有的事情在转瞬间就成为过去,如王羲之在《兰亭集序》里所说的,俯仰之间已为陈迹,只留下语言和文字。另外就是承载文化,作为文化的载体,这大家也都明白。我从功能四讲起,即语言的构建、发展与延伸。语言出现后就有一种生长与变化的能力。任何一个语言结构、任何一个思想命题,本身都是可以组合变化的,如西洋有一句话叫"失败是成功之母";本身即提供了一种思考与重新组建的可能性。我先不管它对还是不对,先将其排列如下:一、失败是成功之母;二、成功是成功之母;三、失败是失败之母;四、成功与成功之间、成功与失败之间、失败与失败之间也可以互相没有母子关系,互不相干。但文字本身的排列组合就已经丰富

---

* 本文是作者在安徽芜湖的演讲。

了人们的思想。给大家说个故事,周谷城副委员长亲口对我讲的,他是毛泽东主席的老师,一九四九年建国时,毛主席很高兴,见到周老说:"失败是成功之母啊!果然如此。"周老说:"主席,成功也是失败之母。"毛主席听后忽地一愣,有沉思之状。周老说:"成功的人容易骄傲、放松,就导致失败,古往今来这样的例子很多。当然,主席例外。"毛主席说:"你说得对。"总之,语言组合之后会产生新的思想。任何一个语词出现,都会让人想到它的同义词、反义词以及其他的词类形式。如果是名词,则会想到主格、宾格、所有格、被所有格等等。这些极大地丰富了人的思想,比如说"有限",我们所见到的、所听到的、所接触到的都是极为有限的,"无限"是看不见的,谁看见过"无限"?谁家里有"无限"?有谁接触过"无限"?没有。但是,既然有了"有限",那么人的语言构词能力就一定可以是无限的,而"无限"是超经验的,一个人要从经验的、有限的东西达到那种超验的、形而上学的东西,要靠语言的帮助。就是说,语言所达到的很多是经验所没有达到的。所有接触到的时间都是短暂的、暂时的、相对的。"短暂"的反义词是什么呢?就是"永恒","永恒"也是语言所达到的,语言达到了,所以思维达到了。但是人的经验是不能达到的,有谁能够达到"永恒"?对于人来说,他进入永恒,只有一个条件,就是死亡。所以,语言大大地丰富了、提高了、延伸了人的精神能力,建构了许多许多思想。以上是从思想上说的,再从情感上说,有时候我们很难分清是情感帮助人找到合适的语言,还是语言帮助人塑造了情感。我从小就喜欢读文学的书,文学中对感情有许多细致的描写,是一个孩子、一个少年经验里所没有的。他是读了以后才知道、才了解,如"愁",是中国古典诗词最爱讲的,什么叫"愁"呢?我现在说不清我是先有了"愁"这种感觉,然后才读到那些写愁的诗,还是因为读了太多写愁的诗而变得忧愁了。这是完全可能的!看到五四时期的一些文章,我就觉得忧伤很美,如"你好!忧伤",有些酸溜溜的,但是很优美!与忧伤相近的还有"哀伤""蹉跎""惆怅",当然,这些主要用于书面语言,而少见于口语。这些名词发育了我们的情感,相反,如果是一个完全没有语言训练的人,他的情感就没有那么发育。大家学外语,外语也在发育人的情感,不完全和汉语一样。知道"愁"了,知道了"忧伤"了,如果你还知道 sad,sadness,你就不但有了中国的古代的这种"愁",还有了洋人式的"愁","I am so sad""I am very sad"也会有更丰富的体验。语言发育了人的情感,发育了人的头脑,发育了人的思想。

第五是语言的审美功能。语言使得人知道了美,语言是美的,用一个不恰当、不美的词来说,"语言是美的硬通货"。如我们也许会很爱听音乐,爱看一幅画,喜欢美好的事物和美的人,如美人,大家都喜欢。但当我们没有找出适当的语言来表述它们时,老觉得不放心,老有一种没有完全理解的感觉。比如说,我喜欢柴科夫斯基,但是我还说不清,如果我有能力的话,我可以调一个乐队来给大家演奏,演奏以后,大家可能仍然很迷茫。如果能找一个人来讲一讲,它属于浪漫派的,讲究旋律和感情,有很多调子是可以吟唱的,和后来发展的音乐,尤其是和现代音乐有很大的区别。再具体到柴科夫斯基音乐的一个小品,一个弦乐四重奏《如歌一样的行板》,据说托尔斯泰特别喜欢听,说从中听到了俄罗斯农民的灵魂,还有一个故事说一个村姑听了后晕倒在地。这些故事一说以后呢,经过语言的硬通货,音乐的美更纯粹,只是稍微怪了点,没有语言那么普及。将音乐的美以语言加以表述,人就与音乐更近了,也就比较放心了。艺术的美也是一样的,如我们参观文艺画展,都要听听解说,就是解说的作用。很多美感都要通过语言才能得到,如中国人喜欢欣赏月亮,这与古代诗词一直写月亮的传统有关,以至我们一看到月亮已经没办法想别的了,什么"床前明月光""明月几时有"等形形色色写月亮的诗。以至于上世纪三十年代一些犯左派幼稚病的革命的青年作家曾经在上海发起过一个拒绝写月亮倡议,说中国文学写风花雪月的东西太多了,发誓在自己的作品里不写月亮。这究竟是月色给人以美的享受,还是对于月色美描绘的语言影响了人去接受月色呢？还有"雨"，淋雨时人们都会有不方便的感觉，但是由于我读到关于"雨"的诗歌不少，印象特别深，如"细雨鱼儿出，微风燕子斜""帘外雨潺潺""红楼隔雨相望冷"等等，以至于我渐渐养成了习惯，一见到雨就欢呼雀跃，觉得欣赏雨景是最美的事情。我两次游太湖都赶上大雨，我觉得别有风情，我游西湖在船上遇上雨，但我觉得别有情趣，因为有苏东坡的诗"山色空蒙雨亦奇"为证，如果没有苏东坡的诗，我想我会骂娘的。尤其是爱情，爱情的美当然会从爱情本身来，更是从爱情诗、爱情小说当中来，一个没有读过美好的语言对爱情进行美好传达的人，其感情生活甚至家庭生活都是非常单调的，有可能是非常粗糙的。有时候我看到现在一些青年人，尤其是男生，他的语言不好，文学不好，我首先担心他将来不会写情书，这将大大影响其择偶的成功率。我看《阿Q正传》，最为阿Q惋惜的是阿Q向吴妈求爱，并没有任何不正当和下流的，但没有选择好的语言，他太简单了，突然跪在吴妈面前说"我想和你困觉"，这很恶劣。我给他设计一下，他应该背诵徐志摩的诗："我是天空里的一片云/偶尔投影在你的波心/你不必讶异/更无须欢喜/在转瞬间消灭了踪影/你有你的/我有我的/方向/你我相逢在黑夜的海上/你记得也好/最好你忘掉/在这交会时互放的光亮！"吴妈即便没有文化也会听过流行歌曲，她会这么回答："月亮代表我的心。"语言就改变了阿Q的命运。如果阿Q懂英语，又是另一个味儿，他会说"My sweet heart, my honey! I need you! I want you! Come on with me!"吴妈会回答"Why not!"语言造成了完全不同的审美性。我看《红楼梦》时，有一种怪想法，贾宝玉和薛蟠有相似的地方，如都喜欢蒋玉菡、秦钟，但贾宝玉的语言比薛蟠雅，以至于我不能在这里引用薛蟠的名句。所以，在某种意义上，是语言使我们的生命、经验、才华、欲望、情感升华了，如果没有语言，人就只剩下赤裸裸的动物功能，所以，语言的审美功能是非常重要的。

第六是政治功能，主要从三方面讲。一、激发动员功能。凡是有重大政治事件时,都会有永垂不朽的难忘的政治语言,如《共产党宣言》中的"无产阶级失去的是锁链,得到的是全世界",非常有力量的语言,"全世界无产者联合起来"有悲壮气氛,比英文版(all workers unit)更好。再如林肯关于民有、民治、民享的演讲,如"of the people, by the people, for the people"。不知有多少强有力的语言。捷克的著名作家伏契克《绞刑架下的报告》最后一句"人们,我爱你们的,你们要警惕呀",倒数第二句:"我为欢乐而生,为欢乐而死,在我的坟墓上放置悲哀的安琪儿,是不需要的",这种激发和动员能力是很重要的。二、折中和妥协功能。有时候政治斗争斗到最后就成为修辞学,找个词让双方都能接受,所以这个找词的任务非常重要,当双方都不想旷日持久或演变为流血冲突时。如《中美联合公报》,中国要求美国承认"一个中国",但是美国不肯接受,基辛格找出一个词 not dissidence,就是表示对"一个中国"没有异议。三、遁解作用。当有些事情不好说时,找个合适的词语就好说了。这方面毛泽东主席是真正的大师,中苏关系以前很好,说苏联的今天就是我们的明天。但是后来恶化了,怎么解释呢?毛主席就说"无可奈何花落去,似曾相识燕归来",将苏联比喻成落去的花,中国比喻成归来的燕。这两句诗一引用,起码我们踏实多了。又如林彪事件是一个非常凶险的事件,怎么向人民交代呢?毛主席说:"天要下雨,鸟要飞,娘要嫁人,随他去吧!"人们在惶惶不安中听到毛主席无所谓的这几句话,就觉得问题好像已经解决了。二〇〇三年,全世界记者俱乐部决定为美国国防部长拉姆斯菲尔德颁发文理不通奖,因为他在谈到伊拉克大规模杀伤性武器时说:"我们并不知道我们知道了什么或者是不知道什么,而且即使我们认为我们知道了什么,也不能肯定我们真的知道了什么还是仍然不知道什么。"用英语说就更棒了:"We don't know what we know or we don't know…"但是,这样一来,他就将伊拉克这件事给含糊过去了。请注意,政治上有时必须有废话。但是废话也有不对的时候,我们内部也有废话,如一著名劳模(不便说姓名)讲:

"我们对于天灾的态度,第一,承认;第二,不怕;第三,要战胜它。"全是废话呀!但是经过政治家的修饰,废话就起作用了。

第七是心理调节功能。语言的发表往往是情绪的一种释放,如我很喜欢美国短篇小说家约翰·契佛,他去世后,其女儿写书怀念他,在书的扉页上说自己小时候不开心时,她父亲就叫她跪下念经文祈祷,祈祷完后心情就好多了。长大后她不开心时,父亲就叫她将不愉快的事情写下来。这就是通过说话或者抒写来进行心理调节。如,我们身边的人在不高兴时就打电话给朋友,即使是与此毫不相干的朋友,通过这种抒写、倾诉,心理就舒服多了。倾诉是一个人心理上最正常的要求,如契诃夫短篇小说《苦恼》中说,一马车夫死了儿子,于是就对每一个上他车的人说着同样的话:"老爷,我儿子死了!"这些老爷们烦透了,不愿听,等将客人送到目的地后,他就抱着老马的头说出自己心里的悲惨和痛苦。还有《万卡》中靴子铺学徒万卡,将痛苦的学徒生活写成信寄给乡下的爷爷,虽然这封信他爷爷根本收不到,但写了之后,也使他的心情好多了。除了释放外,美好的语言还有抚慰的作用。语言对心理的影响作用非常大,许多心理治疗实际上是一种语言治疗。语言的治疗有两个作用,一是引导病人把内心深处最不愿说、积蓄最久的话、最痛苦的或者最尴尬的事说出来;二是心理医生通过语言给病人调节、安慰。

第八是哲学与神学作用。语言,特别是文字,当它被创造出来以后,就有了它自己的规律,语言有可能成为形而上的、最根本的东西。所以,古今中外都有人相信,某些语言文字具有神奇的魅力。如过去北方一些有钱人的宅院里,常常竖着石碑,上面写着"泰山石敢当",认为可抵御邪魔,或干脆写"太公在此,诸神退位"。另外,有些佛教徒相信念叨类似于"南无阿弥陀佛"之类的口诀,立刻可以使人神清气爽、排除邪恶。《一千零一夜》中也有"芝麻开门"的咒语。尤其是汉字,因其复杂、难学,所以对有些人有着符咒一般的魅力,如老道画符,就是从对联、书信等的书写想到的,认为可以消灾,抵御邪祟,除了以上层次较浅的神学功能外,文字可以塑造一些绝对的价值,成为人的终极目标、人的信仰、宇宙的来源和归宿。这既是哲学,又带有神学的色彩。如孔子曰"朝闻道夕死可也",这个"道"就是绝对价值,比生命重要得多,人以全部的生命就是为了寻找这个"道"。"道"变成了至高无上的超验的观念,虽然看不到至高无上,但是人心中有了,语言上达到了就是"道"。还有很多概念在中国语言中都具有绝对价值的意味。

第九是游戏功能。语言是很好的游戏,因为其本身在被人类创造出来后就可以脱离人类的实际目的,因为有声音、文字、写法、方言,可以变成很好的游戏。在二〇〇一年我说过"吃葡萄不吐葡萄皮儿,不吃葡萄倒吐葡萄皮儿",这并没有什么实际意义,只是游戏文字。各地的民谣中都有这种游戏性内容,很难讲反映出什么实际内容。小时候我姨妈用河北南皮县方言教我的一些顺口溜,就属于这类。还有一些游戏性内容和李白有密切关系,我就不懂现在一些幼儿园的孩子为什么老爱拿李白开玩笑,如"李白上船不给钱,扑通一声赶下船""日照香炉生紫烟,李白来到烤鸭店,口水直下三千尺,摸摸口袋没有钱"。这都是我孙子上幼儿园时教给我的。还有和反恐有关系的顺口溜,如"太阳当空照,小鸟枝头叫,你去干什么,我去上学校,带着炸药包,轰隆一声响,学校炸没了"。说这些童谣的孩子都没有实行这种暴力倾向,也没有这种企图,这种语言游戏就是通过亵渎达到一种快感,通过语言来放松自己,使自己紧绷的神经变得舒展。还有米兰·昆德拉的笑话,上世纪布拉格事件后,布拉格人发明了一种识别克格勃的方法,说个笑话,如果人群中有人不笑就是克格勃。以上这些都说明人有一种通过语言来游戏的愿望和可能。总之,语言的功能很多,还可以再进行分析研究,因为语言已深入到人们的生活和神经中。还有教育功能等等,比如我现在也是靠语言,在进行"口力劳动"。

下面再谈语言的陷阱。

第一，言、意和文之间的错位。中国人在很早以前发现"言不尽意，文不尽言"，心里的想法不一定能用文字表达出来，用话说得出来的不一定能用文字写出来。这真是非常为难。如《庄子·天道》中轮扁论斫，有一次，他见到齐桓公在看书，就问在看什么书，齐桓公回答：在读圣贤书，轮扁说：糟粕而已。齐桓公怒，问：何出此言？轮扁说："斫轮，徐则甘而不固，疾则苦而不入，不徐不疾，得之于手而应于心，口不能言。"就这么点事，父亲无法用语言传达给儿子，儿子不能传达给父亲，就这点小事语言都说不清，何况治国平天下的大事呢？这实在是很深刻的话！许多事不用语言是没办法的，但用了语言又常常说得不准确，说不清，所以禅曰"不可说不可说"，最精微的道理是不可说的。老子说"智者不辩，辩者不智"，真正的智者不可以辩的，可以辩论的人是不智的。英语也有这种说法，"好话是银，沉默是金"。孔子也是"述而不作"，因为"述"有表情、有语境、有气色、有交流，有人哈哈地笑，但是你写的时候没有这些东西，这是中国历史上对于语言和文字最深刻的怀疑。所以中国文字越是讲到深刻的大道理时就越简约，因为文字越多破绽就越多，就说不清楚。如老子的《道德经》字数非常少，其中"道可道，非常道。名可名，非常名。无名天地之始；有名万物之母"等等，让后人没法解释，后人永远讲不清，他就成功了。要是说多了，他就不成功了。这个"道"是什么？道路、路线、道德、思路、原则、思维方式？他只说一个字，你就老觉得他有理，老掌握主动，说多了就不主动了。这就是语言的第一个陷阱。所以，在生活中不可迷信他人或自己的语言，因为这些语言只能相对地接近于你的意图，接近于客观事物，它永远不是最准确的，所以说"得意忘言"。按照语言的重组、建构功能，我们也会想到，会不会"得言忘意"？你会背许多书，但处理不好任何实际事务，成为"腐儒"，李白《嘲鲁叟》中就写过这些"腐儒"，"问以经济策，茫如坠烟雾"。毛泽东也曾说过"书读得越多越蠢"，当然毛泽东并不全是这个意思，他有很多言论强调读书的重要性，也热爱读书，他的意思是

"尽信书不如无书",因为有些最精妙的东西恰恰不在书里,如轮扁所言。

第二,语言脱离实际。以上是说语言本身测不准,掌握不住本身那个度,另外是由于人的弱点,使得语言与现实脱节。这方面说法非常多,西洋有一种说法:"语言的巨人,行动的矮子"。屠格涅夫笔下的罗亭就是这种人。中国也有这样的说法,"言过其实,终无大用"。还有"名将不谈兵,名医不谈药",真正的名将是从不谈怎么打仗的,因为实际作战是千变万化的,只有赵括才会纸上谈兵,但是千万不能让他带兵,一打就失败。还有各种假大空的语言曾经在我们的土地上弥漫过,就如同断了线的风筝,往上猛跑,抓不住,拽也拽不下来,摁也摁不住。如一九五八年"大跃进"时,提出来每亩地要收八十万斤红薯,我们念给农民听后,农民听了一声不吭,后来他们对我说:"如果地里全是红薯,而且每个个头都跟你一样大,排满了,也不够八十万斤!"

第三,语言主宰了人生,语言变成了人生。语言本来是人的工具,本来应听命于人的需要,但语言可以反过来主宰了人生。因为语言的力量太大了,我们对世界已经找不到我们自己的感受了,有现成的语言在那儿引导着我们,规范着我们,描述着我们。如"月亮",到了我们这儿,已经不是我们用语言来描述月亮,而是语言告诉我们月亮是什么样,所以当我们看到月亮时已经没有自己的感受了,有许多现成的词语,什么"白玉盘""皎洁的月光""月光如水""一轮明月""团团明月""月白风清""明月松间照,清泉石上流""明月何皎皎"等等,前人早为你说好了。这还好办,这无非是使你的创造力越来越小,使你的人云亦云的习惯越来越深,因为人一生下来就在语言的大海里,大山里,已经没有自己的眼力了。更要命的是,当语言用一种比较简单的方式表述和被接受以后,对于世界有一种简单的、片面的、绝对化和粗浅的认识统治了你。比如中国封建社会要求女性守节、三从四德,不允许女性有情感追求,否则被斥为"不要脸","不要脸"这三个字就变成了暴君,再有正常的感情都得压抑,否则就是"不要脸"。所以名教杀人,当语言变成统治者、处于统治地位时,使人活泼泼的生命和创造能力被窒息。而任何一种语言的描述都往往倾向于简单化,很难用语言把什么事情都说全了。还有一个悲剧性现象就是,越是明智、越是深刻、越是真挚的语言就越容易普及,普及的结果就是简单化和粗野化。如古代所提倡的"忠"和"孝",并非没有道理,我们不能提倡不忠不孝呀!可是,它被通俗化后就解释成了"君叫臣死臣不得不死,父叫子亡子不敢不亡",往简单里解释,往粗野里解释。中国政治上讲"中道",这是有道理的,因为中国的政治没有多元制衡的传统,中国的政治,它的这种制衡往往表现在纵轴上、实践上,往往表现为"三十年河东,三十年河西",因此在你掌权的时候、有权力的时候你一定要更为谨慎,一定不要搞极端主义,现在不是反对极端主义、分裂主义、恐怖主义吗?这是中庸之道,很深刻的道理。可是它普及后就变成了"乡愿",变成了"不痛不痒""不冷不热""不哼不哈""不愠不怒""不男不女""不阴不阳""不左不右""不上不下""不前不后",这是最不负责任、最无原则、最没有是非感、最没有价值观、最无血性、最讨厌的人。许许多多的好的东西,用我自己的话说,当语言被接受过后,就有一个"狗屎化"过程。

第四是荒谬化。语言还有一种诱惑,就是荒谬化。有时候谬论比真理还有魅力,因为谬论可以使你醍醐灌顶,如鸣惊雷。比如说,我在这里讲"人要好好吃饭的",这就无甚高论,没有人会注意我;如果我说"人应该不吃饭",这才有震撼力。谬误尤其表现为狡辩,当你有一种思想或情感,用语言表述出来之后,都可以用狡辩把它推倒,如"白马非马"的故事。另外一则故事也是用狡辩的方法,就是惠子与庄周于河边观鱼,曾质问庄子"子非鱼,安知鱼之乐",庄子反问"子非我,安知我不知鱼之乐",这就是狡辩,用这个方式可以辩论一万年,这个辩论可以没完没了地持续下去。所以说,对语言进行过分的压抑和控制是不明智的,但是反过来,由于语言的谬论陷阱,语言奔放并不代表真理的奔放,反而恰恰可能是谬误的奔放。"百家争鸣"当然是非常好的,但是"百家争鸣"中,不可能家家都是真理。很可能有百分之九十五家都是谬误,只有四五家接近真理就很不容易了。再如,类似那种"一亩地八十万斤红薯"的夸张也是很有诱惑力的,"大跃进"时还有一首著名的民歌:"天上没有玉皇,地上没有龙王。我就是玉皇,我就是龙王!喝令三山五岭开道,我来了!"人们都说是某地农民所作,我坚信绝非农民的语言,而是记者的语言。农民不会这么不完整、不押韵、不整齐。我希望将来有一个记者站出来说:这是我写的。

以上说明,人都是有弱点的,这种弱点就充分表现在语言上。所以,语言对我们来说又是一种陷阱。因此,当我们沉浸在语言的海洋里的时候,也要保持一定的冷静。对于我今天所说的,希望大家也要有所选择,择其善者而从之,择其可疑者而疑之。

2004 年 11 月

文 学 与 人[*]

我们现在面临着对中国来说是奇迹的发展过程,这个过程带来生产力的提高、人民生活的提高和社会的进步,也带来了价值选择的多元化。一些传统的价值选择好像不是很站得住脚,而新的一种价值选择与价值判断的建立也不是一朝一夕的事。比如说全球化、市场化和文化的大众化。这大众化和原来延安文艺座谈会时期、革命战争时期、抗日战争时期、民族解放战争时期讲的大众化的意思很不一样。它这个大众化是通过市场杠杆实现的。首先,你要有销量,文化的产品要卖得出去。这样的话,全球化就带来了对原来民族文化的冲击,带来了对地域文化的冲击。比如说,我们中国的很多地方戏,这些地方戏跟它生存的具体地域和它的方言以及当地的很多风俗习惯是分不开的。但是现在各方面发展得非常快,全世界实现了信息化,有些过去某一个地方戏,或者某一地方品种,或者某一种语言那种很独特的东西,它们很快就散布到全中国或全世界。这样,它反过来就没特点了!比如,我知道过去只有川剧有帮腔,这是一个幕后的合唱。现在各种剧也都采取这种办法了,觉得这个办法很不错。当然歌剧可以,京剧也可以采取,豫剧也可以采取,黄梅戏也可以采取,这样一来,川剧的特点反而看不出来了。过去只有川剧有变脸,现在变脸的技术也已经广为流传。杂技可以有变脸,昆剧也可以有

---

[*] 本文是作者在三〇一医院研究生部的演讲。

变脸。所以,一方面是欣欣向荣、日新月异;另一方面,它又使得一些很独特的、民族的、地区的和地域的东西显现不出来。

大众化的问题也是这样。过去在我们国家出一部长篇小说是一件大事。从一九四九年到一九六六年,就是"文化大革命"前的十七年时间,一共出过二百多部长篇小说。就是说,每年出版长篇小说十到十二部。这十到十二部都是内容非常健康的,因为内容不健康的书根本出版不了,都是讲革命的历史呀、革命的传统呀、积极地建设社会主义呀、积极地搞农业合作化呀等这方面的教育。一本书的出版能引起很大的、很热烈的反应。我常常想起一九六○年,那时候正是我们国家最困难的时候,我想在座的都是一九六○年以后出生的,你们无法想象那种情况。当时国家的粮食非常困难。很多地方吃不饱饭,很多人得了浮肿症。可是呢,王府井的新华书店开始发售长篇小说《红岩》,买《红岩》的人排队一直排到东单,以至于你要是不看《红岩》,就好像你不是那个社会的人一样。现在呢,我们一年出的长篇小说是五百到七百部,就是每天出版一点八部,或者两本新的书,或者一本半,或者一本,一般是两本。没有一个人能把这七百部书浏览一遍,你就别说精读了。没有人能够把这七百本的书名记住并告诉我,没有。那么,书的样式就是各式各样的了。当然现在也有很多很认真地追求精神的、艺术品位的一些书。但是确实也有一些追求畅销的书。因为畅销很重要,畅销带来很多利益:给出版社带来利益,给编辑带来利益,给书商带来利益,给作者也带来利益。我们国家有的省的出版社工资都停了,就是按照你编的书的效益提成。所以,也出现了一些稀奇的事情,比如说写作低龄化,然后就是这个低龄化如何的成功。当然,我们也可以看到,从整个文化上来说,西方国家的各种文化样式,它有一种吸引力,究竟是怎么造成的咱们也说不清。流行歌曲呀、流行舞蹈呀,它们正在,至少说是部分地取代了古典的音乐,取代了交响乐、意大利歌剧,也取代了我们的民族歌剧、民族音乐甚至于还取代了我们的民歌,我们的富有民族特色的音乐。我就不一一说了,这类的例子非常多。那么在这种情况下,我们自己究竟在文化上做什么样的选择呢?刚才我说了,一年最多出十本书,最受欢迎的就是那么一本两本,所以那一本两本大家都在那儿排着队去买,很容易选择,你或者是读或者是不读。那现在的话,一天就出两种书,一年要出七百多本书。你读哪本,不读哪本,这选择上就有问题。

再有呢,就是市场经济大行其道和技术科学的昌明,结果它带来了浪漫精神、侠义精神、执着精神和一种终极信仰的危机。其实,我们中国人是非常讲人的精神、人的道德这些东西的。比如说忠孝节义,很讲这些东西,有时候讲得很愚蠢。但是,大家总有一种执着的劲儿。我们看《东周列国志》,讲子路在战争中受了重伤,快要死了。死以前,他一定要把自己的帽子正过来,因为儒家的教导,人的衣冠应该非常整齐,不能歪歪扭扭。所以,他要把他的帽子正过来,符合了礼仪之后才能死,如果不符合礼仪的话,连死都不能死。同样,春秋战国时荆轲的故事。荆轲他要刺秦王,他要取得秦王的信任。那么怎么办呢?他知道秦王有一个仇人,已经投奔到了燕国。荆轲去见他,说:我要去刺秦王,但是我无法取得秦王的信任。这个人一听说:我知道了,你的意思我已经明白了,他最恨的是我,他现在悬赏要我的人头,现在,我就把我的人头给你。说完就把头割了下来了,让荆轲拿着脑袋当见面礼去了。当然荆轲最后刺秦王没有成功,这是另外一个问题。这故事你现在听起来是不可想象的!

我们许许多多的那种人文情怀,都和农业文明有关,都和相对封闭的、基本上是自然而然形成的那种心情有关系。比如说,陶渊明原来做官,他最被人称道的是不做官了,不为五斗米折腰了。看起来他的要求也很低呀,五斗米没有多少钱呀。然后他回去以后过什么样的生活呢?"采菊东篱下,悠然见南山。"这是一种农业文明,一种对大自然的欣赏。如果你从事的是高科技的领域呢,你就不可能是"手术胃镜下,悠然见病变"。或者,你是高能物理,你也不可能是

"悠然见电子"？见电子撞击？"悠然见 α,悠然见 β"？这不对呀。我们还没有培养出与高科技相符合的这样一种情怀。陶渊明还有很有名的诗："种豆南山下,草盛豆苗稀。"这个在效益上是不行的,你草盛豆苗稀,你种了半天豆,你种的什么豆呀,可是诗人呢,我估计陶渊明可能还有些别的收入吧,不是专靠豆来收入吧。如果今天换成一个包产到户的农民,或者一个农业实验员,或者农业良种站,这个农业良种站的站长写了一首诗"种豆南山下,草盛豆苗稀"赶紧撤职吧,因为培养的是草而不是豆。"花间一壶酒,独酌无相亲。"这是李白呀,喝酒的时候他没有朋友,但是呢,他一个是有花,一个是有月,还有他自己的影子。"举杯邀明月,对影成三人。"他的这种心情呢,是对月亮感觉那么遥远而又那么明亮,而且又那么神秘。月亮上也不知道是嫦娥,也不知道是吴刚,还是桂花,还是桂树,这样一种非常优美的境况。你要把高科技的成果放进去呢？你把这个太空,你不能说:邀请太空人,实现完太空行走以后,你到我这儿玩一会儿？这不可能,怎么表达你不知道。古往今来、古今中外都有许多诗情画意,唉,描写男女之间的爱情。这些男女之间的爱情都和一种禁忌、一种神秘感、一种羞涩、一种不好意思联系到一块儿。"千呼万唤始出来,犹抱琵琶半遮面。"这是太守白居易想听一听她弹琵琶,说你弹得那么动人,我想听一听,叫了半天不出来,"千呼万唤始出来",出来时还很害羞,所以,还用琵琶挡住了半边脸。这种感觉和现在欣赏女健美操完全不一样。女健美操,人家穿着比基尼就出来了。身上的肌肉比你棒得多呀。你走近了,她叭唧一下给你撂在地上。现在的人禁忌少了,羞涩也少了,他也不认为男女之间有什么神秘啦,尤其是医学一掺和进来,一研究,完了。从医学的观点你们研究一下什么叫爱情？什么叫婚姻？如果我们做纯粹医学界定的话,整个玩儿完。很多年以前美国就有一个说法:就说爱情是一种精神病现象。因为,它符合精神病学的所有定义:顽固观念。什么"全世界的人都没她(他)好"。其实,全世界比她(他)好的人多了,比她(他)漂亮的、比她（他）收入高的、比她（他）健康的、比她（他）道德高尚的，比她（他）智商高的……顽固观念，幻视幻听，耳边总是情人的声音。一会儿的抑郁，一会儿的躁狂。一会儿出现癔症的现象，一会儿出现精神分裂的现象。当然，我这也是故意开玩笑，这有点儿拿人家医学调侃。

医学，它要做的事情和文学要做的事情并不完全一样。所以，随着科学技术的发展，有一些人文学者一直在那儿惊呼，在二十世纪初就有人在那儿惊呼：上帝死了！什么叫上帝死了呢？就是随着科学技术的发展，人类掌握的手段越来越多，证明原来所想的有一个上帝一天一天地创世，这样一个构想是不存在的，是不可能的。并不是说有一个上帝按照他的设计，像《圣经》上写的：第一天上帝曰：应有光，太阳便出来了。第二天上帝曰：应有水，便有了水了。第三天应有树木，就有了树木了。第四天应有动物，就有了动物了。第五天应有人，人就出来了。第六天，应有什么。大概就这么一个过程。六天完了以后这个世界就创造好了。然后第七天休息。《圣经》上原来是这样写的，所以，我们每星期天要休息。现在已经是双休日了，早已不符合上帝的规矩了，所以，惊呼"上帝死了"。到了二十世纪的末叶又惊呼："人死了！"这话是什么意思呢？就是，原来以为人是宇宙的中心，是世界的中心。宇宙的一切之所以有意义，就是围绕着人转。但是你从科学的角度来看，人并不是宇宙的中心。我就不仔细说了，就是不断地出现"上帝死了""人死了"等等这样的哀叹。李商隐的诗里还有："嫦娥应悔偷灵药，碧海青天夜夜心。"那么，这种对于月宫的想象和描写，当然也传达不出来登月和太空行走的感受。所以，这是一个悖论。就是我们的科学技术越来越昌明，科学技术对改善人类的生活，发展生产力，使我们的国家我们的人民由穷变富，使我们的国力由弱变强起了非常重大的作用。但是，另一方面，确实又有些酸文人在那儿磨磨唧唧，老是觉得：大自然现在也不像大自然了，月亮也不像月亮了。再想找回对月亮的感觉啊非常困难。"明月几时有,把酒问青天。我欲乘风归去,又恐琼楼玉宇,高处不胜寒。"已经找不出那种感觉来了,月亮也没那么神秘了。照片也有了,连月球背面的照片通过卫星拍摄也有了。所以,在这种情况下,人们又开始讨论文学、文化、艺术能不能给困惑的我们一点启发?或者能不能使我们感到的困惑,从文学和艺术上得到一点什么启迪?因为海外有一个很流行的说法,就是"文学和艺术的边缘化"。因为在我们国家,或者在世界上许多国家都是这样,文学和艺术是最靠边缘的。经济是主体,每天大量人的活动都是经济;或者是政治,当然还有许多政治上的麻烦,还有许多政治上的问题;或者是市场,或者是军事,反正不会是文学,不会是艺术。所以它比较边缘,有它也行,没它也行。不那么受重视。但是,在中国过去文学不是那么边缘,文学非常受重视。中国封建社会,科举(选拔人才就靠科举)里面,虽然有很多不公正的地方,但比没有科举还是公正得多。全世界的历史学家对中国封建社会的科举都给予很高的评价,认为这样一种制度创造,相对公平的选拔人才的制度,这是中国人的一个共性。那个时候科举就是等于考一次作文,你这次作文写得好的话,你就可以当状元了。新科状元不得了,全国排名次。甚至于在革命战争当中,新中国成立初期,大家对意识形态非常重视,对文学也非常重视。毛主席还亲自给文学艺术的问题发表自己的见解,做出他的指示。现在好像少了。可是到了边缘以后呢,人们又在找回,又在呼唤它,就是你们能不能给我们解决在价值观念上、情怀上、趣味上所碰到的这些失落、这些困扰等诸多问题。

那么,第二个问题,我想谈一下关于文学的教育作用、认识作用和娱乐作用。这个问题我从略,不讲了,因为这些问题以前讲得比较多,几乎都承认这三方面的作用。比如文学对人有所教育,有所感染,文学能帮助我们认识我们过去不认识的东西。尽管文学不完全靠得住。比如《三国演义》,现在大家提起刘备呀、周瑜呀,提起诸葛亮呀、张飞呀、关公呀,几乎家喻户晓。海内外都供关公的像,特别是开餐馆、开商店。因为关公讲义气、言而有信、舍己为人等等。但是，真正读过记载三国时期的历史的人非常之少，因为只从《三国演义》中得到了。我们现在议论韩信啊、刘邦啊，很多也是从小说中看到的，所以它有很多认识作用。娱乐作用那就更不用说了。邓小平同志经常说：我有时也看长篇小说换换脑筋。他实际上指的是这种娱乐作用。去年我参加过一次活动，我碰到很多科学家。好多科学家都在那儿谈：说我们也在看小说。后来一问看什么小说，都是看金庸的小说。因为金庸的小说好看呀，轻松呀。那么，我从另一个角度上说，文学给我们正处在急剧现代化过程中的人提供另外一种思路、一种风格、一种方法。

第一呢，我说它提供给我们一种对生活整体性的感受和关照。社会的发展、生产力的发展，科学的发展、技术的发展往往使这个社会的分工越来越细。你所从事的业务越来越窄。因为，你不可能什么都会，不可能什么都明白，你一定要抓住一个课题，死死地抓住，你才能在你的事业上，在你的学问上，或者在你的技术上有所成就。可是文学不一样，文学哪怕是作者写一个行业，一门学科里面存在的问题。比如说，不管文学写的是一个商店，还是一所医院，实际上，文学不可能变成一种专门性学科的阐释，变成专门性学科的阐释就没人读了。相反，文学一定要从整体上把握这个生活，包括你工作的八小时，和八小时之外的那十六个小时。包括你的政治生活、社会生活、学术生活，也包括你的私生活，你的家庭生活，包括你的父母、配偶、子女、亲戚、朋友、友人，哪怕是不合法的情人，种种关系、种种来往，都逃不过文学的眼睛。它不但要描写你的事业，它还要描写你的内心。它不但要描写你的现实生活，而且要描写你的梦、梦境，你的喜怒哀乐，你讲得出道理来的喜怒哀乐和讲不出道理来的喜怒哀乐。没有什么道理，就是不高兴。你最隐蔽的、自己都不愿意承认的东西，都会被文学所注意。当然，医学也是非常注意人的，但是文学呢，它有的时候注意一些别人不注意的一些东西。比如说，人的长相。

一般来说,长相对一个人来说有很重要的意义。可是,我们很多工作的分类呀,或者是学问的分类呀,并不十分研究人的长相。(当然,绘画研究,绘画艺术呀,很注意人的长相。)现在好像比以前注意点了,因为,我知道现在中组部都要了照片,对"中管干部"都拍了数码输到电脑里面去。我看到过一个材料,那是"文革"当中开的第九次党的代表大会、第十次党的代表大会,毛主席看到一些中央领导人的名字他不熟悉的就问道:恩来,帮帮忙呀。因为,在代表大会选出来以前只有毛主席在前边坐着,其他人都在下面坐着。毛主席然后说:这是谁呀?是个部队的领导,我记不清了。周恩来就说:谁谁谁站起来,让主席看一看。这个特别的真实,不是主席要找他谈话,只是站起来让主席看一看。比如说,把你提升为某个兵种的司令,长得什么样,高个矮个,是胖是瘦,起码你得让主席看一看。可是,一个文学、一个绘画,对人的肖像和对肖像透露出来的精神气质的描写,应该说是比较深刻的。我觉得,他里面的描写是我们的病例上所没有的。病例上有些东西,肖像也可能有。比如他的牙齿的情况非常重要,现在有时候辨别尸体的时候还通过牙齿。比如说血型,现在小说里面也很少写到人的血型。DNA 的特点这个小说里面也不写。医学固然有医学的记录,但是,这种对于肖像的描写、对人的个性的描写,对人的个性的注意,对人的内心世界的注意,你平常如果老研究人的内心世界,这也是很麻烦的事情。你看胃病就是看胃病,普外科就是普外科,胸外科就是胸外科,你不可能没完没了地研究他的内心世界,你也用不着研究他的内心世界。外交工作也用不着管他的内心世界。但是文学呢?它是把整个人生当做一个整体来把握。这对于那种切割的分工性的东西来说,是一种补充。

另外,文学也有具体性、形象性、细节性等特点。它经常描写一些非常细致的东西,别人不注意的东西,它对于概念的统治,对于生活的粗线条化是一种补充。什么叫概念的统治呢?因为,我们做日常工作,做这个非文学、非艺术的工作,很重要的一条就是要弄清它的概念，属于哪一类概念。如果说我做司法工作的，我必须先弄清它是合法还是非法，它是违反了《民法》还是违反了《刑法》，是属于刑事犯罪还是属于民事纠纷。我想我们做医生也是这样，首先要弄清楚它的概念，它是属于什么疾病、什么病原，是细菌性的还是病毒性的、是物理性的还是化学性的等等原因。当然我对医学不懂，我只是信口胡说。但是文学的特点呢？有些非常好的作品，它并不给你一个明确的概念。它还要让你自己去体会、去追寻、去概括。比如说《红楼梦》，对《红楼梦》有各种各样的解释，各种各样的概括。毛主席是一个政治家、革命家。毛主席解释的《红楼梦》写的是阶级斗争，是四大家族的兴衰史。如果你要让佛学、道家、道士们来解释呢？那么，他们认为《红楼梦》写的"色即是空、空即是色"，就是世界万象到最后都变成了空无，都变成了虚无。你要让道德家来解释呢？《红楼梦》就是一部忏悔录。作者借贾宝玉之口，借贾宝玉的事情来写，他在书里也不断地说，年轻的时候锦衣玉食，过着这种寄生的生活，既不学习，也不长进，所以，一事无成，整个把家业凋零了，也可以从这个角度来说。甚至还有索隐，认为《红楼梦》实际上写的是反清复明。所以，文学呢，它是一种方式，它是一种什么方式呢？提供你很多细节，提供你很多形象，很多所谓栩栩如生的形象。但它不给你一个判断。比如说《红楼梦》里边的王熙凤，里面写到她长得也很好，也很聪明，非常善于辞令，能够杀伐决断。文化不高，但是很精明，眼里不掺沙子，也很厉害，不但敢下狠手，而且敢使用暴力。对她下面的人看着不对的，扬手就是一个嘴巴，做事情很严明，等等。讲许许多多她的故事，既有好的也有坏的，但不给你一个结论。所以，这样一种具体性和形象性，除了文学以外，还比较少的有机会能够先不得出结论，先从具体性、形象性入手。

　　文学还特别有一种民族性和地域性。因为文学它是语言的，这个语言是民族与民族之间的一大差别。这个语言和文字的表述，它本身就培养了一种语言的文化爱国主义。它这个精密的地方有些是翻译无法传达的。我到这里赵老师还给了我一本书,我看里面写的就是语言所表达的韵味,说"弃我去者,昨日之日不可留,乱我心者,今日之日多烦忧"。赵老师分析说,"昨日之日"这个话是啰唆的。你可以把它简单化为:弃我去者昨日不可留,乱我心者今日多烦忧。这个在含义上没有任何的变化;但它节奏变了,它语言所表达出来的情致变了。我们常常看到一些古典的诗歌,你把它翻译成白话文之后,一下子就变了味道了。"明月几时有,把酒问青天,不知天上宫阙,今昔是何年。"这些是很通俗的话。如果你要把它翻译成白话文呢,翻译成方言呢,说:比较亮的月亮呀不知道什么时候有,我端起一个酒杯问老天爷,也不知道这天上的日子是怎么过的,他们到哪一年哪一月哪一日了呢?要不,刮一阵风把我刮上去,是不是?又怕冻着,怕冻出重感冒来,怕冻出上呼吸道感染。所以,这种不同的语言呢,同样的一个意思,用不同的语言一变化,给你的感觉立刻就不一样了。所以,我常常听到一些海外的华人——因为我跟他们来往也很多——他们就跟我讲:在海外生活呀,生活不成问题,住房子也可以住得很好,吃东西也不成问题。特别是美国大量的东方店、亚洲店,东方超市、亚洲超市。你到超市那儿,有李锦记的酱油,有六必居的咸菜、雪里蕻烧豆、酱豆腐、炸油条,速冻饺子、速冻馄饨、扬州包子等等我在美国都买过。什么菜都有:大白菜、大萝卜、绿豆沙、红豆沙……这些都不是问题。最大的问题还是在语言文化上这种细腻的感受。所以,在我们很多东西的差别已经消除的今天,毕竟还有一个文学保持着这个地方的人和那个地方的人,这个国家的人和那个国家的人,这个民族的人和那个民族的人之间一点点小小的差别。你总有点你自己喜怒哀乐的表达方式。另外,文学又特别强调个性,不管写什么内容,所有的作品,可以说,每篇作品和另一篇作品都是写相同的内容,但是,它表现个性的方式是完全不一样的。同样是写爱情,以王实甫的方式,和曹雪芹的方式、和莫泊桑的方式、和托尔斯泰的方式,它是完全不一样的,是个性化的。有很多事是不能太强调个性的,你太强调个性是不好的;但是呢,至少还有一个文学是非常强调个性的,非常忠诚于个性的,就是要有你自己独到的东西,所以,这也是一种弥补。因为,其他的事情我们很容易求出一个最佳值来,但文学是没有最佳值,你说什么是最佳的?西方啊,它有的地方太技术主义,太科学主义了。所以,西方有的地方把这个美女,都算出最佳值来;什么身材的比例,上身和下身的比例,黄金分割什么的稀奇古怪的说法。但是那些东西永远不可能代替活生生的人,活生生的性格以及感受。

还有文学的感情性,它为人保留了这么一个东西,保留了这么一个地盘,让你可以在这里面尽情地来抒发、来描绘、来体验、来表达人的感情。有些事你不能什么都讲感情的。你做商业全都变成了感情(当然一点感情都没有固然不好),你太感情化了,这个是不行的。我们有时候说感情用事啊,这是一个贬义词。说这个人感情用事,不理智,不能对它进行理性的讨论和估量。所以,我觉得文学的这种感情性,对科学主义技术主义是一种弥补。比如说爱情,我刚才讲了,如果爱情你单纯从科学的、医学的、两性的关系中来加以考量的话,那就没有爱情,只有配种站。但是,幸亏我们有文学,有许多的诗歌,有许多的散文,有许多的小说,还有各种如诗如画、如梦如幻、如花如雾的一些描写,使我们可以享受,可以获得人类这一生当中非常美好的一种体验。文学的创造性,对于平庸、对于千篇一律、对于教条主义,它是一种补充和挑战。文学是最不允许重复的。当然整个来说,艺术都是不允许重复的。但是,有时候艺术允许某一个方面的重复。说一个画家,他画白菜,他今天给这个人画了一棵白菜,明天给那个人画了一棵白菜,后来他到这儿展览还是一棵白菜,再后来他在那儿拍卖还是一棵白菜。如果他是一个大画家,这四棵白菜画得基本上差不多,这个没关系的,没有人敢责备他。因为他画的白菜比你画得好,你画一千棵白菜不如他那一棵白菜值钱,做画家是可以的。但是,文学家不行。文学家你今天写一篇小说描写一棵白菜。明天又写一部小说,还是描写一棵白菜,比上一棵大了一两。后来再写,还是描写那棵白菜,切开了。这个不行,这个别人会说你算了,你不行干脆回家休息去吧,文学不行。音乐,它有时候甚至也是允许的,它可以以某一个民歌作基本的旋律来加以升华,所以,甚至有不同的作曲家用同一个民歌的旋律,有的作成了交响乐,有的作成了小提琴协奏曲,有的作成了钢琴协奏曲,有的作成了管弦乐,有的作成了民族音乐。他都可以在一个主调、一个主旋律上进行不同的发挥、不同的充实、不同的配器、不同的和声。文学这种对创造性近乎苛刻的要求,它对于我们人云亦云的、只会照办的思路来说,是很好的补充。但是,你不可能什么事都是创造,既有的科学、既有的规章、既有的条理,你必须执行,那是另外一个问题。但是,你必须保持一点自己思想的创造性。

另外,我说文学还有虚拟性、理想性和批判性。就是文学所发生的故事,可以是真实的已经发生的,也可以是幻想的、没有发生过的。比如说:诸葛亮、曹操、关公、周瑜,这个是真有其人。即使是这些人,他们在文学里面的表现、表达、形象和他们真实的人之间也有相当的距离。所以,有些历史学家做出考证,一个是他们分析说,诸葛亮没有那么高明。如果诸葛亮真那么高明的话,他不会使蜀汉这个鼎足而立的王朝,毫无建树,尤其在军事上不行。有些历史学家还说,在京剧上,什么诸葛亮把周瑜给气死了,什么周瑜很年轻,诸葛亮老奸巨猾、老谋深算,周瑜心胸狭隘又气大,所以,活活被诸葛亮气死了。诸葛亮身上穿着一件八卦衣,手里拿着一个羽毛扇,在那儿扇忽着。周瑜是一个小生扮相,说话声音很尖的半男半女的那种声音,诸葛亮是老生扮相,那个也不符合事实。因为周瑜的年龄大于诸葛亮。所以,它是虚拟的,并不是真实的。但是,它虚拟得太成功了,人们都接受了这个模式。所以,当我得知诸葛亮周瑜不是那么回事,我非常遗憾,觉得历史学家干吗呢,考证周瑜比诸葛亮还大,这故事都站不住了,都成假的了。比如说《长恨歌》,唐明皇和杨贵妃的故事。这个

95

也是有历史根据的,但是白居易这个诗里面的描写呢,有许多是虚拟的。包括马嵬坡这个事情以后,唐明皇又回来了,当了太上皇,然后请道士给他作法,把他带到苍茫云海之间,见到一所仙宫,然后得知这个杨贵妃已经成了仙人在这里生活,这当然是虚拟的想象的东西。但是,有了这点想象和没有这点想象是非常不一样的。一个有想象力的人,一个多多少少能做一点梦的人,你天天做梦固然不好,但你永远不做梦这也是很危险的,我知道咱们这个精神病学上,一个人比如说三年没做过一次梦了,这不是一种健康的表现。所以,文学给我们留下了虚拟的、理想的、非现实的元素。文学里面有大量现实的东西启发我们,认识现实,拥抱现实,投入现实的这些东西。但是,除了这些东西以外呢,它毕竟还有一些相对虚拟一点的东西,这是文学给我们留下来的。

然后,我讲文学的趣味性。毕竟文学有一种趣味性,它有一种吸引力。同样是一种日常的生活,到了文学家的手里头,他写得就比较有趣。哪怕在那儿发牢骚,他牢骚发得比你好,你看着觉得可笑,觉得很幽默,觉得很痛快。同样是一个风光、是一座山峰、是一条河,到了文学家的手下,所谓妙笔生花,让你看着这个山峰挺好,好看,他增加了趣味。同样是悲欢离合,同样是得了癌症,住院两年后去世了,到了文学家手里那么令人动情,那么多故事都联系起来。悲欢离合、爱恨情仇、幸运和不幸运、喜怒哀乐,让你有无限的爱恋,或者有无比的惆怅。它对于我们经常无法避免的疲劳、重复、压抑,起了一种补充和安慰的作用,让人感觉到人活着是一件有滋有味的事情。你的成功与失败都能成为小说的材料、诗歌的材料。你的生、老、病、死都可以成为咏叹的对象,成为歌唱的对象。所以,我觉得一个喜欢文学的人,你和他一块儿生活、和他接触,会有趣一点。有趣,这点对一个人也是相当重要的。所以,你们注意一下《中国妇女》等杂志上的征婚广告,那些征婚的很多人除了说:有正当职业、身体健康、有四十五平方米向阳的房子以外,还都说喜爱文学艺术,爱读小说。假设这个征婚者是一个男性,那个女性看了,说你还读过许多小说,这个人还不太干巴,起码见了面还有话说。相反的,没一个人声明绝不读文学书,一辈子不读文学书,见着文学书就头疼。我看那样,没人敢跟他谈恋爱。所以,文学在这些方面呢,其实还有很多方面,我讲不完,比如探索的精神,因为文学它永远不停止,有一种探索的精神。比如说,文学本身对它的解释,这个解释本身就是无止境的。文学能给我们提供一种相对来说更生动、更个性、更有创造的精神,更有趣味、更有吸引力的风格、思路、方法。哪怕这个东西仅仅作为我们的一个补充。我们开会不能都大谈文学,大谈诗歌,在那儿咏叹,在那儿唱歌是不允许的。我们要做手术,做手术的时候也谈不上有趣味性,但文学本身给了我们这样一些补充。那么,从另一方面来说,文学对于其他的行业,我也讲对于社会、政治、家庭、医疗、科学也都有它的参考价值。这是什么意思呢?在这儿我就不细说了,你们可以自己琢磨一下。

一个政治家,他的语言能力,他的描绘分析一个事物和表达自己主张的能力,都是和他的文学修养分不开的。所以,自古以来就有很多政治家,他们都有很高的文学修养。比如说曹操,曹操的四言诗达到了非常高的境界。比如说林肯,林肯的演说,那么精粹,那么简短。比如说丘吉尔,他有非常强的表达能力。他当然宣传他的那一套价值观,他的那一套主张,但是他的表达能力确实好。他非常善于表达。丘吉尔有一句名言,说:我到处提倡民主,你们不要以为我认为民主是一个非常好的东西,不,我认为民主很糟糕,带来许多麻烦。但是,没有民主更糟糕!他非常会说。哎,这个人,这种表达方式,中国人叫做"欲取先予",先退一步,非常会说。比如说毛泽东,毛泽东的文学修养使他在政治上经常处于主动的地位。甚至于在已经被动的情况下,由于他的文学修养,他能化被动为主动。发生了"林彪事件",实际上,毛主席内心也是非常震撼的。但是,他表达出来的:天要下雨,娘要嫁人,随他去吧。唉,这个很凶险的事件经过他老人家这么一分析呢,你就觉得踏实点了,虽然这句话没有解决任何问题。比如说,六十年代对苏联共产党的批判,这也是一个非常凶险的事件,因为中国原来是一边倒的大量宣传苏联怎么好,说"苏联的今天就是我们的明天"。毛泽东引用晏殊的词:"无可奈何花落去,似曾相识雁归来。"苏联完蛋了,这叫"无可奈何花落去",新中国成立了叫"似曾相识雁归来"。比如说《共产党宣言》。你现在很难找到一篇比《共产党宣言》写得更好的抒情散文了,它赋予那样一种激动人心的力量。这是马克思和恩格斯的合作。所以,文学与政治是分不开的,没有这种语言的力量,没有这种动员的力量,没有化被动为主动的力量你怎么搞政治?我们经常说"以理服人",以理服人和文学是分不开的。至于医疗,我们现在都知道,这种精神的治疗、心理的治疗,这种精神上的抚慰、鼓励,这种适宜的作用,我相信在座的你们都是专家,比我更内行。不光作家需要有很强的文字能力、语言的能力。一个好的医生相信也应当有这样的能力。文学的这种想象,这种敢于创造的精神对科学来说当然也是很重要的。

最后,我再说一下文学也有它的弱点。我当然干什么吆喝什么,我是搞文学的,我无法在这里面讲别的。我既不会讲内科学,也不会讲外科学,也不会讲中医,也不会讲药学,但我并不等于说,文学就是世界上最好的东西,并不等于说我认为有了文学就等于有了一切。不是。文学它有它天生的弱点。它的弱点是,你不管怎么弄,它有一种纸上谈兵、画饼充饥、望梅止渴的性质。许许多多文学书描写战争,描写得非常好,但不等于这个作家可以当一个好的军事指挥员,真正打仗和在书里面发动一场战争,完全是不一样的。你真正要是发起一个战役,不要说世界大战了,就是发起一场战斗,那都是非常复杂的一件事情。包括在书里面谈情说爱和实际谈情说爱也是两回事。大家不要以为那些作家在小说里头没完没了地谈情说爱:每个男人都爱过七八个女的,每个女的都爱过四五个男的,你们就以为这些小说家都是些情场老手。我告诉你们:不是的。很多作家,他们的爱情是非常拙笨的,是非常失败的。正因为他们失败了,他们才没事瞎琢磨,才写得那么好。如果,他们的爱情非常成功,和他的配偶非常幸福,整天沉浸在他们那种美好的爱情里面,他就不想写小说了,很多好作品就出不来了。丹麦最著名的儿童文学作家,到现在我觉得全世界都没有人能超过他——就是安徒生。他写的《冰姑娘》《海的女儿》,你到哥本哈根去,哥本哈根的海边上还竖立着《海的女儿》中美人鱼的那个雕像;但安徒生是个老单身汉。法国的作家福楼拜写的《包法利夫人》,写中年女人各种秘密的心情、各种私生活,但是,这个福楼拜也是个老单身汉。所以,我觉得文学,它的优点在这里,它的弱点也在这里。它是非操作的,一般是非操作的。它里面有可以操作的东西,据说当年刘伯承元帅就非常喜欢苏联作家西蒙诺夫写的《日日夜夜》中城市战争的这一场。它里面有这么一个描写,他的主人公叫安东诺夫。德国人盘踞了一幢楼,安东诺夫从窗户杀进去,他根本看不见人,但是他一进窗户就先用冲锋枪扫射,上下左右扫,等扫完以后再看有没有敌人。因为,你不能说等我看清楚是谁了,有没有敌人我再扫,那人家早把你扫光了。据说刘伯承元帅看了就觉得这个作者很内行,起码参加过战争,甚至还让别人看,说城市战争跟在农村、战壕的战斗不一样。它有可以操作的东西。但是,文学也有更多是不能操作的东西。你不能完全按照小说里的事情做,你要按着那个做会失败。而且,一个人太喜欢文学了,也会形成他性格中另一方面的弱点:他很有趣味,他词儿也很多,他也很有感情,他也很有创造性;但他会变得很自恋,自己整天顾影自怜,自己很清高,跟别人合不来,一辈子倒霉。因为,喜欢文学的人,尤其过去搞政治运动的时候,没有几个人因为喜欢文学而得到什么好处;相反的,因为喜欢文学而莫名其妙地被整得一塌糊涂的人太多了,这些例子不说了。

所以,我希望大家对文学有兴趣。我希望大家能够通过对文学的接触,来补充、发展自己的精神生活。但我不希望大家以为我在这里鼓吹文学最高或者第一,就都搞文学吧。你把病人肚子刚划开,你想起一句诗来,非把病人害死不可。所以,我们还是要非常实事求是地对待各方面的知识。

(作者答与会者问)

问:王蒙老师,您是文学出身,如果把一个人的人生作百分之百来计算,那么,文学在您的生活中占多少比重?

答:应该说是占非常大的比重,这是肯定的。但是,文学本身就不是一个孤立的东西,用我常说的话,文学本身并不能产生文学。因此,文学呢,它需要各个方面的经历,包括社会生活的经历、政治生活的经历。比如说,到处旅行,这方面的经历。所以说,做文学,它有时候,我们用一种很俗的话来表示,它每一天过得都是很有意义的,都有可能成为文学的契机。你要从这个意义上说,文学就涵盖了我的全部生活,但是反过来说呢,我尤其不赞成(我自己也不是那种人),就是除了读文学书,对其他一切都没兴趣,不是的。我对很多事情有兴趣,我也积极参与了社会的生活、政治的生活,有时候我对家务也很有兴趣,我对购物也很有兴趣(虽然我爱人认为我不会购物),我对做饭也很有兴趣,我还会做干烧黄鱼。

问:您刚才说成为文学人需要一种经历。的确,丰富的经历是文学创作的源泉。那么,我觉得世界上也有很多人经历丰富,但是,他写不出东西来。比如说,像我们医生,他每天接触大量的直接信息、各种各样的人生百态,他们经历了、感慨了。但是,他们感慨以后写不出东西来。所以,这里头是不是还有别的因素在里头?主观因素,就是那种表达欲望?

答:是这样。这种表达的欲望,这种感受的能力,有时候我们称之为,稍微酸一点,就是说一种艺术的感觉。你比如说,都是日常生活里边的事,今天天气好一点,明天天气差一点,今天看到一个人亲切一些,明天看到一个人蛮横一点,今天看到一个病人痊愈的这种欢乐,明天又看到病人他不治的那种痛苦。所有这些东西呢,对于有些人来说,就是他工作的又一个病例。但是,对于有艺术感觉的人来说这就像一首歌曲一样:从他来治病,到他的种种遭遇,到死亡,这简直就像是一首歌一样。他里边充满了感情,充满了细节,而且,充满了使他不能忘却的东西。他有了这种感觉,他就是一个非常文学的感觉了。这个肯定与他的天赋也有关系,比如说,所谓多愁善感呀、所谓心细呀,和这些东西是有关系的。或者和我们所谓观察的能力,语言的能力有关系,当然了,也和他有意识地想追求这个东西、想发展这个东西有关系。

问:很高兴听了您的讲座。我是一个文学的局外人,您如何评价诺贝尔文学奖的文学性,作为中国人距离这个奖还有多远?

答:诺贝尔文学奖到现在为止是世界上最有影响力的一个奖,因为它的历史,也因为它比较高的奖金,今年是折合一百一十多万欧元。但是,我们中国的最高文学奖——茅盾文学奖是两万元人民币,有可能提到三万元。这都是有关系的。诺贝尔文学奖是由瑞典科学院来颁发的,这个评奖委员会由院士委员会组成。这个院士委员会有十八个人,这十八个人里只有一个人、就是马悦然教授是懂中文的,而且是非常懂中文的。这个马悦然教授,前一段时期跟我们国家的关系非常紧张,所以,他曾经被列入不准入境名单,今年夏天才刚刚解禁。今年夏天他到中国,到山西去了一趟。马悦然教授,他喜欢的几个作家,一个就是北岛。北岛现在还生活在外边,他早就出去了,也是属于我们国家的比较敏感的人物吧。再一个呢,就是高行健。马悦然多次推荐过北岛,推荐了很多年,但是都没有能够成功。后来高行健他推荐成功了。现在马悦然最感兴趣的是山西的作家李锐。目前也有一个理论,是上海的朱大可教授提出来的。他说现在的诺贝尔奖金有一种"二等作家化"的趋势。他说,最近连续得奖者实际上都只能算得上二流作家,他里面提到许多许多人。包括对文学最感兴趣的人,对诺贝尔奖金获得者给我们留下深刻印象的,在近五十年,或近六十年吧(因为再远了说,我也说不清楚了),一个是海明威,一个是德国的海因里希·伯尔和德国的君特·格拉斯,但他们的作品在中国的影响也很有限。再有一个在中国真正影响巨大的就是哥伦比亚的加西亚·马尔克斯,魔幻现实主义的代表。其他的几乎在中国没有什么影响。比如说埃及的纳吉布·马福斯,南非的索因卡,爱尔兰的希尼,虽然他们得了奖了,他们的作品也都翻译到中国来了,但是无声无息,中国读者看来看去也没看出多大的兴趣来,包括意大利的拉福等等。可以说有许多大家并不感兴趣的事情,所以这里头呢就是一个非常微妙的情况。我们这里转过一个文件,认为诺贝尔文学奖和诺贝尔和平奖,它们是为西方敌对势力"西化"和"分化"政策服务的。但是,我个人的看法觉得说的也简单了。因为,它说的是这个问题,它常常喜欢奖励社会主义国家中持不同政见者,你比如说,过去苏联,它奖励过索尔仁尼琴,奖励那些逃亡的作家、流亡作家。但是呢,它也常常奖励西方国家的那些左翼作家。比如说,葡萄牙作家,那是葡萄牙共产党党员,叫什么萨马兰戈呀,还有那个我刚才说的加西亚·马尔克斯,也是左翼作家。加西亚·马尔克斯曾经有几次到美国去,美国都不准他入境,不给他发签证。一九八六年我曾经应邀作为嘉宾参加第四十八届国际笔会,在纽约。在这个会上美国国务卿舒尔茨去讲话,美国作家就在下面闹成一团。"可耻,你们连加西亚·马尔克斯这样的获诺贝尔文学奖的人都不准入境,你们可耻!"乱成一团。另一个诺贝尔文学奖获得者秘鲁的略萨,最近写文章说加西亚·马尔克斯是卡斯特罗的太监。因为加西亚·马尔克斯是卡斯特罗的个人密友,他写过很长的文章,有点像高尔基写《列宁》那个意思,他是非常歌颂卡斯特罗的。卡斯特罗当然是反美很坚决的了,所以他也有这一面,拉福等他们都有这一面。既然是奖,它也是人搞的,所以对它有各种说法,说它好的也有。当然,得到了,也令人非常羡慕,就是一百一十万欧元呢,各位,同志们,在座的谁有一百一十万欧元,举手。我们真正热爱文学的人不必去考虑诺贝尔文学奖。它奖过的作家有许多,其中有的成就很大,有的成就不大,有的奖完就过去了。它没奖过的作家也有很多,也有的成就很大,也有的成就不大。获得它的奖的作家我刚才讲了像海明威这些,没获过它的奖的大作家更多了。托尔斯泰、契诃夫,俄罗斯的这些都没获得。中国的鲁迅,或者沈从文。日本的到底是川端康成写得更好,还是三岛由纪夫写得更好,也有不同的说法。所以我对你的回答是属于整体性的回答,是一个无概念统治的回答。请你自己用文学的方法去理解和判断。

问:王蒙老师,我知道您是一个大文学家,但同时也是一个政治家。您讲文学具有纸上谈兵等的弱点。请问,您是如何摆脱这些而成为一个政治家的?

答:我呀谈不上是政治家,这个帽子太大了。但是,我是做实际工作出身的。我在写出《青春万岁》之前就参加了革命。我从一九四五年十一岁的时候就与北京市的地下党建立了固定的联系。我十四岁的时候就入党了,十五岁,即一九四九年参加了地下党,十五岁的时候,我就在区里工作,取缔"一贯道"、征兵,一直到什么天主教爱国自立,叫"三自革新"运动,这些工作我都参加了。所以,我一直是做实际工作的。然后我到十九岁开始写小说,那时还是业余的。那时我担任的是北京市一个城区的团区委的副书记。我写小说的时候都是上边是工作材料,下边是几张纸。门一响,我赶紧把工作材料纸盖在上面,好像我正在那儿起草一个什么先进标兵的事迹似的。我原来呢比较接触实际,这倒是真的。我和报社出身的、大学出身的、书斋出身的作家不完全一样。但这里没有好坏之分,我也很羡慕那些书斋出身的,他们显得很高雅,浑身都是"文房四宝"的香味。

问:非常感谢王老师给我们做的非常精彩的演讲,真有"听君一席话,胜读十年书"的感觉。文学创作好像有一个规律,就是它在生活当中是体验生活,然后去观察世界、人的内心世界。然后呢升华为理性的东西。但是我比较感兴趣的是,为什么人比较喜欢感情化的东西，而不喜欢理性化的说教呢，就这点请教王老师，人性有什么特点造成人喜欢文学作品？还有，从历史的角度来说，是什么根源造成了文学的产生？另外，还想请教王老师，是什么原因、什么因缘让王老师爱上了文学？作为一个学生来说，读什么样的文学作品比较好，请王老师给我们推荐一下。谢谢！

答：这位同学提的这些问题如果彻底讲完的话，大概还得另外的五个小时才行。我大概说一下。我想，一千个作家有一千个作家的写法，有的呢，它已经升华成理性的东西，然后又用很感性的东西表现出来。也有的没有升华成那样，它就是在一大堆感受当中剪不断理还乱，然后它又是那么一大堆地把它表现出去了。比如我认为曹雪芹就是这样，这个也各有各的说法了。有的说，好的作家都是思想家。我觉得曹雪芹不是思想家，如果他是思想家的话，他反而写不出这么好的作品，他正是那种非常复杂的感受。

至于人为什么会喜欢文学，我想，人，他会喜欢一种生动的东西，他会喜欢一些非常有具象的东西，而且，这些生动的东西、具象的东西，你除了用文学的以外，你很难用别的方法来保存它。你比如一个社会的大的变迁，你看历史书就知道了。一九三一年日本发动"九一八"事变，侵占了东三省，然后是一九三七年发动了卢沟桥事变，把战争扩大到整个中国，一九四九年中华人民共和国成立，这些记载都有。但是你想知道那个时候的人民的具体的生活，他们的言谈话语，他们的衣食住行，他们头发的样式，他们当时的时尚，这你就会寻找文学。

所以说，人类为什么会产生文学，这又是一个非常复杂的学术问题。有人认为文学的出现是由于社会的需要，尤其是劳动的需要。也有人认为文学的出现最早是源于宗教，还有祭神，它要表达对上帝的这种向往、崇拜，就产生了诗歌等。也有人认为文学的出现最早是由于男女之情，你要用弗洛伊德的学说，文学也是一种人的力比多的表现。如果我们把这些学派都踢到一边，那么，文学，我觉得产生于一种人的倾诉,比如他经历的什么事,他有一种向别人倾诉的愿望。假设你是从海啸的那个菩提岛回来的,不管你是不是文学家,你见到你的亲人,你的朋友,你就会跟他讲:哎呀,吓死我了。我正干什么什么呢,远远地看着那个海跟一座高楼似的压了过来……文学活动已经开始了。

问:谢谢王老师的演讲。文学好像来源于不同的社会阶层,而且为不同的社会阶层而服务,这是我感觉,比如以前有好多文学作品都是来源于基层的生活,而现在的一些作品,青年人追求的精神理性的生活。那么从这个意义上说,好像文学是有阶级性的。那么从整个思想史来看,文学好像是体现没有阶级性的那种所谓的人性。您怎么看文学的阶级性?

答:我认为文学具有阶级性,这是丝毫不容怀疑的,但是具体到一个作品,具体到一首诗里头,有的呢,阶级性就比较强。比如说倾诉那种被剥削被压迫的那种痛苦,哪怕中国的古诗(那时候还不懂"阶级"这个词)。《水浒传》里的一首诗:"春种一粒粟,秋收万颗籽。四海无闲田,农夫犹饿死。"还有一首:"赤日炎炎似火烧,野田禾稻半枯焦。农夫心内如汤煮,公子王孙把扇摇。"这当然是表达了劳动人民的穷苦的农民的那种心情,那种对社会的怨恨。《诗经》里也有这样的东西。但你不能说它一定是什么阶级。比如李白的诗:"床前明月光,疑是地上霜。举头望明月,低头思故乡。"这话也很浅显。甭管李白是什么阶级吧,这表达的阶级性没那么强,甚至于,它是有阶级性的,但它被不同的阶级的人所接受。这样的事例也很多。比如,李后主说:"问君能有几多愁,恰似一江春水向东流。"李后主是亡国之君。可是喜欢这首词的人没有几个亡国之君。全中国、全世界有多少亡国之君呢,估计数字都能统计得出来,起码没有三〇一医院的病人多。但是,当一个人郁闷的时候,百思不得其解的时候,他就很喜欢这首诗。一部电影叫《一江春水向东流》,写的是国民党的抗日、贪官污吏呀,一个男人娶了"抗战夫人"呢,对他沦陷区的妻儿是如何的不仁不义呀，这和亡国之君的苦恼没有任何关系。所以，不承认文学的阶级性是不对的，认为阶级性就是一切，共通人性根本就不存在，超阶级的接受根本就不存在，这也是故意强词夺理，自己跟自己过不去。所以，我觉得，我们既承认阶级性，也承认人性，还承认具体的作品的阶级性的强、弱、浓、淡有各式各样的区别，我觉得这是比较求真务实的一种说法。

2004 年 12 月 14 日

文学的期待*

在座的都是搞文艺理论的,跟我相比受过更加良好的教育,掌握更多的理论资源,有自己更系统、更独到的一些想法,我在这方面绝对不占优势。所以,我今天给大家讲,第一,就实。我不讲理论而讲见闻,我从最具体的事情讲起。第二,提供信息。第三,就是咱们共同研讨。我过去就常常说,中国人有时候喜欢做价值判断,而不注意做认知判断,就是说,这个事到底是什么咱不管它,这个说好那个说坏,这个说气死我了那个说乐死我了,好得很还是糟得很。我不喜欢做价值判断,那么我谈的这些事实、这些事情,可能有一些有我自己鲜明的倾向,也有一些我只是有些困惑,我就教于大家,这是真的,这不是故作谦虚。我希望咱们今天变成一个研讨会,我讲完了以后,多留一些时间听听你们大家对我谈到的有关事情的看法。

第一,我想谈谈语文的问题。因为最近我忽然感觉到咱们中国人、中国媒体的语文水准在急剧下降。我在一个很庄重的会议上,听一个企业家介绍他们的先进经验,他说我们这个工作方法创造出来以后,不到一个月我们的先进经验就不翼而飞了。我想来想去怎么就"不翼而飞"了?丢了东西才叫不翼而飞,我糊涂了,我回去查字典,这应该是"不胫而走",这是一次;还有一次,电视剧《汉武大帝》里头一再说不能够死守要出击,说我们一定不要守株待兔,这前前后

---

* 本文是作者在鲁迅文学院的演讲。

后六七次。"守株待兔"并不是防御性战略的意思,"守株待兔"和攻守完全是两个意义,这我不说了。如果我要说错了是我自个儿言过其实,那就是我的问题,反正现在碰到这种问题我自己迷糊半天;还有一次,我看见山西台在播山西和河南进行业余戏曲票友的联欢或者是竞赛,上来一个岁数挺大的,唱得很好,主持人说:"怎么样?唱的是韵味十足啊。冰冻三尺非一日之寒。"这我也糊涂了,"冰冻三尺非一日之寒"敢情是称赞的意思?!假设我今天讲得好,那我更"冰冻三尺非一日之寒"了,这让人联想到(这我没亲自听过,我是从网上看的笑料),说咱们的一个电视体育解说员,他是口误,说:"红队以迅雷不及掩耳盗铃之势一脚把球踢进了自己的大门。"其他的事已经没法讲了,现在语文上的一些问题已经没法讲了。这种问题怎么解决?有人说,这是学英文造成的,实际上有这个问题,学生每天早晨都是在那儿念英文,没有念中文的,但是这个问题这么解决就太简单了,好像是学英文还是学中文,就像是哈姆雷特"to be or not to be"变成那么一个问题了,这不行。在中国你需要又学中文又学英文,我遇到这个问题,网上吵,说我提出应该进行"汉语保卫战",英文学太多了——这是胡说八道。我是最积极学英文的,我本人到现在也没有中断,而且我老举这个例子,英文好你好不过辜鸿铭、林语堂、钱锺书,他们中文也都最好。回过头来再说语文的情况。还有,我在网上看一条消息,说意大利拍卖失业工人,我一听,绝了,意大利拍卖失业工人?我以为就是一个失业工人上来一坐大家出钱,最后是怎么回事,原来现在有些公司有一些岗位,这些岗位把要求的条件都列出来,设一个最高限价,就是你来我这个岗位我最多给你一万里拉,求职的人呢说我不要一万,我八千就行,又来一狠的,我不要八千我六千就行,这时候又来一更狠的,我全部任务都完成,我只要二千五百里拉,他就要了这个二千五百,实际上拍卖的仍然是工作岗位,就是它是反的,不是给高价而是给低价,结果网上说拍卖失业工人。还有凤凰台最近有一个专题节目《中国导弹走出世界》,这我怎么着也跟吃了苍蝇一样,它实际上是出世,出世绝对不是走出世界,我本人一九三四年十月十五日出世,我不能说我一九三四年十月十五日走出世界,那这是逝世了,是不是?

第二,我说一点对电视小品的看法。一开始我是极其喜爱这些小品,而且也很喜欢这些小品演员,真叫聪明,像赵本山等。后来这个量太大了,我最近发现赵本山是春节晚会的灵魂啊,赵本山是二十一世纪中国男人的光辉代表啊,我现在说明一下,因为这些问题都是我没想清楚的,我只能在这个屋子里讲,所以我恳求大家,你们不要援引我的话,这样我说话就可以随便点。我特别喜欢赵本山的《卖拐》,他的心理暗示内容相当的深。但是现在电视小品的泛滥,最基本的特点就是揣着明白装糊涂,演戏的人也挺精,看戏的人也不傻,可是出来呢他的戏本身是"白痴对白痴"。我就想到美国。美国也有这种问题,美国没有小品有电视剧,说美国的电视剧是白痴演的,给白痴看的,演的白痴们的故事,很多观众开始不是白痴,看多了都变成白痴了。我就问这么一个问题,看这类节目多了是变得更聪明还是变得更傻?有点往傻的方面发展。搞笑是必要的,节庆的时候尤其是,笑声一片,欢声笑语,这很好,但是能不能笑出一点意义一点深度来?比如说卓别林也搞笑,但是他的笑有多少内涵呢!我们怎么就不行呢?还有这些节目越来越多,甚至于一个比较"左"的说法说,我们中国人二十一世纪的形象就是赵本山、范伟、潘长江,来个比较帅的就是黄宏;中国女人的形象呢,也都是天才演员,赵丽蓉、高秀敏,也有一个比较漂亮的,大眼睛的,我的熟人,宋丹丹。这人要是傻了,就光会乐了,是不是?有缘故没缘故就在那儿乐,乐得时间长了就让你身上起毛,怎么了?同样是新年品牌,奥地利为什么就能是施特劳斯,所谓美轮美奂——我最近新学的一个词,看台湾人的文章看的,解放多少年了都没人说这个词,美轮美奂的音乐会——我们这小品是不是有什么问题?我们能不能期待我们的精神生活,我们的精神产品,我们的作品,多一点智慧的含量,多一点文化的含量,让我们不至于越看越傻,这是第二点。

第三,我想谈谈帝王戏和武侠片。有一阵,今年一二月份,天也冷,我也没怎么到外面出差,电视就看得比较多,我就发现一个晚上有七八个台都是帝王或大臣,而且帝王的语言正在普及。我到张抗抗家里去,她家有一小保姆,小保姆挺爱说话长得也不错,她就主动和我说话,说:"人家这还珠格格多么幸福啊,我这一辈子要做一天还珠格格就行了。"我有一个孙子,孙子年龄也不小了,我给他发信息说:"礼拜天爷爷请你吃涮羊肉,怎么样?"他回信息说:"降旨,朕许了。"我知道有很多高级领导同志都爱看帝王戏,我也爱看,我老老实实跟你说,我最爱看的是宫廷的政治阴谋,中国人真鬼啊,比猴还鬼啊,欧洲人还在森林的时候咱们这儿已经闹起各种阴谋了,你骗我、我骗你,避实就虚,欲擒故纵,声东击西,釜底抽薪,张冠李戴,敲山震虎,咱们的谋略啊,哎呀!这就有一个问题,我认为鲁迅说得非常好,他说中国人每个人脑子里、内心里都有一个隐蔽的愿望,就是做皇帝。这种封建帝王的意识想扫清它是非常之难,这种帝王戏看多了以后,我得到一种暗示,我不知道作者、演者是不是有意,看起来中国的事就得这么办,中国几千年的帝制,很精细很精致的封建制度,中国人讲究愚民之术,愚官之术,将欲取之必先愚之,等等,这是一个。还有一个就是皇帝至高无上的地位,要杀就杀,要砍就砍,连老婆都是随便杀。就拿汉武帝来说吧,就连司马迁都没给汉武帝很高的评价,这是当朝的皇帝;相反说他有很多毛病,穷兵黩武,滥杀无辜,但是咱们《汉武大帝》歌词是怎么唱的?"你燃烧了自己,温暖着大地",和歌唱孔繁森、焦裕禄是一样的,共产主义者大公无私的精神是怎么和汉武帝取得了心有灵犀一点通的呢?

当然我也理解,怎么能不理解呢?写现实题材这不行那不行,天天是企业家跟小蜜的纠纷也腻了,怎么办?一个靠帝王,一个靠武侠。每次我看帝王,我一数有八个台在播帝王,再一数起码还有七个台正在播武侠。我不是说不能有帝王戏,但是起码对帝王都有两面,要是把帝王说成勤政为民,那成了保持先进性了,保持帝王的先进性,这有点走腔,有点离谱。至少还对民族、对国家做过一些好事吧?但是这种封建帝王制度在今天我们看来是很糟糕的,他的反复无常、刚愎自用和多疑,更不用说家长作风了,这我也想跟大家讨论讨论。武侠也是这样,我也爱看,金庸的小说我看得并不是非常多但是也看了相当一部分,有的我非常感动,我最感动的是《笑傲江湖》。一个是金盆洗手就那么难,一个是两个武侠门派的头在音乐上是知己,但是由于他们音乐上的知己各自不容于本派。写到他们两个,一个吹箫一个抚琴,我都感动地落泪了。但是咱们现在看到的武侠呢,它里面的确反映了许许多多落后的东西,许许多多愚昧的东西,追求人体的奇迹实际上是对现代科学现代技术的一种疏离,一种拒斥,咱们中国早就有这种传统。我的家乡那边就是义和团大本营,我是沧州人,沧州有个吴桥,现在也是练杂技练气功的,义和团的时候不得了,大师兄在那儿。还有,这种人拿人命不当一回事,嗜杀,武侠戏如果突然繁荣到这种程度也让人说不上是一种什么滋味。我们是把它当做一种精神生态,这精神生态里头可以有帝王戏、武侠戏、三角爱情戏、侦探犯罪戏,我所谓的戏包括电影、故事、小说,可以有神经兮兮的戏,也可以有高谈阔论反贪倡廉的戏,但是大致上应该有一种平衡。这跟自然生态一样,有苍蝇也有蚊子,有老虎也有狮子,有熊猫也有羚羊,某一品种或者有两个品种忽然畸形发展,给人一种不安的感觉。

第四,我想从张艺谋的最近的两部电影和大家探讨一下。一面是张艺谋的《英雄》和《十面埋伏》取得了巨大的商业成功,另一面就是文艺评论圈对这两部电影口诛笔伐,我没见到任何一篇严肃的文章对这两部电影说好话的。说《英雄》不好的,说它提倡专制主义,是向有专制思想的人的迎合;还有一个我也不知道他是骂张艺谋还是夸张艺谋,说老谋子才是神机妙算,《英雄》里面能刺杀秦始皇他不刺杀了,而为的是"天下",这样的电影当局看了喜欢,美国总统乔治·布什看了也喜欢，为了"天下"你就让我霸权一点吧！没有我的霸权，你的天下乱成一团了，我也不知道这说的是真的还是假的，是批评还是表扬，有时候我就替张艺谋叫屈，这不等于就是毛主席说的衡量一个文艺作品，一个政治标准，一个艺术标准，政治标准错了艺术标准越强你就越反动越坏，这不是又回到这条路上来了吗？《英雄》和《十面埋伏》的票房都非常高，《英雄》假设说有二百万个观众，其中有几个人会从《英雄》琢磨中国是要民主还是要专制？谁跑电影院较这个劲？所以有时候我替张艺谋鸣不平。果然，张艺谋吸收了经验，《十面埋伏》就没有这个问题，很好看，但就是你不知道他要干什么。要平天下？要安天下？要颂扬圣君？要颂扬霸主？还是要颂扬人民？颂扬爱情？爱情也含含糊糊。后来我还看到张艺谋讲，电影就是视觉艺术，只有我们中国人才整天思想思想思想，思想其实是观众最不欢迎的；还有另一个导演说："我明确地告诉你们吧，对于电影来讲，思想就是垃圾。"这是怎么回事？我个人还是认为张艺谋仍然是中国最富有想象力的，充分掌握了电影艺术特点的杰出导演，但是你说在这里面它不注意思想吗？从他当演员演《老井》，到《大红灯笼高高挂》《菊豆》，再到《秋菊打官司》，不管怎么说还是充满了一种思想，对中国的现代化、对中国社会进步的一种呼唤、一种期待。所以，我是想张艺谋也有他的苦衷，或者他有他的局限，他现在面临着价值上的困惑，完全没有了思想，当然思想不是那种图解的、浅薄的、舶来的、标签的那种思想，但是完全没有思想，会不会使我们的艺术空心化？一个标本就是《十面埋伏》，我当然不反对看《十面埋伏》，而且我也不主张用很刻薄的语言去讲《十面埋伏》，如果没有别的，多拍点《十面埋伏》这样的作品也不错；问题是我替张艺谋的杰出才华感到可惜，因为世界上有些非常著名的电影实在是充满了思想，比如说《辛德勒名单》。我看过一个电影叫《苏菲的选择》，那电影实在太好看了，它讲的那种极端道德理想的心态，主角一男一女，女的她在集中营里面，她有两个孩子，德国人说两个孩子可以杀死一个,可以留活一个,这是她的一个选择,那种惨绝人寰的痛苦。另外德国军官对她发生性的兴趣,好像是她和德国军官睡了觉,这是一个选择,就在生和死之间,尊严地死去还是屈辱地活着的一个选择。她嫁的也是一个从集中营出来的男人,这个男人变成了一个偏执狂,每天审问她,就是说你是不干净的,你没有气节,没有守住节——虽然外国人不讲节——你为什么没有跟德国军官拼命?你为什么把你的身体给了他?那是一个偏执狂,这种偏执狂的思想方式不仅仅限于犹太人。我也不多说了。还是说张艺谋、冯小刚。冯小刚倒不像张艺谋那样引人注目,为什么呢?因为冯小刚一上来就这么定位:什么卖钱我拍什么。但好莱坞是非常商业化的,商业化的好莱坞起了极大的诱惑力,很多人向往美国就是因为看美国电影,没有几个人去过美国,没有几个人是因为读原文书认为美国社会合理要去美国。从冯小刚我还想到余秋雨,余秋雨完全不一样,余秋雨给受众的感觉文化层次要高得多,他当过大学校长,在他的作品里头,有很多文化的情怀、文化的姿态、文化的追溯和文化的评议,但是余秋雨成为一个文学的明星,有相当高的明星效应,同时他也为他的明星化付出了惨重的代价。我们看到两个机制,一个是明星化的成功和明星化的效应,一个是评论界,就是在座的这些人对余秋雨的责难,这也是很有趣的现象。对这个现象我做不出很好的解读,但是我有一个想法,我们的社会尤其是港台地区非常欢迎这样一种具有良好配方的伪作品。"良好配方"是什么意思?有一些文化但绝不坚实,有一些伤感但绝不沮丧,有一些愤怒但绝不激烈,有一些知识但既不十分生僻也不十分流行,有一些爱心但是并不疯魔,既不是基督式的爱也不是我佛的爱,这样的作品特别容易被现在时兴的词叫什么"小资""白领""中产"所接受。这种现象就跟《泰坦尼克号》一样,《泰坦尼克号》这部电影不错,我看到咱们有些比较伟大的、精英意识比较强的一些人,说《泰坦尼克号》我不看。你不看你活该,但是《泰坦尼克号》就符合刚才我说的所有的条件。它是一种平民意识,里边的女主角选择了 Jack,好像还有点平民化的意识,这个电影如果拿到中国来看我觉得挺好,各种配方都合乎比例,舍己为人大公无私的思想占影片主题的百分之三十五,克服麻痹注意隐患的思想占影片主题的百分之十五,同情平民拒绝贵族的思想占影片的百分之十七,爱情至上在爱情中利他至上而不是利己主义占影片思想的百分之二十,挺合适。可是外国的这些评论家、高级学员们,拒绝承认,认为这连门都没有,不是艺术,什么都没有。咱们还有一个旅美的女作家,就是严歌苓,她的作品在台湾特别受欢迎,连续得奖,万元大奖,十万元大奖,百万元大奖,写一篇奖一篇,而且平时都把姓名抹去,一选就选到她。余秋雨也是这样,余秋雨在咱们这里是其说不一;但是人家在香港、台湾没说的,而且毕竟余秋雨搞得不是那种通俗性的东西,也没有性,也没有罪案,也没有炒股秘诀,新婚常识,都没有,人家是很雅的。

  这样一些文艺明星当然还有其他的,像什么低龄写作、身体写作,我最近接触了一点,你可以看出商业化的炒作在里边。但是我又一贯不主张排斥商业化。从世界来看商业化最厉害的莫过于美国莫过于欧洲啊,可是那些严肃的文学大师,或者不是大师就是二师、三师、小师,都在他们那儿。光活着的诺贝尔文学奖得主在美国的有多少?我知道的有六七个。那中国现在在国内的,还没有一个人得到呢,都闹成什么样了?中国要出了七个得诺贝尔文学奖,那全国还不得疯了,得烧成什么样了?所以我又不主张排斥商业化,一谈到商业化就那么痛心疾首,如丧考妣,我在《报刊文摘》上讲到我们有四位现在最优秀的、最当红的、最严肃的中年作家到某地搞签名售书。结果来者寥寥,受到冷遇,然后这四位朋友在那儿对记者说中国读者的文化素质太低,每人骂了一顿,你越骂读者越不来。这四位作家还是年轻,没有我狡猾。我对签名售书,第一,迟到一刻钟,不排成一队我不去;第二,不等来我就走了,后面有很多人追着,这是一种什么气氛?但是反过来说没被冷落过,不但没被冷落过,还有献花的,还有哭的,还有笑的,而且两个老太太在上海,其中一个说她退休之后想自杀,有人劝她看王蒙的书,看完以后她上了老年大学,学了钢琴,现在是儿童的家庭教师。各位,你们回去之后向你们的父母推荐看王蒙的书啊!过年的时候与其送脑白金,不如送《王蒙文存》,我在古籍出版社,我的旧诗都有二百多人在那儿排队。然后还是一个老太太,说在"文革"的时候她往我们家扔过石头,做过对不起我的事,回去以后,告诉她妈妈,她妈妈说"你知道你扔的是一个什么样的作家?那是一个负屈含冤的作家",然后让她罚跪。但是她一直没见过我,见到我就哭,可是"文革"的时候我早去新疆了,早到伊犁了,但是我也不敢说,我不能够剥夺人家这种忏悔的心愿啊,所以就诚恳地接受她的忏悔,说"没事没事,早过去了"。后来杨澜对我进行采访的时候提出一个问题,说你的作品老太太喜欢读,我也不知道这是恭维我还是骂我。但是我在这里想起一个问题,就是人类的社会是从金字塔型向网络型过渡的,所以不管什么事情都是越来越民主的。写作也是如此,也越来越民主化、大众化,任何人挡不住,你哭天抢地、你哭爹骂娘也无济于事,但是这也是大众化民主化确实需要付出的代价。鲁迅早就预见到了,我记不住原话,我就想那种金字塔型的社会,写作是少数人的事情,写作要高度的典范化、精英化,甚至于是贵族化,这些写作的人可能可怜兮兮,但是他们写作的时候有一种精神贵族的感觉。中国人过去写作的时候要求明窗净几,要焚香沐浴,红袖添香,跟下了大神一样,凌驾于万代之上、人民之上,为圣人立言,字字千钧。相反的,我们所嘲笑的,香港把写作叫做什么?叫爬格子,而且过去写文章是文言文,老百姓根本就看不懂,就不是给你们看的,要看先上五年私塾再说,我的作品都是给知己看的,甚至是给皇帝看的。它有一种雅致,有一种精品感,是大众化的写作所没有的。

下面,我想给大家介绍一下有关诺贝尔文学奖的情况。

为什么我要说一下诺贝尔文学奖的事呢?前五六年吧,我常常看到一种对中国文坛、对中国作家队伍的批评：中国作家有两大短处：一个就是今天的作家里，没有鲁迅；第二个短处就是没人得诺贝尔文学奖。其实，已经得了，就是高行健，但是高行健得呢，弄得咱就挺难受。有关部门呢，给了我们一个精神，就是说诺贝尔自然科学奖是没有问题，但是有俩奖，一个是和平奖，一个是文学奖，都是为西方的队伍进行分化、西化服务的，西方敌对势力为颠覆我们国家的体制搞的，所以，一定要停止对诺贝尔文学奖那种期盼的心理。这部门发了文件了。但是，又不能往外传，所以你这儿照样发文件，那边照样的期盼。我们呢，有一种办法，就是不承认高行健，因为他已经加入法国国籍了。所以这份光荣只能给法国，咱不要！我们感到的只有愤慨，云云。

所以我给大家提供一点事实，诺贝尔文学奖有投票资格的院士是十八个人，这十八个人都是终身制。这里头懂中文的只有一个人，马悦然博士。马悦然的太太是四川人，马悦然博士对中国作家最器重三个人——这个由于时间的关系我就不一一讲我的根据，但是我今天在这儿说的都是我确实知道的——一个是北岛，一个是高行健，一个是山西的李锐。北岛曾经多次被推荐过，而且有一年呢，瑞典电视台的记者把镜头什么的一切一切都准备好了，而且北岛到了斯德哥尔摩等待消息，就是等着那边电台一宣布就拍纪录片，但是最后一宣布，不是。于是电视台的人一句话没有，就走了。北岛曾经很自嘲地说，就是忽然那么热闹的一个家，就连一个鬼气儿都没有了。然后他走到大街上看到一条狗，跟这个狗亲热了一下。一九九三年，我在哈佛，在纽约有一个叫华美协进会请我去讲演，我讲完了以后，国际笔会美国中心的秘书——一个非常强悍的女士——这个女士就跟我纠缠不放。她说，王先生，你知道吗，今年北岛将要得诺贝尔文学奖。我说，我不知道，因为据我所知，诺贝尔文学奖整个评比都是封闭的。她说，你不知道，我知道！我说，你知道，很好——那我说什么呢？我能说不许人家知道吗？然后她问，如果北岛得奖，你感觉怎么样？我说我祝贺呀,谁得奖我都得祝贺啊,一百多万美元啊!是不是?你得奖我也祝贺呀。她说那中国的作家会怎么样?我说,中国作家可能有人赞成有人反对啊,有人不高兴吧。她"啪"的一下,两眼放光,(我真是看到了,就是这种双目放光的景象。)她说 why?为什么会有人不高兴?我说,你也是作家呀,所有的作家,她或他都觉得自己才是最好的作家呀,哪有认为别人才是最好的作家的作家呀,我说你连这都不知道啊?她又接着问,那中国政府对北岛得奖是什么态度?我说,我现在已经离开了中国政府的公职,我无法来讲这个态度,而且现在来讲也为时过早。这时她才悻悻地走了。我当时就感觉这诺贝尔文学奖呢,是一块红布,就是西班牙斗牛士,然后那红布这样晃一下,那牛就冲过来了,但我没冲,你说我冲什么呀?可是反过来又说呢,这个诺贝尔文学奖,不是光发社会主义国家的,它还特别爱给西方国家的左派发奖。譬如说,葡萄牙那个得奖的,萨拉马戈,他是葡共,葡萄牙的共产党。譬如说我们在中国最佩服的加西亚·马尔克斯,他是左翼,是卡斯特罗的密友。一九八六年,我作为嘉宾出席在纽约召开的国际笔会第四十八届年会,当时的美国国会的主席叫梅勒,他请了当时美国的国务卿讲演,讲演的时候底下的美国作家就闹成一团。我比较熟悉的俄罗斯的一个叫格瑞斯皮林的,我是亲眼看到的,他把自己的高跟鞋脱下来,敲着桌子,为什么呢?说美国可耻!因为美国曾经——或者就是当时——不准马尔克斯入境,因为马尔克斯反美非常厉害。

所以,这个诺贝尔文学奖,它喜欢出奇兵,就是你这个国家你越看着这个作家好,我不给他颁奖,你想不到的一个人,"叭",我就给他发奖了。法国的西蒙也是,意大利的达里奥·弗也是。但是这种出奇兵的态度也造成一个危险。我看最近上海一个什么作家通讯上,朱大可先生写了一篇文章,他说现在诺贝尔文学奖正在二流化,不仔细解释了。你譬如说文学奖那么多得主,对中国的文学界比较有印象有启发的就那么两三个人,三四个人。海明威,这是二十世纪的大家承认,更早的我就说不来了;加西亚·马尔克斯,大家都知道。所以这种情况之下,把这个诺贝尔文学奖啊,如果当做一个……就是诺贝尔文学奖虽然很好,就是迄今最重要的一个奖,但是它仍然不等于文学本身。我一谈到诺贝尔文学奖,我就想起电视里的一个广告:××广告做得好,不如××冰箱好。我觉得这个用来说诺贝尔文学奖是非常好的,就是说诺贝尔文学奖搞得好,不如文学本身好。因为奖是人干的事儿啊,人一干就什么妖魔鬼怪,什么阴差阳错都会有的。比如说挪威剧作家易卜生,中国认为是最伟大的剧作家,他最了解北欧了,所以骂得也太厉害了,他把这个社会骂得太厉害了。易卜生有一个对头,叫比昂松,也是当时著名的剧作家。最后诺贝尔文学奖反复考虑,把奖给了比昂松而不给易卜生。所以咱们的评论家骂这个中国作家得不上诺贝尔文学奖,是不是显得咱自己对诺贝尔文学奖有点不了解?我还可以再放开一点。高行健在国内的时候我跟他非常熟悉,他得了奖以后到台湾,到香港,到各处去,和他同去的都是马悦然教授。我就特别不理解。我说这个外国人,瑞典人啊,真可爱,真天真。为什么呢?这冠军呢,你要是各处巡游啊,带教练是可以的,带裁判是不可以的,是不是?说我这次是长跑冠军,因为有个好裁判!这什么话啊,对不对?这是我不理解的。还有一个就是,瑞典也搞反腐。前一段那个马教授,一年前吧,受到猛烈的攻击。就是他的瑞典科学院有一批用中国的语言来说叫经济适用房,结果这适用房卖给马悦然的儿子了,所以人家就攻击啊,有猫腻。当然,这是另外一个问题了。

所以看起来我们对诺贝尔文学奖也不能抱一个不切实际的态度,得了极好,得了还不好吗?起码还给国家挣外汇呢,对人也有极大的好处,也很光荣。不得呢,也没有用。还有这个奖项和作品、文学的关系,实际上是一个互动的关系,有时候一个奖项给一个作家、给一个作品忽然带来殊荣,使一个人家不知道的作家一夜成名,雄居世界之巅。这样的奖啊,实际上是在透支这个奖的威信,时间长了,这个奖的威信绝对会下降。另外有一类就是得了这个奖以后呢,并不是奖给文学增光,而是文学给奖增光。这个作家真好啊,是不是?哎呀,诺贝尔奖真是慧眼识英雄啊,人家一看,真感动,真是启迪心志。所以,一个是文学为奖增光,一个是用奖为文学增光。这里文学应该是主体,奖不应该是主体。

捎带着我也就这个谈一谈,那就是有人批判当代文学说今天没有鲁迅。我不知道这话是什么意思,因为都是我的朋友,(今天在这里说话我是比较放得开的,因为咱们是同行,我希望你们不要援引我的话。)有一个朋友写,中国的幸运在于有一个鲁迅,中国的悲哀在于没有第二个鲁迅。但实际上这是站不住的啊,伟大作家都是不可重复的。我们说中国没有第二个鲁迅,难道英国有第二个莎士比亚吗?英国人对莎士比亚是非常崇拜的。英国有一句狠话,宁无英伦三岛,不能没有莎士比亚。就是他比国土还重要!可谁是第二个莎士比亚?俄罗斯有第二个托尔斯泰吗?有第二个普希金吗?中国有第二个曹雪芹吗?第二个李白吗?这是第一;第二点,就像鲁迅这样能成为一个精神的导师,成为一个精神的骑手,这样的作家在世界文学史上极少极少,几乎是绝无仅有。有很多伟大的作家,但是他们都没有鲁迅的这样一种影响,这样一种地位,这样一种形象。他是在一种很特殊的情况之下,你很难设想今天有一个作家,那么深沉悲壮,那样高举旗帜,那样一呼百应。其实鲁迅在世的时候也没有做到这一步,他也受到许多的攻击。所以中国作家的毛病是非常的多,确实非常多,但是得不上诺贝尔文学奖未必是我们的短处,未必是我们愧对中华父老的地方。没有第二个鲁迅,这个我们也很难对此做出反省。

下边,我再说一点关于中国作家和文学在我们的精神生活和社会生活中的地位。现在市场经济发展起来以后,有一种说法,说是文学走上了边缘,市场是如何的恶劣等等。但是根据我的经验,因为我有幸,由于各种机缘吧,我有幸在全世界走过许许多多的地方。中国

119

本土之外的国家和地区我访问过五十一个,有的地方我还多次去。我有一点点观感,有一点点考察。有这么多文学刊物、文学书籍、文学出版物,比较稳定的、几乎是专职作家队伍的国家,只有中国,再没有第二个。美国得诺贝尔文学奖的人是很多,得完也就完了,顶多当天晚上电视台能给他一个五十秒到一分半钟的报道,再没人提这事儿了。而且就是这些人,他们仅仅靠文学生涯是不能维持生活的,很少有专门靠写作能吃上饭的。我在美国,有一个美国人,就是比较熟的,给我提了一个建议,说你要是到一个生的地方,你要自我介绍你的身份的话,是不是可以不先说你是一个作家或者是小说家。他说你要说你是一个作家或者一个小说家,美国任何一个人写几个字就叫作家,编个故事就叫小说家。人家就觉得你没有一个固定的职业,没有稳定的收入,连申请信用卡都有点麻烦,是吧?没有 job 你还要分期付款人家不卖给你。他说你不是当过文化部长吗,你说是前部长,这行。共产党国家也没事,你前部长说明至少你还有退休金啊,是不是?你不是在哪个大学里挂个什么衔吗?你说这个也行,你一说大学,美国人都承认。这个进大学不是那么简单的事儿,起码认字儿,是不是?这个作家里头,有中国"家"字的这种崇高含义的,我也不知道别的语言哪个语言里有。因为英语中 writer 就是写者,写字的人啊,没有"家"的含义是不是?我不知道日语,有这个"家"的含义吗?我不知道。所以我看到我的一个朋友非常悲愤地说,你不能卖上两串糖葫芦你就声称是企业家,那怎么你写了一篇什么狗屁畅销小说你就变成了作家了?好像作家就应该非常高大似的。作家应该是非常高大的,你不光是作家应该是非常高大,你干别的也应该非常高大啊,是不是?你当领导,应该非常高大;你当科长,你就应该有为全人类求解放的这样一个伟大的理念,是不是?你当医生你难道就不应该高大?是吗?你救死扶伤,人道主义,是不是?生命的卫士。你当运动员就不伟大,就不高大?是吗?为祖国争光,五星红旗因你而频频升起,是吧?所以,这个事儿上我们应该清醒了解。我去德国,去原来的东德地区,这个东德地区的作家啊,那牢骚真叫多。第一呢,东德和西德合并以后,实际上是被西德消化掉以后,作家就分化成了原来的体制作家,体制中的作家和体制外的作家。第二呢,就是原来的那些对作家的尊敬啊、福利啊全都没了,你自个儿找饭吃去,找食儿去。这个用贾平凹的话就是找食儿去。第三呢,他们说西德现在拿我们当殖民地。第四呢,他说我们现在弄清了资本主义民主和社会主义民主的区别了。社会主义的民主,就是你可以跟老板吵架,但是绝对不可以跟昂纳克吵(当时民德的总书记吧,叫昂纳克),不可以骂昂纳克。为什么敢跟老板吵架?难道老板没有解雇你的权力吗?不允许失业啊。进入西德以后呢,你可以骂科尔,总理随便骂,因为总理招不着你。但是你一见老板呢你就赶紧鞠躬哈腰装孙子。为什么呢?老板瞅着你不顺眼下月就给你炒鱿鱼,你就卷铺盖回家,等等。这是他们的一些说法。

最近我还见过一个匈牙利的朋友,他翻译过我的书,他叫博罗尼,他原来是匈牙利党校的一个教师,还是汉学家,在北京上过大学,他原来非常胖,这回见到他啊,很苗条,瘦了。他给我介绍匈牙利的情况,我也是完全想不到。第一点,匈牙利的变革非常的和平。他说他选择的是提前退休,因为匈牙利改变以后中央党校也没有了,所以提前退休,每月都有退休金,这次作为翻译跟匈牙利代表团来还另外有报酬,这是第一点;第二点,匈牙利大概的情况是这样,他说:我们一个小国,永远没有独立过,我们国家有两种人:一种是理想主义者;一种是务实主义者。过去呢我们务实主义者就是不管有什么大事小事跑莫斯科,按莫斯科的意图来办事。现在同样是那批务实主义者,跑布鲁塞尔,按欧盟的意志办事;你不可能匈牙利自己定,你怎么让它自己定?那么这个理想主义者呢,过去批评对方是苏联的附庸,现在呢,批评这些当政的人是欧盟的附庸。但是这些理想主义者一旦掌握了政权,他们也会变成务实主义者,是吧?得罪了欧盟的话,你能源供应怎么办?你货币怎么办?很多很多问题,这些仅供参考,我听着他说的也很绝。至于那些官员还都是原来的那批,就是换一副面孔,换一个说法,叫做换汤不换药,还是换药不换汤?

我最近还去了一趟俄罗斯,我也非常感慨。《当代》第三期上有我谈俄罗斯的一篇文章,我就说一个事,这个俄国人就是倒霉,俄国与苏联搞了七十余年,它的农产品产量始终没有恢复到沙皇时期的最高水平;现在它的改革又搞了二十来年,它的经济始终没有恢复到勃列日涅夫的时期。俄罗斯好的地方就不用说了,仍然非常的文明,是吧?你到莫斯科大剧院看戏,感受那种大剧场的文化。他们有人说,现在的俄罗斯芭蕾舞团、俄罗斯交响乐团经费都非常的少,因为国家没有钱,但是呢,黑手党资助他们。有人就加一句说看人家俄国,连黑手党都这么有文化,是吧?看咱们中国,中国还没有黑手党,但是有那一类的人物他不可能去资助交响乐和芭蕾舞,他顶多多包几个二奶就是了。俄罗斯科学技术什么的都非常的好,人也很多很可爱之处。但是,就是我想不到的——到现在整个俄罗斯没有一米的高速公路。我就跟他们开玩笑,我说你从莫斯科到机场,从市区到机场修一条高速公路吧,我说要是没人修我准备投资,我找几个朋友到你这儿来修高速公路,没有三年我就把本捞回来了。然后他们说,王先生,你来投资只能干赔,因为莫斯科人是绝对不能够容忍走路收费的。为什么我们现在国家这么稳定?因为我们一切的福利都没有变。最近不是普京刚要变,就闹起来了?走路收费?那怎么行啊?原来有一个匈牙利大使,二十世纪八十年代的时候,我们俩挺能聊得来,那时候我还在文化部,我请他吃我们作协的肥牛火锅。他跟我说了一句——我当时当笑话——说匈牙利啊、中国啊搞商品经济还来得及(那时候还不叫市场经济,叫商品经济),说苏联也就没法办了,它七十年了,懂商品经济的人早都死光了。我觉得像笑话,现在我感觉有点那意思。在俄国啊,有一个更刺激性的说法,我给你们说一下,你们肯定想不到。他们说我们俄罗斯人不经商,我们不会搞经营啊,不会赚钱,说我们俄罗斯民族里凡是会赚钱会经营的早就被杀光了。当笑话听吧。但是这个笑话里面又有一个严峻的历史,有一个历史的过程,有一个理念和现实之间冲撞的过程。所以我听了把我笑的,我说那怎么办呢?从中国再进口一批地主、资本家?所以俄罗斯啊,现在呢,又是多党制什么的,但是它的实际生活里头啊,也是换汤不换药,换药不换汤,跟社会主义的日子没有多大的区别。我们中国是相反。我们中国现在的实际生活以及生活方式、经济方式、运营方式,有着非常多的变化,但是我们国家总的体制或者意识形态的说法还保持一个被非常强调的延续性,而在俄罗斯它恰恰是相反。所以世界上许多的事情都不像我们想得那么简单。

2005 年 4 月 15 日

文学的挑战与和解[*]

　　文学有时会使这个社会感到不安,会使个人感到不安,会使作家的朋友、作家的亲人感到不安,作家的亲人会担心这个作家,怎么写得这么邪？写得怎么这么各色？朋友也会感到不安,这种不安会反过来成为文学的一种指责、一种批评、一种压力。所以,古今中外都有一种不是很明显的但对文学进行批评和警惕的做法。譬如说,当林黛玉无意当中运用了元曲中的某些戏词——《牡丹亭》里边的话的时候,薛宝钗就非常友好地找她个别谈话说:"颦儿,刚才说什么来着？"林黛玉想起来了,然后,薛宝钗说:"我从小也是淘气的,我那时候也很喜欢看这些杂书,大人们又打又说又骂又烧书,我才改过来。最怕的是看了这些书,移了性情,移了性情以后,就不可救了,就不好办了,你再别看这些书了。"林黛玉听了以后,心服口服,接受了她的劝告；当贾政查问贾宝玉看什么书的时候,贾宝玉的跟班——一个叫李桂的,说是"二爷现在在读很多的书,已经读到嗷嗷（呦呦）鹿鸣,食我浮萍（食野之苹）"。贾政立刻说:"全都是无用的东西,全都是胡扯,就是好好读'四书',此外全是假的。"贾政连孔夫子编的《诗经》都敢否定,为什么？因为《诗经》里边有人气,有人气就和封建教条发生矛盾。到现在我还记得,我一个很好的朋友,我们在一九七一年的时候,那时候我在新疆伊犁地区伊宁县红旗公社二大队劳动的

---

[*] 本文是作者在中山大学的演讲。

时候,由于我的维吾尔语学得还不错,所以我被控制使用,当年也是很荣幸,被兵团的宣传队叫去当翻译,所以我了解很多重要事情。当时清理阶级队伍,我们大队的书记他是文盲,人好极了,对我也好极了,他教育一个中专生,学生由于说怪话几乎被认为是帝国主义的特务,为什么呢?因为当时他看电影最吸引他的是什么?是特务。维吾尔人他们特务的"特"音发不出来,他们读"撒",他说当"撒务"太好了,你看看那些劳动模范穿得都很破烂,生活很苦,只有特务穿得很好,生活得很好,还能跳舞,还能跳交谊舞,还能喝酒,而且和很漂亮的女孩搂在一起,当特务太好了,我就是一心想当特务。后来在清理阶级队伍当中被发现了,被当真了。我还看过我们大队的宣传部当时整理的一个材料,上面写着"一心想当特务",最后的处理意见是判处死刑。当然最后没有执行,因为没有这么回事,但是我感觉太惊人了。他被批斗以后回到家就把他看过的各种小说,有汉语也有维吾尔语,很多是哈萨克斯坦、塔吉克斯坦、俄国人写的小说翻译成维吾尔语的,都上交到宣传队了,我们大队的书记就语重心长地对他说:"兄弟,再别看这些书了,再看的话你的思想会发生混乱的,你思想混乱以后我想救你也救不了。"很有意思。我们大队书记是一个维吾尔农民,是文盲,但是他用的语言和薛宝钗是一样的,当然现在这样看的人比较少了。底下我们要分析为什么文学会挑战,为什么文学会使人感到不安。

第一,文学是在各种门类当中,最讲创造的,而创造性本身对于随大流、对于安全系数、对于跟着走就造成了挑战。艺术都要求创造,但是别的艺术门类还好一点,它能容忍相当的重复。比如歌唱家帕瓦罗蒂唱《我的太阳》,他可以唱很多次,一个晚会上可以唱两次,也可以很多次。但是你写小说,今天我的小说写得好,然后再写一部一样的,你马上受到嘲笑,认为你在抄袭自己,认为你在重复自己,人家以为你江郎才尽了,已经没有希望了。绘画也一样,两棵白菜一个南瓜,齐白石的画风,你可以画一处,也可以画五处,这幅南瓜大一点,那幅白菜大一点,那幅南瓜黑一点,这幅南瓜浅一点,都很有意思,都很有风格,这都没有人责备你,甚至三幅白菜南瓜拍卖的话都能获得很好的价钱。作曲也是允许把民间的曲子做素材的,加以发展,配上和声,配上乐器,就可以弄成浩浩荡荡的曲子,这也是可以的。建筑呢,更是合理了。但是文学不行,它是不断求新求创造的,对于作者来说有时候实在是非常痛苦的,殚精竭虑,但是也实在是没办法。我记得在八十年代的时候一个女作家叫张辛欣,说创新就像一条疯狗一样追着我们,追着我们跑啊,跑啊,停不下来。对于作家本身来说,完全有可能承担很大的风险,有可能走火入魔,一味求新、求怪,语不惊人死不休,"为人性僻耽佳句,语不惊人死不休"。还有,过去讲,为了一个字,要捻断几根须。这很疼啊。这有一个问题,作家如果费了很大的劲,弄了与众不同的东西,确实出现了花样翻新的创造,是艺术上的成就那还行;但是这个艺术的成功与否,不敢肯定,你有可能不是成就而是败笔,你有可能被一部分人认为是成功的,而被另一部分人认为是败笔。你有可能引起社会、文坛或者高等学校的不安——这叫小说吗?这叫诗歌吗?这是随意的东西,这是胡说八道,这是信笔胡写,这是骗局。《尤利西斯》现在已经很出名了,但是开始的时候受到谴责,现在还有人认为《尤利西斯》是骗局;就像毕加索一样,毕加索名气极大,但是也有人很认真地在说他是一个骗子。所以创作何其容易?没有创造就没有能力,但是创造以后会有什么样的影响?非常难说。在批判现实主义已经取得了长足发展的时候,慢慢的,现代主义就兴起了,它就想打破许许多多已经形成的文学法则,因为文学常常不承认法则,打破文学法则的结果甚至常常会引起政治的不安。苏联就曾经有日丹诺夫出面代表苏共中央猛批现代主义,把现代主义的东西批得体无完肤。日丹诺夫是非常厉害的,本身就是作曲家,是音乐家,知识非常丰富,他在批现代主义的时候,作报告的时候,在台上放了一架钢琴,他批谁呢?批肖斯塔柯维奇,他是很优秀的音乐家。但是日丹诺夫说"最新的曲子是何等的恶劣",丑化地弹了一下,然后说何等的疯狂,让人痉挛的,是对苏联的污辱,对人类的侮辱,我们俄罗斯古典音乐是多么美妙,然后又弹了一曲,这才是艺术!多么恐怖啊!所以有时我也说怪话,说内行人懂内行人。我常常设想,比如说翻译科的科长一门外语不懂,不管你威信多大,那些翻译都欺负你。你翻错了,"报告科长,没有错就这样,您不会翻,就这样翻。"是不是?科长没话可说,如果科长懂十二种语言,但都不太通顺,你说他每一句话他都认为翻译得不对,这些翻译不自杀还有路吗?

现在我们回头说文学,文学上的创造,艺术上的创造能引起那么大的不安。我还看过一个材料,雨果的一个新戏在巴黎上演的时候,曾经引起过示威游行,认为他的戏离现有的大家的认识,或者大家的习惯太远了。一出戏能引起示威游行,这简直是非常惊人的。和创造性分不开的就是文学的个性和作家的个性,人类社会总是需要不止一方面特点,个性化的好处就是能够充分地释放一个人的潜能,使他自己得到最完满的自我释放,也使社会和集体能够做到所能做的贡献。但是社会需要另一面,就是团队性、集体性,甘当人梯,甘当老黄牛,甘当蜡烛,当然也需要。但是对文学的追求往往使得这些文学家们非常个性化,他的个性化变成了对一个时期的某一群体公认的价值观念,或者是一种习惯的认定。比如中国魏晋南北朝的时候,有些人喜欢喝酒,喜欢讲人生的无常,有时候嘲笑孔孟之道的一些东西(三纲五常之类的),不但引起社会的不安,而且引起朝廷的防范、警惕、镇压——这种人无君无父,见了皇帝不当皇帝,见了父亲不当父亲,是该杀的。我们知道,日本有个作家叫大江健三郎,对他的作品我还不敢说太好,但人是一个很好的人,他是一个日本相对进步、抨击天皇的人,他抨击很多的东西,他的门口曾被日本的右翼分子贴上大字报,给他起名叫国贼,是日本的国贼啊,就像我们说的汉奸一样,日奸,因为他常常批评一些右翼的军国主义。再比如普希金。普希金当过很小的官,过去普希金诗集有一首诗很可笑,这么比喻的:

"蝗虫，飞啊飞，落地就吃庄稼，从此飞去无踪影。"这是因为普希金当小官被派去检查蝗灾的情况，去了一趟回来以后就写了这样一首诗，这个我们从一个作家或诗人的角度来说，有普希金的潇洒，沙俄政权怎么能派这样的天才去检查蝗灾呢？但是从人家科、股的角度来看，这样一个公务员当然要退出公职了，起诉渎职罪，起码判刑两个月，缓期五年执行。这种个性化可以达到非常细致的程度，个性化有时候也使作家有一种精英意识，有一种自我感觉良好的意识，所以写作写不好会走火入魔的，写不好会得神经病的，所以精英意识越强的人，他的孤独感就越强，非常孤独。天才就是孤独的，他向四周一看，全是自私的人、愚蠢的人，无知、蒙昧的、麻木的，四周一看都是这样的人啊！怎能不孤独？越伟大越孤独，越孤独越伟大，进入这个孤独和伟大的怪圈子里，激烈的斗争，尤其是外国的作家，很多自杀的。我看过一个蒋子龙先生的讲话，说作家自杀的比例大约是百分之七，这个比例太大了，画家和音乐家这个比例都要小得多，所以中国还有一种理论就是中国的作家为什么不伟大，就是因为自杀的太少了。我呢？属于非常可怜的愚昧者，我想了想即使做不成很伟大的作家也不要自杀。

第二，做文学的往往很关心人的个性、性情、愿望、欲望，所以文学家说得好听点就是性情中人，难听的话就是文人无行。为什么文人无行呢？因为文人对有些事比别人敏感，很多文学家喜欢喝酒，尤其是日本的文学家，他们喝酒喝得太厉害，而且喝洋酒。美国一个我最喜欢的作家，后来我才知道他喝酒喝得非常厉害，叫约翰·契佛。我看他女儿写的回忆录，他每天早晨醒来以后，就开始喝酒。光喝酒还好，而且文学家对男女之情特别热烈、特别敏感、特别喜爱，所以文学家的爱情故事、偷情故事多得不得了。算是最正常的，最不走火入魔的作家就是歌德。但是歌德写了《少年维特之烦恼》，写失恋给人带来的痛苦，一时使德国的许多青年学习维特的方法来结束自己的性命，但是他本人在写了《少年维特之烦恼》以后并没有自杀的动机和尝试,而且生活得很好,一直到八十岁还和一个十八岁的姑娘发生了风流的美好故事。在文学作品中常常在这些问题上对已有的规则、道德底线提出挑战。现在回过头来我们说詹姆斯·乔伊斯,他是爱尔兰人,我们所认识的许多的英国大作家有相当大的一部分是爱尔兰人,萧伯纳是,王尔德是。乔伊斯的《尤利西斯》出来以后就被认为是堕落的道德败坏的作品,我在爱尔兰参观的詹姆斯·乔伊斯纪念馆,里边卖文化衫,里边有乔伊斯的语录,上面写的什么呢:对付这个世界有三个办法,第一个是沉默;第二个是逃避,第三个是耍点小花招,机智勇敢。我当时一看,觉得詹姆斯·乔伊斯太像我们中国人了,他说的这些咱们中国作家都会。还有我们刚刚提到的王尔德,他更厉害,他是同性恋,还被判刑了,服劳役,很多年啊,在他最辉煌的时候和一个男孩同性恋,当时极度恶劣,而且被判处苦役。苦役之后,隐姓埋名,从此撤离。你到都柏林去看看,最有个性特色、最帅、真酷,就是王尔德,我没看过一张那样的脸,当然是雕像,绝对不是"奶油",不是刘德华式的,也不是周润发式的,也不是梁朝伟式的,太特殊了,一脸才气。王尔德这个作家和别的作家不一样,他活着的时候,他穿衣服、每一个动作都是最有风度的。他一穿衣服就会流传到整个国家和社会,这是王尔德穿的,立刻就时尚,辉煌的美。但是后来就受到冷遇,声名狼藉。所以文学搞得太多的人,甚至给别人一个暗示,就是在道德上、在作风上、在生活的自立上,相当特别。我是吃文学这碗饭的,但是我子女的配偶们都是和文学毫不相干的,如果他们的配偶是和我一样写小说的人,我会非常不安的。不过我自己属于安全系数极高的人。

第三呢,就是文学的理想化,这样一种浪漫化、这样一种审美化,这样一种批判化,有这"四化"就使它变得非建设化、非建设性,不是所有的文学都有,但是文学呢你说它是毛病也好,弱点也好,文学追求一种理想,因此对现实总是有一些……我们现在看很明显,我们看雨果,雨果是法国人的骄傲,巴黎的先贤祠里边雨果在突出的位置,但是雨果描写的法国社会就像《悲惨世界》一样的话，这恐怕早就被灭掉了，真是暗无天日。所以显然这里有雨果的浪漫激情和现实的批判。这种批判带有激情，带有发泄，带有狂热，非常狂热的发泄，但是他是非常好的作家，至今，《悲惨世界》掀起的波澜，是用一种浪漫的激情来衡量生活的。因此他对生活有许许多多的失望，心中的苦闷；同时他又有一种审美的态度，一切的东西非常的美。契诃夫有一句话，说人的一切都应该是美的，人的面貌、服装、身体。但是世界上许许多多的东西是不美的，为什么有些特别优秀的女作家在择偶上出现困难，除了男性为尊的社会是不敢与名气太大的女性结为连理以外，也还有，如果真用文学的、诗的、无瑕的、审美的、神奇的、奇妙的，这样一种观点去寻找男人的话，注定失败。我不说女性，和我相同性别的很多男人，有的粗野，有的庸俗，有的粗鲁，有的背后还说人家的脏话，所以这种浪漫的、审美的东西对于文学来说，是增加文学的魅力。我接触的不止一个女性说："人太卑鄙了，也太肮脏了，唯有一件东西是干净的，那就是文学，因此现在我只能沉浸在文学中。"我完全相信她们所说的话，也很同情她们。所以一个人一点不懂文学是非常可悲的，丧失了生活中的许多细腻、美妙的感觉；可是完全沉溺于文学就更不好了，怎么办？只能从文学之坑里把他拉回来，不好办！

还有一点，文学往往还有一种怀旧的心理，后来有一种做梦的心理，这种做梦的心理和怀旧的心理加在一起，就更加大了非现实性的心理。这样的作品多得很，有些是极其优秀的，很早以前我们杭州有个很年轻的、还上过大学的作家，叫李杭育，写过一篇小说叫《最后一个渔佬儿》，就写一个人一辈子就用一个方式打鱼，在一叶扁舟中用煤油灯打鱼，但是随着现代技术的发展，像什么机帆船，现在打鱼的方法越来越先进，越来越科学，只剩最后一个鱼饵，来过这种孤独的、艰难的、充满往日色彩的、看完以后就觉得往日多么美好的作品里面，你会看到这些东西。原来这里没有屋子，原来这里没有公路，原来这里没有汽车,原来这里没有飞机,原来这里没有电视,原来这里只有几棵樱桃、几棵果树、几个葡萄架,少男少女高兴了就一块,不高兴了就离开,朴素田园式的朴素,甚至激起了"老死不相往来"的生活,多么的美好啊。自从有了城市,有了商人,有了公路,有了电视,人就开始堕落了,开始变坏了,女孩子跑到城市有的去当保姆了,有的去从事不那么好说的职业。也是我的一个朋友的小说,非常出名的小说,就是《狼图腾》。狼的生活多么可爱,游牧的生活,渔猎的生活多么可爱,然后有了农耕文明,工业文明,我们就退化了,我们的心就变得可怕了。我们懂得了商品,就没有无私奉献的精神了,而只有一个交换。我们也没有了对大自然投入的那种欲望,所以文学里便常常会出现一种青年的时候怀念少年,壮年的时候怀念青年,老年的时候又怀念少年、青年、壮年,快死的时候也许怀念上几代的幸福,那时候没有开会,没有听课,没有评职称,渴了就喝,饿了就吃,多好!所以这样一种梦幻式的、怀旧式的,有时候是自欺欺人,有时候又是非常珍重以往的历史脚步所留下来的东西,这是文学非常钟情的一部分。这种东西有时候也够激烈,它和这个社会、民族的求新、求变、求发展的步伐,有一种退步的阐释关系。

那么,我再说说文学还有什么感情性、煽情性、夸张性,有一种对冷静计算的排斥,我几乎不知道除了文学以外还有什么是能夸张的?我们的论文不能夸张,我们的统计材料更不能夸张,招生人数不能夸张,学费标准也不能夸张,不能一高兴就把一千块钱改成一千万,你绝对没那个本事。所以文学这种感情的、煽情的、夸张的时候,对于这种世俗生活的精确的计算合理、安排运筹构成一种解构。可是我们也可以反过来想一想如果没有文学,我们只剩下这些,是我们最大的失策。

那么关于挑战的问题,我再说几点,作家的命运无常,作家并不清楚他的命运是怎么回事啊?确实也有"一夜成名""洛阳纸贵"。有一次中央四套节目对刘索拉采访——她,我很熟悉,原来是中央音乐学院作曲系的学生,写过一本小说叫《你别无选择》,后来名气非常大——她就讲:写完《你别无选择》之后忽然就成为作家了。这个来采访,那个来访问,这个来约稿,那个来请吃饭,我当时的感觉我是不是一个骗子啊? 骗子才写小说呢,我不就写了一篇小说吗? 她说的是一个实际,许多作家的命运构成了对常识不规则的挑战。你们看,比如说肖洛霍夫,这是在苏联境内,而且和苏联政府关系比较好的,他当过苏共中央委员。他的第一部作品《静静的顿河》是他十六岁那年写的,但它不是那种青春作品更不是少年作品,而是非常成熟的作品。他十六岁写的作品至今有很多人不能接受,至今还有人说肖洛霍夫的一个战友——因为肖洛霍夫打过仗,从过军——写了一部分,肖洛霍夫在那个基础上剽窃了,偷了别人的。但是这从理论上更不可靠,因为肖洛霍夫不是写了一部作品就完了,前前后后写了四部,写了十几年,如果说他从战友那儿得到了那一点点的启发的话,也许学得到了两章的启发,也许学得到了五章的启发,也许是十五章,但不可能得到四部作品的启发。由于肖洛霍夫在历史上造成的对常识和规则的破坏,所以别人反过来怀疑他。比如说我们现在也有一些低龄写作的,像韩寒、郭敬明,突然在市场上得到很大的成功(我没看过他们的作品不能对他们的作品本身做一些评价),以至于上《福布斯》排行榜,这使很多人不安,连我都小有不安。我写了一辈子,我觉得我写得够好的了,我也进不了那个排行榜啊! 所以后来还有人发现郭敬明有借鉴别的书的事情,得知这个事情以后,大家说那小子是抄的。抄的问题很复杂,如果说只是某些情节一致这话还不好说,有很多伟大的作家他的第一部作品都有某些名著在里边,让你看到在里边或隐或暗,我不一一说了,因为都是我尊敬的前辈,它是有某些东西的。比如说余秋雨,我看在《福布斯》排行榜上说他是二〇〇四年中国收入最高的作家,他的收入是三百三十万元人民币,对于商人来说三百三十万不算多,在广州买一套房子都不够。但是对于秋雨来说呢?! 我立刻有一种既羡且妒的心情,他没写什么啊,没见发表很多东西啊,但是他的作品就是受欢迎,不管批评的意见,有多少人看不起他,有多少人对他进行谴责,你闹不清这个作家的命运。很多作家都是生活很不好,"文章憎命达",从来才命两相妨,但是有的在市场上、地域上顺,顺了以后也感到不安,怎么别的作家都过得不好,你怎么过得这么好呢?包括我提出这个问题来了,你是不是太聪明了?你是不是太狡猾了?你是不是不讲老实话?你是不是这个?是不是那个?不放心。人就是这样,当一个作家,非常好的作家,倒霉的时候,大家一方面同情他,但是一方面又觉得你作吧!作成今天这样。这里有一种很卑劣的快感,看到名人倒霉有一种卑劣的快感,看到某些人成功,既有羡慕又有嫉妒又有怀疑,而且随时等待着他完蛋,你别看他现在,一年之后还不知道怎样呢,至少说不定他碰上车祸。比如说鲁迅,他和我前面说得都不一样,他是在我们中国最受尊敬的先生,鲁迅活着的时候,有时候也是四面受敌的;但是后来受到了很高的尊敬,是人们的精神导师,精神的支柱,受到毛主席的赞扬,评价太高了就导致现在有些人反过来一定要找一些鲁迅的茬子。鲁迅又不是神仙。我看到一个有趣的说法,是以前在美国哥伦比亚大学现在到哈佛大学教中国文学、有台湾背景的王德威教授讲沈从文,说沈从文的存在砍下了鲁迅的巨头。这个"扬沈从文贬鲁迅"的说法很多,但是沈从文砍鲁迅头的说法有点怪,西方有"恋头癖",《十日谈》里边一个人把情人的头砍下来种在花盆里边开出了最鲜艳的花,莫非王教授也得了"恋头癖"?作家的命运闹不清。沈从文也是这样,解放以后大家把他闹下来了,突然现在又时兴得了不得,张爱玲当时都没人提了,但是现在就……谈文学必谈张爱玲,从张爱玲一直谈到三毛,三毛死的时候北大还设了灵堂,一起去哭三毛。陕西有一本杂志叫做《戏剧世界》,在三毛死的时候,里面有两篇文章,我觉得特别好读。一个是贾平凹的谈话叫《伟大的人都是孤独的》,三毛是孤独的,上面还登着贾平凹老弟的照片,照片右眼下面是一滴晶莹的泪珠,翻过一页来,是老作家姚雪垠先生的

《答记者问》。记者问:"您对三毛的死有什么评论?"咱姚老就说:你们不要想把我拉到一个很庸俗的谈论三毛的行列中,其实真正认识三毛的就是我啊。我们在新加坡的时候就认识,三毛对我非常尊敬非常好,如何如何。所以,作家命运的独特性造成了对某些规则的挑战,比如我们说"有多少耕耘就有多少收获",放在作家身上你闹不清啊,他们耕耘的都快累死了,左写一遍右写一遍,前后改了五六遍,用了五六年,出了书照样没人看。所以这些规则你没法弄,这些作家的命运有时候也变得很不好说。

文学有时候变成对作家自身的挑战,是作家思想和感情没法自己掌握,没法控制的。自己对文学的激情想象处于失控状态,这样的例子太多了。比如说托尔斯泰。托尔斯泰在他晚年的时候,有人认为他非常伟大,但是晚年的时候他离家出走,他要到人民中去,他要到农民当中去,他当时年龄已经非常大了,俄罗斯的冬天又非常冷,自己把自己搞死了。比如说日本的三岛由纪夫,从政治上来说呢,我们国家始终把他定性为军国主义分子,所以,我们不从中日关系来谈,他最后一定是跟疯了似的。像海明威、杰克·伦敦,都是这样。所以有时候这种文学个性化、理想化,那种浪漫,那种梦幻,却是最后把作家自身毁掉了。但是你要用一种同样梦幻文学的眼光说,不是毁掉是成全了他,是凤凰涅槃,是一次辉煌的爆炸,是不是?是中子对原子核的击穿,当然可以想很多很多的好词,所以文学这玩意儿真挑起战来,够你费一番劲的。

文学不光有挑战,还有和解的因素。原因在哪里呢?我从三个方面来讲。一个是文学不仅仅发泄不满、牢骚、失望、痛苦、绝望,但是文学呢,许多许多的文学家在那儿表现刻骨铭心的爱,那种庄严,那种宽恕,所以文学里又有许许多多的表现所谓美好的一面。托尔斯泰就是这样,他写了那么多的社会黑暗,但是他所提倡的是回到爱的上面来,回到宽恕上面来,他用那种非常神经质的方式对沙皇进行批判,但是最后又回到对弱小者的帮助、献身等这样一些情感。雨果的《悲惨世界》尽管把当时巴黎的社会写得乌七八糟、非常不堪,但是塑造的冉阿让,从偷窃东西,到革面洗心,变成了一个天使一样的人。爱是帮助人牺牲自己、无私、大慈大悲,用基督教的说法变成了天使,用佛教的说法变成了菩萨。再就是像泰戈尔。泰戈尔描写爱情、儿童、母亲的一些东西,给我们的真是像花朵似的,像青春似的,泰戈尔是孟加拉人,他的作品有一部分是用孟加拉语写的,大部分是用英语写的。有的印度朋友告诉我,英语不是本土的,印度民族成分太多,反过来要依靠英语,英语在这里起了很好的作用。很奇怪的是印度英语和一般的英语习惯不一样,已经印度化了,所以它的英语有很特殊的效果,文学陌生化了。本来是一种很熟悉的东西,但是你一说就给你一种新鲜感,所以泰戈尔的语言得到很大的成就。《飞鸟集》这些名字,都听上去那么可爱,再加上冰心的翻译。王尔德是唯美主义,所以有时候接受起来有点障碍,比如像《莎乐美》。但是他的童话呢,我们接受起来只有美好,只有爱心,只有对贫穷和弱者的关爱怜悯,所以文学它还是激发了人善良的一面,激发了人友爱的一面。有时候我甚至感觉到文学用一种叨叨不休的怨言来表现,但是背后仍然有一种愿望。比如说我们会看到一位女作家,最后写的意思说"再不要相信爱情,爱情都是男人给你设下的骗局。天下的男人一个好人也没有,一个说真话的也没有"。我们看了以后当然觉得她的观点很极端,很绝对,但是从作品我们仍然看到一颗受伤的心,对真正好男人的呼唤和期盼——如果她的脑子里压根儿就没有一个真正的好男人的形象,就不会有牢骚了。本来就是假的,哪有真情啊——对真情的呼唤,对善良的呼唤,对诚实的呼唤,对爱情的忠贞的呼唤。我想这些东西都可以成为和解的因素,我们现在时髦的话——"和谐社会",而不是纷争的仇恨的社会。

第二,文学说下大天来,是一种语言来描写的,是一种符号,用虚拟来表现一种爱恨情仇的情节,因此写得再激烈,不过是纸上谈兵。一个人在文学作品里边说"我太痛恨了,我要爆炸了",他虽然这样写了,但是他和伊拉克自杀式攻击的人不一样。相反的伊拉克武装分子如果写了很多文学作品,说"我要爆炸,我要和你同归于尽",连续写几次以后也可能就不去爆炸了,因为他的火已经发泄得差不多了,他已经虚拟地实现了自己的愿望、自己的感情,所以我说他淡化了激烈感情,稀释了自己很多激烈的感情。我自己也是写小说的,但是我不能不告诉你们,因为在座的很多都是年轻人,而且很多是学中文的,很喜爱文学,就是你们在阅读文学作品的时候,也要和文学作品之间保持健康的距离,不要以为作家写我要爆炸,他第二天就点炸弹,没有那回事。就像歌德写完了《少年维特之烦恼》,很多人自杀了,而且使用手枪,但是歌德并没有自杀,他活得很滋润,到八十岁还有他雄厚的生命力,进行黄昏的恋情,令人羡慕。这就是文学的虚拟性。比如说作家很好斗,他在作品里写一百遍没有问题,作家喜欢言情,他在作品里搞一百次恋爱也没问题,因为那是虚拟的,不是真实的,不会怎样。虚拟的实现会使一个人的心理得到释放,能够得到新的平台,因此很多时候文学是一个泄压阀,到了一定程度,泄压阀"滋滋滋"就起来了,冒一会儿气就落下去了,里边的内压也没有那么大。

第三,还有一种情况,文学的成就。尽管文学家本身可以用一种非常自信的、非常独断的、甚至非常偏激的姿态,对人群对社会进行批判,但是他往往会受到社会的尊敬。大众是很有意思的,你光捧大众,大众不见得爱你;你把大众骂得一塌糊涂,大众觉得你太棒了,是不是?受到的尊敬、善待,各种名誉、地位,雪片般的飞来,这样的例子很多。给大家举一个例子:八十年代,德国有一个作家叫做海因里希·伯尔,一九七二年他获得诺贝尔文学奖,他有一篇文章很短叫《丧失了名誉的卡塔琳娜》,拍成电影了。它就是写一个保姆名叫卡塔琳娜·布鲁姆,她的男友在法律上有一点麻烦,好像是和贩毒有关还是和一个刑事案件有关系,这个男友曾经掩护过她,结果因为这事法院就传讯她。这小子惹了不少事,就被新闻记者们知道了,所以不管是早晨还是晚上,不管是在什么地方,她都被狗仔队跟上了,然后提问一些问题,再然后就散布各种谣言,各种消息,使得很本分很普通的一个劳动者,一个家庭服务员,最后实在受不了了,掏出枪来把一个紧追她不舍的记者给枪毙了,写这样的一个故事。海因里希·伯尔把西德的社会,尤其是一些资本家写得丑恶极了,黑暗极了,所以他得到这个诺贝尔文学奖的时候,当时德国最有名的一个报纸《法兰克福汇报》,其中一个大文艺批评家,叫莱伊斯,是波兰人,当时就说海因里希·伯尔,获得诺贝尔奖只能从道德方面来讲,而且说海因里希·伯尔的德语不太好,没有另外两位好(德国后来有三个著名的作家分别是伯尔、路易斯、君特·格拉斯)。当时德国驻中国的大使本身也是一个作家,他写过《义和团》,他在请我吃饭的时候说"他得诺贝尔文学奖德国政府非常头疼,没法办"。但是别人告诉我海因里希·伯尔的故事,一九九七年我在海因里希·伯尔的农村别墅住过一个半月,离科隆很近。他们讲海因里希平时住在农村,这时宣布得了诺贝尔文学奖(那时候德国总理是索兰特),勃兰特就说要去看望他。实际上勃兰特很讨厌作家,而作家也很讨厌总理,但是必须要去,这是一种形式啊。但是有一个问题,他住的是一个村,按照德国的规定,每一个村前面必须有一名牌上面写上属于什么县什么市。那个村是自由邦——现在你去看,上面还是写着这个村子是自由邦,这是因为海因里希·伯尔的建置,这里是自由邦——当地的领导就找伯尔商量:明天总理来,一看咱们是一个自由邦,这事很麻烦,我们还有对政府领导的顾虑,看看能不能明天把牌子把自由邦挡住,让总理看不见,等他走了咱们再把它露出来?海因里希·伯尔同意,最后勃兰特来了,先是一番热烈祝贺,给德国取得了荣耀,感谢一下。你看海因里希·伯尔在作品里边是很极端的,对德国社会充满了仇恨的,痛心的,但是实际生活里面是和气的,也就是说作家有时候他写的东西和处理事情是不一样的,不能说作家什么人前一套人后一套,嘴上一套实际一套。勃兰特走了以后又是自由邦,所以有很多这种情况，作家痛骂这个群体的结果，是受到这个群体的尊敬、善待，很多人献花说"你的文章写得真好啊，骂人骂得真好啊"，就是这样。而作家呢，随着名声日隆，年龄日大，作家见到献花就高兴，所以作家就一边骂着大众，一边"读者是我的上帝，读者是我的最爱，有了读者我这一生别无所求"，这就达到了和解。这不很明显吗？所以文学既是充满了挑战，又充满了和解。

2005年5月9日

我看儿童文学*

现在的儿童,他们生活在一个和过去,和我们这一代人甚至是我们的下一代人完全不同的环境里,他们获得的信息、生活的环境太不一样了,和我们小时候太不一样了。所以,我们如果探讨一下当今少年儿童的精神生活、信息环境,他们面临的各种条件、各种启发、各种诱惑和各种干扰,这是一个非常重大的事情。但是由于我没有认真地学习有关儿童文学的理论和创作,我只能就我自己的经验,特别是早年的、小时候的阅读经验,谈一点看法,仅供大家参考。

第一,根据我小时候的阅读经验,我非常希望能够编写、出版各种经典作品的儿童版、少年版。现在回想,我读的许多书,还真是靠小时候读的。旧中国其实有一套儿童版的东西,最有名的就是《唐诗三百首》《三字经》《百家姓》和《千字文》。但是显然这些东西不完全符合现在的时代,里边还有一些落后的、腐朽的东西。这几年很多地方,写了新的《三字经》,也有很大的发行量,但是质量,并不是那么理想,没有能够完全被少年儿童所接受。我们小时候对另一类经典,采取死背的方法,但是有没有可能,使我们真正的经典,能用一种少年儿童能够接受的方式?我觉得这里边比较成功的就是《一千零一夜》,我小时候接触到的《一千零一夜》,不是《一千零一夜》的原作,我接触到的是两个英国人编写的,我们把它翻译成《天方夜谭》,

---

* 本文是作者在青岛"中国原创儿童文学的现状与发展趋势"研讨会上的演讲。

写得非常优美,非常适合儿童的阅读。所以我就设想,包括我们的一些最著名的文学作品,像《红楼梦》《水浒传》《三国演义》《西游记》,《西游记》当然儿童容易接受,但是里头也有一些有害的信息,能不能经过一些编排整理,出版这种经典作品的少年儿童版。但是这个东西谁来做,我也不知道。这是我想说的第一点。

  第二,我想探讨一下对儿童的爱心教育。我回想小时候读的作品,我记得最感动我的几个作品,以至于大了还是在读仍然还在感动的,往往都是由于它们能够启发人的爱心。比如说意大利的《爱的教育》里边,从文明、礼貌,一直写到母爱。六千里寻母,我们上小学的时候,老师在课堂上给我们念,那时候才小学二年级,我还不满七周岁,我听得当时真是热泪盈眶。在小的时候我最喜欢的童话莫过于《木偶奇遇记》,我太关心这个木偶的命运了,当他由于说谎鼻子变得长了的时候,真是有一种牵心挂肚的感觉。还有这个木偶由于自己的不听话、不慎重把自己的腿烧了,也是让我着急得不得了。而这个木偶最后得到了一个比较光明的下场,使我得到非常大的安慰。再比如冰心的早期许多作品,《寄小读者》一个是讲母亲,一个是讲大海,让人非常感动的。比较起来呢,我们国家的少年儿童,从历史上来说,因为长期生活在一种非常严峻的生活条件下,外有帝国主义的侵凌、侵略、压迫,内有反动政权的压制,很多人都是生活在饥饿线上、死亡线上。所以,我们中国的儿童,长期以来缺少一种发展美好的爱心的环境。因为没有这个条件,讲得太多了你觉得脱离实际,它是一种奢侈,在日本人的占领底下你爱谁去?它变成了一种奢侈。直到二十世纪八十年代的末期,我们还有很重要的报纸,很重要的老作家写文章,批评爱心的说法,认为爱心是资产阶级的东西。我们从小在一个比较严峻的环境里边,所以,我小时候学会的民谣,还会唱的"高粱叶子哗啦啦,小孩睡觉找他妈……"这就是我们这一代学会的第一支儿歌,最后是麻胡子来了我打他——来源是元代悍将人称麻胡子,用来吓小孩入睡。我们学会的第一个民间故事,在中国最有名的就是《大灰狼》,有的叫《果园三姐妹》,母亲不在的情况下,大灰狼假装外婆,不是披着羊皮是披着外婆的皮的大灰狼来了,最后怎么样来和这个大灰狼作斗争。我们想一想,我们多少世世代代的儿童,就是在大灰狼的阴影下来度过自己的童年。所以,我们今天情况毕竟有一些不同,不是说现在就不能作斗争了,或者说现在就不能够讲大灰狼的故事了。当然大灰狼的故事我们还要讲,现在唱"高粱叶子哗啦啦"的少了。我们的儿童也应该有一种自我保护的意识,应该有一种警惕坏人的意识,但是毕竟最动人的东西是写人和人之间,表现人和人之间,人和自然之间,人和物之间的,那种比较美好的、比较亲近的、比较爱恋的一种亲情。这是关于爱心教育的问题。

第三,我由这里想到了童话。相对比较起来呢,我们当然也有一些好的童话,但是非常具有诗情画意的童话,相对少一点。我们的童话有一批是以民间故事为基础的,往往是侧重于善恶报应。我们这一类的故事多,而那种充满诗情画意的,就像安徒生那样的故事,我们确实是非常地少。安徒生对我的感动,是无法比拟的。我也喜欢看王尔德的童话,虽然王尔德不是以童话为主。他的《快乐王子》是绝对的经典,他的骄傲的小王子的故事,还有由星星变成小孩的故事,让我想到日本的民间故事《桃太郎》。我们中国自己写的童话,对我个人来说,我觉得叶圣陶早年有些童话有点这种追求,那个《稻草人》就太像那个快乐的王子,就是看到了这个世界上许许多多的黑暗,但是完全没有办法,让你看完了很悲伤,带有一种社会批判性质。后来我发现宗璞有几篇童话真是写得好,有一个写彩色铅笔啊什么的,我曾经当面向宗璞说过,我特别羡慕写童话的人,我当年不是没想过自己也写两篇童话,真是写不出来,可能我这一脑子都是斗争了,就好像很难回到一个那么清明、一种像天使一样的心灵世界里去。但是不管怎么样,我觉得少年儿童,如果有美好的童话可读,真是幸福。我小时候是生活在非常困难的情况下,有时候连温饱、连吃饱饭都做不到,但是我的父亲是一个不大实际的一个人,他给我从当时还在日本占领时期上海的商务印书馆买一种玩具,这种玩具,就是白雪公主和七个小矮人,它可以摆在那里,然后用球打,有点像现在打保龄球,但是规模要小得多。它给我的童年增加了那么多的幻想,那么多的美梦。

我们的童话创作,有很明确的教化目的,这是当然的。就是安徒生的、叶圣陶的、宗璞的也都有这样一个目的,但是与此同时呢,确实又有一种诗情,这也是我们所期望的。

我还想讨论一个问题,这个问题我始终弄不清楚,就是科学幻想作品。科学幻想作品在欧美尤其是在美国,成为少年儿童阅读得最多的一种作品,成为畅销书的一种。科学幻想的东西是最畅销的东西,科学幻想的电影也是最受人欢迎的品种之一。但是在中国就是发展不起来,我们的思维好像有另外一个路子。我们也喜欢幻想,我们的幻想最典型的就是金庸的作品,金庸的作品吸收了许许多多的人情世故,同样有一种很强烈的道德上的一种倾向,他否定一些小人,否定那些奸诈、丑恶、卖友求荣、言行不一,或者是残忍无度,他反对这些。但是金庸的作品,他很少从科学技术上来设想,他设想的都是人体的功能,都是通过一些很特殊的、稀奇古怪的修炼:有的是靠不吃饭修炼,有的是靠不睡觉修炼,有的靠裸体修炼……这种稀奇古怪的、匪夷所思的修炼,使人体产生了特异功能(用现在的话说)。可是西方的科幻作品是通过技术,通过工具,通过新研发的新开发的产品,通过新开发的设备,同样也是具有匪夷所思的能力和能量的这样的一个"器物",来达到特殊的成果。所以这个思路与我们不一样,这个对培养少年儿童的科学的兴趣,对科学的钻研,我想是有关系的。最近,我是阴差阳错看了一本畅销书,就是《达·芬奇密码》。《达·芬奇密码》可以看得出来也是往畅销书上写,但是它尽量地运用历史的知识、宗教的知识、绘画的知识、艺术史的知识、教会的知识,还有各个地区,写到巴黎,写到米兰,写到梵蒂冈,写到纽约,写到苏黎世银行等等,运用这种历史的、地理的、艺术的、考古的知识来构造非常离奇的,那种密码凶杀案的故事。我一看这部书,我就想到金庸的《连城诀》。因为《连城诀》也是寻找密码,同样也是从一个文学名著里边,从《唐诗选》里边来寻找出连城剑法,又从连城剑法里边来寻找一个宝库,也可以看出这个路子。我是觉得像科幻作品、科普作品,反正在我们国家是非常薄弱的一项。

还有一个问题也引起我的不安、忧虑或者困惑,就是现在有的所谓低龄作家的作品,就是中学生的作品,现在越来越多。原来有个韩寒,现在比较热烈的是郭敬明,还有一个是春树,不是日本的村上春树,而是写《北京娃娃》的那个春树,春树还上了美国的《时代周刊》的封面,等等。这些作品我并没有认真看过,但是这些作品,给人一种感觉,现在我们对于少年儿童的教育并不是非常成功,因为这些作品里头,反映的是对现在的教育加以嘲笑、加以抨击、加以解构,甚至带有某种对立的一种心理,它们确实受到少年儿童的欢迎。

所以我就在想,我们的儿童文学,能不能使我们今天的孩子能够享受到一种比较美好比较快乐的精神生活?而不是整天在课业的负担之下,也不是在一种刻板的要求下说套话。因为我常常由于各种原因去参加跟文学有关的一些活动,在这些活动上,我就发现我们所有的中学生、小学生,讲话的时候手里边也都拿着稿,一上来也都是"尊敬的……"最后也都是"祝大会圆满成功!"已经形成了一种模式,这里头有一种逆反的一种暗示。那么,我们的文学作品能不能够慢慢地填平这样一个教育和儿童的天真活泼间的鸿沟?能够填平课业的负担和他的那种追求创造、追求快乐、追求游戏的那样一种儿童的天性之间的这个鸿沟?填平这种说套话、讲套词、发套腔和他的自然而然活泼的存在之间的鸿沟?这是我的一种愿望。因为当我看到目前的这些孩子的时候,我有时候甚至于产生一个问题,就是现在的孩子,应该说比我们那个童年时代,要幸福得多。营养比那个时候好,穿的服装比那个时候好,他们很多人自己还会上网,还有电脑,有DVD、VCD,他们知道的事情也非常地多。但是他们并不快乐,他们并不天真。

  上海《萌芽》杂志,他们搞新概念作文大赛,我去过几次,非常惊叹有些孩子写的作文那么好,那么成熟,我非常地赞美;一方面我又非常的忧虑,他们怎么就没有孩子气呢?他们怎么写得这么成熟?好像对人情冷暖、世态炎凉的这种叹息,这个疑惑,这个怀疑的,相对比较低沉的那种心理。遇到这种情况,我就宁愿希望能看到一些幼稚的东西。我也不知道该怎么办,我只能表达一种愿望,我相信我们儿童文学写作的同行,一定能够在改善我们的少年儿童的精神面貌,在为少年儿童提供精神乐园方面,做出自己的贡献。

2005 年 5 月 14 日

想象与文学*

科学、技术、创造、艺术、历史、地理,一切都离不开想象。首先,语言就是一种想象,语言本身就是一些声音罢了,文字不过是一些视觉的形象罢了。但是它们之所以有意义,是因为语言可以和某种实际客观的对象联系起来。马克思说,一个蜜蜂一个蚂蚁一个燕子可以做很好的窝,证明它的技术精良,窝的几何图形也符合那个条件下的要求。但是与人不同,人在建造房子之前已经有一个要求和想象,而蚂蚁没有。当然我对这话也始终嘀咕,对伟大的马克思我也有嘀咕的时候:你怎么知道蚂蚁脑子里没有这个窝呢?但蚂蚁缺少创造性是确实,蚂蚁、蜜蜂弄出个窝来不会有很大的转变,它在不断地重复这个活动。那么概念,尤其是一种想象,毛泽东举例说有男人有女人,有小孩有老人,有活人有死人,但世界上并没有一个定义说这个就是人,人是一个概念。几千年以前,公孙龙喜欢玩概念的游戏,白马非马,白马不等于马,当然白马只是白马,马本身并没有表示它是白的,也可以是黑马、花马,也可以是假冒伪劣马。所以我们有些概念也是源于想象的。

第一,叙述和回忆。我不知道从心理学的角度上怎么分别,回忆本来是已经发生的事情在大脑的皮层里所留下的印象,人的回忆和从电脑里调出数据库里的数据来还是不一样。如果原来数据库里安

---

* 本文是作者在上海交通大学的演讲。

排的是交大简介,假设一共有五个图表,六千五百个图,什么时候调出来都是六千五百个图,除非机器运作出现毛病,出现死机,病毒侵入等等时,会有不同。但是人的回忆每次都不一样,人在回忆中不断摸索。所以回忆是离不开想象的。人的回忆常常有错误,常常搞糊涂,但正因为有错误有糊涂,每次回忆都会有新的发现,对自己的往事有新看法新体验,这是非常有魅力的。由于想象增加了回忆的不确定性,也由于想象增加了回忆的魅力。

　　文学的想象和上述的想象还有些不同。心理学家讲的东西有些是更科学的解释,而我讲的是更经验的东西。科学的想象,语言学的想象,历史学的想象都要严格按照一定的条件,按照一定的逻辑,一定的规律,一定的法则来加以运用,而且要经得起实用实证或实验的检验,才叫科学。文学的想象比较不受限制。你可以根据比较现实的东西,也可以天马行空地想象。比如《西游记》中的想象,孙悟空是一猴儿,这本身已经有一定的困难了,把一猴儿要训练成孙悟空这样是不可能的,但也有点现实根据,猴在动物中是比较机灵的。猪八戒是头猪,他的特点懒啦,自私啦,你就很难设想把猪八戒和孙悟空对调一下,孙悟空有猪八戒的这种性格,而猪八戒则有孙悟空的这种活泼、灵动、善变。但他又有许多想象超出现实的东西,比如七十二变,翻一个跟斗十万八千里,用的武器是如意金箍棒,需要的时候变成定海神针,不需要的时候变成很细的绣花针放在耳朵里。这些细节我看了感觉都有些难受,那么小的绣花针放在耳朵里,这都属于是危险操作。但是孙悟空不怕。所以文学的想象可以不沾边。在科学中用文学的想象你要受很大的责备,但文学中缺少想象人家反倒说你写得太一般。

　　第二,在科学的、史学的或者考古的想象,只提出想象并没有完成课题,你的想象必须得到证实,必须得到体现,你的蓝图按照它修建出建筑物,这样才算完成。但文学的想象,能够想象出来,表达出来就行,就完成了,不需要一定能够实现。比如说修辞上的想象,中国人很喜欢说,美女有沉鱼落雁之容,闭月羞花之貌。这不需要实现,实现起来太可怕了。一个美女过来,天上大雁哗啦哗啦往下掉,鱼也不会游了,全都沉到海底去了,月亮被吓跑了,花也不开了,这不是美女,成魔鬼了。之所以允许它存在是因为是实现不了的。所以想象在文学中占有非常特殊的地位。那么文学的想象有些什么样的呢?想象是多种多样的,现在我给大家罗列一点自己的例子,或者朋友的作品,或古代的,外国的作品,信手拈来。

我要说的第一种文学想象是一种生发性的想象。"生发"一词是鲁迅开始用的。就是说你在现实生活中,你有一点点观察,一点点感受,然后从这个点延伸出去。或者说给这个点进行补充,使之成为一幅画面,变成线变成面变成体。有许多文学活动来源于一个很细微的很偶然的现象,但是到了一个创作者手里,就像一滴墨水滴在水里一点一点都变成蓝色的或黑色的。它能够延伸,它能够发酵,它能够自我完整。

一些年前,我读过天津作家冯骥才写的《高女人和她的矮丈夫》,他的小说写得挺动人。说的是一个高女人,她的丈夫个子特别的矮,"文革"期间,高女人受到侮辱,受到打击。她丈夫一遇到下雨打伞的时候总是把伞举得高高的,他养成了习惯,和他太太一起出去的时候,我们假设他自己一米五,他不能光盖住自己,他要留个空给他一米八的太太。冯骥才是会画画的,他写这个东西的时候就像在画画,当他高举着雨伞走过的时候,你会觉得他的边上缺了点什么东西。他说他写这个的时候就是因为他在一公共汽车上看见一对夫妻,妻子明显高于丈夫,别人一上来看着有点别扭,可是人家自己非常会心,就是不别扭,两人非常好,非常亲热。说话时脸上充满微笑,充满神采,慢慢地大家看得也就不别扭了,不但不别扭了,还觉得他们很美,他们真是天生的一对,就该他们俩,有别人什么事呀。就这么一件事,他就写成了《高女人和她的矮丈夫》。

比如说,一九七九年底,我写过一篇小说叫《风筝飘带》。在座的有哪位老师或同学知道或看过这篇作品吗？多么悲哀呀，没有人回答！《风筝飘带》写到刚刚"文革"结束的时候，上山下乡的知青回到城市来的生活。那时我们国家刚刚出现转机，但还是非常的困难，非常的穷。里面有一男青年与女青年，现在喜欢说叫陷入爱河，fall in love，但他们没地方待。那时候北京也好，上海也好，你想找个谈恋爱的地方是非常困难的。上海是不是现在也是这样？说是外滩的一张椅子上要坐两对谈恋爱的人，一对脸冲这边，一对脸冲那边，当然相互不会干涉，各自如何爱法都没有关系。我那个时候刚从新疆回到北京，分给我一个二十三平方米的房子，当时我已经是很满意的了。我那房刚刚建成，当时很多房子刚刚建成还空着，没有搬进人去，我发现有一对男女，可能是 fall in love 或者是 almost fall in love（几乎坠入爱河），正在一房间里很亲热地说话。我很奇怪这房子里怎么有俩人啊，这是有主人的房子啊。这房子其实充当了 fall in love 的青年人恋爱的地方。我在小说里说：伟大的祖国呀，你有九百六十万平方公里的土地，却不能提供一个能让人坐下来说说话，能拥抱能kiss，不受太多的干扰的地方。也就是从某一点上引入想象，使它变成一个故事，一个意境，变成一个感受。

我还写过一篇叫《春之声》，是讲在一闷罐子车里，没有灯，或只有很小的窗户的那样的车里，在黑黑的车里，他听到了有人在放录音机，也就是一九七九年、一九八〇年那个时期，在中国刚刚传过来的，录音机里教授德语。主人公刚刚访问德国回来，在放施特劳斯的圆舞曲《春之声》，这就是小说的名字。这其实是我在陕西短途去探望一亲属，坐的就是这么一种闷罐子车，这种车门一关上，黑极了，黑得什么也看不清楚，那时我听到有人在黑暗里放录音机。那时候的录音机很大，大得像砖头一样，三洋牌。那时候价钱大约是一百多块钱，那时候人们的工资呢还很少有人超过一百元。他放的呢，对不起，并不是我所描写的施特劳斯的《春之声》，他放的是邓丽君的歌，但我为了使我的小说增加一点意境，我把邓丽君的歌给掐掉了。而在别的作品里,我却没完没了地在写邓丽君。这就是生发性的想象。

第二,想讲一下荒诞性的想象。有时候我就觉得这种想象是不可能发生的,所以是极端的、非常荒唐的。但是这个东西可以在小说里有,在别的地方不可以有。写报告不可以,写计划也不可以,但小说可以。比如大连的一个作家邓刚写过一篇小说叫《出差》。有一天他坐在那好好的,首长突然来了,跟他说,你得出差。他问我出差干什么去啊?首长说不知道,他问上哪儿去出差啊,首长也说不知道,问去几天,首长还是说不知道,反正就是要出差。于是他糊里糊涂就上车了,上车到哪儿也不知道。到了一地方下来,有一批人说是来迎接他的,但问名字又不是他,就稀里糊涂得把他接走了,他住下来了,也不知道自己要干什么,这个会他听了一会儿,稀里糊涂不知是怎么回事,那个会听了一会儿,也听不明白是怎么回事,反正稀里糊涂的好多天,身上的钱也花光了,莫名其妙的发票一大堆,然后稀里糊涂回来了。然后首长说你很好啊,这次出差成绩很大。其实这是一种夸张,我这样理解。其实邓刚也知道,我们这个圈子里有一类,也不是所有的人,自己糊里糊涂,也不知道要干什么。有些见闻,参加了一些会议,看了一些文件,却摸不着头脑。花了国家很多钱,花了纳税人的很多钱,却没完成什么事。但是他是用一种极端荒诞的方式来描写的。俄罗斯的果戈理——问一下,坐在这里的老师和同学里头有没有不知道果戈理的?都知道啊。——他写过一小说叫《鼻子》,一官员鼻子突然跑了,鼻子想做更大的官,而且它离开了人以后就更神气了,看了之后让你哭笑不得。你不知道这鼻子要做些什么,但是看了之后就知道果戈理在借鼻子讽刺一种人,愚蠢、自得、混乱等等。这个荒诞只有在文学里出现,历史上不可能这么写,也不可能发生这样的事情。不管你多么讨厌一个人,比如老王,你也不可能写二〇〇五年十一月十九日,他的鼻子突然跑了。然后报告了公安部门,通过国际刑警组织,把它从一个正在嫖娼的地方抓了回来。鼻子怎么会跑了呢,就是两条腿,脱离了人体后也不可能会跑。但是果戈理的想象力惊人啊,他写了一个鼻子的奇遇。

第三,神秘性想象。我说的这几种想象互相之间有时是交叉的,荒诞性的想象可能是神秘的,神秘性的想象也可能是荒诞的,也可能是生发出来的。设想果戈理所以写鼻子,有感于当地官员鼻子特别大特别凶。我翻译过一个美国短篇小说,约翰·契佛写的《火把》。一个个子很高做过模特的女孩,别人都认为这女孩是一个吸血鬼,专门接近那些有了重病而将不久于人世的男人。一会儿写她很单纯很纯真很可爱,一会儿写她发生了一点事让你摸不清,不知道她是神啊是鬼啊。当然他这样写,远不如蒲松龄写狐狸。那些狐狸写得多么可爱,如果谁能见到那样的狐狸,和那样的狐狸交往,真是人生一大幸事,而且一定能成为伟大的作家。还有花妖。大家知道山东胶州半岛,道教繁荣。崂山道士、七侠、昆仑山,金庸的小说里也常有。有一著名道观叫上清宫,里面有一种花叫耐冬,花已经有很久远的年头,蒲松龄呢就写了篇小说叫做耐冬。设想那株花时间很长了以后变成了花妖。蒲松龄写的狐仙狐鬼花妖都是很可爱的,不是人的对立面。我本人写过一篇小说,引起过一些注意,叫《神鸟》。写的是一不得志的音乐家,在快退休的时候,指挥乐队演奏。最后一场演奏中,忽然大为出彩,太好了。什么原因呢,在他的演奏中,忽然看见乐队上空出现了一只鸟,他就跟着鸟走,把整个音乐感染了,痛哭流涕,激情燃烧,韵律才华。结束后他不走,他说今天能演奏好,是因为看到了那只鸟,但别人谁也没看到。回到家后他又折回剧场看那只鸟,最后死在剧场里。这个故事是我在福州看一演出,演出刚开始就飞进一鸟,它飞不出去了,就在乐队上空飞来飞去。于是客观上就和音乐旋律强弱配合起来了。我并不觉得多余,那只鸟太棒了。如果我写在福建人民剧场,一只鸟误入,最后撞死在剧场中,还撞坏一灯泡,那写的东西肯定没人看的。小说呢既是生活的,现实的,人生的,又是想象的。

第四,故事性想象。要使一个故事变得有头有尾,有起承转合,有悬念,有发展,甚至于还符合某种观念,比如说好人好报,恶人恶报,他由于做了好事,大家都帮助他,各国都有这样的民间文学,动物也帮助他,老鼠也帮助他,鸟也帮助他,狗也帮助他,松鼠也帮助他,而坏人则没有。故事性想象呢在通俗性文学中特别的多,比如金庸的一些武侠小说,武侠是中国式的暴力,把暴力文化升华了,这种暴力不完全是一见面就杀,什么肠子肚子拉出来,脖子掉下来,鲜血喷流……不是,不是这么写的。先要练剑,剑法有特殊的剑谱,与唐诗都联系起来了。《连城诀》中,剑诀是什么呢?唐诗是练剑的方法,或者以唐诗作密码。金庸的故事是紧张的,一见面一点儿误会就互相打起来了,打得不可开交。如果开交的话,故事就发展不下去了,有时就是一句话的误会可以打三十年。这就是武侠小说。王朔曾经批评金庸"这没道理嘛,见面两句话就打起来了",武侠小说就必须这样,如果武侠小说两人见面就搂一块儿,就不是武侠小说了。金庸小说有时有点麻烦,很难改成电视剧。小说里很容易看清楚的误会就是没机会,老是在嘀咕说清楚这句话。比如"上次你爸爸不是我杀的",永远没机会说这句话,一见面就是"杀父之仇不可不报",一剑就捅过来了。福尔摩斯就更是了。我有时候没事也看"法制在线"各种案子怎么破的,里面很少像福尔摩斯这么写、这么好玩儿。把一个犯罪的案件写得有声有色,和社会联系起来。把福尔摩斯的推理说得神乎其神,故事性的想象也是配合教学。不仅仅是将这样的武侠小说、推理小说构成故事性想象,其他一些类型的作品也不乏想象。比如说《悲惨世界》,主人公,冉阿让,本来是个逃犯,受到神甫的教育成了大好人,一下变了,像耶稣救苦救难,和观音菩萨一样普度众生。一方面,他当了市长,另一方面又有一个警探发现他和通缉的逃犯长得很像,于是就抓冉阿让。就在这个时候出现了另外一个人和冉阿让长得一模一样,于是就认定罪犯是那个人,把那个人抓起来了。可是这个时候,真正的冉阿让受良心谴责,尽管有人顶了,但是他不能让别人代他受苦。于是自己去自首:我才是冉阿让,抓我好了。非常动人。这样一个跌宕起伏,惊心动魄的故事,雨果写得很长。利用任何人长得相貌一样,这种想象太多了。《双城记》里也有两个人长得完全相似,使案情在审理的时候一下子转了七百二十度。戏剧文学,莎士比亚的文学也利用两个人长得一样;电影例子就更多了,电影里头这样可以使明星发展才智一个人演两个。还有《啼笑因缘》也是两人长得一样,樊家树爱上的沈凤喜是一说大鼓书的——曲艺工作者;后来爱上大学生,两人身份地位完全不同,长相完全相同。估计一百年后相貌相同法还能适用,在座的有想写畅销书的,不妨继续按照相貌相同法写下去。不妨写一个罪犯,然后跟王蒙一模一样的,见人就杀。

第五,讲讲夸大性想象。就是现实中不可能的东西,把它夸大。我最喜欢引用的斯威夫特的《格列佛游记》,大人国、小人国,大人国夸张到了极点,他到了大人国像一小人,到了小人国,他像一座泰山。大人国、小人国中最精彩最夸张的是大头党和小头党这块。里面写大人国、小人国发生政党纠纷。国王有一次吃煮鸡蛋,要把鸡蛋磕开,一般我们磕鸡蛋磕大头的。(在座有没有专门磕小头的?)在他把鸡蛋大头磕开的时候,鸡蛋壳把自己的手划破了。国王便下令,说今后本国子民磕鸡蛋一律不许磕大头,只许磕小头。百姓呢忘记了,一磕大头违反了国王的意旨,受到处罚,于是反对派就组成了大头党,而拥护国王的则组成了小头党,两个党斗争了上百年。我看了这故事觉得太精彩了。我看这故事时正好是"文化大革命"时期,两派争得不可开交,不知道究竟斗什么,都是誓死捍卫毛主席,都认为对方反对了毛主席。一看这大头党小头党,我就笑,我乐,我又不敢和别人说。一说的话,好家伙,别人大头党小头党,我变成断头党了。夸张非常独特,把正常的度啊乘上一百。我写过一微型小说,叫《讲演术》。一国家流行讲演,遇到什么情况都讲演,蝗虫来了给蝗虫讲演,大风来了给大风讲演。第二次世界大战时,希特勒到那个国家一看,没有军队,没有钱,没有人做工,都在那里讲演,希特勒吓一跳,马上下令撤退,不敢进去了。没有见过这样的国家。如此这般,讽刺空头政治的年代。当然十倍百倍千倍的夸张。即使是空头政治的年代,也不能让人从早到晚地听讲演,总还得吃饭,人要有三顿饭不吃也就基本上讲演不成了。

第六,戏剧想象。夸张想象、务实想象,都是戏剧想象。但是,戏剧想象更多的是运用戏剧效果。有着偶然、巧合、对比、误会。就是一点事情,变得戏剧性非常的强。戏剧性最抓人的时候就是,坐在台下的观众或者读者恨不得跑到台上去说"不是这么回事!"比如说《奥赛罗》,奥赛罗受到坏人的挑拨,对他美丽的妻子产生了怀疑,于是杀了自己的妻子。可是观众都知道,他妻子是无辜的,是纯洁的、美丽的。于是观众就产生这种冲动:要抓住奥赛罗,千万别下手。但是,他拉不住。把一个偶然的误解化成很多内容。罗密欧与朱丽叶也是这样。他们本来是要假死,他们有一种特殊的药,吃了之后几个小时后应该能够醒过来,帮助他们逃出对于他们爱情和婚姻的干涉。但是罗密欧不知道,看到朱丽叶"死"了,也就跟着死了,真死了,朱丽叶醒过来时看到罗密欧真死了,也就又跟着真死了。就差那么一点儿,就差了零点零零零一纳米,就差了那么一点他们就可以活。所以,戏剧性,这种偶然的、巧合的想象非常好。欧·亨利的许多小说也是这样的,用北京话来说叫做"寸",不知道上海话中有没有这种表示。北京人说一件事情"怎么这么巧啊!"可以说"怎么这么寸!"他的小说《麦琪的礼物》,变成一种巧,变成你永远的一种遗憾,永远的一种悲剧。非常的巧,功亏一篑。就差那么一点点,这就是戏剧性的。

第七,诗性想象。生活是平凡的,至少有平凡的一面。但是人们又不能完全满足这种平凡,这种务实。总希望自己的生活当中多一些有诗意的东西。曾经有一位女作家描写过自己婚姻的失败。北京人有一种习惯,在十一月初的时候到香山看红叶。红叶非常美丽,她和她新婚的丈夫一起去看红叶,那还是物资比较匮乏的年代,正在他们看红叶的时候,来了一个卖带鱼的。当时,卖带鱼非常的少,于是她丈夫就很兴奋,就赶紧去排队。虽然带鱼买到了,但是欣赏红叶的气氛却被破坏了。我十分同情这位丈夫,我自己也写一些诗,有一点诗意,但是如果遇到这种情况,我会不会也去排队买带鱼呢?有可能。关键看我是不是已经两个月没有吃鱼了。如果头一天我已经吃过鱼了,就算是再有大闸蟹我也不会去排队的。但是在长期没有吃到鱼的情况下,你非常有可能被鱼所吸引。其实呢,吃完了带鱼是有助于欣赏红叶的,你有足够的动物蛋白和多种维生素来支持你发挥充分的想象力。诗性的想象是十分重要十分多的。我之前举了很多小说和戏剧中的例子,我们也可以举很多诗歌的例子。很多诗歌的例子就是诗性的想象,它本身就不是确定的、现实的。比如,"沧海月明珠有泪",在现实中你是看不见的。想想看,在晚唐的时候,你怎么有条件去"沧海",最多也就是坐着渔船在岸边,你能够体会到"月明珠有泪"么?这是一种想象。比如说王维,"泪眼看花终不语,伤心岂独息夫人。"想象将生命给了大自然,你看到了一些自然现象,本来是很普通的、没有感情的,但是人把自己的生命和情感输入到大自然当中去,使得自然也诗意盎然。比如,在《红楼梦》里面,有一章讲"龄官画蔷",龄官是一个很次要的小戏子,龄官爱上了贾蔷,没事情的时候,就没完没了的在地上写他的名字,贾宝玉就藏在树后面,看龄官写贾蔷的名字。这使贾宝玉的觉悟有很大提高,什么提高呢?让贾宝玉知道人家爱的并不光他一个人,原来贾宝玉以为,全世界的小女孩都爱他一个人,现在他明白了这世上还有爱贾蔷的,人家对你贾宝玉并不正眼多看一眼,但是贾宝玉呢,仍然很感动。这会儿下雨了,贾宝玉就关心说"你不要跑,不要跑!"说话的时候呢,他自己站在雨里,但是他还在关心别人"不要淋雨"。这一段写得非常有诗意。总觉得在《红楼梦》这篇长篇小说中,这一段完全可以变成一篇短篇小说,就叫《雨中》也可以。看到一个美丽的女孩子,虽然人家和你没有关系,也没有想多看你一眼,看到她在抒发对心上人的爱恋,这时候,你发觉雨越来越大了,你淋着雨……这种场景多美呀。然后,你再做这样的提炼:即使你在爱情中没有成功,但是你仍然会欣赏青春。

第八,低调性的、降调性的想象。刚才说的戏剧性想象、故事性想象、夸张性想象都是一种强调性的想象,都是把人生中的喜怒哀乐进行强调。但是文学的想象就像人的精神,和人的精神是同向的,都是多方向的。一天比一天强的话,就要强崩了。所以有时候需要低调的想象、结构的想象、一种弱化的想象。契诃夫的许多小说就是这样的。他反戏剧化,尽量把它平淡化,本来很戏剧的,很强化的一个故事,他把它说得很沉闷、淡然,在淡然之中让你感动不已。比如《带小狗的女人》他就写得非常平淡,一个男子在海滨认识了一个带小狗的女人,他没有详细写男人的工作、政治态度是什么样,家里财产多不多,而这个带小狗的女人是什么背景,是不是被包养的"二奶",这些都不知道。两个人产生了感情,经常见面,但是见面总是偷偷摸摸,然后两个人都老了,在那里感叹一辈子过得有多不好,有这么好的感情,但是不能够在一起,总是偷偷摸摸。就是这样一个故事。如果这个故事用莎士比亚式的、雨果式的或者狄更斯式的就会写得很强烈,还可以发生情杀。设想,这个带小狗的女人的先生雇了一个杀手,但是这个杀手三次暗杀这个男人但都没有成功,却把一个临时工给杀了;我们也可以设想,这个男人希望和这个带小狗的女人有情人终成眷属,要和自己的妻子离婚,就像《简·爱》里面的妻子有些问题,所以要离婚,结果没离成,他的妻子放了一把火把他的府第给烧了,使他从一个富翁变成了一个穷人。这样写的话,都可以变成一个非常强烈的效果。但是契诃夫用的是淡意式的想象,他越写越淡,让人感觉到人就是这样过一辈子。你强烈地爱过,你也老了,你烦过,你也老了,你过得毫无意思,你也老了,你每天以泪洗面,你也老了,你每天笑,傻笑,你也老了,人生就这样过去了。我还特别喜欢一个印度小说,写一个非常英俊的青年农民和一个非常美丽的农村女子结婚了。结婚不久,男青年就要到加尔各答去做工,因为听说这样可以赚很多钱,可以在加尔各答盖房子。在农村的妻子十分思念他,一直在等他,一年、两年、三年……一直等了七年,在这七年之间,农村的生活也发生了变化,至少解决了温饱问题,正在走向小康,当年年轻的妻子也不再年轻了,等了七年的妻子决定去加尔各答寻找自己的丈夫。能干的妻子准备了很多当年丈夫十分爱吃的食物以及各种服装,到了加尔各答后,妻子找了很久,最终在一个收容站找到了自己的丈夫,他没有工作,也没有钱,变成了一个吸毒者、一个昏睡不醒者、一个智障者,看到这样的丈夫,妻子陷入了思考,当年英俊的丈夫已经不存在了,当年的感情已经不存在了,七八年的夜夜相思、梦中相会已经不存在了。于是妻子将吃的东西留下就转身走了,她留在那里有什么意义呢?他变成了一个吸毒者,有国家收养他,不是挺好吗,带回家不是更加麻烦了吗,这个故事就是这么写了。这个故事让我想到另一个故事,李碧华,《胭脂扣》的作者,《胭脂扣》既有这个印度故事的影子,也有罗密欧与朱丽叶的影子,写一个妓女和十二少的爱情,但是由于他们的感情"不合法",于是决定同时殉情,定好了时间地点相会,但是关键时候,那个男的胆怯了,没有敢吃那个毒药,那个女的死了之后便成了鬼,每到那个时候都要出来,梅艳芳演了这个妓女的角色,虽然梅艳芳在之前演过很多戏剧的角色,但是在这部电影里面,她演得非常好,后来那个女鬼找到了十二少,但是这已经是三十年以后了,男人早已不是当年的十二少了,变成了一个糟老头子,糊里糊涂,一无是处,当年所有美好的事情都不存在了,美好的东西都过去了永存。这种不是强化,而是弱化淡化,不是结构,而是解构,非常有意思。

第九,对比性想象。比如,歌剧,能够唱,小说不一定看过,但可能听过歌剧。《卡门》就做了一个非常强烈的对比,男女主人公对于爱情的态度。男主人公对于爱情非常的执着、钻牛角尖、死心眼,而女主角则轻描淡写、无所谓的、火辣的、过了就完的,强烈的对比使小说产生了戏剧性。有时候我还想起《苏三起解》的故事,玉堂春的故事,我们大家在京剧上看到的,本来是在"三言二拍"上的,写的就是苏三,被诬告说药死了人,变成了阶下囚,而她的情人变成了主法官,强烈的对比带给人无限的感慨,又联想到托尔斯泰的《复活》,公爵在自己年轻的时候花天酒地,和姑母的婢女卡秋莎发生了关系,而卡秋莎被认为作风不好被驱逐了,最后她也被诬陷杀人被送上了法庭,而审判她的是涅赫留道夫。我们可以从《复活》中看到托尔斯泰对人的良心、道德层面的思考。而不像《苏三起解》那样,让观众欣赏戏剧的离奇,《复活》则更有深度。世界上的文学小说都会让人产生串想,每次看到《苏三起解》都会想到《复活》,也会想到《窦娥冤》,一个被诬陷为杀人的故事。

第十,强调性想象,和我之前说的夸张性想象,有一点像,但不是完全一样。有时候作者强调一个人物的特殊性,比如,林黛玉,"黛玉葬花",我想来想去不是很实际的描写。像林黛玉这样一个女孩,一个多愁善感的人物,看到花落不由得伤感,甚至看不得花就这样落掉,还要扫一扫,将它们掩埋;如果她正式地拿一个锦囊,将花瓣一瓣一瓣地放入锦囊中,很严肃认真地在锦囊上绣一点东西,建一个花冢,搞一个落花埋葬典礼、落花埋葬工程,这就不是现实的描写,顶多是一种行为艺术,拿了一个长长的扫把,还要吟诗:"花谢花飞花满天,红消香断有谁怜?游丝软系飘春榭,落絮轻沾扑绣帘。闺中女儿惜春暮,愁绪满怀无释处。"这样好是好,适合想象,但是不适合真做,不信,你们哪位同学试一试,那关心你们的领导一定会把你送到心理医院去的。因为它是一种强调,她有性格的强调,为了突出她的性格,《红楼梦》中对林黛玉的性格特点强调很多,有的只能在书中出现,有的只能在想象中,你要认真地想起来,要是性格真的是那样就有点过火了,矫情了。又比如,尤三姐的性格,强调得非常好,原来她非常的浪荡,说话很野,以至于贾蔷贾蓉一起找她喝酒,她把他们奚落得像是他们这两个流氓反而被尤三姐耍了"流氓"。但是她爱上了柳湘莲以后就完全判若两人了,满脸严肃的,不苟言笑的,充满道德的,而柳湘莲又不爱她,立即拔出剑来自杀。这个也只能是想象的,我经常在这方面提出疑问。但是一些著名的红学家则不以为然。第一,作为柳湘莲的结婚赠物,能不能那么快,是一把削铁如泥的剑?一般应该送一把礼品剑,哪能送这样一把杀人利器呢?好比定情,送一个左轮手枪,把子弹都顶进去,把保险拉开,谁敢和这样的人有关系。第二,拔剑自刎,需要相当多的解剖学知识,因为,需要割断动脉,否则割断食管和气管都死不了,第三,柳湘莲的功夫那么好,哪能看着她自刎呢?应该说时迟那时快,一个箭步上前,飞起一脚把剑踢开,应该是这种情况,怎么能往那里傻站着,看着她自杀呢?所以我认为这都是强调性的想象,不是事实,但是我的这种理论呢,有人认为是在故意抬杠,认为柳湘莲就该那样,柳湘莲用宝剑当定情物,尤三姐也精通剑术,特别善于自杀。刚才说的《窦娥冤》也是强调,强调冤情。三年大旱,血溅白绫,也就是她死的时候,所有的血都集中在一条白绫上,这都只是文学的想象,不可能是法医的记录,也不可能使其成为刑事侦破的根据,说是,血都在一条白绫上,地上没有血迹或者说,因为她的死,六月份下了大雪,三年没有下雨。

　　第十一,我想说一下最普通的,也是最可贵的形象性想象。文学的一个特质,它所告诉你的不但是一件事情,而且是一系列的生动的、可感的、栩栩如生的想象。这种想象经过文学家、经过创造性的描写,使你在不可能中找到可能,使你在没有身临其境的情况下如在其中。李白说:燕山雪花大如席?这个也就很难做科学的测量。席有多大?两厘米的算不算席?但是他描写得非常好。我在新疆生活过十六年,下大雪的时候雪花一片一片,比下鹅毛大雪还厉害,非常形象。李贺说:"铜人清泪如铅水",既然铜人,铜人他也要哭。铜人要被拆卸告别长安。铜人流出来的是铅水,铅容易化。这立刻给你非常形象的感觉。王勃的《滕王阁序》,"落霞与孤鹜齐飞",一下子可以画出一幅画。变得非常形象,好像你似乎看到了这幅景象。

《相和歌辞》里的诗:"江南可采莲,莲叶何田田。鱼戏莲叶东,鱼戏莲叶西,鱼戏莲叶南,鱼戏莲叶北。"鱼这么一会儿在这里,一会儿到那里。这么简单的叙述,像儿童的叙述,但立刻在你眼前,充满了动感,这种形象比喻。美国有一作家杜鲁门·卡伯特,他写的小说《灾星》,描述一女孩子很穷,卖她自己的梦。昨天做了个梦,两美元卖给你。让你觉得可爱、心酸、恍惚。描述女孩子走路,可能穿的是高跟鞋,说她从台阶上走下去,那鞋咔嗒咔嗒的声音,像拿个玻璃杯和小银勺吃冰淇淋,吃到最后那小勺碰到玻璃杯壁的声音。但是我做过很多试验,拿各种小勺各种玻璃杯敲,死活敲不出高跟鞋走路的声音,不管是一个美丽的高跟鞋还是丑陋的高跟鞋,都不是这种声音,但是这种描述和那女孩很和谐。当你想到这小勺这玻璃杯,你就想到那个出卖自己梦的小女孩的走路的声音。这种形象性的比喻,在中国的旧诗里面太多了,"柳如眉",这样形象的比喻。"山高月小,水落石出",用最简单的四个字,形象地描写出。我们现在对"水落石出"四字的感受已经退化了,因为它已经变成了一个成语。实际上"水落石出"是一件非常有意思的事情。你到了一个地方,到了枯水期石头就显现了,到了涨水期,很多石头就看不出了。所以山高月小,水落石出是非常好的描写。"大漠孤烟直,长河落日圆。"这个也是非常形象的一种广阔,而且它带给人一种几何美,几何图形的美。在一些著名的小说里头,比如说托尔斯泰的《复活》。过去苏联时期有一部托尔斯泰的手稿,它里边有说过作为法官,第一次见到当年对他器重过的一个女子,现在已经成为囚犯,成为死刑犯,或者重刑犯,而且名字已经改为玛丝洛娃。每一个手稿上都有一张图画。按这个描写她是这样的,按那个描写她是那样的。他太细致了,我背不下来。但是最后他又提到一个,说她的脸,像是在地窖里头放得过久的马铃薯。这个我没有完全理解。因为在地窖里头放得过久的马铃薯它究竟是什么意思。她的外貌我不能掌握,但是她的神髓我多少能掌握了。估计她有点慌,不那么新鲜,不那么圆润,她已经有些病态,等等。在形象性的想象中，你们可以看出，托尔斯泰费了多大的劲儿。除了具体的描写以外，还有一个画面一个场面的描写。譬如《红楼梦》里头对香云醉卧，喝醉了酒躺在一块大青石上，很多花落下来，落在她的身上，这本身多像一幅画啊。

还有很多很多各式各样的想象，比如说神话，比如说童话，比如说民间故事，比如说道德性的想象，想象一个好人最后怎么有了好报，和恶人最后怎么有了恶报，等等，我这里就不一一地列举了。

那么现在我要讲一个什么话呢，最后，我就讲，想象促进了文学，文学促进了想象。

如果一个完全没有想象力的人让他读文学作品，实在是白白地糟践了它，白白地浪费。因为他从这个作品里边，他进入不了那个文学的世界。想象力是进入文学世界的钥匙。另一句话就是说，文学呢，能够发展我们整个民族的想象力，发展我们每一个人的想象力。我们不是说创新吗？一个没有想象力的人，他能够创新吗？我们说文明，一个没有想象力的人，他能够文明吗？我想起一九七三年，离现在已经三十二年了。三十二年前我在新疆的"五七干校"里，那时候晚上阅读一些大批判的材料，其中有一个阅读材料是贫下中农批判黑作家。有一个作家写了一篇，根据民间故事，也是儿童文学作品，叫做《拔萝卜》。就说这个兔子吧，种了一个大萝卜，怎么辛勤地劳动，怎么施肥怎么浇水，最后，萝卜长得非常大，于是这个萝卜兔子就拔不出来。于是兔哥哥、兔姐姐、兔弟弟、兔妹妹、兔妈妈、兔爸爸、兔爷爷、兔奶奶，这一大堆兔子吧，就像拔河似的，排成很长的一列，最后就把这个萝卜给拔出来了。这个故事也许很一般，也有这样的连环画。比较精彩的是我看的那个批判，那个贫下中农说，萝卜明明是我们农民种的，但是作者说是兔子种的，这不是睁着眼睛说瞎话吗？如果我们的想象力被扼杀到这样一个程度的话，我们这个中华民族就完蛋了。

所以尽管我们在座的，我知道有学习各种不同的课程的，学工的,学理的,学医的,没有医学院吧?有吗?有学法律的。而且你们许多工作使得你们的想象是要受限制的。比如你在做手术的时候你不能乱想象。你在判断一个案子的时候你不能乱想象。即使如此,如果没有起码的想象力,没有起码的对现象、对事实,进行新的组合的能力,那么你的智商是不理想的。也会影响你,许多事情做不好。所以我想至少从发育、发展和完善我们想象力的角度,文学会对我们的心智,有很好的启发。

(作者答与会者问)

问:王蒙老师您好,诗是您喜欢的一种文学形式,它也需要相当的想象力,可谓是想象和文学的模范结合。但是现在就有人说古典诗词很晦涩,您认为当今社会,如何再让人去读诗,再去品诗呢?谢谢您。

答:全世界都面临着一个诗歌读者圈子的问题和诗歌书籍发行的问题。全世界都有这个问题,有人讽刺说,写诗的人比读诗的人还多。但是诗歌并没有消亡。因为人有这种情感的需要。在某种意义上说,有青年就有诗歌。如果一个青年,在他青春的时期,没有写过一首诗,那么是他的遗憾;如果他连一首诗都没有读过,连一首诗都不会背诵,如果那是一个男青年的话,那我希望女同学千万不要跟他搞恋爱。所以诗是不会消亡。读者的多啊少啊,一时还是很大的问题。从长远看,并不是问题。至于旧体的诗歌,有晦涩的。但它的内涵非常的丰富。也有并不晦涩的。现在也有很多人在写,也能够表达今人的思想和感情。所以我们对于这些属于比较浅层次的,谁读了,谁不读,并不重要啊。更重要的是,我们心中的诗情,我们心中的对诗的追求,和我们青春的诗意。我相信,我们诗歌的前景仍然是光明的。

问:王先生您好。我们知道,现在西方语言文化对我国传统语言文化产生冲击。比如我们现在上英语课,但没有语文课。我挺想上语文课的。在此情况下,对我国在传统东西上,尤其是您说的想象,是否产生了冲击?

答:西方文化对我国有冲击、挑战的一面,也有补充或激励或产生有益冲击的一面。不仅仅是相互矛盾的。我们完全可以也应该做到对西方文化开放性的吸收和对自己传统文化的创造性的继承。比如说,辜鸿铭,所有欧洲主要语言他都会,所以他连胡适都瞧不起。胡适在北大教书,他问胡适教什么呀?胡适说教西洋哲学史。辜鸿铭问:你会拉丁语吗?胡适说不会。辜鸿铭说不会拉丁语还能教西洋哲学史?把胡适说得无话可说。辜鸿铭在伦敦地铁上读《泰晤士报》是倒过来读的,又梳着一辫子。所以英国两小青年笑他,说:这小猪尾巴,倒着看报的。辜鸿铭用最标准的牛津英语(Oxford British English)跟他们说:英国的文字太简单了,正着看对我的智力根本是个侮辱。所以你拿出辜鸿铭的精神会觉得英语对你不是个冲击而是个帮助。你了解外语才能更了解你的母语的美好,你母语好,才能更容易吸收外语。我希望在座的个个都是英文特棒,中文特棒,而且还会拉丁语。

问:谢谢那位同学把这个机会让给我,今天非常高兴听王蒙先生的讲座。从小就知道您,今天才看到您。您的诗从小鼓励我……前阵子读了您夫人写的小说《我的先生王蒙》,看后很感动。她用非常朴实的语言描写了你们的生活。我想请问一下,在您的眼中是怎样将婚姻和爱情经营得这么美,这么让人感动和吸引人?

答:首先感谢这位同学,说的话像诗一样。"从小就知道您,今天才看到您"是很好的诗。至于爱情和婚姻不一定每一个人都非常的幸福。但是你自己有一个美好的心灵,而且让你碰到一个美好的心灵,那么爱情对你来说实在是太宝贵了。你可以从许许多多困难和考验中保留这份幸福。我祝你和我一样能够找到自己理想的伴侣,在生活中能快快乐乐过一辈子。

问:王先生,您好。刚才那位同学谈到东方语言和西方语言的一个冲突。我想请问在我国国内也有许多种语言,如地方语言,民族语言。请问您是如何看待青年一代中地方语言弱化的现象?然后这种现象会对中国文化产生什么样的影响?

答:此问题在语言学界也有很热烈的讨论,一九四九年后非常强调普通话。而普通话在某种意义上说是官话。因为它并不是完全原生的老百姓的语言。它以北京话为基础,当然和北京的土话(如说相声的土话)非常不一样。它发音比较认真准确,还吸收了一些其他地方的语言,不断吸收新词汇进入普通话。这对于维护我国统一和政令的畅通起到很大作用,所以我们看到普通话的力量势力越来越大。一九八〇年我第一次去香港,到商店里买什么东西。我讲普通话根本没人理我,后来只能讲蹩脚的英语。因为广东话我又不会说。现在不行了,现在香港包括警察都讲普通话了。有一次去岭南学院"打的",我拼命学着广东人说:"岭南学院。"司机说:您到底上哪儿啊?我知道我已经落在时代的后面了。但是方言呢不能够消灭的,方言如果消灭了很多地方戏剧就没有了。越剧用普通话唱是不可以的。评弹用普通话唱是不可以的。许许多多地方戏的味道就出不来了。土话用官话一表达就错了。把方言消灭了是不可能的也是不可取的。对旅游业也有妨碍。我前年去苏州,其市委书记并不是苏州人,他规定在苏州工作的干部必须会讲普通话必须会讲苏州话。因为你苏州是吴侬软语啊,一讲苏州话,好可爱啊。我听苏州评弹演员讲几句话,眼泪就出来了。所以方言不能消灭。反正做一个人越来越麻烦了,我希望你们又会说普通话,又会说家乡的方言,又会说英语,所以学习的东西越来越多了,但身体还要健康,睡眠还要够七八个小时。

问:王蒙先生您好!我的问题是文学与现实之间的关系。其实文学就是简单地对现实的讴歌或者说怀疑,比如您写的《组织部新来的青年人》,他由于自己受到的教育,在进入现实后产生了怀疑,您在写作过程中如何驾驭现实和文学之间这种关系的?您能否从作家的角度为我们讲讲一九五六年那个年代,您写书对您以后的人生经历产生了什么样的影响?

答:文学中肯定会对现实有一些反映,这种反映可能是他自己没有完全意识到的。人和现实的关系是非常复杂的。人是生活在现实之中的,不脱离现实,不是活在梦境中而悬空的。人对现实又总会有许许多多的满意与不满意,批评与忍受,对现实有不理解又有很多自以为是的理解。这样的互动关系表现在文学里,既有讴歌、爱恋、依依不舍,也有许许多多的困惑、怀疑、批评和梦想。用一个很简单的动词是说不清现实与文学的关系。文学对现实会有各种各样的影响,但是这种影响也不是简单的。现实对文学当然更有各种影响,巴金的很多小说里都歌颂自由恋爱,反对封建包办婚姻,因为在他那个年代,包办婚姻是非常严重的问题。他的作品对于粉碎推翻包办婚姻制度起了很大作用。但也有很多问题不见得起很大作用。至于一九五六年是一个非常复杂的年代。处于建国不久,革命凯歌前进,人们政治激情旺盛时期;其二还处于苏共"二十大"之后,就是斯大林死了以后,在这种情况下,毛主席提出了正确处理人民内部矛盾,提出了"百花齐放、百家争鸣"的方针。所以它使很多知识分子欢呼雀跃,以为思想得到解放。是这样一个年代。但同时,整个社会对于要初步建立社会主义的方向,包括在意识形态上的方向还是很不成熟的,没有经验的。所以,既出现了前期百花齐放的小小的繁荣,也出现了其后形式的大大逆转。那是一九五六年,已经过去了,如果要说生机勃勃呢,还是二〇〇五年要生机勃勃得多。你也会比我们那个时候有出息得多。

2005 年 11 月 19 日

文 学 与 生 活*

我应该是第四次参加中国境外的华文写作人的活动,我参加这些活动有一种感受,我觉得各位,或者简单地说海外的华人作家,他们对文学的热爱是非常纯洁的。文学是很高尚的、很纯洁的,但是文学又和各种的利害在一起。中国大陆非常关心文学、重视文学,这样的话使得文学反倒沾染了一些功利的色彩,如果你的作品很畅销,你的经济上会受到很大的收益;如果你的作品受到各行的重视,甚至对你社会地位的提升都会有很大的作用。相反,我们海外的作家朋友,我觉得他们写作很难得到那种功利性的收益,而更多的是精神上的追求,和对中华文化、对华语华文的一往情深。所以,我对在海外不同条件下从事写作、编辑、印刷、发行等行业的人表示特别的敬意和问候。

谈谈文学和生活,可以讲的话题是无限的,文学与爱情就可以讲三个下午,我觉得没有文学就没有爱情,如果没有文学,爱情就变得相当的简单化了,相当的操作化了;反过来说呢,我又觉得没有爱情就没有文学,没有青年那种爱心那种对爱的向往那种做梦,我再说一个很简单的问题,如果一个人的文学水准太低的话肯定影响他在爱情上的成功,因为他的情书写不好啊!而写好情书对男生们太重要了,因为女生是喜欢看情书的,哪怕是这个男生有一点缺陷,在英俊

---

* 本文是作者在印度尼西亚华文作家协会的演讲。

上不是太理想，在体型上也不是太理想，但是如果你的情书写得好，你能够获得成功。比如说爱情和择业，去找工作求职也有很大的关系，自古中国有一种叫"自荐"，自己推自己，自己介绍自己，introduce himself or herself，还要自己介绍，杜甫写过这样的文章，韩愈写过，李白也写过，大作家都写过，因为大作家也要吃饭，不吃饭的作家是没有的，文章写得好对这方面有捷径。在阶级斗争非常尖锐，革命斗争非常尖锐的时候，鲁迅先生就强调文章是匕首，是武器，是阶级的感官，这个我们可以举很多的例子。在一个国家一个民族生死存亡的关头，有多少作家仁人志士写作。去年我到菲律宾去，那儿有一个也是反抗西班牙殖民统治的英雄，他的诗里面就是说，我虽然被你们处决，但是我的鲜血会变成朝霞彩霞，就这个意思，跟文天祥似的，就是"人生自古谁无死，留取丹心照汗青"，只是这个老一点，九百多年以前的了，这些大家都知道我就不说了。

我就偏重于文学和人精神生活的关系，和人精神需要的关系，随便从个人经验中说一点，主要的目的还是以文会友和大家交流。第一点，我觉得文学是我们的一个记忆，是我们对生命的挽留；第二点，我想说文学是我们的精神家园；第三点，我想说文学是我们修建的一座精神桥梁；第四点，就是文学是我们智慧的实验场所、训练场所；第五点，文学是我们的精神的游戏。

第一点，我觉得我们人生中不管是坏事还是好事，我们都面临着一个共同的悲哀，即生命不是永恒的，每一个个体的生命都不是，许多事情转眼就变成了过去。这些事情很早王羲之在他的《兰亭集序》里就曾叹息过，"俯仰之间已成陈迹"，把头一低或者一挺胸这个事就过去了，变成了过去的事了，我现在这里讲话，多少年过去以后就成过去了，即使我明年再来也不是今天的我讲话了，可是我们在人生当中又有许许多多刻骨铭心的事情，我们的欢乐，我们的初恋，我们的亲情和自己家人的亲情。我们上当，我们受骗，我们愤慨，我们困惑，我们所珍惜的许许多多的东西，但恰恰是我们珍惜的东西又是我们最容易丢掉的东西,你喜欢一只鸟,恰恰这只鸟你养了一个月就死掉了,从这个意义上说文学挽留住了生命,文学永远把当时的音容笑貌、那种感受以及种种细节留住,历史也记载各种回忆、各种往事,这些历史是非常重要的。但是这些不是那么细致,中国的古代封建社会都是怎样生活的?怎样穿衣吃饭?怎样开玩笑?怎样哭?怎样生气?我们不知道,但是我们看了《红楼梦》就知道了,而且《红楼梦》对于我们永远是年轻的,贾宝玉对于我们永远是十五岁的时候,林黛玉对于我们永远是十三岁,薛宝钗对于我们永远是十七岁,我们现在不会想到贾宝玉他老了,老了以后能够活到今天大概二百四十多岁,或者是变成木乃伊了,还是变成骨灰了。宝玉不会,永远生动,林黛玉永远美丽,永远苦,永远葬花,有花要葬,没花还在那儿葬,文学挽留住生命了啊,了不得啊!

第二点,我又说文学给我们营造一个精神家园。为什么呢?因为我们在精神上有需要,有向往也有我们精神上的脆弱,我最喜欢听的文学故事就是《一千零一夜》,宰相的女儿每天晚上给国王讲故事。国王受过女人的欺骗,痛恨女人,所以他每天都要结婚,第二天就把妻子杀掉。宰相的女儿嫁给了国王,晚上就给国王讲故事、给自己妹妹讲故事,国王也在旁边听着。第二天说不杀了,因为故事没有讲完。讲故事能够战胜暴力,能够战胜权威,尽管这本身就是一个故事,你真的面对着一个暴力你是不能用讲故事来解决的,一九三七年,卢沟桥事变的时候,日本军队马上就要打过来了,你说"皇军先生我给您讲故事",恐怕还轮不到你讲,就一枪把你打死了。但是它给我们这样一种理想,给我们这样一种信念,就是美好的故事能够战胜暴力,美好的能够软化一个残暴的信念。我也很喜欢一到晚上临睡觉前,妈妈给我讲故事。为什么到晚上?因为晚上临睡前,有点软弱,甚至有点害怕,在妈妈的故事当中也许他并没有听明白,但是他得到了很大的安慰,睡得很香。第二天早晨他又醒来了,多么美好。我在新加坡的时候,我讲完这个以后,新加坡的一个教授对我进行评点,他很幽默,他说我听完王蒙先生的讲话以后很心酸,为什么呢?因为他们的孩子都是交给菲律宾女佣来管。我所说的精神家园还包括我们总是在通过自己的文学作品来表达一种向往,某种价值尊重,比如说爱情。我们不管怎样,我们歌颂真情,我们歌颂永恒的爱心;比如说善良,不管怎样我们还是歌颂慈爱、愿意帮助别人、愿意给别人给世界带来美好的东西,而不是带来破坏的东西,这是一种向往,尽管这种向往你在现实当中可能做不到。你在现实当中是很现实的人,你和别人也有利益的冲突,你有时候也会嫉妒别人,有时候也贪心、有私心,但是至少在文学里面你可以设想一种博大的胸怀,可以设想一种为人类、为万民而献身。当然不是所有的文学作品都是些真善美的,也有很多作品中有的作家牢骚满腹、气势汹汹地抱怨连篇,写得很愤怒,甚至表达很多的憎恨,但是我们设想一下他为什么会有抱怨?为什么会有牢骚?真是因为他非常向往得到美好的东西,但是他没有得到,我中国的同行,有些女作家的作品说"世界上没有真正的爱情"。有的女作家甚至公开说"没有真正的爱情,只有男人对女人的虚情假意,男人都是靠不住的"。我看了以后就特别感动,她多么需要一个好的男人啊。如果说她根本就不需要一个好的男人,她怎么会有这种愤怒这种不幸感呢?即使用一种相对比较消极,乃至于用比较变态的方式表达出这种诅咒,对人的不信任,但是它背后仍然有愿望,我说它是精神的家园,就是因为它在很大的程度上寄托一种信任,就是说你有许许多多在现实生活中做不到的,你在这里得到了实现。我举一个很小的例子,《组织部新来的青年人》那是一九五六年五月的时候写的,到一九五六年十一月的时候我写了一个非常短的小说叫《冬雨》,这是怎么回事呢?当时我们还坐有轨电车,车的秩序非常混乱,你挤我、我挤你,还有人吵架,一挤不排队就不是很讲秩序,就吵架。我很叹息,因为当时我正投入文学的热潮当中,文学发烧友的状况。我觉得我们每个人都应该是很美好的、很善良的、很谦和的,见面以后很文明的,怎么这么乱吵架呢?很悲哀,这时候突然电车稍微安静了,电车里有两个小孩,那是十一月份,下着小雨,车窗上有一层雾,他们两个呢就用手指头在车窗上画画,很好玩的,后面有几个乘客就在那儿看,一边看一边感叹"他们画得真好啊",我一下子有一种得救了的感觉:是的,我们有吵架,我们有很无聊的事情在发生,但是与此同时呢,我们还有儿童,我们还有童心,我们还有童话,还有向往。所以,我就写了一篇小说就叫《冬雨》。本来是一件不愉快的事情,乘坐公共交通工具被别人踩着脚了,让人推了一下,甚至还被人偷了钱包,但是我在这些不愉快的事情当中找到了一种美好,一种希望,这样的话我在小说写出来以后我的心情平静多了。有一年我在金泽溪,也是和当地的华人座谈,有一个台湾背景的,说他一辈子也没有结婚,他说文学就是他的情人,文学就是他的上帝,并不是当宗教信仰的或归结到宗教上的。他们这种说法呢,给我一种感动。

  第三点,文学是精神的桥梁。为什么?人的精神有一种需要,我觉得人人都需要,就是倾诉的需要,就是想把经历的一些事告诉别人,想把自己的喜怒哀乐传达给别人,有什么目的?没有什么目的,我经历了一个不愉快,我不是说我没有钱帮助我什么的,但是我要告诉你,这样的例子实在是太多了,他要把自己的内心里的感受讲出来。契诃夫有两篇短篇小说写得非常好,一个是叫《老马》,就是马车夫的儿子死了,这样的话他的马车也是街上像 taxi 那种,就叫"马的"吧!坐上一个客人来以后,没走几步,马车夫就回过头来说:"老爷,我的儿子死了。"那个老爷就很讨厌,"废话废话废话,这不是不吉利吗?我刚坐上车就跟我说你的儿子死了,我知道你的儿子是谁啊?"老爷不许他说;又换上一个贵妇,他又说,"太太,我的儿子死了。""你再废话,我就下去了,不坐你的车了。"一天下来他不能跟别人讲他的儿子死了。最后晚上回去以后,把马拴在马厩里,然后就搂着马的脖子说:"老马,我的儿子死了。"这个马没有制止他,马就听下去了,而且马频频点头,表示理解。这样一个,这是很惊人的,这可笑吗？可笑的话，眼泪都流出来了，一个人需要把内心的话告诉你。还有一篇叫《万卡》，万卡在一个皮鞋铺工作，生活非常贫苦，到晚上老板睡觉以后，就给爷爷写信，写到这里生活很苦，每天夜里两点睡不了觉，四点多钟就被老板轰起来了，还要挨打、罚跪、罚我不许吃饭，第二天跑到邮局去写上"乡下爷爷收"，他不知道他们家的地址，把信扔到邮筒里了。在这让你看了以后也很心酸，但是从万卡来说总算是诉说了自己的内心生活。所以我们看鲁迅的小说《祝福》，祥林嫂到晚年变成了一个疯子一样，只知道见人就说"我真傻，真的，我只知道下雪天会有狼出来"，我们还可以找很多很多的例子。我很喜欢美国的一个小说家约翰·契佛，他写短篇小说，他死以后他的女儿写过一本回忆他的书，一上来有个题词写的是："我小的时候，遇到不高兴的事情，父亲就告诉我，你要到一个房间里跪下了去做祈祷，我再大一点，光做祈祷我还是不平静，父亲就让我写下来，写下来以后就会好一点，现在我最痛苦的就是父亲死了，所以我现在要把对父亲的回忆写下来。"写下来以后，人啊，就叫做"呦呦鹿鸣"，希望得到一种共鸣，希望一种回应，希望相互之间更多的理解，所以这一直是文学的很好的作品。因为我一直相信通过写作能够建立一座桥梁，当然你也不能把写作的力量估计得过高，因为对于拒绝沟通的人，你写得再好也没用；但是多数是好的。我就想到一九八二年我到美国参加一个研讨会以后就去纽约附近的一个葡萄园岛，陪我一起去的是一个在天津出生的美国作家约翰·科希，他还会说一点天津话，在那儿住着一位美国文坛的祖母，一位左翼的女作家，是一个剧作家，相信大家很多都熟悉她——莉殿·海伦，在"二战"时期她曾经五次到莫斯科，表示美国人民反抗德国法西斯的决心。那个时候我的年龄是五十多岁，她的年龄是九十多岁，比我的父母都要大。她就问我"为什么你要写作？Why？"我说："文学是心灵之间的一座桥梁。""那没有什么用，你说的这些没有什么新鲜的，写作能使任何人得到多少东西呢？我写这么多跟谁都不同。"当然因为她是老太太，我可以叫她半个母亲、半个奶奶了,不能够有任何的争论,但是最后临告别的时候我拥抱了她,亲吻了她,她显得很兴奋,很高兴,晚上我们回到旅馆以后就给约翰打电话说:"我今天太高兴了,我现在终于有了一个 Chinese boyfriend(中国男友)。"我就感觉到她帮助我给文学定了一个位,一个什么位呢? 就是她的作品并没有 kiss,但是她的作品起的作用的时间比一个 kiss 长,范围比一个 kiss 广,虽然她没有接受我心灵之间文学的一座桥梁的说法,但是她毕竟很快乐地接受了我的 kiss,我相信她今后也会怀抱着对中国人、中国知识分子、中国文人的很好的记忆,因为我们见面后不到一年她老人家就去世了,但是这仍然是我在对外交往中非常得意的回忆。我还要继续多多的写作,使我的写作方面的成就一定要高于 kiss 老年女性的写作。

第四点,文学是我们智力的一个试验场。人是很聪明的,人不知道有多少聪明都在那浪费了,傻子并不多啊! 我今年七十一岁,我有一个很重要的经验要介绍给大家,千金难买,就是千万别以为别人比你傻,别人都不会比你傻的,如果傻是你自己傻,但是人的聪明往往不能表现出来,你是一个小职员,你太聪明了科长不愿意啊,不要你了,你必须在科长面前傻乎乎的才能保住你的职位。前几个月连战先生访问中国大陆,还在北京大学讲演,包括港台大陆方面都有很好的反应,但是在此之前我也听台湾的一些人说,连战这个人是很没有才华没有趣味的人,但是后来看有点才华啊! 后来连方瑀女士说连战先生很本分,因为他一直是副手,他不能太表现自己的才华了是不是? 你是二把手啊! 三把手、四把手,你才华震主,恐怕你在没有上去之前早就被炒了鱿鱼了,所以有时候你根本不能或没有机会表现自己的才华。如果你才能过剩,你搞文学,文学里边你有多少才能都能装得下容得下,你有多少想象多少创造性,一句话就可以研究出一百种说法,我喜欢你、我中意你、你让我好喜欢,我想你、你让我真想啊……你可以研究出许多种说法。你有多少聪明都可以,世界上有的东西你可以写,世界上没有的事情你也可以写,我们常说许多最成功的爱情小说、最成功的女性形象,都是由老单身汉写出来的,安徒生就是老单身汉;相反的,花花公子写爱情写不好,因为他太忙了。老单身汉又想爱情又没有情人,这样他的感情、他的想象力、他的语言全部都发挥出来了,比真娶了老婆还好啊。想象力、反应的能力、设计的能力,真要写一部比较大的作品光设计你得设计多少次?他说什么话你要考虑,他头发留成什么样你得考虑,他受到侮辱是拔刀奋起抗争,还是冷冷一笑避其锋芒?所以我觉得在一定程度上文学启迪着人的智慧,一个人喜欢文学,不代表他必须以文学为职业,相反的,以文学为职业的人士很少。但是一个喜欢文学的人起码比较富有想象力,能够想象得出现实生活里没有的事情,比较富有创造性,而且文学还提供给我们一个比较含蓄的表达自己的见解和主张的方法,我们并不是要求你在文学里直接干什么,文学并不是考古指南,也不是交通规则,但是你看了很多文学作品以后你在人生的选择上,你变得更沉稳一点,你可以从事物的多方面来分析。甚至于像人们评论《红楼梦》一样。《红楼梦》对于像晴雯、黛玉、宝钗一样的角色,就是对她们的缺点也都知道,其他的是不可以搞得特别复杂,文学是可以的,一个法律的文件,合法就是合法,不合法就是不合法,是刑事案件就应该判处徒刑,应该枪决,这些都是非常清楚的。所以提供给我们一种观察思考的方法,促进我们的想象,也给我们一种表达的意思。世界上有很多的政治家有很高的文学修养,像丘吉尔的演说,林肯的演说,丘吉尔获得过诺贝尔文学奖,丘吉尔在表达上的技巧和艺术是无与伦比的,丘吉尔的名言:"我到处提倡民主,你们不要认为民主非常的好,我告诉你们我认为民主非常的糟,搞得很乱,但是没有民主会更糟。"这个丘吉尔,老家伙真会说话,这叫以退为进,表面上是退实际上是进。中国古代的政治家曹操,他的文采、他的文笔、他的表达、他的胸怀,给人以天下为己任的感觉。还有咱们毛泽东主席的文笔,毛泽东主席有时候把文学用在政治里面用得是绝了,比如说和苏联论战的时候,那是很重大的事情啊,社会主义阵营的分裂,但是毛泽东用什么说法呢?"无可奈何花落去,似曾相识燕归来。""无可奈何",什么意思?就是苏联不行了,苏联完蛋了,苏联这朵社会主义的花已经落了;"似曾相识燕归来"是什么意思呢?就是我们中华人民共和国这只燕子要起作用,这观点本身是怎么回事我没必要说,关键是这种文学的表达是前无古人的,能把这种非常复杂的政治斗争用非常文学的方式来阐发。还有林彪跑掉了,这是一个非常凶险的事情,但是毛泽东主席说什么呢?"天要下雨,娘要嫁人,随他去吧。"这变成民间文学了,原来林彪的逃亡就类似一个民间故事,你可以当做毛主席在说笑,但是它在当时的情况之下,使发生的一个凶险的事变让中国又达到了一个安定繁荣。

文学在发展人的智力,发展人的想象力,发展人的创造力,发展人的虚拟能力。我们如果经商,我们是做科学实验,我们是做医生,甚至于我们是做政治,我们不能老说假使怎样,假若怎样,回答问题得明确说。如果你是老板,你的员工让你加薪,你不能说假若我想加薪我就给你们加,不能说假若明年的利润能够翻三倍的话就给你们加一到两倍,不能这样讲话,但是文学的关键就是假若,你不但要写现实的东西,你还要写可能的东西。构思就是不断的假若,一男一女在街上碰到,一个故事开始了。但是你可以假设不在街上碰到,是在飞机里碰到会不会更好,在会场上碰到是不是更好,女生掉到海里去了,男生去奋勇相救会不会更好?那个女生被暴力分子抢劫,男生奋勇与暴力分子相斗,以至于身中三刀性命危在旦夕,后来俩人成其好事是不是更好?某种方面上说文学既是纪实的又是假设的,既反映人生的现实性又反映人生的可能性,一直到运用语言的能力,文学都在那儿。

第五点,我又说文学是我们的游戏场所。当然是一个高尚的游戏,一个非常美好的游戏。语言和文字都有游戏的部分,所谓假设的部分本身不就和游戏一样吗?你可以把它当做作品,也可以不可当做,比如说欧·亨利的小说,他设计了那么多奇巧的情节,一种情节不是和游戏一样吗？他在各种可能性当中寻找一种又吸引人，又有趣味，又让你拍案叫绝的情景。欧·亨利的小说基本上反映了人生中的不平，种种的悲哀，又让你得到一种乐趣、趣味。文学使生活变得有趣味了，文字也使生活变得有趣味了，可以打哑谜，可以正话反说，也可以反话正说，可以声东击西、指桑骂槐，你可以使你的语言开花结果生长，这样的快乐是别的东西没有的。可以不管怎样，不管我们生活在哪儿，只要我们有一份文学的兴趣，文学的牵挂，有一份对文学的追求，那对我们来说是一件快乐的事，幸福的事情，使我们获得了另外一个世界，除了我们日常生活的家庭的世界，做事公司单位机关的世界，但是文学毕竟提供了一种世界，使生活更加美好。

（作者答与会者问）

问：今天讲的主题是文学与生活，老师您刚说，可以写一些现实生活以外的东西，"如果、如果"，"可能、可能"，很朦胧的意思。那您写这些，不是现实生活迫切吗？想象和文学应该是有界限的，那这个界限在哪儿？

答：现实和想象的关系，我想这是文学和其他文字类的东西，不同且重要的一点。因为如果是档案，如果是法律，如果是文书，都不能虚构和想象。文学则不同，它允许虚构允许想象，文学里边有许多修辞就是想象的产物，你没有办法的，比如说李白的诗"白发三千丈，缘愁似个长"。那个"白发三千丈"形容一个度量，我们没法拿着尺子去量，最后证明这个白发是三千丈。"燕山雪花大如席"，雪花再大也不能大如席啊，非常难和席子一样，席子再小也不行啊！所以文学上允许夸张、允许想象。文学上的很多巧合，很多幸运性的故事，也是想象，巴尔扎克甚至说过："文学是庄严的虚构。"这个虚构不是我们说的说谎的那个虚构，但是英语里小说叫 fiction，本身就是虚构的意思；如果 fiction 放在生活当中就是说谎的意思。可是在文学里面我们已经和读者达到了一个默契，就是说我们所表达的是生活的感受,这里面主观的真实超过了客观的真实。什么叫主观的真实呢?就是有感受的真实,意思就是你不是一个愚昧的人的话,就像刚才说的"白发三千丈"、"燕山雪花大如席",像我们很多诗文里面写的那些故事,那些故事都有一种感受的真实,有一种更高层次的真实,那种真实不是一个可以用现实发生的实践来衡量的。像《红楼梦》,它里面有很多事情特别真实,像怎么吃饭,怎么猜谜语,怎么管理钱财,怎么看病,怎么办丧事怎么办喜事,过年过冬节等等,里面又有很多东西显然又是虚构的,什么女娲炼石补天,贾宝玉出生的时候嘴里含着玉,绛珠仙子这些故事,林黛玉哭泣是还泪,还有贾宝玉梦中梦游太虚幻境,所以正是这些东西是人在现实生活的感受、幻想的一个延伸,所以这个虚构这个想象并不是凭空造的,而是人真实经验、真实体会的放射和延伸。这个问题一直是文学上争论不休的问题,说文学很重要的有两派,一派是模仿派,认为文学是对生活的模仿;另一派是表现派,认为文学是自我的一个表现,这种模仿说和表现说都包含着这种想象和现实之说。

问:王蒙先生,请谈谈微型小说产生的背景,有人说微型小说不算是小说,您的见解如何?微型小说在文学上占有什么地位?

答:我想这个微型小说,本身其实不是什么特别奇怪的事,因为中国自古魏晋南北朝的时候就有笔记小说,笔记小说的字数有些比现在的微型小说的还要少,比如说写王子猷去访问朋友,到了朋友那儿不进就回去了,"乘兴而来,兴尽而返"。写这样的小小的片段,跟现在的微型小说一样,但是现在的微型小说越来越多,原因之一由于媒体发达,媒体上不适合发表很长的小说,还有当然和大家的生活节奏快,没有太多很长的阅读时间,任何一种文学体裁都不是万能的,比如说长篇小说这是文学上最具有分量的体裁,从文学史上看,很多最重要的作品都是长篇小说,中国我们讲四大才子书、四大名著也都是长篇小说,我们讲巴尔扎克、托尔斯泰都是长篇小说,但是长篇小说由于篇幅太长接受起来也有困难,长篇小说大量的文字垃圾这也是事实。微型小说也是这样,如果写得非常出彩非常好肯定也是很重要的。现在中国大陆有超级微型小说,超级微型小说是什么意思呢?就是手机小说,就是小说就在那儿发发发,按按按,敲键盘发出去就行了。前一段我在海南岛参加了一个手机小说颁奖的仪式,手机小说受到中国电信、中国联通等的支持,它们就希望能编出好的小说,你发给我,我发给你,发出去收几毛钱,中国人多啊!一下子发过了一亿条啊!一秒钟他可能给你这个写手五百元钱,但是他可以通过发短信赚几千万元。所以小说有各种各样的形式,但是如手机小说,它具有现代性,太短了,那么短的东西,不能说很大的意义,你又不能说没有意义。我认识一位原来是北大中文系的教授,他讲得非常通俗,非常好。他说数量没有意义,一辈子就写过一首五绝,就二十个字,写得再好也很难称他为诗人哪!就二十个字啊!所以,因为受篇幅的限制,分量上一篇微型小说二百字,不可能和一部二百万字、五百万字的长篇小说相比较。所以我觉得任何一种体裁,长诗、短诗、戏剧、杂文都各有它的长短,就跟使用武器一样,洲际导弹、巡航导弹有它们的威力,手榴弹有手榴弹的威力,看你怎么用。

问:王老师欢迎您到美丽的岛国印度尼西亚来,它有太平洋上的翡翠之称,希望王老师能写一两篇文章来赞美我们这个美丽的岛国。请问您对我们印尼、印华,大概怎样评价?因为我们印尼和中国的交往已经进行了三十多年,我们年轻的一代看到的中文作品可能不到百分之四,比起我们的邻国,我们印华的写作到什么地步?第二,希望您能提一些宝贵的意见,今后我们印华热线应该做些什么工作能够比上以前的形势?

答:评判我做不到,我不是考官,我没有资格,我只知道开始熟悉阅读这样一个建议,我想印华的这种写作呢,比如说和大陆的写作,和台湾的写作,和香港的写作都不同,因为我们这里的环境不同,至少受到几个方面的文化的影响,这里既有我们故乡的中华文化,又有本土的印尼文化和其他民族的文化。当然我们作为一个现代人,包括在大陆,必然会受到欧洲文明和基督教文明的影响。我是希望我们印华的写作能把自己的特点写出来,能够写出几方面混血的特点。印度我去过两次,印度的作家跟我谈,我受到很大的启发,因为大家知道印度民族部落非常多,语言非常多,英语本来是殖民主义的语言,但是英语反而帮助了各个民族之间的沟通,所以印度许多作家用英语来写作写的是本民族的,但是他们说由于他们是印度人,所以他们的英语有印度特色,印度人式的英语,他和那种 British English(英式英语),还有 American English(美式英语)都不一样。泰戈尔就是,他是孟加拉人,他就用孟加拉式的英语赢得了世界人民的热爱,也就是说语言也好,文化也好,是可以杂交的,是可以发挥自己的杂交优势的。

问:您可以说一下您最得意、最抒情表达爱情的一句话吗?让我们大家分享一下您的爱,虽然我们已经不年轻了,但是可以给我们一个精神食粮。

答:最表达爱情的一句话,这样吧,我写过一首非常短的诗叫做《友谊》,这首诗也被谱过曲子,也被翻译成欧洲的语言,像意大利语,特别的短,不到二十个字,叫《友谊》:"友谊不必碰杯/友谊不必友谊/友谊只不过是/我们不会忘记"。我不会忘记印度尼西亚、印华。谢谢大家!

问:我们今天的讲座会题目是"文学与生活"。生活本身很难懂,最近我看了一本书叫做《影响中国的一百名人物》,文化方面的和文学方面的,它写了两个人。一个是郭沫若先生,一个是鲁迅先生。我看过一本书,批判鲁迅先生,叫《把鲁迅先生放在原来的地位》,毛泽东对鲁迅的评价大家都知道。请问您对鲁迅的看法。

答:中国有一个说法,说到现代文学就是"鲁郭茅,巴老曹",就是鲁迅、郭沫若、茅盾、巴金、老舍、曹禺,这是一般社会上所公认的。但是近几年,由于各种各样的变化,海外的观点啊,有些人特别推崇沈从文,有些人特别推崇张爱玲,这都是文学上的见仁见智,教科书讲起来各有各的，但是我说的这些作家都有相当高的地位；第二，我认为鲁迅在现代文学上有特别崇高的地位，这是不可动摇的，这也是符合事实的；第三，如果有人对鲁迅的文学成就，对鲁迅的某些观点有不同的意见，这也是非常正常的。

问：王蒙先生，王蒙是不是您的真姓名？

答：我的名字是真实的姓名，但是我的名字发生过很多问题，一个是这个"蒙"字到底应该念什么？后来连中央电视台都问到底应该念什么，我就去查《辞源》，有三个读法，第一个蒙（一声），当"骗人"讲，应该不是我起名的意义；第二个就是蒙（二声），当"幼稚"讲，当"蒙眼睛"讲，这个比较中性，我也无所谓，幼稚我也承认，就是现在不太幼稚了，以前也幼稚过；第三个呢！念蒙（三声），有两个意思：一个是"蒙古"的意思，我查了一下我们祖上没有蒙古的血统，还有一个就是代表一种美德，这个还可以。但是我又和中央人民广播电台的播音员讨论过，因为那时候有一个广州军区的政委叫王猛，猛烈的猛，所以为了不让人认为我有冒充王将军的嫌疑，就让别人叫我王蒙（二声）。现在各位愿意叫什么都可以。对于这个名字确实……当时生我的时候，我父亲还在北京大学念书，同房间的还有何其芳、李长之，这都是非常有名的学者。我的姐姐叫王洒，是李长之教授起的名，是因为蒙娜丽莎，后取音"洒"，潇洒，很好。何其芳给我起的名字叫阿蒙，《茶花女》的主人公的名字叫阿虻，而我的父亲觉得加个"阿"字是上海人，什么阿猫阿狗，五十年代有一个很出名的人民代表、著名劳动英雄叫陆阿狗，我父亲不希望我变成上海人，就把"阿"字去掉了，这是事实。

2005 年

政治家的文学与文学家的政治*

政治的含义相当广泛。政治离不开文化,它本身实际上也是一种文化的表现。古往今来,政治家中许多人在文学上相当地强,也有完全不搞文学的,我今天想谈一些文学上特别强的政治家。

头一个,从曹操说起。曹操的形象受到《三国演义》,也受到戏剧、受到京剧的歪曲,总觉得很白的面孔、奸诈。如果你琢磨他的作品,会得到完全不同的结果,会觉得他才华横溢,雄筹大略,视野开阔,忧国忧民,又能指挥大战,这人简直是世上少有,他打过败仗,可谁没有打过败仗呢?他的有些作品质量非常高,"对酒当歌,人生几何?譬如朝露,去日苦多,慨当以慷,忧思难忘","山不厌高,海不厌深,周公吐哺,天下归心"。非常高的志向,他想做周公,他当时还没有取汉朝的皇帝而代之的心,所以他把周公辅佐皇帝,实际上代行皇帝的最高领导权作为他的一个愿望。"山不厌高,海不厌深"说明了他无尽的追求。还有一首就是毛泽东所喜欢的"东临碣石,以观沧海……秋风萧瑟,洪波涌起"。写景,曹操的气势也和一般的人不同。"日月之行,若出其中,星汉灿烂,若出其里"他这慷慨的感受,他感受的是日月星汉,灿烂的星汉,他面对的是世界,面对的是宇宙,用现在的一个流行的说法是:他在和宇宙对话,他在和宇宙交流。还有一首最有名的诗"老骥伏枥,志在千里",这简直不得了,"烈士暮

---

* 本文是作者在国防大学的演讲。

年,壮心不已",他所说的烈士倒不是现在的殉职以后的烈士,而是壮烈之士,即使在他的暮年,仍然有一种雄壮的气势,有一种雄心壮志,这太难得了。从他的诗中我们可以看出他的英雄气概,他作为一个像山一样高,像海一样深,要做一个天下归心的大政治家,要在他的诗中表现这些,他没有更多的政治理念,在那个时代,那个时候对国家、民族这些概念都没有形成,人民群众不能那样要求,不能按我们先进性的要求,所以在他的政治理念中,我们可以看出他的局限。曹操的诗中还有一点值得注意,就是他的那种壮烈,那种进取,他并不完全排除孤独感,及某些对人生的悲凉的感受。"慨当以慷,忧思难忘","譬如朝露,去日苦多",就是说人生是短促的,像朝露一样,"何以解忧,唯有杜康"。从曹操的事例,我们可以看出,他同样是一种悲凉的和孤独的,因为他是英雄史观,他必然是感到孤独的,他不是人民的史观,他不能和人民群众打成一片,他有孤独感,但这种孤独感,在不同人的身上可以有不同的走向,在某些人身上它可能变成一种消极的颓废的及时行乐,在纯文人身上就可能变成,像李白一样的及时行乐,但曹操不是,因为生命是可贵的,光阴是无情的。我们看到了大海,看到日、月、星、汉,所以我要有海一样的胸襟,我要做出自己能做的最大的业绩,这些他都有点觉悟。

历史上,曹操以后,文才风流的领导人没有人能和毛泽东相比。毛泽东的作品我随便拣几首,我个人最喜爱的词,一个是他年轻时候写的《长沙》,"独立寒秋,湘江北去"。特别要讲一下重庆谈判时毛泽东发表了他的《沁园春·雪》,引起了极大的震动。到现在一些英美的中共党史专家也非常强调《雪》这首词的意义,尽管他们的观点我们不可能完全接受,但可以思考。他们说历史上这些政治领袖,基本上靠三个东西:一个就是靠一定的法理的程序也就是选举,不论是直接选举还是间接选举、议会选举;第二个就是靠继承,有一些君主制国家,就是靠继承;第三个就是靠个人魅力。毛泽东就是靠个人魅力而成为政治领袖的领导人。我举出这样一个例子,毛泽东到达重庆后,同时发表了《雪》,"北国风光,千里冰封,万里雪飘。望长城内外,惟余莽莽,大河上下,顿失滔滔"。这大家都很熟悉,奠定了使中国的知识界佩服乃至崇拜他的基础。诗词歌赋在中国古代是作为风花雪月,雕虫小技,壮夫不为,到了毛泽东那成了他政治斗争中的一种武器,一种新式武器。一个政党,一股政治势力,一些政治人物,他们在走上坡路的时候,他们的语言文学充满了一种锐不可当的气势,而他们在走下坡路的时候,他的语言文学在退化,他的表达能力在退化,他们的感情在退化,他们的创造性在退化,他们的想象力在退化。而毛泽东有表达的能力,煽动的能力。你看他的诗词"粪土当年万户侯","中流击水,浪遏飞舟","俱往矣,数风流人物,还看今朝"一下子上去了,身上的火就被点起来了,有动员的能力,有说服的能力。毛泽东诗词中最精彩的也是我个人最喜爱的,"西风烈……苍山如海,残阳如血"。这可不得了,"残阳如血",那是在严酷的血腥的斗争中写出来的。所以才有"残阳如血"这样一个令人震惊的论述,这绝不是文人骚客的那种面对夕阳"今宵酒醒何处"那种。

我再讲一点外国的例子。很可能他们的政治观点与我们有相当多的不一致,但我们也可以研究研究。丘吉尔,大家都知道"二战"中英国的首相,反法西斯非常之坚决,但"二战"一结束,反苏反共他又是最坚决的,是强硬分子。这个人文字非常好,他说,他这一生是做文字工作,如果找对字句,就有找到钱一样的快感。丘吉尔获得诺贝尔文学奖的时候,瑞典皇家学院宣布给他奖的理由是,他的《第二次世界大战回忆录》和独具特色的演说。这是特例,因为按道理,诺贝尔文学奖是不能给演说发奖。它应该给书面的东西,我们讲的文学是书面的东西,但人们普遍认为,他的演说在遣词造句文学修养上是非常特殊的,他把演讲的功用提高到了一个不可思议的高度,以至于在英语世界还有一个称号叫做"丘吉尔语言学"。西方世界还分析说,欧洲的政治家里最善于演说的有两个人,一个是希特勒,一个是丘吉尔,这两个是死对头,可他们都是罕有的语言魔法师。希特勒的特点，借用语言的煽情功能，将之命令化，他说出的每个字都像命令，让你除了听他的以外没别的可说；而丘吉尔的语言注意的是聪慧，是能够让人在语言中和你产生共鸣，而且能提升你的智慧。丘吉尔在外国的政治家中语言文字上的造诣也是非常少有的。我们下面再引用一个共产国际的领导人之一，保加利亚共产党的一个主要领导人季米特洛夫。季米特洛夫名气非常大。延安时期，在供干部学习的党风文件当中，有一篇文章叫《季米特洛夫论宣传鼓动》。他是第三国际执行局的书记，他的演说，语言之漂亮，火力之强，他的语言的杀伤力，他的语言的克敌制胜的力量，在任何时候都让人感到不得不佩服。西亚的政治家中也有，其中就有萨达姆。他写了好几部小说，萨达姆的小说，经常用比喻的方法，他用美貌的阿拉伯少女代表伊拉克，用行暴者、强奸犯代表美国，代表美英联军。萨达姆有一篇小说《男人与诚实》有点意思。这部小说相当地刻毒，相当地深刻，相当地带有嘲讽的力量。小说讲述一九四一年伊拉克南部一个部落酋长去邮局向一位阿拉伯军事首领发贺电，祝贺他政变成功，但路途遥远，又遇上下雨，这个酋长两天后才到了邮局。邮局的人告诉他皇室已重新夺回了政权，并击败了叛乱的军人。这个酋长立即改变主意，给皇室发了一封贺电，祝贺平息了政变，反政变成功。这个故事太可怕。"文革"后期我们反对"风派"，天下老鸦一般黑，这个故事挖苦得相当厉害。萨达姆的这个小说，我总觉得它有相当的穿透性和反讽性，《男人与诚实》这部小说写得太好了。

　　我举这样一些例子，来说明有各式各样的政治家，因为他要用这种手段，包括文学的手段，来传播他的观念，他的追求，他的主张，他的愿望；还因为，文采的手段有助于一个政治家动员一个国家，动员大众，说服犹豫者、彷徨者；还因为这种文学的手段，文学的能力，对政治家的形象不无小补，有时候还有很大的好处；还由于文学对人的精神能力，对人的智力、情感、人格，对你的想象力，你的创造能力、创新能力，有促进的作用；还有文学对政治家，这种精神能力的推动、促进。

那么,文学有没有对政治家有反作用的时候,起负面作用的时候呢?看起来也有。因为它太感情,过去的说法就是文学压抑神经末梢。我们可以举出好多这样的例子。文学上特别有才能的领导人、君主,能找出好多来,如南唐宗主、后主,李璟和李煜。李璟就是"菡萏香销翠叶残,西风愁起绿波间……"的作者;然后是后主,后主的词更好,更有名,"帘外雨潺潺,春意阑珊","问君能有几多愁,恰似一江春水向东流","林花谢了春红,太匆匆"。写得特别好,特别感人。诗写得好,词写得好,但是不懂治国,更不会打仗。所以过分地文学化,不一定是好事。

我再讲一些文学家特别热衷于政治的例子。在中国非常地多,这个很可以理解,因为中国的读书人,所谓的仕人从来就把"修身、齐家、治国、平天下"作为自己的人生最高行为,所以中国好多文人一心想对国家的政治,对朝廷——在封建专制国家,对朝廷就是对国家。韩愈就是这样的,韩愈是"文起八代之衰"的大文豪,影响很大,那个时候对韩愈是非常尊重的。但是韩愈的政治很坎坷,因为他不同意迎佛祖。晋唐以来,佛教在中国日盛,说佛祖来了,不惜劳民伤财,用很大的声势,很大的开支去迎佛祖。韩愈是反对的。韩愈只相信孔子,只相信儒家,他反对迎佛祖,得罪了皇帝。早晨他把意见书送上去,晚上就下令把他充军,打发走了,他的诗里记载过这个,所以说韩愈在政治上没有什么成功。往更早说,李白,更不成功。李白参加了宁王的造反,几乎被杀了头。李商隐的诗也写得非常好,但他这一辈子很不得意,他的所有的诗里都有悲哀的感情。李商隐二十多岁去参加考试,失败,他写下诗叫做"忍剪凌云一寸心"。二十多岁,他就这种情绪啊。很多人喜欢李商隐的这句话,将李商隐说成是封建制度的受害者。李商隐诗歌的好处,就是非常细致,把这些消极的情绪,悲哀的情绪,失望的情绪,纤细摇落的情绪,心都被剪子剪了的情绪变成一种审美的对象,非常美,这起到了解毒的作用。

在现代，我们知道，很有名的就是"左联五烈士"，有胡也频、柔石、殷夫、冯铿、李伟森，他们积极地参加革命运动，参加政治生活而献出了自己的生命。柔石写过很有名的《二月》。《早春二月》电影就是根据这个小说改编的，还有《为奴隶的母亲》等作品。胡也频，原来是丁玲的翻译，从一九二四年就开始秘密革命，写过《到莫斯科去》《风雨在我们的前面》。殷夫，也叫白莽，一九二四年左右开始写诗，是一个无产阶级的革命诗人，鲁迅曾经充满了感情地来评述殷夫的诗歌。李伟森，主要写杂文，编写《革命歌集》，还翻译过陀思妥耶夫斯基，也做过一些文艺短评和零星的翻译。他不是"左联"的成员，但他第一号被枪决。所以被称为"左联五烈士"。鲁迅对"左联五烈士"，对这些积极参加革命在革命斗争中献出了宝贵的生命的作家是非常有感情的。鲁迅在许多文章中赞扬"左联五烈士"的为人，并且高度肯定、评价他们在文学上的成就。

我再举一些外国的热衷于政治的作家的例子。南非革命家戈彼谟，他写过大量的作品来反对种族隔离，反对种族歧视，来支持曼德拉。曼德拉活着，将他变成一面旗帜，黑人解放斗争的旗帜。而且戈彼谟他曾经由于帮过黑人说话，被囚禁过，和那些黑人的反抗者关在一起，他这种崇高的同情被压迫者，同情黑人，同情被压迫的民族的精神被高度肯定。最近我看到一些材料，他现在年岁大了，身体也不好，可他的心情更坏，面对许多新的情况，戈彼谟没办法表态。所以说，政治是复杂的，在某种意义上说，政治是比较现实、比较实际的，而文学有很多想象的东西，有想象力，具有理想性，正是由于理想性，文学它具有批判性，对现实的许多东西进行批判。像戈彼谟这样的作家，他参加了争取南非黑人争取解放的斗争，我认为这个完全正确。但他面对新的问题，也就是说，黑人已经取得了独立，他们怎样能把这个国家建设得好，那么戈彼谟他岁数很大，心情不好，他很可能回答不了这样一个历史的新的挑战，新的问题。

高尔基他本身就是积极参与政治的作家。很早就有一个争论，他写的作品里最符合布尔什维克党所领导的革命要求的就是《母亲》。但有些人认为,他的《母亲》从艺术上说,写得不细致,有些粗糙。我回想我年轻的时候,作为一名青年作者,常常受到周扬同志的教诲,周扬同志常常给我们讲:"这就是无产阶级革命家和资产阶级革命家的区别。"在高尔基的作品的问题上,列宁的意见和普列汉诺夫意见是相矛盾的。列宁认为《母亲》写得好,是一个很合时宜的书。但普列汉诺夫却说,它不是一个很合时宜的书,是一个比较粗糙的书。但高尔基所设想的共产主义革命和实际的苏联革命之间差别也很大。所以,我们知道在苏联十月革命的初期,高尔基和列宁之间发生过几次严重的冲突,严重的口角。高尔基认为当时很多镇压反革命呀,许许多多的政治都太"左"了,他经常要为一些所谓的资产阶级知识分子说情,但从总体上来说,高尔基他还是站在苏维埃这一方面的:他写的《祭列宁》,对列宁的评价非常高。后来,他和斯大林的关系也很好,而且被苏维埃称为模范作家,还当过中央委员。他应该算是比较成功的,当然,最后对于他的去世,又有各种说法。对于文学家投身于政治,我们今天应该怎样看,这看法也是不一样的,现在很时兴的一种看法,就是文学家你就不要管政治,你那样的话才是最好的作家。政治并不是你的特长,最后文学也没有搞好,政治也没有搞好。但我们认为,文学家有各式各样的情况,不能笼统地要求所有的文学家同等程度地关心政治,但是有一部分文学家,他们忧国忧民,他们关注社会,关注国家、民族、人民的命运,这是很自然的事情。法国的雨果,他也很关心政治,他写的《悲惨世界》,揭露法国社会,对司法制度里存在的许多社会问题作了深刻的揭露。英国的狄更斯,也很关心政治,狄更斯有一个最得意的事情,就是他的一些书,后来被英国修改和制定了《童工法》。在狄更斯的书里面,描述了英国在产业革命初期,童工极其悲惨的命运。由于他的书,英国的议书制度,修改了关于童工的法律。我们还可以看到一点,一个关心人民、关心祖国、关心人类、关心自己的民族的这样一个作家,他写的东西比较大气，很有气魄，很有境界，这是第一点。

　　第二点，文学家对政治最大的悖论，最大的矛盾，最大的麻烦，就是文学家，他偏感情，他偏于想象的色彩，他对社会的想法，感性力很强，他想象的地球是个乐土，他想象的是人人相爱如兄弟，他想象的是人和人绝对是平等的，他想象的是每个男人都英俊，每个女人都有魅力，每个人都健康，都长寿，每个老人都幸福，每个儿童都很茁壮，如果一个作家连这样一个愿望，这样一个美梦都没有，何必谈写作呢？但是，政治太现实，政治中会有很多妥协，很多理想在实现以后，和你当初想的已经不一样。理想之所以是理想，就因为它还没有实现，在它实现以后就和你原先想的有很多不一样。而文学家呢，用词夸张，喜欢强调某一面的一个道理。

　　所以，我觉得无论是从政治家的文学，还是文学家的政治，我们都可以看出，政治社会，不可能完全脱离开文学，文学的作用非常地大。反过来，我们又会清醒地看到，文学不能和政治完全等同起来，它有自己的特点，运用得当，它会起很好的作用，运用不当，它会起负面的作用。文学家本身就和政治家不一样。我今天主要是向大家提供一些资料，提供一些各种各样的情况，这些情况本身，也没有什么可比性，接触到一点东西，多看到一些情况，有助于开阔心胸和发展我们的精神。

2006 年 3 月 31 日

文学的说法*

当代文学从一九四九年至今五十七年,是一个很长的时期,从"文化大革命"结束以后,或者是从党的十一届三中全会以来,也已将近三十年了。我讲点什么呢?我想把这三十年的有关文学的一些说法回顾一下,有关这三十年的文学状况。我说的是一些很轻松的说法,不是经过正式概括的,或者是一些经过学术上定论的概念。

但是文学就是一个很活跃的现象,说好的说坏的,这么概括的,那么概括的,说法非常多。所以我就把这个整个过程回顾一下,其中有些说法呢,是被,至少是被做这个方面工作,在这个领域的人所承认的、所公认的。也有些说法呢,一部分人承认,一部分人不承认。还有些说法只是我个人的一些想法。我要讲到的说法很多,有二十几种,所以呢,我也不可能每一个都讲,有的我们共同回顾一下,我觉得挺有意思。

我先从什么说起呢?从"伤痕"说起,说起那个"伤痕文学"吧,比较有代表性。是一九七七年十一月,离现在二十九年了。一九七七年十一月在《人民文学》杂志上发表了刘心武先生写的《班主任》。

在一九七八年初,在《文汇报》上还发表了卢新华写的《伤痕》,所以称之为"伤痕文学",它主要写的是"文化大革命"给人带来的伤痕(尤其是心灵的创伤),带来的愚昧无知,带来的人和人之间关系

---

* 本文是作者在重庆师范大学的演讲。

的恶化,带来的文化教育上的倒退。类似的作品还有很多。我们现在回顾一下,一九七七、一九七八年,当时短篇小说很响的那些作品都是这样。刘心武的《班主任》,陆文夫的《献身》,张弦的《记忆》,还有后来很快发表的从维熙的两个中篇小说《第十个弹孔》《大墙下的红玉兰》等等,都写的是"文化大革命"的荒谬,写的是对人造成的伤害。还有一些根据文学作品改编成的电影引起过轰动。像电影《小街》,在座的很多人都不知道这个电影,已经三十多年过去了。对这种"伤痕文学"一上来就有争论,一个争论就是认为"伤痕文学",会不会从政治上造成一种对现行体制的恶性冲击。那么第二个争论呢,就是在艺术上这些作品是否成熟。我想这些讨论都不是全无根据的。但是"伤痕文学"在当时引起那么热烈的反响,是今天所无法想象的。刘心武的几篇小说,现在的人看来写得并不是特别完美,他本人也并不认为写得特别完美。但是他的小说前前后后光读者来信他就收到三千多封,而且他还从这些读者来信里选出几百封编了一个集子。这在今天是不可想象的,在任何地方都不会有这种事。

那么第二个呢,我就要讲到,很快就有人提出来,就是把"文化大革命"的反思向纵深延伸,所以就有当时所谓"反思文学"。像鲁彦周写的《天云山传奇》,这是因为拍了电影,电影拍得很成功,也得了奖,所以有很大的影响。就是写到了不仅仅是在"文化大革命",还在历次的政治运动中所造成的一些伤害。比如说像在宁夏生活的作家张贤亮写了一大批作品,有《绿化树》《邢老汉与他的狗》,比如说像中杰英写的《罗浮山血泪记》。有许多这一类的作品,就是什么以阶级斗争为纲啊,这个没完没了的对人的折磨啊,不信任啊,造成的悲剧。所以这个"伤痕文学""反思文学"都引起了强烈反响。

我还要提到当时的所谓"改革文学",这已经是十一届三中全会以后了。尤其是一九七九年、一九八〇年后有所谓改革文学。像蒋子龙写的《乔厂长上任记》,写一个厂长,这个厂长叫乔光朴,他当机立断,快刀斩乱麻,他看到了当时国营企业的许多积弊,要采取很强硬的手段,不惜付出个人的代价,转变企业亏损、瘫痪、停滞不前的局面。用这种改革的文学表达了人们对生活的一种新的思路,新的举措,新的局面的愿望。

我在这里开个玩笑,这个文学的改革比实际的改革毕竟还是要容易得多。你要写一个很棒的厂长,看得人回肠荡气,这个很容易。和你真正到一家企业去当一个厂长,这不完全是一回事。我有一个亲戚,他在"文化大革命"中也是被折腾得很厉害,然后"文化大革命"以后才好容易恢复了工作,当了一个小领导。这个时候他从我这里看了《乔厂长上任记》,看了以后他兴奋极了。他就决心要像乔厂长那样地工作。大公无私,铁面无私,运用铁腕改革各种的积弊。他用这个方法工作了不到半年,就被单位的人轰走了。所以这个文学作品,它毕竟不是一个操作要领,完全按照文学作品的那个方法去做,很多事情不一定成功。

在这完全不提自己,好像自己没写过似的,这不是我的真实心意。所以我就老王卖瓜——自卖自夸,美其名为"转机文学"。

这时候又出现了所谓的"寻根文学"。它开始稍稍地离开了"文革"啊,"反右"啊,阶级斗争啊,斗过了啊,斗错了啊,冤假错案啊这些。而更多的是从我们这个民族的文化之根来寻找我们的命运的密码。为什么我们中国人,伟大的中华民族有那么悠久的历史,有那么顽强的生存力量,有那么独特的文明,但是又总是那么屡弱,简直是走了惊人的弯路。这个韩少功是这里边非常突出的一位,而且他直接提出了"寻根"这样一个口号。最早这已经是八十年代往后走了,一九八四年、一九八五年他又写了《爸爸爸》。这个《爸爸爸》也引起了很大的重视。他写一个人叫丙崽,这个丙崽就会说两句话,一句就"爸爸爸",逢人就叫"爸爸爸"。第二句话就带一脏字,我们就说"×"吧,就是"×妈妈"。写那种让你感到恐怖的一种愚蠢,那种可怖的精神面貌。以至于前不久才去世的老作家严文井看完《爸爸爸》后,甚至写了一篇文章,说他自己也是一个丙崽。从那种麻木,从那种迟钝,从那种对事情就是两种——要不是管人叫爹、要不就是骂人,看到我们身上的一些毛病。当然,我们很容易从《爸爸爸》想到鲁迅先生写过的《阿Q正传》,那也是一种麻木,让人无助,让人不成样子。那么韩少功后来还写了《马桥词典》,写了在湖南的某一个地方,那种接触有限,半封闭的地方的各种风俗习惯,各种见解,各种特殊的语言。我们还可以提到山东的作家张炜写的《九月寓言》,我们可以想到王安忆写的《小鲍庄》,一直到莫言的一系列的作品。这些作品我觉得或多或少,或自觉或不自觉,或无意识地,都受到了加西亚·马尔克斯《百年孤独》的影响。所以拉丁美洲的魔幻现实主义,拉丁美洲的文学爆炸,它对中国的作家,中国青年作家的最大启发,就是我们所感到遗憾的经济的落后,技术的不发达,科学的不进步,迷信、愚昧、保守、奇风异俗,这些东西到了文学这里都可以变成上佳的文学材料。你的经验里越有奇怪的越好,越怪的事越好。你每天吃馍馍,每天吃干菜,这个不稀奇。如果你那个地方还吃草,你不但吃草还吃苍蝇,你不但吃苍蝇你还吃蚊子,你不但吃蚊子你还吃石子儿,哎哟,这个可以成为非常奇异的文学材料。原来人的文化,人的生活,不是你所知道的那些最一般的,还有许许多多的稀奇古怪的话题,还有巫术,神汉,还有算卦,它这个文化艺术和别的艺术一些不同的东西。为什么它是魔幻现实主义呢?也就是本来今天我们看来是迷信的东西,反科学的东西,最后它都变成了在文学当中很迷人的东西,变成了哭笑不得但是看起来非常有趣的东西。它变成了趣味,变成了刺激,变成了一种对想象力的激活。欧洲就有人评论,说加西亚·马尔克斯,他开了一条大路。所以我们国家有许多青年作家非常地崇拜加西亚·马尔克斯。莫言先生到现在提起加西亚·马尔克斯来都是作五体投地、浑身发抖的那种激动样子。另外就是一个捷克的作家,写那个《生命中不能承受之轻》的昆德拉。就是昆德拉把这个东欧极权统治的经验化作艺术的材料。中国就有一个在八十年代中期一直到"文革"之后的"寻根文学",也有相当的成绩,有些也归纳到这里。

我又觉得很好玩,所以我又临时杜撰了一个叫"新异小说",就是它更少地去描写那个历史所留下的重压,而更多地描写在改革开放的年代生活的年轻人,他们要求有新的生活方式,有新的审美趣味,有现代价值追求,有新的尝试和实验的可能。我这里特别提到铁凝的《没有纽扣的红衬衫》,它里边写一个主人公,表达新的年轻人的勇敢,不被各种有形的、无形的精神枷锁束缚。我现在问一下,在座的有看过《没有纽扣的红衬衫》,作协的不算,请举手。三、五、七,不错不错,有八个同学看过,但毕竟已经是时过境迁了,它已经是过去的了。后来这个广州、深圳一带,出了一位年轻的女作家叫刘西鸿,知道刘西鸿的请举手,哎呀,有一个,我一定告诉刘西鸿,还有人知道她。因为她现在法国,她后来和一个法国人生活,在马赛。她写了一篇《你不可改变我》,从这个题目我们就可以知道她要张扬她的个性。《黑森林》,我是从这个词的最好的意义上说的,她写得非常时尚,你感觉她写的年轻人啊,不是进高级的咖啡馆,就是进高级的酒吧,不是喝意大利式的咖啡,就是点法国式的糕点。而且你不可改变我,我们要自己的生活。

常常和刘西鸿的一系列作品放在一起的,但是和我刚才说的铁凝、刘西鸿她们又不太一样的,我就特别想起余华写的《十八岁出门远行》。看过余华的《十八岁出门远行》的请举手,啊,这么多,余华这小子真高兴,很多,比刚才的多得多。这《十八岁出门远行》甚至是不容易解释的,它里边带有幻想啊,但是它也表达了在改革开放年代,在十一届三中全会以后的年代,在一个相对要开放得多的社会里边,一个年轻人他要求去闯练,他希望经历一些莫名其妙的事情。他并不认为每一件事情都可以做出一个准确的解答,一个解释,每一件事都有一个很明确的标尺。这是很好玩的。

然后第七点,我想讲,也就是在一九八二年、一九八三年、一九八四年的时候，以《文艺报》为代表、为领导，曾经出现过一个对当代文学的指责，就是说现在的文学热衷于写"小人""小事""小男""小女""小花""小草""小猫""小狗""小悲""小欢""小喜"，这是忽视了历史的重大转折，忽视了时代的重大题材，有过这样的一种争论，有过这样的一个批评。也有人提出，说你说了这么多"小"，你还落了一个"小"——小说。因为小说是文学，如果按照你写的，我建议，把小说改成为"大说"，每期刊物上三篇大说，四篇长诗，五篇中论。所以这个问题大家不会有结论，我们现在讨论这个东西，我也不想做一个批评。是不是在八十年代中期，出现了把文学过分私人化的倾向。这个呢，在我们国家源远流长，就是批评这种写小事情，所谓"杯水风波"。后来为了这个"杯水风波"，铁凝写过一个短篇小说，就叫《杯水风波》。在六十年代出现过对王安忆的母亲茹志鹃的批评，说茹志鹃写来写去都是家务事，儿女情。你可以写社会啊，写三峡工程啊，西电东输，南水北调，至少是抗战打鬼子。写来写去都是家庭事。后来大概是茹志鹃不服吧，"文化大革命"结束以后，她还写了两个短篇小说，一个短篇小说叫《家务事》，一个短篇小说就叫《儿女情》。所以现在家务事也有了，儿女情也有了，"杯水风波"也有了。

还有人批判过鸳鸯蝴蝶派。就是一九八〇年，我想是第三期或是第四期，请你们查一下，《十月》杂志上正好登了两个中篇小说，一个就叫《鸳鸯》，还有一个鄙人写的《蝴蝶》。那个编者特别高兴，就是这回你看正好赶巧了，又有鸳鸯啊，又有蝴蝶啊。所以这里头，文学的事情，仁者见仁，智者见智，很难得出一个结论。文学的事情还常常如瞎子摸象，摸到鼻子的就说大象是一条绳子，摸到耳朵的就说大象是一片树叶，摸到象腿的就说大象是一根柱子。文学常常这样，你说一个作家，他如果写了一辈子，他写的就是小男小女小花小草小盆小碗小鼻子小眼，这好像有点遗憾。但是另一面，文学它的特点是以小见大。我们讨论一下"小说"这个词，它一开始当然和现在不一样,它最早出现在《庄子》,它指的就是和那个鸿篇大论有区别的东西。所谓稗官野史,讲一点街谈巷议,传闻故事,它就是这么来的。所以笼统总批评"小"的会使很多人不安,如果干脆反过来提倡写"小",咱们写得越小越好,这个也使很多人不安,尤其是使领导不安。都去写小事了,怎么办,大事谁写啊,大事总要人来写啊。

那么在这个批评、讨论"小男小女"的时候,还出现了一个说法,就是关于作家要不要深入生活。因为从一九四一年延安文艺座谈会以来,毛主席就说一直生活在上海亭子间的作家——针对的是一大批左翼作家,都是从上海的亭子间来到解放区的——他们应该到工农兵当中去,应该和最大范围的老百姓生活在一起,要体会这个生产斗争,体会这个阶级斗争,尤其是要体会这个军事斗争。因为那时候处在抗战时期军事斗争最艰苦的时候。所以我们中国一直有这个传统,或深或浅吧,我们不断地组织一些作家,或者是提倡作家,能够到处多走走,多看看,在某些地方还能蹲下来,挂职,还能干一份工作。可是在八十年代中期,当时刘心武写过一篇文章,叫做《挖一口深井》。意思说他比较熟悉的是城市生活,是城市市民和中小知识分子的生活。我不可能到处去掘井,我不可能跑到工厂去掘一口井,我也不可能跑到边疆去掘一口井,我也不可能跑到这个战争前线掘一口井。所以他提出要掘一口深井。这样就引起了包括在作协工作的一些同志的不满,就批评他这个"挖一口深井"的说法。而且指出"挖一口深井"的结果呢,是使写作越来越捉襟见肘。刘心武他这"深井"的问题我不好做出判断。但最近刘心武很红火,是因为他这个《揭秘〈红楼梦〉》,出了两本都卖了四十多万册。这红学家一个个气得不得了,都是我的朋友啦,包括冯其庸先生啊,李希凡先生啊,都是我的好朋友(刘心武也是我的好朋友)。整个红学界几乎都声讨刘心武:不合乎学术规范,瞎猜谜儿,还有知识性的错误很多。但是人家爱听你怎么办,很多人爱听,爱听他侃这个《红楼梦》,而且他的书读的人很多,所以他这口"深井"挖着挖着,一拐弯儿就挖到了曹雪芹的"大观园"里边去了。对这个问题,作家也各有各的说法。

在这"挖深井"的时候,还出现了一种"三无小说",无人物,无情节,无故事。这个非常抱歉,我也很不好意思,这个"三无小说"里边好像指的就是鄙人。我写过有这么几篇,比如像《致艾丽丝》,比如说《铃的闪》。后来还写过一个《小说瘤》,把这个写小说的比喻成长瘤子,衮衮诸公看完以后感到不安,不知道王蒙吃错了什么药。其实我也无意于在小说里写成"三无小说",我没有那意思。我绝大多数的小说都是有人物、有情节、有故事的。但是,我觉得小说还是可以各式各样。中国小说的式样并不是太多,而是太少,我们可以看一看世界各国在小说上的尝试。那是一种对精神空间的探索、开拓,也是对人想象力的一种开拓。

然后我再说一批"怀旧小说"。这个叫不叫"怀旧小说",我还说不清楚。就是这些年我们大家都在讲改革,尤其有一个词叫"开发",到处都在开发。但是作家和经济学家、企业家不同,他是一批有时候找别扭的人。你搞开发吧,他老是怀念不发达时期,因为从审美角度,有时候不发达比发达还可爱。"采菊东篱下,悠然见南山",不是太发达,在篱笆下采菊,悠然见南山。"种豆南山下,草盛豆苗稀",这很美,但说明他种豆种得很差,"草盛豆苗稀",你应该拿个锄头把这草除掉啊,撒一点除草剂啊,可是这种情调呢,它很优美。相反,你如果非常先进,它反倒不优美了。"敲键荧屏下,悠然见博客",没有什么悠然啊。

有一次我去医院讲课,我说你们很先进,先进了缺少美感怎么办。"操刀灯光下,悠然见病变",它不对。这个作家有时候老找人生的遗憾,就是李杭育写的《葛川江》系列,其中有一个写得最好的,也是得奖的,叫做《最后一个渔佬儿》。就是现在捕鱼的也越来越先进了嘛,有着柴油动力,有机帆船,有大规模的捕鱼船,有各种渔网。但这最后一个渔佬儿呢,他一个人坚持没变。他自己划着一只破船,在葛川江里头来抓那么一两条鱼。它很优美,它这样的一种生活方式在逐渐地成为过去。张炜还写过一篇叫《一潭清水》,也给他发了奖。《一潭清水》写农村的一个小男孩,他无父无母,但人极其聪明极其可爱。他的绰号叫"瓜魔",他特别善于吃西瓜。两个大西瓜搁在他旁边,你转眼就愣了,转一下身他两个西瓜就吃完了。他有特殊功能,人体特殊功能,西瓜到他嘴巴就像吸进去。这个我倒可以和各位交流经验,因为我在新疆待过多年,那新疆会吃西瓜的人哪,真是翻江倒海,他吃起西瓜来啊,你就看着它这瓜子儿噼里啪啦往外吐。而且他这瓜子不往外倾,他这个脸上啊,这个嘴唇上,下巴上,这些地方全部都是瓜子。吃瓜他靠吸,他不需要嚼。那个成语叫鲸吞什么的,就是像鲸一样可以把船吸进去。所以他就可以把一个瓜吸进去,然后把瓜子贴在脸上,吃完后一抹,完了。这"瓜魔"他无父无母,但乖巧可爱,所有养瓜的人……这个我也在新疆养过瓜,晚上看瓜的寂寞,就搭一窝棚,你要不看瓜的话你就不知道来多少人偷瓜,你要看瓜的话你就可以有意识地找你几个朋友一块来吃瓜,这比起撒开来让大家偷还要好一点。所以那些看瓜的人很寂寞,这个"瓜魔"一来很高兴,一边吃着瓜一边聊天。大家都拿着他当自己的孩子看待。但是后来呢,包产到户了。包产到户他再去吃瓜,这个看瓜人他真着急,你吃的瓜不是队里的瓜了,你吃的是我的瓜了啊。那时瓜还很便宜,比现在便宜得多。我们假设三毛钱一个,你一会儿吃了一个,我这三毛钱就没了。吃了第二个呢,六毛,你吃了五个瓜,一块五没了。所以慢慢地,这看瓜人不欢迎他了。他和看瓜人之间产生了隔阂,产生了利害冲突。这由于承包,人和人之间最美好的感情没了。其实在我们小说里头最早写承包的是《红楼梦》中的探春,"三套马车法治"时期,探春就搞过承包。搞了承包以后,这个薛宝钗的丫鬟莺儿,到她那儿揪柳条编篮子。这也很美好,你想想,由薛宝钗的丫鬟,这个小女孩,十五六岁,春天的时候揪下柳条来编一个很好看的花篮,多么美丽,多么浪漫,多么温馨。可是负责承包的就来了:哎呀,别糟蹋。承包以后,这人和人之间就增多了利害的计较。张炜后来还写了很多小说,都有这个主题。在张炜的小说里,没有比"开发"两个字更丑恶的。只要一开发,完了。你想想,你们家本来很穷,但是关系也很好。现在开发商跑你们家开发了,你们家完了。我说这个话丝毫不等于我说有一批作家,像李杭育,像张炜,他们是反对改革开放,反对发展生产力,不是这意思。但生活当中它有这种悖论,就是你从我们的建设发展是硬道理,提高国民生产总值,从这个角度来说,我们是欢迎开发,推进开发。但是我们确实又常常在历史的迅速前进当中,变革当中,我们发现一些美好的东西,正在离我们远去,这是事实。那么提出这一问题的人还说了,更早的契诃夫的《樱桃园》。那个话剧最后结束的时候,就是开发商用斧子在外边劈,把所有的樱桃树砍遍了。那个束手无策的老地主在那儿等待着自己的灭亡。美国的电影《白玫瑰》,在得克萨斯州,就是乔治·布什的家乡,在那儿开发油田,把田野变成油田、井架,变出黑黑的石油把这白玫瑰毁了。

  那么在八十年代后期又开始出现了所谓的"新写实主义",所谓"零度写作"。"零度写作"它其实是做不到这个度,做到零度是不可能的。但是它的意思就是说,不在这个作品里头投入过多的作者的感情。生活是什么样就什么样,写成什么样就什么样。比如池莉的《不谈爱情》,而湖北的有几个作家,包括池莉,他们在大学里头讲话的时候,他们就是这样回答的。当学生问她,你认为世界上有没有爱情,她回答说,世界上没有爱情,爱情是人编出来自己骗自己的。《不谈爱情》也编了电视剧,就是写这工人,一男一女,年龄也不是太大。吵架,就有些言语的冲撞,肢体的冲撞。这女方很不高兴,就走了,回娘家了。这个男方呢,给她晾在一边后,就非常痛苦,就想办法给她接回来。这时候这女方,大家都帮着她出主意。你回去是可以,但你要有三个条件,五个前提,六个措施,提出很多。男方也有人给他出主意,出什么主意的人都有,就是不谈爱情。没有人考虑过他们俩是夫妻、他们俩有可能是有感情的。

刘震云有一批作品,被称为"新写实主义"。就是它忽然之间有一种调子告诉你,生活就是这样,没有什么浪漫,没有什么激情,没有什么伤感,没有什么深沉闷透,没有什么温馨,没有什么玫瑰色的幻想,没有梦。哪有梦啊,只有现实。只有刘震云爱说的一句话,冷冰冰的现实。这是关于"新写实主义"。

到了九十年代,有一度非常热闹。所谓河北的"三套马车"。何申、谭歌和关云山。他们写农村的,有的是写工厂的,就是所谓改革的阵痛,分享艰难哪。写这个国营企业难得简直就连工资都发不出来了。但是这些东西相对都沉寂下来了,也没有这"三套马车"的新作出来了。

和"三套马车"差不多同时,出现了所谓"反贪小说"。这个"反贪小说"呢,真正的文学评论对这些小说的评论、介绍、阐释都不是很多。但是它们也都受到了读者的热烈欢迎。小说,都是一下子在读者中引起了热烈反响。像陆天明的《大雪无痕》《省委书记》等等。发觉大家都去搞钱去了,所以形成人文精神失落。那么市场经济的发达究竟是给了文学更多的空间,还是给了文学一个致命的打击?那么人文精神的失落是由于市场经济还是由于计划经济呢?是计划经济更富有人文精神呢?这些东西是不容易从理论上讨论清楚的。和人文精神的失落差不多同时呢,它又换了另外一种说法,就是说,文学正在从中心走向边缘。我刚才介绍到像"伤痕文学"时期,刘心武收到过三千多封读者来信。《人民文学》杂志在最高峰发行过一百五十多万册。现在连那个时候的十分之一都没有了,现在只有几万册。那么究竟是什么原因,就有各种各样的说法,各种各样的医生都来把脉,来做诊断。一种说法说是由于文学不关心人民了,文学脱离了人民,所以人民也就拜拜了文学。人民关心的是什么呢?是反贪。文学怎么能纯呢,文学和社会是分不开的。还有一种说法,就是中国文学刊物已经够多了,全世界再找不着像中国这么多文学刊物的国家。整个美国纯文学刊物几乎没有。这个说起来可笑,美国有些短篇小说是发表在小报上,那个最黄色的杂志上。它有些文学作品是发表在上面的。它有几本文学刊物,它是发表小说的,但是它这名字死活也不像文学刊物。

俄罗斯它现在也有几本,发行量不错的还是它的外国文学,也没有那么多,当然情况也很困难,有很多问题。所以从整体来说,中国还是重视文学的,群众也还是关心文学的。否则我在这儿做一个文学讲座,居然能来这么多人听讲,这个在其他国家是不可想象的。我在新加坡做文学讲座,如果能来五十个人已经非常多了。但是有一次新加坡一佛学团体"功德林"请我做文学讲座,来了上千人。为什么呢?它信佛的多,而且包括各个大学,他们要搞学术活动,要向"功德林"申请补助。所以"功德林"说举行王蒙先生的文学讲座,那些爱听的不爱听的,都假装很高兴来听。这是一个非常复杂的问题,就是说在市场经济的年代,讲物质利益,讲钱。这种情况我们的朋友张贤亮还讲过,他说今后搞文学的人只有两种,第一是真正的天才,第二是傻瓜。这当然是玩笑话,不是非常正规的说法。

前边讲的"小小小",有一度这"小小小"又具体到一部作品,这也是九十年代后的时候,就是"小女人散文",这个是从南方出来的说法。我们今天发奖的这个巴蜀青年,也是女性比较多。这个给副刊写散文的女生比较多。为什么叫"小女人散文"呢,因为大家不太想在这个散文里头写特别宏大的问题。树立新的道德风尚,科学发展观,因为这些东西可以在别的上面来写。它写来写去,我是看过,就是有很多题目就是"我的……":我的厨房,我的饭碗,我的茶碗,我的猫,我的狗,我的先生,我的儿子,我的孙子,我的玩具。

与小女人散文同时受批评的,还有一种叫"晚报文体"。这个我们大家都知道,晚报相对轻松一点,软性一点。大文艺报都是机关报,代表领导的。但写来写去都成了"晚报文体"了。别人问我对"晚报文体"的看法,我个人认为它本身很难构成一项罪名。"晚报文体"我想比那个"大批判文体"要好一点,比我们的小报告文体,低头认罪文体好。无非就是大家轻松一点而已。还包括"私小说"。因为这"私小说"啊,"私"其实就是"我"。就刚才我说的"我的","私"是日语的说法,就是"我"。因为日本有一批女作家,对不起,我的意思并不是只有女作家才这样写。男作家他装腔作势一些,他明明是写的个人一点细微的不幸,但他也描写他的这个不幸是和整个国家、民族、人类前途一致的。因为他脚上常常长鸡眼啊,影响了他这个考察的视野,人类还没有考察过的事物。男作家一般都这样写,一般的女作家都那样写。这些东西也有过议论,它这个议论完了也就完了,现在也无所谓了,也没有人考虑什么是"晚报文体"。

那么这几年还有关于对文学的一种批评,一种讨论,说现在"批评缺席"了。最早说"批评缺席"的,有一个旅美作家叫周莉,写《曼哈顿的中国女人》。上海的余秋雨先生就非常称赞这个作品。后来吴亮写了一篇文章,说批评的缺席。说这个作品很不好,很差,结果没有人来批评。那么现在对批评的批评也非常多,但是你越批评越没有好的评论。有的也说是由于现在这个批评家,说他有很多批评文章哪,都是由于这个传媒啊,出版商啊,出版社啊,开研讨会,开完研讨会还给他送红包写出来的。连这个问题都讨论过,说批评家可不可以拿红包。但是现在好的文学批评并不多,很严肃很认真的文学批评并不多,这是事实。

还有当然我们也知道关于性描写的各种各样的议论。这里写的早恋、同性恋、婚外恋、出轨,有王安忆的《小城之恋》等"三恋",还有贾平凹的这个《废都》。贾平凹的《废都》我就不再仔细地说。我在《河北日报》看到过,说是某个地方非法贩卖淫秽读物《废都》,那卖书的人已经被收审了。这里还有一个笑话,有一个报纸登出来说《废都》获法国女评委奖。最近中国模仿设立一个女评委奖。为这个事我就委托人,委托文化部驻法国的官员,我本人也去做了多次调查,我终于弄清楚了。这是一个乌龙,这是一个笑话。它为什么叫女评委奖呢?就是这奖它叫 Female Prize。这个很奇怪,它当然是女性的意思,就法语这个 Female 大体上也是这么拼。但是几个法国人告诉我,说 Female 是因为这个人的名字叫 Female,你只能翻译成"菲梅尔"奖,不能翻译成女评委奖。他本身不是女的,他是男的。所以这个世界真奇妙。这就是假设,比如我的命名,如果小时候被父母起名叫王女儿,我设立一个"女儿奖",大家一看就会以为是女评委奖,其实不是,是男评委。但是我不知道我这个情报对不对,请你们参考一下,你们可以从网上再研究一下这个 Female 奖。

然后是关于这个"痞子文学"。"痞子文学"也曾经受到过很多责备,现在呢,因为这个代表人物王朔也是销声匿迹,作品也很少了,所以也就慢慢下来了。这个声浪也渐渐小了。我倒不想谈作品,我举一个例子,举一个非常有趣味也是耐嚼的例子。这个例子应该受到什么样的评论呢,我在这里不想仔细说。我请大家来研究。我读过同名的两篇小说,这小说的名字叫《湮没》。第一篇小说是在一九七九年,是由北京的女作家韩蔼丽写的。这个韩蔼丽去世大概已经有三四年了。韩蔼丽的《湮没》啊,她写的是什么呢?用第一人称写我在上大学的时候,和一个哲学系的男生恋爱。后来这个哲学系的男生呢,被错误地划成了右派,戴上了右派的帽子。然后就把这个人弄到内蒙古去了,临走的时候,这个男生就对他相恋的女生就说,我呀,现在这处境已经没有办法和你花前月下,共度良宵了,我们的爱情是没有前途的。反正死活要断绝这关系。但是这个女生呢,她此后几次被人介绍对象,交朋友。(不知道重庆喜欢怎么说,山东那边就叫对象。他们非常哲学化,连已婚的很老的年龄的人称自己的配偶,也是我那个对象。)她一搞对象,凡是到了关键时刻,我们假设俩人拥抱在一起了,马上就要 kiss 了,这时候她一下子就想起被轰到内蒙古的男生。她立刻感觉就没了,所以她几次搞对象都失败了。她变得非常恨那个男生,说这个男生害的我一辈子永远不想和男生在一起了。他不但害了他自己,他也害了我。写的这么一个很煽情的故事,叫《湮没》,就说这个人从此消失了,以后形势变化了,平反了,再也找不着了,他已经湮没了。然后八十年代后期我又读了一个年轻的东北作家洪峰写的《湮没》。这个太有意思了,你比较这两个《湮没》。由于我这个记忆常常失误,我只能以你们回去以后查资料为准。它写什么呢?就是写一个男生,这个男生的女朋友告诉他,说我跟你交往了一段时间以后,我觉得你很讨厌。我决定不再跟你交往了,这男生说那好吧。反正也无所谓。女生说虽然我不想和你交往下去了,但是我还有一个伴,我想把这个伴介绍给你。你看你们俩试试有戏没戏。男生说行,可以。于是又介绍了一个。第二个女生对男生挺热情,不错。这个男生对第二个女生也并无恶感。俩人经常一块玩一块说话。但这个女生就喜欢问这个男生一个问题,就是"你爱不爱我呢"。这个男生就是不愿意回答这个问题。这个男生回答说,我没说过我不爱你啊,咱们这不是在一块了吗?这不是挺好的吗?反正他绝对不说一句 I love you！他不说这个话,他死活不说这个话。有一次他们两人划船,在一个很大的湖里边划船。于是这个女生就问,你到底爱不爱我。他就回答说,哎呀,不问好不好嘛,我从来没有说过不爱你嘛。这女生又问,如果我现在跳到水里你会不会救我,这个男生说我也没有说过不救你嘛。后来这个女生,"嘣",跳下去了。这男生就吓傻了,他不会游泳啊。他两眼就盯着这女生,扑通扑通,最后就淹没了。这么一个小说。它和韩蔼丽时期的《湮没》怎么就有那么大的差别呢?韩蔼丽这个《湮没》有种政治含义,有种痛惜,有一种身心的痛苦。而现在变成了无所谓,爱和不爱没有多大的区别,爱这个和爱那个没有多大的区别,救和不救没有区别。她掉在水里,咕咚咕咚,一个人和一个坛子、一个容器没多大区别。所以这两个《湮没》一直在我脑子里留下了很深刻的印象。我至今也没弄明白,我希望重庆的高人,帮着我分析,使我正确地认识这两个《湮没》,应该对它们怎样评价。

谈几个大问题。一个叫做"抵抗文学"。有人就提倡"抵抗文学",就说现在的文学要抵抗,要抵抗世俗,抵抗市场,抵抗拜金主义,抵抗这个什么东西都讲钱,要抵抗这个钱。我拒绝合作,拒绝和社会世俗合作,要坚持理想,说现在理想主义也缺失了。北大专门开过关于理想主义缺失的课,要以笔为旗帜,来和这些作斗争,和这些世俗化、金钱化作斗争。

而在提倡这个抵抗的时候呢,所有提倡抵抗的这些作家,他们都树立了一个最崇高的形象,就是鲁迅。然后就说中国没有鲁迅了,中国现在一个鲁迅也没了,谁也不像鲁迅。还有的说中国的伟大在于它产生了一个鲁迅,中国的悲哀在于它只产生了一个鲁迅。还有的说鲁迅是一个人在和全中国在战斗。这些说法都很激昂,都很慷慨,都很机灵。但它并不完全经得住推敲。因为大作家都是各式各样的,都是不可重复的。中国只有一个鲁迅,英国也只有一个莎士比亚,一个狄更斯,法国只有一个巴尔扎克,哪有俩巴尔扎克啊,俩就不值钱了,俩不就是克隆了吗?美国也只有一个惠特曼,那中国也只有一个曹雪芹。所以中国作家好像一直背负着罪名,两大罪名,待会儿有个罪名我还要讲。第一个中国现在没有一个作家出来说,我就是现在的鲁迅,没有,也没有人说某某就是现在的鲁迅。第一,无鲁迅。第二,没得诺贝尔文学奖。中国作家的这两大罪名够中国作家抬不起头来了。可鲁迅有鲁迅的时代啊,他那是一个酝酿革命的时代,那时候任何的对社会的批评、谴责、讽刺、挖苦、仇恨、愤懑、埋怨、牢骚都纳入了整个的革命大潮之中。因为那个时候,旧社会处在一个解体时期,这叫"国家不幸诗家幸"。这个国家是非常不幸的,正是因为那个时候,所以人们看到谁说话说得尖锐,说得深刻,说得一针见血,入木三分,入木三尺,入木三丈,入木三公里,谁就是导师,我们的精神导师。你很难考虑现在还能这样。现在咱们谁站起来,说我就是当今重庆的鲁迅,我们马上觉得他神经有点毛病。鲁迅精神当然我们要继承,要发扬,但是它不可能是重复的,鲁迅的地位,鲁迅的风格,都不可能重复。怎么样才能够出现当今的鲁迅,或者怎么样才能够培养出鲁迅来,我不知道这个问题好不好讲。当然也有人反过来攻击鲁迅,这个也没意思,反过来就说鲁迅并不怎么样。

那么中国作家的另一个罪名,也是我讲的第二个问题,就是你的作品还没有走向世界啊。尤其是你还没有得诺贝尔文学奖。其实已经得了,高行健。但是他又加入了外国国籍了,而且高行健我国对他也不是很感兴趣。这个诺贝尔文学奖的问题,诺贝尔奖,到目前为止,仍然是世界上最有影响的文学奖。第一,它的历史悠久;第二,它的奖金优厚,一百万欧元。我们中国最高的文学奖,茅盾奖是三万还是四万元。诺贝尔文学奖它还有些特立独行,它经常给你一个出其不意的奖,别人不知道的。它有时候给西方的一些左翼发奖。它也专门给社会主义的一些不同政见者发奖。一九九八年得奖的,是葡萄牙共产党领导人何塞·萨拉马戈。拉福,也是意大利的左翼,拉福得奖的时候,意大利人觉得很奇怪,他自己也不相信。一九七二年诺贝尔文学奖奖励给西德的海因里希·伯尔,海因里希·伯尔也是对西德进行了狗血喷头的批判,那个批判得真是体无完肤。一九八一年奖给法国的西蒙,那个西蒙是专门做一些形式的实验,别人很难看懂的一些作品。西蒙那个老头人是挺好的,也有些自闭症,不愿和人接触。最近,去年还是前年,给奥地利的女作家,奥地利的那个女作家到最后她不去领奖,她怕见人。我也确实非常佩服这样的作家,一百多万在那儿等着,即使再胆小如鼠的人,在这一百多万欧元的鼓舞下,应该是义无反顾地冲过去了。我们回顾一下诺贝尔奖的历史,对世界文学有巨大影响的人很有限。近几十年来,诺贝尔文学奖这一百多万欧元大家都很向往。你们谁读过他们的作品,影响大的,我觉得一个是海明威,五十年代初得奖,海明威名气很大。加西亚·马尔克斯影响大。其他的我几乎说不上。得奖的人多了,每年一个,有什么影响啊,有多大的影响。反过来我们又可以回顾一下,有多少大作家他没得奖,但是他对我们的影响大。这个你没有办法。所以这个诺贝尔文学奖的事呢,如果我们在座的也好,不在座的也好,中国的任何一个作家得到了奖,我觉得都是非常好的事情。如果得不到奖,中国作家也……这跟足球毕竟不是一回事,足球它起码有一个统一的规则,而诺贝尔奖没有统一的规则。我们即使把米卢请来当中国作协教练,也不可能帮助中国作协的任何一个人得诺贝尔奖,所以这事呢,我们还是要抱着一种心平气和的心态。奖金再好也是钱,文学并不是用钱能够衡量的。我在很多地方讲过,我说这个有一个广告,河南有一个冰箱,叫××。前几年,"××广告做得好,不如××冰箱好",在座的都知道。所以"诺贝尔文学奖搞得好,不如文学创作好"。你文学创作好,你什么奖也没得,仍然是好作品。你得了许多奖,被人遗忘,被人丢在粪土里,你仍然是粪土。

还有其他的许许多多的说法。我在这儿不一一介绍了。关于朦胧诗,关于非非写作,关于一些新的畅销书,关于低龄写作。这个低龄写作也是越来越低,已经低到我这个智力所不能达到的范围。有十六岁写长篇小说这个一点都不新鲜,因为肖洛霍夫开始写《静静的顿河》时他是十六岁。但最近有五岁出诗集的,这我就傻眼了。

我觉得我们这三十年来有时候是热热闹闹的,有时候也是冷冷清清的,有时候是很曲折的,有时候又是很平常的,这样一个文学状况。实际上有个问题一直困扰我:市场经济到底和文学是什么关系?我们一直有,既有领导也有从业人员,对这个市场经济下的畅销书啊,书籍的炒作啊,大量的通俗读物啊,把文学消费品化,文学批评被传媒牵着鼻子走,服从于促销目的,是深恶痛绝的。一直有这样的舆论。其实类似的问题不仅仅在文学领域,艺术领域的也有,像"超级女声"啊。你太红火了以后,你从另外一个角度去看它有很多不足,有很多人不满。市场也有另外一方的声音,就说市场啊,它代表了读者接受的程度。你眼里头完全看不见这市场,并没有多少高明。市场并不能决定艺术的成败。古今中外都有在市场上很差,但在艺术上很好的作品。比如说爱尔兰的詹姆斯·乔伊斯。他的《尤利西斯》当时就很失败。但它现在变成了爱尔兰文学的一个骄傲。爱尔兰甚至定了一天叫"尤利西斯节"。但是反过来你也不能说通俗的东西都是坏的,越通俗越好。中国的四大才子书,《水浒传》《三国演义》《西游记》《红楼梦》,都是以通俗或半通俗的形式出现的。张恨水是通俗小说作家,但是张恨水的文学成就,至今也有些人在那儿研究。还有咱们这个国内海外都有人以张恨水的研究做他们的博士论文题目。所以你很极端愤慨,第一,不公正,第二,也没有用。但反过来你又不可能不允许某领导也好,某作家也好,以批评来抵制市场经济对文学的负面影响。

（作者答与会者问）

问:对少数民族文学您曾经提过一些建议。那么几十年后,您重回新疆之后,您认为有没有一些改变呢?

答:新疆和我们重庆一样,它的生产建设,商业贸易,市场经济,发展都很快。城市面貌变化也很大。新的作家作品出现不少。一些都是用维吾尔语写作的。我跟新疆仍然有很多联系。另外在北京也还有一些维吾尔族人,民族出版社、民族歌舞团、民族大学工作的一些新疆人,都跟他们有一些联系。但是建议我现在提不出来了,太久了。

问:我以前看过您的那个《不成样子的怀念》。您刚才也提到了高行健,您能不能对他再作一下评价。还有就是高行健作为那个年代的人,他有没有什么代表意义呢?

答:高行健的最大成就是在话剧的实验方面。像他写的《绝对信号》,他写的《车站》,写的《野人》等等,都由北京人民艺术剧院（这是当时一个很有名的话剧院）演出过。他在没有离开中国之前写的那些小说,也已经发表过不少。但是影响很有限。至于他出去以后,特别是使他获奖的,像《灵山》啊,这些杰作我还没有读完。我有这些作品,但我读起来比较吃力,也是我年龄比较大,视力衰退。所以我就也没有那种非读完不可的决心,所以我没读完不好评论。

问:您出过一本《苏联祭》,我想问苏联文学对您有什么影响?

有哪些作家？

答：整个来说，我们这一代人，或者说整个中国作家受苏俄，包括旧俄时期作家的影响，实在是太深了。我们一想起外国作家来会首先想到托尔斯泰、契诃夫、陀思妥耶夫斯基、普希金、莱蒙托夫、谢德林、冈察洛夫，还说不完。然后苏联作家里头，像法捷耶夫的《青年近卫军》，我读了一遍又一遍。我上学的时候在参加革命以前读《钢铁是怎样炼成的》，也是读得热血沸腾。西蒙诺夫的《日日夜夜》，还有许许多多的其他作品，都有非常大的影响。当然回过头来也没看出他们当时的许多问题。这些东西我在《苏联祭》里头写得比较多，欢迎你去翻阅。

2006年6月30日

小 说 漫 谈[*]

我这里所要讲的小说不是文学史上的小说,如唐宋传奇、宋明话本、明清长篇等,也不是从小说理论的角度来讲的,而是从我本人与小说的渊源及对小说的理解来讲的。我想谈谈小说四个方面的问题。

一 为什么要有小说

我首先讲两个著名的故事。一个是中国最早的大灰狼的故事:大灰狼假装妈妈或奶奶侵害儿童,最后被儿童战胜。据研究,婴儿在临睡前有种恐惧和不舒服感,所以他们总喜欢在睡前听故事,因为大人叙述故事的那种亲切的声音对他们来说是一种安慰,使他们不再感到恐惧和孤独。其实,当我们长大后,阅读小说仍会让我们感觉到自己的生存并不孤单,总有一些人是我们精神上的兄长和母亲,他们有比我们更丰富的生活阅历和知识,有着仁爱的心灵,通过这种小说的讲述给我们以安慰,使我们的精神得到放松。另一个令人感动的故事是《一千零一夜》:国王因几次被其妻欺骗,于是痛恨女人,就制定了一项制度——每天娶一个老婆,第二天早上将她处死。这次国王娶的是一个宰相的女儿,在国王要杀她的头天晚上,她恳求国王让

---

[*] 本文是作者在安徽芜湖的演讲。

她妹妹陪陪她,妹妹让姐姐给她讲故事,于是,一直讲到第二天早上要上刑场时,故事还没讲完,这个故事很动人,国王极受感动,就让其妻继续讲下去,结果就讲了一千零一个晚上。国王因此改变了凶恶的面貌和每天娶一个妻子然后将她处死的魔鬼制度。我认为这个故事本身就是象征的,美好的,它不仅安慰了公主,而且战胜了野蛮和死亡,宣布了生命的胜利。故事的叙述包含了生命的奇妙和美好,对人有巨大的吸引力,让人难以忘怀。

其次,不同的人写小说有不同的动机和因素。如巴金在回答法国记者对他为何写小说的提问时,他说要歌颂青春,歌颂光明,而当时的黑暗势力压迫着青春和光明,所以他要写作,要抨击旧社会,推翻黑暗势力。巴金是从社会责任、历史使命的角度出发来写小说的。而当别人问史铁生为什么写小说时,他的回答是为了不自杀。别人问他最近忙什么?他说在生病。一生在做什么?回答一生都在生病。我理解、同情史铁生的说法,对于史铁生来说,写作已成为他抵抗死亡的一种甚至是唯一的方式。在写作中,他表达了对人生的思考。从这个意义上来说,小说与生命是同在的。至于我自己为什么要在一九五三年刚满十九岁时写《青春万岁》。在我看来,当时的我已经经历了许多事情:新中国的成立、各种政治运动、大规模有计划经济建设等。我们那一代人有着与其他时代的人不同的经历:那种革命战争胜利的欣喜情景,新中国成立所带来的美好希望和光明前景等,我如果不将它们记录下来,就会永远过去,永远不会再现。一切美好的东西都转瞬即逝,小说正是对时间、青春和生命的挽留,我就是想通过小说把正在被时光冲刷的东西留下点痕迹。小说是我的精神上的母亲和姐妹,小说所写的内容有些与我的生活有密切联系,如《钢铁是怎样炼成的》"人最宝贵的是生命,生命对于人只有一次,当我们回首往事的时候……"这与我当时的经历极其相似,对我一生有很大影响。而有的小说与我的实际生活并没什么联系,但我的精神成长却与它们分不开,如《安娜·卡列尼娜》。我当时十七八岁,并没有安娜·卡列尼娜那样的经历,实际生活中也没有接触过像安娜·卡列尼娜这样的贵妇人,但这部小说给了我许多安慰,让我知道什么是人,什么是感情。特别是小说中女主人公的哥哥向家庭教师求婚的那个情节,写得神妙极了,虽然当时的我并没有类似小说中人物那样想求婚而又错过求婚的经历,但这个情节却让我精神上感到很振奋:人物内心情感的变化是多么微妙,计划好了的爱情不一定是真爱,而错过去的爱并不一定真错过去了。文学不仅可以充实生活,而且能安慰灵魂,挽留生命,它使我们在现实生活中无缘接触、体验的东西成为我们生活的一部分或至少成为我们生命中幻想、感动的一部分。也许我们一辈子只恋爱过一两次,但因为我们读了许多书,于是我们知道了许多爱情故事,实际上,阅读爱情是非常享受的。

二 关于小说的观念

中外关于小说的解释是不同的。中国强调小说的"小",最早《庄子》中将小说解释为"稗官野史",泛指记载逸闻琐事的文字。中国文学观念中重视诗歌和散文,将它们看成雅文学;而小说和戏曲则被看得很低,被称为俗文学。所谓"诗言志",是指诗歌表达了人们的精神志趣和价值追求;而小说是琐屑的言行,它偏向趣味性,它不是发挥、论述或抒发,而是讲述,讲述就要让人喜欢听。中国小说最容易被扣上诲淫诲盗的帽子,往往涉及男女之情,不为封建社会正统所容忍的带有颠覆性的言语及行为等。《红楼梦》里之所以有那么多的诗词歌赋,一方面是出于舒缓叙述节奏的需要;另一方面也是为了用诗歌的形式表达人物的性格,如同一个诗题,林黛玉、晴雯、探春等作出的诗是不同的;同时,曹雪芹生活在一个没落的朝代,他没有机会给帝王写策论,所以他担心读者认为他只会写小说,于是在小说中穿插了大量诗歌以体现其文学品位。所以中国一直是从"大"与"小"来解释小说的。外国则不同,他们不强调小说的"大"与"小",

他们的小说没有"小"的意思。如英语中，novel 表示长篇小说，short story 是短篇小说的意思，fiction 则指中篇小说，它还有虚构、谎言的意思。巴尔扎克说"小说就是庄严地说谎"，强调的就是小说的虚构性，与历史书划清了界限。而最近西方又流行 non-fiction，类似于我们的纪实文学、报告文学，这实际上是存在着悖论的，因为文学允许虚构，纪实不允许虚构。

中西方这种对小说的侧重点不同，导致了小说观念的不同。中国自清末以来，人们在急剧的社会变化中接受了现实主义，通过小说对社会进行批判，宣传新的思想精神。如鲁迅小说对中国国民灵魂的拯救。我们不求小说的虚构性，相反，甚至把它当做真实的情况来看待。关于小说的"大"与"小"的问题，一直存在着争论。我最近在自传中讲到这样一个故事：八十年代中期某文艺报的一些评论家指责当时小说往渺小的方向发展，说当时的小说喜欢写"小猫""小狗""小花""小草""小男""小女"等；"左翼"文学批判《杯水风波》没写"大海""大江"，仅仅写"一杯水"。我对这种现象很反感，若真要改变的话，那就将"小说"改成"大说"，一律写论中华民族的前途、人类文明、地球的未来等。其实八十年代后期铁凝就写了一篇短篇小说《杯水风波》，写在火车上一位农民与另一位旅客在喝一杯水上发生的冲突。创作者认为"杯水风波"很好，因为小说的特点就是以小见大。西方强调小说的虚构性，因而他们不重视小说是否反映了真实情况，而在于它是否吸引人们的兴趣，是否具有阅读性。小说到底写得"实"好还是"虚"好，写得"大"好还是"小"好，这个问题很难说清楚。中国过去将小说看得很"小"，到了梁启超时又将它看得很"大"：所谓"欲兴一国之政治者，先兴一国之小说；欲兴一国之经济者，先兴一国之小说；欲兴一国之教育者，先兴一国之小说"。总之，改革社会就要从改革小说做起。照这样说来，目前中国高等教育搞得不好，那只要某个人写篇这方面的小说，然后大家都按小说中说的去做，就能把高等教育搞好了，实在是书生想法。因为小说中写得很美好的东西现实中不一定能实现。但确实也有一些小说对现实生活揭露得很深刻,如许多人就认为林肯发动黑奴解放运动与《汤姆叔叔的小屋》有关系,狄更斯的一篇描写童工的小说推动了英国制定《童工法》和《劳动保护法》。

三 我所偏爱的一些并不怎么著名的小说

有些小说虽然不出名,但我却很偏爱。这类小说很有特色,那就是你说不出它好在哪儿,但总有一种人生的况味在其中,让人回味无穷。如有一篇印度小说,故事情节是这样的:农村一对年轻夫妻极其恩爱,丈夫在别人鼓励下到加尔各答打工,一走就是十几年,但妻子仍始终保持着对他的热恋,忠贞不渝地等待着丈夫的归来。但时间越来越长,终于有一天她收到丈夫的一封信,说他现在在哪个地方。妻子非常高兴,准备了许多吃的、穿的,带着对幸福生活的向往,踏上了寻夫的旅程。但当她最终找到其丈夫时,他已成为一个衰老、颓废的吸毒者,妻子简直不相信那就是她的丈夫,但她最终确定确实是她的丈夫。她留下了给丈夫带的所有礼物,自己又回了农村。时间的推移、城市的腐化将一个健康的年轻人变成了一个腐烂的无人性的流氓;妻子在未见到丈夫之前,还能怀着一点对城市美好生活的憧憬,但当她真见到丈夫后,一切梦想都破灭了。在这里,我们看到了时间怎样把美好的东西冲刷得毫无痕迹。中国也有许多小说是这种情节模式,如《胭脂扣》《失去的心灵》等。这样的小说说不清楚它的意思到底在哪儿,但就是很有意思。又如高晓声的《绳子》,讲述当年阶级斗争风暴中,枪决恶霸地主时,万事俱备,只欠东风——一根用来捆地主的绳子。正好旁边一青年有一根绳子正好合适,但他不愿拿出来,因为他怕沾上地主的血,但大家都说子弹不会打到绳子上,青年人感觉这是对他的一个考验,虽然心里不太愿意,但最终还是交出了绳子。不过后来绳子没用上。但青年人收回绳子后觉得自己变成熟了。小说没有说到底写什么,却很有滋味,让人去琢磨:当时那种狂风暴雨般的阶级斗争中个人心理的微妙变化。又如我的一篇自认为写得较好的短篇小说《在我》,写一天早晨公园里人们正在锻炼身体,一位外国记者邀请一位老太太和一位年轻人练对打,要把他们拍下来,参加摄影比赛,正在记者拍照时,一位傻傻的民工凑了上去,还张着大嘴,但记者并没怪他。过了两年,此照片得了大奖,并登在了报纸上,民工很得意,把它贴在顶棚上,每天盯着它看。这里面的人生况味描绘得很神妙。

　　小说还有另一种分类方法:分为可转述小说和不可转述小说,但二者并没高低之分。上面所说的印度小说、《绳子》《在我》都是可转述小说,契诃夫的小说都是不可转述小说,如他的《带小狗的女人》写男主人公很风流,这次他遇到一个带小狗的女人,很快陷入情网,但他害怕他老婆,只能跟带小狗的女人偷偷摸摸地在一起,小说结尾说:"怎么办呢?"这篇小说包含着一种深情和机智在其中,且这种深情是浪漫而带点伤感的。另一篇五十年代土耳其左翼作家嘲笑土耳其的小说,写主人公绝望了想自杀,他试用了各种自杀方式都没成功,结果他觉得上天不想让他死,于是就决定不自杀了,到街上吃了碗馄饨,却晕过去了,当大夫问他自杀的动机是什么时,他说出了自己从自杀到不想死的过程,大夫问他不知道吃馄饨是自杀吗?这个故事写得虽然不是很深刻,但却很神妙。这两篇小说是好叙述一点的,而下面的小说很难叙述。如屠格涅夫的《初恋》,写一个十六岁的男孩爱上了一位比他大许多的美女,而那美女又跟他父亲在一起。这篇小说的结尾写得很有诗意:"青春,青春,你什么都不在乎,连悲哀也给你安慰,连痛苦也给你丰富。"在许多写爱情的作品中,这几句话成为经典。又如《白夜》写彼得堡一个青年患了严重的失眠症,又正好赶上了白夜,他遇到一个非常悲伤的女孩,被情人欺骗了,青年夜夜安慰她,慢慢地爱上了那个女孩,准备第七夜向她表白,但正当青年要说出口时,女孩的情人出现了,女孩又回到了那个薄情人的身边。就在最大的希望就要出现时又一下陷入了深深的失望,这种小说让我们看了后不免长叹甚至泪下,让我们怀着永远的叹息和留恋。《白夜》实际上是一种小说的模式,且这种模式很受欢迎。还有的小说是完全不可叙述的,如美国小说家约翰·契佛写纽约中产阶级的小说和较近的杜鲁门·卡伯特的小说。

这些小说都不是很著名,但都带给我们许多人生况味的体会,对我们是一种丰富和充实。

四　市场经济下的小说

现在小说越来越多,有人认为中国每年会出现七百到一千部小说,但人们很少知道它们写些什么内容,现在小说处在边缘化的状态,许多小说写了就写了,很难在读者中引起反响。不像《红岩》《青春之歌》《林海雪原》那样能出版百万册,现在的小说能卖出两三万册就算很好了。目前,中国文坛出现了消费性小说,虽然它不完全等同于西方的关于色情、隐私、迷信、暴力等的小说,但它不能增加我们对人生的体验,也不能增加我们的新思想和学识,除了生理刺激外,就是让人解解闷。有些人痛心疾首,认为现在的文坛堕落了,守不住自己的道德底线了;更有一些极端的看法说现在的文坛比任何时候都坏。我也承认现在绝对存在一些极其恶劣的作品,但只是声讨、激愤是没有用的,实际上这是市场经济还不成熟没充分发育时的一种现象。人的深层欲望被压抑久了,一旦释放出来,就会呈现一种原始的恶搞的性质,虽然有许多防范,各种审稿甚至处罚,但还是很难阻止这种现象的出现。这就使得一些精英意识较强,想踏实写作的人感到很烦恼。最近报载四位很有名的作家到某地签名售书,但买书的人都很冷落,后来记者访问这四位作家,他们大骂中国人文化素质低。中国人文化素质确实有待提高,但通过骂人也是不能解决问题的。历史上有许多作品它们的历史价值不会一时之间被人认定,如

《红楼梦》《三国演义》《水浒传》当初都被禁过。总之,面对这众多的作品,我们要谨慎地进行选择,仅从趣味、休闲的角度去读一些书也是可以理解的,如武侠、言情,但我们还要读一些更好的作品,使我们在精神情感和体验人生方面更加丰富。

2007 年 4 月

小说的可能性[*]

我讲的题目是《小说的可能性》。

第一点,我想说一下"可能性"是文学的一个关键词。在其他的事业上来说,可能性往往只是可行性,往往只是事业的开端。比如说一个计划、一个方案、一种政策的制定等等,它们谈的只是开端,甚至有些技术、艺术,有一些艺术品类可能性也不等于完成。比如说我作曲,曲作得再好只是一种可能性,最后完成要靠乐队演奏出来。如果一首歌的话,是要靠歌唱家、歌手、歌星把它唱出来,得到群众的好评或者感动了人等等。

但是文学不同,文学基本上它追求的就是可能性,我们写的东西,如果它是现实的,有充分的事实根据的,那我们就是对再现这种现实的可能性的一种探索。因为即使同样是一个事实,任何一种事实都有一千种说法或者更多。如果说这里头还加了你的许多想象,那更是一种可能性的探索。

小说又是文学样式当中以最接近人生的那种形式出现的。诗歌是文学里的一朵奇葩,是一朵好花,但是诗歌和人生本身的样式有比较明显的区别,它是浓缩了的,它更感情化、更抽象等等。戏剧呢,它也没有小说那么人生化。因为戏剧的一场演出,有很多的特殊要求与安排,比如怎么抓住人等等,这些我都不解释,我相信你们比我还

---

[*] 本文是作者在鲁迅文学院的演讲。

明白,而小说是最接近的,所以小说就是对于人生的可能性的一种追求,一种探索,一种实验。

原因之一就是我们人生的现实性所受到限制太大了。我说受到的限制不是指社会的限制,不仅是指社会的限制,社会也是有限制的。还有时间、空间、生命、健康、个体、经验等等的局限,所以正因为这样一种限制,人们就追求可能,你把这种可能写得淋漓尽致,那就是很好的小说。这是我的第一个意思:"可能性"是个关键词。

第二个意思,我就是从小说观念看小说的可能性。这点很有趣,中外对于小说的侧重和理解是不一样的。你要查《辞源》,中国最早出现"小说"是在《庄子》上。《庄子》说,饰,饰就是修饰、修理,里面也包含了编辑的意思,编一个小说,"饰小说以干县令,其于大达亦远矣。"我们现在念的就是"悬令","以干县令,其尽道也,难以哉。"这是人家专家的解释,我是个外行,反正我是听人家的,鹦鹉学舌的。"县"就是古人"悬"字,我们现在写"县",什么省什么县的那个"县"字,实际上是"悬",现在简写了。"悬"是什么意思呢,就是高雅的、高尚的、抽象的、概括的意思,高悬着的。"令"呢?"县令",不是一个官职,我们现在如果要按通俗小说看它就是官职,但是它这个意思就是主旨、意义、原则、道德,所以"饰小说以干县令",就是说用这些小言小语想在这里头来表现、来干预这种高高在上的道理,难矣哉,也很难。

简单地说,中国最早提出"小说"这个词是为了和诗文相对应,是为了和宏文要旨相对应。小说是什么呢?街谈巷议,稗官野史。稗官就是不入流的,"公务员"系列之外的,"临时工"这一类的,但是也算是代理小组长,大概属于这个级别的。野史就是什么?就是口头传说,加了歪曲的小道消息、手机段子,都上不了大雅之堂的东西,管这个东西叫小说。中国古代认为诗文是雅文学,词曲就差一点,小说就更差。因为词曲在文字上还有些很雅的要求,小说最早都是口头上的类似小道消息最多到手机段子这个程度。这种东西你不是什么太正经、太大道的消息。

从中国人对小说的理解上我们可以看到小说的一个特点,就是以小见大,相对来说比较通俗,受群众喜爱。这个外国人呢,说外国我也闹不清,世界上外国的太多了,这印度人对小说,咱们研究的我还真不知道,虽然你看了《大英百科全书》,全世界第一部长篇小说是日本人的,《源氏物语》,那是全世界第一部长篇小说。但是我就英语这个词上来说,因为英语首先不像我们,我们从汉语的构词上就知道长篇小说、中篇小说、短篇小说、微型小说、小小说,反正都是小说,然后按篇幅上一点点缩小或者一点点扩大。英语不是,他更注意它们的区别而不注意它们都是小说。这个长篇,就是 novel,短篇 short story,中篇我们现在一般用 novelette,可是 novelette 据英语专家说并不是中篇的意思,而是传奇的意思,但是在篇幅和我们说的中篇往往差不太多,我们就借用这个词,他并不注意这个区别。

我就看过一个英国小说家写的文章,他的文章也有他的可取之处。他说,如果文学搞分类学的话,与其把短篇小说和长篇小说放到一块都算小说,不如把短篇小说和诗放在一块,都算相对来说比较短一点的、比较讲机智的那种文学。他的这个观点非常好玩,就是你在短篇小说里头要有一种类似写诗的那种把握一个片段、把握一个瞬间、追求它的诗意、追求你写作的截取和表现技巧的这样一种特点,而长篇完全是另一路,这是一种观点,这是他的一种观点,也不妨作为参考。

那么英语里头有没有能够把小说的特点概括起来的词呢?也有,就是 fiction,它的原意是谎话,说这是假话。如果在一个很正式的场合你在叙述一件事情,然后我说"This is a fiction",那我的意思就是你说的全是假的,是编造出来的。但是同时它又指小说,也就是说这个外国人他注意的不是大小的对应,而是虚构与写实的对应,就是小说是可以虚构的。小说的特点、小说的特长恰恰在于它的虚构,这个外国人的一个小说观念。

那么从中国人的小说观念来看,它就演绎出了一个可能性,就是以小见大的可能性,选择题材的可能性,确立小说的主旨的可能性。而每一种可能性又能分裂出互相矛盾着的无数可能性来。以小见大是一种可能性,以大见大呢?如果抬杠,文学谁要是有抬杠的这种雅兴的话,文学就是最容易抬杠的一个话题,甭管那个人多么口若悬河,他说什么你就反对什么,你觉得能找到词语,各位放心,只要谈文学你抬杠你绝对比较安全,你绝对能够找到你想说的话。

"以小见大"这是很多作品的特点,但是要以大见大啊,是不是?写一场战争、写一段历史,所谓史诗式的作品。《战争与和平》就是写的拿破仑和库图佐夫之间的战争。所以曾经有一段,八十年代,我在回忆录里面写的是咱们作协当时几位领导,特别是《文艺报》的领导,曾经批评说现在小说的特点是什么呢?就是专写"小事""小男小女""小猫小狗""小情小爱""小天小地",反正说了一大堆小,说作家都不关心祖国的命运、人类的前途、社会主义的未来、共产主义的理想,而都在那儿写小了。我当时就不服,我认为我当时的回答特别精彩,可惜没有来得及表现,所以在这补充表现一下。我说,"你要批评这几个'小'还不够。"他说,"怎么不够?"我说,"你得批判小说,一定要把小说,以后咱们更名为大说,叫成大说五篇,然后接着史诗几篇。"就说明它的题材选择上是何者为大?何者为小?有无数的纷争在里头。要从外国人尤其是英语当中对小说的理解来说,又更形成了在小说的可能性上面一个大的悖论,就是真实性和虚构性。因为我们都很珍视小说的真实性,看到某一地方上写的和我们的经验相契合,我们会感到非常的愉快、非常的亲切,说这简直就跟写我一样。说他写恋爱的心情特别真实,特别令人激动,特别感动人,这都是因为它真实。但是小说又是讲虚构的,真实和虚构,光这一个问题就够你做一辈子的文章。今天强调真实性,过两天强调本质的真实,然后再强调历史的真实,然后再强调无边的真实,然后再强调肮脏的真实。

我看过一些作品我认为里面就充满了肮脏的真实,还有一个我老是不明白,我们有时候看完一篇作品批评它,说这写得太不真实、太虚假了,虚假得令人作呕,虚假得令人恶心,可是我们看神话和童话反倒没有这种感觉。没有任何人看完《西游记》说这太虚假了,说一个石头里面怎么可能蹦出猴儿来呢?没有人较这个劲。也有较这一类劲的,就是非常伟大的、可敬的胡适之先生,因为他给高阳写信,说这《红楼梦》写得不好,贾宝玉生下来嘴里含着玉怎么可能?这个较劲法使我……对不起,因为现在胡适也不是随便能够批评的,现在胡适的实际威力、行市牛得厉害啊!可是他关于贾宝玉含玉/衔玉而生是不真实的观点,完全是妇产科大夫的观点,妇产医院也找不着这个记录。我跟金庸先生在香港讨论这个问题,他说胆结石有这个可能,可是我说新生婴儿带着胆结石或者肾结石出生的好像不可能。说在他妈妈肚子里头,他妈妈的结石进入新生儿的器官这种可能性非常小。那些最明显的虚构的东西能够和读者达成默契,不被认为是不真实的。而读者最不能接受的是,假装是描写当代的现实生活,假装描写的就是你身边的事情,但是它不合乎情理,它过度地夸张或者它过于遮掩等等会造成这种不真实。

至于虚构的可能性呢?无边无际,你说怎么样虚构能够成为一篇好的小说呢,谁能回答得上来呢?有时候虚构的可能性让你感觉它用到了极致。比如说人家又反映了,我一举例就觉得太老,但是很对不起,我也没办法,我举不出新的例子来。比如果戈理写的《鼻子》,他写一个人的鼻子跑了,穿上一个几等文官的服装就变成了某一级的干部,而且架子还挺大到处威风凛凛。我看着觉得非常地过瘾,它为什么是一个鼻子跑出来了呢?为什么不是脚指头跑了?为什么不是性器官跑了呢?这个我弄不清楚,这就是虚构。

这种虚构的可能性是双重的,第一种它表现了作者在创造这种作品时的可能性,这是第一层;更深的一层它表现了他所书写的这些对象,很多时候是他的同时代的或者过往的人虚构的可能性。这后一种虚构的可能性就表现为拉美的魔幻现实主义,我们看了《百年孤独》,我们会知道在拉美当地的老百姓就是最能虚构的,他们幻想着人与世界、人与人、生与死、动物与动物、植物与植物或者动植物、矿物、静物与人之间的各种稀奇古怪的关系从中得到无限的创造的灵感。对不起!我是以漫谈的性质,我并没有专门的讲稿,这样的话我们说得随便一点。

真相、真实里头,能不能说真实也有一个双重性?一个什么双重性呢?一个是客观的真实,一个是主观的真实。客观的真实就是说你描写的你写什么像什么,你合乎情理,合乎生活的逻辑,合乎当时、当地或者某种职业的特点,一直到遣词造句、对话都栩栩如生,这个许多小说是做得到的。但是还有一种主观的真实,就是说你的事情虽然是不可能的,但是你充满了真情,你确实是为了表达你的某种感情、某种感慨,为了表达你的爱憎而编出来的,这样的话虽然在客观上不可能的,但是读者不怀疑你的真诚性,读者就能接受。我有时候就用这个方法来说服我自己。为什么童话人们并不认为它不真实,而×××的小说人们就认为它不真实,我觉得原因就在这儿。

比如《海的女儿》,美人鱼不一定是客观的真实,上丹麦也不行,上北欧也不行,中国更不行了,上哪儿找一条美人鱼?若真能找到美人鱼,咱们小伙子早就找到了。但是在《海的女儿》,安徒生的童话里,寄托了安徒生的那么多的真情,对于善、对于牺牲、对于爱、对于献身、对于灵魂,你看了以后你会感动得流下泪来,你怎么会觉得它不真实呢?就是说这种主观的真实,它的真诚、它的真情感动了你。而最怕的是内容或者是为追求时尚,或者是为迎合潮流或者是为什么其他个人的非文学的动机写一些客观上也不真实、主观上也不真实的东西,就是你自己也不信的东西。这是我说的第二点,就是从小说的观念上探讨它的可能性。

第三点,我想说从小说的功能上来探讨它的可能性。我们姑且就按最老、最古老的,因为没关系,我们不是讲这个问题本身,用最古老的、最一般的、最没有新意的说法,我们谈到文学的功能,尤其是小说的功能的时候,我们会提出来三者:认识的功能,教育的功能和审美的功能。

我们先从认识的功能说起。一部小说、一篇小说,它能提供多少可以认识的知识、对象、材料或者学问呢?这里有各种各样的说法。比如说恩格斯讲巴尔扎克的小说,给他经济学的知识超过了当时的全部的经济学著作;比如列宁说托尔斯泰的小说是俄国革命的一面镜子,俄国的社会、俄国的革命你通过托尔斯泰的小说就掌握了;比如毛泽东说《红楼梦》是封建社会的百科全书,他还说,不要以为中国有什么了不起,中国无非就是历史长一点,人口多一点,还有半部《红楼梦》,这是他的原文,后来发表的时候,(这是在《论十大关系》里头说的,这不是我瞎编的)把原来说的半部《红楼梦》给改成了一部《红楼梦》,当然经过了老人家同意的,觉得说半部会不会显得寒碜一点,其实这一点都不寒碜,半部《红楼梦》就能代表中国文学,代表中国的文化,那更了不起。但是一部《红楼梦》就说明已经承认了高鹗的续作,这是另外的问题,我不在这儿多说了。

对小说这种认识作用,我认为虽然都是革命导师,然而是不无夸张的表述。是由于这些作品写得太好了,使革命导师服了,具体结论未必是经得住精确推敲的,我就不信恩格斯那个时期所有经济学的著作还不如一个巴尔扎克,这不可能,人家经济学就是干经济学的,问题是经济学著作不好看,巴尔扎克的小说好看。他看得它太好了,简直不知道怎么夸好了,革命导师也是人,看得好了我就觉得有你这一部书我就什么都不看了,这个可以。

我还有些古老的例子,从前苏联有一部小说,叫《我们的夏天》。这部小说是很偏僻的小说,在座的没有几个人知道,在座的有几个人知道《我们的夏天》吗?它里头主要写的是鸟。后来这部小说发表以后得没得奖?得也是一个三等奖、四等奖之类的,不是什么特别重要的奖。但是作者有一个意外的收获,他被苏联科学院生物研究所推举为通讯院士,就是认为他对鸟的生活的理解已经超过了某些科学家。

有些描写行业生活的小说它也极有吸引力,比如说文物鉴定,比如说侦破案件、刑事侦查、刑事侦缉,你如果有这方面的知识的话,它可以成为小说的一个极好的资源。那个电视剧《暗算》原来也是一部小说,作者麦家,由于他对一个特殊行业方面的兴趣,而且他确实有这方面知识的积累使他的作品增添了不知多少的魅力,但这个魅力不完全是行业知识,确实在麦家的作品当中,尽管拍成电视剧要加很多通俗的、悬念的镜头,他里头也有一种人文的叹息,对人的命运,对某一种工作的命运的叹息、嗟叹在里边。他的知识非常丰富,这也是事实。有一些学者,他们研究小说,从小说里面研究出各种具体的知识。比如说地震,中国哪年发生过地震,他没有找到地震的资料,但是从民间故事里找到了;比如说日食、月食,民俗更不用说了,婚丧嫁娶的制度、方法都是从小说里头找到的。从当时的生活方式、生产方式这方面来说,《红楼梦》的作者确实是有意地来炫耀他作为一个富家子弟对于这种封建贵族的生活的方方面面的了解。光一个窗帘他写多少次、讲多少?一件衣服他得写半天,吃东西他要写半天,医药他要写半天,怎么号脉、药方都给写着。这药方不知道,咱们按这个抓药吃两次试试感觉如何,没有人做过。但是他里面对烹调,茄子的做法说得非常具体。据说有很多人不止一次地照那个方法做过,但是并不成功。因为小说毕竟是小说,按那个方式做起来太复杂了,先用四只鸡炖茄子,炖完以后再用菠萝跟蘑菇炖茄子,反正最后那茄子不知道老天爷知道是什么玩意儿了,物质都起了化学变化了,等吃的时候估计跟豆瓣酱也差不多了。但是作者太喜欢炫耀他的这些知识了。所以《红楼梦》有一个很大矛盾,一方面说"色即是空,空即是色",但是一写起那些怎么吃喝,怎么喝酒、怎么喝茶用的餐具、用的筷子、用的碗、用的酒杯,玩的酒令、穿的服装、吃的什么莲叶羹、喝的什么汤、吃的什么小点心,脑袋上戴的什么样的帽子,然后怎么看病,看病的时候摆怎样的谱,让你觉得这个作者是无限光彩、无限炫耀。

经验是可以令人炫耀的,尤其一边炫耀一边否定它,这样写小说最容易获得成功。一方面把它炫耀地让读者觉得慌,一方面你又冷冷地说这一切一文不值,这一切全是泡影,这一切都是假的,这一切是毒药,我恨死它们了,所以写小说一定要做到自相矛盾。

当然我们也会看到一些不成功的例子,就是在认知方面过分的膨胀,而且绝非他的特长。在一个作品里头忽然大谈文物,忽然大谈文化,忽然大谈克隆科技、纳米科技、最新的科技看得让人烦,这种事情也有。

第二个可能性就是在教育,从它的教育功能上,这事就更麻烦。这里边又牵扯出一个问题,就是小说,我们平常所说的我们上小学老师就教的主题思想到底是怎么回事?你说小说是没有思想的吗?这显然不对,因为你可以举出一系列的例子来,那都是有思想的?《三国演义》也有思想啊——分久必合,合久必分,提倡忠义,反对倒戈将军。所以吕布虽然是武艺超群、相貌一流,最后还是不得好死,因为他老是变,靠不住。他写诸葛亮、写关公,这有它的道德观念。《水浒传》就比较复杂一点,它歌颂这些造反的土匪,算不算农民起义这里面也有争论,因为有人作了考证,说里面没有几个农民,大部分都不是农民。我就不扯这个,一扯这个又麻烦了,又不知掉哪个陷坑里了。

鲁迅的当然更明显了。他说拯救我们的民族,要鞭挞我们国民身上的毛病,要疗救国民的灵魂。可是我们也看到另一面就是有一些它的主题比较含蓄、比较隐讳的作品非常耐人咀嚼,给人一个让你久久不能忘怀的感觉。比如南京的高晓声,他写了许多,写了"陈奂生系列",写了农民在政治运动连年不断的时候他的生活、改革开放初期的生活,写得都挺有意思的。

可是他有一篇作品我至今不能忘怀,就是《绳子》,咱们在座有江苏来的,您读过他的《绳子》吗?没有,他写的就是"土改"时期下去锻炼的青年干部,说第二天要对当地的一个恶霸地主开斗争会,而且开斗争会公开宣判处以死刑,然后拉出去枪决。枪决做好各种准备就缺一根绳子,把这个地主起码把两只手绑上,这样显出他是罪犯的架势,但是当时其实你不绑他根本跑不了,根本不可能。到处找不着绳子,忽然发现年轻干部有一根绑行李的绳子,就说,借这根绳子,把它拿来。这年轻干部就不愿意借这根绳子,他也不是立场不稳,他跟那地主也没有亲戚关系,他也知道"土改"非进行不可的,人是非杀不可的,血是非流不可,但是他想我这捆行李的绳子让你们拿去捆一个地主,然后绑赴刑场枪毙,而且人家告诉他,送到刑场以后把你的绳子解下来了,不会说一枪打过去把你绳子染红了然后再还给你,不会的,不要害怕,也别受刺激。可他就是觉得别扭,但是他要不交这根绳子呢,就是太落后了,不但落后而且弄不好被怀疑为同情地主阶级、有反革命情绪,所以他把这根绳子交了。最后斗的时候大家光忙着斗了忘了用这根绳子,根本没捆他,这地主三斗两斗都吓瘫在那儿了,都吓死了。地主也知道他要被枪毙,就瘫在那儿了,不需要捆绑了,无形的捆绑早已把他击溃。

回顾毛主席的著作,非常有精神的一句话,就是"让一切反动派在人民群众面前化为齑粉",这个"齑"字我到现在也不会写,写不好,每次写的时候都查字典。就是这地主当时已经都化为齑粉了,齑粉怎么拿绳子捆住,捆也捆不住,所以这绳子没用。所以地主枪毙了,"土改"也过了,绳子又还给小伙子。小伙子拿了绳子以后很高兴,觉得自己成长了。

高晓声这位老哥写这根绳子到底是什么意思啊?我到现在不明白,但我觉得他这绳子写得好,比那个什么漏斗户主陈奂生——是说吃的问题,因为给他粮食他老是不够,就是漏斗户。漏斗户就是给他多少粮食都从他嘴里漏出去了。比《陈奂生上城》……我觉得比那些写得还好一些。《李顺大造屋》比那些写衣食住行各种问题的,起码不比那些写得差。但你说这点有什么教育意义或者它的主题思想到底是什么？起码它含蓄，不明确。我有些东西写得很明确，但是我也有一批写得不明确的作品，我觉得我的那些不明确的作品比那些明确的作品还可以看。我已经记不清了，因为我写得多了到时我就忘了。比如说写的《室内乐三章》这都是具体写物质的，写的是夫妻俩已经结婚很多年了，好像是快到银婚了吧，忽然间想起一件事来。好像说我写的这个小说题目叫《彩霞》，或者《云霞》，就是因为他们结婚的时候人家送了一个线毯，因为毛毯买不起，只是棉质品的一个毯子，这个毯子灰色的，边上有红道，说这个毯子哪去了。夫妻俩就研究，经过几十年的动荡找不着这个毯子了。然后有一天晚上忽然有一个灵感说这个毯子在什么地方，而且越找不到就越可爱，就像彩霞一样美丽。然后根据灵感他就找着这个毯子了，发现这个毯子已经腐烂了，已经快化为齑粉了，这是现实的小说。

还有一个小说是写诗人，叫《枕头》，这是我的实际经验，有真实的经验。我从小就睡荞麦皮枕头，我们已经是属于古老文化传统了、农业文化传统了。那么现在最时尚的枕头材料是什么呀？（观众：茶叶枕头，就是茶叶做的枕头。）我有一个这样的枕头，是我金婚的时候人家送给我的，还不是普洱茶，是龙井。一般的那种比较软的他们说鸭绒枕头，我觉得鸭绒枕头太热了，耳朵烧得慌，那是什么枕头咱不管它了。现在就是比较软的那种枕头最多，另外就是刚才说的茶叶枕头，还有怪枕头——蚕屎，农村里面喜欢用蚕屎，认为那是凉性的，可以减低中风的可能性吧。

我就写这个主人公用的荞麦皮枕头用的时间太长了，比较肮脏、比较腐朽，最后就被孩子们给扔掉了。他到处找荞麦皮枕头，最后找到荞麦皮枕头了。一睡使他回到了童年，回到了过往，回到了乡村，回到了大地，回到了守护的自然，于是他就写了很多诗，而且最后还有很多诗界的朋友说他写得不错要帮他出版，临到出版的时候他把诗给烧了，是这么一个故事。

你说我一定有什么意义吗？说怀念农业文明？复古？批判现代

人？这都是非常时尚潮流的一些观点，响应法兰克福学派、马尔库赛、福柯，天知道，我真没有，我也没看他们写的那些书。就是人生当中确实有许许多多的东西你一时半会儿还得不出一个结论来，还得不出一个教育别人的信条来，但是它确实包含了能成为一篇小说的条件——它有情节、有趣味、有故事、有人物、有背景。

还有一种小说，就是它的教育意义、它的主题思想不止一条，几乎怎么解释都解释得通，最明显的就是《红楼梦》。毛主席是政治家、是革命家，所以毛主席先声夺人，说《红楼梦》是描写阶级斗争的，《红楼梦》一上来就是有多少条人命，说明地主阶级的血债累累，当然这里头死人多了。说《红楼梦》是贾、王、史、薛四大家族的兴衰史，当时共产党批判国民党的时候，当时"四大家族"是蒋、宋、孔、陈，《红楼梦》里有一个"四大家族"，这是一种解释。这种解释如果曹雪芹知道，肯定会吓一跳，那再往下发展就得曹雪芹入党了。

有的就是从女权主义的角度说《红楼梦》是替女人说话的书，多了，怎么解释都行，现在你越解释越多，越解释越离奇，批判封建、反封建的、追求个性解放的、表现资本主义萌芽的、反清复明的、刺杀雍正皇帝的、清朝内部宫廷斗争的、研究宇宙史的。说《红楼梦》是研究宇宙史的好像是广西的一个人提出来的，就是讲宇宙的发生、演变和毁灭。是讲色空，是宣扬出世、宣扬超脱，所谓一僧一道，色即是空，空即是色，是封建社会必然灭亡的预言和挽歌，是怀才不遇的自觉自叹，是贾宝玉的忏悔录等等。

所以我们可以想一想，就从它的教育功能、主题思想它得有多少种可能。有的特别明确的教育性小说，其实都是很好的作家了，老李準的《不能走那条路》，它的教育意义非常明确，就是不能走那条路，不能单干一定要走合作化的路，不能走那条路他已经告诉你了。刘心武的那篇小说也告诉你，《我爱每一片绿叶》就是小说的题目，《醒来吧！弟弟》都非常的明确，也很好，但是也有许许多多的不同的情况的，许许多多的选择的可能。

至于审美的可能那就更多了。我们可以在小说里面看到无数的审美价值,先从最简单、最低俗的说起,就是趣味。就是小说里头有一种趣味,怎么办呢,没有趣味的小说能叫小说吗?它有一种阅读的趣味,所谓赏心悦目,所谓把玩。连邓小平同志他活着的时候都讲过"我有时候也看看小说,我要换换精神啊!"他讲小说能够换精神。我在某地参加过和科学家、院士的对谈,我发现一条,这个年代你不服不行,这些院士都表示我们也看小说,一举例子全是金庸的小说。你在贬低金庸啊你不行,这是趣味。这些趣味又出现了所谓的低级趣味,什么叫低级的趣味?写上一点暴露的东西身体的某个部位就低级了?另一个部位就高级了?或者写到什么程度就叫高级了?写什么尺度就低级了,就低俗了?还有的就是完全和这种趣味故意对着干的作品,要颠覆阅读,就是我的作品写出来以后我要想办法让你读不下去,这种气魄,这种杠头的劲真棒,所谓颠覆阅读,老子作品不许看!这在某种意义上也是一种手段,因为大家都趣味化了,人人趣味,这回出来一个特别枯燥、一脑门的官司、十天笑一次的人最有趣,大家都趣味。每个人长得都跟姜昆差不多,讲话跟侯宝林差不多,一讲典故变成了郭德纲了,这时候出来一位死死板板的。所以文学中所有的命题都有"反题"存在,有趣味反趣味,有情节反情节,有戏剧化我就反戏剧化,有故事我反故事,有主线我就反线性,我让你找不着我到底写的是什么,我让你纳闷,有修辞我反修辞。有的作家以词汇多而著称,比如巴尔扎克人家分析了他有几十万或者多少的词汇,有的作家以词汇少著称,比如海明威,说海明威的词汇最少,中国作家没有统计过,但是外国作家就说海明威的词汇最少,经常用的就是那么一两万个词,都是最普通的词,这个作家的伟大在于他用最普通的词汇、最普通的字表达别人没有写过的那种感觉。

你看多了故事性强的作品就希望看一篇摸不着头脑、看了以后犯傻的作品。你过于高雅了也烦人,里面的这些人都非常的高雅,男女只相爱连眼神都没有,手绝对不碰对方的手,更不用说脚了。那么这种情况之下，有时候甚至于他在作品里头还要放一些比较俗的东西，要弄一些不登大雅之堂的东西，所谓狗肉包子上不了台面的东西。这里面探寻的可能性也是可以说没有尽头的，这是我讲的第三点，就是从小说的功能看它的可能性。

第四点，我想从小说的元素看它的可能性。有的我就一笔带过了，我指的就是小说里面的人物、小说的环境、小说的情节、小说的结构等等，这些东西我们也看到古往今来的小说真是浩如烟海，似乎是各种可能性都用尽了，实际上还远远没有用尽。比如说为了刻画一个人物的性格而把这个人物写得非常极端，古往今来这样的小说太多了。英雄们可以盘肠大战，可以不吃不喝，钢筋铁骨、性情急躁时可以抡起两把大斧砍瓜切菜，见一个杀一个，见一个砍一个，血流成河、尸横遍野、头颅满地滚。写赖皮吧，比如写到像阿Q那种程度，写原来旧俄时期的"多余人"如奥勃洛莫夫，这是冈察洛夫所著的《奥勃洛莫夫》，先写上几十页主人公早晨醒来之后是不是该起来，要不要起来，还是过个二十分钟再起，写了几十页他还躺在床上没动呢！情节进展也太慢了，等到他再起来，见到一个姑娘，再跟她拥抱、再上床，要看十年以后才发展到那个情节，按他的节奏的话。

这个对人物的个性钻研得太厉害了，那么又有所谓现代或者后现代的关于人物已经消失的这种理论、这种说法，所谓在一个平面上的说法，所谓不同的人物、不同的性格实际上都在一个平面上。那么结构，这个结构的可能性更是人们非常感兴趣的事情，比较古典的小说往往就是所谓有开头、有结尾，而且结尾要扣上开头这是最好的。有许许多多的小说而且是好小说都是主人公历尽一切的艰难最后得到了美满的结果，中国的古代小说绝大部分除了《红楼梦》《金瓶梅》这么几部以外，其他都是主人公历尽艰难最后有一个温馨、美满的结局。狄更斯的全部长篇也都是这样，这不只是中国人这样写，大团圆的结局大家都需要。但是现在越弄越乱了，现在是一条线的、两条线的、多条线的，然后不同视角的，这个在中国早就有人这样写，在外国就更早。都以"我"第一人称但是实际上四五个人在那写,或者来回反复地写,三十年前和三十年后、把现在和未来都来回地写,然后让你自个儿到了阅读完了以后在脑子里面再去排列,或者是告诉你结果不告诉你过程,让你推测那个过程,还有告诉你几个过程的,有人认为是这样,有人认为是那样,这也是一种趣味,也是一种智力的操练,也是一种对人世无常、对人世的可能性、人情的无穷无尽的感慨。

环境。环境有非常具体、非常明确的,你看巴尔扎克小说往往都是"一七八四年某月某日、在巴黎什么街什么地方",这么明确地把时间和地点告诉你。也有就是你最后看完了不知道整个故事是发生在乌有之乡、莫须有之地、古往今来的某时某刻。情节和故事我讲了,有注意情节有不要情节的。情节和故事,这是我也想和大家探讨的一个问题,这是第四点。

第五点,我想从小说的取材方面来看小说的可能性。拿中国来说,最早的小说它主要有两个来源,一个是历史故事,而且往往是先取材于口头的传说。所以中国所谓的演义体的小说特别多,我们现在最有名的当然是《三国演义》,实际上类似的演义太多了,首先是《两汉演义》就是楚汉相争的故事,然后比如《说岳》就是岳飞《说岳全传》,这里头都有许多小说的因子在里面,它不是正史,但这些东西深入人心,它造成了你的思维的定式,以至于你不愿意接受正史。比如说我早就看过一些文章说《三国演义》和正史都是不一致的,比如"诸葛亮气死周瑜"没有这么回事,而且周瑜的年龄比诸葛亮还大,按历史上的考证周瑜是大哥诸葛亮是兄弟,可能我们不但接受了小说,而且还接受了京剧,我们看的周瑜是小生,说话半男不女,阴阳嗓子,戴着顶花翎,两个犄角;而诸葛亮是老谋深算、老奸巨猾,玩弄周瑜于股掌之间。

我看到这些材料以后觉得特别扫兴,因为我原来看《三国演义》也看得津津有味,听京剧也听得津津有味,最后一考证说没那么回事,而且整个儿是相反过来,觉得特别没劲。这取材于历史的故事是特别的多,要往更早的时候说我更怀疑,我不是这方面的学者,我没有这方面考证的功夫,但是我觉得到了《史记》史书里面都有小说的因素,它太完整、太夸张。像春秋战国时的故事是真感人,太感人了就显得不真实。因为我们都知道,真实是杂糅的一种东西,比如好的、坏的、平庸的、有道理的、没有道理的、碰巧的、一脑门子撞上的,事后也不知道怎么回事,这样的事情太多,可是到了春秋战国时那么鲜明的董狐春秋笔,将"赵盾弑其君"写入历史,说这么写不行,把脑袋砍了;然后大儿子给拦回来了又写上"赵盾弑其君","啪"又一刀,又一个脑袋下来了。然后二儿子过来了还是写上"赵盾弑其君"三脑袋就这样掉了。这个非常感人的,有一出戏叫《春秋笔》,但是这个过程能这么戏剧化吗?请大家帮我分析,是不是这反映了我这胆子小啊,我一看人要杀脑袋我就一声也不吭了。董狐他们一家子,其实我母亲也姓董,没有他们的勇气。

说师旷为了制音乐,用锥子把眼睛扎瞎了,这样好集中力量搞音乐,这个也是感人至深,我觉得这也像小说,说不定他是白内障的可能性更大。为什么现代的小说浪漫主义、英雄主义的色彩淡了,现在的人太精了。《史记》里面写"张良学艺",鬼谷子说,"早上来吧。"第二天张良去了,鬼谷子说,"回去,这么晚才来!"于是他早早地去了,还是人家老师先到,又把他轰走了;第三天他根本就不敢睡觉,一宿就在那儿站着,站了一会儿老师来了,"嗯,这像个学习的样子,跟我来吧!"这都太小说化了,比小说还小说,还有《鸿门宴》。

中国古代文、史、小说是不大分家的,我总觉得它有小说的因素,这是一种取材于历史,也有各种加以渲染的这种可能。还有一种是取材于民间文学的,就是口头传说和民间故事,比如《唐宋传奇》很多东西都是这样。我们今天的小说有大量是取材于个人的经历,有一位老作家跟我说过,说他写的一切都是他自己的经历。他说,"我没有经历过的事情我写不了,我写的也不放心。虽然我里面用的假名字或者什么。"个人的经历显然是每一个人写作的极其宝贵的资源,但是也确实有人专写自己没经历过的东西。苏童的一大批作品,尤其是他写《妻妾成群》的时候,他连媳妇都没娶呢!现在当然老婆孩子都有了。我们一般说我们提倡应该有更多的生活经验这绝对是对的,深入生活,深入人民群众的火热的斗争当然都是对的,但是取材于自己的幻想、取材于自己的虚构这样的故事确实也有,我们不能不承认。

最后,我再说一下就是从风格上看小说的可能性。风格如人,有多少个人就有多少种风格,但是同样的风格,我们也可以从一些比较简单的方面来把握,风格不简单,但是你要谈一个问题就必须把它简单化,这是为谈话而作出的牺牲。我们说风格可以从这个角度来看,就是强调主观与强调客观的不同。有的风格更强调的是客观,那个作者基本上是隐藏的,但是他在那儿刻画世态人情,刻画音容笑貌,刻画荣辱浮沉。比如说王安忆的作品就很难找出王安忆来,但是铁凝的作品就会常常感觉到作品里头有一个铁凝,我说有一个铁凝不是说哪一个人物就是铁凝,不见得,但是你就觉得铁凝活在她的作品里头。

强调客观的作品有这种精雕细刻的可能性,有那种非常准确地描绘的可能性。当年我们都是受苏联的文学、俄罗斯的文学的影响,我记得有一个电影曾经在五十年代风靡一时,叫做《托尔斯泰的手稿》,它就是举一个例子说《复活》里头,托尔斯泰怎么描写聂赫留朵夫公爵看到当时已经更名为玛丝洛娃的原来的卡秋莎,就是她沦落以后而且已经被诬告,她很像《窦娥冤》和《苏三起解》的那种被诬告的情景,原来一个很纯洁的少女被生活所逼迫,走上了、陷入了沦落的境地,然后又被诬蔑为杀了人,这也很有意思,中国外国都有这种故事。那个玛丝洛娃就是原来的卡秋莎,她的形象托尔斯泰几易其稿,每易一次稿就由苏联的画家画一幅肖像,按照那个稿子是这个像,按照这个稿子是那个像,有点像咱们警察根据当事人的叙述去画的肖像,七易八易其稿,这是一种精雕细琢的要求。那么也有的不强调精雕细刻，更多是强调主观，表达主观的一种激情，说你好就尽量往你好里说，说你坏就尽量往你坏里说。

比如说雨果，在雨果的《悲惨世界》里头，本来是一个小小的犯人，其实也就是盗窃罪，就是那个冉阿让，他受了神父的感动，就像受了天使的感动一样，他在一个晚上完全换成了另外一个人，他便成了一个圣徒，变成了耶稣的使者，然后通过他的善良、高尚的心来反衬这个社会的罪恶和可悲，非常的强烈！他的情绪非常的强烈！这是强烈的情绪在里面表现。

然后发展到在小说里头可以有大量的旁白，就是作者你只要是急了就跳出来，在小说里头干脆就是他自己在说话，该骂的骂、该夸的夸、该哭的哭、该叫的叫、该闹的闹，在小说里淋漓尽致地发挥出来。然后再发展到在小说里头发议论，托尔斯泰是注重精雕细刻的，但是《战争与和平》到快结束的时候干脆变成论文了，《复活》快结束的时候干脆变成了《圣经》的学习心得了，变成《圣经》的学习笔记，一边读《圣经》一边在那儿忏悔，一边在那儿回想人生、社会的种种问题，变成一个心得。

我们知道昆德拉的作品，我刚从捷克回来不久。昆德拉在中国的影响也非常大，有人说昆德拉的作品最善于取巧，"取巧"这个话带有贬义，我现在想找一个中性的词，就把"取"去掉变成中性的"巧"，就是说昆德拉的作品很巧，巧在哪儿呢？在于夹叙夹议，第一他的那些情节和议论，只要有议论就有情节，只要有情节就有议论；第二他很巧就是他一会儿能这么说，一会儿又那么说；一会儿议论这一面，一会儿议论那一面；一会儿讽刺东欧政权的东欧的共产党一会儿又讽刺所谓民主的派别和西方的一些异议分子，他什么都讽刺，什么都嘲笑，然后这么说一下再那么说一下，堪称摇曳多姿，看完了又是一头雾水，但这也许就是他的魅力所在。捷克有几个作家对我说昆德拉在捷克的影响没有在中国的大，我也不明白是不是真的，也许捷克同行是冤家吧，与其歌颂同行不如歌颂自己，中国的碍不着，昆德拉跟咱们也联系不上,他现在又在巴黎,改为用法语写作了。

这种主观色彩的特别夸张的极致表现,甚至有把小说和抒情散文干脆混起来,有时候你是忍不住的呀。你在写小说当中你有那么多话想说、要倾吐,忍不住时一吐为快,我就有这个感觉。但是我个人感觉有时候少吐一点更好,我虽然这么说,但是我并没有做到,因为我写着写着就要一吐为快的感觉,这是从客观与主观上。

第二是从高雅和从俗上。我说的是从俗的,因为光说通俗优点和高雅对立起来,从俗有可能所谓的大雅而若俗。大雅若俗是什么意思呢?就是当你的胸怀、你的精神资源、你的学识经验、你对文学、对小说创造的掌握的程度已经有了十足的信心的时候,你根本不需要在你的作品当中做一个悲天悯人的、高高在上的、俯瞰众生的那样一种姿态。所以我们就可能看出这个作品里头有大量的、生僻的,生僻的有可能是非常好的作品,当然到现在也有争论,说詹姆斯·乔伊斯的《尤利西斯》到底是一部什么作品,现在名声是越来越大、越来越高,可是《尤利西斯》作品发表的时候,被骂得一塌糊涂,说他伤风败俗这儿那儿的,我去爱尔兰都柏林,詹姆斯·乔伊斯的故居——文学馆,他们那儿卖一种文化衫,上面写着"对付这个世界我有三种办法:silence,就是沉默;exile,就是自我放逐;canny。"什么意思呢?可以翻译成智谋,也可以翻译成小心翼翼,最坏的情况下也可以翻译成耍点花招。说对这个世界一个是沉默,一个是逃避,一个是小心翼翼地对付着,这全世界的文人的共通性令人惊异。我一看詹姆斯·乔伊斯我还以为他是读过老庄的哲学呢,怎么会研究出这三条来?他很冷僻。

八十年代、九十年代初期吧,中国一下子出了两个版本的《尤利西斯》,而且两个加在一块总共发行量有三五十万,比咱们每个人的小说发行的要多吧?但是我非常怀疑有几个人认真读完了,现在请在座的朋友,你们从第一个字到最后一个字读过《尤利西斯》的朋友请举手——一个没有。读过《追忆似水年华》全读完了的请举手——一个没有。我跟你们一样,《尤利西斯》我压根儿没读完,但是我有这本书。《追忆似水年华》我一看真好,再看下去七大本,确实把我给吓住了,我想我都七十多岁的人了我受这个罪干吗呀。他可以写得很冷僻,一开头就说"作为一个……"写得很精致,我们觉得有的人写得非常的精致,契诃夫的有些作品写得非常的精致,屠格涅夫的长篇写得非常的精致,梅里美的这些作品写得非常的精致,美国的约翰·契弗很多作品都写得非常精致。精致就是最好的风格吗?也有的恰恰不是以精致而是以粗糙、以囫囵成就了他的风格,我说的就是陀思妥耶夫斯基。陀思妥耶夫斯基爱赌、喜欢轮盘赌,我读过陀思妥耶夫斯基夫人写的回忆录,他的夫人是他的速记员,他跟出版商订了合同三年内交一本长篇小说,不得少于五十万字,然后出版商给他一大笔钱,他拿去以后就天天在那儿赌、玩、闹到最后还剩四个月到期了,如果他不交这个小说,他可以被判入狱,可以被送到西伯利亚去做苦力,这跟借钱不还是一样的。这个时候他雇了一个速记员来,然后他开始讲他的小说,他讲他的小说的时候真跟电影里头的疯子一样,抓着自己的头发从屋子的这个角走到那个角,从那个角又拍桌子、又喊、又哭、又嚷,这样讲一天,然后接着夜里又讲,我就看一个形式上的问题,我就觉得陀思妥耶夫斯基绝了,你看他的作品不分段的,他能一连二十四页、二十五页不分段,他分不出来。分段分得最多的是台湾,恨不得一句话一段;还有一个是朝鲜,金日成的讲话稿每一句话就是段,每一个句号就是一段。台湾主要是为稿费方便,我现在也注意分段,分段少了以后字数少。陀思妥耶夫斯基人家不要稿费,"刷刷"几声整个就一气呵成连起来了,这是他的第一个特征;第二个他被沙皇陪绑,上过绞刑架;第三他有羊角风,就是我们平常所说的癫痫,他有这个癫痫病,所以这几个加起来,他就是让你怎么难受怎么写,真是对人的折磨,但是他真是天才。

苏联时期因为高尔基批判过陀思妥耶夫斯基,所以那个时候对陀思妥耶夫斯基是被贬低的,但也不尽然,我们看过的电影什么《白夜》《白痴》都是苏联时期的,但好像是斯大林以后演出的。直到苏联瓦解以后,莫斯科出现了第一座陀思妥耶夫斯基的雕像,我从那儿过的时候看到那个雕像,几乎流下了眼泪。有两个作家的雕像让我最感动。一个是形势变化后出现的第一座陀思妥耶夫斯基的雕像,一个是在都柏林王尔德公园的王尔德雕像。王尔德因为同性恋问题被判处了五年还是三年徒刑,被判刑后就到法国去了,到了法国以后郁郁而终。但是当时王尔德是全英国最酷、最帅的男人,他不但是文学大师,而且他留什么头发人家就留什么头发,他穿什么衣服人家就穿什么衣服,而且你现在看到他的雕像就会迷上他,你看他那个雕像充满着天才、智慧、风流,你不服不行的,我说远了。这种风格不同我们还可以举很多,就是风格上是没有定论的。你要真是陀思妥耶夫斯基,你怎么写都行、怎么写都对,可是话又说回来,咱们常常有一个悲剧,他自己写不好可是他又觉得他是陀思妥耶夫斯基,他谁的话都不听,编辑的话也不听,这种悲剧在艺术上是永远无法解决的。

我讲小说的可能性,我中心的一个意思就是希望我们的小说的写作、出版和阅读有利于扩充我们的精神空间,我们的精神空间不要自己给自己限制住了,环境的限制是一种,自己的自迷自恋、自己的少见多怪、自己抱残守缺都会限制住我们自己。

小说的可能性实际上包含了人生的可能性,包含了精神世界的可能性,包含了精神现象的可能性。在这个意义上,小说永远是实验性的,我不赞成区分实验小说和非实验小说,创造就是一种实验,任何一篇新的小说不但对于文学带有某种哪怕是最微小的挑战意味,对于个人也有一种挑战意味,就是看我能不能用这么一种方法、用这么一个题材、用这样一种风格,贡献给读者一篇新的作品。我相信在座都是我的同行,你们不管是学识、精力还是内分泌都比我旺盛得多,相信你们在文学上都会有辉煌的前途。

2007 年 9 月 21 日

文艺与异端[*]

今天我谈的题目叫做《文艺与异端》。这里是故意用一个比较吓人的题目,事实上胆子不大,说着说着,就又会都给拉回来。我们研究了一下,世界各国都多少有一种把文艺看成异端的倾向。最明显的就是在《红楼梦》里,林黛玉说话的时候引用了一些《西厢记》里的词,薛宝钗就把她拉到一边:你刚才说什么来着?怎么能看这些东西呢?这些东西我小时候很淘气,不听大人话,也看;后来家里面大人打的打,烧的烧。这就是两种对异端的方法:一个是接触文艺的用打,另一个就是把文艺作品烧掉,这样才好了。就是说,这些东西也好看,但是你看了之后会移了性情,你的灵魂会受到病毒侵害。移了性情就麻烦了,事情就闹大了。我们再举一个例子,也是把艺术说成异端的。下面这个故事,半褒半贬,以褒为主,但是非常可爱。就是英国人毛姆(Maugham)写的小说《月亮和六便士》,它取材于法国画家高更。高更原来是股票公司里的一个很平庸的职员。在他四十岁左右的时候,忽然迷上了艺术,变得神经不太正常,也不回家了。在这种情形之下,他的太太就委托了一个私人侦探,说我怀疑我先生有了外遇,请你们去查一查,他跟哪个女人搞上了。私人侦探就做了认真负责的调查,外国人是很敬业的,收人钱财,为人消灾,绝没有胡来的,极其认真地调查之后,给他太太报告说:高更先生没有和任何女

---

[*] 本文是作者在北京大学第二届书法研究生班的演讲。

人有来往,他现在迷上的是艺术。他太太一听,哭了。完了!她说,如果他迷上的是另外一个女人,最多三年,三年之后他就会厌烦(这是我的记忆了,可能和原文不太一样),而我呢(他太太对自己有足够的信心),我的魅力不是一般的那些女人赶得上的,我一定能把他的心夺回来,最多三年。如果他是迷上了吸毒,这也好办,我们想办法给他送到戒毒所,两年可以换成一个新人。迷上了黑社会,更好办,没有多久就被公安局抓住了,关进监狱,释放出来之后就老老实实了。迷上了艺术,我这一辈子就完了。然后她委托这个侦探,说你现在要给他散布一个谣言,就说他和某个女人有外遇,打得火热,这样的话就不影响他的威信。一个四十多岁的男人,正是潇洒、健康的时候,有那么一两个 girlfriend,这是光彩的事情,而且在这种情况之下,我还可以显示我的神通:虽然他迷上了几个女人,最后还是在我的手心里,我比哪个同性都更坚强,更有魅力。相反,你要说他是迷上了艺术,完了,没有任何一个公司敢给他贷款,没有一个人把他当正常人,没有一个教堂欢迎一个迷上艺术的人去做祈祷,他就会成为社会的弃儿。这段描写我觉得太可爱了,就是一个人迷上艺术以后,怎么会这么坏?宁可你去嫖娼、赌钱。对了,里面还提到赌钱,如果迷上赌钱,最多一年,钱输完了也就不迷了,宁可迷上赌钱,不要迷上艺术。薛宝钗也好,高更夫人也好,都是具有相当层次的人;还有没层次的人,我要说的是我个人的一个经验。应该是在一九七〇年,我们在座很多人是一九七〇年以后出生的,当时中国正在进行"文化大革命",进入了清理阶级队伍的阶段,叫"一打三反"。那时候我还在新疆,在新疆维吾尔自治区伊犁哈萨克自治州伊宁县红旗人民公社第二大队,在清理阶级队伍当中,就有红卫兵和大队干部进行了一次搜查。和我们一起劳动的一个农民,在他家里搜出了六七本小说,都是在苏联出版的维吾尔文小说,其中有一本是高尔基的《在人间》,还有写维吾尔乌兹别克诗人的几本小说,这些小说就被没收了。没收之后,我亲耳听到一个非常好的农民、维吾尔二大队的书记,他叫阿希姆,他对这个青年农民进行教育。他说,兄弟,不要看小说,看了小说,你的思想会发生变化,你的心灵会发生变化,太危险了。把文艺当成异端,我起码可以找到这样三个例子,说明中、外,还有土的都是这样。

比较起来,我觉得书法特别幸运。很少有人把书法看成异端,认为书法特别危险,甚至把书法看成防止异端的方法。贾政对贾宝玉进行教育,经常采取的一个方法就是写小楷,而且要求他写得非常多,以至于林黛玉还给他做枪手,替他写。居然林黛玉的字和贾宝玉的字能够很像。这主要说明贾政糊里糊涂,只知道压孩子,并不是真正懂得什么东西。

为什么文艺有时候被认为是异端呢?我总是想这个问题。我想,第一条,文艺强调创造性,而创造永远是对平庸的一种挑战,任何创造都是挑战,任何创造都会引起极大的反响。尤其如果这个创造有点超前,和人们已有的审美习惯,思维习惯不太一样的时候,会出现非常强烈的场面。雨果当年写过一个以绿林好汉为主角的戏剧——对不起,我因为今天是从别处过来,一下子想不起来了——这样一个戏剧在演出的时候,剧场外有游行,就是我们现在叫做"群体性事件",抗议这样的"诲盗"。我们国家说"诲淫诲盗",他这就是诲盗,居然歌颂一个绿林英雄,这是多么的危险!中国也是一样,认为《水浒传》就是诲盗,《红楼梦》《西厢记》就是诲淫,就是教给你男女之情,这些本来不可以说,不可以教,不可以传播的事情。我想,创造对平庸是一个威胁。所以很多有创造性的人,使人感到不安,创造本身又没有一个标准。那么创造和骗子的区别何在?明明水平不太高,明明是胡闹的事情,但是他说是创造,或者明明是创造,别人说他是胡闹,你怎么办?你怎么判断呢?我们知道,四川有个著名的剧作家,也是政协委员,叫魏明伦,他号称"巴山戏鬼",他的个子比较矮,人很精明。他原来是演川剧的,而且是演丑角的,但是人非常聪明,没有受过正规教育。他写了很多著名的剧本,比如《乔老爷上轿》,

还有《潘金莲》。比如这个《潘金莲》,演出的过程中,有安娜·卡列尼娜为潘金莲辩护,因为安娜·卡列尼娜也是有婚外恋的。因为有这样一些情节在里面,姚雪垠先生就写文章,明确说《潘金莲》是"胡闹台"。姚老是河南人,我不知道河南话怎么说,用河南话发这个音很好听,"胡闹台"就是说认为他是胡闹。这个东西你分不清楚。

这种在文学上的争论,有时候还没有在建筑上激烈。在建筑上,这种争论太激烈了。埃菲尔铁塔至今还有法国人提起来就痛心疾首的,说它就是一个铁架子,哪有这种塔!欧洲没有这种塔,它和巴黎整个的比较淡雅、比较高贵的情调怎么配合!我在巴黎的时候听见有人给我讲了一个故事,说巴黎有一个最坚决反对埃菲尔铁塔的人,在埃菲尔铁塔修好了以后,他每天在埃菲尔铁塔上度过,因为埃菲尔铁塔上有咖啡馆、展览馆、餐馆等等。别人问他,你那么反对埃菲尔铁塔,为什么频频照顾埃菲尔铁塔呢?他说,全巴黎只有一个地方看不见埃菲尔铁塔,就是埃菲尔铁塔上。否则,我在塞纳河畔一抬头,埃菲尔铁塔;我到了枫丹白露一抬头,埃菲尔铁塔;我到了凡尔赛宫,还是埃菲尔铁塔……走到哪儿都是埃菲尔铁塔,你躲不开它。可是咱中国人最欢迎埃菲尔铁塔,迷了路没有关系,只要找着这塔尖,你最后都能找回去。然后卢浮宫请贝聿铭给设计一个罩,他做的是一个金字塔形的,又引起了极大的争论。巴黎还有一个蓬皮杜文化艺术博物馆,这个博物馆用的是一种工业化的思路,就连电梯都是设计在大玻璃管子里面,透明的玻璃,或者是塑料,远远地就能看见。人上下都在管子里,就像运料一样,就像一个大的混凝土搅拌机,把人运上去,里面也是这样。把工业化的东西做成一个建筑的艺术,法国人在搞这一套。

现在法国人把这个争论已经带到中国来了,就是我们的国家大剧院,有人称之为坟头,有人称之为鸭蛋。"鸟巢"也是法国人设计的。最近我收到一位朋友,台湾背景的,加拿大籍,是个建筑学家,他自费印了本小册子,到处散发,痛斥北京的"三大怪物",一个是"鸭蛋",一个是"鸟巢",还有一个是中央电视台的Z字形的斜楼。这事让人非常难办。我可以在这儿暴露一个真实的情况,我曾经被文化部有关的副部长请去对设计方案提意见,来投标的设计方案就多了,摆成几圈,详细的方案一共将近七十个,其中认为比较好的有十几种,国内的有南京的、上海的,里面也有清华的,也有美国的、英国的、德国的,各种设计都有。但是最后我个人是赞成了这个大坟头,就是鸭蛋。因为它想象力比较丰富,没见过。当然,我刚说的建筑学家说这不是第一个,国外曾经有过,但是在中国它有这一面,就是它比较新、奇、怪。里面很正常,进去以后就看不到这个鸭蛋了。最近我进去了一回,里面非常好。而且请设想一下,我们这个国家大剧院,建国快六十年了才修起来,我们把它修成什么样?就在天安门广场,就在人民大会堂旁边,就在中南海斜对过,就在天安门城楼旁边。如果修成中式的,能修成一个大殿?或者五个殿,一大四小?或者一大一中三小?中国传统上没有剧院,中国有戏楼,戏楼也很可爱,而且要好好保护。颐和园有个戏楼,恭王府有个戏台。恭王府这个戏台是我在文化部的时候给他们提过,我说这个就非常好,要好好保护,中国的京戏不一定要现代化的剧场,转台啊,灯光啊,我说这个戏台非常好,一头上、一头下,然后下边摆上一些桌子,又喝茶又吃点心,京戏就这么看。侯宝林当年说相声,讽刺中国没有戏剧没有文明,就说一边看戏一边还有嗑瓜子的。当然,有些混乱要适当改进,但是,中国戏的演法和西洋看戏的方法方式不一样,它节奏比较慢,要慢慢品味,坐在那儿一边喝茶,一边吃点心,一边看,很舒服,不见得不可以。那么现在到了二十一世纪,你模仿维也纳的金色大厅吗?模仿伦敦大剧院吗?模仿莫斯科大剧院吗?那些欧洲的大剧院,它的特点是,第一,要突出雕塑,它本身就像是雕塑,而且还有各种美好的雕塑;第二,要突出地毯和壁画,还有顶画,天花板上要有很好的画,而且这些画往往和宗教有关;第三,要有好的喷泉;第四,它的建筑材料要突出石头,大理石、花岗岩,或者其他什么石头。我们中国的民族建筑很少用石头——这都不是我熟悉的领域,我在这儿随便说说——我在杂志上看过,说因为中国人讲究阴阳五行,石头是建阴宅的,你看十三陵,还有东陵、西陵,都是石头,十三陵的地下宫殿,都是石头。石头是死东西,而砖木是活的,它本身是有毛细作用的,能呼吸的,它也能吸收潮气,发散潮气。空气经过砖木,仍然能有它的交流、交换。有时候我想,文艺这东西出现一点让你感到不习惯的,有冲击力的东西,我们至少可以看一看,可以说,我甚至于怀着一种带点恶作剧的、顽童的心情,好好支持一下这大"鸭蛋",瞧瞧这大鸭蛋就摆在人民大会堂旁边,能对中国文化,对我们中国的艺术造成一些什么样的冲击。能带来思想的解放?能带来中华文化的灾难?灾难会比日本入侵、卢沟桥事变,或者"九一八"事变更严重?我想不至于。能带来中华文化的毁灭?传统的毁灭?从很坏的方面来考虑,我觉得可能性不大,说不定还能够表现我们改革开放后一种新的胸怀。我又想,不知道在座的朋友有没有到过巴塞罗那,巴塞罗那是西班牙的一个少数民族叫做加泰罗尼亚自治州的首府,加泰罗尼亚有加泰罗尼亚语,和西班牙语不完全一样,但它的人才特别多。比如说多年领导奥运会的萨马兰奇就是加泰罗尼亚人;再比如说欧盟的索拉纳,当年是北大西洋公约组织的发言人,也是加泰罗尼亚人。它那儿有个建筑家,叫做高迪,他的建筑你如果见了要吓一跳,因为他的窗户、门、柱子都是歪歪扭扭的,就好像一个人不正着站着,那样歪着站着,你甚至以为是坏了,要塌,可它不是,就是那样的建筑。他当时被称为"建筑业的疯子",但是他现在是加泰罗尼亚的一个品牌,是巴塞罗那的一个品牌,到巴塞罗那一定要去看高迪的建筑。所以说,有创意的文艺本身带有一种挑战性,这种挑战性甚至让你感到非常不安。

但是事物又有另一方面。我说的另一方面是什么意思呢?就是真正的艺术,所谓达到了炉火纯青这一步,它就不考虑挑战性,它甚至也没有叛逆性,它没有任何一种有意识的、刻意的搞与众不同,搞一鸣惊人。越是炉火纯青的东西,越让你觉得比较普通,比较能够接受,但是在这个接受中,又有新东西不断地涌现。当年胡乔木先生特别喜欢给我举这方面的例子,他说英国作家高尔斯华绥有一篇文章,里面提出一句名言,叫"小溪最喧闹",就是说,闹得最厉害的是小河小沟,大江大海顺势流就对了,没什么需要闹腾的、需要吵闹的、需要作态的、需要摆姿势、需要发疯的,不需要!你充满了信心,有十足的把握,以表现你的至情,表现你的智慧,表现你的胸怀,与人为善的胸怀,而不是一种恶魔的胸怀。第一,不需要把自己恶魔化;第二,不需要把自己孤独化,那么孤独,那么与人为恶,那么与社会为敌;第三,不需要疯狂,你就正常地表达出来,就是大江、大河、大海。这样的例子也同样非常多,这些都是非常敏感的话题,同时也不是我的长项,但是我在这儿借用别人的一些说法。比如说,上海有一个很优秀的作家,叫王安忆,她讲过一个意见,我非常同意。她说,我并不注重风格化,越是特异的、标新立异的风格,就越容易被模仿,越容易失去自己的特性。我想我就不解释了,她的话已经说得很好了。但是我亲自经受过这样的事例,就是一个作家,他写的作品非常怪异,受到了抵制,在受到抵制的时候,他显得光芒四射,因为没有人这么写作。他用的语言和别人不一样,他经常使用语法家所不能容忍的语法,他抒发的情趣和别人也不一样。我喜欢管这种闲事,就是容忍怪异、包容怪异、保护怪异。当然,当他经过我,或者类似我的一些人的保护之后,他的怪异不让人反感了,别人也慢慢接受了。那么这个作家反倒碰到了一个问题,就是难以为继。因为这种标新立异的东西很窄,它最后只剩下两个选择,一个就是不断重复自己,使标新立异成了不断重复,标新立异的吸引力,它的叛逆性,它的陌生感,它的冲击力,都是不可重复的。你不断重复自己,尤其是在没有人声讨的情况下重复自己,反倒让大家审美疲劳了,麻木了,没有什么新鲜感了。你老稀奇古怪,就不稀奇古怪了。所以中国人说"见怪不怪,其怪自败"。第二个呢,我也曾劝导过他——这都是我的缺点,这也是我很后悔的事情,"人之患在好为人师"——我曾经劝导说你不要自己拘束自己,可以写一点怪异的小说,也可以写一点正常的、普通的、记述的、描写的、和旁人没有很大不同的作品。他也接受了我的意见,当他写了那个比较普通的作品的时候,读者又感到巨大的失望,感到他的风格已经没了,他的个性已经没了,他的特点已经没了。

我想,这一类的例子确实有。用一种很怪诞的文风,用一种匪夷所思的修辞手段,用一种所谓"颠覆阅读"的手段,就是你怎么爱看,我怎么不写,这样的手段写出来的文学作品,往往一下子能把你镇住。它的冲击力、爆破力、新鲜感,那种另外开辟了一个世界的感觉,使你五体投地,但是它难以为继。相反,有一些最最普通的东西,比如说真性情,宽阔的、高尚的胸怀,对事物、客体细致入微的体贴,最准确的遣词造句,绘画上的用笔、颜色、明暗……(这些好了,才能长久打动人)所以说这确实又是非常大的矛盾。异端的东西往往有可能是很新鲜的创造,所以在艺术上千万不要轻易地排斥;但是那种真正大气的创造,往往又比异端的东西多了一点适应性,多了一些免疫力,不容易被攻击。异端创造的东西很容易被攻击。我很喜欢用一个词,我老说真正的艺术,真正的创造,是有免疫力的。所谓有免疫力,就是不太可能突然被捧起来,或者突然被抹杀下去,因为它不极端,不那么刻意为之。它对宇宙,对人生的宽阔的理解和表现之中,包含着一种体谅,一种更大的空间。所以,有许多许多人都说它好,你很难把它否定掉。那种很容易把它否定掉的东西,很可能是极端的一枝、一叶、一花、一梦,也就是很可能是一条漂亮的喧闹的小河,它不是大江,更不是大海。

我这样有点说两面话。我们看到了文艺有异端的色彩,但是文艺也还有一面,就是它对人的亲和,因为文艺很难用强迫命令,或是实利引诱的方法,让人们去接受。当然实利引诱也有作用,比如说收藏,书画收藏的利益、效益,它会影响你。但是总体来说,文艺不是为实利所引诱的,它靠的是喜爱,靠的是人们喜闻乐见。从这个意义上说,文艺并不是一个骇世嫉俗的东西,也不是一个与公众为敌的东西。现在回过头说,文艺又常常遭到误解,常常被公众所拒绝,原因之一,就是公众往往以所谓"看得懂""看不懂"作标准,但是这个懂和不懂本身并不是一个科学的方法。比方人们看字,看得出你写的什么字,就是看懂了吗?你写的是"中华人民共和国万岁",远远地一看,"中华人民共和国万岁",这是看得懂。如果写得非常潦草,看不出来,不知道写的是什么,那就叫不懂吗?绘画更是这样,一幅画,这个是猴,这个是牡丹,这个是石头,这个是竹子,这就算懂得这幅画了吗?有几个人懂得这幅画?反过来说,如果看了之后,两个人争半天,说这画的是什么呀?这个人说这是石头,另一个人说不对,这是土堆,那就算他没懂吗?这是一个说不清楚的事情。文学作品更是这样。什么样叫懂,什么样叫不懂?文学作品有一些十分古怪的现象,第一,这个作品十分流行,家喻户晓;第二,谁都说看不懂。你说谁都看不懂为什么人人喜爱,那么家喻户晓呢?比如李商隐的诗,高小以上文化程度的,几乎人人都喜欢,很多人都会背诵"锦瑟无端五十弦""春蚕到死丝方尽",但是要是争论起来,永远是谁都看不懂。所以这里我又想到一层,就是我们接触文艺的时候,除了要懂以外,而且更要去感觉它,欣赏它。有很多东西是靠感觉,靠欣赏,和懂不完全相同。这方面我也有些个人的经验,相对来说,外国人比较提倡感觉,因为我赶上改革开放的好时候,我常常在境外参加一些交流活动,我多次参加过这种朗诵会,这种朗诵会是什么呢?就是有一个拉丁美洲人,有一个德国人,有一个印第安人,有一个土耳其人,有一个中国人,我们每人朗诵一段自己的作品,谁也不知道对方讲的是什么,英语的有时候还能听懂几个词,其他的什么也不知道,但是大家都听得津津有味。而我的一个好朋友,和我同龄的一位作家,他被德国人请去参加朗诵,参加完了以后他回来就写了一篇文章,说感觉受到了侮辱:我明明是一个中国人,我一句德语也不懂,英语也不懂,让我去听那一大堆德文朗诵和英文朗诵,这个是不友好的表现,是对中国人的歧视,为什么不给我们配翻译!朗诵的时候怎么翻译啊,我的天哪,哪有这种翻译?你翻译干什么?翻译的话,你去读翻译作品的书就完了,就是让你来听他的声音,看这个作家的风采的嘛。有时候你感觉这个作家神经质,有时候你感觉这个作家羞答答、有自闭症,有时候你感觉这个作家小说写得好坏不知道,长得还不错,有时候你感觉这个作家他写得再美,他的形象实在是不敢恭维……他就是让你得到这么一点印象。这个中国人觉得不能接受。一九八五年,我到西柏林去参加过地平线艺术节,与此同时,南京的江苏昆剧院也在那儿演出,好像演的就是《牡丹亭》。演《牡丹亭》的时候我们准备了大量的幻灯片,演出方说,你们的幻灯片不能放,第一,这个里面德语翻译得令人非常莫名其妙,人家看着一点都不优美,只能降低人家对你作品的印象;第二,这个幻灯片太多,如果一直这样不断刷刷刷地变化,又会影响大家对这个戏的观看。那么怎么办呢?我们给你一个说明书,把这故事整个讲一遍,我们来看这个演出的人都是有一定戏剧修养的人,说明书看完了以后,然后他看这个戏,演员手这么一比画,声音是高亢的,带着哭或者带着笑,全明白。中国人就是不接受。争论了半天,还是用了德国人的意见,不放幻灯片,结果效果特别好,他们接受了。所以说培养出好的艺术感觉来也能够使我们对这种所谓带有异端色彩的文艺作品,增加一些理解。

最后,我想说一点我对文艺的一种追求,一种幻想,或者我的一个梦。我就是想,能不能做到,在冲出个性,而且是绝对不随便、随俗和湮没自己的艺术个性的同时,来实现与公众的一种和解。因为你说下大天儿来,你在你的作品里表示了愤世嫉俗;但是你这个愤世嫉俗表现出来了,无非是说你胸中有很多块垒,你有许多对这个世界的怀疑、困惑、不满和抗议。那别人呢?别人对这个世界同样有很多怀疑、困惑、不满,那么他在阅读、欣赏、观看、听取你的作品的同时,不就达到了和你的交流了吗?文学作品里这样的东西很多,尤其是女作家。比如说她写完一个作品,中心意思就是说全世界男人,一个好男人都没有,千万别相信男人,男人全是坏人,全是狼,全是狗。我看完了以后，我的思路也怪，我的感觉是，她多么渴望有一个好的男人啊！她这种对男人的痛斥，正是表达了她对男人的渴望，对好的男人，对有道德的男人，对有人性的男人的渴望，这不是很容易理解吗？她何必孤单呢？谁不希望有这样一个好的伴侣？男人希望有好的女人，女人希望有好的男人，很正常，很普通。比如说，同样，有人拼命写生活中的黑暗，尔虞我诈，到处是设的局，设的套，到处给你使计策，到处让你不知道什么时候就跌入陷阱，在这样的作品中，我体会到，是对人的真诚、纯洁的心灵，对一种美好的心灵的呼唤。他为什么写得这么黑暗呢？无非就是他希望更纯洁、更美好的心灵。所以我就觉得，一个人的思想见解达到一定程度以后——这个当然说得过一点，说得悬一点——他真是能够达到对一切的理解，而且从这种理解当中，得到一种心和心的相通。一般情况下，当然除了很特殊的情况，国家发生战争啦，外敌入侵啦，或者还有什么其他稀奇古怪的事情之外，文学和艺术传达的仍然是一种爱心，仍然是一种美好的心情，而不是一种灾难的预告。我觉得我们是可以做到这一点的。

文学艺术还有一个很大的好处，帮助我们实现和公众的和解，就是它本身是一种寄托。比如说它表现出了很大的愤懑，从另一方面来说，这种愤懑表达出来之后，就得到了一些梳理。我常常举的一个例子，有人很不喜欢我的这个例子，但我说的也是实话：歌德年轻时候一个著名的作品《少年维特之烦恼》，他写失恋，写自杀。据说歌德这个作品一出，德国有很多人学着维特和女主人公的样子穿衣服，而且学着维特的方法自杀。但是我们要研究一个问题：歌德没有自杀，歌德不但没有自杀，歌德是世界上最长寿的作家之一，歌德在八十岁的时候还结了一次婚，他很棒，和我们的杨教授一样棒，八十多岁了还和一个年轻美貌的女孩发生了恋情。所以说明文艺从它本质上来说，它不是教人颓废的，它可以写很多颓废的东西。它不是教人悲观，也不是教人自杀的。而是当你把这些愤懑，这些块垒都通过艺术的形式表现，它就使你的悲愤免疫化了，就是我刚才使用的那个词,它不会使你走向特别极端的路子。

(作者答与会者问)

问:我来自湖南郴州,我从小就很崇拜您。我的问题是,我们的文字改革改了很多次,我一直有一个问题,就是繁体字招牌,当前工商、城管说不行,要罚款,说是文字改革中的规定,请问王老,怎么看这个问题?作为一个搞书法的人,我觉得很痛心,因为文字本身是简体字、繁体字可以同时存在。

答:据我所知,书法里面是不限繁体字和简体字,没有这个讲究的。但是这个非书法的,比如一些招牌,应该是用简体字,我们要求是用简体字。有没有罚款的规定,这个我不知道。现在我们国家早已没有文字改革委员会了,只有一个国家语言文字委员会,是由教育部代管的。我可以举一个例子,你看毛泽东他是严格地按照简体字来签名,但是江泽民的"泽"字从来都是写繁体字,我估计没有人敢罚他的款。(笑)题字大概没有这种问题,印刷还是应该用简体字。一般的书法都很少用简体字,繁体字比较好看,但是简体字我也不主张抹杀,简体字是方便,尤其对小孩学习的时候来说,我们很多简体字也并不简单,也都是有根有据的。

问:请您谈谈,从政之后对您的创作是一种促进还是阻碍?

答:这也是一个很有趣的问题。我首先说明,因为我从小就参加了政治活动,我从十一岁就和北京的地下党建立了固定的联系,我十四岁就参加了地下党,我十五岁的时候北京已经解放,我是北京团市委的干部,我从政在先,不存在从政的问题,我是原生性的。而我从文是从一九五三年开始的,我有这样一个特殊情况。那么当然政和文的要求是不一样的,我刚才讲了,文对政来说有时候也会成为异端,因为它比较强调个性,它喜欢说别人没说过的话,你这么说,我偏偏不这么说,用一种个性化的方式来说话。而政呢,有它的要求,我们外交工作经常要求口径,什么问题,不管谁答,只要你是中华人民共和国的官员,你都不能出这个大框,就按这几段来回答,有这种口径。还有从政要开很多的会,这些是和从文的人不一样的。从文的人有时候喜欢独出心裁的表达,这有时候也使领导反感,所以这是互相矛盾的地方。但是也有互相一致的地方,最大的一致的地方,就是政治是中国人,尤其是从二十世纪三四十年代,或者二十年代大革命以来人们生活的一部分,是很多人最重要的一部分,这是事实。比如"文革"当中,说"上山下乡",都"上山下乡"了;说上"五七干校",都上"五七干校",生活都变了样了。说回来又都回来了,说"四人帮"倒了,中学要开学了,该干什么干什么了,所以政治也是生活,你如果完全不理解政治,你也无法理解人们生活的变迁。在这个意义上来说,政治同样是文学所描写的对象,而政治反过来在一些重大关头又给文学一些重大影响。从我个人来说,特别是我担任过十年的中央委员,担任过不到四年的部长,这里面也有使我开阔了眼界,积累了新的生活层面这方面的积极意义。

问:请谈谈您对中国书法艺术的看法。

答:我对书法有一种敬佩,我觉得中国的书法是一个非常高级的艺术,因为它相对比较抽象,笔画啊,架构啊,笔势啊,尤其是在文字当中表现出来的书写人本身的境界,他的性格,他的情趣,以至于这方面解释得太过分、引用得太过会走火入魔,以至于有时候看一个人的字可以帮助你诠释一个人的命运,他的遭遇,和他在一些关键时刻的选择。但是也不能说得太过,太绝对,坏人写出好字来的,好人写不出好字来的,这当然也有。但总的来说,书法是非常高级的。外国有一种说法,说音乐是唯一的不含有罪恶感的艺术,我想它说的罪恶感就是说,其他的很多艺术,它离不开人的情欲,不可能完全回避人的情欲,绘画也好,文学也好,戏剧也好,都会写到人的情欲,但是音乐里面相对来说就少得多。我想如果音乐是一个不含罪恶感的艺术,那么书法也是更不含罪恶感的艺术,它是从更高的层次上来表现人的精神,所以你也很难把很多教条用在书法里面。我个人对目前兴起的这样一个"书法热"表示非常赞成,而且我也希望我们中国有越来越好的书法家出现。

问:我们常说"文如其人",但是现在有很多教授,在讲台上说得非常好,但是背后缺乏道德,这个您怎么看?

答:"文如其人"啊,不一定是指道德评价,因为道德评价受价值观念影响,文如其人讲的特别是人的个性,个性本身是个中性的词。个性本身可以发挥得很好,就看用在什么样的地方。比方说,急躁的人,急躁本身并不是一个褒义词,但是也可能一个急躁的人他心直口快,办事利索;怯懦的人,怯懦本身也不是什么好词,但是一个怯懦的人也有他小心谨慎,而且很少伤害别人的这一面。所以我觉得,我们现在说文如其人,并不是说文品等于人品。因为人品里面有更多的道德评价,是一个价值的判定,这个价值判定的问题,就不仅关乎个人的精神境界,还有和社会力量的对比、思潮等很多东西有关。文如其人是对的,比如说我读过巴金的作品,再看到他,我就觉得巴金是一个非常真诚的,充满感情的,而且特别热爱青年,寄希望于青年的人。你如果读过冰心的作品,再接触冰心的人,你也会觉得冰心是一个高雅、慈祥、善心的人。但是毕竟文和人又不完全是一回事,那么为什么又会有这样的情形呢?我就觉得,没有任何人可以在文中百分之百地表现他自己,他怎么能把自己的百分之百都表现在文里面呢?比如说他的头发,是长得很好,还是有点发秃,这又没写,你怎么知道呢?比如说,他有没有口臭,嘴里是消化良好,还是常常有不好的气味,这个很难判断。你要经常和他接触,假如说他嘴里经常发出不好的气味,总是可以闻出来的。但是在小说里,这种不雅的气味是看不出来的,相反小说写得还都是清香的,这个是完全可能的。所以文和人之间很有一点距离。我们说一个人的人格肯定会影响他的人,一个人的人品肯定会影响他的人,一个人的性格肯定会影响他的人,一个人的智慧更会影响他的人,但这个影响出来以后是多种多样的。人总是把自己最好的东西表现在外面,他那些次好的和不好的东西就回避了。我曾经接触过一个我很尊敬的诗人,我不能说名字,这个诗人非常的可敬,但这个诗人我发现他在生活上有一些很不拘小节的地方。我举一个很简单的例子,我们俩坐一块吃饭,吃完了饭以后吸烟,吸完烟以后他就把烟灰弹在我面前的一个菜盘里,他不弹在他自己那个菜盘里。他老婆就提醒他,说你怎么把烟放到人家王蒙的盘子里,他说:"他年轻嘛。"年轻和这个菜盘当烟灰碟有什么关系?(笑)没有什么特别的联系,后来我就得出一个结论,他把最美好的东西已经献给了读者,给自己留下的是比较丑恶的那一面。(笑)所以别以为文章写得好的人就是特别好的人,也不一定。

问:按照您刚才对文艺作品的说法,是不是艺术作品受欢迎的就是好的?

答:这个问题,一千个作品就有一千种情况。有一种情况,就是你的作品可能有很高的艺术价值,但是很少被人理解,甚至不被理解。这样的事情也有啊,我们的四大才子书从一开始都是禁书啊,我去爱尔兰,我最有兴趣的是参加James Joyce(詹姆斯·乔伊斯)纪念馆,他写完《尤利西斯》,受到社会一致的责难,那儿卖一种文化衫,文化衫上用英语写着James Joyce的一句话,他说对付这个世界我有三种办法,第一种办法是silence,就是保持沉默;第二种办法是escape,就是逃避、躲避;第三种办法就是canny,耍一点小的花招、智谋。我看了以后觉得很有意思,我还以为James Joyce是中国人呢。所以说这种情况是有的,但是它不会永远这样,慢慢地随着社会进步,智力的发达,文化的发达,逐渐地被接受。还有一种情况,就是经过一段时间之后,它能做到雅俗共赏,这个最突出的表现就是《红楼梦》,《红楼梦》真是雅俗共赏,很少有对《红楼梦》不感兴趣的。毛泽东喜欢《红楼梦》,而且毛泽东上纲上到什么程度,他说:我们中国也没有什么了不起,无非就是地方大一点,历史长一点,我们还有半部《红楼梦》。这都变成了我们的立国之本了。而且后来有人查过,说他原来说的是半部《红楼梦》,后来出"毛选"的时候,觉得说半部太不好听了,改成说一部,"毛选"里印的是"一部"。共产党也可以喜欢它,国民党也可以喜欢它,毛主席也可以喜欢它,张爱玲也喜欢它,白先勇也喜欢它,《红楼梦》可以做到这一点,当然这个非常幸福。但是这个幸福也与曹雪芹无缘,曹雪芹活着的时候他看不见这个。也有的呢,受到公众的热烈欢迎,然后两年后被忘得一干二净,这样的也有,所以各种各样的都有。受欢迎和它的艺术质量之间,暂时来说是两回事,但从长远来说,(艺术质量高的作品)应该是能够被理解的,能被接受的。所以说最终一个人也没接受,而又成为世界杰作的,这种事很少。这里面有偶然,这就是幸运的问题了。比如波斯的几个大诗人中,其中有一个叫莪默·伽亚谟,他写的有一个叫《鲁拜集》,新疆人则称之为《柔巴依》,当时在波斯已经流传几百年了,没有人注意,后来翻译成英语之后,在欧洲轰动,最后回过头来波斯也把他算成几大诗人之一,他有这种命啊。你说现在还有没有别的这样的作家,非常少,至今还没有中国人能够这样,但也不能说没有,所以世界上的事很难一概而论。

问:王老师您好,我是北大的学生记者,想请教您一个问题,政治和文学看起来好像是有很多矛盾的,好像一个是压抑人性的,一个是解放人性的,那么政治家和文学家,您觉得有没有可能达成统一呢?

答:政治和文学的统一,这样的例子也有。比如说法国的一个作家马尔罗,他曾经担任过文化部长,他曾经写过反映中国大革命的小说,他会见过毛泽东主席,而且他一直主张法国应该对中国友好,他一直赞美毛泽东是一个非常难得的伟人。再比如说,秘鲁的作家略萨,他曾经竞选总统,虽然没有成功,但说明他至少也算半个多政治家,否则他很难操作到竞选总统的程度。再比如说,哥伦比亚的作家加西亚·马尔克斯,他政治上非常激进,他是古巴领导人卡斯特罗的好友,他用高尔基歌颂列宁的态度来歌颂卡斯特罗,并因此受到了略萨的抨击。还有一个不是让文学,也不是让政治感到光荣的例子,就是被处以绞刑的伊拉克原独裁者萨达姆·侯赛因,他是一个小说家,他写过小说,而且有的小说构思非常妙。他写一个部落的首领,伊拉克非常落后,这个国家发生了政变,这个部落的首领就要去拍一封电报给领导政变的将军,表示祝贺,来讨好这个将军,但是由于赶上了下雨,在伊拉克拍一个电报要走两天才能走到那个电报局,说明拍电报是个非常不容易的事。到了电报局以后,他写好了给政变将军的电报,电报员告诉他:你怎么拍这个电报呢?这个政变已经失败了!国王已经胜利了,这个发动政变的将军已经枪决了,这个首领一听,说,哦,那很好嘛,立刻改成给国王拍电报,祝贺他平息了一次叛乱。(笑)这个小说写得很尖锐啊。一九九六年我曾经收到当时伊拉克驻北京使馆的请柬,要请我参加萨达姆·侯赛因小说集的首发式,但是因为它和我去英国矛盾,所以我没能够参加。我如果要不是去英国的话,那我没准还有这么一个机会,支持萨达姆·侯赛因的小说,实在并非太光荣的事情。所以搞政治的人,或者有政治激情的人,或者参与政治活动的人,又同时是文学家(比较难)。当然也有成功的例子,比如丘吉尔。丘吉尔是获过诺贝尔文学奖金的,他的散文写得非常好,他当然是大文学家。当然还有我们的伟大领袖毛泽东,毛泽东的诗,毛泽东的书法,是不能够等闲视之的。所以说,文学与政治的关系有各种情况。当然也有作家搞政治,搞到最后掉了脑袋的,出了洋相的,发了疯的,自杀的,跳楼的,这样的也有,人生是千奇百怪,无所不有。

问: 王老师,文学上有延安文学、上海文学,还有北大荒文学这样的分类,请问您的个人创作是属于哪一类?能不能把您的创作经验和我们分享一下?

答: 首先我个人不太赞成这样的文学分类法,比如说延安文学、上海文学,或者是什么北大荒文学。因为我觉得文学都有它虚构的一面,有它的普适性,就是说我们希望我们写的东西不是仅仅地域化的,仅仅针对某些人的。当然我生活时间最久的是在北京,我在新疆有十几年的生活经验,我有一些作品是写新疆的,我的故乡是在河北省沧州市南皮县龙堂村,所有这些经历对我都是有意义的。与此同时,我又走向世界,我在谈世界,我去过五十六个国家和地区,我写的东西也会涉及它们。所以我不赞成将文学按照地域来划分,比如说鲁迅是浙江人,茅盾也是浙江人,郁达夫也是浙江人,但是他们的风格又完全不一样,鲁迅的作品早已经跳出了绍兴,或者是浙江的范围,他有在北京写的,有在广州写的,有在上海写的,有各种不同的作品,郁达夫还有一部分作品是在日本写的,是描写日本留学生的生活的,所以我说,还是不那么划分,更好。

问:王老师,请问您是政治家吗?请问您怎么看现在禁书的问题?

答:第一个问题问我是不是政治家,我不是政治家。我谈不上是政治家,但我也是政治生活一个积极的参与者。第二个问题是关于书的结集出版。每一本书的出版情况都有不同,但我从原则上是希望出书出得越宽越好,给读者更多的选择的机会。现在采取禁书的方法,据我所知,并不多。但是现在有一些比如说这本书出的问题太大了,给出版者一些批评、警告,一直到采取撤换的办法,这个是有的。另外,人们现在获得书、信息的渠道,说老实话要多得多了。比如你可以从网上看到,可以托亲友们从境外带到。所以大体上,我认为在多数的情况下,你需要阅读的是可以满足的。是不是这个样子,也许我说的不太准确。

问:王老师您好,今天很荣幸。我有一个小问题,我比较喜欢您的小说,也比较喜欢李敖的小说,以我的判断,你们是同时代的人,他也来过北大讲演,他说过一句话,就是中国近现代写白话文的前三名是李敖、李敖、李敖。请谈谈您对这个问题和他的文章的看法,谢谢。

答:他比我小一岁。像李敖的这个说法,这是他的个性,这种个性当然和他的环境,他的遭遇有关系,因为他坐国民党的监牢坐了非常长的时间,所以他是憋了很大的火气。至于说在大陆,我们就很难容忍,一个作家比如说在自己的作品封面上写着"第一是我第二是我第三还是我",这样会被认为是有些失常。其实写作很难说谁是第一,谁是第二。李白是第一,屈原是第一,司马迁是第一,曹雪芹是第一,鲁迅是第一,还是谁第一?这个很难说清,也不需要这样排。这个作品如果你喜欢看,那么他是第一百八十六名,也可以看,如果作品你不喜欢看,哪怕是第一,超级第一,也可以不看。(笑)

问:王老师,我有一个现实问题。我们书法班提出"文化书法",希望通过书法来弘扬文化内涵。我们是写书法的,我自己也喜欢写新诗,我的问题是:新诗容易不容易写?现在有些人,随便说两句话,拿出来就是新诗,写下来就是对联。我想请王老师指点一下,如何写新诗?

答:这个问题比较难以回答。但是你说的这个现象我是看见过,现在的对联越来越不讲究了,平仄不对,虚实词不对,怎么着都对不上,怎么弄上就成了对联了?有时候电视台里,有时候电视剧里,有时候电影里,有些对联让人看了以后有痛不欲生的感觉。全民的语文水平的下降,这是非常可悲的事情。这方面我和金(开诚)老师都交换过意见,我们都能举出无数的例证来证明。新诗呢,我觉得写得好的毕竟还是有的,我们去看一些好的新诗,至于有一些完全不成为新诗的,自己把它分几段,就称为诗,他也不犯法,你很难采取行政手段、司法手段来加以禁止。我想比如说闻一多的诗,艾青的诗,徐志摩的诗,臧克家的诗,年轻的舒婷的诗,更老的当然冰心也写过诗,这些当然都非常值得看,如果你多看这些诗,就会少看那些让人看了生气的诗。

2007 年 10 月 8 日

文 学 十 讲*

第一讲　风云际会　雄武沧桑

　　文学是多种多样的,因人而异,不同的人对文学也会有不同的期待,启迪的话题可以有许多种讲法。那么我呢,就十四个方面的启迪来谈一谈。现在我想谈的,就是该怎样从文学当中了解历史。我起了一个题目叫:风云际会,雄武沧桑。

　　我们可以回想一下,我们对于历史的许多了解,一部分当然来自于历史课程和正规的历史书,还有相当大的一部分,并不是从正规的历史教科书里得到的,而是从文学作品当中得到的。比如说《三国演义》,认真地看过陈寿的《三国志》的人很少,但是知道《三国演义》、听过评书、看过京戏的人非常多。甚至当你发现《三国演义》里有些事情与真实的历史不相符合的时候——例如周瑜并不是一个心胸狭隘的年轻人,他的年龄其实比诸葛亮还大,曹操也很可能并非那样奸诈——你会觉得非常遗憾。你会觉得,不是演义应该与历史符合,反过来,你会希望历史与演义符合。

　　比如说岳飞,真正读过岳飞传记及相关历史书的人非常少,但是知道《精忠岳传》《说岳全传》的人很多,这是一个事实。什么岳飞出生时他母亲梦到大鹏鸟啊,婴儿时遇到洪水乘瓮逃命啊,岳母刺字

---

　　* 本文是作者在上海电视台艺术人文频道的系列演讲。

啊,这些脍炙人口的故事多半是从通俗小说中而不是从正史中读到的。这说明什么呢?这说明历史故事、历史演义、历史传说是文学的起源之一,尤其在中国是这样。在中国,大量的文学作品尤其是长篇小说,原来都是民间的历史演义。欧洲不太一样,欧洲对历史的文学化更多地表现为史诗。

还有一点,在最开始的时候,历史专家与小说家、诗人并没有非常明确的分野,历史与文学不是分得非常清楚的。最明显的就是《史记》,它写得太生动了,太戏剧化了。比如"鸿门宴",比如说"张良学艺",比如说"萧何月下追韩信",它们那么有戏剧性,那么个性化,那么有吸引力,那么多光彩夺目的细节,语言又是那样地生动,就会让你觉得,它是文学!严格的历史其实要枯燥得多。有时候文学所表现出来的历史,和你纯粹从历史上了解到的一个时期的政治权力、经济发展、民族与人群的盛衰、朝代的兴亡还不太一样,它更多地让你体会到人在历史中的激情,人在历史中的遭遇,人在历史中的命运。

《史记》里我最爱读的部分,并不是别人评价最高的那些章节,而是最不重要的章节,虽然不重要,却让我非常地感动。其中就有那个《范雎蔡泽列传》。范雎在魏国,跟着须贾到齐国去出差。齐王听说范雎口才特别好,就给他送了点礼物,送了十斤黄金,还有些酒肉之类的。这事被须贾知道了,回到魏国一汇报呢,立刻把范雎判为里通外国,把他打了一顿,肋条骨也打折了。然后范雎就装死,大家把他扔到厕所里头,还把尿尿到他所谓的尸体上,来惩戒那些里通外国的人。但是范雎呢,跑到了秦国,以张禄的名义,在秦国当了宰相。过了十几年之后,须贾被派到秦国去求和,因为秦国太强大了。这个时候范雎穿得破破烂烂,大冬天,来到了招待所,来到了宾馆,来见须贾。须贾一见,哎,说这不是范叔吗——称他为叔,可能他年龄大一点——说你怎么潦倒到这个地步了呢,穿得破破烂烂的。其中他就说了一句话,不知道为什么,这种话特别使我感动。他说了什么话呢？须贾说:"范叔固无恙乎?"我也不知道为什么这么喜欢"无恙"这个词,一说到"无恙"我就特别感动。"别来无恙",从字面上来看,就是你别来没出什么事,或者说没生什么大病,你还没得癌!可是这个话听来特别有感情。与你说"一向可好?"或者说"Are you still OK?"那感觉完全不一样。一说"范叔固无恙乎?"你就会觉得:哎呀,只有老朋友才能这样说!然后范雎就假装说,我现在是打工的。须贾说你太可怜了,你不在这里活动活动?范雎就说,我还活动什么呀,我都到这地步了,还有什么好活动的!须贾说,你大冬天的连衣服都没有啊?就把自己穿的一件绨袍(绨是一种绸缎,没有什么光泽,在北京你也可以买到用绨做的小棉袄)给了范雎,范雎就穿上了。以下就不细说了。后来发现秦国的张禄宰相就是范雎,须贾就爬在地下,说只求速死,说我不是人,我做的都是坏事。范雎说,像你这样的人,杀一百次都是可以的,但是呢,看在你给我绨袍这个面子上头,饶你不死,快滚回去,要魏齐的头。魏齐就是当年把范雎定性为里通外国,命人把他往死里打,完了往他身上尿尿的那个人。

我就不知道为什么这样的故事总会有一种力量,让你感觉到,在历史当中,除了那些大的事件以外,个人的命运也会有这样戏剧性的变化,也会这样引人注意。

《三国演义》相对来说,精彩,但是我不感动。我不知道你们怎么认为,我总觉得《三国演义》让人感动落泪的地方比较少,你净看一个比一个精,一个比一个奸,所以动情比较少。但是《三国演义》里有一个地方,也让我感动,与"无恙"这两个字也有关系,就是华容道。赤壁之战,曹操败北。那里有一条小路,估计曹操一定要从那里逃,就派关公在那里把守,但是曹操对关公曾经有恩。曹操一听前面关公拉出队伍来了,就说,既到此处,只得决一死战!众将说,人现在还有劲,马已经没有力气了,没法打这个仗。然后程昱——曹操手下的一个谋士——说我知道关公这个人啊,讲义气,你跟他说说去!于是曹操就过去了,纵马向前,欠身谓云长曰:将军别来无恙!又是

"无恙"两个字。我不知道为什么这两个字对我有一种魔力,我每次看到这儿,都很感动。关公一开始的时候说我已经报答过你了,早就报答过了。但是这个时候曹操又说:过五关斩六将之事,还曾记否?大丈夫信义为重!哎,曹操讲他的道理。关云长心中不忍,把马头勒回,就把曹操给放了。这个故事在历史上并没有依据,但在文学作品里,这就是把历史文学化的一个杰作。还有一处感动,就是刘备托孤。这个刘备太损,他托孤的时候说,我这个阿斗啊不成样子,如果他有希望,你诸葛亮可以帮助他,如果没有希望,你可以取而代之。诸葛亮在底下只有叩头的份,说我绝对不能做那种不道德的事情。不忠于自己的君主,还要取而代之,他绝无这样的思想。看到这儿,我总是有点感动。

当然,还有很多历史人物在文学当中都成了脍炙人口的人物。除了中国以外,我举一个例子——意大利有一部非常著名的长篇小说《斯巴达克斯》。斯巴达克斯是率领罗马奴隶起义的一个英雄、一个好汉,但是最后他失败了。虽然马克思也讲过斯巴达克斯,恩格斯也讲过斯巴达克斯,但是如果没有这个文学作品,我们对斯巴达克斯的了解,还是非常有限的,有了这部小说就不一样了。

刚才我讲过中国的岳飞,我们也是通过民间的故事了解他的。文天祥的事迹我们都知道,但是文天祥能有今天这样一个影响,有今天这样一个威望,与他自己的诗与相关的文学作品是分不开的,因为我们在他的诗里头,看到了那种历史的激情。文天祥的诗叫《正气歌》,他说:"天地有正气,杂然赋流形。下则为河岳,上则为日星。……时穷节乃见,一一垂丹青。"人是顶天立地的,囊括宇宙,通达八方,这诗表现出来这样一种气魄。那么岳飞呢,除了有《精忠岳传》以外,还有《满江红》词,这是文学。当然,后来还有歌。"怒发冲冠,凭栏处,潇潇雨歇。抬望眼,仰天长啸,壮怀激烈。三十功名尘与土,八千里路云和月……"他的这个《满江红》,脍炙人口,为人所传诵。有些学者考证,说岳飞的这个《满江红》是伪作,是托作,是别人替他作的。我的看法是,如果是别人替他作的——在中国常有这种事,因为中国古代没有知识产权的观念——这个人的目的只有一个,就是要表达岳飞的这种思想感情。如果这是一个伪作的话,那么这个人伪得太棒了。他居然能够把岳飞的思想感情写出来。"抬望眼,仰天长啸,壮怀激烈。"谁还写得出这样的句子?"三十功名尘与土,八千里路云和月……驾长车,踏破贺兰山缺。"哎呀,这样一种激情呀!谁能够写得出来?有谁能比这个伪作写得更像岳飞?所以,如果它是岳飞之作,那么值得我们赞美,值得我们钦佩;如果不是岳飞之作,是后来的文人托岳飞之名而作的,那么我们也可以说,他是代岳飞表达了当时的一个抗金英雄的那种气魄,那种胸怀,那种献身的精神。

所以很多历史上的重大事件、重要人物,都与文学有关系。如果没有文学,人不会有那么强烈的历史参与精神,不会有那么强烈的历史性的献身精神。你读了很多与历史有关的文学作品以后,也会想在历史里头起点作用,想做点事,也想在历史的长河当中成为一朵浪花,发出一声声响。所以我说这是"风云际会,雄武沧桑"呢,就是说这样的作品本身就有历史的魅力,是对你的一种驱动,让你关心历史、参与历史,而且希望自己在历史当中能够有一些作为,能够有一些奉献。

还有"沧桑","沧桑"是什么意思呢?历史中的任何一个事件、任何一个人物,在发生、存在的过程当中,是何等地激动人心,是何等地惊心动魄,是何等地雷霆万钧,让人何等地热血沸腾!是不是啊?看完岳飞的词,如果你身处在南宋时代,你也会产生出为宋朝朝廷献身的这样一种愿望的。如果你看完了《斯巴达克斯》,你就会感觉到这个奴隶争取自由的斗争有多么伟大,斯巴达克斯这样的人有多么伟大,完全将个人的生死得失置之度外。但是呢,历史的事件并不是永远在那里重复的,很快就会过去,我们有个说法,叫"昨天已经古老"。当这些事件过去以后,你又会以相对平静的心情,比较超脱的心情,在那儿加以回味,加以咀嚼,有所追忆,有所怀念,也有所慨叹。

但是这是文学里面的历史,并不是真正的历史,而文学中的历史都是什么呢?都是故事。我非常欣赏汉语里面"故事"这个词,"故"就是过去的、过往的、老旧的,"故事"就是过往之事、已经过去之事。但是英语里的 story 没有已经发生、过往的意思。在报新闻的时候,先报个标题,然后底下是 the story is……就是说,新闻里发生的事也叫 story。可是汉语里叫"故事",故事给人的感觉又不一样,和我刚才说的激动人心的、热血沸腾的情况又不一样。当我们读这些历史故事、文学作品的时候,它们往往给我们一种沧桑感。沧桑是一种很高级的感觉,它是一种超脱,也是一种智慧。站在更高的地方,以一个更远的东西,一个更长久的、更永恒的和更开阔的视野来做背景,从更长的时间与更开阔的空间的坐标上来看历史,就有了沧桑感。

比如说,同样也是我们人人都会背诵的,苏东坡的《念奴娇·赤壁怀古》,它说:"大江东去,浪淘尽,千古风流人物。故垒西边,人道是,三国周郎赤壁。乱石穿空,惊涛拍岸,卷起千堆雪。江山如画,一时多少豪杰。""一时",就是那个时刻,现在已经没有啦,现在到赤壁去怀古,已经没有多少豪杰了。当然,这里面还有另外一个问题,说是苏轼写的那个赤壁呀,他还弄错了,不是那个真正发生战争的赤壁。赤壁有好几个,中国地方也大,重名的也多。但是苏轼当时有这种感慨,所以他最后说什么呢?"故国神游,多情应笑我,早生华发。"因为面对历史,你只能够慨叹一番啊!

关于这样的沧桑感呢,我还愿意举一个例子,那就是《三国演义》开头的一首词《临江仙》,后人还给这首词写了歌,是谷建芬作的曲,还作得挺好。"滚滚长江东逝水,浪花淘尽英雄。是非成败转头空,青山依旧在,几度夕阳红。白发渔樵江渚上,惯看秋月春风。一壶浊酒喜相逢,古今多少事,都付笑谈中。"嘿,这样一种心态呀,也不坏。因为世界上的很多事都是这样,你该激动的时候要激动,该平静的时候又需要平静。用王国维的话来说,就是你既要"入乎其内",又要"出乎其外"。历史的火焰一燃烧,你能体验到它的热度,这是入乎其内。然后"一壶浊酒喜相逢,古今多少事,都付笑谈中",弄一碗酒,一边喝着一边议论着,也不过一番笑谈而已,一切都已经过去了。这样的话你会更清醒,你会拉开点距离,而你对历史的一些评论呢,也很可能比你不保持距离的时候更准确。你还能从中学到一点东西,学到一点经验教训。所以我想,历史在文学当中所传递给我们的这样一种"风云际会,雄武沧桑"之感,丰富了我们的认知,也丰富了我们的情感。这里边包含着历史英雄主义、历史参与冲动、历史献身精神,同时也有对于往事的慨叹,俱往矣的悲凉,旁观者——或者用鲁迅的说法,叫做"看客"——的与我无关的超脱心态。(鲁迅是很批判国人的"看客"心态的,他针对的是国人缺乏责任感与使命意识的一面,我这里讲的是另外一回事。)

第二讲 情系人生 天长地久

我之前讲过,历史、传说、故事里边的人物是文学的一个起源,另外,文学还有一个非常重要的来源,就是来自民间的,与感情有关,尤其是与爱情有关的一些民谣、诗歌、故事等等。这是一个我们不能够否认的事实。爱情就是文学一个永恒的主题,尤其是民间文学,几乎都离不开男女之情。早在两千几百年以前,孔夫子担任责任编辑的《诗经》里面,就有我们人人都熟悉的"关关雎鸠,在河之洲。窈窕淑女,君子好逑。参差荇菜,左右流之。窈窕淑女,寤寐求之。求之不得,寤寐思服。悠哉悠哉,辗转反侧"。非常自然,非常合理。这边有窈窕的淑女,那边君子就认为那是我理想的对象;求之不得,他就会失眠,就会辗转反侧。而古人没有我们今天的条件,没有那么多的镇静剂呀,催眠药呀,他没有,所以他就只有唱这些歌,通过流传这些歌谣来表达自己的感情。

我在新疆的时候,一到冬天,那些马车夫半夜里都到矿里面去拉煤,用的是马车。这些马车夫经常是在半夜里头——夜里一两点——喝了一通酒,然后开始唱。唱什么呢?就是:"你的眼睛多美丽呀,你把我的心都烧成烤肉串啦,啊,我昼夜想念着你呀!"表达这样一种感情。这种感情你是压制不住的。但中国的封建道德呀,问题相当大!它往往使你不敢表达这种感情。我们连"爱情"这个词都没有,"五四"以后才慢慢地有这个词的,等会儿我们再讨论和它有关的问题。几乎唯一的一条出路,就是在文学作品里,在诗歌当中,在戏剧当中,在很有限的一些小说当中,对爱情有所表现,半合法半不合法地——因为那些跟爱情有关的诗歌、戏剧,往往都不能算作很正经的文学,都处在一种半合法半非法的状态上,大张旗鼓地来讨论、来表达是不可以的。但是我又经常思考一个问题,一方面文学表达了爱情,另一方面,文学也造就了爱情、成全了爱情。我甚至愿意说一句极端一点的话:没有文学,就没有爱情。

这句话是什么意思呢?没有文学,仍然会有男女间相互的需要,但是没有文学的话,这种男女之间的事呀,就好像水平太低了。低到什么程度呢?低到我不好意思在这里说了。如果没有文学,男女之事不就接近于配种站里的事情了吗?是不是啊?大家可以想一想。

《红楼梦》里头,一个贾宝玉,一个薛蟠,这两人都是公子哥,处境差不多,两人毛病也都差不多,都是娇、骄、霸道、任性、养尊处优的。我就不详细说了。但是为什么贾宝玉看着就比薛蟠好得多呢?薛蟠的那些毛病贾宝玉都有,但是宝玉没打死过人,这倒是,他不爱打架,体力也差,这也有关系。但是呢,更重要的一点是,贾宝玉他懂文学,他能写诗。他搬进大观园以后能写出好几首诗,来描写大观园里头的女孩子们的生活。而薛蟠的诗是什么情形呢?薛蟠的诗完全属于恶搞的诗!属于低级下流的诗!他的诗是:"女儿愁,绣房钻出个大马猴","女儿乐,一根鸡巴往里戳"。薛蟠显然是低俗的恶少,而宝玉是多情的公子,所以他们的情况就不一样。是文学使得人们的爱情得到了升华,使爱情可以审美化,也使得人们高尚起来,高雅起来,变得不那么赤裸裸,而是非常浪漫,非常美丽。

我看《阿Q正传》,最遗憾的就是阿Q向吴妈求爱失败。其实,我看来看去,阿Q和吴妈还是比较合适的,至少比跟小尼姑合适得多吧。对小尼姑,阿Q完全是欺负人,那是很糟糕的,很要不得的。阿Q他为什么失败呢?他没有基本的文学修养。他到了吴妈那里,啪,跪下了:"吴妈,我和你困觉。"这不像话呀!这完全属于性骚扰啊!是不是啊?相反的,如果阿Q多多少少会两首诗,一见吴妈,背一首徐志摩的诗:

> 我是天空里的一片云,
> 偶尔投影在你的波心——
> 你不必讶异,
> 更无须欢喜——
> 在转瞬间便消灭了踪影。
> 你我相逢在黑夜的海上,
> 你有你的,我有我的,方向;
> 你记得也好,
> 最好你忘掉,
> 在这交会时互放的光亮!

你们想想,如果是这样一种情况,而吴妈呢,也是一个文学爱好者,那他们很可能就有很好的前途。所以文学改变了情感的性质,也改变了命运。在中国不能很露骨地谈论"爱情",在中国的文学里,只有"情",不加"爱"字,就叫"情"。我们有很多这样的词,比如说贾宝玉是"情种"。在《牡丹亭》的前言里面就说:如丽娘者,乃可谓之有情人耳。说杜丽娘是"有情人"。怎么知道她是"有情人"呢?因为"情不知所起,一往而深"。不知所起,也就是情是不可以分析的,你不能说是由于三个原因或者四个原因而产生了"情",比如说,我爱他,由于他身高一米八。是吧?!我爱她,是因为她的三围的比例很好。这哪叫情啊？这成裁缝了，专门给量身材了。情是不知所起，一往而深。"生者可以死，死可以生。生而不可与死，死而不可复生者，皆非情之至也。"情是什么呢？情能够比生死更重要，情能够超越生死。啊，这是文学，这话说得太让人激动了，太强烈了。而欧洲的最有代表性的爱情著作《罗密欧与朱丽叶》要表达的恰恰也是这种超越生死的爱情，以生和死为代价的爱情。但是《牡丹亭》呢，是为了这个情，我可以死，然后情至之处，死可以生。当然，我们不是从医学案例上来考虑，也不是说太平间里头停着具尸首，由于他的爱人来了，忽然一下子蹦起来了。这种案例是没有的。《牡丹亭》表达的是一种情感。中国正是在对于爱情的禁忌与压迫之下，出现过一些非常美好、非常醇厚的爱情诗、爱情戏剧、爱情小说。比如陆游，是个爱国诗人，与他的表妹唐婉的爱情受到了他母亲的破坏，所以他与唐婉有情人不能在一块儿，最后，他在绍兴的沈园——这个沈园现在还在啊——见到了唐婉，就吟出了千古的名作《钗头凤》：

红酥手，黄藤酒，满城春色宫墙柳。东风恶，欢情薄，一杯愁绪，几年离索。错！错！错！　春如旧，人空瘦，泪痕红悒鲛绡透。桃花落，闲池阁，山盟虽在，锦书难托。莫，莫，莫！

这样一种情感，实在是令人在几百年以后仍然非常的感慨，也可以说是非常的悲哀。我好多年以前去看了恢复后的沈园，绍兴人说这个沈园这也不对，那也不对，就是从园林建筑的角度上来说，还有一些不够理想的地方——现在当然又有了很大的改进了——可是由于我去的那天正是春天，又下着小雨，我又读过陆游与唐婉的词，就非常不希望别人告诉我这个建筑不好，哎呀，我觉得好极了。我觉得它充满了人在爱情上的那种悲伤，那种遗憾，那种永远的怀念，那种铭记，那种刻骨铭心的感受。所以我在大学里做讲座的时候，曾经半开玩笑地说，在座的女生啊，我给你们一个建议，如果你有 boyfriend（男友）的话，你就看看他读陆游和唐婉的词时的表情，如果他的眼睛一点都不湿润,你要谨慎一点。与这样不懂感情的人搅在一块儿能幸福吗？我的建议受到了女生们的热烈欢迎。

还有唐朝元稹的《遣悲怀》。他不是写初恋,也不是写恋爱当中的事或者不成功的爱情,而是写他妻子的夭亡：

> 昔日戏言身后意,今朝都到眼前来。
> 衣裳已施行看尽,针线犹存未忍开。
> 尚想旧情怜婢仆,也曾因梦送钱财。
> 诚知此恨人人有,贫贱夫妻百事哀。

哎呀,他写得太真实了,他用了一种非常现实的、很实在的调子。一共是三首诗,写得都很实在。说我们原来没有钱,有时候要从那大槐树上折点树枝当柴火；原来没有钱,我让你去典当那些首饰,帮我买酒。说我现在有了钱了,俸钱过了十万了,但是我已经没有办法报答你了。他写得这么细致。他说"尚想旧情怜婢仆",是说你用过的那些佣人,因为念及旧情,我也非常喜欢他们、照顾他们。我梦见了你,就赶紧去做点好事,以表达我的感情。"衣裳已施行看尽"：我把你的衣服都施舍给穷人了,现在已经快没了；"针线犹存未忍开"：你的针线包还在那里,我不能随便打开它,因为打开它我心里就难受。最后元稹说："同穴窅冥何所望,他生缘会更难期。惟将终夜长开眼,报答平生未展眉。"他说我死了以后与你埋在一块儿,谁知道下辈子还能不能在一块儿啊！我现在能做的事就是每天夜里睁着眼睛,因为你这一辈子,我都没让你的眉头解开过。一个诗人对自己的亡妻能有这样的感情,真是令人感动。

当然,这一类的东西太多了,例子是举不完的。比如《红楼梦》里面的贾宝玉与林黛玉。我最感动的就是贾宝玉送给林黛玉手帕,林黛玉在上面题诗。我同样也很感动的是——据说是高鹗续作的——林黛玉的死,就连这一章的题目都让我十分感动："苦绛珠魂归离恨天病神瑛泪洒相思地"。哎呀,这个题目是非常有感情的。

这个虚幻的神话故事让你疑惑：它是怎样想出来的呢？它为什么会安在天宫上？林黛玉是绛珠仙草，要干枯了，神瑛侍者就天天给她浇水。她欠了好多水，欠了好多泪，所以她活这一辈子，就是要把眼泪还给贾宝玉，还给原来的神瑛侍者。这男女之间的感情能写得这么真挚，这么深入，而且又这么富有想象力。

我们还可以举安娜·卡列尼娜的例子，我们可以举卡门的例子，我们可以举茶花女的例子，我们可以举屠格涅夫笔下一系列女性的例子。太多了，世界上这种写爱情的作品太多了。但是我们中国人讲的这个"情"呢，还可以扩展一点，因为中国人讲"五伦"。这"五伦"就不单有夫妻之情、男女之情，还有君臣之情、父子之情、兄弟之情，甚至于——中国的"五伦"有一个贡献，就是还包含了朋友之情。在中国的作品里面，有对朋友之情的描写，甚至于还有主仆之情。当然，如果你从阶级分析的角度来看的话，这主仆之间是不是有剥削和压迫的问题，这是我们必须正视的。但与此同时，在中国的不少作品比如"三言""二拍"里头，确实有这种描写。主仆之间，一个是老板，一个是打工的，但是他们之间也有一番感情。这是文学存在的一种现象。我们要再扩展点呢，包括人和动物之间的感情，有的也非常动人。例子无限多，故事一个比一个精彩。

从我个人来说，文学中对爱情的描写最使我感动的——我称之为我的"爱情圣经"的——是安徒生的《海的女儿》。这是一个童话，写一个小人鱼。这个小人鱼本来可以活几百岁，但是她长大了以后，就希望到海面上来。到了海面上，她看到了人间的种种美景，又看到了一个非常好的王子，就爱上了他。这个王子遇到了海难，小人鱼救了他的命，使他起死回生。但是小人鱼不会说话，这个王子呢，以为是另外一位美丽的公主救了他，于是他就要与那个公主结婚。小人鱼想去掉自己的鱼尾巴，希望能到王子的身旁来生活。她找到了海里的女巫。女巫就提出条件来：你要是想变成人形，第一，你必须割掉你的舌头，你就再不能说话了。第二，你一旦获得人形，就不能再变成人鱼了,你三百年的寿命就没有了。第三,如果你得不到那个王子的爱情,不能让他全心全意地爱你,你就不会得到不灭的灵魂,在他跟别人结婚后的头一天早晨,你将会变成水上的一个泡沫。这么多条件,她都答应了。为了这个王子,小人鱼割掉了自己的舌头,她不要那几百年的寿命,到了王子的身边。最后,她祝福王子与那个美丽的公主成婚。就在那天黎明时分,她化成了泡沫。但是她得到了上帝的恩宠,给了她一个人的灵魂。哎呀,写得实在是太好了。

安徒生描写"阳光照在冰冷的泡沫上",描写"小人鱼觉得她获得了人的形体,渐渐地从泡沫中升起来"。"'我将向哪里去呢?'她问。她的声音像其他的生物的声音一样,显得虚无缥缈,'到天空的女儿那里去呀!'别的声音回答说……'我们向炎热的国度飞去,在那儿,散布病疫的空气在伤害着人民,我们可以吹起清凉的风。我们可以把花香在人间传播,我们可以传播健康和愉快的情绪,三百年以后,当我们尽力做完了一切我们可能做的善行以后,我们就可以获得一个不灭的灵魂,又可以分享一切人类永恒的幸福'……小人鱼向上帝的太阳举起了她那光亮的手臂,她第一次感到要流眼泪……于是她就与其他空气中的孩子们一道,骑上玫瑰色的云块,升入天空。"安徒生写道:"我们无影无形地飞到人类屋子里去,那里面住着一些孩子。在那一天里,我们能遇上一个好孩子,他能给他们的父母带来快乐,值得他的父母爱他,上帝就可以缩短对我们的考验时间,就可以从那三百年的时间里减去一天。但是当我们看到一个顽皮和恶劣的孩子,而不得不伤心地哭泣的时候,那么每一颗眼泪,就要使我们考验的日子多加一天。"

安徒生写的是童话,他希望每个孩子都能成为好孩子。他告诉孩子们:如果你们做得好,这个小人鱼就会早早地结束自己的考验,就可以成为人,生活在人间;如果你们表现得很坏,那么这个小人鱼就会延长她的痛苦。我把他所描写的称为一种"圣经式"的爱情。小人鱼把爱情与道德感,与奉献、牺牲联系起来。我想我们可以这样说,"情"是人生的色彩,是人生的魅力,而文学呢,使我们的情得到了表达,也使情得到发展,得到延续,使情更加感人。我们既有非常动人的对于情的体验,又有完美的对于情的表达,所以文学使我们感觉活在这个世界上很有滋味,很有感情。

第三讲 炎凉世态 悲惨世界

从文学作品当中,我们常常会听到作者悲哀的叹息。在我准备这个题目的时候,我恰好读到一篇契诃夫的小说。契诃夫的小说我年轻的时候非常喜爱,就以为我已经读了很多了,但是我最近新接触到一篇,让我非常感动。它叫什么呢?叫《洛希尔的提琴》。洛希尔是个犹太人,他们那个村里有个大个子,那真是典型的俄罗斯人,个子非常大非常壮,叫亚科甫。亚科甫是一个棺材匠,他一辈子就等着别人死,听到别人生病他就很兴奋,因为他估计生意快来了。有个人病的时间很长,他甚至会想,他怎么还不死啊?还不赶紧订一口棺材?这个人已经病得很重了,却又被接到外地去了,最后死了埋在外地,一笔生意丢了,他又感到很悲哀。写的是这样一个人。等到亚科甫的妻子——他们已经结婚二十多年了——得了病了,他又开始打量他的妻子,想棺材做多大合适。然后他发现,跟妻子结婚二十多年,连一句有情有义的话都没说过。哪怕是摸摸他的妻子,亲热亲热,也没有过。而平时他只会批评他妻子懒,批评他妻子活干得不好。他妻子却一直侍候着他。有一个情节特别打动人,就是他的妻子病着,发着高烧,说,要是我们生的那个小黄毛丫头活着多好啊!于是亚科甫说,你胡说什么呀?你什么时候生过孩子啊?我们哪有黄毛丫头啊?

哎呀,真恐怖呀。他妻子在重病中,发着高烧,仍然希望与亚科甫有一个孩子,哪怕是这个孩子死了,也能够有一个回忆。但是无情的现实是,亚科甫告诉他的妻子:我们没有孩子,我们没有亲热,我们没有感情,我们没有任何值得回忆的东西,连回忆的权利都没有。等到他的妻子死了,棺材也做好了,埋起来以后,亚科甫突然开始后悔,人生怎么就让我这样给糟蹋了呢?怎么二十五六年的与妻子的婚姻生活,就让我这样毁坏了呢?我过的是什么样的生活啊!契诃夫所有作品中都有这样的叹息:我们过的是什么样的生活啊!它太悲哀了。这是契诃夫的一个主题。

亚科甫在他妻子去世后不久也病了,与妻子得的病一样。他知道自己快死了。他虽然酗酒、粗野、无情,但同时他也会拉很好的小提琴,很有俄罗斯人的那种粗犷,那种忧郁。于是他把自己的小提琴给了洛希尔。所以这个小说的题目就叫做《洛希尔的提琴》。别人不理解,一个犹太人,当年还受过亚科甫的欺辱,但是亚科甫却把小提琴给了他。有评论家说,亚科甫的灵魂仍然与小提琴一起,在洛希尔的手中回响。非常感人。我觉得,这一声悲叹是值得我们思考的。

我们中国很少用"悲"这个词,但是我们喜欢用一个词叫"愁"。大家都喜欢写"愁",尤其是女诗人、女词人,喜欢写这个愁,李清照等等。我们的小说里面呢,比较喜欢描写那种世态的炎凉。比如说《红楼梦》里面的贾雨村,贾家的一个亲戚,一个俗人和小人。贾雨村在贾家遭遇不幸以后,不但不愿帮助贾家,而且还落井下石,来伤害贾家的人,为世人所不齿。但这也表现了这个世界可悲的一面,就是我们常说的"人情冷暖,世态炎凉"。

还有更早的例子,《史记》里面有关于苏秦的描写。苏秦怀有大志,到各国游说,希望有所作为。结果他失败了。回来以后,他的兄弟、嫂妹、妻妾都笑话他,说:"周人之俗,治产业,力工商。"说我们应该是搞经济,你不搞经济,出去以后到处去当说客,到处去给人出主意,你活该倒霉。于是苏秦发愤好学,遍览群书,最后他成功了,被拜为六国之相。成功之后他再回到自己的家里,哎哟,他的嫂子,爬在地上,蛇行。我琢磨这所谓蛇行多多少少带一点跪式服务的意思,就是她半跪着给他服务,而且头也不敢抬,不敢正眼看他。于是他就问他嫂子:"何前倨而后恭也?"为什么以前对我那么傲慢,现在对我那么尊敬呢?他嫂子说,当然了,你现在成功了,你是大人物了,你佩六国之相印呀,那还了得嘛!

这种世态的炎凉,我们在国外也能找到例子。比如说,大家都知道的马克·吐温的《百万英镑》。一个穷小子,两个富人要拿他开涮,给他百万块钱的英镑。本来他是被人看不起的,一露出这个百万英镑来,大家全傻了,全对他尊敬得不得了!他享受一切最高级的待遇,不用付现钱。因为人家想,他一个有百万英镑票子的人,哪用得着跟他结账啊,哪用得着让他买单啊,哪用得着让他签单啊,都不用。到时候这百万英镑里头弹出一点来,就够这个老板发家的了。最后,他就凭这么一张百万英镑,连情人都骗到了手,不知道有多少人来追求他。这太可笑了。我记得电影里还有这样一个场面:他的百万英镑被人给藏起来了,一下子大家全出来了,说他没有百万英镑,他立刻就成了丧家之犬,变成了老鼠过街,人人喊打!最后钱找到了,他把钱往兜里一揣,立刻——当然,这是夸张了——就了不得了。这样一些人生当中让你哭笑不得的事情,在文学里头有很多的描写。

但是这些都不是我要说的主题,我要说的主题呢,是对人生、对社会、对世界的更大的一种悲愤的心情,更多地表现对人生的否定,对世界的否定,对社会、至少是对于旧社会的否定。比如说鲁迅,鲁迅就特别善于这种描写。他描写旧社会的中国,就好比在一个黑暗的房间里头,把窗户都堵死了,一点光线都没有。鲁迅特别善于描写很善良的、自己也是受害者的人,有意无意地去损害比他更弱的人。这点实在是让人最痛心。伤害别人的人并不是坏人,并不是地主恶霸,不是侵略军。比如说在《祝福》里,祥林嫂很倒霉,死了两个丈夫,自己的儿子又被狼给叼走了,非常悲惨。可是给了祥林嫂精神上最大的打击的呢,是柳妈!柳妈跟祥林嫂说:你嫁了两个男人,这还了得啊,将来你死了以后,到了阎罗殿,两个男人要争夺你,那阎罗王怎么判决呢?从你脑袋这里劈开,劈两半,一个男人带走一半。到那个时候那罪才有得受呢,你现在算什么罪啊!这个描写太深刻,也太可怕了。为什么呢?因为这个柳妈不是坏人,她既不是要剥削祥林嫂,也不是给祥林嫂放了高利贷,她更没有要害祥林嫂之心,但是她就喜欢伤害比自己更弱的人。鲁迅写过一篇文章,就说这个——弱者常常施暴于比自己更弱的人。鲁迅有很多很多对于这方面的黑暗的描写和体会。

在俄罗斯的文学当中,这方面给人印象最深的,是陀思妥耶夫斯基。陀思妥耶夫斯基本身是一个贵族。他经常抨击社会,所以他受到了沙皇政府的严惩,曾经被搞过绞刑陪绑。就是宣布给陀思妥耶夫斯基上绞刑,立即执行,然后一共拉出去四个人,前边三个一个一个地在上绞,这时陀思妥耶夫斯基已经是魂飞天外了。然后宣布,沙皇大赦,你可以回家了,以后老实点。陀思妥耶夫斯基还有一个问题,就是他有癫痫症,就是我们俗话说的羊癫风。他常常发作,这个病发作起来呢,我就不仔细讲了,我们可以通过医学的节目来更多地了解癫痫症病人的痛苦。陀思妥耶夫斯基还有很多毛病,比如他喜欢轮盘赌。他经常是跟出版商签订了出版合同,出版商支付给他一大笔钱,然后没几天,他就基本上把钱赌光了。到了约定的时间,他的小说稿交不出来。按照合同,如果他的小说稿交不出来,他就得坐班房,进监狱。于是,他就找一个速记员来,就跟疯了一样,抓着自己的头发,从早说到晚。所以陀思妥耶夫斯基的小说滔滔不绝,能连续十四页不分段。它不像台湾和香港的作品,分段分得特别多,因为分段多据说对拿稿费有好处,分段分得多,有很多的空行也都算字。陀思妥耶夫斯基不是,他可能一连十几页根本不分段,因为无法停下来,因为他是滔滔不绝地讲述。比如令我们非常感动的他的短篇小说——《白夜》。这个《白夜》写的是彼得堡的一个空想者、失眠者。白夜,就是指彼得堡的夏天,虽然是夜间,但是还有亮,因为它的纬度太靠北了,太靠近北极了。主人公碰到了一个女孩,这个女孩在等待自己的心上人。心上人去莫斯科之前说好了,一年以后回来跟她结婚的,但是约期已过,那个男人还是没来。这个空想者听到女孩讲自己的故事,他很感动,爱上了这个女孩。最终,这个空想者、失眠者决定向女孩求爱。看到这儿的时候,读者被点燃起强烈的希望,但就在他终于要向她求爱的时候,那个女孩的心上人来了。这个时候,女孩早就把空想者忘到一边,兴高采烈地扑过去了。这是陀思妥耶夫斯基写小说的一个特点,就是你怎么难受他怎么写,他绝不让你舒服。你看他的小说时,就跟受折磨一样。所以高尔基一方面说他是天才,一方面又大骂他。在苏联时期,陀思妥耶夫斯基一直是被批判的,莫斯科的街头没有陀思妥耶夫斯基的雕像。苏联解体之后,近几年,莫斯科的街头才出现了陀思妥耶夫斯基的坐像。

陀思妥耶夫斯基另一个更震撼灵魂、叫人撕心裂肺的作品就是《白痴》。有一个大阔佬,发现了一个地位比他低得多的女孩。这个女孩是被管家所抚养的,是个孤儿。这个女孩是又漂亮又聪明,她的名字叫纳斯塔西娅。这个大阔佬呢,突然想做一个试验,就给这个女孩一套房子,给她派了佣人,给她提供很多的钱,使她过起了千金小姐的生活。然后,在这个女孩还是一个少女的时候,他就强逼占有了她。过了五六年,这位大阔佬准备结一门姻亲,娶一个将军的女儿。为了往上爬,他要把这个将军变成他的岳父。这个时候,这个大阔佬就想把纳斯塔西娅打发出去。怎么打发呢?这个将军有一个副官,叫加尼亚。他就想让加尼亚与这个女孩结婚。实际上呢,就是想让这个加尼亚——用中国话来说——做一个活乌龟。他这边也不撒手,仍然可以占有这个女孩。他的条件是给加尼亚七万五千卢布。这底下的情节还让我想起我们的"三言二拍"里的《杜十娘怒沉百宝箱》。纳斯塔西娅当众问这个加尼亚,说你很爱钱,是吗?他说是。说你实际上是为了七万五千卢布才跟我结婚,实际上并不爱我,是吗?他说是。说你结了婚之后你准备当这个活王八,是吗?他说是。大概齐就是这个意思。然后纳斯塔西娅把自己的箱子拿过来了,说我的钱比大阔佬给你的钱多得多,箱子里面有十万卢布。她说现在我只有一个要求,我把这箱子卢布往壁炉里面扔,你不要怕火,赶紧去够。够出来,烧的就烧了,没烧的,归你。然后啪啪啪,十万卢布就往里面扔。这个加尼亚被污辱得太厉害了,他没有去够这个钱。而另外有一个梅什金公爵,这个公爵完全寄托了陀思妥耶夫斯基自己的经历,既有羊癫风,又被假处决过。这个真正爱纳斯塔西娅的男人,这个时候就羊癫风发作了。而那个比较赖的小子呢,也晕过去了。陀思妥耶夫斯基能把这个社会描写得黑暗到这个程度,让你难受到这个程度,实在是惊心动魄。

我补充一个情况,也许是很有意义的。大家知道捷克有一个很有名的作家,在中国也很火的,就是米兰·昆德拉。这个米兰·昆德拉曾经被一个演出商邀请,把这部《白痴》改编成话剧,但是米兰·昆德拉在仔细读完这本书之后拒绝了这个邀请。他觉得《白痴》这本小说太煽情了,对感情的描写太夸张了。把感情写得这样疯狂,这样夸张,这很可能是不理性的,很可能让人做出什么恐怖的事情来,所以他拒绝接受改编《白痴》的任务。

当然,我们还可以举许许多多的其他的例子。但是我更愿意和大家一起探讨另一个问题,那就是为什么文学作品里常常会散发出这样一种消极的、悲观的、偏激的情绪,为什么文学当中充满了悲叹。中国古人也说穷愁之诗易工,欢乐的文章难写。你越是穷愁,文章写得越好。"文章憎命达""从来才命两相妨",说法很多,都是这个意思。对这个问题,我觉得我们可以展开一下讨论。

第一点,我认为,作家们都是非常敏感的人,尤其是现实主义的作家们,他们都有一种对社会的批判,对弱者的关心和不平。俄罗斯在十九世纪末二十世纪初的时候出现了那么一大批精彩的作家,是无与伦比的:托尔斯泰、屠格涅夫、陀思妥耶夫斯基、契诃夫、冈察洛夫、谢德林,简直说不完。他们虽然都不是共产主义者,但是他们对社会的批判,在客观上唤起了民众,俄罗斯开始了二十世纪以后的一次又一次革命运动——二月革命、十月革命,等等。社会矛盾、阶级矛盾确实非常敏锐地反映到了作家们的身上。

第二点，我想在作家们的身上还反映了一些问题，和社会制度、意识形态并没有特别密切的关系。那和什么有关系呢？和人生的许多奥秘得不到解答，人生的许多痛苦得不到解脱有关。人出生以后，随着时光的流逝，会慢慢地变大，慢慢地变老，用佛家的说法是生、老、病、死，最后你也不知道你会成为什么样子。人都有这样的一种悲哀。这个和意识形态无关，与政治信仰也没有关系，与社会制度也没有关系。李白在他的诗里早就说过："君不见黄河之水天上来，奔流到海不复回。君不见高堂明镜悲白发，朝如青丝暮成雪。"人生太短暂了，让他感到悲哀。别人还很难帮助他，你怎么帮助他呢？给他吃一点延长寿命的药，做做外科手术，都解决不了这个问题。所以，李白在一篇文章里面还说过："夫天地者，万物之逆旅，光阴者，百代之过客。"就是他对人生本身有一种悲哀的感觉。

第三点，文学里有这些悲叹，是因为作家的文学个性是非常强烈的。这种文学个性呢，它是浪漫的，是感情化的，又是理想化的。所以作家们经常会对这个不满意，对那个不满意；对这个哀叹，对那个愤怒。我想这也是一个原因。我为什么要讲到这一点呢？因为在与文学的接触当中，我们无法回避作品里的这样一种悲叹，这样一种悲悯或者是悲愤的情怀。但是对这种情怀，我们该如何来理解，我觉得我们也是可以讨论的。我有一个想法，就是作家们的这种悲叹，表现了作家们一种很善良的期待，就是他们希望生活更好一点。比如说契诃夫，他写《洛希尔的提琴》，把亚科甫写得那么粗暴，那么愚昧，那么野蛮，他底下的潜台词很清楚：你本来应该好好过日子，你本来应该对你的妻子好一点，你应该对你的邻人好一点；你不要只知道一个人死了之后会买你的棺材，一个人活着的时候，可能会对你有更多的安慰和更多帮助。他有这样一层意思。有的女作家描写女性在爱情上受到的种种折磨，甚至于用十分激愤的话说：这个世界上，一个好男人也没有。我其实非常同情这样的女作家，我觉得这表达的是一个渴望,就是男人应该更好一点。我希望所有的男读者在读完这样的作品以后,能得到一个教训,就是作为一个男人,对你的女友也好,情人也好,妻子也好,女同伴也好,应该表现得更善良一点,更忠诚一点,更有责任心一点。至于那些对于势利眼的描写呢,反过来说,就是对于忠义的呼唤。一个人对待自己的朋友、亲属,应该从更长远来看,应该与人为善,应该帮助别人。这样的话,不管我们读了多少消极的、悲观的、愤怒的作品,我们仍然可以从中得到一种积极的影响。

第四讲　热爱生活　美好年华

文学不仅仅是哀叹,相反,文学也会抒发作者的喜悦,甚至是巨大的喜悦。我愿意先从一个外国作家讲起。他就是印度作家泰戈尔,当然,他也是诺贝尔奖获得者。他曾经到中国来访问,是当时的一个很重大的事件。我曾经到印度的加尔各答市参观过泰戈尔的故居。加尔各答非常可爱,同时呢,它也有很多市政上的麻烦,比如说到处都有垃圾堆,但是你一进入泰戈尔的家呢,那就像是来到了一个大花园一样。泰戈尔有两重身份,他是一个作家,也是一个歌者,他有非常好的嗓子。而且他有两米多高,比姚明可能稍微矮一点。他是有很多特殊条件的人,所以他对于生活有很多美好的、肯定的声音。这样一种声音,在历届的诺贝尔奖获得者当中,几乎是绝无仅有的。我们可以想一想,很多获得诺贝尔奖的人,都没有像泰戈尔这样,发出一种特别美好的,珍惜生命、珍惜生活、珍惜爱情的声音。

比如说,他有一个非常著名的诗集,叫《飞鸟集》。他说:"夏天的飞鸟,飞到我的窗前唱歌,又飞去了。秋天的黄叶,它们没有什么可唱,只叹惜一声,便飞落在那。"这是郑振铎翻译的,更多的是意译,是一种诗味上的翻译,不完全符合原文。原来这两段是这样写的:Stray birds of summer come to my window to sing and fly away, and yellow leaves of autumn, which have no songs, flutter and fall there with a sign. 也是非常美好的词句。泰戈尔说:"世界上的一队小小的漂泊者呀,请留下你们的足印在我的文字里,世界对着它的爱人,把它浩瀚的面具揭下来。"这是什么意思呢?谁爱这个世界,谁就会知道这个世界的真相。他说:"它变小了,小如一首歌,小如一个永恒的吻。"如果你爱这个世界,这个世界就会变得很小,就像一首歌一样,就像是一个永恒的亲吻一样。"是大地的泪点,使她的微笑保持着青春不谢。"他说大地上,也曾经有人哭,这种哭呢,实际上表达的是世界的青春。他说"It is the tear of the earth that keep her smiles in bloom"。"无垠的沙漠热烈追求一叶绿草的爱,她摇摇头笑着飞开了。"还有一句带有格言性质的话:"如果你因为失去了太阳而流泪,那么你也将失去群星了。"他说你不要因为丢了一样东西而流泪,哪怕你丢了太阳,你也不要流泪,如果你因为丢了太阳而流泪的话,那你连星星也丢了。泰戈尔怎么会有这么好的心情?他怎么会有这么崇高、这么伟大的胸怀?他说:"跳舞着的流水呀,在你途中的泥沙要求你的歌声,你的流动。"在《吉檀迦利》里他说:"你已经使我永生,这样做是你的欢乐。这脆薄的杯儿,你不断地把它倒空,又不断地以新生命来充满。"你看他这种对人生的看法。他说人生是一杯一杯的水。不错,水倒空了,你也可以说它是代表死亡,但是,世界又把这个杯给充满了。因而,我们不能光看到衰老、灭亡,不能光看到这些悲哀的东西,我们还要看到新生、成长、希望、欢乐。他说:"这小小的苇笛,你带着它,逾山越谷,从笛管里吹出永新的音乐。在你的双手的不朽的按抚下,我的小小的心,消融在无边的快乐之中。"泰戈尔把快乐表达得这么美好,这样有说服力,这样动人。

  谢冰心就受到泰戈尔的影响,她的《春水》里就说:"四时缓缓地过去,百花互相耳语说:我们都只是弱者!甜香的梦轮流着做罢,憔悴的杯,也轮流着饮罢,上帝原是这样安排的呵!""沉默里充满了胜利者的凯歌!"我们从冰心早期的诗里边,可以看到类似泰戈尔的这样一种心情,看到他的影响。其实这种对世界的爱、对世界的希望、对人生的正面的期待和信念,早就表现在中国的文学之中。

之前我讲了一些愤怒的、悲哀的事情,但文学中同样也表现出一种喜悦来。比如说,我们随便举一些唐诗里头与雨有关系的诗。杜甫的诗里说:"好雨知时节,当春乃发生。随风潜入夜,润物细无声。"后面还有很多了,我就念这前四句。他把这个雨啊,说成是有情感、有生命、有风度的一种东西。是不是啊?"当春乃发生"——是在你需要的时候,我来了。"随风潜入夜"——但是我并不诈唬,我随着风,悄然无声地来到了你这里,而且是"润物细无声"。当然,这与其说是雨本身的一种品格,不如说是诗人的一种品格。他把这样美好的品格转移到了雨上,照耀到了他的诗句上。还有韩愈的"天街小雨润如酥,草色遥看近却无。最是一年春好处,绝胜烟柳满皇都"。也都是用一种喜悦、亲和、感谢或者感恩的情绪,来写这个世界,来写生活。

还有一些作品,既描写、表达生活当中的一些困惑、茫然,也描写、表达生活当中的喜悦、乐趣、信念。李白就常常有这样的作品:"问余何意栖碧山,笑而不答心自闲。桃花流水杳然去,别有天地非人间。"李白说:"人生得意须尽欢,莫使金樽空对月。"其实他知道金杯有空对月的时候,但是他认为你应该尽欢。人应该鼓起勇气来,哪怕你有生的困惑、死的恐惧,你应该打起精神来,应该过自己欢乐的生活。这是李白。

李白还有一些诗,并不是他最流行的诗,但是我总觉得,他的语言、他的情调,让我非常地赞赏,回味不已。他的一首诗里头,有两句共十四个字,这十四个字中六个字是数字:"一回一叫肠一断,三春三月忆三巴。"不是三八妇女节的"八",而是巴蜀的"巴"。他能够把生活写得这么美丽,这么美好,正如李白写喝酒:"两人对酌山花开,一杯一杯复一杯。我醉欲眠卿且去,明朝有意抱琴来。"我还喜欢苏轼所说的,"休对故人思故国,且将新火试新茶,诗酒趁年华。"我们可以比较一下,苏轼和李白对生活的描写与泰戈尔的描写并不太一样。泰戈尔本身更多的是站在哲理的角度上,他认为这个世界本身已经给人类提供了许许多多的喜悦的依据、喜悦的道理,而人应该用自己的爱心、自己的喜心,使自己的喜悦去和世界的喜悦进行沟通。而李白和苏轼呢,更多的是一种自己的努力,我们也可以说是对自我的一种救赎。就是说他们虽然有许许多多困惑,有许许多多挫折——我们知道,苏轼、李白都有很多挫折——但是他们仍然要振作自己,鼓舞自己,超越悲哀,超越痛苦,克服痛苦,跨越过去。

我小时候看高尔基的《童年》,里头写到他的外祖父如何地蛮横、打人、害别人,等等,写了很多这样的内容。然后他就有一句话:"我常常问我自己,已经到今天了,应该不应该写这些残酷的、野蛮的、凶恶的事情,写这些干什么呢?但是,遇到这些问题的时候,我的感觉是毕竟我们已经跨越过去了。"我觉得这是一种非常美好的心态。不是说人间没有罪恶,不是说人间没有困惑,也不是说人生没有挫折,但是我们总要寻找一种力量,能够跨越过去,别迈不过去!

我相信,在座的年轻的朋友,你们也一定读过我的处女作《青春万岁》里边的序诗:"所有的日子,所有的日子都来吧,让我们编织你们。""日子",这是一个永远使我如醉如痴的词。我现在已经过七十三周岁了,我都还觉得自己还有很多的日子。那么在座的年轻的朋友,你们有多少日子!这些日子都应该是美好的,这些日子都可能是美好的,这些日子都可以是有意义的,这些日子都可以是令人喜悦的。当然,你也可能会碰到一些困难,使你度日如年,也可能你在人生当中有很多的愤懑,这种日子使你感觉到像是受刑一样。这就看我们自己能不能得到一种力量,使自己战胜这种苦难和考验,使我们从这些日子当中得到更多的人生的智慧、喜悦,乃至于满足。

这些作家所表达的文学里的喜悦,我觉得最可贵的地方就是把生活美化,把美生活化。美学问题是一个非常复杂的问题,对美的定义大约有几百上千种,但是其中有一个定义比较简单,不妨参考:

"美就是生活"。这是俄国评论家车尔尼雪夫斯基提出来的。说来说去,美所表达的就是生活的一种欲望,一种心情,一种生机,一种幻想。所以,会有泰戈尔、谢冰心早年的那些诗,也有苏东坡、李白、杜甫的一些很好的作品。这些作品可以让人感受到生活本身可以是美好的,我们也有可能使我们的生活更美好。

讲到文学所表现的人生的喜悦,我们似乎不应该忘记普希金。他的诗句:"同干一杯吧,我的不幸的青春时代的好友,让我们用酒来浇愁,酒杯在哪儿?像这样欢乐就涌上了心头。"多么深情,你可能以为他是在写爱情诗,写自己的初恋。不,他的这首诗是《给奶妈》。

说到跨越,我们谁不记得普希金的《假如生活欺骗了你》呢?"假如生活欺骗了你,不要悲伤,不要心急,在阴郁的日子需要镇静,那愉快的日子即将来临,一切都是瞬息,一切都会过去,而那过去了的,就会变成亲切的怀恋。"

我认为,文学是生活的色彩,是生活的滋味,是生活的魅力,也是生活的声息。没有文学的生活将会变得多么枯燥无味,有了文学的生活将会变得多么丰富多彩!

我们常说,生活就像是海洋一样,它有惊涛,有恶浪,有污泥、浊水,有种种的不测的危险。但同时生活当中又充满了爱心,充满了美丽,充满了丰富的、多彩的、吸引人的、好的东西。所以,我也希望大家在接触文学的时候,能抱有一种美好的心情,从文学当中不但能得到一种悲愤的体验,也能得到生命的喜悦。

第五讲　忏悔救赎　劝善惩恶

文学最动人的力量,文学最震动人类灵魂的力量,文学最能说服人的力量,我觉得是它的道德力量,是它的道德激情。当然,文学也是非常美丽的,这种美好的东西会让我们欣赏,让我们陶醉。文学也能给我们很多的知识,那些知识让我们赞美,让我们丰富。但是更震动人的,是它道德上的激情,而这种激情,首先表现在忏悔救赎上。

这个在国外的一些作品里表现得特别明显。比如说托尔斯泰的名作《复活》里的聂赫留朵夫公爵。这个公爵呢,曾经在他姑妈家与他姑妈的侍女很轻率地发生了关系,使这个女孩怀了孕。最后这个女孩丢了工作,当了妓女,而且牵扯到一件冤案之中。聂赫留朵夫看到了这个情况之后,非常地痛苦,对自己的灵魂进行了很彻底的忏悔。从此他要办一件事,就是帮助这个女孩子,甚至陪着这个受冤枉的女孩子去流放。他要用自己的行为来救赎自己的灵魂。当然,这个观念与欧洲的基督教文化有密切的关系。基督教文化认为,人类本身都是有罪恶的。《圣经》里边还讲,你们没有权力攻击别人的罪恶,因为你也有罪恶;你没有权力用石头去砸那些淫乱的人,因为你自己也有可以让别人用石头砸的罪恶。这个观点对不对我们可以另外去讨论它,但是西方确实有这么一种信念。至于像聂赫留朵夫这样的,放弃了自己一切,遭遇了各种苦难,就是为了忏悔自己对别人做下的错事,这一点是非常感人的。

再比如法国作家雨果的《悲惨世界》。这个冉阿让本身有过偷窃的行为,因为他姐姐的孩子太苦了,他为姐姐的孩子偷面包,被判了刑。在监狱里,他惦记着他们家,又越狱回到家去,因为越狱而被加刑。他出狱以后,住在一个神父家里面。他偷了人家的银器,是白银的器皿,被警察抓住了。他没想到结果那个神父出来作证说,他没有偷我的东西,这是我送给他的一些小纪念品,这完全由我负责,你们不能带走他。于是,冉阿让受到了剧烈的冲击,他忏悔自己的罪恶,从此,他变成了世界上最好的人。他隐姓埋名,到了一个城市,在那个城市为大家办事,最后被选为市长。这个时候呢,一个密探捉到了一个失业的工人,那个失业的工人长得和冉阿让特别像,所以密探就把那个失业工人当做逃犯冉阿让,要把他抓走。在这个关键的时刻,冉阿让挺身而出,说我才是冉阿让,市长才是冉阿让,于是他重新进了监狱。当然,这是非常夸张的、非常强烈的一种描写。这种对忏悔的描写,对救赎灵魂的描写,有时候让人看得非常感动。

中国有没有类似的故事呢?应该说也有。比如说"周处除三害"的故事。说是周处的家乡有三害,一个是猛虎,一个是蛟龙,他把这两害都除了,可老百姓说我们还有一害,就是你,周处。因为周处力气很大,不学习,爱打架,动不动就伤人、害人。他听了以后,受到了很大的刺激,从此改变了自己的生活,纠正了自己人生的方向,变成了一个好人。中国还有所谓"浪子回头金不换"的故事。有一个孩子名字叫天宝,在寒冷之中读书冻僵了,被王员外所救。王员外见他是个读书人,被冻僵在寒风大雪里,就救了他。结果他在王员外的家里有不良的表现,被王员外赶出门外。最后天宝改邪归正,有了成就,把他欠王员外的钱还给了王员外,而且自己考中了举人。

但是我们不妨比较一下,周处也好,天宝也好,中国这一类的故事里,主人公改邪归正以后,或者做了官,或者有了钱,是从个人的前途出发。而欧洲的故事中描写的那两个,一个聂赫留朵夫,一个冉阿让,他们的表现更多的是为了自己良心的平安。只有做一个有道德的人,你的良心才能不受谴责,你才能对得起自己的良心。这方面的描写是值得我们深思的。《复活》里对那个姑娘玛斯洛娃的描写常常让我联想到一个中国的故事,我不知道我这个联想算不算合理,请听众们帮我分析一下。我联想到什么呢?你们猜?《玉堂春》,苏三的故事。因为苏三是一个妓女,《复活》里的玛斯洛娃也是一个妓女,她们俩——甚至还可以加上窦娥——都是被错怪的,冤枉她们毒死了别人。苏三有这个命运,窦娥有这个命运,《复活》里的玛斯洛娃也有这个命运。但是我们可以对比一下,《玉堂春》对故事的处理是喜剧化了,尤其是王金龙,和聂赫留朵夫一样——聂赫留朵夫是作为陪审员出现在法庭上,王金龙是作为主审官出现在法庭上。但是很遗憾,《玉堂春》的故事被喜剧化了,而聂赫留朵夫的故事是极大的悲剧。《窦娥冤》也是极大的悲剧,但是《窦娥冤》的故事并没集中

281

在一个忏悔与救赎的灵魂上,而是主要表现那个时代权力的不合理、审案者的昏聩,更多的是一种对社会的控诉,这些是不一样的。

和忏悔分不开的,还有一个很重要的道德观念,就是宽恕。因为你只有允许一个人忏悔,允许一个人救赎他的灵魂,他的一切忏悔所具有的道德力量才能够表现出来。于是就要有宽恕。同样是雨果,他六十岁以后写的一部很有名的长篇小说,叫做《九三年》。一七九三年,就是法国大革命的时候,叛军首领抢了三个儿童做人质,让革命军把他们放掉。革命军方面坚决不能放他。叛军首领逃跑了,跑的时候呢,他们这边正在着火,火快把那三个小孩子烧死了。他听到了三个小孩的母亲撕肝裂胆的哭声,心里太痛苦了,赶紧跑回来把这三个孩子放了,不然这三个小孩子就要被火活活地烧死了。但是他跑回来的结果,就是被这边革命军的司令给抓住了。革命军的司令非常受感动,说你是为了三个孩子才跑回来的,算了,我也把你放了。可是这样一来,他就违反了纪律。按照规定,这个释放敌军首领的司令要被处决。可是所有的人都来为他说情,说他是因为对方救助了三个儿童才把他放走的。这本书啊,写得是跌宕起伏。雨果写怎样把这个司令释放,然后他又说,这些都是幻想,不可能把他释放,只能把他送上断头台。法国大革命的时候有一种断头机,还不是绞刑,那个断头机就像铡刀似的,从上面咔啦下来,就身首异处。那个负责处决他的官员也是他的恩师,在下令处决他的同时,这个人也自杀了。写得非常令人震动。尽管里边的描写从历史主义的观点来说,未必正确,但是这里所透露出来的道德的力量,有它的震撼人心之处。

谈到这种忏悔和救赎的时候,我觉得我们必须提到巴金老人在他的晚年所写的《随想录》。巴金老人在"文化大革命"当中受到了许多侮辱和迫害,但是他写的《随想录》呢,并不仅仅是控诉,他也讲到了自己在"文化大革命"当中如何胆怯,如何盲目,如何有私心。他也意识到了自己的那一份道德责任,这是很不容易的。因为我们中国常常有这样的情形:一场运动来了,大家都跟着起哄,都跟着闹;

等闹完之后大伙都跟着骂,说这错了那错了,都是别人错了,谁也不说自己有什么错。历史有曲折,我们每一个人对于历史也都有那么一点点责任。巴金是正视了这份责任。

至于劝善惩恶,这在中国有很古老的传统。中国自古以来啊,就希望文学作品要有劝善惩恶的作用。中国有一个说法,叫"文以载道";还有一个说法,文学作品,"不关风化体,纵好也枉然"。就是如果你的作品不能帮助人们起善心,不能改善风气,不能够起教化的作用,那你写得再好也是没有用的。所以,我们中国有大量的作品,尤其是那些相对通俗的作品,都承认一条,就是好人好报,恶人恶报,天网恢恢,疏而不漏,不是不报,时候未到,时候一到,一个也跑不了。坏人做了坏事,总是有报应的。中国大量的故事都有这样一个二元对立的模式,就是清官最后要战胜贪官,忠臣最后要战胜奸臣,诚信的人最后要战胜骗子。有无数个这样的故事。包括很多断案的故事,都是告诉你被委屈、被诬蔑、被冤枉毕竟是暂时的,早晚会沉冤得雪。而坏人会受到社会、受到历史的惩罚,这方面的故事也很多。

谈到这个惩恶劝善,刚才我介绍了基督教的某些观点在欧洲的文学作品里的一些表现,我也介绍了一些中国的作品。当然,还有一个观念,值得我们在这里提一下,就是佛教的一种观念——"放下屠刀,立地成佛"。这是佛教里面的一个故事。说是释迦牟尼在舍卫城发现了一个力大无穷的汉子,叫央哥马罗。这个央哥马罗啊,他信奉一种邪教。这种邪教宣扬说,你要杀够一千个人,死后就能升到天上。于是央哥马罗见人就杀,而且把杀过的人的小手指头——听着很可怕啊,对不起啊,但是这是佛教里面的故事,不是我编的——做成一个圆环,扣在头上。但是手指头得凑够一千个。杀到九百九十九人时,他母亲来叫他吃饭。这个时候,他就开始琢磨怎么样去杀他的母亲。啊,这可真是恐怖。这时,释迦牟尼来了。释迦牟尼看他的神情不对,就问他,你在干什么呢?他回答了。释迦牟尼就跟他解释,不能这么干,哪有靠杀人成正果的呢!靠杀人变成一个好人,或者变成一个神仙,这怎么可能呢！说你只有放下屠刀,从此好好地学习佛法,才能达到修炼的最高境界。就是这么一个故事。这个故事也叫做极而言之,就是说得比较极端,实际上这里边也包含着悖论。一个人别说是杀九百九十九个了,就是杀一个,起码也该判刑了吧,甚至该判死刑了吧。怎么可能在你杀完九百九十九个以后还成了佛呢？那些被杀的人肯定是不服气的,被害人的家属肯定也是不服气的。但是我们要从惩恶劝善这个层面上来解读这个故事。

这些道德化的小说里头,还有一点值得我们深思:道德首先是用来要求自己的,而不是只用来抨击别人、抨击社会的武器。要做一个有道德的人,应该先从自己做起,这是很多文学作品给我们的启示。

第六讲　艰难困苦　玉汝于成

大家好,今天我想和大家讨论一个话题,就是文学和奋斗,我称之为"艰难困苦,玉汝于成"。

我们可以回想一下,我们所读过的那些文学作品里的主要人物,那些英雄人物,那些最可爱的人物,不知道为什么,都吃过那么多的苦。这是没有办法的事,哪有不吃苦的好人！我很小的时候读意大利的作家写的《爱的教育》,里面有一篇《六千里寻母》,写一个小孩找他的妈妈,走了六千多里路,受过了所有的磨难,让我非常感动。一个小孩子要找自己的母亲,哪需要费这么大的劲呢？小时候我不明白。《木偶奇遇记》你们看过吗？木偶想做一个好人,为什么那么曲折呀？我真替他难过。因为一次说谎,鼻子变得很长,还有一次是烧了自己的腿。因为很久不看这个故事,记不太清了,总之,匹诺曹的故事使我流泪。我们再看一看,古往今来的,尤其是中国的许多故事里,很多好人为了办成一件事情,付出了多少代价！比如《东周列国志》里面,有个师旷,他为了专心研究音乐,把自己的眼给刺瞎了。我看了以后非常受刺激。自己想了半天,如果我要研究音乐,有没有这个决心把自己的眼睛刺瞎?想来想去,我没有这个决心,我深深感到自己比师旷差远了。再比如《东周列国志》有一个崔杼弑君的故事。里面的主人公连名字都没有,太史伯、太史仲、太史叔、太史季。中国历史上,如果哥四个,就叫做伯、仲、叔、季,哥五个、哥六个怎么叫法就不知道了。太史伯写崔杼弑君,崔杼就把这个太史伯杀了;然后老二上来写崔杼弑君,又杀了;老三上来,又杀了;老四上来,表示,我们都愿意活着,但是我们既然是史官,必须实话实说,就算你把我们杀光了,将来的历史上还是会写,你是弑君者。这太惊人了。《东周列国志》里面还有惊人的呢:豫让为了报仇,要刺杀赵襄子。第一步,他毁容,把自己的脸变得所有的人都认不出来。第二,他吞炭,他把着火的炭吃进去,为的是把自己的声音也改掉。这样的代价,让人感觉到,任何人做什么事都不容易。

读这些书,并不是让我们具体地去模仿——既然考上音乐学院了,先把眼睛弄瞎再说;我要办一件什么事,先往脸上砍一刀再说。我想它不是这个意思。但是这些故事有一个很大的好处,就是让我们知道,人活一辈子并不容易。人做一件事,大都要付出代价。你要是怕付出代价,你就什么都别干。《东周列国志》里面最最惊人、最最感人的,是那个赵氏孤儿的故事。在晋国,奸臣屠岸贾把赵家的人全杀了,但是这里面有一个叫赵朔的,赵朔的妻子是晋王的姊妹,她藏在宫里,所以没有被杀。杀不了她,于是屠岸贾包围了王宫。而这边还剩下对赵家最忠诚的两个人,一个叫程婴,一个叫公孙杵臼。这两个人呢,想办法将赵朔的孩子偷运出宫了。偷运出来之后,他们两人商量怎么办,公孙杵臼就问,死和育孤——我们现在就死,或保证小孩子的安全,并养育成人,哪个更难?程婴说育孤难,他说,死太容易了,我们现在就可以为我们的主人去死。公孙杵臼说,既然这样,那么你把这个死的任务交给我,育孤的事情你来管,因为你的能力比我强。程婴用的是什么办法呢?他把自己的孩子——因为年龄差不多——交给公孙杵臼,又把赵氏孤儿交给自己的妻子。然后他们分三处,跑到了三个地方。屠岸贾的军队追上了以后呢,程婴假装无奈地出来,说事已至此,我也没办法了,反正这个赵氏孤儿死也得死,不死也得死;我可以告密,我领着你们去抓这个孤儿,但你们得给我钱,得给我千金,然后我就告诉你。果然,这个屠岸贾为了消除隐患,就把钱给了程婴,然后带着军队抓到了公孙杵臼。因为他们已经事先商量好了,公孙杵臼这时就破口大骂:程婴,你见利忘义,不忠不孝不仁不义,是世界上最无耻、最坏的人。然后,当着程婴的面,公孙杵臼被杀死了,那个所谓的赵氏孤儿——实际上是程婴自己的孩子——也被杀了。然后,程婴就一直背着一个坏人的名声,养育这个孩子。等这个孩子长到十五岁时,终于报了仇。这个故事所表达的那种忍辱负重太惊人了,在某种意义上比挖眼睛还惊人,挖眼睛就两下,是不是啊?前不久,我还看过根据这个故事改编的豫剧。豫剧里面有一个场面,就是在山里,这个程婴已经老了,已经罗了锅了,曲着背,领着一个小孩子走。这个村里有个歌谣,是村里面人人都知道的歌谣——可惜我不会河南话,应该用河南话来说,因为它是豫剧——说:老程婴,坏良心,他是一个不义人;行出卖,贪赏金,老天有眼断子孙,断子孙。在雪地里头,他还领着一个小孩,别人就这样骂他。而在这里,"断子孙"不是简单的一句骂人的话呀,这是他的实际处境的写照啊!为了赵家的孤儿,他自己的儿子都死了,他断子孙了。按照中国人的观点,断子绝孙是一件很悲哀的事情。所以这个故事特别激动人、感动人。在十八世纪,这故事由法国的传教士首先介绍到了法国。后来法国的伏尔泰和德国的歌德都试图把这个故事改编成一个欧洲的戏剧。歌德的那个好像没完成,但是伏尔泰完成了,就叫《中国孤儿》,而且演出了。这种表现个人的奋斗和人生的代价的篇章,有一种特别感动人的力量。我想这与中国人的一个观念也有关系。中国人认为啊,越是好人,越是要经受考验。你受不住考验,你不是好人,你也不会有多大的成就。孟子的话:天将降大任于斯人也,必先苦其心志,劳其筋骨,饿其体肤。就是要让他碰上各种倒霉的事。人生不是一帆风顺,人生不是平滑地滑行。相反,只有战胜这些考验,才能达到自己的目的。阅读这样的作品呢,可以说是对我们意志的磨炼、志向的磨炼,对我们精神上的承受能力实在是个很大的刺激。

国外的有些作品——像我刚才讲到的冉阿让的故事——也属于这一类。在狄更斯的《双城记》里,主人公曾经被法国封建王朝囚禁在巴士底狱里,是精神遭受了破坏的这么一个人。后来他只会干一件事,就是修理皮鞋。他有一个小的鞋掌,现在我们做鞋还用的,把鞋放上去,拿一个小钉子,砰砰砰地敲。这段写得也特别刺激。主人公一遇到不顺心的事,忽然一切记忆都丧失了,然后就找出那么一个铁砧鞋掌,用小锤砰砰地敲。我想这样的故事也是值得我们阅读的。

我个人就有这样一个经验。你们知道,我已经七十多岁了,我的生活中也有过若干的曲折、若干的坎坷。在五十年代后期,一九五七年底,一九五八年,那个时候我就没完没了地阅读狄更斯的《双城记》,阅读雨果的《悲惨世界》。并不是说我的遭遇与小说里面的故事有什么可比性,没有可比性。社会主义新中国所走过的曲折的道路,与法国大革命之前,或者法国大革命当中那种社会状况有非常大的不同。但是呢,看完了这些小说以后,我有一种豁然开朗的感觉。世界是非常大的,痛苦是非常多的,你有你的痛苦,我有我的痛苦,用咱们中国的话叫做家家有本难念的经。你不会一切顺利,今后你也不会很顺利。可是如果你遇到那些挫折的时候精神状态好的话,情况会好得多。现在的青年人的情况与我们那会儿比是好得多了,但绝对也不会一帆风顺。而且在这里我要说,一帆风顺的生活,是最无聊的生活,是最枯燥的生活,是最容易引起忧郁症和自杀的生活。恰恰是有一些困难,有一些磨难,和这些困难作斗争,战胜这些困难,才能使你在精神上立于不败之地,这样使你感觉到生活的意义。克服困难,才是意义;战胜曲折,才是意义;战胜自己的消极、怯懦和悲观,才是意义。这也是我们可以从文学作品中得到的一个重要的启迪。

第七讲　益智明心　哲理禅趣

　　文学是非常强调感情、强调直观的。但是，文学并不是反智的，不是非智的，不是排斥这个智慧的，相反，许许多多的文学作品都流露着一种耐人寻味的哲理。

　　比如说推理小说，虽然它比较通俗，但是里面也有些非常好看的东西。看过《福尔摩斯探案集》的，请举手。啊，都看过，跟我一样。日本的松本清张的推理小说，没看过的请举手。这个就多了，跟我一样，我也没好好看过。但是呢，我看过日本在推理小说基础上拍的电影，《人证》《沙器》，应该说这些小说对于发展人的逻辑思维，对于探讨人性、探讨社会的犯罪，是有启发意义的。当然，生活中你也不可能完全按照那一套来办。契诃夫有一篇小说叫做《瑞典火柴》，他就是专门讽刺那些自以为是福尔摩斯的人，疑神疑鬼，所谓在那儿破案，实际上是越弄这案越糊涂。

　　还有一类故事，我称之为计谋小说。我不知道它为什么在中国这么发达。中国人特别讲计谋。中国有一个《三十六计》，而且外国的汉学家——我就认识一位瑞士的汉学家——特别爱研究中国的这些计谋，以至于计谋变成了他的思维模式。他开完会以后就跟我说，谁谁的发言，我觉得他是用釜底抽薪，谁谁的发言，我觉得他是敲山震虎。后来说得我都怪害怕的。但是有些计谋小说也是特别动人的。《三国演义》就不说了，《三国演义》里全是计谋，计谋太多了，都让你有点难受。怎么都是计谋啊，难道就没有一点真情了吗？更早的还有《东周列国》，《东周列国》里面最感动我的一段：秦国灭六国，已经基本上成功了，最后还剩下楚国，那个仗打得太激烈了。当时秦国的大将军王翦就提出来，需要派六十万军队才能拿下楚国来。秦王就说要这么多军队干吗？王翦就讲了一番道理，说过去打仗是怎么打，现在是怎么打仗的，现在跟过去不一样了。过去人家打仗，是约好了日子,人很少,到那里排好了再打,比较有规则。现在打仗没有规则,谁抄起家伙朝你脑袋就抡过来了。所以,必须得六十万。秦王也就同意了。临行的时候,秦王给他祝酒,说祝你马到成功,祝你胜利。这个时候,王翦说,我有一个请求。秦王"啪"把酒喝了,说你有什么请求呢。王翦拿出一个书面的东西,申请书,上面写着哪个地方哪个地方,在咸阳附近,有好房子,有好地,可以"开发物业",他说这块地,你批给我得了。秦王哈哈大笑,说你带着六十万军队去灭楚,灭完楚我们就统一天下了,天下一半归你都行,是不是啊?秦王说,寡人要与你共富贵,你还怕没房子住?你还怕自己的子女受穷?太可笑了。好好,我给你盖。然后这个王翦就说,我啊,老了,虽然您给我封这官封那官的,您对我是恩重如山,但是我呢,是风烛残年,我活不了几年了,我多要点田产啊,还是为了子孙。我是大将军,他们不是大将军,我不为他们存攒一些,他们将来怎么办呢?然后军队出去,到函谷关,这王翦又派人回去给秦王汇报打仗的情况,然后增加了一些要求,又写了一份材料,说上次我提的那几百亩地,想来想去不够用。我光给孩子们考虑了(我这是添油加醋了),没替他们的亲家考虑,他们一结婚,亲戚很多,我还得多要。然后他手下的人就跟他说,王将军,你好糊涂,这个时候,你带着六十万人出来打仗,你不谈战争,不谈军事,你今天要宅子,明天要地,后天要钱,再后面又要求派佣人派美女,你怎么糊涂到这个地步啊!王翦就说,你才糊涂呢。他说我们这个秦王呀,是爱怀疑的人,他现在举国的军队都交给我了,只要有一个人在他的耳朵边说一句话,说这个王翦不听话,王翦另有打算,王翦这个人靠不住,他立刻就要把我调回去,不但调回去,还会把我的脑袋砍掉。我只有不断地向他要房子要地,他对我才放心。他知道我没别的想法,知道我打完胜仗以后回去,要当老地主,要吃喝玩乐,我要给我的孩子们挣钱,这样才不会得罪这个秦王。我每次看到这里的时候,就想,春秋战国时期,离现在两千几百年,怎么人就长出这种脑子来了呢?怎么中国人的脑子发达到这一步了呢？这太惊人了！当然，这里面也有值得我们反省的地方，我们都把头脑用在计谋上，而不是把头脑用在征服自然、研究科学上，没有用来证几何题啊，研究物理、化学、生物啊，没往这方面发展。但是不管怎么样，我们看看这些计谋小说，计谋的故事，对我们还是很有意义。

还有一种作品，我把它称为提问，或者问答作品。这个在国外比较多。就是通过问答，来彰显人的智慧。比如我们早就知道，很有名的斯芬克斯之谜。古希腊有这样一则神话：一个名叫斯芬克斯的女妖由天后赫拉派遣，坐在忒拜城附近的悬崖上，对所有从那儿走过的人，她都要提出问题来。她提的问题是说，有一种动物，早晨的时候是四条腿，中午的时候是两条腿，晚上的时候是三条腿，这是什么动物？答案也很简单，是人。人小时候爬，是四条腿，后来两条腿是正常——如果瘸了，那是另外一回事——晚年三条腿就是加了一支手杖。这是一个很有趣的提问，但是我们也可以看出这种故事包含的智慧。还有的人认为这是最早的提问，它的意义在于告诫人们：要认识你自己。

欧洲还流传着所罗门王的故事。所罗门也是以高度智慧、一切的事物都知道、都能够回答而著称的。虽然他的故事有些残酷，如两个女人争夺一个孩子，所罗门下令将此儿劈成两半，真母亲乃决定不争了，而假母亲却从而暴露了出来。印度也有这样的传说，就是许地山（即落华生）翻译的，叫《二十夜问》。讲的是一个美丽的公主，有很多男人向她求婚。她提出一个要求，就是这个求婚者必须连续二十个晚上，向公主提问题，如果这个公主回答对了，那么这个男子就求婚失败，要被砍掉脑袋。如果终于问得这个公主回答不出来了，那么这个男子就可以娶她为妻。写到一个最好的王子来到这里，提的第一个问题，回答出来了，提的第二个问题，回答出来了。到了第二十夜，就剩下最后一个机会，这个王子就过来了，说，公主，我要问的问题就是：一个美丽的公主，她的知识非常的丰富，非常的聪明，她要别人提一个能把她难倒的问题，提一个她回答不上来的问题，只有这种情况下她才答应嫁给向她求婚的人。请问公主,我应该提什么样的问题?你看,你们也笑了,我年轻的时候看到这里我就蹦起来了啊。我说这个脑袋比猴聪明多了,因为这本身就是一个不可解答的问题。实际上这在逻辑上是颠扑不破的,如果你能够回答得上来,就等于世界上不存在这样的问题,证明你还是没回答这个问题。如果你回答不出来,那么更证明我提问的人正确。于是两个人就结合了。《二十夜问》让我看得非常兴奋。哎呀,这个人的头脑啊,头脑这个玩意儿太棒了!太厉害了!

反过来的,就是歌剧《图兰朵》。这个故事呢,是公主提出问题来,反正也是一个互相提问的故事。我也很佩服一个故事——对不起,我这次讲话前没来得及仔细查证,出处我已经弄不清了——就是说曾经有那么一个地方,有一个暴君,他对每天第一个进城的人要提一个问题,就是"你是来干什么的"。如果你回答实话的话,就把你烧死,如果回答假话的话呢,就把你淹死。这个时候,来了一个非常聪明的人,完全是从逻辑上作回答。所以我称之为逻辑问答小说。他说我是来投河自杀的。这样执行者就碰到了一个逻辑上的悖论。如果你把他扔到河里去,那他说的就是实话,你应该烧死他,你不能把他往河里扔,往河里扔就是执行者违法了。如果你把他烧死呢?那么他说的要跳河是假话,你应该把他扔到河里淹死。这样,就既不能把他扔河里,也不可以把他烧死。这样他就从逻辑上胜了。

第四类我比较喜欢的,就是寓言。寓言往往充满了智慧。全世界的寓言,不计其数。有的写得很刁钻,有的让你哭笑不得。比如说俄罗斯的克雷洛夫。他有一个寓言,说这个杰米扬的汤好,别人都说他的汤好喝。所以他以后招待客人就没完没了地上汤,第一碗是他的汤,第二碗是他的汤,第三碗还是他的汤。最后到了让人生厌的程度,这就是《杰米扬的鱼汤》。所以我讲这个文学的启迪,也不敢讲得太多,太多了我就是给大家上这杰米扬的汤了。但是这个克雷洛夫还有一个更令人哭笑不得的故事。他说有一群青蛙,这群青蛙突然发现,它们中间没有一个头儿,就闹起来了。然后上帝就来过问,你们闹什么啊?它们就说我们这么多青蛙,没有头儿怎么行呢?然后上帝就拿了一根棍,往水塘中央一插,大家就踏实了,每天一看,哎哟,头儿还在这儿呢,头儿站得挺直,头儿挺好,挺好。又出来了一个更聪明的青蛙,说,青蛙哥们儿们,青蛙姐们儿们,我们上当了。这是根棍子,这哪是头儿啊!它碰了一下棍子,棍子当然不动了。它说,你看,我撞它连吭气都不会吭气,它没有能力啊,这样的棍子怎么能当头儿呢!青蛙们又闹起来了,抗议,还我头儿。然后上帝又来了,说你们闹什么呢?青蛙说,你们让一根没有任何能力的棍子给我们当头儿,我们不干。上帝就说,好吧,用手一指,这棍子变成一条蛇。这蛇一天吃两个青蛙。早晨吃一个,下午吃一个。这些青蛙全老实了,很满意,觉得这个头儿真棒。这个故事损不损啊,它是在挖苦,但是它也包含了某种智慧。

我个人认为几乎可以概括一切寓言的,是印度佛教《百喻经》里面的"瞎子摸象"。有人摸到耳朵了,就说象就像张芭蕉叶。有人摸到象尾巴,就说象就像一根绳子。有人摸到象腿,说象就像一根柱子。几个瞎子在那争论。这个故事表面上很可笑,实际上非常深刻。人类的很多争论有些是关于阶级利益、民族文化传统问题的,还有些,确实属于瞎子摸象的性质。因为你接触的是这个角度,这个侧面,他接触的是另外一个角度,另外一个侧面,所以在一块儿争个不休。所以,这个瞎子摸象的故事,对于我来说,是寓言中的寓言。

中国这一类的故事,有时候表现为寓言,有时候表现为成语。有时候这成语当中体现的智慧太好玩了,比如说刻舟求剑:剑从船上掉水里去了,从哪掉下去的,在船上做一个记号,将来就从这儿捞这剑。真是笑死人了。守株待兔:你在那儿捡到过一只兔子,于是你干脆什么事都不干了,就在那树底下等兔子。但是最最具有中国文化特色,使我回味不已,也使我哭笑不得的,是一个关于四七二十七的故事。说有两个人在那儿争论,一个说四七二十八,一个说四七二十七。这个时候一个县官从那里过,看到两人争得面红耳赤,说:你们争什么呢?那个说四七二十八的人指着另一个人说:你说他混蛋不混蛋,明明是四七二十八嘛,我们从小学数学都能背的,他非告诉我是四七二十七。县官就叫那个说四七二十七的人过来,说:你是不是真的认为四七二十七?那个人就说:老爷,四七当然是二十七了,我用我的灵魂和我全家的身家性命保证,四七等于二十七。县官说:你是真认为四七等于二十七,算了,你走吧。这个人走了。然后县官叫那个说四七二十八的人过来,跪下,往屁股上打了三板子。这个人哭冤啊,他说:老爷你也这么糊涂,你也认为四七是二十七啊?你还打我,你这样的人还当县官呢!这老爷说:我教育教育你,刚才那人糊涂到什么程度了,他都已经认为四七二十七了,你还跟他瞎争什么啊!跟这糊涂人瞎争什么啊你?我打你三板子,让你记住,以后你见到认为四七二十七的人,你连理都别理他。你干什么事不行你干这事?这么怪的思维。我现在并不对它进行价值判断,这样一个故事是不是特别有价值?是不是值得我们人人来学习?听任四七二十七随便说,我不是这个意思。但是这故事特别具有中国文化的特色。这外国人啊,他脑子怎么转圈也理解不了。这就是我们中国的特色。我想起有一年,一九九六年,我在波恩。当时是欧洲杯半决赛,德国对英国。那届欧洲杯是在英国伦敦举行的。英国队和德国队相互之间憋的劲特别大。最后是罚点球,英国队罚进一个球去,简直蹦起来。德国人是另外一种风格,日耳曼民族的性格。德国队队员走过去,一脚踢出去,脸上一点表情都没有,然后站一边等着别人一个个踢。最后是英国人输了。我就跟德国朋友说,英国人太希望赢了,所以最后输了。德国朋友说,你这是典型的中国人的思维,我懂,因为我学汉语,我认为你讲得很有道理,可是你要给别的德国人讲啊,他们不一定懂。这也跟那个四七二十七一样的道理,因为我们中国人常常用一种辩证的思维方式考虑问题:你太喜欢一件东西,你就会丢失它,你太看重一件事情,你就会干不成,你太认真了,你反倒离真理太远了。这是中国这种古老的文化的一个发光之处。但是如果你片面解释,也可以看成是什么是非都不讲了。其实不是这个意思。

所以,从这些寓言当中,我们也可以看到许多的智慧。智慧也是一种美。如果我们接触一个有智慧的人,我们会觉得他是很美的。他会知道哪些事应该做,哪些事不应该做。他知道哪些话应该说,哪些话不宜说。他会知道在某些事情上,应该怎么样来处置。一个有智慧的人,他会拒绝那些恶行,因为他知道那些恶行是会损害别人的。而损害别人的结果,只会损害自己,因为你害了别人了,"害人者人恒害之。骗人者人恒骗之。欺人者人恒欺之"。相反的,"爱人者人恒爱之。救人者人恒救之。助人者人恒助之"。有智慧的人起码知道这个大概的道理。所以一个智慧的人,在这个意义上,与真、善、美有着相通之处。既然我有这个智慧,我了解真情,我就会拒绝丑恶,我就会拒绝恶劣,我就会拒绝那些特别不道德的、特别丑陋的事情。所以,我们通过文学的智慧,得到的不是具体的东西,不像我们学数学那样得到一种原理,也不像学物理,得到一个实验的结论,而是得到了一种对人类的智慧的倾心,同时使我们自己向着智慧、向着真善靠近。

在中国,还有一种特别的表现智慧的文学作品,就是禅思。例如脍炙人口的慧能故事。说是佛教禅宗传到了第五祖弘忍大师,考虑他的继承人的问题,他有一个弟子神秀,大家公认应是禅宗衣钵的继承人。他就在半夜起来,在院墙上写了一首诗:"身是菩提树,心为明镜台。时时勤拂拭,勿使惹尘埃。"而这时,当庙里的和尚们都在谈论这首诗的时候,被厨房里的一个火头僧——慧能禅师听到了。慧能是个文盲,他不识字。他听别人说了这个畿子(禅诗),于是他自己又作了一个畿子,央求别人写在了神秀的畿子旁边:"菩提本无树,明镜亦非台。本来无一物,何处惹尘埃。"这样,慧能的诗就胜过了神秀。

对不起,我也是个爱抬杠的人,我每次听到这个故事,就不甚服气。我想,如果比赛谁更绝对化,那应该什么禅诗也不作,最好连饭也不吃,那才算彻底呢。

总之,文学能够益智,能够多少地消除一些愚蠢。

第八讲　四海八夷　出神入化
　　　　精神追求　上下求索

先谈文学与想象。我们的生命的过程,是一个经验的过程,一个事,我们经历过了,也就有了经验,所以在英语里头 experience 既是经历,也是经验。人都会有那种愿望:一个是扩大、延伸自己的经验经历,一个是追求这种经验的极致,也可以说是突破这种经验。我们知道在运动里头有所谓极限运动。那个游泳的张健可以横渡英吉利海峡,可以在最低温的冷水里面来游。这些都说明,因为人生是有限的,人生的经验是有限的——从时间上来说,你再长寿也就一百年出头;从空间上来说,就算你去过许多国家,也不过就是如此——所以人追求这种经验以外的东西,或者一种达到极致的经验。文学有这个好处,它可以充分调动人的想象。文学表现的不仅仅是生活的现实,而且是生活的可能;不仅仅是现实的可能,而且是想象的可能。你只要能想出来,你想得跟真的一样,你想得很有味道,这就是文学。我们并不要求文学中所写的、所表现的东西都必须有事实的依据。所以有一大批文学作品只是表达了人的这种想象。

比如说,英国的著名作家斯威夫特写的《格里佛游记》,这种想象太奇妙了。我们上小学的时候就读斯威夫特写的《格里佛游记》里边的故事。实际上斯威夫特是一个讽刺型的作家,很多故事里都充满了讽刺。他想象有一个国家,这个国家的主人都是马,而成为这个国家的牲口的呢,对不起,是人! 那里头写这些马多么尊贵,多么高尚。而人呢,用马的观点来看,真是丑态百出。当然,我不认为斯威夫特要侮辱人的尊严,他只是通过这个故事,让我们换一个角度来看一看，发现人的身上确实有许多值得改正、值得改善、需要进化的东西。我在"文革"当中还看过一个格里佛的故事。说有这么一个国家，国王吃煮鸡蛋，吃煮鸡蛋需要剥皮，要先磕一下才能剥，磕呢是先磕那个大头。这国王有一次磕完大头，剥壳的时候手指给刺破了。这个国王很生气，就颁布了一个命令——今后吃煮鸡蛋一律要从小头磕起。这变成了是否忠于王室的标志。忠于王室的人，拿起大头来一磕，哎哟，错了，翻了过来用小头磕，磕完往下剥，心里很高兴，我执行了国王的命令。或者偷偷地一磕，啪，大头磕破了，吓得一头一脸的汗。左右看看没人，反过来再磕，磕小头。到了这个程度。但是也有些有叛逆思想的人，特别是一些青年人，觉得这是干什么啊，从小头磕多别扭啊！于是他们就组织了一个秘密组织，大头党。参加这个党的人磕大头，不磕小头。小头这边就认为这是背叛了王室，所以也组织了支持王室的党，保王党，又名小头党。小头党和大头党在这个国家就斗争起来了，一直到了内战的边缘。这个故事太棒了，它将想象也发挥到了极致，这是斯威夫特对英国那种两党政治尽情的嘲笑和讽刺。我当时读的时候笑了，又不敢大笑，因为我想起来，"文革"当中也分成两派在那里争论，争来争去，也不知他们在争什么，基本就跟争这个大头磕、小头磕差不多。所以，我说你们看斯威夫特的这个故事多么像"文革"中的中国啊。可我又怎么敢说出我的想法呢。

我们中国也有充满想象力的作品，比如《西游记》，《西游记》里孙悟空会七十二变，是不是啊？他变来变去，最后那条尾巴没地方变去了，变成了一根旗杆，是跟二郎神打仗的时候。这猪八戒啊，他保留了很多猪的特点：好吃懒做，一碰到困难老想中途退缩，老想中途叛变。取什么经啊，咱们回家去娶媳妇多好。这就是猪八戒。而且《西游记》里面描写的那些所谓的妖魔鬼怪的故事，还有那些天庭里的故事，都非常的动人。《西游记》现在仍然是中国在国外知名度最高的作品之一，尤其是欧美的孩子，深深喜爱这本书。他们都知道这个猴王。即使他们对中国不太了解,但是一说猴王,他们知道。当然,我们中国还有《聊斋志异》。《聊斋志异》把鬼怪尤其是狐狸写得那么可爱,把鬼的世界写得那么可爱。我还应该特别提到一个充满想象的故事,就是《白蛇传》。我觉得把爱情故事写成一个蛇的故事啊,有它的独到之处。爱情是很美好的,而蛇呢,并不是那么美好的。但是蛇本身有一些特点,它很柔软,它又很执着,它纠缠不休,缠绕着,就好像是白素贞和许仙之间的感情。放又放不开,好又好不了。就像是毒蛇一样的,它绕着你转,把你的身子缠上。今天我们不能细谈这个,但是我要告诉你们,《白蛇传》是一个让我非常感动的爱情故事。爱情当中不但有狂热,有甜美,有幸福,有高扬,有飞翔,就像在天上驾着鸟一样;爱情当中也有蛇的缠绕,也有摆脱不了的那种悲欢、情仇。这也是特别好的故事。

当想象力达到了极致,或者突破了人的经验呢,就产生了一个非常重要的品种,这个品种在今天越来越重要,就是科幻小说、科幻故事。中国的文学有科学幻想这一部分,但是不太发达,可是外国特流行这个。巴黎的埃菲尔铁塔的第七层,就是儒勒·凡尔纳餐厅。而儒勒·凡尔纳呢,就是一个著名的科幻小说作家。他写过《海底两万里》《格兰特船长的儿女》。我们从他的那些故事里头能看出一点,就是人要求更多地了解自然,要求了解海底,要求了解太空,要求通过科学来增长自己的能力,增长自己的本事,增长自己的知识和见闻。这一点是值得我们中国人学习的,从小、从各个方面鼓励一个人多幻想一下,这是非常好的。当然,从美国的电影里头我们也能看到很多科幻题材。电影当然和文学还不完全是一回事,但是任何电影都有一个脚本,这个脚本从某种意义上也是文学的,可以说是电影的起步。比如《星球大战》《侏罗纪公园》等等。所以说国外这一类想象的东西也非常值得我们参考。还有一些呢,不完全是想象。有的故事是把一些人生可能的经验推到了极致,比如说海明威的《老人与海》。这个《老人与海》为什么那么受欢迎?因为它写一个孤独的老人在海上走了那么多天,和那些大鱼怎么搏斗。这是一般人所没有的经验,也没人敢随便去尝试啊。说为了尝试《老人与海》里的情节,给你一条小船,到加勒比海上去逛一个礼拜,未必有人敢报名。中国有一个作家邓刚,他写过《迷人的海》。他是大连人,年轻的时候做过"海碰子","海碰子"就是到海底去作业,完全是人工的,没有潜海的设备,就靠人憋气。一憋能憋好几分钟吧,最长的有憋十几分钟的。说是憋完以后上来,人的眼睛全都红了,因为微血管都破裂了。他描写海底所能见到的种种的情境。他其实是在写实,并不是幻想、想象。我举邓刚的例子是为了说明,想象也可以与现实接轨。

神话、童话、科幻,还有用各种稀奇古怪的方法来写的,都是一些想象的故事。还有一种,在文学作品当中也是一个非常重要的品类,就是动物小说。比如杰克·伦敦的重要作品之一《野性的呼唤》。他写一条狼,被人所驯养,这条狼就自以为是狗了,因为长得也差不多,它也已经习惯了狗的生活。但是,终于有一天,它被主人带着经过一个森林,它听到了狼的呼唤。哎呀,这让读者都会感觉到非常的激动。美国有一部非常有名的小说叫做《白鲸》,它写人与鲸鱼的这种恩怨情仇。我们中国近几年也有这类作品,很受市场欢迎,也被大量介绍到国外去,比如《狼图腾》。尽管对《狼图腾》所提出的社会、民族方面的一些观点有各种争论,但我想这是文学作品,是一种想象,并不是一个国策的进言书,并不是说今后我们都要向狼学习,我想不存在这样一个问题。但是它讲的那些狼的故事,确实也是非常受欢迎的。

不但有以动物为主角的小说,我也不揣浅陋,我还写过以静物为主角的小说,比如说我的《木箱深处的紫绸花服》,我认为这是我八十年代写的一篇还不错的小说。小说的主人公是一件衣服。所以我想呢,人的想象力,补充了我们经验的不足,也突破了我们的经验。

接下来我再谈一下文学与自我,"精神追求,上下求索"。这里说的自我不是指自我的利益,而是人在文学作品当中一直在寻找一个答案,就是:我是谁?我应该怎样生活?我有哪些喜怒哀乐?我有什么样的感受?这些东西在其他的学科里面得不到解决。你无法通过数学来解决这些问题,数学里面没有自我。数学的规律是普遍的规律,物理的规律是普遍的规律,但是文学非常关心人对自我的感觉。人类一个伟大的发明就是镜子,因为人类在镜子中很清楚地看到了自己。如果没有镜子的话,你最多只能在水里照一照,只能看到模模糊糊的自己。而镜子的发明呢,就使自我分成了两部分,一部分是主体的自我,就是 I,另一部分呢,就是客体的自我,就是 me。同样是一个"我",一个是 I,一个是 me。如果你是那个人的话,镜子里的你是 me,而不是 I。如果我们懂得了这个道理,有很多作品我们就能理解了。

我举一个例子,也是我非常喜爱的作品,鲁迅《野草》里的《影的告别》。鲁迅说:"人睡到不知道时候的时候,就会有影来告别,说出那些话——有我所不乐意的在天堂里,我不愿去;有我所不乐意的在地狱里,我不愿去;有我所不乐意的在你们将来的黄金世界里,我不愿去。然而你就是我所不乐意的。朋友,我不想跟随你了……我不愿意。……我不过一个影,要别你而沉没在黑暗里了。然而黑暗又会吞并我,然而光明又会使我消失。然而我不愿彷徨于明暗之间,我不如在黑暗里沉没。然而我终于彷徨于明暗之间……呜呼呜呼,倘是黄昏,黑夜自然会来沉没我,否则我要被白天消失……朋友,时候近了……我独自远行,不但没有你,并且再没有别的影在黑暗里。只有我被黑暗沉没。"这是很难理解的一种心态。这种心态,按我的理解,就有一种 I 与 me 的对话。就是自己对于自己的这个样子、这个状况,在 I 与 me 分离的时候,有某一种评价,有所批评,有所愿意,有所不愿意。这样一种微妙的自我对自我的评价、疑问、对话,是你在文学之外很难得到的。

国外当然也有很多这样的作品,譬如说《约翰·克利斯朵夫》,这是法国的著名作家罗曼·罗兰的名作。他写约翰·克利斯朵夫的一生,关于艺术,关于人,关于音乐,关于善,关于恶。这一生当中,他在奋斗着,他在困惑着。他有时候很顺利,有时候被误解。有时候他被接受,有时候他不被接受。但整个过程是非常动人的。

也许我们还可以回顾中国更早的作品。因为在屈原的《离骚》、《天问》等作品里,除了对社会、对朝廷、对个人仕途生活的种种慨叹以外,还有他对世界提出的疑问。

但是所有这些作品加在一块儿,都不如另一个人的对于人类精神追求的表达来得强烈。我说的,就是歌德的《浮士德》。浮士德用自己的灵魂作抵押,希望更多地了解这个世界。我想一个人用不着天天在那儿研究自我,天天研究自我是很无聊的事情,是很愚蠢的事情。但是你偶尔抽一点时间,关心一下自我,关心一下自己的精神状况,自己的心理状况,关心一下自己应该追求什么,应该舍弃什么,应该去靠近什么,应该远离什么,这是有意义的。

文学这样一个不可替代的作用,它让你为自己操操心,不是操心个人的得失,而是操心自我的定位、取向、迷失与回归,操心你的精神生活、精神世界,在文学中你面对着一个真实的自己。读一篇好的文学作品,应该说,也是一次自己与自己的极好的个别谈话。能够自己与自己进行美好的谈话的人,比不能的人,要幸福得多。

第九讲　人性剖析　入木三分
　　　　嬉笑怒骂　荒谬绝伦

先谈性格的问题。本来人性和性格这两个概念并不一样,人性指的是人的普遍性,而性格呢,指的是具体的、与他人不同的表现。当我们仔细地研究这些性格之后,我们就会发现,在这些特例当中,在这些个案当中,实际上存在着一种普遍的人性,至少是传达了人性的某些方面。

一说到人性和性格,我忍不住第一个想说的,就是阿Q。因为阿

Q这样家喻户晓,而在阿Q之前呢,我们没有在国外的作品或者中国的作品中发现过这样的性格,但是被鲁迅写出来了。鲁迅不但写他的精神胜利,不但写"哀其不幸,怒其不争",而且也写到了阿Q身上,鲁迅最讨厌的一个缺点,就是弱者向比自己更弱的人来施暴。你是被欺负的人,但你不敢向那个欺侮你的人发泄,因为你不是个儿,于是你就欺负那个比你更弱的。阿Q跟王胡打架,打不过,这他还服气,因为王胡本来力气就比他大。后来他与小D打架,他也吃了败仗,这次他有点不服,因为他觉得他明明比小D要强壮得多。他被王胡欺负了,被小D欺负了,更不要说被赵老太爷、假洋鬼子欺负了。他还能欺负谁呢?欺负小尼姑。他拿手摸人家的脑袋。你说这叫性骚扰吧,没那么严重,但是起码不是一种正派的行为。使小尼姑哭着说"断子绝孙的阿Q",来发泄自己的不满。阿Q的这种性格,实际上是非常惨烈的。

这种弱者的性格,我们从俄罗斯作家的作品里也能看到。比如契诃夫写的《小公务员之死》。写一个小公务员打了一个喷嚏,他觉得自己对大官很不礼貌,就不停地道歉,请求原谅。最后使大官烦了:你烦人不烦人呢,你讨厌啊!他一听,吓死了。这个故事非常惊人。但是这还不是契诃夫写的最令人受刺激的小说,契诃夫最令人受刺激的是他写的《套中人》。他写一个老师,这个老师是一个套中人,他胆小,老怕出事。他晴天出门也带着雨伞;耳朵里塞着棉花,他不希望听到不该听到的声音;他把脸藏在竖起来的衬衣领子里,不管天多热,别人都看不见他的脸;他老是一个劲地喊着:千万别出乱子啊!最可怕的是,这样一个人把整个镇子的风气都带坏了,使一个镇的人都哆里哆嗦。这样一个套中人一出来大家都害怕,他就像是传染病一样,像是SARS病毒一样。他本身老怕出事,别人一看,也觉得要出事,快躲着他远点。他把整个镇子压得透不过气来。契诃夫还写过《普里希别耶夫中士》。写一个警察,在农村里头,整天想着怎么样处罚别人,整天要纠正这个,取缔那个,处罚这个,挽留那个。

这真是一个非常深刻的形象。世界各地,都有这种专门与别人过不去的普里希别耶夫。

说到性格,我们还要看到,知识分子个性化性格在文学描写中占着很重要的地位。比如说孔乙己,这样的知识分子就非常令人感慨啊!孔乙己餐厅北京也有,绍兴也有,而且在餐厅的门口还有孔乙己的雕像。因为我认识他们那儿的老板,也在那里吃过饭,有人就让我题词,我就写"孔乙己学长","孔乙己学兄"。因为孔乙己要是晚生个百八十年呢,也可能今天坐在这听我的讲座,要不就是我听他的讲座。他跟咱们是同行啊,都是念书的人啊,希望能混个学历。但是他的命运,就不需要我在这里细说了。俄罗斯的知识分子也写了许多可悲的典型,其中有一个类型就叫"多余的人"。俄罗斯著名作家冈察洛夫写过一个小说叫《奥勃洛摩夫》,奥勃洛摩夫的特点,被杜勃罗留波夫评论为"多余的人"。这小说的特点就是,已经翻去好几页了,这主人公还躺床上没起呢。他考虑的第一个问题就是我现在要不要起床。我现在起?现在起来干什么呢?现在不起,我躺着干什么呢?我到底是起还是不起?是不起还是起?为什么我一想起我就得起?为什么我不起?对不起,这已经不是它的原文,已经是经过王氏加工了,总之就是这个起、不起、起、不起,好几个 pages 过去了。这也是一种痛苦啊,你在社会中没有位置,你在人生中没有位置——北京话叫做"有你不多,没你不少"。这种痛苦,未必比解决不了温饱问题来得轻。你解决不了温饱问题,维持不了生存,这是很悲哀的事情。可你能维持生存了,却没有事情可做,每天先研究我起不起,起来以后又想要不要立刻躺下,要不要吃饭,这样的生活也是非常痛苦的。不仅这个奥勃洛摩夫,莱蒙托夫写的长篇小说《当代英雄》里的毕巧林,也是一个"多余的人"。屠格涅夫写的那些知识分子,也是"多余的人"。屠格涅夫的小说里面有一个大知识分子叫罗亭,《罗亭》本身也是一本非常有名的小说。罗亭的特点就是言语的巨人,行动的矮子。

我们中国写到这些读书人、知识分子,除了孔乙己以外,还有一些什么人物呢?我们也可以随便举一些例子。比如说贾宝玉,贾宝玉也算是青年知识分子。贾宝玉本身其实也很像"多余的人"。薛宝钗给他起了一个外号——无事忙。他这点啊倒是比奥勃洛摩夫幸福一点,奥勃洛摩夫是又无事又不忙,难受得要死。贾宝玉无事,但是他忙。他张罗的事多,他关心的人也多,他爱的人也多,见一个爱一个,所以说他是"无事忙"。

这些不同的性格啊,通过文学与我们生活在一起,使我们对人的多样性有了进一步的了解。再比如说鲁莽的人,我们知道李逵,我们知道张飞,我们知道楚霸王。楚霸王这种人物啊,也是一个奇迹:他是一个失败者,但是人们同情他。他犯了无数的错误,比如他放一把火把阿房宫烧了,这个是不可原谅的错误,破坏国家文物,是不是啊?!他都对不起我们,要是这阿房宫有个遗址那多棒啊!但是人们最后仍然对楚霸王有一种欣赏,有一种同情。我相信我们的女生啊,宁愿嫁楚霸王,也不愿意嫁刘邦。要嫁刘邦那么一个阴暗的小人啊,还不如独身。再比如写人的吝啬,如果我们没有文学,我们都不知道还有人这样的吝啬。《儒林外史》里的严监生临死伸着两个手指头。身边的侄子们说:你还有两件事?你还有二十两银子?他媳妇了解他。他媳妇说:那灯用了两个捻,太浪费。于是赶快灭掉一个捻,这时候这个严监生的脸上露出了喜悦的表情,含笑逝世。莫里哀还有一个好几幕的话剧《悭吝人》,主人公的名字叫阿巴贡。他藏了很多财产,要儿子娶不要彩礼的寡妇,逼女儿嫁不收嫁妆的老头。如果没有文学,我们不会有这么多生动的人物形象。

但是在文学里面,还有一些既好又不好的人物性格。比如说塞万提斯写的堂吉诃德。这个也很有趣啊。西班牙马德里的市中心有一个西班牙广场,广场上竖的是堂吉诃德的像,旁边还有桑丘,他的女友,还有塞万提斯的像。这么一大堆的塑像,因为这是西班牙的象征。而堂吉诃德本身并不是一个特别正面的人物。他很可笑,代表着脱离实际的一种人。他生活在一种完全脱离生活的浪漫主义和英雄主义里面,和风车战斗,做过很多可笑的事情。但是堂吉诃德又有他可爱的地方。当我们说一个人是堂吉诃德的时候,我们甚至会觉得这比一个完全实用主义、完全机会主义、完全物质主义的人还可爱一点。又比如说,契诃夫当年写了一个小说叫做《宝贝儿》。他的本意是要讽刺一个人,可是这个《宝贝儿》写出来以后呢,让人觉得这个女主人公非常的可爱。她离了爱就生活不下去。她有条件爱这个人,她立刻就爱,没有条件,她又爱那个人,没有那个人,她就爱他的孩子。

我刚才说的这些性格呢,大部分是带一点缺陷的。其实文学里面那种正面的、英雄的形象,比如说岳飞这种精忠报国的形象,也非常动人。这种英勇的形象,我这里就不一一说了。

最后我再给大家讲一个故事,文学在剖析人性方面之入木三分啊,真有让人听了以后觉得惊讶的。印度有一个故事,讲的是人的嫉妒心。说有一个人,有机会见到上帝。上帝就说,你这一辈子过得还不错,我准备满足你的一项要求,什么要求都可以,但是呢,我有一个条件,就是我要给你的邻人以双倍的馈赠。那意思就是说,这个主角得到一所房子,他的邻居就得到两所房子。如果那个主角说我要一万块钱,那么他的邻居就可以得到两万块钱。这个主角说想要一个大美人,也可以,那么他得一个美人,他的邻居得两个美人。这个人听到这个条件以后,进行了艰苦的思索。最后他是怎么回答的呢?他说:上帝啊,请你挖掉我的一个眼珠吧!我宁愿挖掉一个眼珠,成了独眼龙,我还有一个眼。可是那邻居呢,一挖就是挖两眼,那么这个邻居就终于败给我了,否则的话我永远败给邻居。这虽然是印度的一个民间故事,也不可当真,可是它对于人性的剖析可谓入木三分,一针见血,实在是值得我们拍案称奇。

另一个问题——文学与喜剧。文学,有时候在一些荒谬的故事里,表达了一种清醒,表达了对人世间的一种反省。我们会做很多荒唐的事,很多愚蠢的事,很多不应该做的事。我曾经说过,幽默感常常是智力上的一种优越感。为什么会有幽默感呢?因为你做的一些事,我瞧着它可乐,我瞧着它 funny。所以很多幽默的产生呢,实际上是因为一个人在智慧上超越了别人。

比如说刚才我讲到的那个印度的故事。你可以说那是对人性火辣的批判,是对人的嫉妒心理的批判,但另一方面,你也会为之一笑。如果你不是那么喜欢嫉妒的人,当你看到别人那种嫉妒心的时候,你会既替他难受,又不免为之一笑。

我还认为,幽默是一种成人的智慧。我年轻的时候喜欢煽情的文学,我要求看完了作品以后热血沸腾,最好是出门就给坏人捅一刀子才好,这个作品才没有白看。但是成人就不一样,他就能够看出这个世界的种种破绽来。我愿意举一个例子,也是一部很有名的书,就是美国的《第二十二条军规》。它说的是第二次世界大战期间,美国的一个飞行大队驻扎在一个岛上。这个岛上的美国军官都是些官迷,心理也都不太正常,有很多的问题。有一个空军飞行员慢慢地对他们厌倦了,就假装自己精神不正常,他想退役。但是美国的第二十二条军规规定,只有在你得了神经病的时候,你才能被批准退役。但是凡是能够清醒地申请而且声称自己有神经病,自己要退役的人,都应该被视为没有神经病。这又是一个悖论。这就像喝酒的人一样,真喝醉了——就像侯宝林那相声里说的——就会说:我没醉。于是这个飞行员深深地体会到,原来在这个社会上,有许多二十二条军规。表面看,很合理啊,对啊,如果你有病你可以申请退役,你可以请假。但是它话又说回来了,如果你真的得了神经病了,你还能很清醒地估计你自己的状况吗?这就是人的荒谬性。这个世界上有很多事情,表面上看非常合理,但实际上是很荒谬的。

我们往更早一点说,奥地利作家卡夫卡(他好像出生在捷克,也可以算捷克作家)特别善于写人的荒谬。比如他写《审判》,不知道人是怎么样就被抓了,也不知道是在审判什么,最后就处决了。他写得很恐怖。他写的《变形记》更恐怖。写一个人,一觉醒来,发现自己变成了一个硬壳虫。我想在这样一些讽刺和荒谬化的处理当中,文学实际上是在用一种曲折的方式来帮助我们认识这个世界,也认识我们自身:我们自身有哪些弱点,哪些破绽;这个世界有哪些弱点,哪些破绽。它可以帮助我们更聪明,它也可以帮助我们有所超越,有所克服。这也是文学给我们的启迪之一。

荒谬是一种感受,也是一种批判,我们承认人生中确有荒谬的东西,需要批判的东西,需要改进的东西。同时,我们又叹息,作家是太敏感太聪明了,他们是多么的善于发现荒谬啊。但他们的对于荒谬的发现与敏感当中,本身就不含有荒谬的因素吗?愤世嫉俗本身,有没有可能也是一种俗呢?这个问题,让我们另外找机会讨论吧。

第十讲　言语通天　鬼神风雨
　　　　直观感动　共鸣慰藉

关于文学的语言问题,我称之为"言语通天,鬼神风雨"。为什么叫"鬼神风雨"呢?因为杜甫说过李白的诗是"笔落惊风雨,诗成泣鬼神"。而《淮南子》上也曾经说过,仓颉造字的时候,因为我们的这个汉字啊太漂亮了,信息量又太大了,所以"天雨粟,鬼夜哭"。言语可以通天,因为它有很大的力量,它可以改变命运。我们看文学当中的语言,有的是那样的雄辩,有的是那样的生动、那样的鲜活。比如《红楼梦》,你看多了,你连说话都会受影响,都会变成那味的了。你不信你试试,要是北方人更是这样。

有时候我就特别惊异于一些最普通的语言,它怎么能说得这么好。大家知道一首乐府民歌:"江南可采莲,莲叶何田田。鱼戏莲叶间。鱼戏莲叶东,鱼戏莲叶西,鱼戏莲叶南,鱼戏莲叶北。"没有比这种说法更简单的了,甚至我们可以说没有比这样的说法更笨的了。

但是呢,这诗给你的感觉就跟你去看鱼一样。因为这鱼不停,哧溜一下,鱼戏莲叶东,再哧溜一下,鱼戏莲叶西——东、西、南、北,你看到的是这样一幅画面啊,快得不得了。这是很静止的几个字,也不会变化,也没有幻灯片,也没有音像资料,可是这比音像资料还要生动。鱼戏莲叶东,鱼戏莲叶西,鱼戏莲叶南,鱼戏莲叶北。这是怎样地动感、活跃,太棒了!

还有的语言,那么雄伟,那么悲壮。比如说《共产党宣言》里头,在结束的时候说:"共产党人不屑于隐瞒自己的观点和意图。他们公开宣布,他们的目的,只有用暴力推翻全部现存的社会制度才能达到,让统治阶级在共产主义革命面前发抖吧,无产者在这个革命中失去的只是锁链,他们获得的将是整个世界。"这话本身的力量也是翻天覆地的,都是些美丽的句子,也都是用最普通的语言来组合的。

最近我刚去过扬州。有很多最美丽的句子描写扬州。"故人西辞黄鹤楼,烟花三月下扬州",还有"二十四桥明月夜,玉人何处教吹箫"。还有一个版本是"玉人何处教吹箫"。我小时候读的是"不吹箫",现在都变成"教吹箫"了。白居易是以写诗妇孺皆知而著名的,但是他有的句子美得让你没有办法,比如:"江南好,风景旧曾谙,日出江花红胜火,春来江水绿如蓝,能不忆江南?"比唱还像唱,这是歌曲。白居易还写过"汴水流,泗水流,流到瓜洲古渡头,吴山点点愁。思悠悠,恨悠悠,恨到归时方始休,月明人倚楼"。白居易除了有同情人民疾苦的这一面,也有他很潇洒、很风流的一面。这些从他的诗句里就能看出来。

而文学是语言的艺术,一个学过文学的人,他的语言能力会高于其他人。一个语言能力高于其他人的人,他成功的可能性就更大。这个成功,包括爱情上的成功。我曾经到一个工科大学去讲演,一个男生问:"我对文学一点兴趣都没有,王先生您看怎么办?"我说那没兴趣就没兴趣吧,因为你学的又不是文学。我唯一担心的一点,就是我怕你将来情书写不好,影响你在爱情上的成功。啊,全场都热烈鼓掌,都认为我讲得很有道理。

我还愿意借这个机会向大家贡献一段英语的奇文。虽然这并不纯属文学,但是这其中体现的语言能力也非常强。原美国国防部部长拉姆斯菲尔德二〇〇三年被世界记者俱乐部授予"文理不通奖",因为他有一段讲话。那是一段什么样的讲话呢?就是当别人问他关于伊拉克大规模杀伤性武器的问题时,他说,as we know,据我们所知,there are known knowns,有些事知道是我们所知道的,there are things we know we know,有些事呢,我们知道我们已经知道了。we also know,我们也知道,there are known unknowns,有些事我们知道我们是不知道的,that is to say,也就是说呢,we know there are some things we do not know,我们知道这里头有些事我们不知道,but there are also unknown unknowns,与此同时呢,我们不知道我们不知道一些事,the ones we don't know we don't know,也就是那些我们并不知道我们不知道的事。我连着给你们读一下:As we know, there are known knowns. There are things we know we know. We also know there are known unknowns. That is to say, we know there are some things we do not know. But there are also unknown unknowns, the ones we don't know we don't know. 哎,这语言能用到这个程度也很棒啊,而且都合乎语法。我们知道我们知道一些事情,我们知道我们不知道一些事情;我们不知道我们知道一些事情,我们不知道我们不知道一些事情;有些事情我们知道其实是不知道我们所知道的事情,有些事情是我们不知道我们知道其实是我们不知道那个事情;我们现在也不知道我们到底知道不知道。第一,它是绕口令;第二,它练习我们口语的能力和逻辑思维的能力;第三,说老实话,记者是开玩笑说他文理不通,我恰恰有一个相反的感觉,我觉得呢,他在这里表达了人类在认识论上的困境。当然,他讲这些话是为美国的伊拉克政策辩护的。对伊拉克政策问题,文学是启迪不出来的。但是作为认识论的困境,他表达得非常好。我们想想,世界上的事情不就是这样吗?我们知道我们知道一些事,我们也知道我们不知道一些事,还有些是我们不知道我们到底知道多少,我们不知道到底还有多少事我们不知道。我们自以为知道的事,我们可能不知道。我们最以为不知道的事,可能已经知道,又碰上了。对于认识论的困境,他表达得非常精彩。

不同的职业,不同的角度,就有不同的思维方式和生活方式。政治家会注意权力的分割和运作。经济学家会注意财富的产生和流通。警察会注意犯罪的产生和遏制、侦破和打击。那么文学家呢?他对世界的关注是在哪个角度上呢?文学家习惯于对这个世界采取直观的关注方式。对于文学来说,没有不重要的事,大事要描写,要关注,小事则更加重要。文学让人们感动的恰恰就是某一个细节。正面的描写是必要的,侧面的、背面的、反面的描写也是必要的。而且一般来说,文学作品给人的并不是一个简单的结论,而是一个立体的、全面的生活,是要让你对这个生活有所感受,有所感悟,而不仅仅是得到一个判决书,说张三错了,李四对,或者王五是好人,赵六是坏人,它不是这个意思。文学给人提供一种感悟的方式,记忆的方式,怀念的方式,甚至于是虚拟的方式。别的事情你不能老是虚拟,老是假设。比如说,你参加工作了,到发工资的时候,你不能跟你们单位的财务来讨论假设:假设我的工资又提了三级,你应该发给我多少?你说那话是没有任何意义的,除非你有神经病。可是对于文学来说,假设完全是有意义的。虽然你的工资每月只有两千块钱,但是你想写一个每月收入有两万块钱的人,你要是想得好,又有这方面的经验,你就能写出来。如果你要设想一个每月有两亿元收入的人呢,多半你就写不好了,因为你很难有这方面的经验。当然也可能是情况恰恰相反,你是一个穷光蛋,你要写一个大富翁,你可以大胆想象,出神入化,而且你写富翁没有任何负担与顾虑。

文学让我们多有几套方式来认识世界,来认识自己,来认识人生,这比只有一个方式好。我举个例子来说,如果你受到了挫折,从物质收入的角度上说,肯定你是受到损失。因此它是一件坏事。可是对有文学感悟的人呢,他就会觉得这是一个很好的经验。人生中就会有被人空口说白话,被人栽赃的可能。遇到这种事情,应该沉着,应该清醒,你应该相信,真相终会大白。这是一个很好的经验。即使你不把它写到你的作品里边,只是在口头上向别人叙述一下你的经验,那么它也增加了你的人生的魅力。所以,这就是文学可以给你提供的一种方式。再比如,你帮助了一个人,你看到那个人的脸上露出了笑容,这个笑容够你记好几年的。你会随时告诉你的朋友,说今天有个孩子,把钱丢了,哭了起来,我从那里过,问他怎么回事,然后马上给了他二十块钱。哎呀,孩子非常高兴,谢谢我之后就走了。你得到了一种满足,这种满足呢,从经济上来说是没有什么道理的。你用不着给他钱,从法学上、经济学上你都没有义务这样做,但从文学的角度上,你这样做,很好,当然,从道德的角度,也很好,因为你帮助了别人。总之,文学给了我们一个活法,文学给了我们一个认识世界、感受世界,认识自己、掌握自己的角度。

文学实际上给了我们一种精神上的营养,也是我们精神的一个家园。我称之为"共鸣慰藉,沉吟受用"。有时候我们说文学是精神食粮,这话是不错的,但是"精神食粮"是一个很广义的词。食粮既包括大米白面,牛肉白菜,也包括烟酒茶——烟不太好,现在不是提倡不吸烟嘛——也包括饮料,也包括药品,也包括什么王老吉凉茶、感冒冲剂、板蓝根等等。同样,对于文学的饥渴也是很难受的啊。一个认字的人如果没有一本有意思、有启迪的书看,你想是多么痛苦。我在新疆的时候,在那个没有什么书的年月里,听维吾尔族的一个老作家帕塔尔江说过,他出差,旅馆里没有什么书可看,怎么办呢?他就看电话本。原来我以为这个故事很奇特,其实这并不奇特。我不知道你们是不是看过美国那部获奥斯卡奖的电影《雨人》?有看过的吗?哎哟,你们都没看过,多可惜。因为那个主人公是有自闭症的,他的弟弟带着他去旅行,住在旅馆里,他一晚上不睡,背诵电话本,第二天早上让他走他不走,他说 ABCDE 我已经背到这儿了,我今天要不走,我能争取背到 Y。这种可笑的事情,也是很悲惨的事情。我们今天很幸福,因为我们有许多的书可以看。从这些书里边,可以得到启发,可以得到营养,可以得到休息,尤其是可以得到共鸣。你觉得你有过不幸的遭遇吗?请读文学作品,那里面的人有比你不幸得多的遭遇。你觉得你碰到了世界上最美好的爱情了吗?请读文学作品,你与罗密欧的故事并不一样,你比普希金的诗里面描写的感情也还差一点。你想念自己的家乡吗?你想念自己的父母吗?请读文学作品,那里边所描写的那种亲子之情是多么可爱。你觉得你碰到坏人了吗?对不起,请读文学作品,文学作品里面的那些恶魔啊,比你遇到的坏人坏多了,你还算是够走运的呢,没碰到文学作品里面的那个。所以文学作品呢,它能够引起我们的共鸣,能够给我们一点安慰。当然这安慰不是让你完全满足,那也不可能。画饼充饥毕竟是画的饼,并不是真正的饼,应该给自己找真正的饼嘛。但是文学作品这种精神上的安慰同样重要。普希金有一首诗,我们年轻的时候都会背——《假如生活欺骗了你》:"假如生活欺骗了你,不要悲伤,不要心急!忧郁的日子里需要镇静;相信吧,愉快的日子即将来临。心儿永远憧憬着未来;现在却常是阴着。一切都是瞬息,一切都会过去;一切都过去了,又会变成亲切的怀念。"

2007 年 11 月

文学的启迪[*]

文学是各式各样。所谓"启迪",就是文学对我们的人生有些什么启发和帮助,所以也可以叫"文学的帮助"。当然,不同的人对文学的关注有不同的侧重点,而文学几乎可以经得住任何关注。比如说毛泽东主席是一个伟大的革命家、政治家,所以他读《红楼梦》是侧重于读里面的阶级斗争,四大家族的兴衰史,还有多少条人命案等;恩格斯是马克思主义的创始人之一,他读巴尔扎克的作品,就说巴尔扎克给他的经济学知识和事例超过了当时所有经济学家的著作。列宁是十月革命的领导人,他强调托尔斯泰的作品是俄国革命的一面镜子。我尽量从多方面来探讨文学给人的启迪。

文学增加了我们对历史的许多了解和感受,历史故事是我们文学的重要资源。在中国来说,有些以叙事为主,比如小说、戏曲、评书等等,这些历史演义是文学的一个很重要的内容,而且在古代,"文"和"史"好像分得就不是很清楚。

我读《史记》始终有这个感觉,就是文学味道相当的好。司马迁当然是一位非常认真的史家,也是文学家,也是作家,但是他能够把那些历史事件写得那么生动、那么个性化、那么戏剧化。比如说《鸿门宴》,太戏剧化了。哪怕是一个小故事,而且用的完全是民间的手

---

[*] 本文是作者在山西省图书馆的演讲。

法,如张良向鬼谷子学艺,鬼谷子说我明天早上要见你。张良到了,老师已经来了,嫌他起得晚。于是张良第二天天不亮就去了,老师还嫌他来得晚,张良干脆就不敢走了,从下午黄昏时候就在那儿等着老师,果然,过了一会儿,老师就过来,说这样的学习态度还可以。这种写法就像小说,不像历史,历史不会这么巧、这么夸张、这么生动。《三国演义》里面的故事就更明显了。小说当然和历史有区别,比如周瑜的年龄应该比诸葛亮大,而且他也不是被诸葛亮气死的,可是小说有这么大的力量。当我知道这些史实之后我觉得非常遗憾,我希望历史跟小说一样,跟京剧演得一样,如果不是这么回事,我会感到遗憾。

我们举一些例子,比如《史记》里面对楚霸王的描写,一般来说,历史垂青的是成功者和胜利者,当历史叙述到一个失败者的时候,往往要指出他失败的原因:由于刚愎自用,由于他违背了历史发展的规律,由于他不能代表先进的生产力,由于他违背了人民的意愿,由于他采取了错误的政策和部署,所以他失败了,一般的历史都是用这口气。但楚霸王是一个例外,所有知道这个故事的人,很少有人同情刘邦,他们同情的是项羽。虽然项羽有许许多多的暴行,但很宠幸虞姬,到现在,《霸王别姬》是最好看的京剧之一,它的过门唱段《夜深沉》也是脍炙人口的。《史记》上写道:"于是项王乃悲歌慷慨,自为诗曰:'力拔山兮气盖世!时不利兮骓不逝!骓不逝兮可奈何!虞兮虞兮奈若何!'歌数阕,美人和之。项王泣数行下,左右皆泣,莫能仰视。"司马迁当时并不在场,他不可能知道这些细节,但一个"莫能仰视",使阅读的人读到这儿都会流下眼泪。他唱,虞美人和着,周围的人都流泪,流到什么程度呢?"莫能仰视",又简单,又生动,又具体,又造气氛,你没办法不同情他。这是有司马迁的感情在里面。

我也特别喜欢看《范雎蔡泽列传》。范雎是魏国人,他跟着须贾出使到齐国,齐王知道范雎的才能,送给范雎一个礼物,被认为里通齐国,回去以后被魏公子下令严刑拷打,以为打死了,后被须贾等人拉到厕所里,抛尸,众多人在他身上拉屎拉尿。他最后跑到秦国,当了秦相。过了许多年,须贾到秦国求和,这时候范雎换上破衣服到招待所看望须贾,里面有一个词,不知道为什么,特别牵动我的神经,我愿和大家共同分享这种感受:

须贾见之而惊曰:"范叔固无恙乎!"——你还好吧?范雎曰:"然。"——是的。

须贾笑曰:"范叔有说于秦邪?"——你到这儿来做说客吗?曰:"不也。雎前日得过于魏相,故亡逃至此,安敢说乎!"——不。须贾曰:"今叔何事?"——你现在做什么事呢?范雎曰:"臣为人庸赁。"——我在给别人做佣工。"须贾意哀之,留与坐饮食,曰:'范叔一寒如此哉!'乃取其一绨袍以赐之。"他留范雎说来来,吃点儿东西吧!你怎么混得这么不济呀?并且送给范雎一件袍子。第二天,秦相召见须贾。须贾一看,原来是范雎,就说我罪该万死,"只求速死",范雎说你早就该死,杀你一百次也应该,但是你昨天给了我一件绨袍,饶了你,滚回去,把魏齐的头给我拿来。

这个故事让人看了真是感慨,"无恙"这两个字给我很多感触,《三国演义》里面也有,就是"诸葛亮智取华容,关云长义释曹操"。曹操赤壁之战败北后,走到了华容道,关羽出来了,曹操纵马向前,欠身谓云长曰:"将军别来无恙?"将军,你别来无恙啊?"别来无恙"有一种故人的感情,从字面上讲,"无恙"就是小麻烦,就是说离别以来你没有什么麻烦吧?这个时候说什么话都没有这样的感情,"你还好吗?""你涨工资了吗?""你高升了吗?""你发财了吗?"都无法表达。我多次跟人讨论,这个"别来无恙"怎么翻译呢?Are you OK? Are you all right? How are you doing? 没法翻译,你说不清楚,就是别来无恙。所以曹操只用了一句话:"将军别来无恙?"关公和曹操的恩仇,曹操对他的特殊待遇都表现出来了,最后关羽放了他,这也是非常感动人的事情。就是说当历史进入了文学,当文学选择了历史,历史就变得更动人了、更戏剧化、更有趣味了、更令人感慨了。

我读《史记》,读韩信,最感动的也只不过是那几句话,就是韩信在最穷苦的时候,最不成样子的时候,已经连续两三天没有饭吃了,过河时,河边洗衣服的人可怜他,说你把我这碗饭吃了吧!一大碗饭,韩信都吃了,吃完以后说"涓滴之恩,定当涌泉相报",就是你给了我两滴水,我要给你一个自来水公司。(笑)当时那个洗衣服的人就笑了,觉得那是不可能的。韩信成功了之后给了她百金,我估计在一百万到一千万元人民币,而过去对他不好的人,韩信的特点是"睚眦必报",谁瞪了我一眼,谁白了我一眼,谁嘲笑过我,我都要报仇。

当然,不仅仅是中国有这种历史故事,外国也有许多以历史为题材的文学作品,比如意大利的长篇小说《斯巴达克斯》,极其有名,它描写罗马的一次奴隶起义。这里,我说一下花絮。一九五七年,中国作家协会举行批判丁玲的扩大会议,我知道在丁玲受批判期间,她正在阅读《斯巴达克斯》,这和她受批判究竟有什么关系呢?我分析不出来,但我个人有一种体会,在一九五八年我的处境最坏的时候,我当时正在阅读狄更斯的《双城记》,也是讲历史的,讲法国大革命。雨果的《九三年》也是讲法国大革命,讲一七九三年,二百多年以前。也许现实的人能够在一些过往的历史风暴中得到一点儿启发,能够从历史人物当中得到一种鼓舞,就是应该经得住历史的考验,应该敢于面对和承受历史的挑战和压力,不要随便示弱,不要灰心丧气,更不要自寻短见,这样的历史风云在现实社会中是一些资源。让我们看看,在历史上人们曾经经过什么样的风雨雷电,经过什么样的大起大落、大沉大浮,经过什么样的含冤负屈,经过什么样的曲折迂回,它对我们是启迪。

同时,这些历史题材的东西,除了它感动你、启发你、鼓舞你,我们今天读起来都会产生一种沧桑感和超越感,感觉到这个世界有多么大的变化,一切你都认不出来了,项羽胜利了,又失败了,灭亡了;刘邦失败了,胜利了,死掉了,留下了各种各样的恩恩怨怨、长长短短令人回忆,让人评点,而所有的这些东西都已经变成了故事。汉语除了刚才的那个词"无恙",还有一个词好,就是"故事",这是两个字组成的,一个是"事",一个是"故",就是过往的事情。英语中的故事"story"没有这个意思,不包含"过往"的意思,所以人们读罢这些史书,读罢文学化的史书之后会有许多的感慨。这种沧桑感就像苏轼的词里面所说的"大江东去,浪淘尽,千古风流人物"。"故国神游,多情应笑我,早生华发。人生如梦,一樽还酹江月。"想想当年,曾在中国的土地上发生过多少大事,出现过多少英雄人物,"乱石穿空,惊涛拍岸,卷起千堆雪。江山如画,一时多少豪杰。"但是这一切都过去了,现在只剩下了江月。过去的事就像梦一样,你有一种沧桑感,又有一种跨越感,是非长短、得失恩怨、恩仇,现在都已经没有了。比如《三国演义》的卷首词里面讲天下大势"分久必合、合久必分"的道理,还有一首《西江月》,这个变成了电视剧《三国演义》的主题歌:"滚滚长江东逝水,浪花淘尽英雄。是非成败转头空……古今多少事,都付笑谈中。"

同样是表达了这种感情,这种沧桑感在我们读历史题材的作品当中,有时候也是必要的,它使我们把被历史煽起来的情绪稍微晾一晾,冷静地想一想,哪些东西使我们变得更聪明,哪些东西是令我们扼腕叹息的。"扼腕叹息"这个词也非常的生动,抓住自己的手腕来叹息,这个人怎么这么傻呢?他怎么就上当了呢?这种沧桑感有时候也表现了一个人精神的高度。

第二个问题,我想谈谈文学对感情的描写,尤其是对爱情的描写:情系人生、天地长久。刚才说的是历史,还有很多来自民间的歌曲和诗歌,五六十年代曾经批判,说爱情是文学的主题,永恒的主题,那是资产阶级。其实爱情可并不是资产阶级的专利,无产阶级也有爱情。民歌里面很多讲的都是无产阶级的爱情,是穷人的爱情,不是大小姐、贵公子的爱情,那不是民歌的题材,最早甚至在孔夫子的《诗经》里面就写到爱情:"关关雎鸠,在河之洲。窈窕淑女,君子好述……"写得非常生动、非常真实,有时候我常常想一个问题:就是爱情这东西是从哪里来的?有的人说爱情是从青春、从生活、从人性那里来的,但是如果没有文学,只是靠人的本性,只是靠青春的火焰,靠青春的热度,再加荷尔蒙,那是爱情吗?如果没有文学来引导,来美化、加工、包装,一男一女见了面,会说什么话呢,会不会把本来很美好的日子弄得很简单、很粗糙、很不堪、很不像样子呢?

我读《红楼梦》的时候,常常拿薛蟠和贾宝玉比。他们非常相像,当然现在很少有人这么比,人们都认为贾宝玉是非常好的,而且是反封建的;薛蟠是一个流氓,一个小霸王,花花太岁。但他们有很多共同之处,他们都是大少爷,都为生计操心;都有泛爱的倾向,而且都兼有异性恋和同性恋的倾向;他们都爱玩,他们说话很少顾忌;也都很任性。所以自古以来也有人说薛蟠这个人并不坏,他不下流,他想什么就说什么。但是贾宝玉和薛蟠的一大区别是在文学上,贾宝玉对女孩子的兴趣他能够写成诗,而且写得非常美丽:"秀玉初成实,堪宜待凤凰""凭栏垂绛袖,倚石护青烟"……

他这些诗都非常优雅,可薛蟠不行,薛蟠的诗完全是恶搞,不能在这儿提。这一下子就把贾宝玉和薛蟠分开了,一个完全不懂文学的人他是难以体会爱情的。

《牡丹亭》里更加把爱情纯化了,它是用一种宗教式的虔诚来讲这个情的。汤显祖在《牡丹亭》的题词里说:"天下女子有情,宁有如杜丽娘者乎?梦其人即病,病即弥连,至手画形容,传于世而后死。死三年矣,复能溟漠中其所梦者而生。如丽娘者,乃可谓之有情人耳。情不知所起,一往而深。生者可以死,死可以生。生而不可以死,死而不可复生者,皆非情之至也。"

杜丽娘她不知道情从哪儿来,这不是一个逻辑问题,后来戏曲里才把这个情变得逻辑化,戏词唱到这儿的时候我就有点儿忍俊不禁,说"我爱他能写能算爱劳动,我爱他下地生产有本领"等等,一下子能回答出三条五条来,其实是你爱他,他的什么都好,你不爱他,他下地生产有本领也不行。情比生命还重要,情者可以使生者死,也可以使死者生。所以文人的爱情如果能写得好的话也很感动。

我们都知道陆游《钗头凤》的故事,他和他的表妹唐婉很有感情,绍兴沈园到现在已恢复起来了,虽然他们说恢复得不理想,但是我两次去沈园,有一次是在春雨蒙蒙中,看到陆游和唐婉的词,使我感动得不得了。我觉得我可以理解和原谅沈园恢复当中的一切不足,而只被这段故事和感情所感动。

陆游的词写得太好了大家都知道。而唐婉回的词也很美:

世情薄,人情恶,雨送黄昏花易落;晓风干,泪痕残,欲笺心事,独语斜阑,难、难、难……

我曾半开玩笑地说,你们女生可以让你的男友看一看陆游和唐婉的这些词,看完之后看看他的反应,受感动的、眼角湿润的,你可以和他谈下去,如果一点儿反应都没有,那就不要嫁给他。(笑)

唐朝元稹的《遣悲怀》写的是妻子亡故,写得也很好:"谢公最小偏怜女,自嫁黔娄百事乖""今日俸钱过十万,与君营奠复营斋""衣裳已施行看尽,针线犹存未忍开""诚知此恨人人有,贫贱夫妻百事哀""闲坐悲君亦自悲,百年都是几多时""唯将终夜长开眼,报答平生未展眉"……

这些诗句意思是说我们原来过着很穷困的日子,现在我有钱了,有级别了,升了官了,俸钱过了十万了,却只能祭奠你。你的衣服我都给了别人了,你的针线包我都不敢打开,不敢看,一打开,一看到里面的针线,我就受不了。"诚知此恨人人有,贫贱夫妻百事哀"已经成了我们中国的名句,最后"惟将终夜长开眼,报答平生未展眉",我现在一夜一夜睡不着觉,你这一辈子跟着我,你的眉毛都没有展开过,因为一辈子都过得很穷困,过着很简单的日子。对自己的亡妻写得这么实在,而且一点都不夸张。它的特点是把最俗最俗的婚后生活艰难写了进去,而且写得如此动人。

外国在描写爱情上也有很多很多,比如《卡门》等等。二〇〇六年十二月份我到伊朗访问,读了一批《波斯经典文库》,哈菲兹的爱情诗写得特别好,特别单纯:

> 我就像一条鱼,
> 掉进苍茫大海,
> 只期待我的情人,
> 把我钓上岸来。

这太有意思了,我掉到海里了,周围也一片汪洋,我就等着我的情人拿着钩把我从海里揪出来,哎呀,这是多么高兴呀。

> 假如那设拉子美女,
> 有朝一日能对我动情,
> 为了那颗美丽的印度痣,
> 我不惜把萨玛尔汗与布哈拉奉送。

萨玛尔汗和布哈拉是两个著名的中亚城市,他的感情很热烈。

当然,我所说的"天长地久"的情还不仅仅是男女之情,也有其他的情,比如《六千里寻母》是母子之情、亲子之情,有的写朋友之情、主仆之情,实际上中国的传统小说有很多写主仆之情,甚至写人和动物之情,可以说,情是靠文学来开发、神化的。普希金有一首诗是写他的奶妈的,那首诗里面的感情之深沉,完全可以和任何一首爱情诗比:

> 同干一杯吧,
> 我的不幸的青春时代的好友。
> 让我们用酒来浇愁。
> 酒杯在哪儿?
> 像这样
> 欢乐就涌上了心头。

这是对他奶奶的感情,也是非常感动的。当然,写爱情的、感情的,写亲子之情,甚至君臣之情、主仆之情、人畜之情、兄弟之情的都很感动,但是对于我个人而言,我宁愿以安徒生的童话《海的女儿》作为谈文学和感情的结尾。他写的是海里面的一个小人鱼,这个小人鱼爱上了一个王子,为了和这个王子在一起,她牺牲了自己五百年的生命,牺牲了自己的灵魂,以被割掉舌头为代价,见到了王子。她救过王子,但是她不告诉王子,王子误以为是另一个公主救了他,和那个公主结了婚,而在他与公主结婚的时候,小人鱼就会破灭,变成泡沫。就在王子结婚的时候,她死了,但是她没有变成泡沫,而是变成了爱的灵魂:

> 现在,太阳从海里升起,阳光柔和地、温暖地照在冰冷的泡沫上,小人鱼并没有感觉到灭亡,她看到了光明的太阳,看到在她上面飞着的无数透明的、美丽的生物……小人鱼向上帝的太阳举起了她的光亮的手臂,她第一次感到要流泪了。她看见王子和美丽的新嫁娘在寻找她。他们悲悼地望着翻腾的泡沫。

这篇文章里面把爱情写成是一种奉献,不仅审美化了,而且高度地道德化了,把自己的一切都牺牲,不要求任何的回报。所以这个小人鱼变成了丹麦的象征,现在哥本哈根海港上就有小人鱼的像。

我们应该感谢文学,它使我们的感情生活有了美的内容,有了善的内容,有了德行的内容;使我们的感情生活成为我们人生的一个非常重要的内容,有非常重要的意义,也是非常重要的象征。

文学当中他无法避免写到人生的种种可能性,写到人情冷暖、世态炎凉,有些写得入木三分,有些写得你非常沉重、非常刺激,《红楼梦》里面就写到贾宝玉看到一副对联,叫"世事洞明皆学问,人情练达即文章",他很讨厌这副对联。其实不知道世态人情,你就写不出抒情的、狂热的作品来,如果你把世态人情都淘汰了、清除了,最纯的感情就剩下什么了呢？我刚才说的元稹写的诗,他的《遣悲怀》写的就是世态人情,喝酒的时候没有钱了,就让老婆拿手镯去当,到了春天没有吃的菜,就去捡点儿野菜,这都是世态人情。中国古代的作品对世态人情有特别精彩的描写,比如《史记》里面讲苏秦的故事：

> 出游数岁,大困而归。兄弟嫂妹妻妾窃皆笑之,曰："周人之俗,治产业,力工商,逐什二以为务。今子释本而事口舌,困,不亦宜乎！"苏秦闻之而惭,自伤,乃闭室不出,出其书遍观之。

他的兄、弟、嫂嫂、妹妹、妻子和妾都笑话他,你不去搞经济,搞产业,搞工商,却专门去说话,做说客,你倒霉了,你活该。苏秦抬不起头来。但是后来苏秦成功了："于是六国从合而并力焉。苏秦为从约长,并相六国。北报赵王,乃行过雒阳……苏秦之昆弟妻嫂侧目不敢仰视,俯伏侍取食。"他的弟弟给苏秦送吃的,都不敢抬头。苏秦笑谓其嫂曰："何前倨而后恭也？"说你原来那么骄傲,现在怎么那么恭敬呢？其嫂以面掩地而谢曰："见季子位高金多也。"她不敢抬头,害怕显得不尊敬,回答说"现在你地位高,钱又多,我能不服吗？"苏秦喟然叹曰："此一人之身,富贵则亲戚畏惧之,贫贱则轻易之,况众人乎！"富贵的时候大家都尊敬他,贫贱的时候都轻慢他,让人说什么呢？这就是世态炎凉。

马克·吐温的故事就更有意思了。几个人打赌,看见个穷叫花子,说咱们给他一百万英镑的期票。这个钱兑不出来,当时这个钱很值钱,相当于一磅黄金,就这么值钱。女人们一看他拿出来一张一百万英镑的期票,这还了得,去了饭店也敢吃饭,进了旅馆也敢住了,追他的女性也都来了,一切一切人间的享受,荣华富贵都来了。忽然一阵风把一百万的期票给吹跑了,所有讨账的人都把他包围了,正在这时候一阵风把它吹进来了,到了他手里,他拿上往口袋里一装,所有的人赶紧低头,说老爷,对不起,我们无知,你大人不记小人过。这是马克·吐温的讽刺,达到了极致。

我说的"悲惨世界"本来就是一部小说的名字,是雨果写的,描写法国社会的黑暗。主人公因为他姐姐的几个孩子饥饿,没东西可吃,就偷了几个面包,被判了三年徒刑,坐了监狱又担心他姐姐的孩子挨饿,又从监狱里逃出来,又被加判,被判了十五年、二十年,越判刑越长。后来他跑出来,偷了神甫的银器,但神甫不但没有责怪他,而且在警察面前声称那个银器是他赠送的。主人公深受感动,从此以后只做好事,不做坏事,是这么一个故事。《悲惨世界》被百老汇改编过音乐剧,讲其中一个很美丽的女子芳汀被逼当了娼妓,为了养育自己的孩子,就把自己的牙拔下来去卖钱,受的苦太多了。

在俄国,这种描写社会的黑暗更是不计其数,尤其是契诃夫、陀思妥耶夫斯基。陀思妥耶夫斯基他本身有癫痫症,也叫羊角风,有这个病,又好赌,精神很不健康。我看过一个他夫人的回忆录,说他的生活是靠跟出版商借钱,订合同,订的合同就是三年以后交一本长篇小说,不能少于五百页,他拿着这个钱就去赌钱,钱被赌光以后,又借钱,快到第三年了,必须交稿,就找一个速记员,他口述,速记员给他记。所以第一他的行文很啰唆;第二他的事情就像山洪暴发,第三他不分段,他可以一连十几页就一段,这对挣稿费是非常不利的,你们看台湾和香港的人写小说,都是一句话一段,对版税的好处很大。但是他的作品特点就是你读得怎么难受我就怎么写,我就让你看得不开心,让你看了添堵。比如《白夜》,写一个作家,一个空想家,住在圣彼得堡,在大街上碰见一个美丽的少女,这个美丽的少女被她的情人所骗,她等了好多天,她的情人还不过来,他们俩就谈话,谈得建立了很深厚的感情,这个作家就决定下一次和她求婚。就在他刚要求婚的时候,这个女孩忽然看到原来骗她的情人来了,马上就跑过去了。到最关键的时候,让你很失望,给你一个破灭,这是陀思妥耶夫斯基的特点。所以高尔基也骂他,说他是一个天才,然而他也是一个魔鬼。他写穷人,写穷人女孩不得不嫁给很恶劣的老地主,写得让你看了很难受。他写《被侮辱与被损害的》也是一个经典,不管是在俄国还是在中国,发动革命的时候都讲这个,什么样的革命呢?是被侮辱和被损害的人团结起来争取自己的人生与翻身所发动的革命。尤其是他写的《白痴》,写一个女孩被一个阔佬做试验,让她过富小姐的生活,占有了她,她被许配给一个将军的副官,得到了很多钱,目的就是在她结婚以后,这个阔佬仍然可以去女孩那儿胡作非为,而这个副官居然答应。后面的情节有点像杜十娘,在一个很多人都在的场合,小姐问将军的副官,说你要和我结婚,是吗?他说是的。她说其实你一点儿都不爱我,是吗?他说是。她说你结婚的目的就是为了拿钱,是吗?是的。你很爱钱是吗?是。多少钱呢?六千五百万卢布。女孩说你需要六千五百万卢布是吗?是的。女孩打开箱子,说你看这是什么?这是七千万卢布,比你的还多五百万卢布,然后她开始拿着一沓一沓的钱往火里面扔,对他说你要是不怕烧着,就去拿,拿出来多少钱都是你的。这真是让人疯狂的作品。捷克有一个作家叫米兰·昆德拉,韩少功翻译过他的作品《生命中不能承受之轻》。他流落到法国以后,法国一个剧院的老板曾经让他把《白痴》改编成话剧,给他很多的钱,他认真地读了一下,最后说不能改编,这个过于煽情,这是一种感情强暴。他说这种夸张、这种极端、这种愤怒,发展下去不得了。后来我跟一个俄国文学研究家讨论过这个问题,他回答说捷克接近德国,它比较重理智,俄国比较重感情。

那是在苏联解体以后,在原来莫斯科一个重要的地方树立起了非常漂亮的陀思妥耶夫斯基的坐像,二〇〇四年我经过坐像时,看到陀思妥耶夫斯基终于坐在了莫斯科街头,眼泪流下来了。契诃夫也写过很多旧俄庸俗的东西,比如《普里希别耶夫中士》《套中人》《小公务员之死》等等,那种粗俗,那种野蛮。

现在我们探讨一个问题,作家为什么会把人生、把社会、把现实写得那么黑暗呢?我觉得这个有很多原因,一个就是他要写坏人;第二是写对人生意义的不确定。人活着很不容易,最后又要死,人生的意义是什么呢?这是一种价值屈辱、价值迷失;第三,他就是骂这个社会,像雨果、托尔斯泰,写社会的黑暗、人性的黑暗;第四,作家一般来说他是一种理想主义,他的感情化和现实老是有距离;第五,作家又是一批个性相当强的人,有些人还有一些怪癖。但是我们对于作家书中所写的黑暗本身要有一个比较清醒的、理性的认识,不要以为作家写完黑暗以后一切都是黑暗,不是的,很多作家在自己的作品里面写的是非常黑暗,但是他本人的生活并非如此。我常举一个例子,歌德在很年轻的时候就写了《少年维特之烦恼》,以至于读者穿着他写的维特穿的服装用同样的方式也去自杀,但是歌德并没有自杀,活了八十多岁,而且在他八十多岁的时候仍然有很多风流韵事。在作家里,他属于既长寿,又有很高的地位,而且又相当花哨的一个人。他和贝多芬两个人的名气是相当的,贝多芬很穷,他很阔。有时候我还有一个怪异的想法,我说俄国佬是很倒霉,经济老搞不好,二〇〇四年和今年我两次去俄罗斯,他们现在的情况好多了,但是主要靠能源。苏联从十月革命到解体的七十多年间,农业的水平没有恢复到沙俄时期的最高水平。苏联解体以后到现在也有很多年了,现在还比较好,但是二〇〇四年去的时候,它的经济也没有恢复到最高水平,它越改革,经济越有问题。但是最近好了。我说俄罗斯的文学事业很发达,你看十九世纪末二十世纪初,有哪个国家有那么灿烂的文学,都集中到一块儿了,有早期的普希金、莱蒙托夫、涅克拉索夫,后期的托尔斯泰、屠格涅夫、谢德林、冈察洛夫、奥斯特洛夫斯基、契诃夫等,所有这些人……我说你们都太理想化了,太感情化了,这样你们搞经济搞不好啊,俄国人没对我的观点断然否定。

给大家说点光明的,并不是说文学全是黑暗,那可了不得了,文学都是让人看完以后令人疯狂,令人失眠,让人自杀,那咱们禁止文学得了。文学里有一些非常正面的东西强调人生的美、善,强调年华和日子的快乐,凸显人生的魅力和它的意义。印度的大诗人、诺贝尔文学奖获得者泰戈尔的家在加尔各答,那个地方是共产党执政,到处插着镰刀斧头党旗。而加尔各答又到处都是垃圾山,味道很大,但进入泰戈尔的故居,是一个大花园,另一个世界。泰戈尔很同情穷人,可他本人过着很贵族的生活,这是事实。泰戈尔个人条件非常好,高两米一。对于当地人来说,泰戈尔首先是一个会唱歌的人,他唱得非常好,其次才是一个诗人。在他的诗里面尽情地讴歌了生命、光明、欢乐、爱、仁慈、妇女、儿童,他写的《飞鸟集》《吉檀迦利》非常有名,很多都是谢冰心翻译的,我随便挑几句说说:

夏天的飞鸟,飞到我的窗前唱歌,又飞去了。
秋天的黄叶,它们没有什么可唱,只叹息一声,飞落在那里。
Stray birds of summer come to my window to sing and fly away.
And yellow leaves of autumn, which have no songs, flutter and fall there with a sign.

印度人的英语是一种很特殊的英语,就像爱尔兰的英语一样,非常漂亮,非常文学化,以至于英国人有时候都很赞叹。

是大地的泪点,使她的微笑保持着青春不谢。
It is the tears of the earth that keep her smiles in bloom.

大地上有一些水,这些水是大地哭过的,这些水使这个世界的微笑保持着青春不谢,保持着它的动人之处。

如果你因失去了太阳而流泪,那么你也将失去群星了。
If you shed tears when you miss the sun, you also miss the stars.

还有:

你已经使我永生,这样做是你的欢乐。这脆薄的杯儿,你不断地把它倒空,又不断地以新生命来充满。

生命就好比酒杯,把酒倒进去,然后倒空了,然后又倒进去,又空了。印度人对生死的观点也有值得汲取之处,印度教有三座大神,第一座是生命之神,第二座是创造之神,第三座最根本的、最高大的是毁灭之神。这个哲学思想也是很有趣的。

谢冰心早期的作品里,也明显带着泰戈尔的影响。如:

百花互相耳语说:
"我们都只是弱者!
甜香的梦
轮流着做罢,
憔悴的杯
也轮流着饮罢,
上帝原是这样安排的啊!"

自然唤着说:
"将你的笔尖儿
浸在我的海里罢!
人类的心怀太枯燥了。"
沉默里,
充满了胜利者的凯歌!
山头独立,
宇宙只一人占有了么?

中国的古典诗词里面也有寻找快乐、寻找光明、寻找解脱的,比如李白的"黄河之水天上来,奔流到海不复还",这本身就是一种面对人生那种开放的态度,其实你看不到黄河的水从哪儿来,更看不到去哪儿,但是你一下都看到了。还有《月下独酌》,一个人喝酒还那么有情调:

花间一壶酒,独酌无相亲。
举杯邀明月,对影成三人。

另外还有白居易的《钱塘湖春行》、苏轼的《水调歌头》等等,我就不再一一念了。这些东西已经被铸在了我们中华民族的灵魂里面。我常常举个例子,大家到武汉时一定要看看黄鹤楼,它已经不在原来的地点,现在的黄鹤楼修得比较早,是八十年代初期开始修的,那个时候我们的经费很有限,所以很多东西得用廉价的代用品,但是黄鹤楼仍然充满了吸引力,就因为有李白、崔颢的诗,"故人西辞黄鹤楼,烟花三月下扬州",只要李白和崔颢的诗在,黄鹤楼对人的吸引力和说服力就存在。黄鹤楼如此,人生也是如此,尽管人生并不顺利,尽管人生很麻烦,有种种的遗憾、有生老病死、有各种灾难和曲折,但是有这么多美好的作品在,使人坚信生活是值得的,生活是美好的。

我这里还要补充一句,有一些充满了奢望、悲哀、痛恨的作品,我们也可以从那里面看到它的正面意义,就是它期待着更好的生活。有时候我看一些女作家的作品,写女性在爱情当中的弱势,被欺骗,被抛弃,甚至还得出一个结论,说世界上男人没有一个好人。看到这些东西我就特别同情这位女作家,她实际上是在那儿呼吁:老天爷,你怎么不给我一个好点儿的男人呢?品位好一点、忠诚一点的男人?有的作品是写人和人之间的阴谋诡计、钩心斗角,也是它对友谊的呼唤;写苍凉是对文明的呼唤,写穷人贫穷,人穷志短,那是对全面建设小康社会的呼唤。有时候我们在那儿捶胸顿足、咒骂社会不公正、咒骂老百姓的贫穷和生活条件的恶劣,也可以反过来成为我们全面建设小康社会和构建和谐社会的信心。

文学的启迪是多方面的,它对智慧也有很多启迪,对个人奋斗也有很大的启迪,有的作家写一个人受尽了千辛万苦,付出了别人所不可思议的艰辛,最后做成了一件事情,这样的书太感动人了。文学就是写忏悔,所谓"放下屠刀,立地成佛",还帮助我们训练、丰富我们的语言,丰富我们的想象力和创造力。因为文学拒绝平庸,拒绝复制,拒绝人云亦云,拒绝陈词滥调;文学还创造了人类的一些极致体验，比如你在生活中无法寻找到的战争、恐怖、压力；文学还给我们创造了一种生活的方式、思维的方式，因为它并不急于对一个事作出结论，而是用总体的感受，形象的、直观的感受方法来把握、探讨这个世界。文学拒绝单打一，它给人一种更立体、更真切的对生活、社会的认知，所以文学对人的启迪是多方面的。

2007 年 12 月 12 日

在纪念萧平创作五十周年报告会上的讲话

我是学校更名为鲁东大学以后首次来到这里,在此之前烟台师范学院我多次来过,在八十年代末和九十年代初,我有好几个夏天都是在烟台度过的,但是也有十几年没有来了。今天看到了一个蓬蓬勃勃地发展着的烟台,看到了一个蓬蓬勃勃发展着的、面貌一新的鲁东大学,我非常高兴,尤其是看到我们这位老朋友,应该算老大哥——萧平老师。

萧平老师比我大八岁,身体非常好,使我对今后的年龄的增长增加了信心,减少了消极悲观的情绪。今天能够来参加他的五十年创作报告会,其实是五十多年,要将近六十年,我当面向他道贺,也是一件非常高兴的事。虽然他比我大八岁,但我们走上文坛的年代却差不太多。刚才介绍说《海滨的孩子》是一九五四年发表的,他参加工作是一九四四年,刘书记一激动说成是一九九四年,一九九四年参加工作,就是他在退休之后参加的!(笑)尤其是一九五六年,全国举行第一届青年创作者会议,当时怕叫青年作家,但是叫成青年作者以后,还是倒霉。我当时因为一篇小说叫《小豆儿》,所以也分到了儿童文学组。当时由青年文学出版社出版了《青年文学创作选集》,那本《儿童文学创作选集》的题目用的就是《海滨的孩子》。看完了《海滨的孩子》,我实在是非常地佩服,看完《海滨的孩子》,我就觉得早知道有《海滨的孩子》这样好的作品,我还有何面目往儿童文学创作选集里挤上自己这样不成样子的作品？尤其是在那个时候，《海滨的孩子》表达了一种自然而然的人的美好的东西，农村、老区、大海，非常朴实的、非常可爱的儿童，他并没有任何外加的东西，不是刻意地做什么宣传，做什么教育，而是生活本身所具有的，童年本身所具有的，故乡本身所具有的，大海本身所具有的，这样一种感人的力量，还有儿童之间那种友情、那种活力。里面有一个很关键的情节，是说涨潮了，一帮孩子回不来了，站在那里直哭，但他们当中一个大孩子，就教大家把裤子脱下来，还用海水泡湿了，然后迎风一抖，把裤腿一扎，于是就变成"救生衣"了，大家就得救了。（向萧平老师问）你有这种经验吗？哎呀，我觉得这个比庄子抱着大葫芦游沧海还方便啊！连大葫芦都不需要，虽然穷困，好赖能混一条裤子。显得那么感人、那么动人，而且不受条条框框的约束，充满了一种天籁一样的，对人生、对家乡、对童年的赞美，那是一篇醉人的作品。

后来，对《三月雪》我也是非常感动的，我还记得那一期《青年文学》也和儿童有点关系，那一期上还有海子写的《妈妈的故事》，都是写的革命与先烈，展示了萧平他们"老区"那方面的优势。老区的生活，有一种纯朴的、对革命的忠贞。他写先烈，写得自然而然，并不是非常刻意地亮相，不是什么豪言壮语，让人觉得就是那样普普通通的人，像你一样，像我一样，真正的是一个老百姓、一个农民，但是他们投身革命后，他们有一种忠贞，他们有一种纯洁，他们有一种忘我的精神，这确实是。

后来又有"反右"啊、"文革"啊，个人顾个人，自顾不暇。时隔若干年以后，乾坤旋转啊，到了一九七九年，第一次中国作家协会委托《人民文学》杂志社举办全国的短篇小说评奖，我又和我们的萧大哥成了搭档。当时由于根据各种情况也排了一个名次，比如说第一名是刘心武的《班主任》，第二名还是第三名就是王亚平的《神圣的使命》，这和题材有很大的关系，后来王亚平出国留学去了，他也很少写作了。我好像又是紧随萧老师之后。我记得是咱们三个人，还有陆文夫,也是个老朋友,他年龄跟你差不多,但他已经去世了,而你现在还这么棒,说明烟台这一方水土好啊,有利于作家的健康创作,尤其是咱们烟台师范学院——鲁东大学的水土好!刚才看咱们烟师作家群的展览,本来是学校领导让我给题个字,但是人太多了,我相当紧张,我怕我写了错字,所以就没敢写。但是我当时想些什么呢?我当时想写"人杰校灵"。在《滕王阁序》里有:"物华天宝,人杰地灵。"咱们有那么多作家可是说是"人杰校灵"了。什么叫"人杰校灵"呢?就是烟师灵,鲁东大学灵。对于陆文夫,我现在想不太清楚的是,我是夹在你和陆文夫之间呢,还是我在你们两个人之后?我觉得你在我前面,陆文夫在我后面,给我稍稍地安慰一点自己的自尊心——虽然落后于萧平,但是略优于陆文夫。我得回去再查查,如果错了的话得赶紧纠正,萧平的获奖作品是《墓场与鲜花》。给我的印象非常深刻,就是说它不是一个一味煽情性的东西,不是单纯的"吐苦水"的东西,它仍然有一种从容,有一种思考,有一种对人生、对历史的深邃的思考。

《光荣》我也看过,说的好像是一个军属,搞的是地下工作,但是他不能透露自己的身份,这样一个题材。大家想想,他需要承担的有很多风险,不但有敌人的破坏,还要承担周围群众的误解、冤枉。那种群体的又是可以理解又带有伤害的行为,是非常刺痛人的心灵的。我就不一一介绍萧平的作品了,大家可以自己看一下,但是我觉得如果单纯从数量上来说,我要祝贺他创作的六十周年,虽然不是最多,但是他的作品都非常的动人,非常地深沉,非常地诚挚,非常地有情,让你事后读起来仍为之叹息,仍然被它征服。

当然现在的情况和当时有很大的不同,你喜欢也好,不喜欢也好,热点,阅读的口味,时尚的风格,一直到所谓出书的卖点,都是在变化的。但是我们要相信,在这些创作的变化中,还有一种不变化,总有一种价值,还为人们所珍视。我想起码还有一种价值,那就是作家的真挚、真诚,起码还有一种价值使作家和土地、和人民、和家乡、和历史这样一种割不开、割不断的价值联系。

萧平在我们这些人里面还有一个优势,第一那就是老区,他很早就参加革命;另一个优势,就是他很认真接受了良好的教育,在北京师范大学读过书,还在内蒙古师范学院教过书。不管是他受到的教育也好,他的生活的经历也好,都是非常优越的;还有一点,就是我非常佩服萧平后来兢兢业业地从事师范学院的工作,我当时是在一种什么场合呢,就是很幼稚,很不懂事,我不记得是在什么场合,我记得我跟你说过:"你当院长干什么?你不写你的小说去?"我觉得世界上的事物是非常复杂的,人生是非常广阔的。当时对于写作,他有这个条件,但同时他又有院长的任务。现在他写的作品既是连续不断,但又很慎重。有些人呢,写东西一定要东拉西扯,装腔作势,从这方面说我觉得萧平在文学上保持了一点清高,这也是我敬佩的地方。

我相信,有些时尚的东西来得快,走得也快;有些热销的东西三年以后就被忘记了。但是,就像《海滨的孩子》,时隔五十三年,比在座的绝大多数人的年龄都大,但它不会被忘记,《三月雪》不会忘,《墓场与鲜花》不会忘,《光荣》不会忘,萧平的作品永远保持着一种清纯。

我今天能有机会和萧平坐在一起,和咱们的鲁大作家群坐在一起,和鲁东大学的师生们坐在一起,来表达对萧平的创作和为人的敬意,是二〇〇七年春季一件值得欣慰的事情。谢谢大家!

2007 年

漫 话 小 说[*]

中国最早有小说这个词是在《庄子》上边,庄子说:"饰小说以干县(同悬)令",就是想用小说去讨论,去介入大道理。县令就是高高在上的那些大的题目,那些大的命题,那些大的题材、大的主题。"其近道也难矣哉",那意思是小小不言的这些小说,这些段子,它办不了大事。这是多多少少有点对小说轻视的一种说法。庄子那个时候对小说的解释是什么?就是街谈巷议,就是在大街上一见面,最近有什么事,张家长,李家短。我在巴彦岱劳动的时候,我们队里头一个能人,回族的,他叫穆萨子,他最喜欢的就是给女社员讲他年轻的时候怎么样拿砍土镘砍死了一条毒蛇。他一边讲,那些女社员就在旁边说:"炮",你放炮呢,你在那儿放大炮呢,胡吹呢。这个是小说的起源,按庄子的说法。

小说是引车卖浆之流的人的事,这强调了小说的世俗性,引车是拉车,不是当向导。卖浆也不是卖豆浆,那时候有没有豆浆我不知道,是卖水,浆又叫水。说明那个时候城市里,这个都和城市有关系,城市里头很多人家里都是没有自来水的。我小的时候在北京还过过送水的日子,大部分是山东人,用一个木车,车里头全都是水,旁边有两个木桶,车上拿一个塞子把这个洞塞住了。然后到你这儿来,一挑水,按现在的币制也就合两毛钱的样子。家家都有缸,说我要两挑

---

* 本文是作者在鲁迅文学院少数民族翻译作家班的演讲。

水,然后他就把塞子一拔,那水就流出来,快满了他就堵上了。这是卖浆者,引车是拉车的人。就是城市里头的这些地位比较低的体力劳动的人,他们一块聊的一些大天,一些张家长李家短,稀奇古怪的事。哪家的男人和另一家的女人相好了,哪一家的孩子脑袋上长出三只角来,真的假的都有,这个东西叫小说。

后来这个小说的范围就慢慢地扩大,不但有街谈巷议,又加了很重要的一条,叫稗官野史,稗是一个"禾"字旁,一个卑贱的卑字,稗就是稗子。我们种麦子,种谷子,种稻子,还有稗子,稗官就是这个官太小了,小到什么程度呢?估计是副股长以下的官,大官不敢乱说,官越大嘴越严。小官就传出各种事来,甚至于对历史小官里头另外有一个版本,它和正式的历史上讲的那些事不一样,是野史。野史是什么?因为中国自古掌权的人很注意写历史,修历史,通过历史表达自己的爱憎,表达自己的价值观念。什么样的人是忠臣,什么样的人是奸臣,他就是教育后代,你们要是给国王当差,你要做忠臣,你不要做奸臣,你要做奸臣的话没有好下场,你五马分尸,夷其九族。所以他很重视,有官家修的历史。

野史就是官家不承认的一些故事,就出来了稗官,小官们叽叽咕咕说的一些野史,是小道消息。这个野史是有的,我在新疆劳动的时候,我在伊犁,在伊宁县红旗公社,我就发现我们的各族同胞都有自己的野史。有一个安徽的汉族同胞就跟我说,怎么现在批判刘少奇,不是毛泽东说过吗,三天不学习,赶不上一个刘少奇。这很怪,这个版本我再也没有听到过,你上中央党史办、中央文献办,都不可能找到。而且这个话不是毛泽东的话,毛泽东的话根本不是这种口气,也不可能这么说,这是安徽这儿传出来的野史。还有更恐怖的野史,我就不能说是谁说的了。周恩来去世的时候跟我说,你知道吗,周恩来总理病重了以后,江青如何如何地报了仇。我说:"这个可能性非常小。"我是不相信,明确说,现在我也不相信,这都是农民编出来的,农民也有野史。

再有就是大量的民间故事,我相信小说在开始的时候是以故事的形态出现的,在民间故事里头我最受感动的一个是汉族里边大家都知道的一个故事,就是大灰狼,狼外婆,就是一只狼在外婆不在家的时候,假装是外婆,进了他们的家,要伤害他们家的三姊妹。最后三个姊妹怎么团结起来,怎么合作,怎么和家里面的其他小动物团结起来,把这个狼外婆给干掉了。维吾尔族的民间故事有类似的故事,不完全一样,说明咱们最早的民间文学萌芽里头已经有公安意识,防止狼外婆侵入,要有自我保护意识,要保护自己的孩子,尤其是要提防狼来干坏事。

再有一个我最感动的就是阿拉伯的一个小说,应该说这是他们小说的最早起源之一,就是《一千零一夜》。《一千零一夜》是什么故事呢?这个首领叫哈里发,哈里发就类似于这儿的一个酋长。他由于他的妻子对他不忠,他痛恨妇女,所以他就决定每天娶一个媳妇,然后第二天早上把她杀掉,这是非常残酷的一个故事。这个哈里发一天一妻,第二天早晨杀掉,已经没有别的女孩能够供他屠杀了。宰相的女儿叫谢赫拉萨达,谢赫拉萨达说:"我去。"去的时候带着她的妹妹,说第二天早晨你就要杀了我了,我这妹妹愿意陪着我。哈里发说:"可以。"她妹妹就说:"姐姐,给我讲个故事吧。"于是谢赫拉萨达就讲了故事,这个故事讲到天快亮了,那个哈里发在旁边听这故事听得特别入迷,问后面是怎么回事。姐姐说不讲了,你要杀我了我还给你讲故事干吗。哈里发说:"今天不杀,今天晚上你接着给我讲。"又讲到高潮了,天又快亮了,不讲了。讲了多少呢?讲了一千零一夜,把他感化过来了。这个哈里发说:"原来人间有这么多的故事,有这么多可爱的事,有这么多引人入胜的事情,原来这个女子可以给你讲这么多这么多动人的故事,怎么能杀了她呢,是我自己错了。"改了,他改过了。这个让人非常感动。

就是说故事是什么呢?故事是对生命的拯救,故事是对残暴的感化,故事给了你生的力量和生的理由,你有生的理由,你有生的力量。这个本身是一切故事中最好的故事。

再一个来源就是中国的文人的笔记,笔记小说。一点事他把它记下来,非常之短。比如说写两个文人,其中一个是谢安,下大雪以后,去看另一个文人朋友,挺远,路很远。大雪之后他骑着马还是坐着车,用现在的话一两个小时才到了朋友那儿,一看天快黑了,他就没去叫他那个朋友的门,没有"咚咚咚","我来看你来了。"因为那个时候也没有电话,也没有 E-mail,不可能事先约好,朋友也不知道他来了。他说:"我乘兴而来,兴尽而返。"说我来的时候我有一股子兴致,既然我已经来过了,一路上也非常高兴,现在有点累了,回家了。

这些都是笔记小说,非常短,这是什么,我说这是微博,晋朝的微博,是不是?这不就是微博吗,比短信还短。文人喜欢在笔记上记一点,很潇洒,很飘逸,或者很幽默,很有趣,这样的事就变成了后来的微型小说,变成了今天的微博。

到了宋朝最流行的最多的是什么呢?那就是出现了一个职业,这个职业叫说话人,按现在来说很容易解释,就是评书演员。评书演员他讲的那时候不叫评书,那时候我不太明白为什么它不叫书,它叫话,叫评话。现在南方有一个地方叫评话,扬州,扬州评话,扬州评话光一个武松可以讲上千个小时。光一个武松一百多万字,就讲武松的故事,按《水浒传》的故事,但是比《水浒传》说得细腻、生动、活泼。

包括"三言二拍"上的那些故事,什么《金玉奴棒打薄情郎》,这都是说话人他们讲的。这也成为文学的一个来源。当然民间故事,民间传说的各种故事非常多,以新疆为例,《阿凡提的故事》,现在在全世界都受到欢迎,在内地也非常受欢迎。其实阿凡提并不是姓名,阿凡提是先生的意思,带着几分尊敬的说法。阿凡提很幽默,他也很无奈,有的时候他有点抗议,有的时候他什么都没有,但是就是让你哭笑不得的这样一批故事。

这是中国的说法,就是管它叫小说。英语里头很奇怪,英语里头对小说丝毫没有小的意思,它和大小毫不相干,它完全没有小的意思。短篇小说叫什么呢？它叫 story，short story，短篇小说。story 就是一个事件，报新闻的时候也经常说，报着报着新闻，然后说"Now the story"，这个事情是这样的，它叫 story，这个故事是这样的，其实这个地方不能用故事讲。比如说拉登被打死了，然后他说"Now the story"，现在我给你讲一下这过程，美国派了什么特遣部队，他讲一下这个，这叫 story。长篇小说它叫 novel，我们现在把它翻译成中篇小说，其实它的原意是指一些戏剧性的浪漫故事。但是总体的小说的名字叫 fiction，fiction 是什么意思？就是虚构的，虚构的作品，不一定是实录，不一定是实打实的，而是允许虚构的。我们这里就看出中国和英语文化之间的有些差别，我们是从大小，它的意义，它的地位，它的影响上来看。美国是从它是否实录这点上来看，关注点并不一样。

我知道的维吾尔语里头讲的小说那些都是外来词，有的是拉丁文，拉丁文通过斯拉夫语，很多是通过俄语然后传入了维吾尔语。但是维吾尔语里边那个传说、神话，那些也是外来语吗？也是外来语是吧，它有些是外来语。维吾尔人中的传说是很发达的。

中国还有一个观点，在汉族的文化里边还有一个观点，什么观点呢？古时候把诗和文章、散文、论文看得很高，一个诗高，诗是表达一个人的胸怀，一个人的志向。很多皇帝都做诗的，诗很重要，表达一个人的精神境界，所以把诗看得高。再一个就是文章，文章者经国之大业，不朽之盛事，把文章看得很高。可是把小说，把词，把戏曲看得低，这是老百姓的玩意儿。小说是引车卖浆，街谈巷议，稗官野史，说书人的评话，这些东西都是不登大雅之堂的。戏曲也不行，戏曲里头那都是在舞台上演，伺候这些达官贵人们一笑的，给大家解闷的，那个也不行。词也不行，词就是歌词，有点像现在的流行歌词。流行歌词怎么能够上得去呢？上不去，他不重视这个小说。

有一年还发生过这么一个小小的插曲，就是在一九八一、一九八二年的时候，那时候咱们中国作家协会有一位很优秀的评论家，他也主持过鲁迅文学院的工作，就是唐因先生，他姓唐，因果的因。他就提出来,提出来说中国的小说创作写得太无聊了,写得太没有意思了,没有大的题目,说现在写来写去,小男小女,小猫小狗,小悲小喜,小亲小仇,反正就是全都写的小事,细小的鸡毛蒜皮的一些事情。我个人对他这个说法不太赞成,我就说,我说唐先生,还有一个小您没说!还有什么小?小说!是不是?我建议把小说一律改成大说,你要求大家非得写大题材,咱们小说不要叫小说,写大说好了。

上海有一个非常优秀的女作家,在六十年代的时候她特别走红,茹志鹃,你们知道这人吗?王安忆女士的母亲,叫茹志鹃。茹志鹃为什么六十年代和一九五八、一九五九年特别走红呢?因为一九五七年一场政治运动把很多青年的作家都给封锁了,都冻结了,她侥幸没有出什么事,所以她那时候写得非常优秀,但是也不断有评论家说她太热衷于写家务事、儿女情。后来茹志鹃不服这口气,所以在八十年代,她专门写了两个中篇小说,一个中篇小说叫《家务事》,一个中篇小说叫《儿女情》。这个说明什么呢?说明小说它有一种世俗性,它和普通人的生活是非常接近的,和老百姓的生活,和老百姓的经验是非常接近。

当时还有一种批评,说你写来写去写的都是杯水风波,杯水风波是什么意思呢?你写来写去,你看不到这个世界,你看不到群众,你看不到九百六十万平方公里,你看不到,你看到的风波是什么呢?不是海里的风波,也不是长江里头的风波,也不是叶尔羌河的风波,你看到的就是这一杯水里头的这点风波。后来写小说的人对这一类的说法往往是不太赞成的,所以铁凝专门写过一篇小说,这个小说就叫《杯水风波》,她就写在火车上为喝一杯水而发生的一个小小的故事。

但是我说的有些东西是旧中国封建的中国,随着新文化的到来,大家对小说实际是越来越重视,看法已经有了很大的不同,有了很大的区别。比如梁启超他就鼓吹小说,他提倡新小说,梁启超是一个改革家,他希望人们在小说里头寄托自己对政治、社会、经济、文化、风俗习惯的这种改革的愿望。梁启超就说:"欲兴一国之政治者,必先兴一国之小说。"你想使这个国家的政治发生一个新的跃进,新的进展,你必须首先要有新的小说,小说可以划出你的蓝图来,什么样的理想的政治,什么样的理想的国家,什么样的理想的政府,什么样的理想的社会结构。"欲兴一国之社会者,必先兴一国之小说,欲兴一国之经济者,必先兴一国之小说,欲兴一国之文化者,必先兴一国之小说。"他表达了一种什么呢?就是通过小说来引领社会文化发展的这样一种愿望,一种幻想,你说他是幻想也行。他非常重视,他已经把小说看得很重,而且把小说和我们在中国创造新的历史的这样一个使命连接在一起了。

然后是鲁迅,鲁迅的故事大家都知道,教科书里都讲到,说鲁迅本来到日本他是去学医的,学习医学。但是他有一次看日本的一个新闻片,就是在日俄战争当中,在沙皇时期曾经在东北,在我国的旅顺地区,旅顺军港为核心,发生了一次大的战争,俄罗斯派了军舰来,和日本的海军。本来这个战争之前旅顺是由俄军防守的,但是在这次战争当中俄国的军队遭到了惨败,败在了日本人手里。所以鲁迅在日本留学的时候就看了有关的新闻纪录片。其中的一个新闻纪录片恰恰是什么呢?是日本人抓住了两个俄国的间谍,这个间谍是什么呢?是中国人,是华人。因为俄国人在那儿他也没那么多俄国人,也可能他和中国人的关系比较好,也可能他使了钱,这都很简单,用了钱,也可能强迫,不管什么原因,中国人替他去做事。当然也可能是被日本人诬陷,这都有可能。然后就把这两个中国人绑在那个杆子上,就把中国人的脑袋割下来了,砍了,而这两个中国人一脸麻木不仁的样子,他也不辩驳,他也不抗议,他也不说明,没话可说,完全莫名其妙,不知道怎么回事。

鲁迅看了以后非常难过,觉得一个人在精神上处在一个麻木不仁的状态,这种情况下即使他没有病,即使身体很好,你给他检查身体,血压也很好,心脏也很好,心肝脾胃肾都很好,四肢、前列腺,哪儿都挺好,可是他糊里糊涂,完全连一个国家的意识也没有,连一个维权的意识也没有,连一句明明白白的话都说不出来。鲁迅非常难过,所以他要改做文学,用鲁迅的话,我怎样做起小说来,我怎样写这个小说,我的目的就是为了在精神上能够给中国人一个治疗。这就把文学的地位,把小说的地位大大地提高了。

鲁迅写的小说里头多次牵扯到这个主题,就是精神上的麻木不仁,一个人在精神上该哭的时候不会哭,该笑的时候不会笑,该兴奋的时候他不兴奋,该跺脚的时候他不跺脚。这是鲁迅看得很深刻的地方。俄国的短篇小说和戏剧的大师是契诃夫,契诃夫本身就写过一篇小说,叫做《罪犯》,这种罪犯现在中国仍然有,今天仍然有。新疆的情况我不了解,前十几年以前河北省就审过这样的罪犯,什么样的罪犯呢?就是他是一个农民,他到铁路上去拔这个道钉,用一个工具,用一个起子,用一个钳子,用一个杠杆把这个道钉拔出来,然后他卖废铁,他卖铁。当然,内地还有过什么情况呢?把电话线,电话线比那个电线还要普遍,把电话线拉下来卖铜丝。

所以现在中国很多地方电话线下边都有说明,说:"本线内无金属",没有铜,也没有铝,它是用的化纤的或者是塑料的什么东西,反正不是金属,你卖不成钱的,你就是把这一个省的线全都给我拆了,你也卖不了二百块钱。这个契诃夫写过俄国人,俄国的农民,然后官员审判这个俄国农民,"是不是你拔了道钉了?"农民说:"是,老爷。""你为什么要拔道钉?""没有钱,老爷。""你拔了道钉你会造成火车的事故,你知道不知道?""不知道,老爷。"说:"你这个罪非常重。""是,老爷。""像你这样的罪应该判处死刑,下星期三以前就要处决。""是,老爷。"除了"是,老爷","不知道,老爷"以外,一句话都没有。然后这个契诃夫什么话都没说,非常短的这么一个小说。这里边反映出了小说家的一种敏感,一种对社会的诉求,对社会的呼吁,就是我们不能够再这样下去,我们的老百姓不能老是这样一个素质。

随着五四新文化运动,对中国有很大的刺激的是十九世纪的现实主义的小说,在中国过去不知道,中国过去哪儿知道。当然,我们也有我们自己的非常优秀的,比如说长篇小说《红楼梦》,《红楼梦》重要到什么程度呢?毛泽东主席在他的名著《论十大关系》当中,他有这么一段,就是说我们中国应该对世界有更大的贡献,我们无非是人口多一点,历史长一点,地方也大一点。另外,我们还有半部《红楼梦》。也就是说毛主席认为中国的特点,中国的立国的特点四点,第一地大,第二人多,第三历史长,第四有《红楼梦》。《红楼梦》的重要性可想而知。比较有意思的,毛主席的原文是"我们还有半部《红楼梦》",因为《红楼梦》没写完。后来毛主席身边的工作人员,有关办公厅的领导或者是谁我就不知道了,觉得说半部《红楼梦》不太好听,这么伟大的作品只有半部,给改成"一部《红楼梦》",其实好的作品不用多,没写完都没关系,有半部就够用,说半部《红楼梦》就成为我们中国的立国之作,反映了中国的社会、中国的历史、中国的文学的技巧。

但是在五四以后,这些大量的,尤其是俄国的现实主义作品,托尔斯泰、陀思妥耶夫斯基,刚才讲到契诃夫,法国的大家巴尔扎克。虽然从学派上,从艺术流派上人们不说他是现实主义者,而把他说成是浪漫主义者,但是他的影响,他的内容跟现实主义也是相通的,就是雨果。当然法国的还有更多的,莫泊桑、梅里美,英国的狄更斯,西班牙的塞万提斯,一大批作品。中国人知道了德国的歌德,而且使我们的文学的观念都发生了很多的变化。以俄国为例,俄国的这些大作家,在他们的作品里头表达了他们对俄罗斯人民的这种,你说它是民粹主义也可以,这种民粹主义的感情,表达了他们对俄罗斯这个民族的既充满了一种对民族的爱,也有许许多多的抱怨、叹息、痛苦。这些人对中国的小说创作一下子可以说是起了一个很大的刺激的作用。

中国的小说除了《红楼梦》以外,其他的小说大致上都是以故事的完整、情节的完整,而且以一种比较古典的态度,就是在小说里头把人物一分为二，忠臣、奸臣，好友和卖友求荣的坏人，坚贞的女子和水性杨花的女人等等，它都是这样的二元对立的模式，然后它总体来说就是好人受了很多委屈，受了很多痛苦，但是最后好人有好报。坏人有很多的恶行，做了很多伤天害理的事情，但是他有恶报，有坏报，好人有好报，恶人有恶报。这是中国小说的古典主义模式。

"五四"以后中国接触到这样一些现实主义的文学作品，中国人可以说受到很大的触动，就是这种对生活的忠实，这种对人民的情感，和对社会的批判。当然这些作家他们的风格是各不一样的，我也在这儿可以随便谈一点我的感想。托尔斯泰最大的特点就是真正做到了栩栩如生，非常之生动。他写一次酒会，谁穿什么衣服，谁坐什么地方，见了别人他怎么说话，他法语怎么说话，俄语怎么说话，见到男人他说什么话，见到女人他说什么话，他听到了一句不太爱听的话他脸上有什么表情，这一切都生动到让你如临其境，你觉得他写活了。这种活性在中国的文学作品里头《红楼梦》可以做得到，写得非常细致，非常活，非常的生动。

巴尔扎克更像一个拿着解剖刀来解剖社会，解剖人，解剖男人，解剖女人，解剖富人也解剖穷人，解剖恶棍，也解剖这些善良而无用的人，他几乎像一个外科医生。巴尔扎克也很注意外表的真实，他的许多作品都是时间、地点、季节、房屋、街道，他都写得给你一种确定的感觉。但是整体还给你一个解剖图的感觉，你感觉他不仅仅是用肉眼在观察，而且他在用 X 光，也许是 B 超，也是 CT 扫描，他用这个东西来往里头剖析人性，来剖析人的各种特点。

陀思妥耶夫斯基和雨果写得都非常强烈，你看他们的作品有一种让你发疯的感觉，那些作品不能读下去的，读下去以后你要发狂。陀思妥耶夫斯基本身就有神经毛病，他是羊癫疯，癫痫症，他是很严重的患者。而且他曾经被沙皇陪绑处死，给四个人判处绞刑，把他也带去判处绞刑，那前三个一个一个都上了绞刑架，脖子这儿一拉，腿这么抖两下，两分钟以后这个人就死了，三分钟以后就死了。然后到了陀思妥耶夫斯基,这个时候宣布沙皇恩准特赦,把你小子放了,以后回去老实点,他这个神经刺激太大了。陀思妥耶夫斯基还喜欢赌钱,他最喜欢轮盘赌,他的才华非常高,他和出版商订合同,订完合同他拿一大笔钱走,当天晚上就到了赌场,大概用不了两三个星期钱就赌完了,然后底下再借,然后快到交稿日期了,他如果不交这稿他要进监狱,这等于是一个商业的诈骗案。这个时候他雇一个人,雇一个速记员,他在房间里头就抓着自己的头发来回走,一边走一边说,说的都是那些人生最痛苦,令人发疯的事,那个速记员就记。后来那速记员嫁给他了,这倒不错。所以陀思妥耶夫斯基的小说有一个特点,他的小说不分行,他可以连着七页到十页不分行,因为分不开。这不分行太吃亏了,尤其是计算版税,计算稿费的时候。过去按字数计算,那空格都是算数的,所以你们注意一下,台湾和香港的作家他是恨不得每三个字一行,每一个字一行。"好",然后一个句号,一行,"是吗",又一个问号,又一行。陀思妥耶夫斯基他顾不上这个,他在一种激情当中,而且他的特点是你怎么难受我怎么写,你看着怎么难受我怎么写,是这样的。他反对暴力革命,高尔基很讨厌陀思妥耶夫斯基,高尔基说过,如果狼能写作,就是像陀思妥耶夫斯基那样写作。可惜那样的狼也难找,能找着那么一个狼来也了不得了。苏联解体以后第一次就在当年的高尔基大街,现在不叫高尔基大街了,叫什么大街,叫彼得大街还是叫什么。在这个大街上立起了陀思妥耶夫斯基的一个坐像,在莫斯科。我看以后非常感动,陀思妥耶夫斯基这个作家的命运。

雨果也是这样,雨果写得太强烈了,那个对比,那种人生的急剧转变突然就是一个,"好好好",好着好着一下子全完,就跟发生大地震一样,这样就说在小说当中不但有趣味,不但有故事,而且充满激情,充满悲情,有一种悲哀,有一种愤怒,有一种不平,有不平之气。这样的一些作品,它的作者本身,像刚才我说的陀思妥耶夫斯基他是非常反对暴力革命的,但是他的作品在客观上起着一个促进革命的作用。陀思妥耶夫斯基的一个著名作品叫《被侮辱与被损害的》，它的翻译者是中国作协任职最长的党组书记之一，就是邵荃麟，《被侮辱与被损害的》，"被侮辱与被损害的"这个词本身就起了一种激励人民起来反抗帝国主义、封建主义、官僚资本主义的统治者的这样一个作用。

各式各样的小说有的非常好玩，非常令人产生兴趣，有一些小说它的题目，它的作者的名字我完全忘记了，也可能它的作者并不是最最有名的小说家，但是它仍然给你留下一个特别深的印象。我看过一个埃及人的小说，他的小说叫《外科医生比赛》，开世界外科学会，介绍当年的外科手术的最高成果。然后有一位在全世界著名的外科大夫上来了，"今天我给大家介绍的是我今年三月份给一个病人割扁桃腺的经验"，下边就笑成一团，因为割扁桃腺是最简单的事情，下面笑成一团，说割扁桃腺怎么变成了高精尖的技术了，有什么可介绍的。等大家笑完了以后，他回答说："因为根据我们埃及的规定，人是不许开口的，所以我的手术刀不能从他的嘴里边割那个扁桃腺，他不能张开嘴让我把手术刀伸进去，我的手术刀是从他的肛门里边伸进去割掉的扁桃腺。"这个太讽刺了，怎么讽刺成这个样子。

土耳其共产党的一个人描写土耳其，说一个失业工人和老婆吵了架，对人生已经丧失了一切希望，准备自杀。他买了一把枪，结果对自己胸部连放三枪都打不出枪弹来，不起火，因为枪是山寨版，假冒伪劣制品。然后他吃药，吃了很多安眠药，躺在床上，头脑特别地清醒，原来头疼不疼了，也不行。然后他把煤气打开了，把这个瓦斯打开了，打开以后房间里空气立马就好了，因为他窗户都不敢开，窗户开了以后来很多虫子、蚊子、苍蝇，可是打开这个了。然后他上吊，脖子一勒那个绳子就断了，因为土耳其买不到一股合格的绳子。最后他说，看来真主的意思不让我死，算了吧，一不想死了，他饿了，饿了他就出去找个小饭馆吃点东西。吃完了以后肚子疼，立马就昏倒在那里了。等他再醒过来，他是在医院的抢救室里头，医生问他：

"你为什么要自杀?"他说:"我没有自杀,我是自杀五次失败以后,不想死了才到小饭馆里吃饭。"那个医生问:"你不是土耳其当地的居民吗?你在土耳其没有户口吗?你不知道到小饭馆吃饭都是自杀的人才去吃的?"这个并不能说是最精彩最伟大的小说,但是它是给你留下了深刻的印象的小说,几十年过去了,我是六十年代看的,上个世纪六十年代看的,离现在已经五十年过去了,已经半个世纪过去了,我都能够记住。

我还喜欢一个现当代的作家,他死在一九八二年,美国的一个短篇小说家,他叫约翰·契佛,约翰·契佛的特点就是他的整个作品,你看着就像唱一首歌一样,他的主题是要靠你去分析的,它不是一下子就明明白白地摆在那里的,但是他对生活有一种特殊的感受。英国有一个作家,他讲得很好玩,因为在英语里头我刚才讲到了,长篇小说、中篇小说、短篇小说不是一个词,英国的这个女作家说什么呢?她说长篇小说和短篇小说是两个不同的题材,长篇小说算小说,短篇小说应该算诗,当然这是一种说法,这都不是绝对的,没有任何人可以做一个结论。就是说短篇小说有你更多的自我的感受,我有时候我自己就在那儿瞎想。我们常常讲,文学是人的精神食粮,这个精神食粮里头的诗歌有一个特别高的地位的。诗歌并不直接反映生活,一般情况下是把生活经过很多的提炼、酝酿、酿造以后,诗歌就好比是酒,你从酒里边不一定非得直接看出来是玉米做的还是洋芋做的,土豆做的,是豆类做的还是南瓜做的,还是高粱做的,这个没有关系。诗歌好比是酒,长篇小说好比是席,吃席,满汉全席,里边阴阳五行、男女老少、风雷日月、祸福通塞、高低贵贱都装得下,它是用生活本身的样式来反映生活。我这也只是随便一说,都靠不住的。戏剧像是吃火锅,它把生活的这些作料,这些调料都放在那个火锅里头,而且加温,这个火锅就好比是舞台。散文、杂文好比吃茶点,好的短篇小说就好像是一杯好的茶或者好的咖啡,它并不要求你写得很完全。

我现在说一点跟咱们这两个班有关系的事,我们公安部门有许多写作的材料,目前在世界上来说,相当火的一个就是推理小说,一个就是所谓犯罪的文学,犯罪心理的文学。推理小说可以当做一个通俗的文学作品写,因为推理小说里头有许多悬念,有许多吸引人的东西。但是好的推理小说它又不仅仅限于这个悬念。比如说有的我并没有看过作品,我只是看过那个作品改编的电影。像日本的《沙器》和《人证》,它都和日本社会的这种竞争,作为上层社会和底层社会之间的隔膜,还有日本战败以后国家和老百姓的生活的窘境,那种困难,那种屈辱,你想《人证》里头就是这样。所以他的这个作品,他的推理小说可以获得很大的成功,它不仅仅是销路的成功,市场上的成功,推理小说也可以写得很有内容,很有风味,而且很有那个社会的特点。

还有一个,现在欧美也都很流行,就是写这个犯罪者,有一次我们中国作协和挪威驻华大使馆联合举办的中挪作家的对谈,就在北京。挪威有一个女作家,她当过司法部长,当了三个多月就让政敌给折腾下来了,欧洲人和咱们这儿是不一样的。她丝毫不避讳,就是说我回去以后,我得想办法把我那个政敌再折腾下去,我还得当这个司法部长。如果是中国人绝对没有人这样说话。同时她可能对各种司法的案件有兴趣,她成了当地的一个犯罪文学的很重要的代表人物,她会写到诈骗。这个日本也很多,目前日中文化交流协会有一个积极分子叫黑井千次,他也写过很多,诈骗、谋杀、家庭暴力等等各种犯罪的人,他说你们中国怎么没有犯罪文学,这太不可思议了。当时咱们作家出版社的一个副社长还是副总编辑,就是蒋翠琳同志,蒋翠琳说我们这儿不是没有,我们这儿不叫犯罪文学,我们叫法治文学。因为我们这儿要叫犯罪文学怕读者误会了,以为是教给大家怎么去犯罪,我们是教给大家怎么样维护法治,就是不要犯罪。后来大家笑了半天,有时候文化的不一样,看的角度不一样。

现在法治文学,实际上法治文学是非常好的题材,我曾经试着写过一部长篇小说,而且我有个别的章节已经在杂志上刊登过,写新疆的,就是《这边风景》。我里边就是想从一个粮食的盗窃案写起,可惜我没有写成功,这个就作废了。所以我期待着我们和公安工作,和政法工作,和司法工作有密切的关联,也了解这方面的情况的人能在这方面有新的创作。这是一个很大的悲哀,这也是一个很大的问题,就是社会在经济上发展的这种情况之下,在社会的活动的空间、精神的空间和行动的空间越来越扩展的情况之下,在人们的自由度越来越扩展的情况之下,犯罪现象不是减少了,而是增加了,人的各种欲望被挑动起来了。还有各式各样的用非正当的道路来取得财产,取得财富,甚至于取得地位,这样的一些不良事情的诱惑。实际现在这也是老百姓群众最关心的话题之一,各种各样的犯罪,有的时候你简直是闹不清楚是怎么回事。

我给大家介绍一点这个情况,另外我对咱们新疆我也留下了非常深的印象,新疆的文学在我的心目当中还是把诗歌放在第一位的,新疆的许多少数民族是一个诗歌的民族,而且是一个非常讲究辞令的民族。他们告诉我,他们说这个《可兰经》很多地方实际是韵文,实际是用诗的形式表达的,而且是特别讲究词句,讲究语言的运用的。

我和铁依甫江去鄯善,铁依甫江在那儿劳动过,我们就到了他劳动过的一个农民的家里边,那个农民的家里边,那个农民妇女就做了许多许多吃的。那个太可怕了,因为早晨三点半了,她又开始切肉,我已经完全精力达不到了。除了吃肉喝酒以外,当地的农民一个一个地来朗诵诗,朗诵铁依甫江的诗,也朗诵别人的诗,这个场面我是非常感动的。临走的时候那个农民还给了铁依甫江好几棵大白菜,所以我一直拿铁依甫江开玩笑,你是人民的诗人,人民的诗人当然要吃人民的白菜了,人民的诗人不吃人民的白菜,那白菜给谁吃去。

新疆也有很好的小说家,从我个人来说,祖农卡迪尔,这个人我到现在想不起来我见过没见过他,后来见过。因为我到新疆的时候,祖农卡迪尔由于一些政治方面的麻烦,给他弄到阿克苏什么地方去劳动。但是祖农卡迪尔的小说有一种老式的维吾尔农村、维吾尔人的味道。再一个我熟悉的,我刚才见到那个朋友我非常高兴,柯尤慕·图尔迪,柯尤慕·图尔迪原来是新疆日报的,他长期在新疆日报工作。还有伊犁的那个小说家叫什么,祖尔东·萨比尔,一九六五年我到伊犁去的时候我把家接到了伊犁,我推着一个小拉拉车往伊犁二中拉行李。西大桥那儿有一个上坡路,我推不上去了,过来一个维吾尔族的老师帮着我往上推,谁呢?就是祖尔东·萨比尔。后来我还推荐过一个担任过新疆的作协主席,他叫买买提明·乌守尔,买买提明·乌守尔有个关于胡子的故事,《胡子的风波》,后来小说选刊还选了这个。他写得非常含蓄,有些东西你需要写得含蓄一点,你不要把什么话都说完,这样的话你就可以留下一个读者解读的兴趣,读者解读的可能性。

这个世界非常好玩,谈起小说来,很多人看过米兰·昆德拉的《生命中不能承受之轻》,米兰·昆德拉说什么呢?他说小说本身就是一种对于独断论的抗议,因为小说的特点是有它存在的多种解释的可能。我读过高晓声的一篇小说,高晓声的这篇小说远远不如他的什么《李顺大造屋》,什么《陈奂生上城》写得有名气,但是我印象就是忘不了。他写一个年轻人一解放参加土改,他就去了,去了以后当地有一个恶霸地主,当时已经内定,第二天进行土改批斗,批斗完以后要把这个恶霸地主拉出去就地枪决。这些都已经安排好了,这个恶霸地主的罪行累累,民愤甚大,上级也都已经批准了。但是忽然发现他们缺少一条绳子,就是要把这个恶霸地主最后宣布人民政府判处他死刑的时候要把他捆起来,需要一根绳子捆起来,虽然这个恶霸地主是不可能逃走的,但是就是做个样子,做个姿态,需要这么一根绳子,但是没有这个绳子。发现年轻干部捆行李有一根绳子,就跟他说把你这个绳子借给我们用一下,实际上这就是做一个样子,到那儿执行死刑处决的时候把这个绳子我们就解下来,也不会把绳子弄脏、溅上血,搞你很刺激,不会的,就是对你这个绳子的主人来说就是任何损失都不会有的。这个年轻干部就起着一个很尖锐的思想斗争,就是这个绳子给他不给他,这个绳子给他做这么一个用途,他觉着有点别扭,说他同情这个恶霸地主也谈不到,他本身也不是地主出身,跟这个恶霸地主也不认识。当时的土地改革的这些事情他也都知道,他也不是不明白,自己应该站稳立场,应该跟受苦受难的贫下中农站在一起,他都很清楚。而且他也完全相信,这个绳子就是做个样子,恶霸地主已经斗得瘫痪在那儿了,他也不可能跑,也不可能打人,什么危险都没有。但是他就是不愿意借这个绳子,他想来想去他又不能不借,不借是什么意思呢?!他就把这个绳子交给了土改工作队的有关工作人员。第二天等着一开会一干什么,人家根本就把这个绳子忘了,没有人用这个绳子,那个地主已经斗得垮兮兮的,已经瘫在那儿,已经跟一摊狗屎一样了,也根本不用,也没有人去捆他,也不需要捆他。最后那绳子根本就没人用,就搁在那个土改队一个副队长的宿舍里,在床头上就那么一放就完了。回去的时候他看到自己那根绳子在那儿,他就把它拿上。高晓声最后说了这么一句话,说从此这个年轻人觉得自己成长了。什么意思,我到现在也不明白,但是他给我们留下了非常深的印象。让你慢慢地去琢磨,它究竟有什么含义,没什么含义?有这样心理有一个很小的波动,这个波动是解释不清楚的,也不代表政治立场的问题,也不代表价值观念的问题,但是有这么一点波动,他就把它写出来了。

  我们读者期待着好的小说,一篇好的小说使你不但了解了这个世界,这个生活,而且让你品味到了这个世界的百味人生,人生不是只有一种味道,让你体会到了百味人生。有些人我们没有见过他,没有机会跟他有很多的接触,但是你看了他的小说以后,你会一下子觉得和他靠拢,和他接近。我有一批写新疆伊犁的小说,其实早就在北京民族出版社出版过维文本。台湾有一个立法委员是伊犁人,叫阿卜拉·提曼,提曼在二十几岁、三十岁到南京去开会,开完会就稀里糊涂让人架着架到台湾去了,然后他在台湾娶了一个河南人做妻子。

他有好几个女儿,他没有儿子,他所有的女儿都是用天上的东西作她的名字。因为他几十年不可能到大陆来,他大女儿在马来西亚,把维吾尔文的写伊犁的小说给他看,他说他每天晚上看,每天一边看他一边哭。我第一次去台湾是一九九三年,他一定要请我吃饭,我们两个人喝了两瓶白葡萄酒,他喝得激动到什么程度?他说:"我算什么维吾尔族,老婆不会说一句维吾尔族话,我大女儿不会说一句维吾尔族话,我二女儿不会说一句维吾尔族话,我三女儿不会说一句维吾尔族话。"他太激动了,他说:"你才算维吾尔族人呢,我早不是了。"所以小说可以成为一个桥梁,可以让你不但体会到生活的内容,而且体会到生活的滋味。

从我个人来说,我毕竟年岁大了,我现在已经满七十七周岁了,所以我期待着咱们的学员里边创作出、翻译出更多更好的小说作品。非常对不起,我也没有仔细地准备,咱们就作为一个闲聊吧,感谢你们很专心地听讲,欢迎你们提出疑问和不同的意见,谢谢大家。

(作者答与会者问)

问:王老您好,我是新疆日报社编辑部的翻译,据我所知,利比亚的卡扎菲,他也写小说,他的小说是反对城市化,反对工业化,回归大自然,你对这个问题怎么看?

答:刚才我因为没有这个时间了,我说到了米兰·昆德拉认为小说能够反对独裁,秘鲁的诺贝尔奖的得主略萨,他也有类似的观点,但是恰恰一个卡扎菲,一个萨达姆·侯赛因,已经被绞死了,伊拉克的首领,他们都会写小说,谁写得好呢?还是侯赛因写得好,毕竟像小说家。侯赛因写过一个什么小说呢?就是原来伊拉克是国王制,就是一个军官发动政变,推翻了国王,有一个部落首领听了以后就要给这个军官拍电报祝贺,但是由于他们的邮局离他们那儿很远,好几公里以外才有一个邮局,而且赶上下雨,他两天才到了邮局,然后他把这个电报稿一交,那个邮局的人员大吃一惊,说你怎么敢这样来拍电报。说是他这个政变已经失败,这个军官已经被国王下令枪决了,已经处决了。这个部落首领一听,"真的吗?""真的!"给他找来报纸一看,处决了。他马上把电报一改,改成给国王热烈祝贺他平叛成功。这个写得还真像一篇小说,他写这个小说实际上就是他在论证什么呢?西方的文艺评论家认为,就是在伊拉克这种地方就得使他的这套办法,没有他的办法谁也管不住伊拉克,伊拉克人在政治上是根本靠不住的。

卡扎菲在《北京文学》的《中篇小说月报》上我看了他写的城市,他说城市是一群蛆,城市如何之坏,剥夺着农民。他在回归农业,回归自然这一点上是很多作家的主张。但是他作为一个政治的领袖,如果他是一个纯作家,作为一个纯作家,你讲讲,还是到农村好,还是到海洋上好,城市是在破坏人们的幸福,那么类似的观点多了。美国写那个《瓦尔登湖》的梭罗,从头到尾一本书都是这个观点。就是我们中国现代的一些作家,得茅盾文学奖的一些作家,很多他们的作品也是这个观点,就是我们要守护我们的土地,我们的土地越来越少了,我们的城市越来越多了,这是没有问题的。但是他是作为一个政治家,而且他是一个独裁者,等于他对现代化,对全球化,对工业化,对信息化都采取截然反对的态度,他要捍卫那个永远不现代化的那个现实。如果是一个诗人这么样做是可以谅解的,如果是一个政治家这样说和这样做就是一个彻底的反动,它是和历史的潮流整个是背道而驰的。

可悲就可悲在什么地方呢?就是有一些独裁者他本身又有相当高的文学热情。我了解的当然不深,但是我在一些文章里看到过,意大利的墨索里尼是一个很好的文学家,他也写诗,也会写文章。但是他就用自己的怪诞的思想,这种怪诞的思想如果放在艺术里说不定还是有价值的,他用他那个怪诞的思想去治国,去处理国际问题,一塌糊涂。这是一个很好的问题,我刚才本来要讲,忘记了。

问:王蒙老师你好,我是来自大连市公安局的作者,不敢称作家。

我们前几天上了刘庆邦老师的短篇小说课，他给我们做了非常好的一个讲座，对刘庆邦的小说我个人认为他还是传统的经典的那种小说类型。我也给刘庆邦老师提了这个问题，就是说传统的经典的小说已经被他写到这种极致了，对于我们现在的作家来讲，年轻的作者来讲就是一个挑战，我们很难达到那个程度了。王蒙老师，您是中国意识流小说的大师级人物，应该说意识流小说是一个现代派的东西，你对这个问题是怎么考虑的？为什么偏偏在这么多的现代派里选择了意识流小说的创作，作为中国文学的一个短篇小说或者中国小说创作的一个前进的方向，您是怎么考虑的？张爱玲说过一句话，说好像看了大陆作家的作品，好像我们没有传统，也没有过小说，您对这个问题怎么看？就是我认为中国的小说好像很难从我们的传统里学到点什么，似乎所有的东西都来自于国外，尤其是在当代，是这样的，谢谢老师。

答：我想是这样子，我写的小说，我一直主张一个人可以多有几套笔墨，一个人不应该重复别人的写作，也不应该重复自己的写作。还有，我一直非常喜欢一个说法，就是通过我们的文学的创作、阅读和讨论，来开阔我们的精神的空间，有些东西你表面上看好像互相的距离非常远，实际上它是有很多互相靠拢的地方。钱锺书有一句话，原文我背不下来了，他的意思就是说不管是南边还是北边，是东边是西边，其实许多治学的思路，他不是讲文学创作，他讲治学的思路是互相可以相通的，是可以参考的。我从来没有自己作茧自缚，画地为牢，说我光写意识流小说，一个意识流是不够用的，小说创作上可以有许许多多，可以是幽默的，可以是超短的，可以是微博式的，也可以是巨大的，也可以是沉重的，也可以是潇洒的，也可以是亲切的。我刚才讲到，我说十九世纪、二十世纪出了许多悲情万种的小说，现在这种小说也并不见得就是最好的小说。相反的，有一些地方人们要求一种更成熟的对社会、对人生的这样一种看法，既不是简单的煽情，也不是简单的接受。

至于说关于中国的传统,我觉得这个我们从全面的情况来看,我没有那么悲观。因为我们从全面看,现在还是非常重视在自己的作品里体现传统文化的,有意识地体现这种传统文化的作家也还是不少的。比如说贾平凹,比如说陕西的一大批作家,他们还是很有那种,现在一个词就是很接地气的。而且有些东西现在非常难讲,比如说鲁迅的短篇小说的形式受西洋文学的很多影响,但是他的语言,他对人物的概括,你就可以看出来他有很深的中国的经典的著作的底子,而且自己本人也写过《中国小说史略》这些东西。所以我觉得我们这些东西还都需要从长计议,有些表面上看着很生疏的东西其实我们的文化传统中也是具有的。

问:王老师,你好,我是来自四川的学员,我想听一下世界文学的最高奖诺贝尔文学奖,那个应该是世界作家的岸,但是到目前为止,我们中国作家还没有会落奖的,有的说是排斥性的问题,有的说是翻译的问题,有的说是中国作家本身就没有会落奖的血脉。听到这些,想听听王老师你对落奖的看法,还有中国作家与落奖的缘分这方面的看法,谢谢。

答:我简单说一下,如果你读过我的书的话,我写到过许许多多有关的情况,诺贝尔文学奖是一个目前为止在全世界最有影响的文学奖,因为它搞的历史也比较久,金额也比较高,是一百万欧元的样子。他们比较喜欢奖励西方世界的一些左翼人物,就是批判资本主义的人,或者是奖励西方世界的一些非常不受欢迎的作家。左翼的人物我举例,比如说德国的海因里希·伯尔,海因里希·伯尔把德国骂得德国政府拿他都是毫无办法的。以至于在他得诺贝尔文学奖的时候,法兰克福日报说他不是作为文学家,而是作为道德家得的奖。它还奖励过葡萄牙共产党的党员作家萨拉马戈,萨拉马戈是阿拉法特的好友,他是同情巴基斯坦人民的斗争的,是反美的。它奖励过哥伦比亚在中国影响很大的加西亚·马尔克斯,加西亚·马尔克斯是一九八六年八月在美国开第四十八届世界笔会,加西亚·马尔克斯美国政府不准他入境,因为他反美的调子特别高,他是卡斯特罗的密友。但是另一方面他对社会主义国家除肖洛霍夫外,他基本上是奖励他的不同政见者的,他并不是没奖励中国作家,他认为他大张旗鼓地奖励着中国作家高行健,是中国不承认他是中国作家。所以这个问题,他政治上是专门挑选这样一种游戏的方式,这样的游戏方式中国是不承认的。

我们这里是发过正式的文件的,提出诺贝尔文学奖和诺贝尔和平奖乃是对中国进行和平演变的一种什么什么东西,所以这就变成了非常复杂的一个矛盾。评奖的人里头懂中文的只有一个人,就是马悦然,他是终身制的院士……所以在这种情况下对诺贝尔文学奖我们能够抱一个客观的淡定的态度,第一,我们不必认为他奖励谁谁就是反中反华反共的人,就是我们的阶级敌人。第二,我们也不必认为他奖了谁谁就是好得不得了,这个不见得。诺贝尔文学奖每年奖一个,不用多说,近三十年奖了三十个了,我们在座的人哪个能说出其中的五个以上的人?我的印象这么多也就是一个海明威对中国的影响大,加西亚·马尔克斯对中国的影响大。左翼的奖过意大利的达里奥·福,那也是一个非常左的作家。不受欢迎的蔫蔫的是那个法国的西蒙,一九八六年奖励的。因为他用很怪的文体写,基本上就没有人看,他奖了以后大家忽然发现有这么一个作家。

所以被奖的作家当然很幸运,他是名声大噪,奖金很高,比奖金更高的是他的作品一下子就不得了。比如高行健的一本小说,《我给爷爷买鱼竿》在台湾印出来了,是马森——我的高中同学帮着他在台湾出版的,出版了以后几年过去了,只卖了几十本。但是他一得了奖,一下子几十万册到处抢,就是这样,意义非常大。

但是同样也还有一大批没有得诺贝尔文学奖的人,像刚才我提到的那些人都没得,都不是得诺贝尔文学奖的。另外他还奖励过法西斯分子,挪威,奖诺贝尔文学奖不敢奖给易卜生,Ibsen,这是鲁迅最喜欢的剧作家,他奖励的是另外一个不像易卜生那么尖锐地批判挪威社会的一个另外一个人(比昂松)。他还奖励过一个是崇拜希特勒的人,那个人后来很惭愧了,很羞愧,也被审查、被拘留过,最后也给他放了,他自个躲在一个山里的石头屋子里,老其终生,也很可怜。

所以诺贝尔文学奖的问题,我们既无须乎敌视诺贝尔文学奖,也无须乎羡慕得不得了。如果说羡慕的话,我只能说那是一种幸运就是了,那么他已经奖励的里头特别优秀的作家我相信是有的,很可爱的作家就更多了。比如说日本的大江健三郎,这个人非常可爱,这人真是可爱极了。但是对他的作品我又不敢说我多么感动。我们用一种实事求是的平常心来看这个,我觉得我们一定也就不会把心思放在这上面。

中国很多人有的整天盼着得这个奖,得了当然很好。还有一个,中国应该把自己的文学奖办得更好,这个比说什么都更好。

问:我想问一下,我们最近新疆少数民族文学翻译开始掀起一个良好的发展势头,特别是少数民族里的文学作品,长篇小说、短篇小说,小说作品翻译量逐步增加,不知王老师读过这些翻译作品没有,这是一个。第二个,对我们这次来参加翻译研讨班的这些同学们、学员们有什么样的期待,我们特别希望听一下,谢谢。

答:新疆的文学翻译真是一个非常有趣味的,也是一个非常光荣的任务。我在新疆期间,我和好多这方面的朋友也有来往,像翻译周总理的诗的时候,我都参加过他们的研讨,克里木·霍加和郝关中,和好多人参加过研讨。我们在"文化革命"当中也常常为某些翻译得不恰当的而顿足,因为他不敢随便变,但是一看就是错的翻译。

所以我也非常关心这些事,我说什么,任何一个字它都有一百种翻译方法,至少有二十种翻译方法,但是你要挑选一个最好的方法,这个方法既符合汉语的特色,又符合维语的特色,能够让维吾尔的读者读到这个以后觉得这个维语很地道,很有滋味,很有趣,很会说话。维吾尔人是一个讲究辞令的民族。我在新疆的时候,因为那时候是

"文革"当中,那个农民的老人,农民的妇女跟我说,说现在的人们怎么这么会说话,说怎么这么会说话,说把地上的树木全部变成笔,把蓝天和大地变成纸,把海水和江水变成墨也写不尽毛主席的恩情,说他怎么能想出这词来呢,新疆人是最会说话的人之一。得机会请新疆的朋友,当然了,还要适当地配上一点酒,然后大家聊起来,你听那种漂亮的话,讽刺的话,挖苦的话,逗笑的话多了。所以我们要翻译出活性来,翻译出维吾尔语言的灵魂来,同时你又要忠于它那个原来的是汉语也好,英语也好。而且我还主张咱们在这儿做翻译工作的人不要仅仅满足于维吾尔语和汉语,这个语言,人是累不死的,你好好学吧,谁也不会累死。你要写英语,要学俄语,要学法语,要学突厥语,要学波斯语,要学阿拉伯语,来提高自己、丰富自己,我们的翻译让它真正成为艺术的精品,这是我的愿望。

2009 年 1 月

文 学 的 方 式[*]

我今天说一点关于对"文学的方式"的想法。我先说明一下,这个"方式"指的不是技术层面和操作层面的东西,而更多的是指一种路子、一种风度。"方式"在英语里它有许多对应的词,其实用到我这儿更合适。比如说,model 是范式,style 是风格,fashion 是风尚,way 是道路。我说的"方式"就是指这些东西的总和。再者我说明一下,我讲的不是文学本身的方式,不是写小说的方式,也不是作诗的方式,也不是评论、研究文学作品的方式,指的是什么呢?指的是在我们整个人生当中,在人生的道路和思路的选择上,除了一种科学的方式、政治的方式、经济的方式、圣徒的方式、庸人的方式以外,还有没有一种文学的方式?那么这个文学,提供给我们的,不仅仅是一种精神的产品,阅读的对象,而且提供给我们一种对人生道路的选择,对精神生活的选择,和对我们思维特色的选择。

举例来说:第一,我认为文学的方式是一种整体性的方式。每一种学问,每一种职业,都有自己的侧重点,但是文学所关注的是人生的全体,包括人的悲欢离合、喜怒哀乐、性情遭遇、好运厄运、忠奸善恶,一切的一切,都被文学所关注、所表现。它既关注人的社会生活,也关注你的隐私,没有什么隐私不在文学当中被描写过;而你在其他的领域里,你过多地研究人的隐私,有时候并不合适。但是文学可

---

[*] 本文是作者在安徽电视台公共频道《新安大讲堂》栏目的演讲。

以,它会关注到。比如说高尔基很有名的话,说"文学是人学"。其实是"人学"的学问也非常多,不光文学是"人学",我认为医学也是"人学",当然还有兽医,那个也可以互相借鉴;体育也是"人学",当然马术里面要加一部分马的部分。但是文学这个"人学",它关注的是人的各个方面,有着非常多的大的事情,社会性的大的事情,文学非常关注。所以恩格斯就说过,他从巴扎克的作品中所得到的是经济学的知识,比他当时读那些经济学学者们的书,收获还大。还有的作家,他以动物、植物做他的描写对象,以至于他在动物学和植物学上也达到很好的成绩。我为什么那么喜欢选择文学呢?选择了文学以后,你就感觉到你的一切经验都有用,好事有用,坏事有用,倒霉的事有用,生病的事有用,受挫的事也有意义。用我们北京比较俗的话来说,叫"什么都不糟践",没有能糟践的东西。一天出去,这一天过得特别不愉快,一个短篇小说肯定就出来了。这天自我感觉非常良好,觉得自个儿都那么可爱,这时候一首抒情诗就出来了。

第二,我要说文学是非常直观的,是非常形象的,它是大大小小的一些事;而且它注意细节,它不光写大事,而且对这个细节它又不完全明说。我读中国的古典文学作品,有时候一点儿小小的描写,就让我感动得不得了。比如说,《史记》上写楚霸王,最后是霸王别姬的时候,他已经一层一层被汉兵围上了,这时候他知道这次他跑不了了,已经无法扭转局面。书里写着"霸王泣数行",说他哭了,流了几行眼泪。哎哟,这词可绝了,什么叫几行眼泪呢?两三行、三五行,如果要是二十多行,整个就是水在上头洗了。叫"噙着一滴眼泪"也没有"行";要光一行,比如说左眼流眼泪,右眼没流眼泪,那是单数,除非他是独眼龙,只有一行;这是数行,所以他哭得不多不少,他不能号啕大哭,因为他是霸王,是不是?他是项羽。项羽泣数行,就了不得了。项羽要跟什么似的,说是遇到家里有丧事,叫着哭,那就丢份了。然后说什么呢?——"左右皆泣,莫能仰视。"说他左右,他周围的人,他的那些下属,都哭了。哭到什么程度呢?哭得都低下头来了,他不能仰视。当然不能仰视,因为你如果哭得大了,你要仰着脸哭,这眼泪往下流,流到耳朵里去了,是不是?这是地球吸引力所造成的,这是根据牛顿研究出来的力学原理所造成的,而流到耳朵去以后容易得中耳炎。所以这么非常细微的这些描写,你觉得它都绝了。

当年俄罗斯曾经有一个纪录片叫《托尔斯泰的手稿》,里面就写一件事。写什么事呢?托尔斯泰的三大名著之一《复活》,那里头有一个公爵,他当年轻薄过的一个侍女,这个人后来变成了妓女,而且被诬陷,有人命案子。她的遭遇非常像苏三,有人命案。写她在作为囚犯第一次出来的时候,她那个长相,他前后改了十几次。这个纪录片里头,他文字改一次,他就出现一个素描,说她长得什么样子,长得是什么样子,最后里头好像有这么一个词,就说她好像是地窖里头放的马铃薯——就是土豆,开始要发芽了的那个土豆,那种苍白、那种虚肿,给人非常深刻的印象。一些零零星星的细微描写,但是它给我很深的印象。

由于这两方面的特点,我前面所说的,一个是整体性,一个是直观性和细节性,从而就产生了文学的多义性。我们都知道,捷克有一个作家叫米兰·昆德拉,他长期居住在法国,到现在也没有回捷克,中国人对他的作品比较有兴趣,捷克人对他的兴趣则一般。但是米兰·昆德拉有一个很奇怪的论点,他说小说本身是一种能带来民主的东西,是一个可以带来一些言论自由的东西,为什么呢?因为小说,它不给你做最后的结论,你有讨论它的余地。所以他说,如果这个人太霸道了的话,他一定不允许别人读小说。我想想,他讲的沾点边,有点道理。比如说《红楼梦》,那么多人读《红楼梦》,谁都读,没有人不研究《红楼梦》的,尤其是毛泽东,最高度地评价《红楼梦》,还没有人像毛主席这么评论,因为毛主席在《论十大关系》里讲到过。他说,中国应该对世界有更大的贡献,他说中国无非就是历史长一点,人口多一点,我们还有半部《红楼梦》。后来毛主席的这篇文章被正式收到他的著作里边时,不知道哪位秀才给他改的,把半部《红楼梦》改成一部《红楼梦》。其实说半部或者说多半部，如果咱们用科学的方式，而不是用文学的方式，应该说是三分之二部，因为它一百二十回嘛，它留下的是八十回，所以是三分之二部《红楼梦》。毛泽东把《红楼梦》说成了我们的立国之本，立国的基础之一，一个是历史悠久，一个是人口众多，一个是三分之二部《红楼梦》，所以你看他的评价有多高。毛泽东还说了什么？他说《红楼梦》的主题是阶级斗争，还说《红楼梦》是四大家族的兴衰史。是不是？你看这种分析，作为毛主席，作为革命领袖，作为大的政治家，他完全有权力这样分析。虽然这个分析，我估计要曹雪芹地下有知，没准也得吓一哆嗦！但是他完全分析得通，人家是分析出来的，人家上纲上得高，是不是？

反过来说，所有的文人都写关于《红楼梦》的文章，白先勇先生也分析《红楼梦》，他最喜欢分析的就是蒋玉菡跟贾宝玉的那种非常……有点homosexual（同性恋）的关系。他也可以做这方面的分析。鲁迅说过，《红楼梦》什么样不同的人就可以从里面找出自己想看到的东西来，你信佛的人可以找到禅，信道的可以找到道，好色的人可以看到情色，也满满当当，喜欢政治的人可以看到政治，看到钩心斗角，迷信的人可以从里面找到迷信来。它是有这么一种。

再一个比较突出的例子，我不知道你们这个年龄的大学生知道肖洛霍夫吗？肖洛霍夫是苏联时期一个最优秀的作家，《静静的顿河》是他的著作，得了诺贝尔文学奖。他担任过苏共中央委员，第一次苏联领袖访问美国时（是赫鲁晓夫去的时候），他被作为领袖的随员带上。而且到处吹，说这是我们苏维埃文化的杰出代表。他写过一本书叫《被开垦的处女地》，这书里面单独有一章是歌颂斯大林的，斯大林在苏联农业集体化快出事的时候，写过文章叫《胜利冲昏头脑》，就告诫苏联的那些农村干部，不要被胜利冲昏头脑，然后由于这篇文章的发表，使当时苏联避免了一场农村的大动乱，他是这个意思。但是我国非常著名的俄苏文学专家，蓝英年先生，他就写过一篇与众人不相同的文章。他说你表面上看,这个肖洛霍夫《被开垦的处女地》是歌颂集体化运动,歌颂斯大林的;但实际上它反映了集体化运动中一切的混乱和这种混乱对俄罗斯以及当时苏联其他十几个加盟共和国的农业生产力的破坏。起码他有这个说法,而且这个说法也说得通,原因就在于,这个作品,你把它写成小说了,你里面不可能光是政治口号,"集体化万岁",不可能;反对集体化,也不可能,你就得写到生活。正如歌德所说:"生命之树常青,理论是灰色的,生活之树常绿。"在这些生活当中,你可以有不同的人,可以有不同的见解。所以米兰·昆德拉认为,多读小说有助于构建一个更加民主的社会。这也算是他,这位米兰先生的一个很特殊的说法。

第三,我说一下文学的个人性。就是我们许许多多的人文科学都很关怀人类,关怀民族,关怀国家,关怀历史,关怀社会;但是把这个关怀,真正落实到一个人身上,落实到一个很特殊的人身上的,这种地方都非常少,恰恰是在文学上。刚才我讲到了毛泽东主席对《红楼梦》的高度评价,比如说到现在为止,我也仍然思而不能得其全解。因为按照毛主席的经验,他的气概,他对中国的古典小说,他应该更喜欢读《水浒传》和《三国演义》。《水浒传》号称是农民起义,其实里面真正的农民也没几个,反正至少它是起义,甭管谁起义吧,类农民起义,准农民起义,近农民起义,反正它是有好多起义。《三国演义》是政治谋略。而这《红楼梦》里头它的主角是谁呢?它的主角是贾宝玉,是一小公子,他不关心政治,也不关心时事,更不关心人民,书里头,我就没看出来他关心过哪个人民。他对他那些丫头们挺好,凡是长得漂亮的,他都对她们好。而最后是什么呢?那个最漂亮,他也最喜欢的人,就是晴雯,为了给他补孔雀裘,几乎把自个儿活活地累死了。所以他不是一个政治角色。而他太特殊了,任何人你也想不到会用一个贾宝玉这样的人来表现中国的封建社会。但是所有的读者、评论家、教授,包括毛泽东本人,都说《红楼梦》是中国封建社会的百科全书。不是《儒林外史》,也不是《水浒传》,也不是

《三国演义》，恰恰是《红楼梦》，恰恰是封闭式管理的大观园里面，在那个大观园里面，一帮小女孩儿，个把男孩儿，就是他们的一些生活情况。但是它表现了封建社会的那么多的状况，它能够把封建社会个人化到像贾宝玉这种稀奇古怪的人物身上。这个你是非常难理解的。再比如说《阿Q正传》。《阿Q正传》我们都给予很高的评价，尤其理论家们告诉我们，《阿Q正传》包含了——或者它的主题——是对辛亥革命的批判，说《阿Q正传》表明中国光有辛亥革命还不够，需要有无产阶级的政党，发动一场真正的全体人民的，尤其是以农民为主体的大革命。这个分析是很有说服力的。你看看，可不是吗？里面写的所谓辛亥革命，就是"阿Q也要革命"的那次，回来以后他横了几天，横到什么程度？连钱秀才、假洋鬼子、赵太爷见了阿Q都有点气短，甚至于称他为老Q，都称他为老了，是不是？但是阿Q这个人，你要把他作为一个农民的形象，实在是很艰难，很困难的。说我国农民的形象是阿Q？这个太困难了，相当的困难，所以他也是用一个非常的，无法用平均数、常量来衡量的很特殊的个人，就是阿Q，让他来表达中国近百年来的从辛亥革命一直往后发展的那一段时期的农村生活、城市生活、社会生活和整个社会的不公正以及封建势力对人性的戕害，对劳动者的压迫，很感人。所以这种个人性，在别的学问当中，在别的方式当中，有时候是很难表现出来的。

第四，我又要说一下，就是这个文学本身，它有一种隐喻性，有一种象征性，许许多多的故事，许许多多的形象，常常让你感觉到，它既是它本身，它又包含着一些它没有说出来的意思。它本身很清楚是A，或者是B，或者是C，但是它表达的那个含义，它所象征的是N，它有N个意思。到现在我们也最常讲，我们的国家领导人常常引用的一句话，就是"欲穷千里目，更上一层楼"。尤其是二十世纪九十年代和二十一世纪初的时候，一遇到中美关系出现什么问题，我国的领导人就往往告诉美国的领导，我们要从大处来把握两国的关系，"欲穷千里目，更上一层楼"。但是我们很难设想这首诗在唐朝写的时候,曾经有意地用来指导中美两个大国的关系。

我本人就碰到过这些事,有时候一些事不太顺利,有时候一些事还有一些人想给你制造一些障碍,但是最后这些事仍然很顺利地过去了,叫做"逢凶化吉,遇难呈祥"。这个时候,说起这个事来,就有朋友告诉我说,叫"两岸猿声啼不住,轻舟已过万重山"。我觉得这个好,真高兴,"两岸猿声啼不住",原来那些攻击我的就是一帮猴。后来我看到外交部的领导,谈到和某一个国家的关系的时候,也用过这个词,说现在有很多繁杂的论调,有一些繁杂的语言,但是我们两国的关系仍然是向前发展,这就叫"两岸猿声啼不住,轻舟已过万重山"。让人很快乐,听到这种词儿,长了自个儿的志气,灭了对手的威风。你们无非就是一群在山上乱叫的小猴子,你想挡住我们中华人民共和国这艘船,没门儿! 你从这里面可以得出一种不同的说法来。这些东西,这样的例子太多了。外国也是一样,我们都知道海明威最著名的作品,而且是直接地促使他获得了诺贝尔文学奖的,就是《老人与海》,描写一个孤独的老人驾着一叶扁舟,在大海上颠簸,他捉到了一条大鱼,这条大鱼被很多鲨鱼攻击,他一个人拿着渔叉——还没有别的,也不是冲锋枪,更没有巡航导弹,拿着渔叉和这些鲨鱼作斗争,最后他把这条鱼的骨头架子拉回来了,叫做"人是不可以被打败的"。于是大家都说,它表达了美国人的"硬汉精神"。这个"硬汉精神"的骨子里头又有几分苍凉,因为最后,你是没有被打败,可你拉回来的是一个骨头架子。有时候我就看那个也很感慨,我想人这一辈子就跟《老人与海》一样。最后说我是,比如说老王,老王是不可被打败的,但说这话的时候,身上也就剩一骨头架子了,身上那点油、那点肉早都喂了鲨鱼了,你别看猿声啼不住,挡不住你这轻舟,要真是一般鲨鱼,你能留下骨头架子已经是伟大的胜利了,是不是? 可是海明威他多次说过,他说我写《老人与海》没有什么寓意,我没有什么含义,说那些含义都是批评家、评论家、学者们给分析出来的。

这种事还真有,有时候你自己写的东西你没有什么特别的含义,但是人家一分析，那含义大了，把自个儿都震了。一九五六年，那时候我才二十一岁半，我写的小说《组织部新来的青年人》，写到男女主人公，就说你闻到槐花的香味了吗？北京的槐树非常多，说槐花比桃李浓馥，就是说它那个香味比桃花和李花要浓一点，比牡丹清雅，它又不像牡丹，比牡丹又雅一点。后来我的前辈，也是非常好的作家，康濯老师就写文章批评我，说你这里头有一种小资产阶级知识分子自命清高的思想，说你用"桃李"比喻劳动大众，所以你觉得你比劳动大众浓馥，你那个味冲，你那个口感比他们强。他说，你把牡丹认为是那些权贵，权贵又有地位，又有金钱，又有好房子，又有好车，但是他不雅，你比他还雅。这个我看完了以后，我真服了，哎哟，我说我这么伟大呀！是不是，我连说一朵小花，一朵槐树花，都包含着这么深刻的内容，包含着这样尖锐的挑战。我说这我自个儿也想不到。可见这种隐喻、象征，在文学里头，它也很迷人，而且你作者还控制不了，你得允许人家给你分析。但是分析完了以后，别变成一个什么行政组织处分，那就没劲了，你要是光分析，越分析越好。所以它有一种特殊的——我说隐喻性和象征性。

　　第五，感情性。这就不用说了，很多事是要克制自己的感情的，这里是中国科学技术大学，如果讲一个实验的结果，一个计算的结果，一个公式，一个方程式，里面不能有太多感情的因素，说因为我喜欢这个东西，我给它加点料，我因为烦那个东西，我就不提它了，这个是不可以的。经济学包括在政治上，很多时候你不能感情用事。但是好在有个文学，有个文学你就撒开了，你想哭就哭，想发牢骚就发。当然发太厉害了，也有另一方面的问题，不是文学本身的问题。你可以很尽情地，相当淋漓酣畅地，但是也可以含蓄地、有分寸地表达你的各种情感，尤其是爱情。没有文学的爱情寒碜到什么程度了？没有文学还有美丽的爱情？绝对没有美丽的爱情！所以我最遗憾的就是阿Q向吴妈求婚。他向吴妈求婚，他一点文学的修养都没有，其实他们俩挺合适的。他说的是什么呢？他突然给吴妈跪下了，说

"我和你困觉",这完全属于性骚扰。相反,如果阿Q读过一点徐志摩的诗,他应该对吴妈说:"我是天空里的一片云,偶尔投影在你的波心,你不必讶异,更无须欢喜,在转瞬间就消灭了踪影。你我相遇在黑夜的海上,你有你的,我有我的方向,你记得也好,最好你忘记,在这交会时互放的光亮。"而吴妈呢?她文学上比阿Q差一点,但是她会一点流行歌曲啊,是不是,她至少可以说"月亮代表我的心"。这样一件事就成了。所以文学可以改变命运,文学尤其可以帮助你择偶。

第六,我说文学的方式是一种审美的方式,世界上有那么多东西,当你从审美的角度来看它的时候,你就觉得它不同了,比如说失败,失败是一件很痛心的事情。假设你做一个科学实验,你失败了,你的论文没法写下去了,这是一件很痛心的事情,但是你如果用一种审美的方式来想它、来观照它呢?假如说我今年二十三岁,身体健康,头脑清晰,非常用功,满腔的热情准备着为祖国、为社会作贡献,我这么好的人,但是失败了。你想想这是人生多么难得的一种经验,而在这种失败中,你还能够挺立着,你还能够坚强地等待着下一次冲击,等着去克服你眼前的所有挑战。这时候,一个不能接受的东西,变得能够接受了。在国外有一些事情,我们中国人不能接受,但是你想一想也挺好玩儿,因为在国外的作品里头,它有些稀奇古怪的,把很残暴、很凶恶的东西,当做审美的对象来写。比如说写吸血鬼,有点我们写《画皮》似的,《画皮》好像还拍了电影了,是周迅演的女鬼,我没有好好看那个电影,但是我想周迅要演这个女鬼依然有她的价值,不管她演得多么恐怖。比如说潘金莲,在旧的京戏里头,潘金莲完全是一个反面的形象,我看过一出京戏,叫做《杀嫂祭兄》,武松回来了问我哥哥武大郎怎么死的,最后问清楚了,证明是被潘金莲害死的,于是武松掏出刀来——潘金莲穿着白色的孝服里面还露出花边,说明这个人很不安稳。丈夫都死了,你穿白衣服,你里面还露花边,你花心未死,武松就追着她,潘金莲就做各种姿势,是各种舞蹈的动作。这是事实,就是它把潘金莲之死,也舞蹈化了,当然我相信,它这个舞蹈化无意提倡大家以潘金莲为榜样。如果观众里面的女性,对你们的老公不满的话,要是练就了一身很好的舞蹈功夫,害死了以后,即使现在不能由小叔子负责来杀了,但是起码政法部门可以给你判处刑事处分,这是可以的。它没有这个意思;但是一个人有没有审美情趣,有没有一种审美的素养,这个对我们生活质量,影响是非常大的。

第七,我要说一下文学它提供了一种想象性,一种可能性的方式,在许许多多的东西里头,可能性和想象只是开始;但是在文学,有了好的想象就能完成。因为体育不行——你可能拿金牌和实际拿金牌,这差老鼻子了。你必须是真正金牌到了手,而且经过尿检证明你没有使用兴奋剂,这种情况下,你才算获得了很好的成绩。但是在文学里面,你写出来的那些东西,可以是真实发生的,也可以是可能发生的,甚至是完全不可能发生的;但是在想象里是有的。《西游记》里这么多的故事,孙悟空筋斗云,翻一个跟头十万八千里,本身七十二变,拿出如意金箍棒来,迎着风这么一摆,就可以长得非常大。一切的一切,这些故事可能吗?不但没有现实性,也没有可能性,但是这是人的想象,这是想象力。如果没有想象力,不仅《西游记》你看不下去,你连科技大学都考不进来。科技是有想象力的,是极其富有想象力的,有些想象力是超过人的经验所能达到的范围的。还有一些特别精彩的小说,像美国一些很著名的描写动物的小说,如《白鲸》,就是人和鲸之间复仇的故事。比如说《野性的呼唤》,写一个狼的故事,这些东西,显然许许多多都是靠想象,但是一个有想象力的民族才能够有创造性,才能够有新的发展,而文学的特点,恰恰它并不要求你论证这些东西都是绝对真实的。不是,它要求的是想象,它这种想象性和对可能性的重视,是超出了其他一切方式的。

第八,我再说一下,文学是一种语言的方式。文学说到底,你要用语言来表现,而人与语言是密切不分的,人思维的很多东西,经验所达不到的东西,都是语言能够达到的。比如我们说"终极关怀",我们很喜欢用这个词,宗教更喜欢用这个词,神学喜欢用这个词,但是经验里头我们没有终极,谁看见过终极,谁有过终极,给终极录过像、录过音?我们经验里头有什么呢?有暂时,有局部,有部分,有有限,那么至少构建反义词的法则使我们在有了有限以后会去追求,会去探讨无限,使我们在有了无限以后,有了追求探讨永恒,我们有了局部以后,会去追求探讨全部、全体、浑然一体等等,所以语言本身就已经给人的思维、精神生活、生活质量,提高了一大步。而这个文学呢,是用语言来办事的,用语言给你安慰,用语言给你以想象,用语言来传达经验。有时候文学上这些语言,它那种感人之处,是无法解释的,无法理解的。我看古书,有一个词最感动我,是什么呢?就叫"别来无恙乎"。他可能是老朋友,甚至于是老对手、老敌人、老部下、老同学,几十年没见,后来忽然,很偶然地又见了面,一看是你,说:"别来无恙乎?"我不知道它为什么那么感动我,而且它是无法置换、无法替代的。比如说《史记》里的《范雎蔡泽列传》,范雎被魏公子齐和他原来的小老板须贾陷害,把他打个半死,扔到厕所里,然后大家轮流往他身上小便,到这种程度。他还装死,后来逃跑了,到了秦国当了宰相。这个须贾到秦国去出使求和,范雎穿着破衣服,冬天里冻得哆里哆嗦来见这个须贾。须贾一见他说:"此非范叔乎?"范大叔、范二叔、范老弟,因为这个叔也可以当老弟讲。这是范老弟吗?你怎么……你没死?你怎么混成这样?看他冬天穿得破破烂烂。他说我没死,为人佣工,我在这儿打工。须贾就把自个儿身上的一件绨袍——绨绸是一面儿亮,一面儿不亮的一种绸子,我不知道安徽出产不出产——他把这件绨袍给范雎披上。第二天他一见宰相,一看是范雎,他只说了一句话,说"我只求速死",我只希望你赶快把我结果算了。但是范雎说,昨天你给我一件绨袍,"眷眷有故人意",这句话我也特别感动,叫做"眷眷有故人意",我饶你不死。然后在《三国演义》里,曹操败走华容道,见到关公,因为他们有私交,所以曹操整理整理自己的头发,把身上弄一弄,"将军别来无恙?"一句话,关公他没法动粗的,他不能说拿首级来,那叫什么话,人家问你别来无恙,你说拿首级来,太不讲道理了。最后他把曹操给放了。但是同样这个"别来无恙",你要字面讲"无恙"就是没生病,你比如说今天见关公,"关公你没得 H1N1 流感吧?"那这个关公上来一刀就把他砍下来了,这个没法问,而且没法翻译成英语,你怎么翻成英语啊?Are you OK? All right?(你好吗,没有事吗?)如果要是曹操遇见关公讲一段英语,我估计他那脑袋也早保不住了,他只能够是"别来无恙乎",这一句话的力量有那么大,正因为和司马迁本人,他人生中的这种浮沉,他受到的侮辱和痛苦都有关系,所以他写出来特别的深。包括他写那个韩信,我都怀疑韩信能不能说出那么美好的话,但是让司马迁一说,它是真没治了。那漂母看他饿了三天了,把一篮子饭都给他吃了,然后韩信说的是什么?说"涓滴之恩亦当涌泉相报",说你给我两滴水,将来我怎么办?我修一个自来水工厂送给你,中国传统的这种知恩图报,这种重视友谊,重视讲人情,让人非常感动。当然讲人情也有它不现代、不先进的地方。所以这种语言的力量,我们在文学当中,能够获得。我甚至可以说,语言这种方式是我们自己解除精神困境的一个很好的方法,有很多事你自己也没有办法,比如说你的亲人得病了或是故去了,你有什么办法?你没有别的办法。但是如果你找到一个恰当的语言,你能够对自己说一段很恰当的话,你从这个精神的困境当中,就解脱出来了。

第九,我要说文学的方式是一种记忆与回味的方式。中国这个词太好了,我们叫故事。英语它是 story,没有别的意思,这个 story 还可以代表其他别的细节,不见得要讲细节,但是故事的"故",就是过去,所以这个做文学的人,往往有那么点多愁善感,而且文学成为一种记忆的方式。很多事情都过去了,我们可以设想,如果没有《红楼梦》,我们今天对中国清代的封建社会,封建家庭,封建的青年男女,封建的大户人家,我们知道什么呢?你光看历史教科书,你光上故宫参观文物展览,你得不到什么,文学给了我们记忆,使古代过往的那么多人,仍然栩栩如生地活在我们当中,使我们永远不会忘记这个中国是怎么样发展过来的。

第十,文学还是一种幽默和趣味的方式。文学里头充满着幽默,充满着趣味,简单地说,一个完全不懂文学的人是一个无趣的人。无趣的人,尤其是男生,你们要注意,一定不要做无趣的人,你们做一个无业的人,当然也不太好,无房的人,无实物的人,但是那些东西还都好解决:无业的人,你好好地找工作,降低你的标准,你可以找到工作。无实物,你有了工作,先支上一二百块钱,你可以先买到吃的东西。但是无趣很难帮助,你怎么帮助他呢?说这人挺好,就是无趣。尤其是如果遇到这样的男生,哪个女生要是跟了他,就倒霉一辈子。我也要告诉在座的女生,你们可以和没有钱的人,家庭贫困的人拍拖,你们也可以——甚至于我要说——也可以和功课考得不是最好的,但是暂时还没有被开除学籍危险的人拍拖。但是不要和无趣的人拍拖,要逼着这些无趣的人,去读点各式各样的文学作品。

第十一,文学的方式是一个永远创造的方式,是一个永远不可以重复的方式。有很多东西是可以重复的,但是文学不行,在某种意义上画画都可以重复,白菜画得好,我给十个朋友都画了白菜,一个大点,一个小点,一个青点,这个没有问题。但是我要写十篇小说都一样,我就无脸再见江东父老了。所以文学逼着你有新的处理,新的方法,要有个性化的方法。而保持这种永远的创造,这里面包含的意思可多了。对于文学来说,我想一个是个性化,只有个性化才是不跟别人重复的;第二就是你本身的经验、你的思想、你的情感,就处在一个不断变化的过程中。你本身就是一个从来不停滞,从来不僵化的状态,所以我想,我们如果能够多接触文学,那么对于我们保持永远的创造力,也有很大的好处。可以这么说,我不是说文学就好得不得了,各种学问都有它的重要性;但是我们在生活当中,除了有科学的方式,政治的方式(团结谁,不团结谁),经济的方式(你总要精打细算嘛!)这些以外,你有一点文学的方式,你的感情会更加深沉,你的精神会更加丰富,你的胸怀会更加宽广,你的头脑会更加清明。而且至少,你跟别人在一块儿,别人会觉得你是一个可爱的人,是一个有趣的人,是一个不令人厌烦,不令人苦恼的人。朋友们,多学点文学吧!

(作者答与会者问)

问:王蒙老师,您的创作最近特别活跃,自传小说、评论、散文、随笔都四面开花,大量地出版,有人把您誉为文坛的常青树,大家都很感兴趣,您是如何保持这种旺盛的创作热情和活力的?

答:我也不知道,我也不是说我想保持就准能保持,也不是说我不想保持它就没了,它老有,那个文学的方式老起作用。当然,我随着年龄渐大,自己的时间也更加自由,也有一种非常快乐的写作的心情。前不久我看到王国维的一首诗,他这个诗里有这么一句话,我真是觉得好,他说"一事能狂便少年"。有一件事我在这个世上敢猖狂一下,这个猖狂没有贬义,放得开,他说我就还算少年。后来我的一首诗在《新民晚报》上登过,前两句我就是这么说的:"老来无虑便猖狂,证道抒情两不妨。"因为我写老子,我要对道作证;我又写小说,爱情小说,所以正道和抒情两个互相并不妨碍,是这么个意思。

问:刚才您说老子,最近您的《红楼启示录》和《老子的帮助》,跟小说不同,它是一种学术类的著作,出版以后受到了热烈的欢迎。想问一下,您写作这类书的动因是什么?是因为受到当前"国学热"的影响,还是您提倡读者学者化的一种具体体现?

答:是有这么点儿。我不知道别人怎么样,我七十岁多以后,有时候想把有一些年轻时想做没做的事……就所谓圆一下自己小时候的那些梦。你比如说像《红楼梦》也是这样。我从很小就看,觉得那么多人写文章,要我解读我跟他们不一样,我就老想着将来有机会办这件事;老子也是这样,他那思路非常特殊,他跟一般人都不一样,在中国也找不到第二位,我说将来我要有机会,关于老子我也要写点。这是一种弥补自己青年时候想干的事,来圆梦。

问:王蒙老师,您这个老子解读,别具一格,而且非常新颖深刻,有很多独到之处。有人说,人在得意的时候,会忘掉老子;只有在失意的时候,才会得到老子的帮助。您觉得这种说法有道理吗?

答:可能对一部分人是有道理的。最得意的时候,不但老子对你没帮助,谁对你都没帮助。那时候你最相信的是你自己。但是我现在谈"老子的帮助",好像跟这得意、失意关系都不大,而是有点年纪了,把年轻时候想做的事做一做。我并不是在悲哀,你们看我像悲哀的人吗?沮丧的情况下谈老子,反过来说,一个人要太沮丧了的话,也不要谈老子了,自个儿闷着,一边喝闷酒去算了。

问:您是一个乐观主义者,您的夫人曾经在一本书里写您是"不可救药的乐观主义者"。王蒙先生,不知道您还记得不记得,您曾经在一篇文章里谈到,因为您写得很多,"贫而愚,会落后挨打,倒行逆施;富而愚,也许其危险性不低于贫而愚。"这话怎么理解?"富而愚"比"贫而愚"更可怕?

答:就是说,我们在追求经济财富增长的时候,同时一定要关心教育、关心人们精神上的成长,关心我们这个文明程度的提高。因为我在写这句话的时候,在报纸上看到了这么一个报道,说有三个农民上了火车,这还是在八十年代初期,上了火车以后,就告诉餐车,说我们三个人要按每个人一千块钱的标准来吃一顿饭。然后这个餐车的人就想尽一切办法,给他们做出了一千块钱的菜。我怎么看着有点不像是很文明、很聪明的人,我看着有点像傻,又阔又傻。国家图书馆的原馆长、现名誉馆长任继愈老师,他在《人民日报》上发表过一篇文章,叫做《要脱贫也要脱愚》,我觉得他说得非常好,我们要脱贫也要脱愚,否则就会发现,脱贫以后,大搞封建迷信,大搞"黄赌毒",还有各种社会的丑恶现象、犯罪现象,这样的一些事,这是令人痛心的。

问：问一个跟文学有关的问题。由于市场的因素，文学越来越边缘化了，早已失去了轰动效应，"轰动效应"是您最早提出来的，许多人对文学的态度都抱着悲观的态度，您是如何看的？

答：这些现象都有，值得我们忧虑的事情也非常多，但是确实没有那么悲观。因为我们知道，中国经历了一个很巨大的历史暴风雨，革命的成功、建国、摸索建设的经验，直到近三十年才确定了改革开放，以经济建设为中心，全面建设小康社会，这样一个相对比较稳定的局面。在那个大的动荡当中，人们有时候对文学所掀起来的热情，是生活高潮化的一个结果。就是生活掀起了一个大的高潮，这个时候需要文学煽情的东西，理想的东西，想象的东西；相反，在生活的秩序比较正常、稳定的时候，大家就不会像在旧社会读到一本左翼的文学作品，读完后，学校也不上了，爸爸妈妈也不告诉了，弄一个行李卷去打游击了。现在不太可能发生这种事，你看一看，今天创作出版的文学作品数量比过去不知道多了多少，包括网上的那些，也是文学。你喜欢不喜欢是另一回事，说现在的文学会消亡，我觉得有点杞人忧天。

问：王老师您昨天下午到合肥转了一转，也到了李府，李鸿章的淮军都是从安徽走出去的，而且对晚清的历史产生了非常大的影响，您对李鸿章淮军有什么评价？

答：作为历史方面，我对李鸿章，对淮军的了解都非常的有限。现在我从有些媒体里，也看到不少谈到李鸿章的，肯定李鸿章在那个时候，比如说他希望变法，希望发展实业，希望搞洋务，包括希望和有些国家改善关系，我想这些都是不容易的，都是有贡献的。当然在清朝那样一个没落的情况之下，李鸿章也没有什么更能跳出来的思想，说怎么把这个清朝搞一次革命，能够实现中国一个历史性的飞跃，这些他也没有；但是李鸿章的历史和他的故事的存在，对中国人还是很有教育意义的，就是说中国这样一个国家，让它真正实现现代化，富强起来，太不容易了，付出的代价太大了。

问:里面还有很多值得反思的,值得吸取的东西。这次是读书月活动,我们谈一个读书方面的问题。如今知识爆炸,各种书籍浩如烟海,有选择地读书成了重要问题。在这个问题上,您有什么好的建议和心得?

答:我没有好的建议。我同样也有这个感觉,北京最大的书店是西单的图书大厦,我一进西单图书大厦,我这脑袋都晕了,甚至我就想,这么多书了,你还是不要再写书了吧!这书已经够咱们一代一代人读一阵子了。但是即使在这种情况下,我的建议:第一,是经典书,我们还得相信这些经典;第二,是工具书,我们要掌握各种各样的工具书;第三,是外文书,我们要有相当多的外国文化的底子,今后作为一个中国的知识分子,能不能从外文直接读,这是一个"博学"的很重要的标志;第四,我指的就是古汉语的、文言文的书。

问:王老师,首先非常感谢您站了一个多小时做非常精彩的演讲,听王老师的演讲我也能够找到心灵的契合。下面我有一个问题,非常想问一下王老师,文学作为一种语言,一种表达个人经验、情感和思想的语言,它是非常美妙的。我特别疑惑,自己不能很自如地运用这种语言,自己有时候想用一些东西,可表达不出来。我想一方面可能要多思考,多感悟,让自己心灵丰饶起来,一方面也要找到合适恰当的语言表达自己的感受,这两个方面哪一个更重要一些?或者王老师有没有一些经验和心得给我们介绍一下呢?谢谢。

答:很感谢你提的这个问题,而且你自己已经讲了准备怎么样来解决这个问题。中国古代就有一个说法,叫做写放胆文,你能够把自己的胆子放开,能够用自己的语言写自己的体会,而不是眼睛看着别人,别人怎么写,你怎么写。北京的景山学校,他们一直有一个传统,他们特别重视作文,叫做写放胆文,他们还总结过这些经验,首先要把自己的胆子放开。我前面说过的,创造离不开个性,真正敢于把之投入到自己写的东西里面,我相信,你就会有自己的特色,有自己的动人之处。

问：王蒙老师，以前我都是在电视上见到您，现在突然面对面地见您，发现您真是比电视上帅多了。然后呢，您的自传三部曲我都看过，第一部是《半生多事》，我读过之后发现里面充满了您的感情，对不对？里面有对父母的情，对兄弟的情，还有对您妻子的情。然而事业上呢，您写了很多文章，对不对？我想问，您觉得您是对情感问题重视，还是对您的写作对您的事业最重视？

答：它是这样，因为我的经历是从一个学生，然后参加学生运动，参加对国民党的斗争，后来成为地下的共产党员，然后成为共青团的干部，再然后写作，写作当中又发生了种种的曲折，还有很长时间在农村劳动等等，所以我的生活的经历各式各样。但是你要说我一个最根本的东西呢，那我喜欢写作，我是看得比较重的。我更多的是以一种文学的方式生存着，有时候自己就是这种感情方面的抒发，有时候对别的事不管不顾，有这种情况。但是我又不是书斋里的写作人，我确实是一个积极地投入社会，也投入了政治生活的写作人，所以我也丝毫不能否定我对政治生活有过的热衷、参与、投入，包括成功的和不成功的这些方面。

问：王老师您好，想请问一下，您在政治生涯当中，当过文化部部长，在政治生涯中，不允许感情用事，同时也需要更多的理性，您作为一个作家，您需要感情非常丰富，请问您如何协调您的政治生涯和您作家生涯中这种感情上的冲突，谢谢。

答：这是一个问题，所以我在文化部非常认真地工作了三年半以后，就退下来了，我没有能够更长期地在某个岗位上工作。但是另一方面，我们这个事物它有另一面，特别在许多第三世界国家，写作人、作家，他们参与政治的积极性非常高，第三世界这种情况很多。比如说秘鲁的诺贝尔文学奖获得者——略萨，他竞选过总统，他没选上这另说。很著名的加西亚·马尔克斯，他是古巴领导人卡斯特罗的好友，而且他曾经被美国禁止入境。所以这也很有趣，他获得了诺贝尔文学奖，对中国人的影响那么大，但是他反美反得非常厉害。我还可以告诉你,如果不是提及的话,电视台会剪去的,你们要知道伊拉克被绞死的那个领导人——萨达姆·侯赛因,他是一个很好的小说家,他有的小说写得相当的有趣。因为第三世界国家在这种大的风浪当中,他把知识分子的神经都调动到这些政治事件上来了,所以是有这种情形。就我个人来说,我是早就参与了政治生活了,我从十一岁就和北京的地下党建立了固定的联系。

有一次,我是在哪个电台我忘了,他们说你是"潜伏"。我是"潜伏"了好多年了。后来我又做团的工作,我开始写作的时候已经十九岁了,所以具体到我身上,我参与政治生活,我希望新中国能够发展得好,希望中国人民能过得好和我希望能把小说写好,也没有矛盾到势不两立的地步。所以我一直也还算,起码我还是精神很正常的,比较健康地生活到现在,而没有陷入自我的分裂。

问:王老师您好,很高兴能在这儿和您面对面的交流,您刚才谈到了文学边缘化的问题,现在这种社会上确实出现了文学的边缘化,甚至市场化,低级趣味化。我也记得有位作家说,现在很少有人为纯文学坚守寂寞的阵地了,您对"为艺术而文学"是怎么理解、怎么看的?

答:从现在来说,我们文学的格局,可以说比较多样。有消费性的,有畅销性的,有专门针对青少年的,也有那些过去比较传统的畅销样式,像武侠小说等等。我觉得我个人,我从来不说文学边缘化。怎么边缘化了?哪都没边缘,中国的文学刊物那么多,中国的作家也不少,中国各省,包括很多市都有作家协会,都有很好的工作,所以我不认为是边缘化。相反的,我认为它是正常化,在正常化当中,肯定会有各自不同的追求。有的以畅销为能事。是不是畅销的都差,这事也难说,因为也有一些畅销书有很好的质量,如果说中国的古典文学最畅销的,就是四大才子书、四大名著,但是它们也是中国长篇小说的代表作品,没有别的作品比它们更好。所以说,市场化,我觉得也看不同的人,肯定有人说他要坚守文学的重镇。坚守文学的人,就一定会非常寂寞、无人问津吗？我觉得也不一定。我们举拉美的例子，他们好的作家同样也是很火的。李白的诗难道是无人问津的吗？杜甫的诗是无人问津的吗？巴尔扎克、托尔斯泰、狄更斯，一直到拉美的略萨、加西亚·马尔克斯等等，他们都是受欢迎的。所以也可能没有那么悲观，但是在全世界都是这样，平庸的著作，看完了就丢的著作占多数，最精彩的著作占的数量非常少。现在中国一年出多少书啊？光长篇小说都出上千种，没有一个人能把书的题目说全。所以就是平庸的作品，淹没了好作品。我坚信经过一些年的淘汰以后，我们仍然会发现比较好的作品，没有那么悲观，也没有那么令人失望。

问：问王老师一个问题。我想一个时代有一个时代的文学，面对"八〇后""九〇后"的铺天盖地，而他们最初掀起的风潮当中就是取源于文学创作。那我想问一下，您对于"八〇后""九〇后"文学怎么看？

答：第一，一个时代有一个时代的文学，绝对的；第二，真正的文学又是能够超越时代的，当我们谈到经典的作品的时候，它们离现在有的几百年，有的几千年，但是我们读起来仍然那么感动。比如说《诗经》，那里面搜集的民歌就更多，两三千年前的诗歌仍然那么感动人，具体到"八〇后""九〇后"的作品，由于我阅读得太少，所以我不想在这儿做什么评论，对不起。

问：首先感谢王老师能来到科大，我有一个问题，就是，大家都知道我国文化是博大精深，更是人才辈出，但是曾有人夸大海口，一不小心我们写出了《红楼梦》，但是至今我们没有拿到诺贝尔奖。请王老师谈谈您对这一事件的看法，还有我们真的有必要去拿诺贝尔文学奖吗？

答：关于诺贝尔文学奖的事，我讲了很多次，在我的自传第三部我讲的有关材料更多，所以麻烦这位同学翻一下我那个自传的第三部，我就不在这儿讲了。因为要讲起来非常长，需要耽误很多的时间。

问:王老师刚才说,我们大学生需要有情趣,那么您能推荐几本书给我们吗?提高一下我们的情趣,特别是我们工科学校的学生,较快提高我们工科学校的情趣。

答:加快情趣的,这个我要在这儿说,显得有点不太谦虚,要不你先看看我的书。

问:王蒙老师您好,今天您讲了很多关于文学的方式,我们大家都知道,有时候有很多人都是非常侧重于写作的,写作并不是为了发表出去,或者写一本给别人读怎么样,有些人自己默默地写一写小诗,或者写一写小词,抒发自己的感情,有一些他们有一些评论,写出去给别人看,您觉得写作的意义是什么呢?我们有这么多人热衷于写作,心中有这么多欲望去写,我们为什么要写呢?难道是自己情感的表达吗?还是有更多更重要的意义呢?谢谢。

答:我觉得你讲得非常好,写作并不仅仅给别人看,西方有一种说法显得很可爱,但是稍微有点酸:第一种写作是为了市场而写作,是为了出书而写作;第二种写作是给自己的挚爱,只限于给自己的挚爱亲朋而写作,就给这两个人看,或者只给一个人看;第三种写作是给自己写作,写完了以后只给自己看;第四种写作是只给上帝看。所以我就说,你不管怎么样,人的写作有一种倾诉的愿望,有一种被谛听的愿望,这就像如果打一个不是最恰当的比喻,就像祥林嫂,祥林嫂在她的晚年的时候,她就是见人就要说,我真傻,真的,我只知道下了雪会冷。这又像契诃夫写的《苦恼》,他写他的马车夫,他的儿子死了——那种马车,现在新疆的伊犁还有,叫"马的"——他跟客人说,老爷我今天太倒霉了,今天我儿子死了,坐车的人觉得这么晦气,下来下来我不坐了。他回到家里以后,把自己的痛苦跟马说了,然后这马点点头,对他挺同情。让你看了以后真是非常的辛酸,又哭笑不得,所以人总是有这样一种愿望,至少有感情的需要。需要倾诉,需要谛听,如果你写得好,别人也可以分享你的情感,也还是一件很好的事。你能有更多的朋友，有更多的人看见这个以后，能够同情你，了解你，所以写作在我们这个国家，仍然是一件很快乐的，甚至是很荣耀的事。

问：您的夫人写了一本书，叫做《我的先生王蒙》，书里提到您有一种"不可救药的乐观主义"，这个乐观主义为什么前面要加上"不可救药"这四个字呢？

答：这也是西方的一个说法，说一个人乐观到不可救药的程度，就是说他明明碰见坏事了，他也没法不乐观。我自己有一个解释，因为你不乐观，干吗去呀你？是不是，只有乐观才能乐观，只有乐观我才能工作下去，生活下去，只有乐观我才有机会到著名的合肥中国科技大学和同学们一块儿乐观，多好啊！

2009 年 5 月 17 日

话 题 与 歧 义[*]

大家好！今天讲的题目是"话题与歧义"。我主要是谈一些热点，人们喜欢议论的一些事，从专业化的角度来看也比较有趣的，他是被人们所关心的一些话题。

另外我尽量做到，在我们过去的文章里面多次写过的，多次发表过的我就不说了，我在这儿说一些我原来没有得到机会写文章的一些东西，因此都是一些不成熟的话。我已经做好了准备在这儿讲完了以后也许会引起一些批评，有很大的歧义这是肯定的，我只是希望网络报道的时候不要太夸张，不能相反。

关于"五四"与传统文化

第一个问题，谈一下五四新文学运动和传统文化。"五四"不多说了，因为北京大学是五四的发源地，我现在谈的这个问题是什么原因，就是五四时期对传统文化进行了很猛烈的批评，这种批评是很刺激，可是现在我们国家又确实面临着一个挖掘传统文化，弘扬传统文化的热度，我想真是此一时也彼一时也，三十年河东，三十年河西，当然五四到现在不止三十年了，快九十年了，是更多的年头了。我想这里头有很多的原因，首先是历史的一种选择，在五四时期中国正在迎

---

[*] 本文是作者在"中国作家北大行"的演讲。

接一场风暴，迎接一场大的变动，而中国的传统文化比较简单，它的特质在于维护社会的相对稳定乃至于和谐，而不是在推动社会大的变革。所以对于五四时期的那些呼唤暴风、呼唤改革、呼唤革命、呼唤翻天覆地的仁人志士来说，中国的传统文化是一个惰性的因素，甚至于是反对的因素，所以不管国民党还是共产党，不管是胡适还是鲁迅、陈独秀，也不管是吴稚晖还是李大钊，他们都对传统文化进行了猛烈的批判，而且在当时令国人大大的感到悲痛的是从传统文化上找不到通向现代化，通向富国强兵，发展科学技术的契机。如果说那时候的一些言论比较激烈，态度也比较情绪化，那么恰恰是因为现在经过"五四"的洗礼，我们已经吸收了，已经接受了大量的推动民主、科学、社会进步、社会主义、马克思主义，还有包括一个有争议的词，"五四"价值等等，是在你接受的许许多多东西以后，你回过头来再看传统文化，觉得传统文化有着许多有价值的东西，有很多美好的东西。尤其是当我们国家面临着不是一个风暴接着一个风暴，一个颠覆接着一个颠覆，一场大的斗争接着一场大的斗争，而是更倾向于在一种相对稳定的情况下进行渐进式的改革和发展生产，发展文化的这样一个时候，人们突然发现，原来传统文化有很多好的东西，有些合情合理的有利于给社会各个方面一个规范。

所以，我非常不能赞成一种看法，就是把弘扬传统文化和继承"五四"的精神对立起来，甚至一讲传统文化就得骂一顿"五四"，或者一讲"五四"就一定不能够要讲传统文化，我觉得那样就错了。文化的问题很多时候它不是一个零和的模式，不是说吸收这个文化了就不能吸收那个文化，前不久我参加过一个讨论中国民族的节庆或者节日活动的一个研讨会，我就不接受那种说法，说我们为什么现在要讲中国民族的节庆，因为现在西方的节庆已经侵入到我们这儿来了，又是情人节，又是圣诞节，不一定要对立起来。你如果说是情人节、圣诞节是舶来品的话，那"五一"也是舶来品，"三八"也是舶来品，"六一"也是舶来品，不一定是对立的。

演 讲 录(二)

关于国学热

在这种情况之下又出了一个新的名词,这个新的名词更敏感一些,就是国学热,国学热是媒体起的作用特别的大,这个东西的出现它也符合了社会的上上下下的许多方面人们的心愿,就是被我们撂下的太久了,四书五经、孔孟之道、老庄之道一直到易经,现在到新华书店一看,什么风水,这个风水连韩国都要申请作为非物质文化遗产,这就更加紧张,我们得赶紧弄这个风水,不弄风水的话就变成韩国的了,当然你撂了一段以后,你忽然又拿出来,觉得孔子说得多好啊,是不是?学而时习之不亦说乎,有朋自远方来不亦乐乎……和而不同……越说越好,说得很好听,很美好,国学热就出来了,一直发展到什么?今年九月,暑期开学的时候,有好多小学都穿上古代服装以念三字经来参加开学典礼,新华社发了有紫阳小学,还有南京的夫子庙小学,紫阳小学接近清朝,夫子庙小学我没弄清楚,这整个有一点像天主教,还有成都有的小学,因为成都很热,九月一号开学,非常热,有的小学在大太阳底下学生们都穿上古代服装,热得一身汗,好多家长都心疼得不得了,我有一点糊涂,中国出什么事儿了?大清复辟了?

对不起,《三字经》我也发表一个看法,《三字经》的好处是很好普及、很容易记忆,容易背诵,有些话语都挺好,像"教不严,师之惰",有些说法也挺好。但是《三字经》用今天走向社会主义现代化的国家来说,它的内容相当的单一、片面,就是它把孩子训练成一个老老实实、规规矩矩,什么都合理,什么都听话,训练成这样一个孩子,里面不讲身体健康,里面不讲精神活泼,不讲儿童天然的一个游玩的权利,它不讲发挥你的想象,你的个性,它不讲创造性,它很少有积极的,就是让你的精神得到解放,智力得到解放,活力得到解放的东西,而相反都规范起来,规范当然是好,我们学校也是有规范的,任

381

何一个单位都是有规范的,但是只有这些东西它是不够的。我一想起我们的小学生穿着清朝的服装在那大太阳底下晒着,在那儿念《三字经》,咱们的"五四"就这么白搞了吗?至于吗?

关于国学,词源上只解释是国家办的学,这是古代的解释,辞海上有两个解释,一个是国家办的学,一个是中国固有的文化。中国固有的文化这个说法能不能跟这个国学完全站得住?我也有怀疑。就现在一般讲国学都讲先秦诸子的,研究《红楼梦》的人没有人说他是国学家,研究明清小说的有没有我不知道,研究唐诗的人都没有人说他是国学家,研究李白、杜甫的都没有人说他是国学家,冯至先生是研究杜甫的,是写杜甫传的,从来没有人当他是国学家,当然年纪大了他就是国学家了,我也快成国学家了,因为我还讲老子。固有文化这种说法我也不太喜欢,什么叫固有的文化?文化能固有吗?文化都是在不断的接触、开创、交流、碰撞、消化、融汇之中得到的。琵琶不是我们固有的,黄瓜不是我们固有的,所以黄瓜叫胡瓜,南瓜是不是我不知道,洋白菜肯定不是我们固有的,要不怎么叫洋白菜?番茄肯定也不是固有的,因为带番字,土豆在新疆都叫洋芋,肯定也不是固有的,白薯是菲律宾来的,这个固有以哪一年算起?黄帝元年?还是炎帝元年?和那个时候没有关系,哪个都不是固有的,没有办法,许多科学家更不是固有的。所以对这个定义我也不大喜欢,我个人不大愿意用这个定义。但是很多大学有国学院,这个我没意见,我赞成,大学里面的事好办,为什么?大学里面学院多得很,北大有多少个学院,有二十多个吗?三十多个学院有一个国学院,有国学院的同时还有文学院,还有法学院,还有其他的,可是如果让社会上,把这个国学变成一个最重大的口号,我就有一点搞不清楚了,我不敢说不对,我也没有这个胆,但是我搞不清楚了。和这有关的,现在和五四联系起来的,很多问题现在都出来了,一个是白话文和文言文,越来越多,这本来有道理的,五四时期是不是对文言文批评得太过了?我想这个检讨可能是有道理的,有人就给我讲,他说白话文不仅仅是一个工具的问题,而且它有不同的思路,不同的审美的意向,比如说你把老书全部翻译成白话文,包括《论语》和《孟子》都翻译成白话文,基本上翻译出来以后,很多内容都没有了。我想这些都说的是对的,但是反过来说白话文是从洋文那儿制造出来的,我讲,这在二十年前《文艺报》上就曾经有朋友这样写,说我们民族文化什么都没有了,我们把我们自己的语言文字丢掉了,"五四"以后,是根据英语创造的白话文,这就跟活在梦里一样了,白话文首先是我们嘴上说的文,就是我们口语,这个口语的存在是我们固有的,从来没有消失过的,即使是在几百年以前,人们见面说话首先不可能全部都是纯的文言,里面夹杂一些半文的话肯定也有,但是不可能纯文言。

关于文白之争与繁简之争

前不久我又听到一种,也是让我大惑不解的说法,说白话文有两种,一种是老的白话文,原来在中国有生长的,源远流长的白话文,说五四以后的作家只有三个人会老白话文,一个是鲁迅,一个是周作人,一个是张爱玲,其他的人都是受英文影响而写自己的白话文,这纯粹是梦话。说中国原来有白话文,难道这是一个新的发现吗?四大才子基本上都是白话文,《镜花缘》是白话文,《镜花缘》里面夹杂一些半文言,很好的,最好的白话文小说尤其是北京话小说是《儿女英雄传》,虽然它的思想水准相当的陈旧,相当的老气,但是它说的话都很通顺,《儒林外史》,三言二拍也是白话文,过去很多话本,解放以后也还出版过,解放以后江苏省有一个扬州评话的专家叫杨少堂,他讲武松,这个武松,我看过他的半部武松,这是四十五万字,全部都是以口语白话记录下来的,把武松讲得活灵活现,非常的详细、周密,加了很多的创造,这都是白话文。那么老舍的白话文更不用说,鲁迅的白话文里面文言文成分比较多,很多是把文言文用在白话文里面,所以对于这个白话文的说法也制造了一些稀奇古怪的噱头。

还有海外闹得非常厉害，说中国的白话文不好，因为受了"毛文体"的影响，"毛文体"，开玩笑啊，谁受了毛文体的影响？在座的，你们哪位你们写的文章像毛泽东，你们举个手，我把我今天的讲演费全部乘以五送给你，如果你的文章确实写得像毛泽东，请举手！开玩笑啊，学毛泽东写文章，你没地位，没名气，没有那个自信，没有那个居高临下、所向披靡，是不是？打遍天下无敌手，尖锐，还带几分孙悟空齐天大圣的劲。至于说在政治运动的时代，有些比如说写文章讲道理不够，这里头是不是也受某个领导人文风的影响，这是另外一个讨论。然后这个愈演愈烈，一直发展到简体字，连台湾的都跟着闹，说简体字，简体字始作俑者是国民政府，并不是共产党开始搞的简体字，现在传出去说简体字是共产党根据苏联专家的意思搞的，我都不知道这样的无稽之谈从哪儿来，我们的简体字包括用拼音文字的时候，我们很大的一条，我们拒绝苏联专家的建议。比如妈妈，我们写mama，这个m在斯拉夫文字里面发的是ta的音，这个我们没有接受。一九二二年，钱玄同提出了笔画方案。在一九三二年，我负二岁的时候，出版了国语筹备委员会编订的《国音常用字汇》，收入不少简体字。所以简体字对我们来讲是有很大的好处的，我上小学的时候有一个同学，他有三个兄弟，有两个是孪生，有一个跟他们差一岁半，一个叫聂帮鼎，一个叫聂帮基，一个叫聂帮础，这个音也很铿锵有力，这三个孩子学写字的时候，整天地哭，因为他的姓很复杂，那时候得连着写三个耳朵，复杂，简化以后变成两个"又"了，所以有很大的好处，而且简体字和繁体字根本不需要对立起来，我相信北大的学文科的人都懂繁体字，请在座的人里面，你们不认识繁体字的请举手，没有一个举手，因为它不存在这样的问题。

　　然后旧诗新诗，喜欢写这些诗的都很可爱，都很好，尤其像钱锺书的诗，徐志摩的诗、艾青的诗、舒婷的诗、聂绀弩的诗，都写得非常好，现在让我有时候略感担忧的就是我们把这种文体上的一些区别，把这个题材上甚至于风格上的不一样把它对立化，变成互不相容的东西，我觉得这些东西都应该相通，也许这个时候我们想一下，尽管它有各种针对性，在共产党宣言里面已经提出来，"民族的片面性和局限性日益成为不可能，于是由许多种民族的和地方的文学形成了一种世界的文学"。也许我们还可以提一下，就是邓小平给景山学校题的词，他提出了一个"面向世界、面向未来、面向现代化"的这样一个主张，我们弘扬传统文化，我们钻研"国学"都是好的，但是我们的目的是面向世界、面向未来、面向现代化，我们的目的是建设有中国特色的社会主义，我们的目的是现代化，不是古代化，不是回到明清，更不是回到先秦。

关于文学与革命

然后我谈一个很大的问题，文学和革命的关系，革命前的文学和革命后的文学的关系，或者叫前革命的文学，或者后革命的文学的关系。世界历史上我们发现一点，就是在有些地方在革命以前或者革命的初期，它会有一个文学的高潮，譬如俄罗斯，俄罗斯它所出现的文学的灿烂，到现在是没有先例的，普希金、托尔斯泰、契诃夫、果戈理……太多太多了，我是讲不全的。有时候我产生一个非常荒唐的想法，我说俄罗斯的发展常常走弯路，它非常不顺利，而且尤其是它的经济发展不是太让人舒心，中国的农村包产到户立刻粮食问题就解决了，是立竿见影的效果，但是俄罗斯你把集体一解散，粮食生产量还下去了，有时候都无法想象是怎么回事，其中的原因之一是不是他们国家文学太发达了？一个国家文学要太发达了，还有人好好种粮食吗？还有人好好地弄酱油弄醋做电池做手电做衣服吗？文学太好了，太吸引人了，喝一点儿伏特加，朗诵一首俄文诗，再唱个俄罗斯民歌，游览在俄罗斯的大地上，多幸福啊！如果这个时候还再去计算什么经济效益，多么煞风景。

中国的现代文学，五四以后到一九四九，也是非常活跃的，郁达夫、巴金一直到胡适、梁实秋,这也非常的多,不多说,非常的活跃。有时候文学的高潮是和社会的际遇,和历史风暴的前兆联系在一起的,这是一个事实,当然我们不见得都从政治或者革命历史的角度来说,中国人也早就发现了,穷愁之诗易工,而欢娱之词难写。我们很多中文系的人都非常重视中国的古典文学,越古我们就越敬仰,高山仰止。但是夏志清讲过一个理论,这是他的原话,说你们老觉得中国的古典文学了不起,因为你们外文不好,如果你要是外文好的话,你看一看英法的那个古代文学,比你中国的古典文学要丰厚得多,就拿最辉煌的唐诗来说,它的题材就用了那么几种,思乡、送别、悼亡等等,相反的中国是五四以后现代文学一下子热闹起来了,各式各样,什么都有,后来夏志清的话我见人就问,见北大的我问,别的学校我也问,香港我问、澳门我也问,到现在为止还没有一个人跟我说,他赞成夏志清的话,所以夏志清的话光杆司令,就他一个人这么说,但是他毕竟是夏志清。

我扯了半天,我是什么意思?就是后革命的文学,当这个社会已经经过了,付出了巨大的代价,付出了鲜血与生命的代价,终于达到了革命的人民夺取政权这样的一个目标,宣称人民已经把命运掌握到自己的手里了。这时候对文学怎么走?这个文学怎么办?却没有特别好的答案。比如说苏联有法捷耶夫等等占主流的作家,还有肖洛霍夫,他获得了诺贝尔文学奖。苏联领导人第一次访问美国,他的代表团成员里面就包括肖洛霍夫,而且走到哪儿都是这种口气:"这是我们苏维埃的伟大作家肖洛霍夫。"在苏联第二次代表大会上,肖洛霍夫发言,他说西方世界攻击我们苏联的作家是按照党的命令来写作的,这是胡说八道,我们是按照自己的良心来写作的,但是我们的良心属于苏联共产党。我一听这觉悟真高,真会说,真招人疼。但是有的时候人们也会发出批评、责备,就是认为苏维埃时期的状况还赶不上法捷耶夫那个时期,这个问题也麻烦,苏维埃如果不是最好的文学的环境的话,那么现在苏联解体已经过去了将近二十年,解体了是不是又该出来托尔斯泰,托尔斯泰二号,也没见,更没戏了。一九八九年以后,苏联解体以后的俄罗斯,和乌克兰、格鲁吉亚,格鲁吉亚出了一个萨卡什维利,也闹不清这是怎么回事。中国也有,尤其是到现在,现在我们发展社会主义市场经济今天,要全面小康,所以我有一天讲话,人家给我提条子,问得我直翻眼,他问我"王蒙先生,您认为文学还能够存活多久?什么时候将要灭亡?"一些夸张其词的一些说法,这些比较多。

革命前的那个时候文学发达,而且有孤注一掷的勇气,拼了,为了正义,这是最后的斗争,团结起来到明天。但是在革命以后会是怎么样?怎么发展?我不但看到了中国会面对革命以后这个问题的一个困惑,而且我还看到比如说大家知道南非非常著名的女作家叫纳丁·戈迪默(Nadine Gordimer),我还见过她,她讲话的时候的自信,那种使命感给我留下了非常深刻的印象,她为黑人的权利和种族主义者做斗争,她本身是白人,但是她坐过白人种族主义者的监狱。种族主义它垮台了,南非胜利了,她达到了她毕生所追求的目的,但是她的声音慢慢小了起来,二〇〇六年还出了这么一件事,有几个抢匪——也是她毕生为之奋斗的人——进了她的家,抢她的东西,让她把她的结婚戒指扒下来,她拒绝了,结果她挨了打。这确实是个事,就是这些热情的呼唤革命、迎接革命的作家们,在革命胜利以后怎么样继续歌唱。

咱们中国还有一些说法,我完全没有资格,没有能力对之做出特别明细的判断,比如前五六年就曾经有人回忆,说是在一九五〇年代,就是一九五七年的时候,有人问毛主席,说如果鲁迅活着,现在会是什么情况?说毛主席回答说,也可能他在监狱里吧!也可能他不再写作了吧!当然也有很多鲁迅研究所的所谓鲁学的专家,对这种说法深恶痛绝,认为这种说法是完全不负责任,也是不符合史实,这说明在这中间也还需要积累更多的经验。我在两年多以前我曾经提出一个议题,就是雄辩的文学与亲和的文学,我们的文学不可能仅仅是雄辩,也不可能时时都找一个对立面来进行辩论,有些时候需要更好地表现人性。

关于市场经济和文学

　　第三个话题谈谈市场经济和文学,市场经济和文学这是两回事。我记得当年有记者采访一位老作家,说市场经济的发展对于文学创作有什么影响?他的回答是我对市场经济的发展无动于衷。你写你的东西,他对市场经济的发展完全无动于衷,我没有做到,但是我也并不是因为市场经济来决定我写作或者不写作,市场经济当然有动于衷,它影响我的衣食住行、生活需要、子女教育、父母赡养以及消费的水平,从这些方面来考虑,但是它和文学这是两码事。但是我们这里一直也有很强烈的反应,就是认为市场经济毁掉了文学,认为市场经济摧毁了文学,有一个非常可爱的老作家,老的革命作家,我不打算提他的名字,我最近听说,这位大师已经去世,他说过去我们是冒着敌人的炮火前进,我们现在要冒着敌人的钞票前进。这我也不明白,因为过去我举的例子,就是说在革命成功了以后,有一些历史人物那种浪漫性就降低,比如说冒着敌人的炮火前进,唱起来非常悲壮,但是我提改革你就不能唱。冒着赔钱的危险改革,冒着闹事的危险下岗,这些都不能唱。可是我没想到,我所敬爱的一位老作家提出了,说冒着敌人的钞票前进。敌人的钞票来了,你收回来交给革命不就完了吗!那钞票能把人打死吗?砸在脑袋上一摞,五十万元捆成一包,从四层楼上往下照人脑袋上砸,那还是有一定的威胁,如果砸昏了以后,一看旁边有五十万元,也许脸上会显出苦笑兼甜笑,这个我不太明白。

　　有一个地方举行诗歌节,有一个诗人就讲,红旗都倒了,诗还有什么用?某杂志曾经说过,现在文学状况比历史上的任何时期都坏,比沦陷区坏,比白区坏,其中重要的原因之一就是现在据说是为了迎合市场,有了什么下半身写作或者其他一些涉嫌不雅的一些写作的内容出现,我们和从前处境的情况完全不一样,"文化革命"前一九四九年到一九六六年是十七年,这十七年一共出了二百本长篇小说,平均一年能出十一、十二本,现在每年出版的长篇小说七百至一千种,没有一个人说得清楚这一年都出了一些什么长篇小说,哪怕他的专业比如说在北大当代文学研究中心长篇小说科,好像没有这么一个科,他也说不清楚,好像就是有了更多的选择的可能,可以满足更多的个性化需要,这是一个好处,还有一个好处,就是它把有些因为有歧义,而不能顺利出版的一些内容也都出版了,一个东西,一百个人,九十九个人否定,一个人的肯定他也出版了。但是坏处也有,好的作品也淹没在上千种的新书里面。我现在上西单图书大厦,有的时候我看到那些书以后,我就叹息,再不要写书了,到处都是书啊,你想到的他也出,你想不到的他也出,现在没有必要再出书了。现在建国都六十年了,有些人回忆起来就觉得,从一九五九年到一九六六年,尤其是一九五九年到一九六二年、一九六三年,因为后来越来越紧了,那个期间的长篇小说最成功,举个例子《保卫延安》一九五九年,三红两创,文学出版社还出过《青春之歌》《林海雪原》,一九六〇年代还有《野火春风斗古城》《铁道游击队》《苦菜花》等等,有一批现在的人们都还记得,或者有很深刻的印象,但是你要是拿两本书,一本比如说是二〇〇八年出版的,还有一本是一九六八年出版的,一九六八年就不要说了,一九六二年出版的,你要放在一块儿看看,你不能说现在的书越写越差,反正有不同的文学环境下面,在一种不同的文学生态下面,在一种不同的社会环境和历史时期下面,人们阅读文学作品的心态有非常大的不同。我不知道是不是在北大这样,但是我看到了,说余华有一次跟学生们交流,谈到当代文学,就不断地有同学提问,说你看五四时期作家写得多么好,现在作家写得多么差,把余华说急了,他说我实话告诉你们吧,五四时期的那些作家,我不说名字了,要不我说了也没关系,说什么《荷塘月色》什么的,现在是个高中生作文都可以作成那样,说你们看我的作品比他们写得好多了,说我唯一的弱点就是我还没死啊,我要死了以后,你们不说我的作品好才怪。这也是一种说法,一个作品的被接受,被抬高或者说被重视,当然和作品的质量有关,也和许许多多的情况有关。

我还有一个说法,就是一个社会,文学事业,高潮化是所期望的,但是高潮化是未必能够持久的,许许多多的高潮都要向正常移动和过渡。老子早说过,飓风刮一早上就不刮了,太阳一出来就不刮了,当然这是老子说的,可能没有赶上那个大风口,大的雨也不会下一天,八个小时,十个小时,十二个小时就差不多了,即使再下,也要停一会儿。所以我们面对的是一个逐渐走向正常的这样一个社会和文学生活,所以现在我们谈不到什么特别激烈的文学运动或者那种文学高潮或者文学口号,写出什么什么来,谈不到这种口号。但是我们更多的是处在一个相对正常的阅读环境,那是不是现在的文学就没有好作品了?我不这样看,我觉得还需要时间的淘洗,目前就说什么作品就是好,什么作品就是不好,什么作品是不如什么时代好,都为时过早了。

关于诺贝尔文学奖

大家还有一个很关心的问题,其实这个问题的水准很低,但是许多人关心它,所以我愿意在这儿谈一谈,就是关于诺贝尔文学奖和中国文学,诺贝尔文学奖是到目前为止世界上最有影响的一个文学的大奖,它叫大奖起码它的奖金大,它是一百多万欧元,中国的最高的奖项是茅盾文学奖,四五万人民币,这是第一。第二,它有瑞典科学院的十八位院士组成的诺贝尔文学奖评奖委员会,他们都是终身制,死一个补一个,这里头只有一个人能懂中文,就是马悦然教授。诺贝尔文学奖特别喜欢标榜自己的特立独行,在一些社会主义国家他们比较喜欢给具有或者是色彩上沾一点,持不同政见的人发奖,在西方国家它相当喜欢给左翼的文学家发奖,比如七十年代末期八十年代早期,他们发过海因里希·伯尔,他当时把西德批得一塌糊涂,西德政府拿他没有办法,他的驻华大使曾经跟我说,给他发奖,这真的使我们头疼,当时法兰克福一个著名的文艺评论家,他说伯尔他的德语相当差,他是以道德家的身份得奖的,因为谴责资本主义自由竞争下面的许多不公正的现象而获得的,有过这种说法。它还曾经给葡萄牙共产党人萨拉马戈发过奖,给加西亚·马尔克斯发过奖,在中国,好多人都可以看出加西亚·马尔克斯把不发展的或者发展中国家的某些迷信,所谓落后的东西把它审美化,变成文学的契机,变成文学的才能。另外一位偏西方的秘鲁的也是诺贝尔文学奖的得主略萨,他的政治意识还特别强,写过很多政治论文,还竞选过总统,当然未能选上,他曾经痛骂加西亚·马尔克斯是卡斯特罗的太监。还有意大利的剧作家达里奥·福,那也是令人大吃一惊的,至于社会主义国家他们奖励一些流亡的作家,那多了,太多了,我这儿就不一一介绍了。但是我可以告诉大家一点我亲历的事情,一九九三年在纽约,在华美协进社,胡适当年创立的,为美国主流社会了解中国文化搞的一个机构。我在那儿讲话,讲完话了以后,美国的一个笔会的女秘书,但是在中国肯定叫秘书长,她很强悍,这位女士就来问我,说今年北岛将要获得诺贝尔文学奖,你知道吗?我说我不知道,我说据我所知,诺贝尔文学奖是封闭的,是不提前公布的。她说我知道,我当然很佩服,是不是?这是牛秘书长啊!你知道啊,好好好!她说你什么态度?我说我祝贺啊,我说谁得了诺贝尔文学奖,我都祝贺,我说要你得了我也祝贺。她说中国作家什么态度?我说有人会高兴,有人会不高兴,她一听两眼发光,赶紧说为什么有些人高兴,有些人不高兴?我说你连这都不知道啊,所有的作家都觉得自己是天下第一,哪有老子天下第二的作家,老子天下第二就不干了。她说中国政府什么态度?我说现在这个说得早了点儿,我说现在我不当部长了,代表不了中国政府。这也是一个事实。我有一种印象,这位女士拿着中国政府当公牛，拿我们作家当红布，想这么甩一下，这么甩一下。

一九九二年，我接到瑞典科学院院士马悦然教授的邀请信，说希望你推荐五个中国作家做诺贝尔文学奖的候选人，其中完全可以包括你自己，这份材料不得少于十五页，中国人讲字数，外国人讲页数，我就不懂，这个字号怎么算，是用一号字？后来我就写了，请黄友义先生给我翻译，而且我告诉你们，我这里面推荐的有韩少功、张炜、铁凝、王安忆，还有一个人我还没写，我可能想写我自己，反正也没成没关系，如果顺利的话，我不会不写我自己。但是完了以后，有关我的规定，因为我担任过职务，第一步要征求我国驻瑞典的机构的意见，当时驻瑞典的机构就说，马悦然约你，不好，他对中国的态度不好，你王蒙的身份不应该来，不可以来，第一步就挡住了，我不能去，文化部还特意又写了一封信，说由于王蒙有很丰富的经验，说可以应对不同的情况，我们建议这次还是让他去一下，跟瑞典科学院建立联系。但是我们驻瑞典机构仍然说不不不，还是不。瑞典方面着急啊，就改由SAS公司的总裁来邀请我，可是咱们这个驻瑞典的机构一看就看出来了，那航空公司的总裁邀请你干什么？你又不买飞机。其实当时给我一种感觉，火眼金睛，孙悟空三打白骨精的这种感觉，不行，还是不能来。瑞典方面也使劲，瑞典一个女的副首相兼外交部长来中国，见到中国跟她同级别的官员，领导人，她跟这位领导就说，说我们瑞典方面已经做好了准备，欢迎王蒙先生访问瑞典。我们的领导人回去就问，说她说这个干吗？别人就告诉他，说那就派王蒙去吧，领导人发了话，说去吧，时间已经很紧了，于是有关部门就通知文化部，王蒙可以去了，但是文化部下属的外联局火了，也不是说领导发了话可以去才可以去，我们一直说可以去，你这儿不让去，现在我们这都忙起来了，我们不去了，不办了，这我也不知道，总而言之就没去成。斯德哥尔摩大学中文系主任罗多弼跑到中国来问我什么时候去？我说手续没办好，我也不能说别的，我说有可能去不成，他回去就告诉马悦然，说看来王蒙对访问瑞典没有兴趣。于是马悦然也是性情中人，也是学中文学得太透了,受中国人情绪化的影响,被中国和平演变了,他立刻发表一个声明,他说王蒙已经表示对瑞典科学院没有兴趣,也不准备和瑞典科学院进行交流,因此今后我们只好放弃跟中国大陆的文学的联系。这是哪儿跟哪儿啊,他把我想得也太高了。总而言之,所以说你们看着很伟大的事情,你要知道内情以后,阴差阳错,也不要以为那么伟大。结果马悦然的轻率的做法引起了瑞典驻华大使馆的不满,他们的文化专员在香港发表了一个声明,说关于邀请王蒙先生访问瑞典科学院的情况你不完全了解,与王蒙先生个人完全无关,马悦然的说法是不公正的,不真实的。现在马悦然又到中国来了,有一段时间都不许马悦然入境,都上了黑名单来了,别人催着我问什么时候得诺贝尔文学奖?没法说这个事儿,怎么说?没处可说,得了就得了,不得就不得,得奖当然很好,一百多万欧元,存在中国银行,对国家也有贡献啊,得不了得不了,算了,那也没办法,但是反过来说,诺贝尔文学奖并不是国际奥林匹克,没有竞技技巧。比如我们知道的挪威,这是当年的事,挪威跟瑞典是一个国家的时候,挪威最有名的戏剧家易卜生,他在最后的关头诺贝尔文学奖决定不给他,而给他的一个竞争对手叫比昂松,但是比昂松没有什么人记住他,而易卜生非常有人气。

如果我们列举得奖的人我们会列举出很出色的作家来,近半个世纪来有海明威、加西亚·马尔克斯,但是我们列举那些没有获得诺贝尔文学奖的也有一大批出色的作家,比如说俄罗斯的那批作家等等,有人老在那儿分析诺贝尔文学奖,而且在那儿分析,为什么?因为中国作家胆小,因为中国作家没有成为烈士,还有人分析中国作家自杀的太少,外国作家自杀的数量很大,我不知道是由于吃得太多,还是由于低血糖造成的这些说法,简单来说对诺贝尔文学奖我们既不必把它看得那么那么的渴望,也不必把它视为对立面,以公牛的姿态向它冲去,也不必这样。现在马悦然已经多次表示过,他最喜欢的是两位山西作家,一位是李锐,一位是曹乃谦。有一年在重庆书市,马悦然给曹乃谦站台，而且说他随时可以得到诺贝尔文学奖。所以有马悦然这样的一个许诺，有些热衷于诺贝尔文学奖的人，也可以得到一些安慰，有些虽然对诺贝尔文学奖不无兴趣，但是已经一看马悦然也没提名，也就死了这条心，踏踏实实该干什么干什么，用不着再折腾这事儿了。

我开玩笑啊，我说中国作家有两项原罪，第一项没有得到诺贝尔文学奖，第二就是没有当今的胡适、鲁迅。因为有人就说鲁迅多么伟大，多么伟大，说中国人的骄傲在于有一个鲁迅，中国人的悲哀在于只有一个鲁迅。这个作为造句来说是有一定说服力和煽动力的句子，但是这个句子不通，因为所有的作家都只有一个，没有克隆和复制。中国只有一个鲁迅，中国也只有一个李白，中国也只有一个杜甫，中国也只有一个曹雪芹，只有一部《红楼梦》，而且只有八十回再加后续四十回，哪个作家都是只有一个，怎么能来俩，照抄也不好看啊。再想，英国只有一个莎士比亚，英国有俩莎士比亚？法国只有一个雨果，只有一个巴尔扎克。鲁迅有鲁迅的年代，鲁迅是作为一个精神的领袖，作为一个社会的良心，作为时代的一个代言人，作为一个青年的导师而出现的，原因就是那个时候这个社会已经没有权威，没有精神上的权威，他跟现在的情况也不一样了，我们现在很难设想现在的老百姓和青年学生，或者在座的中文系的学生，你们以嗷嗷待哺的心情等待着一位救星的到来，等待着一位精神导师的到来，说高举起你们的火炬跟着我走吧，有人跟你走吗？所以不同社会发展阶段，不同的社会状况下，人们对文学的期待也是不一样的。我们中国有一个传统，就是把很多东西尤其是把文学道德化，有些人对于文学的期待实际上是在期待着一个圣人，咱们现在还没有这样一个圣人，瞅活着的作家，谁的模样也不像圣人，也不像鲁迅，没有那么悲情，没有那么严肃，没有那么大的承担，但是说这话的人忘记了不同的时期，就在文学史上能够起到鲁迅这样的精神领袖的作用的作家也微乎其微，李白喜欢月，喜欢喝酒，杜甫好一点，叫诗圣，还有好多的也在那儿叹息,曹雪芹更不是,他丝毫没有,在他的作品里面并没有为天地立心,为生民立命这样的一种高姿态,外国的作家也是这样。

关于鲁迅和张爱玲

我再讲一个话题,我其实是讲我的困惑,在大家怀念鲁迅,谈鲁迅,思念鲁迅,阅读鲁迅的同时,不断的重复当然也会让人感到厌烦,与此同时也增加了对张爱玲的热度,张爱玲的写作有一种生动感,她对颜色的描绘很好,对有些人情世故的描写,特别是对于女性心理的描写十分不错,但是怎么会,有那么好吗?我实在是不懂,我也不知道,我希望待会儿有人能够对我进行一点儿教育,我已经下过多少次决心了,我既没有教条主义,也没有政审的意思,我也没在政治部门工作过,说是由于政治上对张爱玲不感兴趣,我找了她的书,我还上国家图书馆借了她的书,但是没有几篇我是认真地读得下来的,因为我需要更多的艺术的想象,我需要更深的对历史,包括对人生的思索。张爱玲说:"她说我要是没有发生过的事,我还是写不了的,我只能写发生过的事。"这个话对于一个作家来说是不是天真了一点?现在张爱玲已经快成了中国现代文学的代表了,我觉得有点悲哀,如果选择同时代女性作家的作品,我更愿意看丁玲的《莎菲女士的日记》,我觉得也很有意思。曾经有一段时间我们谈现当代文学,那个时候唯周扬马首是瞻,周扬怎么说的看讲义,但是现在至少有一半是唯夏志清马首是瞻,其实我们还是可以有自己不同的认识。

我在这儿讲了半天,介绍了一些情况,谈了许多自己的困惑,也是白白地耽误了大家的时间,非常对不起!

2009 年 9 月 27 日

当代中国文学的相关话题[*]

一 革命文学与革命后的文学

二十世纪中国最大的事件,是它的革命。这个革命有人对它有许多的批评,我们不讨论这个问题,但是这个革命是不可避免的,也没有人能停止,不能停止这个革命。

我对世界有这么一个印象,不知道对不对。就是在革命以前往往会有一个文学的高潮,在俄罗斯和在中国,都是这样。在十八世纪末或者十九世纪,一直延续到二十世纪初,俄罗斯曾经有一个非常强大的文学高潮,那些作家里头除了高尔基以外,并没有哪个人真正喜欢革命,但是他们在客观上对俄罗斯社会进行控诉和批判,准备了俄罗斯的革命。

在中国,"五四"以后的文学作品,也有一种特别强烈的社会批判的性质。比如说老舍,老舍在一九四九年以前,他不是一个共产主义者,他有的作品里头,还暗示着对共产主义的批评,比如说《猫城记》。但是老舍的《骆驼祥子》,在客观上给人一种印象,就是除了在中国搞一场革命,没有别的办法。巴金他也并不赞成共产主义的革命,但是巴金就直接在他的作品里——不管是《灭亡》还是《新生》,一直到《家》《春》《秋》——宣扬革命,而且宣扬俄国的虚无主义的

---

[*] 本文是作者在澳大利亚悉尼大学孔子学院的演讲。

革命,就是《夜未央》。《夜未央》写一个俄国的女革命家,她发一个信号,由她的情人去刺杀沙皇的一个将军,一个总督。而且这个刺杀用的是现今的人体炸弹方式,就是拉响一枚炸弹以后,和那个俄国将军一块死亡。而发这个信号的人,是苏菲亚式的革命家,她把一个花盆类的东西从楼上"啪"一推下来,然后那个革命者就把这枚炸弹一拉"叭"就爆炸了,巴金就是这样的。

冰心是淑女,她的出身是很高的,她的爸爸是将军,是清末的海军,参加过甲午战争。而且冰心是提倡爱,提倡赞美爱,提倡宽恕的。但是冰心的《到青龙桥去》和《去国》这两篇都表达了对中国社会绝对百分之百的失望、绝望。只有一个人对于作家和革命的关系明确地提出了一点质疑,就是鲁迅。鲁迅说革命文学兴起都是还没有革命的时候,真正革起命来了,没有文学家很多事(这个不是他的原话),没有很多事要做。他说革命的文学是赶不走孙传芳的,只有大炮才能赶走孙传芳。而且只有鲁迅说,革命的作家千万不要以为革命成功以后,革命的人民会端着面包和黄油,这很奇怪,他用的是面包和黄油,他用很洋的吃法,用的是悉尼吃早点的方法,他说是你不要以为革命成功以后,革命作家请你们吃面包和黄油,不会有这样的事情。

同时,我也时常感到一种困惑,就是革命后文学会碰到什么样的情况,碰到什么样的问题。到现在为止,这方面成功的经验并不多。

前几年在大陆还发生了这么一个不了了之的公案,就是有几个老的文化人,他们回忆说在一九五七年初,他们在上海,这些文化人曾经和毛泽东主席一起讨论一些文化问题。其中一个人就问,如果鲁迅活着会怎么样?据说是毛泽东说,如果鲁迅活着,也许在监狱里,也许他很自觉就不写东西了吧。但是呢,也有好多人认为这样说话是不负责任的,查不着这录音带,也不知道是不是真的。有好几个人说毛泽东是这么说的,也有鲁迅专家像陈漱渝先生到处写文章,批评这种说法,认为这种说法是非常不负责任的,留下来存疑吧。

之后我又找到一个例子，不仅仅中国是这样，南非的一个著名的作家，也是诺贝尔文学奖的获得者，他叫纳丁·戈迪默。一九八六年，我在美国纽约跟他一起开过会，他实在是非常有风度，他的每一句话都充满了使命感，而且他蹲过白人种族主义者的监狱，因为他替南非的黑人说话，他特别反感白人种族隔离政策。但是在南非，种族主义完蛋以后，纳尔逊·曼德拉上台以后，他的声音，当然他的年龄也大了，八十几岁了，他的声音慢慢就小了，而且去年他家里还被抢了，他的结婚戒指，那个抢匪要他这个戒指他不给，结果还挨了打。那些抢他的人，很可能是他当年为之奋斗的那些人中的。

所以看起来革命之后，文学怎么个文学法，比革命之前还麻烦。革命之前，"国家不幸诗家幸"，革命之前作家的一切愤怒，一切控诉，一切牢骚，一切促狭，都通向革命。鲁迅批评过很多人，有些人批评错了（从个人来说）。但是他整个都是通向革命的，所以他很伟大，而且符合人民的期待。可是革命之后呢，你马上再策动第二次革命，这个很恐怖的，没有几个国家能够每十年革一次命，或者每二十年发生一次内战，是非常困难的。

二　现代化和传统

第二个和这个有关系的，就是所谓现代化和传统。

中国二十世纪的，如果最重大的事件是它的革命，那么最重大的文化事件，我觉得是五四运动。"五四"的时候显示了我们国人有多么忧虑，有多么希望从中国的文化里头找出点东西来，能和现代性连接上，寻找的结果是非常的失望。所以"五四"时有过一些特别激烈的，现在看起来甚至有些匪夷所思的对中国传统文化的批评，这些批评也都有道理，不是没有道理。比如说鲁迅给青年的信，劝青年不要读中国书；钱玄同曾经建议废除中文，我没太看明白，废除中文以后，中国都改成英文吗？农民一见面Hi，我闹不清楚了。钱玄同当然更伟大的一点,人过四十,一律枪毙,这太伟大了。我已经快两个四十了,应该枪毙两次了。

三十年代的时候,在"左翼"作家联盟的指导下,有一批青年的"左翼"作家,他们发表过一个"拒写月亮"的宣言,就是说中国的文学没完没了地写月亮,写得太多了,这是真的。比写太阳多得多,比写大风多得多,各种月亮、月光,冰轮叫月光,有各种的说法,叫玉轮,还有什么很多很多的说法。所以我一直觉得可笑,我觉得这是中国的"左翼"太幼稚了,写月亮,月亮有什么毛病,我到现在还喜欢写月亮,我喜欢看月亮,看着月亮会产生很多自己酸溜溜的一些感觉和一些思想。但是直到上一个月我去澳门,澳门大学他们有一个对我作品的研讨会,有一个人发言,最后还把胡适的一首诗叫《新诗的誓言》,还是《新诗的誓词》给我,结果我才知道原来胡适先生《新诗的誓词》也有类似的意思,就是今后我们不再写月亮了,所以这个和意识形态,和政治制度,和党派的分野没有关系,从"左翼"作家联盟到胡适,都表示过,叫誓词、誓言哪,发誓今后不写月亮了,所以我们曾经对我们某些传统,我们用什么严厉的态度来进行批评,反对中国文学里头的或者文化里头的消极的东西太多,有很多很著名的论点。那些著名的论点其实都对,不是不对。鲁迅讲照相,说日本孩子一照相很张扬,是这样(笑),中国人照相都那样(笑),这都是讲得很好。

但是现在呢,这三十年风水轮流转,现在咱们传统文化是越来越看好,大家经过许多年抛弃传统文化以后呢,后来发现传统文化很好啊,讲的很多道理都是对的啊。孔夫子,其实他很合情合理的,对人际关系的规范,他说君臣、父子、夫妻、师生、朋友,这五伦都应该有自己的规范,他讲的很多话都是非常合情合理的,并不过分。他讲孝道,但是他说三年不改,三年以后你可以爱怎么改革就怎么改革,你保持三年,坚持老一代的路线也可以,这够灵活的了。所以大家现在又开始比较热衷于发扬这种传统的精神,传统的文化。而且有些东西我最喜欢举的例子就是汉字,我年轻的时候和"五四"那些健将们的思想完全一致,我认为汉字太落后了,汉字太复杂了,费那么大的劲,一个学生一直上到初中了,都还在那儿认字认不完,我现在也认不全,我现在仍然有念错别字的这种不良记录,你认不完的。毛泽东他有一些问题我们知道,很多人认为他是很乡土的、很古板的一个人,比如说他觉得要用硬床板,绝对不用席梦思,毛泽东去洗手间,绝对不用坐式的,一定要蹲着。但是毛泽东有些事情接受洋的事物。他有几件伟大的事,一个是他在"文革"当中,他有一个重要批示,就是美术学院画人体可以请模特,这是毛泽东的批示,他管到这儿来了,而且他很开放。还有一个呢,毛泽东他说汉字的出路在于拉丁化,中国曾经规定了官方的汉字改革政策,就是要改成拉丁化,但是到现在,汉字会拉丁化,几乎已经没有了,汉字绝不能拉丁化,汉字决定着中国文化的各个层面的特点,它的综合性,它的本质性,用汉字思维的人,和不用汉字思维的人,用拼音符号思维的人,思路是不一样的。尤其汉字的输入电脑的问题解决以后,汉字灭亡不了,相反汉字只要是一灭亡,中国也就亡了。

我常举一个例子,武汉有一个黄鹤楼,这个黄鹤楼其实是假的黄鹤楼,因为它不在原址,在修第一座武汉长江大桥时,由苏联专家帮助修的,就把原来黄鹤楼的遗址干掉了,就没有了。修黄鹤楼的时候木材不够用,所以它很多柱子是洋灰的,外面刷一点漆,这些地方都不行,但是黄鹤楼仍然取得了伟大的成功,原因就是有崔颢和李白的诗:"昔人已乘黄鹤去,此地空余黄鹤楼。黄鹤一去不复返,白云千载空悠悠。"有这么好的诗。李白的诗,"故人西辞黄鹤楼,烟花三月下扬州。"你哪怕建筑是假冒伪劣的,对不起,如果这里有湖北人的话,他回去罚我的款,但是李白和崔颢的诗是活着的,是真实的。但是你想象,如果李白和崔颢的诗完全以拉丁文拼出来什么样, HUANG(黄)HE(鹤)LOU(楼),没有这个效果了,只要有汉字在,只要有汉诗在,只要有中国的诗词在,中国这个国家的凝聚力是非常大的,你是改不掉汉字的。所以这些东西已经没有了,可是现在中国人很奇怪,咱们人也多,文化也不太高,什么事都跟着起哄。咱们这个汉字很好,大家现在也喜欢书法,大陆现在能书法的人也很多,我不知道咱悉尼华人也都会书法吧,有很多人都喜欢书法。但是现在反过来又刮一个风,把简体字都否定了,说为什么要搞简体,台湾地区全部是繁体字才是对的。这个也有点虚幻了,因为很简单,简体字并不是被政治左右,这和共产党没有关系,这从国民政府就开始有了,而且从历史上民间有各种各样的简体字,简体字是很有学问的。连当年胡适在台湾地区看到了大陆的简体字的方案,也是非常称赞的,因为那时候有一大批学者,里面有的是用民间的简体字,有的用老年间的简体字,比如树叶的叶,这个早在元朝就有这个字,而且这个"叶"不但是当树叶讲,也当第几页的页讲,其实简体字是有它的道理的,而且无须把简体字和繁体字对立起来,对不是自己的母语的人来说,学简体字又碰到繁体字,或者学完繁体字又碰到简体字有点麻烦,对于说母语的人来说,学完简体字再学繁体字,一两个月稍微看看就行了。如果学繁体字的人再学简体字就更容易。当然台湾变成了一个蓝绿阵营的操作,把简体字完全意识形态话了,这是完全没有必要的。所以我讲"五四",讲简体字呢,我的意思是说,我们今天重视传统文化,完全用不着回过头来骂"五四"。"五四"有"五四"的文化,也有"五四"新文化。如果我们中国现在保留的仍然是明朝和清朝的那样一个文化状态,如果我们的女性还在裹着小脚,我们的男人还都梳着辫子,如果说我们的科学技术,现在的学校都没有,所有小孩都是一上来先念"学而优则仕",我觉得这样中国早就灭亡了,所以新文化运动的洗礼是绝对必要的。

三　中国的文学创作状况

那么这里头又出来一个问题,说现在大家对中国当前的文学创作状况都是不太满意的。不太满意就是说,特别感动你的作品少。

我要开玩笑,我说中国当前的作家有两项原罪,第一项原罪就是没有当今的鲁迅,第二项原罪是拿着中国的国籍,而且户口在大陆的作家里头没有获得诺贝尔文学奖。这两条在有些人看来,说明中国作家太差劲了。首先是鲁迅,鲁迅的产生是有条件的。有个很好的作家,就是我的好朋友,但是他文章写得,让我真是毫无办法。他说中国的幸运在于有一个鲁迅,中国的不幸在于只有一个鲁迅。我说这是嘛话儿哪?所有的作家都是独一无二的,我们同样可以说,英国的幸运在于有一个莎士比亚,但是英国没什么不幸,相反他有仨莎士比亚倒是有点不幸,从一个作家同一种类型、同样的地位出来仨,这还了得。

有一年我在加拿大接受华文报纸的访问,我就说了这个。我说鲁迅只能有一个,不能有俩,也不能有仨,我说要有八个鲁迅可麻烦了这事。后来我这话在加拿大说的,但是现在资讯时代很快传到大陆,于是有一个,也是我的朋友,编历史书的,问为什么我挑战鲁迅呢?我说不能有八个鲁迅。他说天哪?!我说我们应该有八个鲁迅?反过来哪个作家都是唯一的,都不能重复的,不能克隆的,不能复制的,不能说有一个鲁迅,还有一个鲁迅,Second,Third,这个不可能的。你说托尔斯泰有俩吗?曹雪芹有俩吗?狄更斯有俩吗?莫泊桑有俩吗?巴尔扎克,谁是第二个巴尔扎克?塞万提斯,霍夫曼,司汤达,泰戈尔?哪个都是唯一的。为什么那些人动不动就想有第二个鲁迅呢,一个是由于心情的郁闷,希望有一个鲁迅式的人物能够适当地骂一骂,适当地发泄一下心里的不高兴。第二我们要想一想,鲁迅当时他处在一个什么情况,就是旧的中国在土崩瓦解,这种土崩瓦解的时候没有权威,而且一切的权威都受到怀疑。这个时候的鲁迅才变成一个精神导师,甚至于我说还不只是导师,他是精神的神才,是精神的救世者,他拯救人们的灵魂。在那个时代,巴金先生最喜欢举的例子就是高尔基写的丹柯,丹柯是一个俄罗斯的英雄,说是他和他部族的人深夜在森林里迷路了,什么都看不见。于是丹柯把自己的心从胸膛里拿出来,然后举着这颗心,这颗心放出了光亮,然后照着大家找到了路，走出了森林，这是俄罗斯的故事，这个故事很感人。但是因为我胆子比较小，我听这个故事的时候，一方面我很感动，一方面我多少有点害怕，我老在设想体验，这是一个最好的方法，但是不管怎么样，在那个时代，人们对作家有这么一个期待。所以我觉得一个作家他从接受美学角度讲，他们成为读者的导师，成为读者的精神领袖，成为读者的精神的救世主，这是需要双方面的条件，一个是这个作家本身非常伟大，第二是群众有这么一种期待。你只有在有所期待的时候，才能达到那样的一个境地，造成那样的影响。

所以呢，现在大陆这也常常是，中国现在有很多的名家，但是没有大家，他说的大家是什么意思呢，就是说能够成为一代精神的丰碑，精神的旗手，精神的火炬手，这样的作家没有。所以这个问题我也常常感到困惑，就是现在大陆这些老百姓，他们有几个人是那样嗷嗷待哺的等待着作家给他们喂精神的乳汁？现在看书的我一会儿再说，和那种心情不一样的。

我们再问一下，中国现在没有最伟大的作家？澳大利亚有吗？英国有吗？谁是现在英国的狄更斯？谁是现在英国的莎士比亚？俄国有吗？谁是现在俄国的托尔斯泰？法国，请告诉我谁是现在法国的巴尔扎克？谁是现在法国的雨果？谁是现在美国的惠特曼？谁是现在西班牙的塞万提斯？期待着作家成为自己的精神的父亲的这样的时代，也许已经过去了，也许以后还会再来。二○一二年不是世界就毁灭了吗？毁灭以后到二○三八年可能会出现一个，中国会出现。那时候二○三八年再现鲁迅。但是现在不是那样一种情况，没有那种情况，不存在那种期待。

而现在对文学的阅读，它的情况已经大大分散了，有的人阅读文学是为了寻找精神的力量和精神的旗帜，应该说还是有的，更多的人这是实话，现在更多的人读文学作品，带有一种消费的，你说休闲也好，消遣也好，或者好奇也好，有好奇心也好，或者解闷儿也好，或者由于飞机误点，不得不翻看也好，是这种性质。中国过去把文学曾经看得非常高，因为中国称作家，这一"家"就是成名。在其他的语言里头，很少有像中国这么高地谈论作家的。其实 writer 就是写字的。一九九三年我曾经应哈佛大学邀请在美国访问几个月，当时甚至有朋友给我建议，说你要自我介绍的时候，不要说自己是 writer，如果你要说你是 writer，会被认为你没有很固定的职业，也没有很固定的收入，你那个 credit card（信用卡）也许不能兑现，你不如说，你是大学里的 professor（教授），你实在没得说了，你说你是原部长，起码你还有社会保险，这个都是玩笑话了。但是中国把这个作家看得好像很重要，外国没有这种看法。我在新疆待过很长时间，新疆关于作家有两个词，其中一个是吸收了俄语变了一下，叫 писатель。他这个作家 писатель，但是记工员的也叫 писатель，所以我给他们记工，我在新疆劳动，他们说把那个作家叫来，我就很奇怪，我在这儿没敢以作家的身份出现，我表现得很乖的，怎么管我叫作家？后来我明白了，我是一个记工员，所以就是 писатель。我问了好多人，他们说日语里稍微高一点，把作家看得是这样，其他都不是这样。可一到中国没办法，他就老觉得，我读了你那么多的书，你既不是我的旗手，又不是我的火炬手，又不是我精神的奶妈，我又不想管你叫爸爸，又不想管你叫妈妈，他才对你非常失望。

四　市场经济，网络、多媒体和影视的发展，对文学的挑战

当然，我不是说现在作家写得都完美无缺，那么这里头又出来一个话题，一个什么话题呢，就是市场经济，网络、多媒体，尤其是影视的发展，对文学提出了什么样的挑战。

中国过去文学是有很多的问题，受政治的影响，受这个影响，受那个影响有很多，但是过去把作家看得非常高，作品也比较少。有一个统计，从一九四九年到一九六六年"文化大革命"开始，这十八年

间,一共出过长篇小说是二百零几部,平均每年能出个十二三部长篇小说,可是那时候人们阅读上,面临着是这么一个选择,要么你不读小说,要么你就读这十几本小说,所以那个时候随便一个小说,发行量都是非常大的。当时有所谓"三红一创",《红旗谱》《红日》《红岩》。我至今记得,发行《红岩》的时候是一九六〇年,当时经济非常困难,很多人吃不饱,但是王府井新华书店排队的人一直绕到东单去,而且谁手里头有一本《红岩》是他思想进步,追求革命的表现。认识新华书店的人,就手眼通天了。本人写过一篇小说,都和这个到处找《红岩》找不着有关,叫做《眼睛》。当时有一本《红岩》,那本身是一种身份,是一种地位,是一种红色的光环。就是其他的一些书,什么《烈火金刚》,比如通俗的《野火春风斗古城》《铁道游击队》,一发行就是一百多万册,那真是。所以到现在呢,大陆还有人说,现在的文学有什么好的,还不如那时候,那个时候大家一说《野火春风斗古城》《苦菜花》《保卫延安》《青春之歌》《林海雪原》《铁道游击队》,都可以说得出来。现在大陆每年出版新的长篇小说一千种左右,就是每一天两本半到三本新的长篇小说出来,我敢保证,现在大陆所有的出版家,包括什么出版总署的领导人员,没有一个人能清清楚楚告诉你,去年和今年出版了多少本长篇小说,只知道题目就行,不需要知道内容,没有人能够知道。一多了就物以稀为贵,一多了以后高低贵贱什么东西都有了,这是一部分,不光有这一部分。

还有网络上没发表的,网络上的东西就更多了,网络上有各种可爱的小说,尤其是青年人写的小说,不但有"八〇后",还有"九〇后"啊。现在低龄化也是受欢迎的一种,最低龄的有六七岁出诗集的,文学已经不是少数人能够垄断的东西了,满足各种不同人的需要。

大陆有一个盛大文学网,这个盛大文学网和它签约的作家已经超过五十个人,这五十个人里有二十个人,他们每年都靠在网上写小说,得到的收入都在几十万元以上,有的甚至百万。对于大陆物价来说,或者各个方面来说那也是很优厚的收入。我算不过来,这盛大文学网还聘请我做他们文学总顾问,我觉得做总顾问也很光荣,但是他在网上发表作品,这几十万块钱从哪儿来的我始终弄不清楚,广告费不会有那么多吧,点击是要钱的。

再一个很大一批作家写电视剧,现在大陆电视剧,因为大陆人多。今天我换了一个旅馆,我原来在Coogee那个旅馆里有十八种节目,那么你要在大陆住一个旅馆的话,你起码可以看到六十种到八十种节目,不管爱看和不爱看。现在作家就开始写电视剧,写电视剧有很大的影响,而且写电视剧一般都是四十集,最近大陆最多的就是写国共、国民党内"潜伏",你是中共的特殊工作人员,然后那边又是国民党的,有时候一个人同时又是中共的,又是国民党的,又是日本的,身兼三职的。由于《潜伏》受到欢迎,一打开电视到处都是。我根据那个一算,按北京市人口比例,至少现在有二十万个间谍。今天我们这样的一个会场上,至少有六个间谍。(笑)我希望待会儿那六位,晚上我们一块喝杯咖啡,提供一点素材,我写了新的电视剧以后,我把一半的稿费给你。写电视剧挣钱很多,曾经一集是两万块钱,还有三万的,还有五万的,还有六万的。如果你要把你的间谍故事告诉我,以我的名义写电视剧的话,我一集要六万,四十集是二百四十万,我将要分给你一百二十万元人民币,折合澳元有多少?不要以为我不精通这些。这样的话,大陆就出现了很多危言耸听的说法,小说快要灭亡了,大家都看电视剧去了。说文学快要灭亡了,下一代,大概也是二〇一二年过去以后,说人类就快灭亡了,小说灭亡了也没有关系了。就有这样一种稀奇古怪的说法。

说法没有关系,还有一个原因,就是由于中国社会的发展开放,现在传媒起的作用越来越大了,传媒也介入文学。传媒给你使一点劲,你本来不是特别优秀的作品,一下就可以。尤其是电视上给你一折腾,你的销量蒸蒸日上。传媒上还经常制造一点儿这个作家和那个作家的辩论,其实互相之间都没有什么关系,或者这个作家炒股取得了伟大胜利,但是到现在为止,传媒业,包括网上经常报道我一些奇怪的言论,那些言论我自己都觉得奇怪,但是有两条,一个是传媒没有报道我炒股,一个是传媒从来没有报道过我有任何的绯闻。

有一年在青岛开王蒙文学作品讨论会,张先生说,王蒙是一个没有绯闻的作家。张贤亮听了非常不服气,他底下就说,没有绯闻的人还想写小说。我要批判他这种说法,他非常的勇敢,他真正上台以后,他胆又小了,他改了调了。他说:都说王蒙没有绯闻,他不需要有绯闻嘛,是不是?他把全世界最好的女人都娶到手了。否则如果一个作家,他被异性所轻视、所抛弃、所背叛,再没有绯闻他怎么活下?成悲情作家了。

就是说现在对于作家在人们心目当中没有那么悲情。相反有另一面,我总觉得现在的作家更正常地成为读者的好朋友,知心人,他跟读者是平等的,他并不能拯救读者的灵魂。当然他也不希望自己毒害读者的心灵,但是起码是平等的,是一个友善的、亲和的作家,而不是一个在那儿发表宣言,号召拉响手榴弹的作家。因为这个社会跟社会情况是不一样的。抗日战争期间,我们唱"我们万众一心,冒着敌人的炮火前进,前进,前进进",我们听了以后热血沸腾,非常激昂,充满了正义感,充满了一种献身感。可是现在呢,大陆不存在和谁在那儿冒着他的炮火,你冒谁的炮火?冒澳大利亚的炮火?人家澳大利亚没有给你打炮,你冒台湾地区的炮火?人家台湾地区也没有这意思,现在关系还挺好。现在大陆比较关心的是改善国企经营,所以我就老想,现在要唱改善国企经营,唱一个浪漫主义的歌怎么唱"我们万众一心冒着赔钱的危险,经营,经营,再经营"?(笑)

所以不同的时代,不同的期待,不同的精神要求,出来的作品都不一样。所以这种情况之下,有一些精英作家很失落,尤其精英感很强的作家,有的很失落。觉得有一帮小娃娃写得乱七八糟的那些作品,瞎起哄,有什么好啊。而伟大的精英作家,有五个精英作家到一个地方去签名售书,没有多少人来签名。然后媒体的记者就问,这五个精英作家就轮流把中国读者骂一顿,中国的读者 no quality(素质太低），因此他们不能接受我们的作品。我说他们多傻啊，你骂读者还行？你骂读者更没人买你的书了。相反我就比较老奸巨猾，我比较有经验，你要签名售书，第一，你要晚到，假定规定两点钟签名售书，你两点十五分到，那儿已经排起一个队了。你来了以后你多神气啊，在那儿排着队。第二，一看没人你回头就跑，后面读者就追着，王先生、王老师，我这儿还有一本书呢，这你感觉就很好。我从来不骂读者，实际中国是一个文学的大国，再找不着别的国家像中国这么重视文学了，现代比古代都重视。中国的大地"不朽之盛世"，不得了。从曹丕那时就定了，都非常伟大。

中国到现在正式出版的纯文学刊物将近二百种，这是全世界在哪儿都找不到的。中国人口多，你在最不济的情况下，包括你自己买了以后送人，任何一本书也能印个两三千本，要印两三千本的话，在澳大利亚也还算不错了。如果说你稍微比例高一点的话，五万册，十万册也不算什么太困难的事情。中国还有那么多号称是作家的人，但是一个国家真正的好的作品其实并不需要那么多。我们有时候讲一个时代，如果说那个朝代那个时代，能有五个大作家，这个朝代就不得了了，如果有十个就是超级伟大了。要有三五部特别有名的书流传至今，这都是超级伟大的。所以我个人谈起中国的文学来，并不悲观。现在说中国的文学，作品也没有什么特别好的作品，你别着急，有些作品是这个朝代过去以后才被人所接受。伊朗的莪默·伽亚谟（Omar Khayyam），是他死了几十年后，才由英国的兄弟俩翻译成英语，才被捧起来，否则在他本国都没有什么地位。相反中国人有一种爱文学、敬文学，有这样一种传统，在汉字所构成的一首一首的诗，在汉字所构成的一篇一篇的文章，一本一本的小说里，它聚集了中国人那么多经验，那么多文化，那么多向往。所以我对中国文学仍然充满了信心，我想办法有机会就跟人抬杠，我不愿意让人家老骂中国当代文学，虽然不见得是专门骂我，但是我听到别人老在那儿批评中国当代文学，我心里难受，而且觉得不公平。因为他和环境时代都是有关系的。

（作者答与会者问）

问：王老师：我有三个问题。我小时候看过《青春万岁》，特别喜欢，后来我看过您的《自传》，我就觉得对您这个人很敬佩。然后我想知道您对三个作家的看法。第一个您对郁达夫怎么看？第二个对王小波怎么看，第三个对韩寒怎么看？

答：我先回答你第一个问题，因为我现在记性不好了，要是仨全忘了，我前面就忘了。郁达夫我也很喜欢读他的作品，但是还没有达到特别感动的程度。我很佩服他的，包括他的勇气，他表达自己的思想感情，还有他写的诗我都特别佩服。但是我不知道什么原因，他就不像我看某些人的作品，那些人写得很不如郁达夫，但是看了以后我就跟着共鸣特别厉害，我跟郁达夫不容易共鸣，我不知道什么原因。

第二个就是王小波。王小波的杂文、散文我看得多，而且我特别佩服他，因为他有种自然科学（的训练），他在英国待过，在美国待过，所以他这个人特别明白，我就觉得像王小波这么明白的人，在中国都屈指可数。我最喜欢看他的一篇文章，他讲比利时布鲁塞尔的厕所，他说布鲁塞尔的男厕所，男厕所里各种标语都有，各种政治口号。比如销毁核武器，这个厕所里绝对有。比如说男女一律平等，比如说给同性恋者与人权，比如说甚至某种政治都有。但是他觉得呢，布鲁塞尔人很多政治主张，在他解手的时候，写在周围，他始终怀疑这不是一个最好的办法，因为他认为一个人要想销毁核武器，你第一步要从马桶上站起来，然后要把自己的裤子系好，然后你出去以后，你该是集会还是组织游行还是组织请愿，比你写在马桶上面好一些。我看了这个文章我太佩服了，我觉得它的含义深。咱们伟大的中国这样的人也不少，就是专门善于在，不一定非得在马桶上，专门在喝酒的时候发表治国平天下高论，特别多。我就觉得难得有王小波这么一个明白的人。

他的夫人研究性问题，也提出过很多新鲜大胆的意见，这种意见在大陆目前还上不了台面，但是她可以在网上自由地通行和被讨论，我觉得中国还真是有进步，李银河博士可以那么露骨，那么地公开讨论一些问题。

第三个问题，韩寒。韩寒的书我没有看过，他经常爱发表许多意见，他有很多意见是对的，不是不对的。比如说我就很喜欢他的一个意见，他说二〇〇八年，中国奥运会金牌第一，这太好了，中国也该一回金牌第一了，要是没得过这一次，中国人闹心闹得厉害。老说我们是从鸦片战争被欺负，我们被说成是东亚病夫，到底全世界有几个人说过中国人是东亚病夫我也闹不清，也不像有些人说得那么多，类似这些意见都很好。还有一些意见，我觉得他的知识不够。为什么呢？比如说他抨击冰心，说冰心好像没有什么学问，说她这个《小橘灯》写得算什么。如果他了解冰心，只了解《小橘灯》，这就是他自己的可怜了，因为冰心对中国的贡献，第一是她最早的《寄小读者》，"儿童文学"在那个时候是"五四"以后新的开始，我的父母他们都是读冰心的《寄小读者》长大的。第二，冰心在新诗，在《春水》这些作品，是对新诗的贡献。第三，冰心翻译了泰戈尔，是冰心把泰戈尔，把《吉檀迦利》《飞鸟集》介绍到中国。第四，冰心翻译了纪伯伦，我说句不好听的话，韩寒可能连纪伯伦是谁都不知道，否则他不会那么批评冰心。纪伯伦的《沙与漠》是冰心翻译的。冰心在八十五岁的时候，因为纪伯伦是黎巴嫩人，黎巴嫩总统授予她全国最高勋章，是我当时和黎巴嫩的驻华大使，一同到医院给冰心授的勋。我觉得类似这些知识不够，气儿就太冲。老舍有一句话，说这人年轻的时候有牙，没花生豆。这人老了有花生豆没牙。所以像韩寒这样的人，就是牙多，花生豆少。像我这样的人，我现在花生豆到处都有，包括悉尼花生豆，我想吃多少就有多少，但是我牙已经不行了。

问：首先谢谢您这么精彩的讲座，别人一问我是哪里人，我回答是王蒙的老家。我想问，像河北这种文化，这种地域怎样？

答:是这样,我出生以后,就被家里边大人带回到南皮县里去了,在南皮县的潞灌乡龙堂村,这个龙堂用南皮话叫龙堂儿,所以我开始学说话,学的是河北南皮的话。我一直到现在,还可以说家乡的话,但我们家乡人喜欢吃梨和小枣,到处是梨园。还喜欢听河北梆子,所以到现在我也还爱听河北梆子。所以虽然我并没有许多时间在家乡待着,但是这个就是骨子里头遗传基因里头河北土土的农民的基因,还是有的。我也爱吃红薯,我出门老怕时间晚了,觉得飞机八点钟飞,我恨不得六点二十分就到那儿等着,这都是农民的土劲儿,一时半会儿也消灭不了。别看我能够全世界到处转悠,而且 sometimes I can speak English(有时能说英语)。

问:刚才您说到现在咱们的读者不存在一些期待中国的作家起到救世主这样的作用,那么我想到知识分子的边缘化,您觉得这个对中国是好的吗?

答:是。这个问题,这个世界上的事,只要你一说就肯定有毛病,中国不期待,中国太期待了,正因为太期待了,所以才不满意,所以有那么一面,过分期待。但是你说知识分子边缘化吗?现在你很难讲。因为目前的中国社会,正在一个发展和一个变化当中,许多知识分子,他们有的,当然比如说大学,现在最近这十几年二十几年,中国一大进步,就是大学比过去实力增强了,经费增多了,人员来的也多了,所以大学辐射作用也越来越大了,我认为这是非常重要的一件事情。

中国也有很多知识分子变成了公务员,变成了官员,还有很多知识分子变成了个体的、私营的企业的老板、董事长,他们在社会上都取得很多的作用。你说知识分子边缘化了,我还不敢苟同;你说他没有边缘化,我倒觉得把这个东西适当地分清楚点,参与决策的官员和你做学术研究讨论的,这中间应该有区别的。只有这样的话,才能保证知识分子更多言论自由,如果你的每一句话都像毛泽东说的,一言可以兴邦,一言可以丧邦,那咱们每一句话都得是按文件说了,那就麻烦了。所以呢,从另一面来说,特别是在大学这个环境,能有更多的学术讨论，有更多的和全世界的交流，和全世界的大学有各种各样学术的关系，这是一个比较好的事情。我想中国的知识分子呢，应该说比过去更加成熟，不那么悲情，不把事情看得那么简单，是一种成熟的表现。

但是说中国真正达到一种很理想的，比如说学者们、教授们、作家们、媒体的记者们都能够在社会上发挥一些健康的，而且是独立的自由的这样一个作用，那恐怕还有一段相当长的路要走。

问：您好，刚才我听了一个多小时您讲的主题《我与中国文学六十年》，我第一个感受，应该是在六十年前的文学，您觉得这方面对六十年后有何寓意？

答：这个咱们实话实说，我讲话的题目是不是我与中国文学六十年，至少我刚才讲的时候我忘记了。我是给大家介绍一下和当代文学有关的一些话题，我给记成那样了，能把题目改一下没关系。

问：《坚硬的稀粥》，您当时为什么会写出这样一篇小说，另外这个小说里面，为什么对民众的民主参与倾向存在一种悲观的看法？

答：其实这个小说远远没有你想得那么复杂，我原来也说过，我说我要去拉萨，当时拉萨文化局局长叫强巴平措。我们早晨吃饭，因为西藏人早上吃很多酥油，奶制品，对人体很健康的。但是和我一块去的文化部的一个工作人员，他只喝粥，因为平措局长表示，说我将来一定把你们汉族吃早饭喝粥的习惯改掉，说早上只喝粥的话太没营养。后来我就想到，我就设想，如果我们搞改革，如果改掉喝粥的习惯有多困难。因为当时有很多对改革的，特别轻易的说法。比如说观念更新，我就觉得这些话说得太廉价了，观念更新，观念更新谈何容易，是不是，你先把我衬衫更新了再说吧，你先把我住的房子更新了再说，就有很多类似的说法。所以我就带有一种玩笑的性质，我就想说，如果真是改掉喝粥的习惯，对中国人来说不容易。我的女儿最近特别恢复了天天喝粥的习惯，她是在荷兰得到硕士学位，在荷兰得到博士学位，但是她现在体会到，对于中国人来说，早晨喝大米粥就着咸菜,比什么都香,特别吃着舒服,我们说的是喝粥的小事情。但是我说的,很简单的。什么观念更新,什么松绑,那时候爱说的这些话,都不是像我们说得那么简单的,我觉得这一个事情能够变成一个什么情况都是非常复杂的。

我记得我在喝粥里还写了这个,因为我和很多人讨论这个,他们说中国人缺少 private 这种观念,就是隐私的观念。我就觉得隐私的观念,首先是因为中国人住房不够,没有隐私。有什么隐私,一条大炕,婆婆、公公、儿子、儿媳妇,然后是孙子,全都在一条炕上怎么隐私?非常的困难。所以世界上许许多多的事,我相信澳大利亚有许多非常美好的观念,但是澳大利亚两千万人,如果澳大利亚这两千万人乘以五十,变成十亿人呢,我相信有些观念也不一样。我们现在这个房间,大概是一百五十个人,一百五十个人你们所享受到的自由已经受到了很多剥夺很多限制,比如说你不好在这个房间里吸烟,你也不好在这个房间里很大声地打个喷嚏,或者打个哈欠。如果这个房间现在变成了一千个人呢,我们继续在这个房间里,不管什么原因,我就知道世界上很多事,不是你想怎么样就能怎么样,不是你更新观念就行的。如果用喝粥和喝牛奶相比,好像喝牛奶营养更高,但是日本人和台湾同胞都在那儿说,都劝大家少喝牛奶,我看过一个日本大夫写的,他说他本人在欧美,他是专门研究大肠疾病的,他光看欧美人的肠子看了多少万条,那么他看亚洲人的肠子多少万条,亚洲人的肠子长得好,人家不喝那么多牛奶,尤其不吃牛肉,谁知道是真的假的。我原来特别崇拜喝牛奶,我天天饭都可以不吃,必喝牛奶。最近我受到他的影响,我每三天喝一次牛奶,也就差不多了。所以喝粥的问题也是一样,也许喝粥吃咸菜,某些时候比喝牛奶吃 cheese(奶酪)还好,谁知道,感情嘛都吃点儿。

问:我是代表好多老师来的,因为您二〇〇六年的一篇演讲,叫《全球视角下的中国文化》。然后被这边选作二〇〇九年到二〇一三年高考必读的一篇材料,老师教的过程中也有些问题,这个话题特别有意思，因为到现在看起来，我们还是觉得非常有意思。所以老师们带了很多的问题，我先代表提一个，一九一九年和二〇〇〇年，这个前后都是外国力量对中国影响特别大的，我特别想知道，这两个年代对中国的影响有什么不同？

答：是这样子，中国的文化受到巨大的冲击，而且尤其是一些中国的所谓有心人、有识之士对中国文化产生怀疑，而且希望大量的能够接受全球化的影响，希望中国的文化能够有一个创造性的更新，"创造性的更新"，这是在美国威斯康星的一个台湾背景的学者，他是我的小学同学叫林毓生提出来的。就是说中国文化不需要的，当然不是对它的抛弃，也不可能抛弃，也不是固守，而是创造性的更新，他讲了这么几次大的潮流。这几次大的潮流，比如晚清时候也有过很大的潮流，戊戌变法。这个戊戌变法的时候已经提出许多吸收外国的东西，比如办学校办学堂，不办私塾，取消科举制度，另外发展中国的实业，实业救国，就是刚才那个同学说的我的老乡张之洞，张之洞他本身要做，他现在被封为中国现代冶金工业的奠基人，这个提得也是非常高的，那时候就有。

一九一九年也是一次非常大的冲击，就是各种各样的思潮，包括共产主义的思潮，马克思主义的思潮，《共产党宣言》都是"五四"前后传过来的。所以毛泽东有名言，就说把"五四"的新文化运动，作为马克思主义开始在中国传播的一个开始。后来你说的这种情况，就是改革开放的年间，我不记得我是不是专门说过二〇〇〇年，但是就是在改革开放又是一次很大的冲击。改革开放当中，要求开放。我刚才提到观念更新，关于自由竞争，经济上的自由竞争，什么小政府大社会，许许多多新的词儿也都出现了，一直到生活方式上。所以这些中国是不断地吸收着从世界得来这种新的思潮的冲击。但是我谈那个话题的一个观点是什么，就是中国的文化并不拒绝吸收这些东西，它可以吸收，也可以消化，仍然变成中国文化的一部分，而不是说它吸收这些东西就不是中国文化了，变成外国文化了，这不可能。

从历史上所谓少数民族入主中原,都是不断带来各种新的元素,新的东西,我就是这个意思。

问:我主要想知道您讲的革命前、革命后,文学在这之前,中国产生了像巴金、老舍等等。但是在革命以后,就是您这一代出来了,像当代文学家们等等,这些作家出来之后,他们究竟能不能在历史上留下像老舍、巴金,或者是茅盾这样的各种光环。我还想知道,您对最近中国作家在世界上的影响怎么看?我认为有一个作家,他的作品也非常精彩,比如莫言的,您对他怎么看?

答:我告诉你们,莫言是非常有想象力的作家,而且他能把他自己在山东农村的生活经验和那种很奇特的文学想象结合在一起。根据我统计的结果,目前中国的当代作家作品,被翻译介绍到国外的数量最大的是莫言。莫言是 No.1,我是 No.2。莫言当然是一个很优秀的作家,但是也有人批评,莫言想象得快,所以在具体的构建时候写得不够细腻和细致,我想这样的批评也是有一定的道理的。至于说我们的今后,我们在中国文学史上会留下什么样的光环,这我确实没有想过,我也无从想起。我很难设想,比如说二〇八〇年悉尼大学举行一个王蒙追思会?我吃饱了撑的我想那干吗呀,我从来没有想过。但是作家的创作,这些,"文章千古事,得失寸心知"。

有的时候会忽然被想念的,也有时候会被遗忘的。有时候他会被误解,有时候又会被突然捧上天去,包括我自己,也包括许多许多的人,和这个作家本身关系并不大。他只能尽他自己的力量,把自己的作品写好,他自己尽力把它写好。写好了以后人家别人还觉得不满意,那真是一点儿辙都没有。所以我觉得也不必过于操心。现在孔子的话,未知生焉知死。你活着这么多麻烦还没解决,你账单还没付清呢,你还考虑二百年以后,文学史怎么写你,我不操这份儿心。

问:王老师您好,我是一名来自新疆的学生,我知道您曾经在新疆生活了很长时间,想知道这段生活对您有什么影响?

答:我从一九六三年到一九七九年在新疆生活了十七年,一半时间在伊犁,一半时间在乌鲁木齐。我最得意的事情之一,就是在新疆学会了维吾尔语,我的维吾尔语 much better than English(比英语好一点),我跟维吾尔族的很多知识分子、诗人朋友在一起生活,我也和很多维吾尔族的农民在一起。今年我回到我劳动过的农村,还有一些老农,他们见到我都跟我热烈拥抱痛哭失声,因为我们都是老哥们儿了,是这样的。所以我很喜欢新疆,我也永远对新疆怀着最美好的祝福。

问:二十八年前我见过您,今天您仍很健康。您怎么看王朔?

答:关于王朔我也写过文章。王朔这几年因为身体不好或者什么,他的作品比较少,当年他也算给中国的文学带来一种新的不同的说法,尽管有很多人对他的说法不满意,因为过去我就说了,中国的文学都是把作家看得好像站得比较高的,登高一呼,要教育群众的。但是王朔摆着一个什么心态呢,写小说他先蹲下,他比你矮,他老摆出这个姿态,他说了很多贬低文学的话,使得好的文学家就受不了。比如他说什么叫文学,文学就是码字儿呗,码,把这个字一个一个码,香港叫爬格子,类似的这些。

另外他还说过这种话,说过去作家里头有不少的流氓,现在流氓里面大部分都是作家。这个东西也不能够很认真去对待它,你如果非常认真对待它,你会感到很愤怒,你可以要求他提供证据,从全国的著名流氓中,找出有多少个会写小说的,多少会写诗的。他有时候是这样一种,就是大家都是在那儿,北京话叫拔份儿。我诚心把自己贬得低低的。

还有一句话被别人抓住骂,"我是流氓我怕谁"。后来又一张报纸,就是驳斥他这话。有一个人写了一篇文章叫《我是英雄我怕谁》,"我是流氓我怕谁"这个话像流氓说的,"我是英雄我怕谁"这不像英雄说的。英雄哪有这么说话的,但是现在他的作品比较少了。由于我相对还说过王朔一点儿好话,我也得罪了很多人,我也喜欢引用德国诺贝尔文学奖得主君特·格拉斯的话,法国《世界报》问他为什么写作,他回答是因为别的事都没干成。他就这么回答问题,后来我想也不能说他说得不对,他要当选德国总统,也不见得写小说了,如果他是德国足球队的守门员叫科恩的什么的,他说我要是那守门员,我也认为守住一个球比写一本小说还有意思。我就特别喜欢引用他这话,我一引用他这话,就得罪了不少使命感非常强的精英作家,说什么这种话别人说可以,你堂堂王某人怎么能够引用说出这种话呢,你别的事都没办成?

问:大家听您讲话都是很幽默,而且您的自传我也看了两部,我很感动。我之所以到台湾来,就是受八十年代您写的《海的梦》,您写的书真的对我一生来讲都是很大的影响。我想问一个问题是,我有个老朋友,他是写《文化苦旅》时我们认识的,他的太太是我们安徽的马兰,结婚的时候,我很佩服他。他后来成为一种现象,刚才您也谈到炒股问题,我想问一下,已经成为一种现象,想听听您对这个人怎么看。不管怎么说,余秋雨在海外很多的华文作家里面,他的名声还超过您,就是这种现象,国内大作家们像您怎么看他?

答:我没有任何的看法,因为每一个作家跟每一个作家情况确实有很大的不同,有的一直生活在书斋里,比如像冯宗璞的爸爸是冯友兰教授,他长期是住在北大的校园里,他非常的高雅。也有的作家,比如像我这样的,我因为从小被卷入了许多政治生活上的事情,所以我对政治就有难分难解的关系,我并不要求别人跟我一样,我也希望别人能够理解我,我有我的生活道路。余秋雨呢,他有他的生活道路,他的作品在海外,尤其受到非常热烈的欢迎,他在台湾地区是特别受欢迎的,在香港也特别受欢迎。他的很多散文我也读过,我觉得看着都很顺畅、都很舒服。更深的情况,至于他炒股不炒股,我们没有评论的必要。尤其我,我没有评论的资格,我也没炒过股,我看着人家赚了很多钱也很羡慕,但是我也无意向人家借钱,我用我的方法,我就用码字儿、爬格子,多少也还可以增加一些收入,在大陆,我的生活也是很好的。

那网上公布的，不知道真的假的，根据什么的。余秋雨是大陆作家收入最丰的一个，他是第一。它把我列了一个好像第十四名，第十四名不如第一名，但是比第十五名还强一点。所以我觉得 I'm also successful（我仍然是成功的）。

问：您的《全球视角下的中国文化》因为是我们高中的课文，我的问题就是说，经历了五四运动，经历了改革开放变迁以后，在全球化道路冲击下，中国文化如何调整自己发展的方向，然后中国文化如何在全球化过程中保持自我，有自己的独立性？因为现在美国文化是如此强大。

答：我是觉得这样，我并不主张把一个民族文化的观念和全球文化的观念对立起来，因为文化如果没有多样性，文字和语言没有多样性，那么这个世界变得太枯燥、太乏味了，尤其中国很独特的汉字，像我说的黄鹤楼诗词这样的东西，你就很难把它用英语、用西班牙语、用拉丁语，或者是用阿拉伯语、用波斯语加以表现的。所以民族性给文化以很大的特色和魅力。

但是我同样也不认为这个东西是互相抵触的，并不抵触。我们有一句话，越是民族的，就越是世界的。就是你既有很明确的民族特点，在世界上才有你的价值，这个话是对的。我在讲话里、文章里都举到一些例子。比如说撒切尔夫人和美国原来的安全顾问布尔津斯基，他们对中国的改革一直看好，而对苏联和东欧国家的改革不看好，他认为中国有一种独特的文化。可是反过来说呢，我觉得同样有一个命题也是能够成立的，我们讲得很少。就是你是世界的，你才能是民族的。就是你的这些观念能够被世界所认同，能够被世界所接受，你能够符合赶上世界之潮流，用孙中山的话，就是世界潮流浩浩荡荡，顺之则昌，逆之则亡。你在这样的一种情况之下，你就能够被接受。比如说我们申请的那些非物质文化遗产，有些是民族性非常强的。比如说昆曲，比如说新疆的"十二木卡姆"，就是民族性非常强的，同时表达了人性，表达了人的这些情感，所以它又是被世界所接受的,所以我是特别不赞成在文化上画地为牢,自己限制自己。你要自己限制自己,就把你的文化变成博物馆的文化了,同样,我也不赞成盲目地照搬外国的东西。比如刚才我谈汉字。我已经表达了我的观点。

问:我提一个有趣的问题,您能回答就回答,不能回答就算了。

答:你说吧,我没有不能回答的问题。

问:一九八四年,我和周而复有合作。但是我到了海外以后,听说周而复他在日本犯了错误,这个错误关系到我。我想知道这事。

答:一九八六年的时候,曾经公布过对周而复开除党籍的处理,大概的事情就是说他在日本的时候,他去看过靖国神社等这一类的事,是不是还看了什么三级片之类的,反正是这一类的事。但是他自己呢有一个解释,就是因为他写的抗日战争小说里面叫《长江万里图》,他专门有几页都是描写靖国神社的,他是为了写作而去看靖国神社的,大概有这么一个事情。

但是后来呢,应该说还好,后来他又给中央的有关领导写了信,把他开除党籍的惩罚,改成了留党查看了,当然在批下来的时候,他早就过了察看年限,所以他就又恢复了党籍,他一直耿耿于怀,每天在为这件事而奋斗。最后这个问题解决了,他也恢复了党籍了,他得到很大的安慰,结果过了一年多,他就溘然长逝了。另外,他的字也写得非常好,你有他的字也好,有他的画也好,有他的手稿也好,仍然都是非常有价值的,不会受任何影响,你拿到大陆去拍卖,不会受任何的影响。

问:您在文章里提到"六合之外,存而不论",能不能解释一下反映什么样的理念?

答:其实李泽厚先生有很多地方讲,中国所谓实用性,这就是说他更重视的是实际的修身齐家治国平天下,有用处的,有意义的这些东西,所以他对"六合之外,存而不论","未知生焉知死",他回避这些特别终极性的讨论,这是儒家。但是老庄特别喜欢讨论这些东西的问题，儒家更多注意的是实用有意义的，我们已经有的规范，已经有的价值标准，就这个意思。

问：您能不能谈谈您和您周围的人对"六四"的看法。

答："六四"事情已经过去二十年了吧，我们现在让历史学家慢慢研究去吧，我们还是希望中国能够有一个比较健康的，比较正常的发展，在这方面我实在没有很多新鲜见解可以供你参考。

问：现在有个很流行的提法：软实力。我们看到门口牌子有一个孔子学院，是中国教育部门在世界上有很多交流合作，在世界各地创办的孔子学院，我想问一下您对这种文化上的输出有什么看法，尤其中国传统文化的输出。

答："软实力"这词从外国学的，中国人没有这个说法。我个人也认为文化更重要的是有效性，就是能帮助你接受这种文化，提高自己的生活质量，这是我觉得最重要的。至于文化的输出引进，我个人并不特别欣赏这些词，因为文化毕竟不是商品，比如说你要是中国进口一万双意大利皮鞋，你用了一千双穿坏了，那么你必须再进口一千双才能够有一万双意大利皮鞋。但是你从意大利进口的是制鞋的文化，包括科学、技术、理念，然后结合中国人的脚丫子，设计制定出一个中国式的制皮鞋的方法，这种方法可能制造的不是一万双，而是一亿双皮鞋。所以这个从来都是互相影响的。就是语言上也一样。

有许多的语言，china——瓷器，包括台风，这是中文出去的。我们英文接受进来的词也很多，比如说沙发。我个人也并不是特别地喜欢说什么文化输出。比如我今天在这儿讲话，我在输出呢还是在引进呢，我不知道，我听了你们的话。但是很多留学生到这儿来学习，你们是在学习澳大利亚的文化，但是反过来说，你们的口味，你们的行为，你们的这些做法，肯定对澳大利亚也会有一些影响，所以谁愿意从软实力角度研究就去研究，你不从软实力研究就作为一种交流和相互的影响吧。

2009 年 11 月 28 日

泛漫与经典:当前文艺生活一瞥*

我今天谈的内容不太容易概括,"泛漫与经典"的"泛漫"其实是我找的一个中性的词,因为如果我用"大众化",那就是一个正面的词,用"文艺的民主"就更是一个正面的词,如果用"泛滥"那就是一个负面的词了。而我之所以用"泛漫",就是为了把自己的倾向藏起来。如果你们弄不清楚什么叫"泛漫",那么等听完就知道了。"经典"这个词大家当然都明白。实际上今天我要讲的内容用一个不怎么科学的词来说,就是讨论"文运"问题,国有国运,人有人运,商有商运,那么文化生活、文学也有它自己的命运和处境。

一 中国文学的济世传统

中国文学有一个济世传统,也就是说文学应该对世道、人心、社会起一点好的作用。中国有一个关于戏剧的说法——"不关风化体,纵好也枉然",就是说如果戏剧不能够对民风、民俗和人的教化起好的作用,那即使再好也是徒然。我们讲的"文以载道""诗以言志"都是说文学,包括戏剧、民歌等有一种教化作用。

最早用"济世"这个词的是庄子,他说:"数米而炊,窃窃乎又何足以济世哉!"就是说做饭的时候如果小里小气地数着米粒做,那样

---

* 本文是作者在绍兴文理学院的演讲。

是不可能对这个世道有什么真正好处的。周恩来年轻的时候在"大江歌罢掉头东"这首诗里也用到了"济世","大江歌罢掉头东,邃密群科济世穷。面壁十年图破壁,难酬蹈海亦英雄"。他说一个年轻的革命家"面壁十年图破壁"——追寻革命的真理、救国的道路,但"邃密群科济世穷",对一门门学科进行研究却总是感觉找不到救国家、救社会的方法,这些都表达了济世情怀。

当然任何传统都不是单方面的,人们既把文学看成济世的东西,或者用曹丕的话来说就是"文章者,经国之大业,不朽之盛事也",但有时候又贬低文学,"风月无边"就说文学是讲风花雪月的。现在大陆已经很少看到这些材料了,我在香港一家图书馆里看到一个材料说,上世纪三十年代的时候,上海有一批左翼文学家发表过"不写月亮"的宣言,说中国的文学没完没了地写月亮,写得太多了,因此这些左翼文学家就发誓再也不写月亮了。一开始我觉得这些中国的左翼作家太幼稚了,写月亮有什么毛病,我到现在还喜欢写月亮,喜欢看月亮,看着月亮会产生很多酸溜溜的感觉和一些思想;后来我才知道,不仅左翼文学发表过这样的观点,连胡适都发表过类似的观点,胡适《新诗的誓词》也有包含"不写月亮"的意思,就是今后不要再写什么春花秋月了。

二 "五四":从启蒙到革命

到了近现代,由于中国面临着生死存亡的危机,这种"济世"文学在五四运动以后形成了一个高潮——从启蒙到革命,文学成为一个启蒙和宣传革命、振奋民心的利器。不管是中国还是世界,文学的高潮迭起,要是把它简单化一点,也许我们会注意到——希腊神话、史诗或者中国的《诗经》《楚辞》和汉赋等,这些都是古典的高潮。但是我们也不能回避在十九、二十世纪随着批判现实主义的发展带来的一个高潮——文学关注的是社会的不公正、阶级压迫,不管是开始的欧洲还是后来的中国,都形成了一个具有悲情的社会批判意识的高潮,大量文艺作品出现。这可以通过回顾"五四"时期一大批文人、作家来了解。

有一种说法认为,"五四"以后的一段时期是文学和艺术的黄金时代、高峰期,应该是"国家不幸诗家幸"或者说"国家不幸学家幸"的时期。"五四"以后中国社会非常混乱,找不到一条自己的发展道路,找不到一条摆脱丧权辱国、割地赔款、分裂、欺压、国无宁日的道路,可也就是这时候,文学、艺术相当活跃而且充满激情。绍兴是鲁迅的故乡,那就不必说了——"鲁郭茅巴老曹"就曾经掀起过一个非常辉煌的潮流。当然胡适在中国现代文学的地位也越来越得到承认,还有些过去左翼文学不多讲的比如沈从文、张爱玲这几年也越来越热。总的来说,左翼文学、艺术占突出地位。毛泽东在《新民主主义论》里有这么一个估计:国民党政府对革命人民一方面进行军事围剿,另一方面进行文化围剿,军事围剿并没能消灭革命的力量,而文化围剿一上来反动的势力就失败了。

关于文化围剿,我说一个故事。据说有一批老延安的歌唱家聚会,聚会中酒过三巡后兴奋起来了,有一位革命歌唱家忽然一拍桌子说:"中国革命是怎么胜利的?不要以为是靠军队取得胜利的,革命的军队和反革命的军队相比,数量少又不太会打仗,武器也不行,是靠唱歌唱胜利的,我们所有好的歌曲都在歌颂革命、讲人民的痛苦与不幸。"这个说法很有趣,中国自古就把军事的胜利、失败同唱歌联系在一起,一支军队或者某个政治力量失败了,会说"四面楚歌","四面楚歌"就是指失败了,所以胜负的标志是唱歌,至于歌是谁唱、谁听,就不仔细分析了。

一九九三年我去台湾,和一位诗人说到这个话题的时候,他非常赞成我的说法。他说:"我们在台湾就有这种体会,我在上学阶段去春游的时候,发现我们无歌可唱。比如我唱贺绿汀的《清流》'门前一道清流,夹岸两行垂柳,风景年年依旧,只有那流水总是一去不回头,流水啊,请你莫把光阴带走',心想这首歌应该没有什么政治内容,但是刚一唱别人就让我别唱了,说贺绿汀是共产党——他是上海音乐学院院长、中国音乐家协会副主席,所以这首歌不能唱。然后我唱了一首东北民歌,又有人说'别唱了,别唱了,这首歌是唱土地改革的歌'。我们就是无歌可唱。"

回过头来看文学就更明显,有些文人本身并没有参与革命活动,比如谢冰心,她的出身非常高,爸爸是清朝时期海军军官,她是中国最早到美国威尔斯利女子大学留学的学生之一。老舍本身也并不怎么赞成中国的革命,但是他们的作品在客观上都给人这样一种感觉:如果不彻底地搞一场翻天覆地的革命的话,中国就没希望了。冰心除了写《寄小读者》《大海》《母爱》《笑》以外,还写过《英士去国》,写的是一个留学生回到旧中国后发现自己不可能做任何有益于人民的事情,所以就又出国走了。冰心还写过另外一部散文《到青龙桥去》,写的是军阀战争以后北京青龙桥上伤兵横七竖八的情况。至于老舍的《骆驼祥子》,你看完以后,它会使你变成共产党,虽然当时老舍并不是很赞成共产主义,但当时的情况是那样的。所以文学和艺术就会往这个方面发展。

但是革命以后会是什么样呢?没有人想过这个问题,只有鲁迅对作家和革命的关系明确地提出了一点质疑。鲁迅说,革命文学很多的地方,都是还没有革命的时候,真正革起命来,就没有文学家多少事了,文学家没有很多事要做。这不是他的原话。他说革命的文学是赶不走孙传芳的,只有大炮才能赶走孙传芳。而且只有鲁迅说,革命的作家千万不要以为革命成功以后,革命的人民会端着面包和黄油——很奇怪,他用的是"面包和黄油",用的是很洋的吃法,用的是西餐吃早点的方法——他说不要以为革命成功以后,革命作家会被请吃面包和黄油,不会有这样的事情。

我从少年时代就特别积极地追求和向往革命,但看了鲁迅这两段话后又觉得特别扫兴。我想这世上哪里还有比革命更伟大的事情,比如我们唱苏联的歌"兄弟们向太阳,向自由,向着那光明的路,你看那黑暗已消灭,万丈光芒在前头",中国的歌"我们的青春像烈火般的鲜红,燃烧在充满荆棘的原野。我们的青春像海燕般的英勇,飞翔在暴风雨的天空",要求的就是这种革命的"煽动",那为什么鲁迅要给我们泄气呢?为什么告诉我们要是真革命了就顾不上文学了,就算革命真胜利了也没人端面包、黄油给我们吃?其实我当时也没想让别人端面包给我吃,就是觉得扫兴。

此外,还有一些作家,像丁玲、艾青,他们本来是在非解放区的,但也已经很有名气了,后来才到了延安,还有解放区的老作家像赵树理等,写出了比较"革命"的作品。

一直到一九四九年以后,这样的文学、艺术的高度意识形态化变成了一种政治动员的力量,变成了政治上的一股激发、推动的力量,一直是这样。这样的文学的局限性是排他性大、简单的煽情,一厢情愿地对生活的反映,而它们的长处是批判性、尖锐性、严肃性、激情性。至于曲折的过程我就不说了。

三 改革开放以来文艺格局的泛漫化

改革开放三十多年以来,我们的文艺生活或者说"文运"已经发生了非常大的变化。

首先,市场系统、文化消费观念进入文化生活。不再是每一部文学作品都动员你去革命,而是有了大量的所谓消遣、休闲、调剂、好奇、揭秘、时尚、八卦的东西,不管你喜不喜欢,它已经来了,你可以不喜欢,因为自然会有别人喜欢。所以为什么我刚刚一上来就讲"泛漫",因为我们的文学格局已经大大地泛漫化了。比如全国最流行的杂志是《读者》,它的发行量越来越大,一直是几百万份。《读者》就是用所谓的"白领",有时候再带点"小资"的趣味,保持着一种文明但是又相对轻松、容易被接受的姿态,里面也有一点讽刺,但是也不太多,总而言之,非常生动好读。

类似的成功作品还有很多。过去有很多妇联杂志很发愁,因为发行量很有限,但是现在很多省妇联办的杂志变成了最畅销的品种之一,比如广东的《家庭》,湖北的《知音》。至于电影里票房最好的,贺岁片就非常成功。像《三枪拍案惊奇》,一方面有很多人骂它,另一方面它在商业上算是成功的——票房、各种营销策略、炒作策略等都很好。所以文艺并不是少数天才、大家的专利,市场的"手"正把文艺搞得铺天盖地。反而当年红极一时的像《人民文学》《收获》这些杂志的销量就降低了非常多。

另外,一些相对比较通俗的节目由于视听媒体的力量,变得越来越重要,比如春晚。在"文革"结束没多久的时候,春晚是一个大家批评或者说控诉"文革"十年动乱所带来的民不聊生局面的场合,有很多带有尖锐的批评与讽刺的节目,比如当时大家很喜欢的节目之一《如此照相》。但是后来,春晚越来越多的是小品,每次春晚之后报纸上就会有零零星星的对春晚的批评,然后电视台就要作一个非常高调的报道:"本次春晚受到了观众热烈的赞扬,根据调查,百分之九十八点二的人认为本次春晚是成功的。"每次都是这样。

过去没有电视小品这样一种艺术形式,但是现在它已经成为电视传播上的一个主力,造就了许多明星。有开玩笑的说法,几位老领导坐在一起说:"中国历史上有楚辞、汉赋、唐诗、宋词、元曲、明清小说,那将来要记载我们今天最兴旺的文学,应该是什么呢?"另一个人就回答说:"现在最兴旺的就是小品和段子。"段子是手机段子,我就不多说了。

目前,文艺的受众大量增加,传播手段大大的丰富和便利,传播的功能覆盖全国的每一个角落,文艺品类与产品空前增加、受众的参与性大大扩大,现在电视观众、网民、电话手机用户,数量不知道比过去影剧院的观众、报刊的读者增加了几十还是几百倍。这就是我说的泛漫化。但是泛漫了不等于提高了,受众的数量与本身价值并不能画等号。文艺的成品不仅要看一时的受众,还要接受时间与其深刻性、创造性、后续影响力的考验。有些畅销的东西,最后不过是垃圾而已。同样有些一开始不甚被理解的东西,终于成为我们民族文化宝库中的瑰宝。

四　网络文学与"八〇后"

在某种意义上,可以说网络改变了我们文艺生活的格局,就是说文艺不再是少数几个文艺人、文艺团体的事,而是人人都可以参与的事,人人都可以是作家。你可以写博客,这样就会有点击率,当你的点击率达到一定程度后,网站还可能给你报酬。现在在网上以写作为主的人也不少,尤其是青年人很喜欢利用网络。而且如今网络技术也有了新的发展,比如电子书。理论上我对电子写作或者网上写作是很支持的,我现在就担任着盛大文学网总顾问等职务,不过由于年岁大了,视力也不好,我没看过太多,但我一直都是很支持的。

除了网上写作,现在还有低龄写作现象。刚才一个朋友跟我说,有人十六岁就出书了。在我的印象里,还有比十六岁更小出书的,中国现在出诗集年龄最小的是五岁。这种现象非常难评论。其实五岁的孩子还属于儿童时期,按照幼儿园收孩子的标准即年龄在三岁至七岁之间,这样的孩子可能有上亿——我不知道自己算得对不对,你们帮我算一算——上亿孩子里有一个孩子出了诗集,这个比例比飞机失事的比例还小。很难分析这到底是怎么回事,可事实上它就存在,所以文艺与我们脑子里原来想的东西相比好像有点变化。

再说一些数字。从一九四九年到一九六六年"文化大革命"以前的这十九年里,全国出的长篇小说是两百部左右,也就是平均每年出十一或十二部书,而现在全国每年出的长篇小说——不算网上的,只算纸质的——有一千多部,如果再加上网上的,那就更多了。而且网上的阅读量也不见得比纸质的少,有些专门在网上写作的人说他们年收入都在十万元以上,虽然不算特别多,但也总比打工或者干一些别的好一点。

一方面文学越来越泛滥,另一方面各种各样的商业行为都充分利用文学这种形式。我有一个小孙子,我教他念白居易的诗"离离原上草,一岁一枯荣",还没等我念完,他就说"我知道我知道,这是治脚气的药",因为有一种脚气药的广告词就是"离离原上草,一岁一枯荣",大概是想表达脚气一直治不好就像"离离原上草"一样,很烦恼。

香港城市大学中国文化中心主任郑培凯教授是台湾人,他说他在台湾的一位以前专门写现代诗的朋友现在决定不写诗了,什么原因呢?他说是因为那位朋友发现,现代诗已经变成广告词了。比如一个选美广告说"美丽,是一种责任",这句广告词岂止是现代诗,都已经变成哲学了。我一直在想这句话用英语说也是很漂亮的——"Be a beauty shall be duty."

在这样一种情况下,就有各种各样的反应,其中一种反应就是一批精英意识比较强的作家气得要死。当他们看到自己呕心沥血、殚精竭虑写出来的作品销量还不如一部胡说八道、装腔作势、空洞无物、虚情假意的作品时,真的是非常愤怒。

有四个全国公认最优秀的作家——年纪当然都比我小一些,有一次签名售书,但是来的人寥寥无几,就那么二三十个人签以后就没了,他们坐在那里感到很无趣,就早早离开了。之后媒体记者采访他们对于这次签售有什么感想时,这四个人把读者骂了一顿,说中国读者素质太低。其实他们太傻,他们越骂别人越不敢买书。

我对签名售书还是有点经验的。第一,要迟到点,等别人都排着队了再去。当然我也没有那么惨过,最少的时候百十个人还是有的,而且有人是捧着一大摞书来签的。第二,签完以后一看下面没人,马上就走,后面就会有人来追,"王蒙老师,王蒙老师,我这里还有一本书要签",这个感觉是很好的。

五　非高潮化与非经典化

引起一片愤慨后,就是各种骂声。第一,没有经典。改革开放以前,我们都还可以回答出来经典是什么,像"三红两闯(创)"——《红旗谱》《红岩》《红日》《李自成》《创业史》,都是中国青年出版社出版的,另外还有《林海雪原》《保卫延安》《野火春风斗古城》《铁道游击队》等,当时我都可以很快地回答这个问题。可是现在要让我回答最优秀的作品是什么,说不清楚,也就是说没有经典了。

第二,没有高潮。有人回忆建国十周年左右也就是一九六〇年,那年是中国生产最失败的一年,粮食不够吃,在全国造成了大饥荒。也就是在那一年春节前后,出版了一部著名的小说《红岩》,那些吃不饱的人却在排着队买《红岩》,从王府井一直排到东单,很多人想看《红岩》还买不到。当时谁手里有一本《红岩》就说明这个人追求革命、思想进步、向党靠拢而且有办法。我为这个看《红岩》的问题专门写了一本小说《眼睛》,你们可以去网上查一下,虽然是没有经过我的同意、侵犯我的知识产权上传的,但是你们一定能查得到。

现在的书多了,单单长篇小说就有上千本,有讽刺的、搞笑的、非常深刻的,也有很多新名词的书,人们也就不那么激动了。市场、传媒、网络,整个出版环境和文艺作品生长的环境跟过去相比有了很大不同,单单电视连续剧每天在播的就有很多。

有一次我到浙江横店参加一个浙江省作协组织的活动,当时横店也正在举行关于电视连续剧创作的讨论会,省作协主席黄亚洲同志非让我去参加那个会,我就去了。结果他们还让我发言,当时我实在不知道谈什么好,就说我还是经常看电视剧的,原因是我一吃过晚饭老态就显出来了,没有什么精神,所以一边看着电视剧一边就睡着了,睡了一会儿后又醒了,醒了以后还跟老伴搭上一句说"这人演得挺不错的",其实也没看见他怎么演,就是不好意思自己睡得那么频繁。这种发言本来就应该是不及格的,可是没想到等我讲完以后,陕西著名女作家叶广芩发言说:"刚才王蒙老师讲他看电视剧的时候睡着了,这是多大的成功、多高的境界!"我到现在还是很迷惑,不知道这个叶老师是在骂我还是骂电视剧,是夸我还是为了缔造和谐社会,干脆就不管了,大家一边看电视一边打呼噜多和谐。

所以说从国内到国外出现了各种各样对于中国文艺生活的指责,说中国文艺太不像样了。

第三是没有权威,谁都可以骂,谁都可以捧,你越骂我越捧,你越捧我越骂,批评可能是炒作,也可能是大荤大素的谩骂。褒奖可能有公关成果的影子,也可能惹来的是狗血喷头。书画作品无法定高下,干脆按作者是理事还是常务理事,是主席还是副主席定每平方尺的市场价格。……无经典、无高潮、无权威,我们的文艺怎么了?

六　中国作家的两项原罪

我开玩笑说,中国当代作家有两项原罪,第一项原罪就是没有当今的鲁迅。有人很诚恳地写过一篇文章说,中国的幸运在于有一个鲁迅,中国的不幸在于只有一个鲁迅。我说这是什么话,所有的作家都是独一无二的,我们同样可以说,英国的幸运在于有一个莎士比亚。但是英国没什么不幸,相反它有三个莎士比亚倒是有点不幸,同一种类型、同样地位的作家出来仨,这还了得。

文艺的权威有一种滞后性,往往是经过一段时间的考验以后才形成权威,并非在当时就是权威。曹雪芹一开始权威吗?不权威,他的作品在当时是禁书,大家只能互相抄着看一看;宋词一开始权威吗?并不权威,当时更多地被当做流行歌曲;李白一开始权威吗?也不怎么权威,当时他跟着永王李璘造反,差点掉了脑袋,后来还被放逐——"随君直到夜郎西";鲁迅当年也不那么权威,是由于中国革命的胜利,尤其是后来毛主席对他的几个评价而逐渐成为权威……

都是有一个过程的。

还有,权威的出现与人民对于权威的期待是分不开的。首先得在思想上、精神上有一种嗷嗷待哺的感觉。感觉看不到光明也不知道未来在哪里,这样人们就会产生一种"伟大的作家降生吧"的呼唤,就这样由一种期待产生了一种权威。

再提一个问题:后革命的文学和革命之前的文学能保持一样的激情吗?这很不容易说清楚,但这是一个实际的存在。从世界文学史来说,社会大动荡期间或者大动荡前期往往会出现最好的文学,出现文艺的高潮,国家不幸诗家幸呀。

在世界范围内,很难有像从十八世纪末到接近二十世纪初的俄罗斯文学那样一种景象——出现了列夫·托尔斯泰、屠格涅夫以及早些时候的普希金、莱蒙托夫、谢德林、契诃夫等一大批伟大的作家。有谁写长篇小说能写成托尔斯泰那样子的?

俄国人在文学上表现出是一个非常感情化的民族,非常有感情,非常理想化,轻视实利,所以俄国的经济老是搞得不太好。二〇〇四年我去俄罗斯的时候,有个俄罗斯人告诉我两个数字——已经过去六年了,后一个数字可能已经有了一定的变化——这两个数字让我非常震惊。他说,苏联经过列宁、斯大林、马林科夫、赫鲁晓夫、勃列日涅夫、安德罗波夫、契尔年科、戈尔巴乔夫等人七十余年的经营,国力有了很大的发展,但是在这七十年里,粮食产量从来没有达到过沙俄时期的最高水平。这是他告诉我的一个数字。另一个数字是,从苏联解体一直到二〇〇四年这十四年里,整个独联体的经济从来没有达到过勃列日涅夫主政时期的水平,勃列日涅夫时期苏联经济不断发展强大。

我本身是搞文学的,这没错,但我无法解释是不是当一个国家的文学太发达以后,就没有人要去做买卖了,觉得做买卖太令人看不起,没有理想、没有激情、没有悲情、没有"美丽的责任",只有精确的计算。这也是一个问题。设想一下如果今天中国出现一个作家能成为嗷嗷待哺的读者们的精神领袖和精神导师，成为鲁迅那样的旗手，会怎么样？可还是觉得怎么看也不像，因为我们没有那种期待。

第二项原罪是中国本土的文学家没有获得过诺贝尔文学奖。奖说开了就是名和利，它的影响可以很大。诺贝尔文学奖也有各种现实的考虑。在刚开始制订诺贝尔文学奖的时候，瑞典、挪威和丹麦还是一个国家，没有像现在分得这么细。挪威最著名的剧作家是易卜生，易卜生是用比较极端、激烈的方式来批判社会的。鲁迅就曾经特别热情地介绍过易卜生。他的一部剧本《人民公敌》，讲在一个不容异见的社会中，一个为追求公义和真相而斗争的人被人民喊成了公敌，现在西方也有种类似说法叫"多数人暴政"。当时有个和易卜生一样成就也相当大的作家叫比昂松，当时在斯堪的纳维亚——包括现在的挪威、瑞典与丹麦评选诺贝尔文学奖的时候，他们几经考虑后把这个奖颁给了比昂松而不是易卜生。

中国本土的文学家没有获得过诺贝尔文学奖，这不是一两句话可以分析清楚的问题。诺贝尔文学奖评委是十八个人，而且是终身制，其中只有一个人懂得中文——马悦然教授。至于中间的一些过程和故事，我在自传第三部《九命七羊》里有详细的描写，这里就不多说了。

七 新的期待

有一次余华先生在一所大学作讲座，谈的是文学。有一个学生提出说现在的作家为什么没有做出像五四时期那么大的成绩，五四时期作家怎么怎么好。这话真把余华给说急了，他就把自己的真话说出来了：五四时期的作家写得好？你们把五四时期谁谁的现在收在课本里的散文拿出来看看，比我的差多了。他说那种散文现在每个高中生都能写出来，说他自己的缺点就是他还没死。作品被传播、被接受、被评价的结果与这个作品质量的关系，不是一句话可以说清楚的，有时并不是直线的关系。

比如波斯诗人莪默·伽亚谟,郭沫若曾经翻译过他的《鲁拜集》,"鲁拜"是一种诗歌形式,就像我们的七律一样,不过比七律还要严格,不但有首韵、尾韵还有腰韵。莪默·伽亚谟的诗是在他死了很多年后被两个英国人发现的,这两个人翻译的莪默·伽亚谟的诗在英国大红,连带着莪默·伽亚谟也红起来了,波斯人这才知道原来他们有一个这么好的诗人。莪默·伽亚谟的主业不是写诗而是历法,他是主管历法的官员,每天计算历法。所以被接受并成为权威的过程谁也说不清楚,有些是当时就可以,但有些是需要时间考验的。

那么泛漫化好不好呢?有它的好处——这是一种文化生活的民主化也是整个社会走向民主的一个进程。千万不要以为民主一扩大文化就能上去,不一定,文化上质与量不一定协调。大家都参与文化了,如网络文艺,它也许反映的是大多数网民的平均数,而不可能是文化的高峰,不可能出现文艺的奇葩。美国有一本书讲美国所谓的民主化,高度评价了一些搞通俗文化的人。美国有很多搞通俗文化的人,而且其中有些人也关心社会、政治。像迈克尔·杰克逊就关心政治,有反战的歌曲、演出、舞蹈之类;还有那个被疯狂"粉丝"枪击致死的约翰·列侬,也有大量对政治生活的参与。这些是好的一面,当然是没有问题的。

但是同时又产生了一个非常大的、一两句话说不清楚的问题——文艺的经典是谁创造的?没错,大家会说是人民创造的,因为大家都是人民。但是群众自发创造的吗?还是由少数天才精英创造的?当然这两者也是有着密切联系的,天才精英要从人民群众中汲取大量营养,邓小平曾经也讲过相似意思的话:"人民是文艺工作者的母亲。"但制造文学艺术精品并使之成为经典的人,是天才,是人民中的少数,也许开始他们并不被理解和承认,这个问题无法回避。

当然也有民间的经典,拿中国来说,《诗经》中的"国风"就是民间的,是民歌的汇集。还有很多作品到现在都不知道作者是谁,不过更多东西是有名有姓的个人的产物。曹雪芹写的《红楼梦》是何等的个人化,他写的跟谁都不一样,最多说他受点《金瓶梅》的影响,但是《红楼梦》和《金瓶梅》毕竟是两种调子、两种风格,是两个不同人物的创作。

八　建立健全的评估系统

大量的人参与写诗、写小说、写博客、写杂文发表意见,这是一件非常好的事情,不过同时也是对我们的文艺生活提出的一个新挑战——一个社会如何才能建立一个健全的文艺评估系统?

首先是市场的评估,这个评估是最清晰的。对作家来说,它表现在版税收入上;对电影来说,表现在票房收入上;对网络作品来说,表现在点击率上,比如你发表了一篇网络作品,如果平均点击率为八十万人次,当然算是高的,而如果点击率只有一千人次,就不行了,对于一些网站来说,点击率近百万次的作家是他们的宝贝;对电视节目来说,表现在收视率上。收视率不是由我们自己来统计的,而是靠一家在美国注册的公司来统计的,这家公司有一套所谓很科学的办法。现在电视节目如此之多,只有收视率高,才会有广告商进来,这样才会有高收入。虽然也有人对市场评估有看法,认为收视率的统计并不准确,但毕竟是存在这种统计的。

仅仅这样一个系统是不够的,仅仅这样一个系统必然会造成黄钟喑哑、瓦釜轰鸣,使浅薄者、浮躁者,忘乎所以。(老王也数次上过高收入榜,老王说这话葡萄不酸。)我们的社会还需要一个艺术与学术的权威评估。对于不同的文艺作品,需要一个强有力的评估体系,这里面有文艺团体(比如文联、作协)、大学、研究机构(比如科学研究机构、文艺研究机构)的作用。但现在的问题在于我们还没有养成这样一种习惯,也还没有树立起这样一个权威,我们的专家与专门机构远远没有应有的公信力。

如果讲市场化,美国是非常市场化的,但是他们的艺术与学术评估却仍保持着自己的独立性,不受市场的影响。比如《纽约时报》的书评版和剧评版是很厉害的,谁的话也不听。一九八二年我去美国,有一天到剧作家阿瑟·米勒家里去,那时他的一部新戏正在美国上演,我过去祝贺他的新戏上演,他却忧心忡忡地回答说:"到现在为止,《纽约时报》的剧评版对我的戏还未置一词,我很不放心。"后来事实证明,一般人认为他的那出新戏并不成功。

法国人对美国奥斯卡金像奖的反应就是一通嘲笑,但奥斯卡金像奖也不是只看重票房的。当年的《泰坦尼克号》获得了很大的成功,是票房与金像奖双丰收的一部电影。它里面也宣扬很多好的思想,比如爱情、互助,老百姓看了之后都很感动,到现在为止还让我感动的画面是当船快沉下去的时候,泰坦尼克号上的乐队队员们都还拿着乐器在演奏,这算是敬业也好,算是人的尊严也好,即使死亡已经临头,他们也还要演奏下去。所以问题并不在于商业性的演出、作品。有人还分析说,其实《阿凡达》也是非常商业化的片子。西方人和中国人不一样,西方人喜欢看科幻的东西,有外星动物,有人类的狂妄与愚蠢,也有爱情,有各种惊险的画面,有让人匪夷所思的风景……我想说的是,美国的这些商业片即使是作秀,作的也是一个思想秀,比如在《泰坦尼克号》里他们秀爱情的崇高,在《阿凡达》里他们秀对自然的尊重、对生命的尊重、对动物的尊重。而中国的有些商业片秀的是"白痴",是一种"白痴秀"。搞点大众的东西是可以的,但总要有些文化、思想含量,不能仅仅是作秀。同时奥斯卡也奖励过一些相对文静乃至沉闷的艺术片。

而目前我们这里,金钱的力量可以影响或者购买有些东西。现在中国有些知识分子太可怜——绍兴还好一点,因为经济比较富裕——一个月只挣三四千元的教授多的是,仍有些孔乙己相。很多地方会争文化品牌,有时候一个专家被某地请去,接受各种各样待遇之后,也就下决心承认有争议的文化资源在那里了。我们就是没有一个权威的体系。

还有第三个系统——真正的社会舆论体系。我们可以完全理解、包容那些群体性、消费性的文化生活和文艺作品，用不着痛不欲生，因为痛不欲生也没有什么用，像别人一样一边喝着咖啡、茶，一边听着歌不是很好吗？但是，社会舆论应该知道什么是优秀的作品。中国这一段历史的文学艺术成就靠什么？最高的文学成就总不能就是一段手机段子吧？总得有些别的东西，包括有没有真正权威的文艺评论。胡锦涛总书记在党的"十七大"报告上也曾提出要建立国家褒奖和荣誉称号体系。这种做法全世界都有。

美国号称自己的政治是不被允许介入文艺的，讲是这么讲，但事实上是否介入那就是另外的问题了。美国的社会制度跟我们是两回事，美国的普利策奖是由总统来颁发的，不过总统对于把奖颁给谁没有任何发言权，是获奖名单决定之后，总统把获奖人请到白宫办公室，把证书颁给他，最多再一块儿喝杯咖啡。这说明他们国家有一套荣誉体系。

法国"龚古尔文学奖"也是由法国总统颁发的，虽然总统也是不管具体事项的。虽然"龚古尔文学奖"奖金只有五十法郎，但不完全是钱的问题，当然我觉得诺贝尔文学奖有一百多万欧元的奖金也是很好的。中国最高的文学奖是"茅盾文学奖"，现在奖金是五万元人民币，跟诺贝尔文学奖一百多万欧元的奖金还是有点距离的。

在日本有这样一个故事，当年大江健三郎获得诺贝尔文学奖之后，天皇就要颁个"文化勋章"给他，而大江健三郎是个左翼，反对天皇，于是他发表声明拒绝接受这个荣誉。日本的极右分子十分痛恨大江健三郎，在他家门口贴上了"国贼大江健"的标语。当然这里我并不是想讨论大江健三郎这个人，而是说日本也有自身的荣誉体系。

社会可以百花齐放，只要不违反宪法或者其他法律，各种各样的文艺形式都可以存在。可以有卡拉OK、歌舞厅，也可以在咖啡馆或者西餐厅里表演，总之可以有各种各样的文艺活动。同是小品也有不一样的，像赵本山的小品还具有一些农民的智慧与狡黠，但有些小品就假得让人难受,完全就是拿出来让人发笑的。假如我们有一个健康的评估体系,那么当今的文艺生活就会健康很多、发展更快。

我们也不要一味地认为只有在社会动荡时期才会出现大的文学作品,像"汉唐气象"并不是出现在社会动荡时期,盛唐诗歌也是在"贞观之治"的时候出现的。中国有几千年的文化、艺术传统,所以不但会有批判的文学、血泪的文学,仍然可以期待会有能够成为人民良师益友的、亲和的、眷恋的、追求生活真实的、把我们的文化心理表现出来的精品的文学。经典总是会有的,只是有一个逐渐形成和被承认的过程。

(作者答与会者问)

问:王老师您好!我是《钱江晚报》的记者,首先感谢王老师的辛苦演讲让我们受益匪浅。我有一个比较严肃的问题想请教您:最近幼儿园杀童案、富士康"十连跳"以及北京天上人间情色交易曝光等种种极端事件频发,您对这些事件有什么样的看法与态度?您觉得中国人的精神体系究竟出现了什么问题?这是不是中国人在经济高速发展的转型期必然会经历的精神危机阶段?谢谢!

答:非常惭愧,你说的这几个具体案件,我只是有所耳闻,了解得并不详细,所以也没有什么自己的见解。的确,现在社会上各种各样的麻烦非常多,正是因为现在我们处在急剧的发展和变化之中,所以社会上就会出现不公正、贫富差距等心理和生活的不平衡,这也提醒我们要注意自己的精神生活、心理健康和社会公正。所有发生的事情都是让人心情沉重的,谁都不愿意发生却还是不断发生,这是值得从各方面去加以注意的。对大学生来说,大学生应该关注社会,尤其应该关注社会的心态和文化素质,同时也可以对关注的这些事提出自己的见解,以起到一些健康的作用。

问:谢谢王老师的演讲!我想提的问题是关于"八〇后"作家的,近十年来文坛后起之秀非常多,对我们的影响也非常大。韩寒最近被评为全球最具影响力的一百人之一,当然关于这一称号的权威与否我不知道。希望王老师能以前辈的身份来谈谈郭敬明、韩寒这类作家对文坛以及当代社会的影响。谢谢!

答:这个话题我已经多次说过了。我是"三〇后",所以有时跟年轻朋友在一起就会感受到那种差距。比如,我喜欢唱的歌曲和现在"八〇后"喜欢唱的歌曲完全不一样。我喜欢唱的歌曲里往往政治内容比较多,有时候我在唱歌我孙子就会说:"爷爷,你的歌怎么唱得这么'水'啊?"可是我明明觉得自己唱得充满激情。而他一唱歌尤其是用粤语唱,我也觉得"水"得不行。由此可见,差距确实是有一些的,但我也希望彼此能有更好的交流。

我很欣赏老舍在《茶馆》里的一句话,他说:"年轻的时候,有牙,没有花生豆。等老了吧,花生豆挺多了,没牙了。"不管这句话原来是什么意思,我给的解释是年轻的时候牙齿比较尖利,所以消化力、咀嚼力以及战斗力都很强,但是"花生豆"——智慧、经验、阅历还不是那么多;等到年老的时候,经验、阅历以及读过的书多了,但是牙齿不行了——咀嚼力、消化力、战斗力都减少了,连吃茴香豆都感到很吃力了。我希望年轻的作家和年老的作家能互相增加了解,能够在"花生豆"方面有更多的交流,在牙齿保健方面也可以有一些交流。

至于说到具体的人,我觉得每个人都有自己的特点,是不能互相代替的,即使是"八〇后"之间也是有很大不同的,就比如这位同学提到的郭敬明与韩寒,他们之间的差别也是非常大的,我们应该取其优者学习之、参考之。

问:王老师您好!请问您觉得中国文学的最终价值导向在什么地方?

答:最终价值属于终极价值,按照欧洲的定义,这不是一个文学问题而是一个神学问题,因为任何人都不知道"最终"是在什么地方,很难预设一千年以后的事情,当然也就更难预设一亿年以后甚至更久的事情。所以"最终"应该是个神学命题。

但是文学毕竟又有非常"人学"的一面,要是从这个角度来说,文学的价值在于能够使我们对人生、世界以及人与人之间的种种悲欢离合有一种更深切的体验,能够使我们在惶惑和不安中得到某种安慰、某种启发甚至抚慰。

我曾经说过一句话:文学里有很多愤激之论——诅咒的、咒骂的、怨恨的、仇视的、敌意的,但我不是世界的审判者,不认为我有权力去审判这个世界,也不是这个世界的仇敌,我和这个世界是情人关系。可能以我这个年龄说这些话有点酸,其实我的意思就是虽然这个世界有很多毛病,但我还是愿意在我的作品中表达我对这个世界的爱恋、思念、记忆以及最重要的趣味。我对这个世界还充满兴趣,并希望在文学中体现这样一种价值。

问:王老师您好!在当前市场化的条件下,我觉得文艺泛漫化的现象应该是一个必然、自然的趋势,在这样一个浮躁的社会环境中应该怎么做才能守住我们的经典与传统呢?希望您能为我们解答一下,谢谢!

答:其实今天我也讲了我的几个看法。第一,泛漫化是无可避免的,所以无须为泛漫化而痛心疾首。第二,我们自己应该心里有数,如果你确实是一个受过高等教育而且有一定质素和人文教养的人,就不能够停留在消费性的文艺接受上,你还得追求经典,回到经典;如果你还是一个作者,那就尽可能把作品写得更好一点。当然如果你不想做得更好一点,只想迎合市场的需要,这也完全是你的自由与权利。我们对自己应该有更高的要求,不过具体到每一个人时会有各种各样的选择和情况,甚至同一个人也会有不同的情况,比如我现在是在机场等飞机,这时候我就不会想看一本很高深的书,更愿意看一本武侠小说、侦探小说或者报纸,我不想在那个时候还关心这个或者同情那个,为这个呼吁或者为那个呐喊,一个人的精神也不可能老是绷得这么紧。我的意思大概就是这样。

2010 年 5 月 22 日

从莫言获奖说起[*]

今天我这讲话，就算是与大家谈家常吧。最早透露出莫言可能在今年获得诺贝尔文学奖消息的是英国的一家博彩公司。他们认为今年最可能获得这个奖的一个是中国的作家莫言，一个是日本的作家村上春树。我当时就觉得不大可信，因为瑞典科学院，它是很骄傲的，怎么可能把自己的信息透露到一家博彩公司那里呢？第二，连澳门的博彩业都没有告诉我这个消息。所以我后来的一个感想就是澳门的博彩业要向英国的博彩业学习。到了当天的晚上，凤凰电视台临时给我打电话，说再有十分钟就要公布获奖人了，希望我接受采访。我说这是不可能的，我都不知道谁获奖呢，稀里糊涂我能够说什么呢？就是到那个时候我还是没想到会是莫言获奖。

其中有一个原因，就是在此之前，大家都以为马悦然教授是诺奖举足轻重的专家。我知道马悦然教授对山西的李锐先生和曹乃谦先生有很高的评价，所以我就觉得他们的可能性会大一些。但莫言对我也不陌生，为什么呢？十一年前，在北京的一次聚会上，日本的诺贝尔文学奖得主大江健三郎先生特别热情地歌颂莫言。他就说莫言不是今年就是明年，要不就是后年一定会得奖。因此有个说法，就是比博彩公司更高明的文学家是大江健三郎。大江健三郎的可爱当然不仅仅在此，据我知道，在钓鱼岛的纠纷当中，日本的名人里头唯一

---

[*] 本文是作者在澳门大学"文学艺术家驻校计划"开幕式暨王蒙文学讲座的演讲。

一个坚决地认定钓鱼岛属于中国的是大江健三郎。他指出日本是趁着甲午战争夺取的钓鱼岛。虽然我对大江健三郎的作品没有认真地读过,就冲这一条我也觉得他不但能够慧眼识莫言,而且能够慧眼识钓鱼岛。

现在我想说三方面的事,一个是关于文学、文学人、文学奖。这个文学是偏理想主义的,它相当浪漫,它可以虚构,可以夸张。很多文学家希望追求一种脱俗的生活。比如说最美好的爱情吧,可能正是存在在文学里面的,而且最好的爱情都是老单身汉来写的。因为当他有一个美好的妻子的时候,他没有时间去写爱情诗或小说。

而这个文学家、文学人、作者,向往着脱俗的文学,却同时都是世俗的人,他不可能完全脱俗。这是一个很大的悖论,就是你越是觉得文学高尚,你就越觉得世俗生活并不是那么美好。所以中国人自古就知道,说是"欢愉之辞难工,穷苦之言易好"。在文学界对现实抱着批评的态度,同时,很喜欢做梦的人特别多,所以张炜先生就干脆命名"文学就是一个民族的梦",他说的当然也非常可爱。

那么另外还有些有志者,关心文学,又有实力,又有社会影响、社会地位的这样的人和团体,他们举办了文学奖,使寂寞的、坐冷板凳的文学偶然就很热闹这么一下。文学本来是寂寞的,曹雪芹写《红楼梦》的时候,他是"举家食粥酒常赊",就是他喝酒没有现钱都是赊账的。奖金数量越大,影响就越大。所以当前些年内地很多群众问我茅盾文学奖为什么没有诺贝尔文学奖影响大,我说诺贝尔文学奖是一百万美元,那时候茅盾文学奖是四万元人民币。我相信我的话起了作用,现在茅盾文学奖已经变成二十万人民币了,我们可以期待它很快也会变成一百万或者二百万元人民币。如果茅盾文学奖始终上不来,我建议澳门大学举办一个文学奖,价格在三百五十万人民币,而且吴志良先生(编注:澳门基金会行政委员会主席)一定会支持这样一个工作。

一个好的文学奖啊,它可以使得你名利双收,有时候这个奖比作家神气多了。一个作家在那儿写写写，写得手指上都磨了泡了，写得都得了忧郁症了，即使在这种情况下他还是很孤单的。莫言获奖以后他非常聪明，他说写作其实是弱者的事情，他说我从小第一个感觉就是饥饿，第二个感觉就是软弱，所以只有在写起来他才忽然觉得自己很能干，力量也很强大，想写什么就写什么。莫言更聪明的是，当新闻记者想消遣他，问他说："你获得了一百万美元你想干什么呢？"还有人暗示他："你是不是该捐赠给社会做一些慈善事业。"他说："我在北京住的房子非常的小，我想换一个大一点的房子，但是后来我又想啊，北京的房价比诺贝尔奖金的金额涨得快多了。现在是在五环以内呢是五万多块钱一平方米。这样的话，我加上装修啊，全部的钱买房子也只能买个一百来平米的房子，也大不到哪去。"所以莫言这位同志、这位朋友他是太可爱了！他说完以后立刻把这个传媒的同情心吸引到他这边来了，他得了半天的奖才一百多平方米的房子。以至于那个陈光标先生声明要送给莫言一个三百五十平米的房子，但是莫言没有说话，莫言的哥哥说了："俺们管家（他是姓管的）向来无功不受禄。"所以这个房子，这三百五十平米他也不会住进去。

可是一个奖它显得特别厉害，以至于和奖有关系的人呢，变得很牛气，指点江山，激扬文字。所以我始终喜欢思考一个问题，我早在一九九三年就在台湾回答过有关问题（在台湾很多朋友也问我诺贝尔文学奖的事），我就说起码有两种得奖：第一种得奖就是你写得不是很理想，但是你得了奖，你沾了奖的光。一登龙门身价百倍，原来你的书二十年卖掉了一千册，一得这奖三天卖出了一百万册。这种事是有的，也是让人非常高兴，也是让作家做梦的事，我也梦见我得奖了，那是小时候的事，大了以后不做这梦了。这是一种情况。

还有一种情况呢，就是他是一个很了不起的作家，他始终没有得奖，那么受损失的是这个奖，而不是这个作家。托尔斯泰是一九一〇年去世的，这个诺贝尔文学奖是一九〇一年开始建立的，就是说有诺贝尔文学奖到托尔斯泰去世间距十年，如果他们要奖托尔斯泰，时间上应该是来得及的,托尔斯泰没有得到,我不认为谁会为托尔斯泰抱屈,或替托尔斯泰遗憾,如果说遗憾我们要为诺贝尔奖遗憾,所以这是第二种情况。还有第三种情况,就是说这个作家啊,他写得也很好,他又得了奖了,这二者"如鱼得水",得奖的作家是"锦上添花",发奖的是"咸与有荣"。所以这个也是一件好事。这个还有一种情况,瑞典科学院很喜欢做,就是找一些暂时还没有被公众所承认的,具有潜在的优势的这样的作家和作品给他发一个奖。给他发一个奖之后大家就问这是谁啊?最后说:"哦,原来是他!"再一看,果然很好。这样的话这个奖的威信就更高,它等于文学界的一个伯乐。因为这样的事情也有,比如说跟加西亚·马尔克斯,这个诺贝尔文学奖使加西亚·马尔克斯声名大噪,而且他的影响非常大。就是莫言的作品里我们也很明显地感觉到加西亚·马尔克斯的影响。另外就中国来说,从王安忆的小说《小鲍庄》,从韩少功的《马桥词典》里面,从贾平凹的某些作品里面,我们都可以看到加西亚·马尔克斯、拉丁美洲的魔幻现实主义的影响,这也是一件非常好的事。

虽然好,但是我喜欢说一句话,这句话我在台湾讲过,在香港也讲过,在内地讲得更多,就是"诺贝尔文学奖好,不如文学好"。但是很难做得到。为什么呢?这个文学奖你看得到,很热闹,很光荣,一下就身价十倍,身价百倍,身价千倍!文学崇高如云霞,文学人与文学奖可都是世俗的活人与他们的活动。奖是名利双收的事业。

比如我们谈中国,什么样是中国最好的文学?李白的诗、屈原的诗,楚辞汉赋、唐诗宋词、元曲、明清小说,哪一个得过什么大奖啊?曹雪芹得过大奖吗?李白得过大奖吗?李白的得奖就是皇帝给他一个牌子,说让他可以到各个酒家去喝酒,当然这个奖也是蛮风雅的,但是是真是假也不可考。所以你真正谈文学史,文学史还真的没有怎么记录过奖项,但是你要到各个国家去,各个社会去,奖都很重要!

诺贝尔文学奖最重要,影响最大,奖金最高!其他如法国的"龚古尔奖",英国的"布克奖",日本的"芥川龙之介奖",美国的"普利策奖"也都有很大的意义,规格也非常高。但是规格再高它本身不是文学之花,不是艺术,不是诗本身,也不是文学奥林匹克,它是荣誉和金钱,是文学的大推广。很不幸,不管你的作品写得多么好,你仍然需要荣誉,仍然需要金钱,仍然需要社会各个方面承认,需要有力的推手,这是我要说的第一点。

第二点我想说一下政治和文学。特别是像中国这样一个社会主义国家,对这个诺贝尔文学奖有各种各样的说法。

我们先从苏联说起。苏联上世纪六十年代的诺贝尔文学奖奖励给帕斯捷尔纳克,他的名作是《日瓦戈医生》,是美国拍的这个电影,《日瓦戈医生》的主题曲非常动人。为这个奖,帕斯捷尔纳克受到了极大的压力,被苏联作家协会开除,他也只能选择拒绝领这个奖。但是赫鲁晓夫先生在他晚年的回忆录写道,当时他处理这件事情完全是根据下面写的报告来的,他本人并没有读帕斯捷尔纳克的这部长篇小说,后来他读了,才觉得帕斯捷尔纳克写得非常好,他对自己的不当处理感到愧疚。

再往后来也很有趣,诺贝尔文学奖奖给了萧洛霍夫,萧洛霍夫的代表作《静静的顿河》,到现在仍然是不朽的名著。苏联很高兴,因为他是苏共中央委员。他很会说话,他在苏联第二次作家代表大会上发言,他说:"西方攻击苏联作家是按照党的指令来写作的,他们是胡说八道,我们是按照我们的心的指令来写作的,但是我们的心是向着苏联共产党的!"真会说啊!但是这说什么并不重要,对萧洛霍夫来说最重要的是他的作品。他的作品是十六岁开始写的,四部长篇小说《静静的顿河》写得不得了。而且他担任过苏共中央委员,他是赫鲁晓夫第一次访美时候代表团的一个成员,走到哪里赫鲁晓夫都说:"这是我们苏联文化的代表。"这样一个人,他也得诺贝尔文学奖。

然后再下边呢,还是在之前之后,这个我说不清了,又出来一个麻烦,奖励了索尔仁尼琴,他写劳改队写西伯利亚的流放。苏联的反应就是你奖励索尔仁尼琴,索尔仁尼琴正在国外访问,我这儿就宣布吊销索尔仁尼琴的护照,这样索尔仁尼琴就被流亡了。

然后跟中国这儿呢,也有很不愉快的记忆。所以,有过一种看法认为诺贝尔文学奖就是专门奖励社会主义国家的异议分子,意思是说它是不怀好意的,是敌视社会主义的体制,连西方国家都有这种说法,说他们的目的就是要奖给社会主义国家的叛徒的。但这个说法呢也不是特别的全面,因为北欧,这是另一路,我到瑞典去过两次,挪威去过两次。北欧这一路,千万不要以为北欧是听美国的。我再举一个尖锐的例子,一九八六年二月我在纽约参加第四十八届国际笔会。在这个会议上,开幕的时候,当时美国的国务卿是舒尔茨做开幕演讲,这个时候美国的所有的作家闹起来了。其中有一个我认识的俄罗斯裔的一个美国短篇小说作家叫格丽丝·佩里,她脱掉了自己的鞋子——高跟鞋,就在桌子上"叭、叭、叭、叭"敲。我只知道赫鲁晓夫先生曾经在联合国大会上脱掉鞋子敲桌子,我还没有见过,那次我是看到了美国的女作家用自己的高跟鞋敲桌子,这是一种很可爱的情形。什么原因?就是美国政府拒绝刚才提到的哥伦比亚诺贝尔文学奖得主加西亚·马尔克斯入境。(编注:在克林顿当选美国总统之前,加西亚·马尔克斯一直被美国政府拒绝入境。)全体美国作家喊成一团,使舒尔茨的讲话根本无法进行下去。

更早的时候,一九七二年,诺奖奖给了德国的海因里希·伯尔,当时德国的驻华大使叫魏克德(Erwin Wickert),他请我,还有冯牧先生,还有柯岩女士,还有白桦,我们几个人在那里吃饭。这个魏克德先生非常坦率地说,这个事让他们非常头疼,因为海因里希·伯尔除了骂德国政府和德国社会以外,不说别的。后来我有幸在伯尔去世以后在伯尔的别墅里生活了六个星期,他们给我讲了一个特别有趣的故事,说伯尔得了诺贝尔奖以后,当时德国的总理虽然对他获奖不感兴趣,但也得去他居住的小村落的家中表示祝贺,礼貌性地喝一杯咖啡。总理是政治家嘛,表示对文人的尊重。

瑞典科学院绝对不承认它和政府有任何的关系，瑞典科学院奖西方作家的时候，还特别喜欢奖励"左翼"。咱们应该熟悉葡萄牙的获奖者萨拉马戈，他是葡萄牙共产党人，是前巴勒斯坦解放组织领导人阿拉法特的密友，就是巴勒斯坦解放组织的前领导。还有意大利"左翼"的作家迪里奥·福，他自己都不相信得了奖。

瑞典科学院坚持它没有政治意图，但是它的评委有一定的政治倾向。而作家也是这样，从作家来说，包括萧洛霍夫在内，他也不承认他是受苏共的支配来写作，实际上任何一个作家都不是遵照上峰的指示来写作，但是也不可避免地在自己的作品中包含某些政治的内容。作家也好，文学也好，你很难把政治的爱恨、政治的经验、政治的情感、政治的情绪从作品中淘洗干净、彻底清除，这是不可能的。因为它是生活啊！通常人的生活里有那么多的政治，你把政治全消灭了以后，他的记忆很大一部分都被消灭了，这可怎么办，没辙。

但是文学又有一个好处，它比较直观，比较丰富，比较复杂，需要人性，需要性情。文学写的是生活的经验，还要有自己的想象，更要写自己内心的情感。内心的情感、想象、梦幻、经验不会成为某种政治观点、政治见解的注脚，它是毛茸茸的一片，是原生态的一片，即使你在最最最政治的时代，那么一个男人和一个女人拥抱的时候，他感受到的是温暖，是一种吸引力，是爱，甚至哪怕是欲望，也不可能感受到的全是政治。我这样亲一下是为了击倒、打倒帝国主义，那样亲一下说不定能给台独分子摧毁性的打击，这是不可能的。文学就是这样的，文学具体、形象，它充满了情感。韩少功先生说过一个很有趣的话，他说我喜欢没事想事，想清楚了我就写论文，想不清楚我就写小说，写小说是想不清楚时的事。

莫言先生也坚持这样，他说："我认为文艺作品比政治更大。"他说的更大的意思是涵盖的面更广，因为你可以写天时地利，可以写风花雪月，可以写花鸟虫鱼，政治上不会天天研究这些。尤其你还可以写男男女女、少男少女、老男少女、老女少男……写很多很多的方面，这都是你在别的领域得不到的。

但是不管怎么样,我们对文学可以保留更宽泛的解释,对文学做那种狭隘的、全称肯定或者全称否定的解释那是有害的、愚蠢的、可悲的!我们中国人已经有这样的经验。

第三件事就是要说一下,莫言得奖是一件好事。莫言得奖,因为直到得奖以前都有很好的评论家、文学家、教授在那声言:"十年之内,二十年之内中国的任何作家都不可能获诺贝尔文学奖,如果莫言得了奖,我从此戒饭!"不是戒烟、戒酒,是戒饭,撂过这种狠话。我们经常得到的一些说法就是,"中国当代文学是没有希望的。"有一次在清华大学,余华先生去讲话,有学生就说五四时期的作家怎么好怎么好,你们现在怎么糟怎么糟。余华急了,他说:五四时期的作家好?他就提了几个名字(是前辈,我这就不提名字了),他们的作品现在高中学生都写得出来!你看我写的小说,比他们写的不知道好多少!唯一的缺点就是我还没有死,等我死了之后,你就知道我的价值了!所以这个诺贝尔文学奖得了以后,起码戒饭的先生可以少说一点话,少说一些贬低当代文学作家的话。

当然,有些人很注意提醒,说这个得奖啊,就是奖莫言个人,和你中国没有关系,和中国的当代文学也没有关系,不是中国当代文学奖。这个说法也是似是而非。因为任何一个作家、任何一个文学现象和他的人文环境实际上分不开的。当我们说到莫言的时候,我们就会想到中国还有一批年龄跟莫言差得不太多,写作也和莫言相互影响的一批优秀的作家,比如说韩少功,比如说张炜,比如说王安忆,比如说张抗抗,比如说铁凝,比如说余华,比如说刘震云、迟子建、毕飞宇、阎连科、张承志等等。文学,这毕竟是一个社会的现象,也是一个时代的现象。

在莫言得奖之后,有人问刘震云。刘震云也谈得非常好,他说记者追着我问我的感想,我觉得莫言得了诺贝尔文学奖就好比我的哥哥新婚进了洞房,我的哥哥进了洞房你问我的感觉,我有什么感觉

447

呢？我也不知道我该怎么感觉。但是我要说莫言得诺贝尔文学奖是很应该的，类似莫言的至少我还可以说出十个来。这也是一种说法，作家的说法都很有趣。

反过来说呢，对莫言得奖也有一种攻击的声音，就说我的好朋友、德国的"顾大炮"叫顾彬，就说莫言的写作有什么缺点什么缺点，高行健的写作有什么缺点什么缺点。他说这些人的缺点只要一多说了，你们就会发现中国的诺贝尔文学奖的获得者只不过都是穿着新衣的皇帝罢了。这个说法也听着过瘾，尤其是没有得奖的人，一想得奖的都是皇帝的新衣，马上让人扒下来了，我们虽然没有得奖，至少暂时没有人非要扒我的衣裳，觉得很舒服。但是我要说，世界上一切的权威，一切的伟大，一切的幸运的名与利都可能有它的破绽的一面，都有它的弱的一面，都有一个即使不是皇帝的新衣，也还像是有一个皇帝的围脖、皇帝的领带或者皇帝的裤衩的这一面。如果你要这样扒的话，你慢慢扒吧，有你扒的。

岂止是莫言啊，从第二次世界大战以后，诺贝尔文学奖每年发一个奖，发到现在已经六十七八个人了，请咱们在座的学文学的人给我说出十个人来，你们谁能说出十个人来？外国文学的专家在哪里？你说不上来吧。我知道的还多一些，因为我参加了一些文化活动，譬如说我在伦敦见过索因卡。索因卡一个黑人作家，又年轻又可爱又帅——靓仔。但是我没有读过他的作品。埃及的作家纳吉布·马哈富兹，爱尔兰的作家希尼，美国的作家布罗茨基——波兰人。一大堆人啊，谁看过他的作品啊？在中国有多大的影响啊？所以说他们的这个……顾彬说莫言的作品活活烦死人，烦死人这个词其实俄罗斯的作家就这么说过，陀思妥耶夫斯基最烦的两个人一个是屠格涅夫，一个是别林斯基。托尔斯泰最烦的是莎士比亚，托尔斯泰认为莎士比亚是皇帝的新衣，如果扯下莎士比亚的新衣来，他也是一个光屁股的皇帝。所以作家之间说的这是一种感情用事之论，不用管他。

莫言写得非常好，他的特点一个是特别善于写感觉。在八十年代中期,我担任《人民文学》主编的时候,他在《人民文学》上发表过一篇中篇小说叫《爆炸》,这个《爆炸》我现在别的已经全忘了,我就记得他是一个儿子,农村的一个儿子被他的老爸扇了一个耳光,他这一个耳光,他把他的感觉、听觉、嗅觉、触觉……他的各种印象写得那么淋漓尽致。一九八五年我是五十一岁,我为什么说我的年岁,恰恰是我读了这个作品以后,我跟很多编辑说:"我只是在看完莫言的《爆炸》以后,我觉得我开始老了。"当时还没有预见到我都七十八岁了还有兴致到澳门大学来谈莫言,这个已经是很久远的事了。

第二,莫言的想象力很开放,当然他也受世界各国的影响,他受加西亚·马尔克斯的影响。那个《红高粱》一上来我爷爷我奶奶,我奶奶是在高粱地里面野合而生出来他的父亲,这个他其实是受德国作家君特·格拉斯的《铁皮鼓》的影响,《铁皮鼓》一上来吸引人的就是德国的一个矮个子的士兵,为了躲避追捕,躲到一个妇女的裙子里面。然后在裙子里面跟掩护他的这个女人发生了性的关系,然后就产生了他的爸爸。这样写爸爸、爷爷,德国人肯定是第一个,但是莫言跟咱们抢到他爷爷、他爸爸上来说事了,他敢于突破中国人的观念。

然后莫言还有一个好处:他写作踏实,热情洋溢,他像井喷一样。他说他四十多天就写一部小说,那个顾大炮就说:"我们德国人写作一年最多不超过二十页,他四十天就写四百页,这样的作品能是好的吗?"我想他真是德国人啊,不是德国人哪有用单位时间来衡量作品的优劣啊,这完全是德国工程师的思想方法。莫言还有这样的冲动,他一直在坚持写作,但是如果说莫言的写作有些地方写得粗糙,这绝对是真实的,说他有些作品有时候自我有重复,这也是真实的。我们对诺贝尔文学奖获得者莫言有更高的期待,希望他能写出更加美好的作品,这也是可以理解的。

至于见仁见智,有的说我就是讨厌莫言的作品,这完全 OK 的事情嘛,你讨厌你不看就完了嘛。诺贝尔文学奖的奖金是从那个基金会给钱,又不需要你纳税,这个你可以不去管他。但是他得奖毕竟是一个好事,对当代文学是个好事,我说过,我说中国作家有两项原罪:一个是没有得诺贝尔文学奖;一个是没有当代的鲁迅,没有一个自称我就是当今鲁迅的。鲁迅的问题我们今天就不谈了,诺贝尔文学奖至少现在可以说,我们很熟悉的"小哥们儿"莫言就得了。有一种无聊的议论,就是认为莫言得奖不够格,原因是莫言没有认真地反体制。这不是要求作家又红又专了,是要求作家又白又专,不是红卫兵,是白卫兵,与红卫兵的思想方法差不多。太幼稚也太可叹了。还有一个问题就是把北欧的这一个奖看得比天还高,然后把中国的文学看得比地沟油还臭,这个有点变态,有点下贱,这就太不实事求是了。中国的文学是世界文学的一个部分,它是无愧于我们的读者与我们的前辈的。

当然,文学再伟大,它是活人写的,活人是有缺点的,有急躁的时候,有不能脱俗的时候,有酒喝多了的时候,有肉吃得太多消化不良的时候,所以有缺点也不足为奇。

还有一个问题呢,现在由于多媒体的发展,由于视听文艺的发展,又由于网络的发展,所以从国外就有一种怪议论,说是文学即将消亡,小说即将消亡。说人们不用看小说,看小说干什么,看电视剧就行了,听爱情歌曲就行了。你在床上看见一个猛男和一个靓女在那儿抱过来抱过去,滚过来滚过去,这比你看一部爱情诗过瘾多了。但是毕竟文学有文学的魅力,文学有文学的含蓄性,如果都是大吵大闹,都是那种感官刺激的东西,说不定是文学艺术品质的降低,是人类精神品格的悲剧。所以在这一点上,我也感谢瑞典科学院坚持办这么一个奖,告诉我们书还是要读的,字还是要写的,文学还是要做的,文学系还是要设立的,驻校作家也不妨继续传下去。

谢谢!

2012 年 11 月 7 日

文学中的诗与数*

很高兴有机会和大家一起交流。前天,刘炯朗教授讲"数里有诗,诗里有数",对这个问题我特别感兴趣。上世纪八十年代初,曾经报道过福建社会科学院研究员林兴宅的一个观点,"最好的诗就是数学"。当时很多人质疑,认为这是故作玄虚。可是,他的这句话却把我迷住了。从事文学创作的人,有的特别烦数学,比如汪曾祺,别人问他,你为什么写小说,他回答因为我从小数学就不及格。我呢,从小就特别热爱数学,沉湎于数学,但是没有受过完整的教育。临出门前,我女儿对我特别不放心,她说你出去讲什么都行,千万别讲数学,因为你那个数学是初中二年级水平以下的数学。但是由于受到了刘教授的感染,哪怕讲完以后被暗杀,我也非讲这个数学不可!

我要讲的是我心目中的文学与数学。虽然今天早上我查了一些数学表述和"词儿",但来不及了。我的一些表述可能不那么准确,尽管如此,我想提几个思考题,大家共同思考。第一个问题,我想谈谈中华文化中"数"的意义。在中国,"数",一二三四五六七八九,个十百千万亿,不仅仅是数学的概念,还是人文的概念,是哲学的概念,是政治的概念。为什么是政治的概念?一个朝代不行了,我们常说它"气数已尽"。"气"说的是一个朝代的政治生命力,"数"说的是

---

* 本文是作者在澳门大学的演讲。

时序,比如一个朝代历经五百六十八年,五百六十八就是它的"数"。不仅汉族文化讲"数",新疆文化也讲。伊斯兰教语言里,有一个词叫"天饷",每一个人,每一个集团,老天爷都会给一个"饷",也就是汉语里定数的意思。譬如你的"天饷"是四十四年,四十四年后你就拜拜啦。他的"天饷"呢,一百零六年,譬如巴金先生。所以这个"数"的意义非常大。西方政治学的一个基本命题是权力制衡、多元制衡。做到没做到另说,起码它的理论是这样。中国没有多元制衡的传统,但中国有没有平衡呢?中国的平衡表现在时间的纵轴上,中国人讲"三十年河东,三十年河西"。对于中国政治学来说,多元制衡,在可预见的将来,恐怕很难做到。但是"不为已甚",留有余地,掌握分寸,却是自古以来就有的。中国人说"十年树木,百年树人"。"百年树人"其实很可怕,培养我竟要用一百年的时间,当然等不到你培养完,培养成果就没了。可是为什么还说"百年树人"呢?因为只用三十年的时间来考察一个人是不够的,他河东的时候是这样,一到河西的时候又突然变成那样。大家不要笑,这种事情很多。"三十年河东,三十年河西"。所以要用三十二年才能考察清楚一个人。当然,不必等六十年了,六十年之后他又河东了。

中国的诗,"三十功名尘与土,八千里路云和月"。三十,八千,一个时间,一个空间,数字在中国人的脑海里是人生观。一,老子说"天得一以清,地得一以宁,神得一以灵,谷得一以盈,万物得一以生,侯王得一以为天下贞"。中国人很崇拜一,天下定于一。所以原来的中宣部部长叫陆定一,中国还有一个 VIP 叫符定一。二,二的意思就更重要。毛泽东喜欢二,叫做一分为二。但是二带有反叛性,说一个人有二心。如果皇帝说一个大臣有二心,那这个大臣的脑袋恐怕要保不住了。现在人们说二,还包含"stupid"的特殊意思,但哲学家庞朴主张一分为三,老子也说,"道生一,一生二,二生三,三生万物"。事物不仅会从统一的一面变成互相对立的两面,而且由于对立两面的斗争,会产生第三面新的东西。四,四和方正有关,大方无隅。我不一个个说。六,中国人喜欢说六,六六大顺,这和几何学有关系,一个圆里面可以内接一个正六边形,连上它们的对角线后,又变成正三角形。七和巧有关系。八和什么有关系,我不知道,但是人们常说"八面玲珑"。九,九九归一。九是非常高级的一个数字,是不得了的。有一次我在北京看到一辆车,车牌号上都是八。人家告诉我这辆车的车主是一位退休的领导人,于是我就手痒,口痒,老想给他献一个策论。建议他把车牌号换成九。你说你都已经下来十年了,还八个什么劲呀,你就九就完了。这是我说的第一个问题。

第二个问题,几率,就是命运。我给大家先讲一个故事。上世纪八十年代的时候,我在北戴河看到一个小贩。这个小贩在路边通过和路人做游戏的方法赚钱。怎么做游戏呢,四种颜色的球,比如红黄黑白,每种球五个,共二十个。在做游戏前,小贩会让你仔细把这二十个球看一遍,然后把它们放到一个很清洁的布口袋里。你闭上眼睛,从里面摸出十个球来。如果你摸出来的颜色组合是五五零零,比如黑五白五红零黄零,或者黄五黑五白零红零等等之类,小贩就奖励你一架莱卡相机。如果你摸出球的颜色组合是三三四零,那奖品就降一个等级,譬如一盒万宝路香烟。如果摸出球的颜色组合是三三三一,那就奖励一个更小的礼物,譬如只是一个小小的书签。但是,如果你摸出球的颜色组合是三三二二,那就要罚你给小贩一块钱,如果是一二三四呢,罚你五毛钱。很多人乍一看游戏规则,得奖的情况有三种,罚钱的只有两种,很快就被吸引过去了。纷纷走上前去闭上眼睛抓球,抓一次,三三二二,交一块钱;抓一次,一二三四,交五毛钱。就这样抓了半天,最后终于有一个人得奖了,奖品才是一个小小的书签。在座的各位如果感兴趣可以回去拿麻将牌做实验,条子万字筒子,还有风,一共四样,凑齐二十张后可以摸摸看,很快你就会发现三三二二和一二三四出现的几率比较多,五五零零最少。

西安电子科技大学校长、数学家梁昌洪先生听完我的故事后,首先进行理论推算,然后用电脑做了一百万次随机模拟,最后还组织一百四十名学生进行了六千一百八十次现场抓球实验。这三个方法都试过之后，得出的结论一致。虽然我个人总感觉三三二二比一二三四出现的几率要多，但是梁先生告诉我，从数学计算的结果来看，三三二二和一二三四出现的几率是一样的，都是百分之三十二，两个加起来大概是三分之二。几率最小的是五五零零，大概是十万分之三。起初我感觉五五零零出现的几率和飞机出事故的几率差不多，但是民航很紧张，向我提出了强烈的抗议。他们说，十万分之三，要真是这么大的几率，那谁还敢坐飞机？实际上，飞机出事故的几率比这个数字要小得多，到底小多少，我也闹不清楚，但愿我们不要碰上这样的事就好。虽然飞机出事故的几率比五五零零的几率还要小上一百倍或者一千倍，但它仍然存在，即使这样，也有人碰上，这就叫命运，是根本没法子的事情。那么三三二二和一二三四告诉我们什么道理呢？第一，命运它并不那么极端，有相当的公正性。三三二二最公正了，因为四个二点五这种情况不存在。一二三四看上去不公正，但是实际也很公正，因为它排除了两个极端，一个五，一个零。人生虽然不太公正，但它是排斥极端的。另外，我还有一个重要的发现，要求绝对公正是不可能的。假如在这二十个球的基础上，每个颜色增加一个球，抓出三三三三颜色组合几乎不可能，几率大概也非常小。冥冥之中有一种东西在主宰着你的命运，这种东西不见得公正，比如当你碰见五五零零了，或者比五五零零还邪，那恐怕连上帝也无能为力。但如果不是五五零零，三三二二和一二三四还是过得去的。所以说，在很大程度上，数学就是命运，几率就是命运，这是我想说的第二个问题。

第三个问题，排列组合就是结构。譬如说 A、B、C 这三个字母，你可以把它们变成 ACB、BAC、BCA、CAB、CBA，可以有各种各样的排列方法。其实，在长篇小说和多幕剧里，排列组合是任何做结构的人不能不思考的问题。举一个简单的例子——《雷雨》。《雷雨》里主要有八个人物，周朴园、鲁妈、繁漪、四凤、周萍、周冲、鲁贵、大海。

《雷雨》它充分利用了排列组合。你看,周朴园是鲁妈原来的情人,是周冲和周萍的爸爸,是煤矿工人鲁大海的老板。鲁妈,是四凤的母亲,也是周萍的母亲,又是周朴园原来的情人,是鲁贵现在的妻子。周萍,是周朴园的儿子,是繁漪的法理上的儿子,又是繁漪的情人,是周冲的哥哥,又是鲁大海的死对头。我不一一地说。我们想一想,这样一个排列组合的结构,多么紧凑,多么整齐,多么吸引人。写长篇小说的时候,排列组合是尤其重要。一般来说,能省一个人物就省一个人物。千万不要作品中冒出一个人物,说完一句话后,就甩手走人消失不见了。假如作品中出现了一个人物,就要考虑他和第二个人物的关系,还要考虑他和第三个,第四个,第五个……一直到第n个人物的关系。这是我想说的第三个问题。

第四个问题,我想说,数学悖论就是人生悖论。数学里面最让我感兴趣的就是悖论。比如我们都知道的"说谎人悖论",形式就非常多。譬如,有个人说,"我说的话全是谎话"。这就充满了悖论,当我说我说的话全是谎话的时候,这个话本身是真话还是谎话?如果这句话本身是谎话,也就说实际上我说的话很多不是谎话。如果我说的话明明都是谎话,那我说的这句话不就是真话了吗?说谎话就是说真话,说真话就是说谎话。还有"堂吉诃德悖论"。这个名称,我记得过去看书的时候没这么说过,这里姑且引用一下。说有一个村庄很不讲道理,每天早上第一个进城门的人,都要被守城门的士兵抓起来问一句话,如果他说谎话,就把他烧死,如果说真话,就把他淹死。有一天,一个很聪明的年轻人来到这里,卫兵把他抓起来问,你来干什么?他说我是来被烧死的。这个回答又是一个悖论。如果士兵把这个年轻人烧死,那证明他说的不是谎话,是真话,但应该被淹死。如果士兵把年轻人淹死,就又说明他说的是假话,实际上应该被烧死。所以说,真话就是假话,假话就是真话。再比如欧洲还有这样的故事:柏拉图指出,苏格拉底说的全都是谎话。然后,苏格拉底回答说,您说的是正确的。同样的道理,不同的形式,还是前面的问题。

另外还有罗素的"理发师悖论",理发师宣布只给不给自己理发的人理发,那他究竟给不给自己理发?这样的故事大家可能知道的比我还多,道理很简单,当你肯定一切的时候,你肯定不肯定否定呢,当你否定一切的时候,你否定不否定你的否定呢?悖论,与其说是数学的悖论,不如说是人的语言的悖论,人的思维的悖论。悖论,是没有办法的事情,它说明人的一切认识都给自己留下了麻烦。再有刘教授前天提到的"距离悖论"。这些悖论都说明人的思维,人的思想,人的主观的判断与世界的运转是有差距的,你永远都不可能判断一切。所以人生有时候很悲哀,你自以为你想得已经天衣无缝了,实际上仍然漏洞百出。

当然了,文学作品中也有直接写这种人生悖论的,比如《第二十二条军规》,就是把数学的悖论往人身上写。小说中写美国的战争期间,空军部队有一个规定,如果有人不想继续当空军参加战斗,需要申请退役,并且只有当你得了神经病才能申请退役。但是你只要正常地申请退役就证明你没有神经病,部队也就不准你退役。这样的方法据说被中国广东的一位想要辞退员工的老板学会了。老板是怎么说的呢?老板对员工说,我们现在都是民营企业,别以为我们会养着你,你得自己有创造能力,我们才能继续聘用你。这个工人回答道,我有创造能力,你看我辛苦劳动,给企业赚了这么多钱。老板却说,既然你自己有创造能力,就没有必要继续留在我的企业,自己出去打拼赚钱就可以,下个月起就不用来上班了。悖论在很多地方都有,不仅仅是逻辑上的,方法上的,而且存在于现实生活当中。一九五八年,我被补划为"右派",也碰到过这样一个悖论。当时我们有一个规矩,你必须承认你反党,才能证明你态度变好。你如果说自己不反党,这本身就是反党,因为党说你反党了你说自己不反党,这说明你现在就在反党。我记得和我一起被划为"右派"的人中,有一位年纪比较大的老同志,他老说一句话,"我们认下这壶酒钱吧"。什么意思?就是你认不认,你都得认。可是,我们这里面有一位协和医院的医生,虽然大家对他进行了很多次批评、教育和帮助,但他迟迟不"醒悟"。有一次我对他说,你还没有认识到自己反党,党都指出你反党了,是不是?你就承认自己反过一次吧。他说你对我帮助太大了。可是到了第二天,他说,我想了一夜,还是觉得我没反党。当时,就有人急了,骂道:"你混蛋,都什么时候了,还说你没反党!你没反党你怎么着,你是革命者吗?你是英雄吗?党错了吗?党说你反党了,你说你没反党,难道是党反了党了吗?"生活里面充满悖论的,有时候多学点数学知识会更好。

第五,我想说,无限大,一个"一",一个"零",这就是中华文化,这就是中华哲学的最基本的观念。我对老庄特别有兴趣,我认为老子的道就是无限大,无限大就是上帝。一切的根源就是它,它永远不会增加,也永远不会减少。无限大的意思,是一条直线在无穷大的前提下延伸,它就是圆,是永恒。无限大恰恰和"零"是相联系的,因为正无限大等于负无限大,这种特点只有零才具备。还有一个"一"和"零"。"一"就是有,老子说,"万物生于有,有生于无",生于有就是"一"。我注意到,现在很多电器的开关上都写一个一字,一个零字,一就是接通了,零就是 take off,没有接通。无穷大对人的魅力太大了,我不想细说了,细说容易露馅,就把我数学知识不过硬的东西都暴露出来了。现在我假装连无穷大的知识都懂了,其实我懂得非常有限。中国古文里有这样一段话"无非无,无非非无,无非有,无非非有",我一直没有查到这几句话的出处,但我觉得特别棒。无非无,无不是绝对的无,无是能够生有的无。有也不是有,有可以变成无。我有时候在想,零才是无穷大。什么叫人千古了,什么叫人永恒了,就是当他去世了,当他的存在变成零的时候,他就进入了无穷大。所以零和无穷大是挨得最近的数字。根据我初级的英语水平,我知道 zero 是零,但是我去观看体育比赛的时候注意到,大家常常不说 zero,而是说 nothing,比如 one to nothing 就是一比零所以零的观念是人生的观念,是世界的观念,而不是简单的 mathematics 的概念。这样的人生观念和世界观念贯穿在我们所有的文学作品里面。有人说《红楼梦》里"一片白茫茫大地真干净",就是要求小说结束的时候里面的人物要全部死光。高鹗写到最后,小说中还留下几个人,因此有人责备高鹗是千古罪人。我不这么看,宝玉出家了,黛玉死了,史湘云守寡了,迎春死了,妙玉被掳走了,这就是"白茫茫大地真干净"。很多人不懂得无非无。假如《红楼梦》中一大家子人坐着超音速客机,从法国巴黎飞向美国纽约,突然飞机失事,大家都死得干干净净,实际并不悲哀。还有,我记得看《小兵张嘎》,有一个场景是,小兵张嘎的奶奶被日本人杀了,张嘎一个人在那儿哭。这个场景让我感到很悲哀。但是如果小兵张嘎和他奶奶一块被日本人杀了,反倒就不悲哀了。所以"零""一"和"无穷大"的关系,正是所有小说、戏剧最吸引人的地方。

最后我再讲点几何学。几何学和文学的关系更多。我老觉得"大漠孤烟直,长河落日圆"是几何学。"大漠孤烟直"是垂线的关系,两个直角,一条纵的直线,一条横的直线。"长河落日圆",是切线的关系,落日圆圆地落在一条河上,它和河相切。文学作品中的人物常常有相似形,常常有对应,常常有投影的关系。譬如说《红楼梦》里面的贾宝玉和甄宝玉,其实就是相似形。假如,你要多写几个人物,比如宝玉,还有宝玉 second,宝玉 third,都是相似形的关系。另外,还有投影的关系。老红学家常常喜欢说,袭人是宝钗的影子,晴雯是黛玉的影子。这些人物之间的相似和不相似,某些相似,这和我们几何学上很多概念都是一样的。

最后我归结一下,为什么数学和文学这么亲近,因为它们都是用精神缔造的世界,是用智能缔造的世界,一个人在高度的文学创作和研究的活动中,会感到一种喜悦,会感到一种升华,会感到给自己找到了另外一个家园。在数学的活动中,他也同样会体会到这样的感受,这是高度的精神活动的一种享受。不仅如此,数学和文学的很多思维方法是一样的。当你面对一个数学难题,死活解不出来的时候,本来是从右往左走,可以试着从左往右走,很可能一下子就把问题解决了。文学也是如此,有时候,你这么写死活写不下去了,但是突然换一个角度,马上就不一样了。数学和文学,都训练人想象的能力,训练人专注的能力,训练人激变的能力,训练人换角度换路线的能力。所以,我觉得如果一个人又喜欢数学又喜欢文学,从数学里能体会到许多文学,从文学里又体会到许多数学,确实是一种难得的享受。我就说到这儿,谢谢大家。

(作者答与会者问)

问:我是一名七〇后,读书的时候我常常感到现在很少有伟大的作品,当代的作品没有鲁迅那个时代的作品好,顾彬先生曾说当代文学都是垃圾,我有些类似的感受,不知道在座的各位老师怎么看。

答:我补充两点。第一,"伟大"这两个字在中国富有某些神话的色彩。比如我们会说毛泽东是伟大的领袖,但一般都不说邓小平是伟大的领袖。而且我们常把它道德化,带有一种精神的弥赛亚的性质。拿文字来说,有一个词 master,大师。这个词在中国就不得了,第一你要"伟",要"大";第二,还要"师",要"万世师表"。所以看来,是对精神领袖的一种要求。但在英语里,说 master 是很简单的一件事。我有一个美国朋友,他是一个乐队的指挥。有一次,他到一个小商店排队买东西,突然售货员认出他,然后就喊"master, master,过来过来"然后,我的朋友就享受了不用排队的待遇。我想说的第二点,比较重要,我们说这个作家是不是一个伟大的作家时,往往会倾向于古典主义的,悲情的,决绝的作家。写喜剧的作家伟大不了,写悲剧的就能伟大。现在有个什么问题呢?就是现代性,modernity,modernity 实际在消解伟大,这是全世界的一个现象。古典主义的时候,巴尔扎克、托尔斯泰,把多少悲情写到了作品里面。可是现在呢,现在人人都可以写,都可以在网上写。在网上订合同,每天要写三千字,或者一天写一千五百个字,这样你才能赚钱,别人才不会忘记你。那么现在文学的意义在什么地方？现在的时代也可能有很好的作家，也可能有很好的意义。但它的意义和雨果的那个时期相比，和巴尔扎克那个时期相比，和鲁迅那个时期相比，会发现他们起码没有像那个时候那样要死要活，现代人理性多了。市场经济里，会看到人比过去务实得多。你们心目中的伟大作家，不光是中国没有，外国也没有。有的外国人问，谁是中国现在的鲁迅？那么我请问谁是法国现在的巴尔扎克和雨果？谁是英国现在的莎士比亚和狄更斯，谁是现在的雪莱和拜伦？谁是西班牙现在的塞万提斯？如今的时代已不是经典主义的时代，所以有人预告，文学要灭亡。文学灭亡是胡说八道，但是目前是一种什么样的社会环境，是一种什么样的阅读心态？昨天有人问我，什么时候，能有人再写出一本《红楼梦》？我告诉他，什么时候也不可能再写出一本《红楼梦》！因为文学是不能 copy 的，英国也不可能再有一个莎士比亚。有的话大家也会讨厌他，我们现在要用一种新的观点来探索今天精神上的果实和成品。

问：很多作家创作时会用悖论的技巧，我觉得悖论也是一种美，比如《围城》里的一些悖论，王蒙先生，您怎么看文学中的悖论？

答：悖论，在逻辑思维里，在数学里，是令人不安的一个命题。但在文学中，恰恰是文学的材料，是文学的源泉，是文学非常喜爱的东西。我们经常在文学的作品里看到感情的悖论，看到三角关系，看到四角关系。很多人都渴望从一而终，执子之手，与子偕老，但是现在有一首歌，唱到"不需要天长地久，只需要曾经拥有"。这不就是悖论了。尤其是很多电视剧，肥皂剧，一旦用了悖论，它可以弄出很多集，写作者至少可以得到五十万的写作费用。你看，要是连悖论都没有，那就连钱都赚不上。悖论既可以是悲剧，也可能是喜剧。现代人常常把悖论看成是喜剧，把悖论看成是对自己的嘲笑，对人生的调侃。这也牵扯到刚才谈到的伟大作家的问题。现在写伟大爱情的人越来越少了，什么是伟大的爱情，过去"殉情"才是伟大的爱情。如果罗密欧和朱丽叶没有死，那他们的爱情没有伟大到哪儿去。如果故事最后,两个仇敌尽释前嫌,家庭问题都解决了,两人牵着手,白头到老,朱丽叶每天晚上还给罗密欧打一盆洗脚水,还进行一点足底按摩,那能是伟大的爱情吗?伟大的爱情是用死作代价的。贾宝玉和林黛玉也是这样的,如果林黛玉嫁给了贾宝玉,还给他生了俩儿子……现在的人越来越聪明,不那么容易去为爱情而死。但是假如一个人要死了,把眼睛一闭,心想我要归于永恒,归于无穷大,我现在既是零又是无穷大,也是一种选择吧。所以这个世界在变,我也不知道会变成什么样。现在对现代性质疑的人非常多,也许我们会看到更多不是让你死,而是让你活的更好的文学作品,也挺好,也挺舒服,起码有这个可能。

2012 年 11 月

莫言获奖的案例分析[*]

莫言获得诺贝尔文学奖这是一个大事,引起了国内外境内外文学圈内外的关注。也有各种各样的反映,从这些反映当中牵扯到许多学理的问题。这里面有文学的问题、有比较文学的问题、有文化学的问题、有比较文化学的问题、有国际关系学的问题、有发展社会学的问题,有传播学(接受美学)政治学营销学,还有近代史现代史当代历史研究上的一些问题。将莫言获奖视为一个重要案例,进行学理分析,是很有意义的事情。

文学和获奖

头一个问题,谈谈文学和获奖。文学本来不是特别热闹的事情,它是语言的艺术,远远不像视听艺术、造型艺术那样直观、刺激、吸引感官的注意,更不像政治活动、商业活动、宗教活动、慈善活动乃至娱乐消费活动那样引人注目。它是相对比较寂寞的事儿。一个作家一个作者自个写作,写呀写呀写了半天,又把它撕了,扔纸篓里去了。有诗曰:吟安一个字,拈断数根须。即使像欧洲人那样富有胡须,要写上一百万字也要捻掉几百万根胡须,这也是相当恐怖的一个代价。还有的人写作写多了以后得了抑郁症,整天想死想活。作家蒋子龙

---

[*] 本文是作者在北京师范大学-香港浸会大学联合国际学院(UIC)的演讲。

先生有一个统计,就说中国作家在世界各国作家中自杀率是最低的。有人甚至于认为这是中国作家写得不够好的原因,不是在自杀前夕写出来的,激情不够,震撼的力量也不够。

这样寂寞的文学由于有了这些文学大奖、二奖、小奖的出现,尤其有诺贝尔文学奖的出现,一下子热闹了起来,使对文学没有太多兴趣太多了解的人也关注起文学来了。热闹到什么程度?早在二〇一二年十月英国的一家博彩公司就提出来,招揽大家下注。就说根据我们掌握的情报,莫言和村上春树是今年最可能获奖的两个人,你们愿意下注的下注到这两个人身上。凡是在香港有观看赛马经验的人都很容易理解这个事情。这对我来说,我感觉非常出乎我的意料,因为我认为瑞典科学院里是非常严肃的一帮老人,平均年龄都是很大的。而他们强调五十年之内他们评奖是完全封闭的一件事情,是不可以透露的。这使我联想到一九九三年我在纽约华美协进社参加该社成立七十周年活动,那里是胡适博士当年联络美国一些主流学者的地方。一九九三年我在那儿讲演完了以后,美国笔会的秘书,这个秘书如果在中国的话肯定叫秘书长或者起码是笔会书记处第一书记,是一位女士,很富有扩张性的。她两只眼很专注地看着我说:"王先生,你知道吗?今年北岛将能得到诺贝尔奖。"我说我不知道,据我所知,这个文学奖是不会透露消息的。"先生,我知道。"她说得十分肯定,十分自信。"哎呀,太好了!"我的反应只能是表示佩服,心里是将信将疑。她紧追不舍地又问:"你对这件事有什么看法?"我说如果他得了奖我要祝贺他。"你为什么要祝贺他?"因为这是一大笔钱哪,一百万美元呀(当时还没有欧元)我认为这是一件很好的事情呀。"那中国作家对这件事会有什么反应?"我说他们有的人会高兴,有的人不高兴。一下子,那位秘书长两眼放光:"为什么有人不高兴?"我说:"你知道,所有的作家都认为他自己才是最好的,从来不会认为别人比他自己写得好。"这个话令她非常的失望。这个事不管它了。我最大的遗憾是我想不起她的姓名来了。我要说的是这两件事告诉我，这两件事加在一块儿，使我感觉到我还是很幼稚啊。多么伟大的神秘的认真的事情都会透露出消息来的。就是说，一切的伟大事业，也都是凡人干的，一切伟大高端机密神奇都有被解构、被消费的可能。有人反映，获奖后的莫言被消费了，他怎么看不到伟大的奖项首先被消费着呢？押注，当然是消费，自以为获得了天机，然后用来将中国人的军，是另一种通俗手段。

大家对中国的文学老感觉到不满意。我到处都听到对中国文学对中国作家的两项谴责，我说的中国作家的两项原罪：第一个谴责，为什么你们没有现代的鲁迅？大家要求有现代的鲁迅。要求我们出现一个精神的领袖。我们现在要求一个精神界的一个英雄，要求精神界的一个强人。这是弱者的心态呀，嗷嗷待哺，就像等着吃奶一样：为什么你写的东西不能成为牛奶甚至于成为伟哥呢？这个我不多解释。

还有一个就是说为什么没有一个中国作家得诺贝尔文学奖？一九九三年在台湾的时候，对不起，和我们文化心理完全一样的台湾同胞也追着我问，为什么没人获得诺贝尔文学奖？我就从理论上说获奖有两种情况：一种情况是由于你的获奖给这个奖项增加了荣誉；第二种情况是由于你的获奖给你自己增加了荣誉。我说我们应该争取的是第一种情况而不是第二种情况。现在回头来说，寂寞的作家也是俗人，你让他们给他发了一个诺贝尔文学奖他非常高兴。我告诉你们，莫言获得了奖非常高兴。如果我获得了奖我也非常高兴，但是我没有获得，并不意味着我不高兴，毕竟莫言是同胞，同行，朋友，而且堵住了视诺奖为神明、视本国作家为粪土的糊涂虫的嘴。就说作家也有俗人的一面，他也需要荣誉也需要钱。同时，毋庸置疑，诺贝尔文学奖是现今世界上影响最大、相对最成功的奖项，许多作家、评论家、出版商盯着此奖。

但是让我们分析一下，奖本身更多的是一个传播的现象，是一个社会的现象。奖本身不是一个文学的成果，不是一个文艺学、小说学、诗学、美学的概念,奖本身并不能为文学直接增添什么果实。我们想想奖它能直接介入你的想象吗?它能加入你的激情吗?它能优化你的修辞吗?它能丰富你的构思吗?如果你在构思过程中老想着奖,你肯定是吗奖也得不上。所以奖本身是什么呢?是一种社会的,有时候是集团的,即使你是个人花钱办奖它也是集团的,办这个奖还得有一个工作的班子嘛。社会的、集团的,而且很多奖都是和权力与财富结合起来的,和政府结合起来的,诺贝尔文学奖也是一样。诺贝尔文学奖它有它理想主义的一面,我这是绝对与政治无关的。但是请问诺贝尔文学奖是谁来发呢?是瑞典的国王来发的。为什么瑞典诺贝尔文学奖有这么大的面子这么大的影响呢?这和国王发奖是有关系的。所以它要和世俗的主流的某种实力、权力、金钱、地位,当然也有学术势力结合在一起,它是由国王发的。日本的"芥川龙之介奖"是由天皇来颁奖的。当然日本还有另外的故事,大江健三郎获诺贝尔文学奖以后,他那时候还没有获得"芥川龙之介奖",赶紧给他补一个"芥川龙之介奖",然后通知他,说你已经获得了"芥川龙之介奖",几月几号,天皇陛下,奖要给你颁发。这个大江健三郎也很牛的,他一拍胸脯说:"我不要!我得诺贝尔文学奖和你日本天皇没关系,你给我发奖我不领"也非常伟大。大江健三郎还有一个更伟大的,就是最近他正式地宣布,经过他的仔细研究,钓鱼岛是属于中国的!还有,认为莫言应该获得诺贝尔文学奖的我所知道的第一个人就是大江健三郎。在十一年前,在中国社科院的一次活动中,我得到机会第一次看见大江健三郎。他就在那个会上说:中国莫言一定要得诺贝尔文学奖,今年不得就明年得,明年不得后年得,他说他一定会得奖。然后他带着一个摄制组在新年的时候跟着莫言一起去了山东高密,留下了各种的影像资料,所以莫言的获奖要感谢大江健三郎,是人家大江健三郎的慧眼识莫言、慧眼识钓鱼岛。

对外文化关系

下一个问题我想谈到：中国对外的文化关系上有一种悲情。这个悲情从一八四〇年鸦片战争紧接着英法联军，紧接着中法战争，紧接着八国联军，紧接着中日战争，强烈地形成的。我们原来是一个老大，唯我独尊的一个国家，在近代史以来过得那么痛苦，这给中国人的打击太深了。为什么王国维辛亥革命一成功，他便自杀了。王国维他并不是保皇党，但是他看到了中国文化所面临的这种窘境，他觉得他活不下去。为什么翻译赫胥黎《天演论》的严复，他是清朝最早留学英国的学生，回到中国后他自己成了鸦片的吸食者，也是因为他看不到中国文化的前途。在凤凰卫视《锵锵三人行》聊天的时候，窦文涛先生就说，有一个说法，说中国革命推翻了帝国主义、封建主义、官僚资本主义三座大山；但是中国文化身上还有三座大山，是哪三座大山呢？第一没有主办过奥运会；第二没有获得过诺贝尔文学奖；第三没有主办过世博会。现在到莫言获得诺贝尔文学奖为止，三座大山都推翻，我们总算是功德圆满了。我们不但主持了奥运会而且金牌第一。第一完了以后现在第二、第三，就是第八也没关系了，反正我第一过了，你还没有第一过呢，有这样一种心情。这样的话就造成了一种对诺贝尔文学奖的一个情意结。其实说实话，在西方对诺贝尔文学奖，没有像中国人那么重视，没有中国人看得这么重要。他最多就在宣布的当天晚上，例如，一九八〇年我见过的美国的黑人作家托妮·莫里森，后来获得了诺贝尔文学奖。这个黑人作家来过中国两次，和中国作家有很好的交流，当时我就在美国，电视上看到它报道一下就完了，没有那么多人在那儿议论。这个大家都看得比较简单。以至于一九八六年在上海金山，国际汉学家对中国当代文学的讨论会上，有一位是澳大利亚国立大学中文系的主任，他是一个英国人，他叫比尔·詹纳尔，他在这个大会上说："诺贝尔文学奖就是瑞典那几个老头非常坚持很努力地做的这么一件事儿,它并不是文学奥林匹克,文学也没法进行奥林匹克,你们不必对这个事太在意。"但说归说,我们老没有一个得诺贝尔文学奖的,似乎还是有点丧气。

我们又碰到另外一个问题,就是你奖了,奖得我不顺心。这里有两种文学观,有两种世界观,有两种政治观,两种文化的碰撞与交流。诺贝尔文学奖是属于西方世界的,这毫无疑问的。我们可以说,诺贝尔奖,是当今强势文化、世界主流文化的一个符号。而我们是第三世界的,非强势非世界主流文化的一个符号。面对强势的主流的文化扩张,非强势文化既羡又疑,既提防着自身不要被它吞噬了,又不愿意被它忽略了看扁了。我国一些人士对此奖的态度可以说是又爱又恨,又想又怕,又套磁又严防,又上火又放不下。从中国与奖的关系史上研究,我们可以获得大量发展社会学范畴的启示。

诺奖主办者对文学的看法,至少它口头上是这么说的:文学就是文学,文学与政治无关、文学和社会体制无关,文学常常是批判社会体制的;我们对各种社会体制,不光是对社会主义的社会体制,我们都常常是批判。而中国刚刚经历了一场大革命,说是刚刚,也已经过六十年了,但对于历史来说,对那场大革命都还记忆犹新。革命是什么意思?革命就是它许诺了一切,因为它许诺了一切所以它就要动用一切,包括文学,来支持革命,来煽动革命,来动员革命。中国是很有意思的,中国把战争的失败叫做四面楚歌,就是我们要从唱歌看哪方面胜利。这还是真的,因为据我所知有一些延安的老歌唱家,他们聚会,回忆往日的峥嵘岁月,喝了两瓶茅台以后,把桌子一拍,然后站起来:革命是怎么胜利的?是靠打仗吗?我们的武器根本不如蒋介石的武器。是靠我们唱歌唱胜了的。对不起,我这话恰恰得到了台湾著名诗人痖弦的认同,他说就是这么一回事,还说台湾最大的痛苦就是没歌唱。我们非常重视文学在革命上所起的这样的作用。但是现在中国文学的状况又发生了很大的变化,不完全跟革命时期一样,如文学为人民服务,为社会主义服务,很多主流的一些提法,或者作为执政党的政策,我们的说法并没有很大的改变。但是开了一个口,它扩大了一个尺度,什么尺度呢?现在你们看中共有关文件里头都提出来,首先要满足人民多种多样的精神需要。这样一下子就很扩展了,精神需要而且多种多样。什么是精神需要?例如娱乐是精神需要、消遣也是精神需要、刺激也是精神需要,哪怕郁闷了想哭一场也是精神需要。睡不好觉了多看几个毫无内容的相声,看完了以后就睡得很好,越没有内容的睡得越好,这也是精神需要。所以从中国现代来说它对文学的看法处在一个日益扩展的这样一个过程中,如果在"文革"中像莫言这种写法,早就倒大霉了。所以在这种情况之下,这两种文学观,两种世界观,既会有碰撞,又会有交流,还能够共享。莫言就是共享,这个瑞典科学院认为莫言写得很好,中国方面也认为莫言写得很好。当然中间也有一些不同的理解,有歧义,也可能有误解,也可能有偏执,有些不同的理解。比如说,更早的一次高行健先生的得奖,瑞典方面解读和中国的主流解读就大相径庭了。

诺奖与国际

现在底下想谈这个诺贝尔文学奖。诺贝尔文学奖有时会找麻烦,跟中国的麻烦还不多。比较有趣的是跟苏联,跟苏联最早发的奖励的是蒲宁,这个蒲宁是十月革命时候逃跑到国外的一个流亡的作家。因此苏联对这个有一些看法,认为这是鼓励那些流亡分子,鼓励那些反苏分子。然后发生了一个问题,上世纪六十年代赫鲁晓夫当政的时候他们奖励了帕斯捷尔纳克,帕斯捷尔纳克写过一个很长的小说《日瓦戈医生》,而且美国将这个《日瓦戈医生》拍成电影,这个电影用俄罗斯的一个圆舞曲作为它的主题曲,我非常感动的一个曲子,很伤感的一个曲子。他得了这个奖,他在苏联没发表,稿子带出去了带到欧洲发表的。这样他一得奖,苏联官方就给帕斯捷尔纳克极大的压力。苏联宣布把他开除作家协会会籍。他被迫发表声明,拒绝接受这个奖。这个诺贝尔文学奖在历史上有被拒绝的例子,比较最著名的让·保罗·萨特,就是存在主义的一个哲学家。保罗·萨特他把这个诺贝尔文学奖骂了一顿,认为有很多劣迹,他说他不能要这个奖。但瑞典的人跟我说,让·保罗·萨特到了晚年了经济困难身体也不好,又想要这个奖,但是我们就不给他。这个事我假设或者说我相信是真的,因为瑞典科学院院士是不会编这个假话的。但是我一直想给瑞典科学院建一个议:遇到拒绝领奖的,把他的奖金存在银行里,给他保留二十年,二十年后连利息,如果有基金给中间操作的话,就连红利都可以给本人。这样就显得这个科学院胸怀更加伟大。为了哲学,为了文学,为了科学,而不在乎一时一言之荣辱长短,不计较一日之短长,不是会很好吗?

再回过头来说苏联,这个赫鲁晓夫晚年写回忆录的时候说:我当时处理这个事,我根本就没看《日瓦戈医生》,我哪有时间看那个?我是根据下级写的报告,决定了有关措施。可是我老了以后,看了一遍《日瓦戈医生》,觉得帕斯捷尔纳克写得好呀,我很愧疚有这么一回事。

后来又有个事苏联很愉快,为什么愉快呢?奖给肖洛霍夫了。肖洛霍夫是《静静的顿河》的作者,他是从十六岁开始写这个四卷本的长篇小说,肖洛霍夫他是体制内的作家,他是苏共中央委员,在第二次苏联作家代表大会上,你看肖洛霍夫的讲话,他说:"西方的反动势力抨击我们苏联作家是按照党的指令来写作的,完全是胡说八道,我们是按照我们的良心的指令来写作的,但是我们的良心是向着苏联共产党的!"真棒呀,多会说啊! 这样一个一心向着苏联共产党的这样一个作家,偏偏他又写得那么好,你比不了人家写哥萨克,写阿克西妮娅,写葛利高里。他写得好到什么程度呢?葛利高里抱着他的情妇阿克西妮娅逃离白军。他逃的时候,"啪"的一枪打在阿克西妮娅的身上,阿克西妮娅就死在葛利高里的怀里。这个葛利高里一低头一看阿克西妮娅肯定死了,枪打到了心脏,血液流到他身上,

469

这时候他一睁眼,他看见天上是一个黑色的太阳,写得多好,黑太阳,这个非常惊人。他得这个奖,就很高兴。

底下就更逗了,奖给了索尔仁尼琴。索尔仁尼琴是写劳改队的作家,写他在西伯利亚被劳改了。苏联的反应也绝,那边一奖索尔仁尼琴,这边宣布吊销索尔仁尼琴的护照,这样索尔仁尼琴就被流亡了。不是他自己要流亡,而是苏联政府不让他回来了。被流亡上哪儿去呢?到了当时的西德,到联邦德国作家海因里希·伯尔的别墅里去了。海因里希·伯尔后来在一九七二年也获得了诺贝尔文学奖。海因里希·伯尔他援助苏联的异议分子。但海因里希·伯尔本身对德国政府来说他也是一个反派人物,他写的作品里头,把西德的资本主义社会那是骂得一塌糊涂。海因里希·伯尔他也很有曲折。西德一九八〇年的驻华大使叫魏克德(Erwin Wickert),他本身是一个作家。他写过中国题材,写过太平天国。他就跟我说,还跟作协好多人说,这个海因里希·伯尔得一个诺贝尔文学奖让德国政府非常头疼。他当时是怎么处理的,这个我觉得还不错。当时的德国总理给海因里希·伯尔说到他别墅去祝贺。但是海因里希·伯尔他玩绝的。他住的这个农村叫"朗根布鲁希"。在"朗根布鲁希"那他挂了一个牌子叫"朗根布鲁希自由邦"。因为按照德国的规矩一个村要写上属于哪个镇哪个市哪个州,他不写。他的这个德国村干部一听说总理要来,你这写一个"朗根布鲁希自由邦"不好办。就去找伯尔说:怎么办?咱们这儿写个"自由邦"这不合法呀?伯尔也挺通情达理,那就换一换吧,最后按规矩换了一个牌子。然后总理来了,祝贺!吃点饼干,喝杯咖啡。当然,这些都是我想象的了。

同时诺贝尔文学奖也有得罪美国的时候,和美国发生最大矛盾的,获得诺贝尔文学奖的作家中在中国最厉害的人物,就是加西亚·马尔克斯,哥伦比亚魔幻现实主义作家。加西亚·马尔克斯是古巴共产党领导人卡斯特罗的密友。所以一九八六年一月在纽约开第四十八届国际笔会的时候,美国曾经不准许加西亚·马尔克斯入境。

我作为嘉宾参加了那个笔会,那个笔会的开幕式是在美国国会图书馆。开幕式上,美国的国务卿舒尔茨致词欢迎各国的作家。这个时候美国作家抗议,喊成一团。尤其我比较熟的一个美国女作家,个子矮矮的,胖乎乎,但是还是很性感的,写得也非常好的一个俄罗斯裔的一个作家,她脱下了高跟鞋,"叭、叭、叭、叭……"地敲这个桌子,全场的人乱成一团。所以我说我们有一种误会,我们认为瑞典科学院一定是听命于美国的,不见得。北欧执政时间长一些,是社会党、工党这一类的政党。我说这些是什么意思呢?就是第一,奖是社会的一个奖,是世俗的一个奖,它不可能和政治完全无关。你不想和政治有关其结果也和政治有关。第二,西方社会不是铁板一块,它并不注定与中国体制敌对,但也不注定不与你发生冲突,我们应该学会因应行事,实事求是,弹性对待,既正视与之的摩擦碰撞,也共享能够取得的一致或普适。第三,它会与有些政府有些小麻烦,它跟苏联有过麻烦也有过愉快的记忆。它跟中国有过麻烦也有过愉快的记忆,这次莫言获奖就挺愉快的。它跟美国有过麻烦也有过愉快的记忆。第四,归根结底,我认为瑞典科学院诺贝尔文学奖是一个非常有声望的奖。但它不是文学的本身,它是文学的一个推手,它是文学活动的一个著名品牌。它更多的是一个传播现象。

诺奖在传播学上的意义

我们更多的应该从传播学的意义来研究这个奖。因为这个奖起了一个推荐的作用:常常有这种情形,有时候这个诺贝尔文学奖它特别喜欢挑选这个和公共舆论差别特别大的作家。因为瑞典的这帮老头他们要表现他们的认真、他们独具慧眼的风格。它经常推荐的一些人本国人不知道他是谁。

比如说一九八五年它奖给了法国的一个作家西蒙,西蒙是一个特别好的老头,我得到不止一次机会和他一块吃饭。他话很少,谦虚低调，但他写的一些被认为很古怪的东西，而句子又很难懂的，据说别人又不太爱看也看不懂的那种作品。所以像西蒙这个你不知道怎么回事。但是给他一推大家就都知道了。我还知道有某一个作家，因为他是我的朋友，我就不说名字了。他的作品在某个地方出版了，七年过去了卖掉几十本。忽然得了诺贝尔文学奖了，三个月卖了五十万本。它是一个名牌，它是一个推手，它是一个巨大的传播和推荐，但不是文学本身。我们看看文学史，对文学奖记载得非常少。托尔斯泰是大作家，得过什么文学奖，谁知道？沙皇给他奖？不可能，因为他直接写小说骂沙皇。巴尔扎克是大作家，他得过什么文学奖？只有李白得过文学奖，这是"三言""二拍"上写的，就说皇帝给他发一个牌子，凭这个牌子到各个酒肆，洋的说法就是酒吧，可以免费喝酒。哎呀，中国皇帝多么风雅呀，他这个奖对文学介入的程度肯定超过诺贝尔文学奖。因为你喝酒喝了感情激动呀，你血压变得都不一样，你荷尔蒙都不一样了，你光那一百万欧元怎么能介入创作，那只能存在银行里了。所以李白得过奖，但曹雪芹没得过。曹雪芹不但没得过，而且曹雪芹生活很差，他的晚年就是"举家食粥酒常赊"，他穷得只能喝粥，而且我估计不是皮蛋瘦肉粥，顶多一碗棒子糁。我还喜欢举个例子，这个例子我在台湾也说过，在内地大陆年龄大一点的可能有印象，有一广告，是河南的一个广告叫新飞冰箱。那广告词有特色：新飞广告做得好，不如新飞冰箱好。我觉得他这思路非常好，所以就说各种大奖搞得好，不如文学本身好。文学本身不好，你光靠得大奖有什么用呀。无非就是预支，或者超支这个奖的信誉。

为什么是莫言？

还有一个问题，我说：为什么是莫言？因为出现了一些各种稀奇古怪的说法。为什么是莫言呢？比如我一个朋友，德国著名的汉学家，也是我作品的译者，叫顾彬。顾彬就说莫言写得不好，所以他能得奖就是因为葛浩文,他是犹太裔,美国的一个汉学家,他是和台湾的一个女性结婚了,后来离开了。但是现在好像还是和一个华人在一起,所以从他的爱情态度上也可以看出他对中国是何等亲近。

把这个说成是翻译的结果,这种说法稍微勉强了一点,人生的事有很多偶然的原因,但是你要把他完全八卦化了,没有什么意思。翻译当然要好,但是为什么人家翻译的是莫言的,没有翻译言莫的,是不是?那还是莫言写得好,起码你感动了葛浩文先生,使葛浩文愿意下大功夫来翻译你的作品。

我还掌握了一个情况,大概在二〇〇六年的时候,当时我为参加全国政协的一个活动,我个人做了一个统计,现在中国的这些所谓的当红作家,他们的作品在国外介绍的情况。我当时掌握的情况就是莫言是第一的,他的作品翻译到国外去远远多于和他同时代或者年龄差不多或者比他年长的这些作家。瑞典人有陈安娜对他的翻译,据说也翻译得很好。翻译得好坏,国外的介绍,这些虽然是原因,这些不是主要的。还有其他因素,这些因素我也完全相信存在,为什么呢?因为莫言,他的早期的作品叫做"红高粱家族",而《红高粱》经张艺谋先生的导演,变成了电影,而且好像还获得了柏林的电影节金奖。所以这是文学可怜的地方,你书再写得好啊,没有一部电影或者戏剧立在舞台上容易接受!所以这个《红高粱》的存在,电影的成功,电影的获奖,首先张艺谋的成功,也给莫言带来了一些好处。这些东西适当说一下可以,如果你要说得太多了,就是本末倒置!你非要否认莫言的成就不可,这种人中国有外国也有,就是他看不起中国的这些作家。他一方面是把"诺贝尔文学奖"看成是天上的神一样,一方面把中国作家贬得很低。我说英国博彩公司博彩的时候,国内就已经有文学方面的,也算是头面人物,已经在那里打赌,说莫言不可能得奖,莫言得了奖我戒饭,我不是戒酒、戒烟,我是戒饭,就已经有这样的观点了。

这样又有人说,等得了奖了,赶紧提醒,人家诺贝尔文学奖发也是发给个人的，不是发给中国文学的，那个意思就是你们中国其他写小说的人用不着跟着臭美。但是这话似是而非，表面上看起来这话说得很好，当然是发给个人的。但是任何人的个人和他的时代，和他的语境，和他的人文环境是分不开的。与莫言同时还有一大批作家，比如说王安忆，比如说张承志、张炜、刘震云、铁凝、贾平凹、余华、毕飞宇、迟子建、阎连科、韩少功、张抗抗、舒婷，一大批的写作人引起了各方面的注意，尽管他是一个非常个人的事情，他和他的环境，和他的社会氛围都有一定的关系，所以说莫言获奖既是偶然的，又是必然的。

还有一个很有趣味的说法，他对中国的体制，对中国的权力机构有一些批评的意见，所以他批评了瑞典科学院。为什么呢？就是瑞典科学院发了几次奖都得罪了中国了，跟中国的关系很不好，而中国现在又变得越来越有钱了，和平崛起了，第二大经济体了，你老得罪中国也不合适，你赶紧找一个体制内的作家发给他，改善一下和中国的关系。这个话让人听起来也不太是味，你说毫无这方面的考虑，我也不知道，我们不能光从动机上说，也不能说毫无关系。我们接着反过来说，瑞典科学院给肖洛霍夫发个奖，和当时美苏关系的改善是有关系的，恰恰是赫鲁晓夫访问美国前后，又是在尼克松访问苏联前后。在这期间，就是在斯大林去世以后，美苏关系出现了种种缓和的情况下出现了这样一个情况，如果双方正处于绝对的对峙的一种情况下，就很难发生这种奖肖洛霍夫的事。所以我们研究讨论一些文学问题、文化问题，我们就常常碰到这个，文化文学有他脱俗的一面，也有他理想主义的一面，又有他世俗的一面。

你说文学是脱俗的吗？在中国人认为诗可以脱俗，词就俗了，曲就更俗了，小说尤其俗。小说没有俗的内容，就完全是哲学家的小说，那得是在咱们联合国际学院获得博士学位以后再进修十五年才能看得懂的小说。那小说就没了，那里面写的人的柴米油盐酱醋茶，写的吃喝拉撒睡，写的是男男女女——各种狗男女，它都是写得很俗。那一个文学奖更有俗的一面,文学奖怎么没有俗的一面呢?如果不俗的话你根本不必搞文学奖,最多发一个喝酒的牌子就可以了。你要搞文学奖,你要准备钱,你要讨好各个方面,你要使它正确地运转。所以这个俗和雅也是一个有趣的话题。博雅、博雅,人这辈子都希望自己博雅,但是非常博雅的人,包括非常博雅的学校也有它未能完全脱俗的那一面,你信不信?

那个顾彬先生他还提出一个,他写自己的愤怒,他说莫言的作品烦死人!另外他又说高行健的作品如何得坏。他说,我是不愿说多了,说多了你就会发现中国的"诺贝尔文学奖"的获得者都是光屁股的皇帝,穿的不过是"皇帝的新衣"。这个顾老弟很好的一个人,我跟他几十年的交情了,现在我要告诉你们一句话,顾彬的皇帝新衣论对我们很有启发,就是世界上的很多大权威,世界上的许多大美男、美女,都有"皇帝的新衣"这一面,就是都有他的破绽。比如说美国中央情报局原局长彼得·雷乌斯,多帅多忠的一个男人啊!那个女作家,就是后来跟他发生事情的那个女人,认为他是真正的男子,是英雄!是不是?但是!他有他的破绽,"诺贝尔文学奖"也有它的破绽啊!你这顾彬光看中国人得奖有破绽,那洋人得了奖他就没有破绽?从一九四六年算起,结束了"二战"以后,前后已经有六十七个人还是六十六个人得了诺奖,这些人里头,你们谁能说得上十个人,谁能说得上二十个人?不知道啊,他得了也就得了,不完了吗,你还干吗啊?你还追踪?所以啊,奖是人办的奖,得奖的是人,所以它有破绽的一面,不足为奇。

我们面对的是什么?

那么最后我再讲一个问题,就是我们面对的是一个什么呢?一个中国国力正在迅速地增强,中国人对自己的文化也越来越有信心,包括在十八大的报告上面啊,我觉得我今天的这个讲话还包含贯彻

475

十八大精神这一面。现在都非常重视文化,但是这个文化呢,我们必须要看到一个事实,一个什么事实呢?就是欧洲文化当然是当今世界上的强势文化。英语是世界上运用最多的,最被国际上所使用的语言。

可惜我很喜欢讲英语,但是我的英语水平不够,如果我水平够的话,我想干脆用英语跟你们讲这一段。但是它又有很多的冲撞!有很多不一致的东西,你英语认为好的东西,有些我们不见得认为好。因为我很喜欢学各种语言,我们常常会碰到一种情形,比如我在新疆的时候,我喜欢学维吾尔语,维吾尔语言属于阿尔泰语系突厥语族这种语言。他是这样的啊,这个维吾尔人在一块说一个笑话,笑得简直就是都快直不起腰来了,当汉族人问他说他们说什么呢?他们就把内容翻译出来,其实也不好笑,说这些人怎么这么无聊啊!这有什么可笑的!他们觉得不好笑。你汉族人讲这些故事,维吾尔人也问说他们讲什么呢?翻译出来他也觉得不好笑。英语也是这样,关于好笑不好笑这是一方面。

在中国文化越来越和世界文化密切关系这样一个时刻,我们会碰到很多愉快的事情,我们也会碰到很多不愉快的事情,我们有时候会碰到很多不理解的事情,有时候还会碰到许多误解的事情。Misunderstood——误读也不见得坏。有一次北京大学比较文学学院乐黛云教授主持一个关于比较文学的研究,而且研究的主题就是关于"误解""误译"——错误的理解。我就说一点错误的理解都没有的话连爱情就都没有啦!我不知道那次会议的讨论有什么重要的结论?但是我这个"如果没有 misunderstood 连 love 都没有了"变成了会上的一个名言!

那文学的好处在哪儿呢?文学的好处即它是生活和内心的直接的表现,直接的呈现来代替主张和诉求。就是不管你是保皇党也好,激进党也好,社会党也好,布尔什维克也好,孟什维克也好,黑手党也好,你要写出一个作品,既然是一个作品,你要充满生活,充满着不可摧毁的生活。只要你没有被枪毙，你还得生活，你的言语也是生活，他充满着感情，充满着作者内心的情怀，而对于生活，对于情感，对于内心，我们解释的余地是宽阔的。你说他是保皇派，但是在巴尔扎克的小说里面你看不出什么保皇派，你看到的是他用解剖刀一样解剖法国当时的男男女女，贫贫富富，各式各样的人，"人间喜剧"没有他不知道的事，而且他的眼睛就像 B 超，就跟 CT 扫描一样，这是巴尔扎克。托尔斯泰……列宁说他是一个基督教狂。因为他最后引导回到宗教上来，但他又大骂这个俄国的东正教会，非常复杂的一个人，所以对他的作品可以做多方面的解释。

刚才提到过肖洛霍夫，他除了《静静的顿河》以外，还有一部更著名的作品叫做《被开垦的处女地》，是写苏联农业的集体化。当时被认为是拍斯大林马屁的小说，但是等到苏联解体以后，我国一个著名的俄苏文学专家叫蓝英年，蓝英年就发表了一篇文章说肖洛霍夫的小说实际上是写出了苏联集体化的失败：当时是杀牛宰羊，富农的反抗导致的生产力的破坏。所以文学就是要给一个比较宽泛的解释，这样就可以避免许许多多的过度解读，避免许许多多的作茧自缚，也可以避免许许多多的可以避免的冲突。

所以米兰·昆德拉，原来捷克的一名作家，他现在不在捷克，他是写《生命中不可承受之轻》的作家，他就说小说的存在就是对专制主义的反抗，因为小说是可以作多种解释的，它不是说只有一种解释，不是绝对化的，不是全称肯定或者全称否定。韩少功说当我对一件事情想得清楚的时候我会写评论，我会写论文，当我对一件事想得不清楚的时候我会写小说，所以文学有这方面的好处。

但是又不是绝对的，为什么不是绝对的呢？伊拉克被绞死的萨达姆·侯赛因就写小说，而且写得很好。一九九六年伊拉克驻华大使馆因萨达姆·侯赛因的小说中文版的发行，请我出席他们大使馆的酒会。因为那天我去伦敦，所以我没有参加这个活动，否则也可能留下一个劣迹，就是为萨达姆·侯赛因抬轿。就是萨达姆·侯赛因

477

会写小说，内容我就不多介绍了，你们去看看，网上都有。不但萨达姆写小说，卡扎菲也写小说，小说写得挺棒的，而且他很多的见解与众不同，他就讲城市，城市里的人就是一群蛆，他尤其抨击足球，他说足球最可笑的是弄几个人踢一个球，他非常像中国的军阀韩复榘。韩复榘有一个有名的故事，就是他在济南看见学生打篮球，他下令说以后多买几个球给这些学生，免得他们十个人抢一个球。所以用文学来反对专制主义是不是一定很有效，我不敢说，但是即使无效也罢，有文学比没有文学好。起码我们有书看，好！而且我们还要警惕不要用多媒体的那种音像制品或者是网络浏览来代替文学。

　　文学更深，文学更有想象力，语言符号更容易进入我们思维的过程。如果我们没有看过任何一首爱情诗或者爱情小说，只是看见电视上面的一男一女抱着在那来回地打滚儿，这样的人，特别是女生，你们要是碰到这样的男生，一篇爱情诗也不会背诵，一部爱情小说也没有看过，只看过三级片，千万不要和这样的人交朋友。我热忱地向你们呼吁，只有看小说，人会显得深刻一点，人会健康一点。

2012年12月3日

与顾彬谈文学及其他[*]

一

　　刚才顾彬教授讲得太好了,他的语速非常地正常,非常地好,北京有媒体认为他讲得太慢,我现在替他感到冤屈,他讲得至少不比总理慢。他说的诺贝尔奖的问题,这东西不是特别地好说,因为奖都是人评的,人是既有脱俗的一面,也有世俗的一面。文学往往会有一种浪漫,向往着一个超乎凡俗的境界。但是你评起奖来,有一些因素是很难说的。譬如说翻译起作用,当然起作用。如果一个很好的作品翻译得不好的话,得不上奖。我虽然没有翻译过得诺贝尔奖的作品,但是我在新疆的时候,我们本机关的维吾尔人申请补助或者请事假,都要求我翻译。他们认为我翻译获准的可能性比较大。因为我到那时候,讲话的神态就和顾彬教授一样,非常绅士,非常温柔,提出自己的一些看法,丝毫没有让人听着反感的东西,可是这些因素你再怎么说,我觉得还是盖不过一个比较重要的因素,就是莫言先生他写的东西,确实有他的独到之处。至于说是不是完美无缺了,那就老天爷知道了。因为莎士比亚也是不完美无缺。托尔斯泰特别讨厌并贬低莎士比亚。
　　顾彬先生还批评说莫言写得太快,在大多数情况下,您的意见是

---

[*] 本文是作者在中国海洋大学的演讲。

对的,但是从文学史上,不按常规的方法写作的人有的是,譬如说陀思妥耶夫斯基,他经常是和出版商定一个合同,拿了一大笔钱,拿了这个钱他就开始去赌轮盘赌,不到一个星期,他的钱就已经全部用完了,然后底下就开始借钱,到了合同快满的前三个月,他忽然想起来了,他已经答应要交一个一千页的小说。怎么办?他雇了一个速记员,然后这个陀思妥耶夫斯基就跟发了疯一样,感情激动,而且他有羊癫疯,然后他开始讲他的故事,他在说话的时候,手是这样的,没有一点绅士风度,完全就是抽风,然后一页一页地在那讲,速记员就在那里记,然后成了最好的小说。现在俄国人也承认陀思妥耶夫斯基是非常好的小说家,但是他就是用这种方式。你想让他改了再改,坐在那儿安安心心去写,那是根本不可能的。他是疯子,疯子当系主任是不可以,写小说还行。谁如果有点神经质的话,你干脆就去写小说。

然后我再说几句话,现在的文学,不光是中国的文学,全世界的文学都遭到前所未有的挑战:

第一,在一个世俗化、正常化、务实化的社会里,文学渐渐地靠边,它缺少那种大的变动、大的变革,譬如说革命和战争的年代,那种浪漫、那种神奇,不仅仅发生在中国。现在放眼整个世界,有的时候我们觉得中国缺少大作家,我觉得德国现在也缺少大作家。谁是现代的歌德?因为有些人爱提这些问题,谁是现代的鲁迅?那么请问德国,谁是现代的歌德?法国谁是现代的巴尔扎克或者雨果?英国谁是现代的莎士比亚或者狄更斯?西班牙谁是现代的塞万提斯?它不一样,社会的情况已经不一样了,而且现在造成一个心理定势,就是当代没有好作家。有些很好的学者跟我说,现代没有好作家,我就很小心翼翼地问他,您都看了哪些作品了,觉得他写得不好?对方回答说我已经很久不看了,因为没有好作家,所以不看作品。由于不看作品,所以认定现在没有好作家。这是第一个挑战。

第二个挑战,现代的信息技术特别发达,特别地方便,而视听技术,你只要有视觉、有听觉就可以欣赏,可以不动多少脑筋。所以孟华教授说,视听技术有很多地方是"肉"的艺术,通过肉体——当然不是肌肉,通过身体你就可以接受了。但是阅读是什么呢?文学的阅读是头脑、是心灵、是思考。正是因为有了语言符号,人才有了思想,才有了比较高深的思想。现在浏览变成了一个器官的满足。这个话要说起来非常长,所以我只能简单地说。而视听艺术呢,已经很大程度上挤掉了阅读。在我的青年时代,如果赶上这一个礼拜天不开会,那真是幸福得不得了。这幸福时光怎么打发?看书。现在包括我自己,我每天吃完晚饭以后,看电视剧、看肥皂剧,一边看一边打呼噜,打完呼噜了抬头看看还能接上。然后一看演员,对不起,尤其是女演员,真好看,我挺爱看的。这是第二个挑战。

第三个挑战就是网络的发达。网络的发达使人们慢慢地不用拿着书看了。在我参加二〇一二年六月份在宁夏召开的书籍博览会的时候,有一个高端论坛。高端论坛上所有的这些书界的大亨都在预言,纸质书将要渐渐地衰微和消亡,电子书将会代替纸质书,网上的阅读将会代替纸质的阅读。对此我个人感到非常地悲哀。为什么呢?因为我觉得,书籍的阅读需要一定的条件,需要宁静,需要专注,需要思考,需要有想象力,而不仅仅是视觉的满足。所以我对网络的发展在造福人类、造福中国的同时,会不会给我们带来精神品位降低的灾难,深感忧虑。虽然我没有什么办法,但我们毕竟是在大学,我们要明白,阅读需要书,在书的面前需要专注,在书的阅读当中需要想象,需要沉醉,需要精神的高扬,这些东西是永远不能代替的。

再一个,和网络同时产生的最后一个问题,就是大众化。大众化好不好?当然好,共产党是最讲大众化、人海战术的。但是这里头有一个很大的悖论,就是文化是人民创造的,没有人民就没有文化,但是人民怎么创造的呢?是通过他的极少数的天才创造的。尤其是文学,民歌当然很宝贵,《诗经》很宝贵,乐府很宝贵,民间文学、民间故事也很宝贵,但是我们讲中国文学的时候,你能不想到屈原吗?没有

481

屈原还有《楚辞》吗？你能不想到曹雪芹吗？没有曹雪芹的话，只有评书、民间的口头文学——尽管口头文学也很精彩很可爱，那能够有今天中国的文学吗？没有李白、杜甫，有可能吗？！外国的事情也都是一样。所以一个国家的文学水准恰恰是由极少数的人、极少数的精英、极少数的天才所代表的，不是靠举手所代表的。当然极少数人他们不应该忘记人民，他们应该经常对人民感恩戴德，这些我都没有意见，我也是在人民面前从来不敢翘尾巴的人。

因为这些，我觉得我们文学面临着非常大的逆境。那么在这种危机当中，有莫言得一个奖，我高兴还来不及。至于顾彬教授讲的其他的那些看法，我全部能接受。所以这也是说明网络要命，你要看网络，以为顾彬在那儿讲了一些很凶恶的意见，要把中国文学全部干掉的一些意见。但实际上，他讲得很绅士风度，很温柔，很中庸，温柔敦厚，既符合中国的士大夫的标准，也符合德国的加"冯（Von）"的高级人士的标准。我很感谢顾彬开头发的言。

二

刚才顾彬教授讲的一个我特别有兴趣的话题，就是说有时候短篇小说更富有诗意，诗情画意，这个确实是如此。比如说契诃夫他让你这么感动，就跟读一首诗一样，我有时候也有这个感觉。我看过英国的一个女作家，但是我记不起她的名字了，她写的一篇文章，说文学的分类，短篇小说和中篇小说、长篇小说放在一块都算小说，这是不可以的。这是中文的问题，因为中文，我们最讲究纲和目，我们认为世界上有小说，然后小说里有短的小说，有中等篇幅的小说。其实外国也很少说中篇小说，到现在我们用 novelette，这个也不是中篇的意思，说 novel 这个是可以，这是长篇。这个英国作家她主张把短篇小说和诗放在一类，然后把长篇小说和戏剧放在一类。我想说的是有此一说，当然我们课堂上这样讲是不可能的，而且你看外语，德语的我不知道,外语里头并不那么强调都是小说。你要找一个小说的词是 fiction,但是 fiction 是虚构文学的意思,就是虚构而已。然后短篇小说 short story,中篇小说没有这个词,novelette 就是传奇,我们现在拿它用来作中篇小说的代言。novel 到了法语就是 nouvelle,德语是 roman,维吾尔语也是 roman,俄语是讲 беллетристика,这个是另外一个词,所以都是个体,不把它都称之为小说。但是长篇小说就不能够有诗意吗?我觉得不见得。譬如说,我看《安娜·卡列尼娜》就觉得非常有诗意,它的诗意甚至比《复活》还要强烈。雨果的很多作品里我觉得也有一种很强烈的诗意,所以这个可能不是绝对的。

还有一个问题,我刚才本来应该是站在那儿说的,我忘记了,但是和顾彬先生后来讲的这个也有关系。什么问题呢?现在中国最缺的是一种强有力的专家的评论。在我们的文学生活和文学事业里头,有三种力量起着巨大的作用。

第一个力量就是领导,我们中国这个领导也包括对文化艺术、文化工作的领导,但是目前我们可以看得出来,那种使人困扰的具体的干预越来越少。除非你有特别的其他的目的,比如说你要通过你的作品来颠覆这个政权。如果你不做这个选择的话,大部分情况下,你的写作仍然是完全由自己来做主,并没有什么人会感觉到领导还要管你写什么,要让你怎么写,这种事情几乎是不会发生的。当然领导也还起一些作用,比如说评"五个一"工程奖,但是"五个一"工程奖里面的那些文学作品,对群众的影响也是有一定的限度的。但是茅盾文学奖有相当的影响。咱们山东的张炜主席的《你在高原》,是四百五十万字,长篇小说,原来卖起来非常地吃力,得了茅盾文学奖以后,哗啦一下子就卖了两万套。那两万套,每一套是十卷,所以两万套等于二十万套,至少从收益上,我们可以估计到张炜的收益,当然我们不应该向他借钱,我们还要自己挣,靠自己的劳动。这是茅盾文学奖的影响。尽管这个也有党的领导,有作协、有中宣部,有所领导的,也是群众相对能接受的。

为什么茅盾文学奖就能够被接受呢？我觉得很主要的原因，它有一批专家在那儿做评委。于可训老师也参加过茅盾文学奖评奖，严家炎老师是经常参加这些活动。可是我们整个的社会缺少这种非常权威的评估体系，世界各国都有这么一些。德国的情况我不太了解，美国我知道。美国《纽约时报》的书评、乐评、剧评，非常权威，就像您说的那个德裔波兰人阿瑟·米勒，他很厉害。一九八二年的时候，我到阿瑟·米勒家里去，《推销员之死》的作者，他一个新戏，很有名，在纽约上演，我们向他祝贺，他就忧心忡忡，他说你先别祝贺，到现在《纽约时报》还没有表态！美国的一个大剧作家，他居然忧心忡忡地等着美国的《纽约时报》表态！不久，我还没走呢，《纽约时报》表态了，说他写的是完全失败的，对他打击相当大。

　　这个事情我们中国很难做到，中国的专家，真正的文学家，他的公信力、他的权威、他的气概都显得比较差。有时候我看到我们的有些专家——来"海大"的还好，我首先联想到的就是我的学长孔乙己，我觉得当代孔乙己们来了。说话点头哈腰，见了谁也不敢得罪，在文学上这样的专家咱不说了。譬如说在国学上，说老子到底是在哪儿出生的，河南和安徽打架，其中任何一个地方都可以请专家来。专家有的是绝对不去，说那绝对不可能是老子出生的地方，或者不说老子，或者说别的一个"子"，N子，是N子出生的地方是根本不可能的。但是你就把专家全家请来，住在四星级宾馆，不需要五星级，他既不打网球也不需要游泳，然后来了以后，又吃海参，最后还给红包，这个专家感激涕零，认定了N子就是在这儿生的了。这种情况下，你专家有什么威信？你能干什么？领导的"管"是有限的，不可能什么都管，什么都管的结果肯定是有些东西他管不着的。那么实际听命于什么？听命于市场、媒体，媒体和市场也完全是同盟的。媒体和市场一旦同盟以后，你就已经良莠不齐了，叫做黄钟暗哑，瓦釜雷鸣，就会变成这样。

　　我觉得我们这个文学里头最需要的就是真正的一批专家能够

起作用。而这批专家会在大学这里起非常大的作用,因为大学毕竟有个好处,它画了一个校园在这儿上课,在这儿学习,在这儿你怎么都得认真的,你光靠公关光靠背景就能在大学里教下书来?背景再强、公关再好,学生不听你的课,你讲到半截,学生都走光了,这都是可能的。所以我希望我们的大学在真正的文学里起越来越好的作用。

顾彬教授对王安忆,还有对我,对两个姓王的非常厚爱、非常垂青,我也感到很光荣,也很感激。但是咱们也说实话,我是很同意刘震云的话。刘震云好像没到咱们这儿来过,王安忆来过,二〇〇三年来的。刘震云他最精彩的说法是,他说莫言得了诺贝尔文学奖,好多记者追着让他谈感想,他说莫言得诺贝尔文学奖就好比我的哥哥新婚进了洞房了,我哥哥新婚进了洞房了问我有什么感觉。我哪有感觉呀?我没感觉。有感觉你们应该问我哥哥去。然后他说,莫言得奖很自然,一点也不新鲜,如果不是莫言得奖而是王安忆得奖,而是贾平凹得奖,而是余华得奖,而是阎连科得奖,他一口气说了十来个人,他说中国像莫言一样写得好的,我们可以找到十个八个的,应该是没有什么问题的。因为"文无第一,武无第二",文是很难比的,李白和杜甫到底谁写得好?唐宋八大家哪个应该得奖?如果我们奖一个人的话,是奖韩愈,那是按资格;奖柳宗元,那是按遭遇或者是什么的;是奖欧阳修还是谁,你说不清楚。

为什么我觉得,就是说中国的,我们谈论中国文学,我们也只能够谈论比较优秀的这十个人八个人的作品,我们无法再照顾到,譬如说《上海宝贝》,《上海宝贝》能不能代表中国文学?虽然我对卫慧小姐也并无成见,也无任何的过节。我们就无法找别的东西来代替,你如果要找垃圾作品,垃圾作品太多了。我到英国的时候,因为我说中国的小说现在越来越多,谁也看不过来,那个时候大概是一天两本的样子,现在更多了,一年好几千。但是英国的朋友,他是英中文化中心的主持人,他说英国出的长篇小说,比你们这个还多,不止几千种,但是那大部分书是属于色情读物。这些书你在外面买了，你在咖啡馆翻一翻、看一看，然后回家的时候，快到家门口，那儿有一个垃圾箱，就专门收这个，因为你要拿回去让你孩子看见你很丢脸。你堂堂一个教授、一个科长，最后书拿到家里去了，你那个孙子一看，爷爷正在读这个。所以这种垃圾很多，有一些垃圾我们无法禁绝，有些消费性的、消遣性的、逗着玩的，甚至于是刺激感官的，满足肉欲需要的，这些东西都会有，但是我们无法用这些东西来衡量文学。

至于说那些个别的例子，太多了，更极端的例子也有。因为我在新疆待过，"文革"当中我是靠手抄本来看伊朗，就是波斯的 Omar Khayyam，他的诗，在波斯没有人重视，因为他的职务是历官，是管每年编 calendar 的一个人。他的诗后来被两个英国人翻译，而且是兄弟，他有两个翻译本，那个英文翻译本还是葛浩文先生买了送给我的，Omar Khayyam 一下子在英语世界出名了。出名了以后伊朗也知道了，我们有这么好的诗人，所以他现在也变成了伊朗文化的一个代表。即使是这种极端的遭遇，我们仍然是说 Omar Khayyam 写得好，我们不可能说是由于那两个人翻译，其实那两个人翻译起的作用太大了。如果我是 Omar Khayyam，你对这两个人怎么评价，怎么往高里吹都没关系，但是如果我们主持一个文学奖呢，当然这个奖我们应该奖给 Omar Khayyam。当然，我们可以搞一个翻译奖。香港中文大学现在也还在做，每隔几年有一次征文，征文比赛它有翻译奖，如果顾彬教授在主政咱们的德语系期间，组织一个翻译奖，我觉得也是一个好的事情。

但是所有的这些，我们大学至少是一支力量，我们要捍卫文学，捍卫文学的高尚性、捍卫文学的权威性，不能让市场牵着鼻子走，也不能让网络牵着鼻子走，我们要尊重那些文学的最初的创意人和写作人。

三

我跟你们说,顾彬年轻的时候特别的好看,现在当然也非常好看,他的眼睛是蓝的,如果是我,我也要多问顾彬问题,这样我以咱们学校一个老人的身份,在旁边安静地听着,享受人老以后所会获得的一种幸福感。

前面我举例子的时候,我落了一个重要的例子,长篇小说写得和诗一样的是屠格涅夫。几乎他所有的长篇小说,尤其是《贵族之家》和《前夜》,你读他(的小说)比读诗还过瘾,所以长篇小说是可以写得和诗一样的。

国家混乱,文学一下子变成了公众视野的核心,并不等于说这个时候有好的文学。或者国家不混乱了,这时候就没有好的文学了,我没有这个意思。有时候文学的作用,它的品质是慢慢慢慢被人理解的。我们看到了很多困难的文学、神经病的文学、激动的文学、煽情的文学、带着血泪的文学,我们常常会被这些感动。但是文学也不只是这一些,还有另外的。比如说泰戈尔,他更多的是写爱情、写少女、写母亲、写儿童。所以文学是各式各样的。

我是坚信(文学的生命力的),千万不要相信那些话,说文学快完蛋了,这是不可能的。只要人说话文学就不会完蛋。很简单,哪个母亲在自己的孩子临睡觉的时候不讲故事?你不给他讲故事他害怕,他难受。人欲睡没睡着的时候最难受,这时候旁边有母亲给他讲故事,多么温馨。我在新加坡讲这个例子的时候,新加坡的主持人在那里感慨,说我们新加坡的母亲听了王蒙先生的话以后,得感到多么难过,因为她们把带孩子睡觉的任务都交给菲律宾女佣了。但是即使是菲律宾女佣她也要给孩子讲故事。哪一个年轻人在看上自己心目中的一个异性朋友的时候,不想写两三封比较好听的信?是写比较文雅的信、比较高尚的信、比较浪漫的信,还是写极其枯燥乏味、错字连篇的、带着别字的、无理的、没有文明的、粗野的、带性骚扰性质的那种信？所以有情书就会有文学，有儿童故事就会有文学。哪个人不写日记？很多话你不敢说你还不敢在日记上写吗？所以语言的力量是视听艺术所不可比拟的，语言所构成的艺术恰恰是其他的艺术所无法做到的。所以诺贝尔奖有文学奖，而且它把文学奖排的地位非常地高，这都是正面的东西。

实际上我对文学一点都不悲观，但是社会上会出现各种各样的舆论，也会造成各种各样的现象。作为大学来说，我相信文学在大学会保持自己的矜持，会保持自己的动人，会保持自己的骄傲。所以文学一定前途无量，因为有中国海洋大学，因为有中国海洋大学文学院和外语学院，因为有顾彬教授的加盟，而且还有王蒙也在这儿，仍然可以高高兴兴地和大家夸夸其谈。

2012 年 12 月 15 日

青年与文学[*]

今天和大家一起聊聊天,谈谈"青年与文学"。

首先,我想说的是青年需要文学。从全国来看,现在文学氛围并不好,文学书籍的销售量不如过去,一些文学期刊的变化就更大。像二十世纪八十年代,有些大型文学期刊的销售量能达到一百五十多万册,而现在能达到十万册就算是非常好的。国内外都有人说文学正在消亡,甚至预言小说要灭亡,原因之一是当下视听技术、多媒体技术和网络的发展似乎对文学造成了威胁。文学是语言和符号的艺术,是抽象的艺术,它并不直观。比如读者在想象林黛玉和贾宝玉的爱情时,需要沉浸在文本中反复体会,认真阅读,钻研书页上的词字比喻还有语言背后的语言。而看《红楼梦》电视剧,看到一个漂亮、忧郁、瘦弱的女孩和一个长得无懈可击的公子在一起谈恋爱就会感到很直观,他们搂在一块儿就更直观,他们生气、哭泣就更更直观,要死要活啦这都特别直观。视听技术冲击了文字符号化的魅力,这个问题由来已久。一九八〇年,我去美国时购买了一本"会唱歌"的儿童文学书。十几年前,我也收到过"会唱歌"的生日卡,刚一翻开,就会唱起"Happy birthday to you"。其实这里面都装了纽扣电池,是很简单的技术附加物。人们不满足于只有平板的语言文字,于是后来又发展出"读图时代"(顺便说一下,图画书、小人书也非常吸引人。

---

[*] 本文是作者在中国海洋大学的演讲。

我上小学的时候,老师严格规定不准看小人书。小人书容易让人沉迷其中,难以自拔,影响学习,而且看小人书的同学功课都比较差)。近几年来,美国又出现一种"能吃"的儿童文学书,书的最后两页会写"你愿意吃我吗,我很香啊,我很甜啊"等等这样的话。小孩子看到这里就把那一页撕下来,放到嘴里嚼嚼咽下去了。再比如网络对文学的影响,这里不再细谈。

但文字、语言、符号所承载的想象力和信息量是巨大的,"一百个读者就有一百个哈姆雷特",一百个读者也会有一百个林黛玉。新版电视剧《红楼梦》费了老大的劲,反应却不很好。在我看来,真正喜爱文学的人没有一个会对影视作品满意。文学作品输送给你的那种丰富、深刻、耐咀嚼,那种回味和想象,是视听、多媒体、网络无法带给你的。在座的年轻朋友可能不知道,"四人帮"刚被打倒时,电视上正在播美国人拍的《安娜·卡列尼娜》。当时的苏联人对此很不满意,因为在他们心中,安娜·卡列尼娜是一个圣洁的、超凡脱俗的形象。美国人打死也出不来那个气质。教育学家、语言学家、心理学家、生理学家都有一个共识,即语言是思维最主要的依托与载体。没有发达的语言系统就没有发达的思维系统。一个词儿,假如你都没有听说,不了解它的含义,那能生发出多少思想?因此,爱读书的人的智力程度和通过阅读所得到的启发,和仅仅从视听对象——更不要说是从陷于感官刺激的视听对象中所得到的精神启迪,是完全不一样的。

我还要说,青春需要爱情,爱情需要文学。我常常在想,究竟是先有爱情,还是先有爱情文学?我很小的时候,就从书中读到了一些爱情。虽然不完全懂爱情是怎么回事,但却从中汲取到一种启发、呼唤和对爱情的美化。及至后来见到心仪的女孩子,立刻就和书里的故事联系起来。比如普希金的《冬天的夜晚》,虽然这首诗是写给他的奶妈,但对我来说,起的却是爱情诗的作用。"同干一杯吧,我不幸的青春时代的好友",我陶醉其中,心想这多像是在和自己的女朋友说话。"让我们用酒来浇愁。酒杯在哪儿,像这样,欢乐涌向心头。"我觉得这写得太好了。《红楼梦》也是青春小说,在那么肮脏的环境里,寄生的环境里,垂死的环境里,青春是唯一的健康与美好的元素。在死气沉沉与虚伪透顶的封建文化的毒害中,青春仍然有自己的生命力,青年人在一起仍然是那么快乐、美满。我常说《红楼梦》里有诗歌节,海棠开花是诗歌节,吃螃蟹是诗歌节。尤其写得最好的,是下着大雪,烤着鹿肉,吃着中国BBQ在那里搞诗歌竞赛。他们争抢着对答,常常是她这句还没有说完,他那句已经出来了。尤其是史湘云和薛宝琴这小姐俩在那儿抢的呀。我自命幼时能背唐诗三百首,十岁开始写旧诗,可是试了一下,却一句也接不上来。既有烤的鲜鹿肉,又有青年人集体创作的鲜活的诗,这真是青年联欢的诗歌节啊。

我看《红楼梦》还有一个稀奇古怪的体会,我觉得和贾宝玉最相像的一个人物是薛蟠。虽然薛蟠打死了人,但自古以来对这个人物的评价并不像贾蓉、贾珍、贾琏那么龌龊、下流。薛蟠和贾宝玉俩公子哥儿,脾气都很豪爽、任性,也都不故意害人。柳湘莲把薛蟠打了一顿,薛蟠却说你愿意和我玩就玩,不愿和我玩你也不要打我。两人最主要的区别是贾宝玉有文学修养,他会做诗,他把对女孩子的感情都变成了诗。薛蟠的文学修养太差,他会什么呢,他会恶搞。中国的恶搞是从薛蟠开始的。比如薛蟠和贾宝玉、蒋玉菡、冯紫英等公子哥儿一起吃酒,席上行酒令。说到女儿愁,薛蟠蹦出一句"绣坊蹿出个大马猴"。当然后面还有更粗俗不雅的话,这里不再展开。不同的文学修养造就不同的人格、趣味和层次。当爱情没有了文学的美化和引导,爱情就会变得堕落,变得动物化、商业化。有点文学修养总会好得多,尤其在座的女生,如果你们的 boyfriend 连李白、《红楼梦》都没有看过,那你们一定要小心。因为他脑子里不是钱就是升官,要不然就是彻底的薛蟠那种。

再比如《阿 Q 正传》,在我看来,阿 Q 最痛苦的不是革命没有成功,假如阿Q革命成功了那也麻烦,最后他肯定会被"双规",甚至被判刑、枪决。阿Q最痛苦的是爱情没有成功,因为吴妈对他来说是很合适的。他突然一天晚上给吴妈跪下了,说"我要和你困觉"。性骚扰!假如阿Q读过一点徐志摩的诗,他应该对吴妈说:"我是天空里的一片云,偶尔投影在你的波心,你不必讶异,更无须欢喜,转瞬间消灭了踪影。你我相逢在黑夜的海上,你有你的,我有我的,方向;你记得也好,最好你忘记,在这交会时互放的光亮。"吴妈的文学水准稍微差一点,但她要是会唱流行歌曲,至少会唱《月亮代表我的心》,没准儿他们俩这事就成了。所以呢,文学可以改变命运,文学可以带来爱情,文学可以带来幸福。爱情需要文学,青年呢?青年往往喜欢批判,青年很敏锐,敏锐得容易发火。发火、骂脏话、摔杯子、打人,这并不可取。假若阅读文学,哪怕文学作品中的情景与你的遭遇并不完全契合,你仍然可以吟诵"世人皆浊我独清,世人皆醉我独醒"来表达内心的苦闷和情感。青年人追求精神的胜利和提升,这恰恰也是文学的长处和特权。文学解决不了蜗居的问题,解决不了治病的钱,但文学至少给你一些美好的语言,深刻的语言,智慧的语言,叫做"君子相赠以言,小人相赠以财"。"假如生活欺骗了你",其实生活欺骗你是一件很痛苦的事情,但是普希金却告诉你"不要悲伤,不要心急,在阴郁的日子需要镇静,相信吧,那愉快的日子即将来临",你需要镇静,要坚信愉快的前景即将来临。青年人还有各种各样的梦和理想。青春梦应该也是中国梦的一部分。很多精神上的追求,实践难以企及,语言却可以抵达。美好的语言会提高人的精神层次,带来丰富的智慧和教训。应该说,一个钻研文学、喜欢文学、与文学为伴侣的人,他的精神质量和内心世界都会从文学中得到莫大的益处。再从技术和实际的层面来讲,喜欢文学的人,语言能力也比较强。假如你想申请一份补助,想向朋友写个借条,要向上级交一份检讨,更不要说给自己的异性朋友写一封信了,没有良好的语言能力,是不容易过关的。因此,不管你学的是什么专业,都需要文学。

第二，我想说，文学需要青年。我们的文学有一种青年的精神——敏锐，理想，有所批判，有丰富的感情、激情或者叫多情，有对生活的热爱、珍惜，有好奇心，有艺术的感觉，有对生活细节的极大的兴趣。这些是青年的特点，也是文学的特点。所以文学中写到青年的时候，特别让人感动。十几岁的时候我读屠格涅夫的《初恋》，实际《初恋》这个故事在中国人看来有点别扭，因为初恋的对象是父亲的情人，这爷儿俩纠缠在一起似乎有点尴尬。但是小说结尾有一段话让我至今难忘。他说："青春，青春，你什么都不在乎，连忧愁也给你安慰，连悲哀也给你帮助。"为什么一个人在年轻的时候连忧愁都给你安慰？因为忧愁是对心灵空白和感情空白的一种填补、一种充实。"少年不识愁滋味，爱上层楼。爱上层楼，为赋新词强说愁。"假如连愁都没有发过，那多么可怜。"闺中少妇不知愁，春日凝妆上翠楼。忽见陌头杨柳色，悔教夫婿觅封侯。"从不知道愁到知道愁，既多了一份生命体验，也多了一份成长。为什么连悲哀也会对你有帮助？对青年人来说，忧愁和悲哀也是精神的资源和财富。即便一事无成，至少还可以写诗。但假如连忧愁和悲哀都没有，恐怕连诗也写不成了。

在我的印象中，中国古典文学很少用"青春"这个词。为这事，我专门查了这词的词源。"青春"有两个讲解，一个是指春天。"白日放歌须纵酒，青春作伴好还乡。"杜甫很浪漫，也有点"八〇后"的意思。中国古典诗词更喜欢用"少年"——"恰同学少年，风华正茂，指点江山，激扬文字，粪土当年万户侯。""夫子红颜我少年，章台走马著金鞭。"这是李白回忆他比较牛的一段，受唐玄宗赏识时写下的诗。究竟是不是金鞭，让人有些怀疑，但表达一种美好的设想和想象，一种得意之情，则是文学的特长。古典文学里，我更喜欢的一个词是"华年"，"锦瑟无端五十弦，一弦一柱思华年。"哎呀，这词儿怎么出来的啊？华年！有一年和台湾的朋友在一起聊天，台湾的朋友很逗，在研究中国统一以后怎么办。他们建议国歌一定要采用中华人民共和国的国歌《义勇军进行曲》，因为台湾所谓的那个"国歌"太难听了，还建议大陆同意将梅花定为国花。然后他们提了一个意见，大陆可以在台湾推行简化汉字，但是"華"字一定不能简化。因为"華"是汉字中最美丽的一个字。这个字是真好看，怎么写都好看。由于喜欢"华年"，我也很喜欢"年华"。一说到这两个字，真叫人又珍惜，又留恋。哪怕你已经七十岁，八十岁，但每每沉浸在文学里，每当提笔写作，依旧对这个世界有好奇，有感叹，有趣味，有思恋，有依依不舍。中国的文化相对提倡的是少年老成，老成持重，喜怒不形于色。林语堂在一篇文章里写道，中国文化是很敬老的文化，希望一个人成熟、稳重，不浮躁、不着急。我看《新闻联播》，常看到奥巴马从飞机上小跑着下舷梯，我想中国的领导人绝对不会这样。就拿今天我演讲来说，假如我小跑着上台，那也会影响我的公信力。梁启超很早就提倡"少年中国"，他认为中国不能老是那么老成持重，那么慢慢悠悠，那么"一慢二看三通过"。至少在文学中要蓬勃出一种青春的力量，要迸发出活力和生命力。即使青春逝去，年华游走，文学依然能唤醒你当年豪迈的志气。所以我说，文学需要青年。其实没有必要刻意地说这个作家是哪一代的，在我们心中，李白、杜甫从来都不是多么老的作家。文学能把世世代代人的心声连在一起，如果你是一个真正的艺术家，你就能永葆艺术的青春。文学描写死亡、年老，但写作者仍然有一颗青年的心。

我们还会在阅读中发现，文学对青春有多么钟爱。所以，青春的短促，青春的逝去，青春的怀恋，都是文学中最感人的元素之一。

第三，我想说，青年和文学这两个概念、这两个内容都不是无懈可击的，都是有要商量、要改善的空间的。青春非常美好，但即便是再美好的东西也要允许从不同角度、不同侧面来考虑。米兰·昆德拉曾在一篇文章中批评青春，他也是一爱抬杠的主儿。他认为青春很不好，很不可爱，因为青春容易片面，容易煽情，容易做出不理智的事情，常常做出错误的选择，青春太不成熟。昨天有人提到陀思妥耶夫斯基,让我想起了这样一个故事:法国一个话剧院曾经以重金邀请米兰·昆德拉改编《白痴》。当时米兰·昆德拉很需要钱,就答应下来。但读完《白痴》,他决定把钱退回去。因为他认为《白痴》太激烈,太黑白分明,太躁,他认为假如陀思妥耶夫斯基掌握了权力,那他将会是法西斯主义者。这是米兰·昆德拉对青春的一种说法和见解。年轻人容易否定一切,容易动不动就和别人发生尖锐的矛盾和摩擦。曾经有位日本学者送给我他的书,书的封面写着"青春和终结"。青春有时候很夸张,文学有时候也很夸张;青春有时候很愤怒,文学也喜欢愤怒。愤怒出诗人,龙应台女士写《中国人,你为什么不生气》。我的体会是,中国人中爱生气的品种已经在几千年中被淘汰了。老成持重没有问题,但仅仅有一面会单一。

文学有望梅止渴、画饼充饥的作用。文学是虚拟的,它的伟大也在虚拟。因为虚拟,文学更加自由,更加有表现力;因为虚拟,使得精神空间不断扩大再扩大,开阔再开阔,但是,毕竟它是虚拟的。我常常想起《三国演义》中诸葛亮挥泪斩马谡的故事。诸葛亮和马谡私交很好,马谡被斩之后诸葛亮很伤心。诸葛亮身边的将士走过来说,丞相不必伤心,马谡这是咎由自取。这时候诸葛亮却说他并不是为马谡忧伤,他想起了先帝在白帝城托孤的时候说过,马谡此人"言过其实,终无大用"。这出戏我看过不止一次,给我印象很深。而且我老听错,听成"年过七十,终无大用",这跟我现在的情况一样。所以我们要警惕,不能就满足于我是青年,我是文学青年,我爱文学,而放松了对自己的要求。我们应该更理性,更明辨是非,更成熟。

2013 年 5 月 10 日

永 远 的 文 学[*]

大家好！我用这么一个题目，一个原因是社会不断发展，特别是传播手段的发展，在一个多媒体的时代，特别是一个新媒体的时代，好像一个手机就能把各种传播的手段都概括尽了。所以，许多年来，不断有着唱衰文学的声音，认为文学正在走向式微，文学快结束了，文学快灭亡了。虽然不必太认真，但也让人想一想文学到底还会不会存在下去。

再一个呢，我算了一下，今年是我来中国海洋大学的第十四个年头，因为麦岛校区作家楼的碑记上写着我是从二○○二年开始来到咱们学校。这十四年来，对我个人的年龄来说，也是逐渐往高处走了，我打算从纵向的角度来回顾一下我跟文学的缘分、体会，也许可以构成一个话题，我就这样随便聊一聊。我想先从我小时候的体会说起。

一 交通与温暖：世界不再陌生

小时候最大的问题是什么？对于一个婴儿、一个儿童来说，他不了解这个世界，对这个世界有陌生感，这个陌生是一种很不安的感觉，所以小时候最深刻的印象就是在睡前希望妈妈给自己讲故事。

---

[*] 本文是作者在中国海洋大学的演讲。

为什么？因为他对睡觉也不了解，也很害怕。玩得好好的，突然很疲倦，大人知道这是要睡觉了。小孩自己不知道什么是睡觉，他不知道睡觉会掉进一个什么黑洞里面。这时候妈妈讲的故事就给了他温暖，使他和这个世界发生了一种比较美好的、比较亲和的接触。我印象最深的故事当然是狼外婆的故事。狼外婆的故事对于儿童来说，我总觉着不是最理想的，那么小的时候听着让人怪害怕的。几个姊妹在一块儿，然后有人敲门，说我是外婆，结果不是外婆而是一只狼，这个让人挺害怕的。可是这个故事也有一个好处，就是你感觉到了母爱加上文学是对生命的一个保护。给儿童的故事，我最感动的，我感动程度达到极致之一的，是阿拉伯的《一千零一夜》里面的故事。大臣的女儿被哈里发———一个政教合一国家的教长，在新疆叫"海里派"，带走了。哈里发由于被妻子的不贞所欺骗，所以决定每天娶回一个老婆，第二天就把她杀掉，以至于这个国家已经没有女子可以让他来娶了。大臣的女儿叫谢赫拉萨达，这个名字据我的考证，就是新疆人的"热西代穆"。她带着她的妹妹，对哈里发说"我明天早上就要死了，现在我给我的妹妹讲一个故事"，哈里发就允许了。讲到故事快完的时候，天快亮了，就要上刑场了，她就不讲了。可是哈里发听着觉得故事很有意思，就说："今天不杀，晚上接着讲！"于是晚上又讲，就这样讲了一千零一夜，成为世界名著。

这个故事给我的感动很大，就是文学战胜了暴力，改变了人恶毒的一面。

有一年我在新加坡作讲座的时候，没想到的是，主持人在评论我的讲话的时候说："我听了王蒙先生讲的这个给儿童讲故事的事，我有一种感慨，什么感慨呢？因为在新加坡母亲已经不给儿童讲故事了。讲故事的任务已经由菲律宾女佣来承担了。"一下子让人觉得人生中最美好的一种体验正在消逝。

大一点了，上小学了，我回忆我这辈子读的第一本书，是什么时候呢？是一九四一年我快满七岁的时候，当时我是小学二年级。小学二年级开始有了造句和作文课,当时还是敌伪时期,我买了一本《小学生模范作文选》,第一篇文章叫《月夜》。《月夜》的头两个字是"皎洁","皎洁的月儿升起在天空",这也给我极大的感动。为什么呢?因为什么是月亮我已经知道了——当时北京雾霾非常之少,是全世界最干净的城市之一,气候又比较干燥,所以月亮看着特别清晰。那时候外国有一篇散文就写道:"这里的天空蓝得像北京一样,像马德里一样。"一个是北京,一个是马德里,是全世界天空最蓝的城市。现在马德里的天空蓝到什么程度我不了解,北京的天空,昨天的《参考消息》上登着新加坡、意大利、英国都报道说今年以来北京的天空比去年至少要好一点,所以我们还可以寄很大的希望——那时候常常看着月亮出来以后:呀,怎么会亮成那个样子呢?!但那又不是那种很强的光芒,那又是什么东西呢?我不知道,但我看到了"皎洁",又"皎"又"洁",我觉得我太幸福了,因为从此我一看到月亮:哎呀!皎洁!皎洁就在这里。这个世界对我又更亲近了一步,不是那么陌生了,因为它是皎洁的,我知道用"皎洁"来命名月亮是最合适不过的。这里有一个很大、很深刻的问题——人类和世界交通的过程。

人类和世界靠近的过程是一个命名的过程。人生碰到的第一个问题就是一个命名的问题——它叫什么?你吃,你得知道这叫什么,你吃的是什么。人家告诉你这叫馒头。你命了名了和你没有命名,同样吃一个馒头那感觉是不一样的。当你吃进去,你知道它是"馒头"的时候,那么你就得到了两个收获:第一个收获是从馒头上取得了营养,第二个收获是你从"馒头"的名称上把握了你的对象。"皎洁"也是一样,"温暖"也是一样,"老师"也是一样,"好学生"也是一样,"调皮捣蛋"也是一样,这是对世界认识的一个过程。所以我就想到,对不起,我的这个想象和真正的学理一致不一致我不知道,但是我有这个想象力。我想到了什么呢?就是老子的一个名言:无名,万物之始。也有人说是天下之始。无名,万物之始,有名,万物之母。

万物的开始都是无名的,人类的文化就表现为渐渐地命名。命了名之后,使自在的事物逐渐变成人类文化的一个对象化了的事物。正因为如此,古代的先哲对这个名非常重视。那么我们这个命名的过程是怎么进行的呢?很大一部分是由文学来完成了。因为文学的面太广了,文学是语言的艺术,语言是符号,符号要给世界上一切的事物,具体的和抽象的、外在的和内心的、清晰的和模糊的,一切事物都要用一定的符号来表现。而你阅读文学作品的时候,就知道了许多名称。这话不是我发明的,这是孔子的话,他说你要多读《诗经》,多读史,多读之后就"多识鸟、兽、草、木之名"。说明人对世界的命名的过程离不开文学。一个喜爱文学的人对世界的认识和感受跟一个不喜爱文学的人对世界的认识和感受不一样,一个喜爱文学的人对世界的感受是一个不喜爱文学的人对世界的感受的一百倍。这是一个最大的不一样。

还有一个有趣的问题。文学的世界反映的是客观的、自然的、社会的世界,可文学又是一个符号的世界。用自然的、客观存在的、社会的世界来和符号的世界来比较,那么符号的世界当然没有自然的世界那么丰富、直观。比如说,你在作品上看到"美丽"两个字,只是两个字,一个"美",一个"丽",中文汉字有一定直观性,但拼音文字没有直观性,"beauty"或其他没有直观性。但符号的世界比非符号、自在的世界更有秩序、更合乎某种道理。它经过了一种整理、创造,经过人心和文化的一种洗涤。当你对周围的世界非常陌生的时候,这个符号的世界对你来说相对比较安全、有序,比较让你感觉到安全。

如果你的生活中发生了一次爱情——天知道第一次爱情会给你产生什么样的印象,可能影响你的工作,也可能影响你的记忆,也可能影响你的提拔,也可能给你带来一种巨大的悲欢——当你在认真地读一首美好的爱情诗的时候,带给你的确实是一种非常美好的、非常安全的东西。所以,人在符号的世界里会有所沉醉、有所获得,这种沉醉和获得是你在现实的世界中所不能得到的。这就是你从小在和文学的接触中最大的收获。所以,人是离不开文学的。越是真实的世界不那么圆满,你越是需要在一个符号的世界里来安慰自己、充实自己、引导自己、平衡自己。这个问题下面还会谈到,这里不多谈。

二 记忆与提升:人生不再空虚

我在十九岁就开始写长篇小说《青春万岁》。一九五三年十一月一日,我刚刚过了十九岁生日,就开始写作了。我为什么要写作呢?因为我经历了新中国的建立那样一个特殊的年代,我亲眼看到并参与了旧中国的覆灭和新中国的成立,当时对世界的那种感受,对国家的那种信心,对革命凯歌行进的感觉,那种事物一天一天百废俱兴、一天比一天美好的感觉真是无与伦比。所有新的思想、新的口号、新的说法不但让你热血沸腾,而且让你沉醉、让你入迷。人和人的关系完全是新的,对各种问题的看法完全是新的。而到一九五三年以后,情况开始发生变化,往正常化发展。当时我正在区委做共青团的工作,我十五六岁就从事这些工作,当然到一九五三年我已经十九岁。那时对团的工作有了新的要求,说我们的中心就是要"学好正课"。当时的形势报告里说要开始第一个五年计划,叫做大规模有计划的经济建设时期开始了。那和原来那个革命煽动的那个劲儿已经不一样了,那时候唱的苏联歌曲已不仅仅限于"人类最光明""穿过草原,走过草地""从前的工人,现在的委员""我们的将军是伏罗希洛夫",也不再是"二战"时期的"再见了妈妈,别难过莫悲伤,祝福我们一路平安吧",那时候突然流行起来的歌曲是什么呢?是"我们的生活是多么幸福""生活是多么美好",我当时就一种感觉:最激昂的日子过去了。我恰恰有幸在我的少年时代、青年时代经历了这些,就希望用文字把这些记下来。所以为什么很多人、很多朋友,有的年龄很大了,到现在见了我还说:"王蒙,我会背你《青春万岁》的诗——所有的日子,所有的日子都来吧。"这就是我的感情:所有的日子、所有的日子都是转瞬即逝的,正因为所有的日子、所有的日子都是转瞬即逝的,所以需要有文学,把日子用文学的方式和语言的符号描绘下来、固定下来。你用任何其他的方式都很难写得这么生动、这么细致。历史记载就很容易,历史记载就可以这么写:一九四九年十月一日,中华人民共和国成立,毛泽东主席在天安门城楼上宣布"中国人民从此站起来了"。一九四九年,西南地区尚未完全解放,《红岩》中写江姐和其他狱中革命者绣一面五星红旗,说明那地方还在国民党控制之下。战争进行到了什么程度,海南岛是哪一年解放的,四川哪一年打下来的,在已经解放的地区怎么进行货币的改革、社会秩序的维护,以及当时国内外的一些事情,毛泽东访问苏联,和苏联签订《中苏友好同盟互助条约》,可是你上哪知道那个日子是怎么过的呢?上哪儿知道当时的年轻人用一种什么样的心情来度过自己的每一天呢?上哪知道那时候的人们唱起歌来为什么两眼含着热泪?那时候人为什么会对国家有那样一种光明的设想?文学起到一个什么作用呢?文学把我们的短促的生命,把我们的转瞬即逝又万分值得珍惜的经验符号化、永久化,把它挽留住。文学是一种挽留,是对我们青春岁月的挽留,是对我们美好岁月的挽留,是对我们痛切的酸甜苦辣经验的挽留。否则人生太空虚了。从空虚方面讲,人生太空虚了,你就是活一百年又如何?活一百岁的那么少,因为那么少,所以叫"人瑞"。你到最后,一结束,不就什么都过去了吗?不,没有过去,还有文学。

在我解释这个十七八岁、十八九岁的时候,我读《红楼梦》,当时我不怎么研究这些人际关系、封建社会。我最感慨的是,贾宝玉、林黛玉永远年轻。不管《红楼梦》是什么时候写的,也不管《红楼梦》所假设的那些人物是什么年龄,他们永远年轻。贾宝玉是从十三四岁,最多写到了他十八九岁,林黛玉是十一二岁到贾府,写到十六七岁,我的感觉她"苦绛珠魂归离恨天"的时候还不足十八岁。但他们永

501

远年轻,他们永生了。你不但知道有这么一个故事,而且你仿佛听到了他们之间互相打趣、互相挑剔,主要是林黛玉挑贾宝玉,然后有很多话想说不能说,都是少年的恋情。贾宝玉送给林黛玉一个旧手帕,他的丫鬟还问怎么送人家一个旧手帕呢?贾宝玉说你不用管,只管送去,林黛玉收到之后就在那哭得不行,"眼空蓄泪泪空垂,暗洒闲抛知为谁"。这些东西永远活在你的心间,真正的文学的秘密就是它永远不老。那瞎起哄的文学最大的特点是三个月就过时。《诗经》的东西现在还不觉得远,不觉得老,还很亲近。这方面任何一种学问都没法和文学比,医学你能用两千五百年前的教案吗?海洋物理你能吗?人生一世能有什么不老?说不老,那是自己安慰自己。我正是在《青春万岁》的写作中在延长我的生命。我用符号的美丽把生活的美丽固化,这是太难得的事情。而且它是一种提升,不光是存留下来,还有提升。

现实生活中,有多少浪漫就有多少庸俗,有多少热爱就有多少冷淡,有多少善良就有多少恶毒,这些都是相反相成的,这也是老子的话,"有无相生,难易相成。"可是你在文学当中呢?当然会写到恶,会写到仇恨,会写到虚伪,也会写到欺骗,但经过符号化处理之后,很多东西已经不一样了,它顺了,让你能够记得住,让你能够有所叹息。哪怕这个作品非常悲观,看了之后让你泪流如注,也有一种痛快的感觉。你从哪里去解释这种泪流如注的感觉,痛快得不得了的感觉?

小时候我的姨妈,她生活特别不幸,十八岁结婚,十九岁丧夫,一辈子守寡。她最喜欢的就是去看戏看电影,特别是看悲剧的电影。她去的时候口袋里带好多手绢,看电影期间会从头哭到尾,那是她的心理宣泄。她不到电影院、戏院里去哭到哪去哭?她又不能说"我本来就不想守寡"。当时没有人强迫她守寡,已经是民国时期,是她自己那么认识,她只有到那里去哭。文学的存在使生活能够保留下来,让记忆保留下来,使我们的情感有所寄托、有所提升。

三　陪伴与洗礼：风暴不再恐惧

在我青年时代,我正是少年得志、"猖狂"一时的时候,我碰到了历史的风暴、政治的风暴。在风暴时期,文学是我的陪伴,也是我的洗礼。印象最深的是狄更斯的《双城记》,这本书以巴黎和伦敦发生的故事为主,以法国大革命为历史背景,既描写了一个侯爵的家庭,写了法国封建贵族的巧取豪夺、敲骨吸髓,又描写了大革命中人们的那种疯狂、仇恨、嗜血。他写得太惊人了,他写的这些东西跟我当时的处境没有一毛钱的关系,但是这些东西对我来说是一个很重要的洗礼,让我知道历史的风暴刮起来就是这样,我碰到的那点麻烦算啥呢?根本不值一提。瞧瞧人家的经历,瞧瞧人家受的罪、人家的洗礼,一会儿死一会儿活,一会儿阶下囚一会儿神经病。他写那个医生,由于见证了侯爵家庭对劳动人民的残酷而被关到巴士底狱,把这个人关疯了,后来放出来了,放出来又遇到各种可怕的事情。

和这个《双城记》媲美的,是雨果的《悲惨世界》,尤其是《九三年》,也是写法国大革命的。造成大革命的原因是法国的王室贵族的残暴,但大革命本身,至少在这两个作家的笔下,活活吓死你。当然后来的社会科学家也不会否定法国大革命,大革命推进法国历史发展、人类的进步。文学会写出来人这一生会碰到什么样的风暴、会碰到什么样的苦难、会碰到什么样的折磨、会碰到什么样的恐惧、会怎么样地让你发疯。文学就告诉你生活会让你发疯,但文学本身又是对发疯的最大的抵抗。这些是从文学的内容、题材上来谈。还有些可以从它的情绪上,从这个方面最冲击我、让我震撼的是俄罗斯作家陀思妥耶夫斯基。他是贵族,非常优雅,但他对旧俄国充满了愤怒和仇恨,他曾被沙皇判处绞刑。那天执行四个罪犯的绞刑,前三个都被绞死了:第一个死了,第二个死了,第三个也死了。到陀思妥耶夫斯基的时候,他已经被吓得魂飞天外了。他事前又没有接受过从容就义的教育，也不会临时喊着口号上刑场。这时候，行刑人员告诉他沙皇陛下饶了你小子了，回去老老实实待着。然后他得了癫痫，俗称羊痫风。他的小说《白痴》里，有好多页就写这个羊痫风将要发作还没有发作的感觉，看完你不发作就是好样的。

他怎么写小说呢？他喜欢豪赌，跟出版社订合同，然后拿一大笔钱，第二天就去赌场。一个礼拜左右输完了，再借钱。比如说按合同要求两年内他要交出一部两千页的小说，还剩两三个月就到期了，如果完不成就要坐监狱，就要判处苦役。但是他是个天才，他雇了一个女速记员，因为当时没现在的电子设备，然后就开始讲述自己的小说，他的小说都是讲出来的。他讲的时候就揪住自己的头发，在屋里走来走去，又哭又闹，完全跟个疯子一样。但这个疯子感动了女速记员，后来这个女速记员嫁给了他。我说的这些都来自他妻子写的回忆录。

我不要老说这些煽情的事，再跟大家逗着玩一会儿。他这么写有个特点：他不分段。二十五页过去了，满满的，不分段，他少挣多少稿费啊？！最喜欢分段的是港台的作家，他们希望一行就一个字。这个说："来！"一行。那个说："不！"一行。

陀思妥耶夫斯基这个人太可怜了。他反对暴力革命，非常坚定地反对暴力革命，所以苏联时期也不受待见。他个性很强，最痛恨的有两个作家，一个是别林斯基，这是共产党最喜欢的，是革命的民主主义者，另一个是屠格涅夫。可是我没见过别林斯基和屠格涅夫多么骂陀思妥耶夫斯基。骂陀思妥耶夫斯基最厉害的是高尔基。他怎么说陀思妥耶夫斯基的呢？他说"如果狼写小说，就写成陀思妥耶夫斯基这样"，他就是说陀思妥耶夫斯基的心太恶了。陀思妥耶夫斯基专门写人的恶，你怎么难受他怎么写，怎么窝囊他怎么写，你怎么看着受苦他怎么写。

人世沧桑也有很多感慨。虽然高尔基痛骂他，但是后来陀思妥耶夫斯基在苏联吃得很开。我们后来看的很多电影改编都是苏联时期的,如《白痴》《白夜》。最早一届,最起码是比较早的一届的中国作协党组书记是邵荃麟先生,我记得长篇小说《被侮辱与被损害的》就是邵荃麟翻译的。被侮辱与被损害的,这就是共产党搞革命的根据。这世界上那么多劳动人民、弱势群体、下层人民,他们是被侮辱与被损害的。所以陀思妥耶夫斯基在中国没有怎么被打压,但是在苏联他被打压过。可是一九八九年十二月苏联一解体呢,高尔基大街恢复了原来的名字彼得大街,在这个大街最显著的位置上是陀思妥耶夫斯基的坐像。所以说,这种激烈的、严厉的,甚至是痛苦的描写,也有它的特殊的作用:给你一个信念,给你一个陪伴,让你知道人不能太软弱,人活着一辈子太软弱了是有罪,是自己的罪恶。人应该挺住! 所以,在我自己接受考验的那一段,我很喜欢看这一类的作品。当然,至今仍然有人批评陀思妥耶夫斯基。

在国际上很有名的捷克作家米兰·昆德拉,曾被法国的话剧团体出高价邀约将陀思妥耶夫斯基的作品《白痴》改编成话剧,可是当时他没有认真读过陀思妥耶夫斯基的作品,急需钱的昆德拉接受了这个任务。但是当他读过之后,他拒绝改编这部小说,说陀思妥耶夫斯基太极端,他对人类抱的仇恨太大了。他说陀思妥耶夫斯基这样的人如果发展下去,在政治上得势的话可能是法西斯主义者。这些我们不在这儿谈了,因为这只是假设,而陀思妥耶夫斯基连个科长都没当过,所以他想成为法西斯主义者,他只能"法"他自己的"西斯",所以不存在这个问题。所以昆德拉把钱退回去了。所以陀思妥耶夫斯基也有他另一面。文学作品就是这样,你写得很柔软、很轻飘,很多人会不满意;你写得很严酷、很严峻,也会有很多人不满意;你写爱得不行,人家觉得你黏黏糊糊;你写杀伐决断、敢作敢为、能前能后,别人看你是阴谋家,一看就不像好人,一点人性都没有。文学的魅力就在于此,有着多方面的探讨和解释。

四　戴着镣铐的舞蹈

或者是外界的原因,或者是内心的原因,使你在写作上不能够非常的洒脱、非常的解放,相反你有很多的顾虑:不希望这样引起误解,不希望那样写招来麻烦,不希望这样写撞到枪子儿上,不希望那样写踩到地雷上,这些情况都是可能有的。鲁迅在他的文章里头就写过,他并不赞成蛮干,他不赞成赤裸裸地上阵,他也不接受任何人的煽动,你让他"冲!冲!冲!"他不接受。

所以就形成一种在写作中依然左顾右盼、欲说还休、适可而止、点到为止的情况,就是把更多的话留下,就像海明威的名言:作品就像冰山,四分之一露在外面,四分之三隐藏在海水里面。我个人深有这种体会,比如说在新疆我失去了写作和发表的可能的时候,我毕竟还写了七十万字的长篇《这边风景》,而恰恰由于《这边风景》是写在"文革"期间,我不可能非常尽兴,我就眼光向下,把小说写成了一个维吾尔族人、维吾尔族农民日常生活的画卷。我从没有一部书像《这边风景》那样能够把生活写得那么细致、那么具有吸引力:怎么吃饭、怎么说话、脸上什么表情、手动的是什么姿势、脚是什么姿势、穿什么样的鞋,一切都写得非常细致,我没写那么细致过。以至于有人就说,看了这部小说啊就感觉维吾尔族人的生活细节"铺天盖地"。还有人说我这个简直是维吾尔族农村的"清明上河图",这是人家鼓励我。但我确实写了这样一部书,这部书以它的现实、细致、细节为特色,能写到七十万字也不短了,使我的新疆生活在我的文学记忆里不是一个空白,让自己也感慨万分。至于对里面人物的感受就不细谈了。后来,"四人帮"倒台了,我已经恢复了我的写作生活了,但在初期我依然比较谨慎,比较自我克制,比较控制,什么话都是能少说一句就少说一句。这不仅仅是一个政治思想上的问题、意识形态问题、思想环境的问题,它也是一种风格:为什么要把话说得那么充分、那么满、那么过呢?文学不是不可以夸张,但我就是不夸张,我不仅不夸张,我还给它一个六折,我给它一个五折,我给它一个四折,我给它一个三折,我写到三成也就行了,这也是对生活的一种选择,对文学的一种选择。

在"文革"刚刚结束的时候,我写的作品里面属于这种"戴着镣铐的舞蹈",这个不一定是社会环境的原因,我再说一遍,一个是一九七九年十一月在《光明日报》上发表的《夜的眼》,一个是一九八三年在《花城》上发表的《木箱深处的紫绸花服》。我觉得这也是一种非常好的经验,写作是要痛快淋漓、酣畅地写,这是一种写法,也还可以有一种含蓄克制、非常收敛的写法,这样写出来的东西起码还都比较短,有时候别人更容易接受,甚至还显得你更雅一点。你过于淋漓酣畅了那是另外一个路子,那是另外一种人生的选择。"戴着镣铐的舞蹈",如果我们专门是指某种政治环境当然是贬抑的,但如果我们把它抽象化,我们把它作为哲学的一个说法,那么这个"戴着镣铐的舞蹈",我们应该有这个基本功。任何时候,必然和自由、限制和开拓都是共生的,什么事做得太过分了也并不好,我觉得这也是文学给人的一个启示。

五　心如涌泉,意如飘风

我要回想就是不戴镣铐的时候的一种最巅峰的感觉,我称之为"心如涌泉,意如飘风"。这是我借用《庄子》里的话,在《庄子》的《杂篇》写到柳下惠谈他的弟弟盗跖,说盗跖是一个大土匪,是一个恶匪,为什么呢?因为他吃人肝、吃人心。因为《庄子》经常假托一些故事来反驳儒家,这里写孔子要去找盗跖进行理论,要劝诫盗跖改恶从善,柳下惠就告诉孔子,你不要去,你说不过他,我这个弟弟,这个大土匪弟弟,他"心如涌泉,意如飘风",这个人聪明得不得了,他的心思就像泉水一样往外喷,他的意图一会儿一变。飘风之大风,由于这个飘风,《道德经》里说"飘雨不终朝,暴风不终日"。意思是,不管多大的雨,一个早晨过去了,大风也是这样。但是老子他这么说,它叫"飘风"。他说盗跖的意念的流动像十二级的阴风一样,而他的心思、他的心念像喷泉一样——我觉得这也是写作的一个境界,这是对精神能力的一种释放。一个人的精神能力到底能达到什么程度,联想你能联想到什么程度,向往你能向往到什么程度,美好你能美好到什么程度,仇恨你能仇恨到什么程度。人活这一辈子,总得有几次淋漓尽致吧,你不能每一刻都温文尔雅呀,都是欲说还休啊,都是欲行还止啊。这样的写作的经验,我觉得,这个人他有一种什么感觉呢,我对得起我自己,我把我这一辈子的精神能力用出来了。我给你拽词儿,什么词儿都拽上,往俗了写我真敢俗,往雅了写雅得行,雅了也不能不佩服。

今天周啸天老师也在这儿,他的旧体格律诗和词都做得非常好,而且今年因为获奖一下子搞得名震寰宇。你看周啸天先生的诗词,他的旧体诗,他的古典的词可以非常典雅,一张口要什么典故有什么典故,要什么古字有什么古字,他的诗里有些字我还不认识,但我也不好意思当着面问,显得自个儿学问太差。但是他里边大俗的话也是很多,被某些人认为是什么顺口溜,什么快板,什么戈壁滩上放炮仗啊,一句抓着就恨不得把周啸天先生给粉碎了,就这种感觉,我觉得一定非常痛苦。但你用到特别雅的词,还用到特别俗的词,别人没用过的那种词,用到这个诗里就有一种非常痛快的感觉,我个人也有这个痛快的感觉。例如,去年我写的所谓潜小说《闷与狂》,我正是要追求人类心里最微妙的东西,一般的人要是不完全静下心来,你根本就想不出来的、想不到的那些东西。我的感觉是语言到那个时候它们都跳起舞来了,所有的语言都跳着,而且还不是芭蕾舞,弄不好是街舞,腰一扭,一般的人跳这个舞不扭折了腰椎、脊椎或脑椎才怪呢。这个人的精神能力到底能发展到什么程度,这是一个非常有意思的问题。

精神是物质的反映,但精神就是精神。语言到底能用到什么程度?语言是反映生活的,但语言一旦成为语言它自己是一个系统,它有声音,汉字还有形象,它有平仄,它有韵律,它有各种不同的发音部位,是唇齿音,还是这个上颚音,还是舌音,还是小舌音,还是呼吸音,是送气音还是不送气音?语言本身就可以成为游戏,可以成为诅咒,可以成为祈祷,可以成为调侃,可以成为玩笑,可以成为匕首。有的人的难听的话真是让人受不了,有时候一句话可以引起一起凶杀案来,是不是?语言就这么厉害,但是到了文学家的手里,相对来说它这个语言已经进行了处理,为什么呢?大家都知道这里边的语言是用来描写一个虚拟的世界,恰恰是这个虚拟的世界你可以得到现实世界所没有的更多的自由。譬如说爱情,爱情在现实世界里你不知道要受多少东西的影响,你哪能一天天地爱情着呀,你哪爱得成啊,你多辛苦啊,你有那个时间、空间条件吗?你有那个经济和社会关系、人脉的条件吗?正因如此,所以文学家特别喜欢写爱情,而且,诗人更喜欢写爱情,那些老单身汉会写出最美的女性来。安徒生的《海的女儿》我认为那是爱情的圣经,但安徒生是老单身汉。福楼拜写的《包法利夫人》真是写透了当时的法国的中年女人的心,《包法利夫人》发表以后,欧洲有三十多个有名有姓的著名女人声称"那写的是我",但是福楼拜在临终的时候说,我写的是我自己。他肯定是个男人,没有性别上的疑问,他也不是同性恋者,他也是老单身汉。爱情上太成功的人写不好爱情,因为他太成功了,他喜欢的人在他的怀里头啊,是不是,难道要把这个人推开去另外写小说?所以正是在这个地方我们才看到了精神的能力。战争也是这样,你在现实生活中想发动一次战争可能吗?你做得到吗?就算你有那个计划,你是一个狂人,你做得到吗?你上哪儿发动战争啊?暗杀,谁有暗杀的经验和被暗杀的经验?太少了,可是你小说里头、故事里头、诗里头可以啊,所以文学对人的精神能力的调动、对人的精神能力的呼唤实在是太惊人了。如果没有文学,我们的意志能力会差很多很多。

六　永远的文学，永远的问候

最后一个问题，我想说说永远的文学、永远的问候。文学永远陪伴你，过去有人干我们这一行的，写小说的，例如著名的作家萧军先生，他很早，大概在一九四八年，就受到了东北局的批判，他自个儿的诗写他自己，叫"不叩不鸣一老钟"，像一个铜钟一样，没人敲的时候它连一点声都没有，你过来一敲，"当——"但你要不敲，它一点声都没有，所以叫"不叩不鸣一老钟"。后来"文革"以后落实政策，把他分到北京市文联来了。大家问他写作不写作，他这东北人很实在，说："写作和娶媳妇一样，那是年轻人的事。"这是第一件事。第二个说法是当时要改革，所谓各单位养着的那批专业作家又不用上班，又领工资，大家有意见。这个萧军先生说的话也绝了，他说："你光看见贼吃肉了，没看见贼挨打吗？"所以他是很绝的一个人，他说人老了不能写小说了。还有山西的一个非常年轻的作家，他也喜欢说，我不提名字了，因为他太年轻了，说写小说是年轻人的事。可是我最近才体会到年满八十岁写小说的乐趣，那种兴奋，那种亢奋，那种没接没完。

去年十月份，快八十周岁的时候，我去看颐和园。正赶上刮大风，颐和园很浅的一个昆明湖"哗"的一声波浪，波浪席卷，撞击着石桥。为什么波浪席卷撞击着石桥就让我构思了一篇小说《仉仉》？这个"仉"跟咱们山东还有一个重要的因缘，就是孟子的母亲姓仉。孟子的母亲是世界上最好的妈妈之一，我们知道像"孟母三迁""孟母断织"，她对孟子的教育很严格。孟子对他的妈妈进行了超标准的丧葬。《孟子》里边就有一篇谈到丧葬，对他母亲的丧葬的规格问题。我写这个小说叫《仉仉》，《仉仉》和颐和园没有大关系，但是我写到大风和湖水，那么大风和湖水为什么会出现这样的故事呢？我也不知道。所以有时候我觉得写小说像魔术一样，从前边一抓，黑桃

A,又一抓,还是黑桃A,这种写作的快乐。然后我写完了这个,又写了,还觉得不行,还得写,我写了《我愿乘风登上蓝色的月亮》,还不行,这时候已经写到了二〇一五年一月春节了,我又写了一个近五万字的中篇小说,叫《奇葩奇葩处处哀》。我很喜欢奇葩这个话啊,我希望我的小说成为奇葩呀,奇葩怎么会是坏话呢?把奇葩想成坏话,这个民族的想象力就完蛋了。我们要有奇葩呀,我希望在座的人都是奇葩。中国海洋大学的奇葩,要有个性,要有想象力,要有自己的选择,要有自己独立的人格,要有创意,要敢于突破,然后赶得巧的是这三篇小说同时在二〇一五年四月份的《人民文学》《中国作家》和《上海文学》上发表。就是我年轻的时候也没有碰到过这种情况、这种事。人都称我这八十多岁的叫耄耋之年,我认为二〇一五年我是耄耋之年,更是冒泡之年,各种大泡各种冒。

文学它会陪伴你一生,如果说你还有一种文学的冲动,说明你这个时候写小说行,娶媳妇也行,说明你充满了生命力,你充满了对生活的热爱,你充满了对生活的期待,你仍然能开出奇葩来。冯瑞龙书记(原中国海洋大学党委书记)说过——我记着他的名言,他说年龄大了以后,谦虚也不能进步了,骄傲也落后不到哪儿去了。所以今天呢,我在冯瑞龙书记的指示和感召之下在这也有点吹牛冒泡,跟大家这么侃了一顿,谢谢大家。

(作者答与会者问)

问:尊敬的王蒙先生您好!您在演讲中讲了一句话,大概是这样的:这个世界都被手机给占据了。我对这句话印象非常深刻,然后也引起了我的一个思考。我最近读了一本书,是传播学的经典书目,是波兹曼的《娱乐至死》。他提出了一个观点:电视网络以及这些新型的娱乐方式正在悄然改变公众的话语,它将人们打入了一种非常麻醉、封闭的状态,但人们却没有感受到。您今天演讲的主题是"永远的文学",既然文学这么有力量,我想请教王老先生如何用文学这个法宝来"挽救"自己呢？尤其是对我们现在这样的年轻人。谢谢！

答：他这个问题问得太好了，这本来是我今天要讲的主题，后来讲着讲着自个儿吹上了，进入了吹的怪圈把主题给忘了。我说的意思是什么呢？目前呢，我们获取信息比过去更方便、更舒适、更直观，但是它不能和过去的那种高精尖的巅峰的精神产品相比。正是语言符号它不能直观，但却是人类思维的主要因素。如果我们习惯于只是看电视剧、肥皂剧，如果我们只是习惯于看连环画、连环图，如果我们只是习惯于看视频、听音频、看夸张的漫画这一类的东西，这些东西都可以做得非常好，我不是说可以不好，但是如果我们接受人只是这样的话呢，他的思维能力肯定是下降的。你肯定走的是一个白痴化的道路。第一条，因为离开了语言，你没有思维的深度、持续性和抽象概括推演的能力；第二条，你看书是你看书，你看那种东西往往是你被它让你看。为什么呢？内容它是一个综合的东西，它的节奏、它的什么东西都是它自己设计好的，一般情况下你跟着它就是了，这点看清楚了就看清楚了，不清楚就不清楚了。一般你看一个盘，你也不像看书一样，不清楚就赶紧打住，然后把符号、把那个小三角往回踢一踢，也偶尔有一次有可能，你多次这么做就不太可能。所以正是你读书的时候你有最大的主动性，你有最大的主宰的能力，所以不管现在的传播的手段让你多么舒服，如果只满足于这种舒服，如果你把获取信息变成了一种消费，你就变成白痴了。我为什么要在这说这种话呢，你要求老百姓都听你的是很难的，比如说这些打工族的兄弟姊妹，他们到网吧里边上网，东看看西看看，就是为了消费。你不让人消费是不可能的。可是我们是大学，大学当然不一样了，大学就是不一样，大学写论文就是不能在网上东拼西凑，你看出来了那个论文就得作废，是不是？大学就是让你拿着一本书在那认真地啃，我们不但要看我们爱看的书，还要看我们觉得费劲的书。我在《人民日报》上写这个，我们一定不能忘了一个词，叫"攻读"。打一仗似的在那儿读书，把它拿下来，把这个山头拿下来。读这个书不是为了消费，不是为了休闲,不是为了享乐,而是为了寻找真理,是为了对灵魂进行拷问,是为了寻找知识,是为了使自己的精神往高处攀登。您的问题也提得非常好,挽救了我的讲话。

问:尊敬的王蒙老先生您好!想提问一个问题,就是今年"两会"上倡导全民阅读,然后很多主流媒体也在提这个,包括推介一些阅读的书目,包括我们应该怎样去阅读,请问您老对这个事有什么看法?谢谢!

答:中国面临着一个巨大的转变,叫转型也好,叫发展也好,它面临着一个巨大的变化。尤其是在开始提市场经济,提什么人文主义、物质生活的关系的时候。曾经有一段时间有一个舆论,说中国在读书这件事上是居于后列的,还有各种数字。为此中央领导也非常关心,非常重视,一直发展到今天的《政府工作报告》上提出这个全民阅读来,而且还有什么世界读书日、读书月、读书节一些活动。我个人当然认为这是非常好的。这是一个非常好的事情,同时我也相信这是一个过程,突然一下子,由于长期的禁锢,一下子放了开,大家首先接受的是消费性、休闲性的东西,就跟八十年代初期唱歌一放开,一下子全国都是邓丽君。邓丽君的歌唱得非常好。我也买过邓丽君的盘,有几首歌我也会唱,什么《甜蜜蜜》啊,什么《随风飘去》啊。但是当然邓丽君不能代表人类音乐的最高水平,也不能代表中华音乐的最高水平。就是在流行歌曲里边,能够和邓丽君相比的,或是比邓丽君更好的那也有。从我这个年龄来说,流行歌曲的女性的歌王不是邓丽君,而是周璇。这也是没有关系的。但它有这么一个过程以后,我相信咱们这个读书的活动是能够开展起来的。因为毕竟咱们是这样一个有长期的文化历史的国家。山东这边应该更好,因为这是齐鲁大地,在山东这边的地名比北京的地名雅多了,比香港的地名更雅。所以,我相信山东这边的读书活动应该有更好的发展。

问:我提这样一个问题,文学是真实、真诚的,而文学又是允许虚构和夸大的,那么虚构和夸大应该把握一个什么样的度,才不至于失掉真实和真诚?

答:是这样的,我们所说的真实和真诚看你表达的意思怎么理解。如果你是司法干部,你的真实和真诚就表现为你的每一点每一滴都有证据,都有实际发生的过程,没有任何的夸张,没有任何的隐瞒;如果你是一个作家,它就表现为心的真诚,表现为你的情感的真诚。譬如说,你写爱情,你把爱情写得美得不得了,实际上你没有经历过那么好的爱情,实际上你结识的几个异性对你都没有那么好,但是有什么关系呢?因为你写的是你自己的愿望,是你的理解,是你的梦。你的梦想也是一种真诚的梦想,而不是为了迎合某些人的需要而编造的梦想。所以我就说有主观的真实,也有客观的真实。文学的真实是一种精神的真实,是一种主观的真实,是一种动机上的真实。而且它和读者已经有一种默契,我给大家看的是小说,我给大家看的并不是一个通告,既不是通告,也不是指南,也不是诉讼状。比如说,一篇批判社会的小说,它对社会提出了控诉,但这个控诉它和你上法院的那个起诉是两种完全不同的东西,所以我们有这种共性,我们也能看出来。这个共性很有趣,你亦步亦趋,每一步都写得非常真实,别人看了都觉得你写得很假。这样的作品是有的。他觉得你在那是装腔作势,是迎合,是投机。另外,你写得很荒谬、很不可能的事可他看着却非常真实。读者硬是有这种判断的能力,这样的事非常多。你写的事根本不可能发生,比如说,没有人看完《西游记》说它写得不真实,哪有这样的人啊,甚至也没有人看完《聊斋志异》觉得不真实。但是恰恰你刚写完一个电视剧,这个电视剧演着,大家一边看一边骂,什么玩意儿啊。人是有这个判断能力的,虽然我说不太清楚。

问:如果说您的作品受到了质疑,那您会怎么看?

答:这个没有关系啊,我刚才说了,有人说好,有人说差,这个没有关系。如果我自己能够经得住自己精神的检验,我觉得就不一样了。譬如说,莫言得诺贝尔文学奖,顾彬就批评得非常厉害。这和咱们学校都有很深的渊源,这也是不足为奇的。刚才我说了,陀思妥耶夫斯基对屠格涅夫也是贬得一钱不值,托尔斯泰最烦的是莎士比亚。我死活闹不清是怎么回事,莎士比亚怎么就得罪托尔斯泰了呢?托尔斯泰是非常不喜欢莎士比亚的。这一类的例子非常多,但是随着时间的逝去,总是会水落石出的,都会得到一种公正的评价,没得到的也不要紧,都死了二百年了,作品得到没得到评价找谁啊,谁找你啊。

问:听完王老先生的讲座,我自己也是非常感动,然后也有思考。虽然王先生有八十岁的高龄,但却有比我们还纯真质朴的心灵。现在有很多影视作品翻拍经典文学作品,如《红楼梦》《红高粱》等,您认为这种翻拍的影视作品会对经典文学作品造成一种什么影响,是好还是坏?

答:视听作品很容易普及,这是没有办法的事。相对来说,文学要比它们小众一些,但文学更深,这也是事实。两者并不能互相取代,影视作品更普及。比如说,咱们不用说网络上的东西,就电视的读者就比书的读者数量要大得多。我现在走哪儿都有人认出我来,说是在凤凰卫视上认识的我。至于说有的官员,就会很亲切地、礼遇地、优待地一起吃饭之后,最后问一个问题,就使我想自杀了,说是:"王老先生,您现在还写东西吗?"我写了那么多!但是我觉得这是非常正常的。你没有理由要求别人去看你的作品,用现在的话来说,现在最畅销的书还能卖到一百万册是非常少的,如果这本书卖到了五六万册、十来万册,就可以说很成功的了。如果说这本书卖了两千册,我觉得也还可以。是不是,你想,你写了这本书,有两千人拿着书,人家还花钱在那看,而且现在书越来越贵,从头一个人在那看,看完了有人说不好,有人说还不错。如果你写得特别差,这次两千册,那下次连二百册都卖不出去了。所以我们可以抱一个平心静气的态度。这种改编成视听化的作品对普及有好处,对读书本身来说好坏参半。刚才你说的这个情况也恰恰是我最担忧的情况,现在谈《红楼梦》,谁看《红楼梦》文本啊。美国也一样,美国人都在那谈《飘》,谁看《飘》这本书啊,看的是电影,很多东西都是这样。我在我年轻的时候,一到假日我就看小说,读书,现在到假日我也会首先想到要不要去看个电影啊。没办法。但是我们是大学,我又说这个话,我们这儿有文学院,我们这儿还有中文系,我们还有外国文学史,有外国文学的课程,我们还有外语系。所以我相信,至少在中国海洋大学读书的风气不会下降,而要往好处发展。

问:尊敬的王蒙先生,我父亲是您的粉丝,从小就让我背了您很多诗。我想问一下,文学一直都存在着这种断裂,要不就是为国家立言,没有自我与情感,要不就是写拘泥于自我的私生活,格调低下,您认为该如何统一两者?

答:我认为格调的高低问题并不决定于你写的题材,如写自己的私生活,是不是就一定写得低下,那就等于说我们一进入私生活的领域,我们就都是"下三烂",不至于吧。我们进入我们的私生活但起码保留我们的尊严,起码保持对别人的尊重,在私生活中我们有对别人的善良的心愿,在一件很小的事情中我们还有我们的趣味,我们还有自己的文明,小事情也显得很高尚,显得很有道德,很有文明,很诚恳,至少写得很有趣。反过来说,代言的问题是这样的,它有多种不同的情况,有的人代言是为了国家领导人的发言的讲话,那是不一样的,您写一个小说不能变成一个中央文件,是不是?或是变成外交部的照会,这都不可能。这都是不同性质的问题。相反呢,你即使是写最大的问题也得有细节,也得有阅读的趣味,也得有文字的讲究,也得有故事性或是情感性。所以我不觉得写不同的东西就会分裂,那如果写不同的东西分裂,全国就都写一样的东西,这也不太可能。另外,有时候写各种各样的不同是正常的,有分裂就有结合,有不同就有"交通"。这"交通"不是指高速公路或铁路上的交通,而是人和人心上的"交通",它是可以交流的,可以相通的。这不在于你写的或是风格不一样,或是题材不一样,或是心情不一样,总是既有一致的东西,又有不同的东西;既有互背互反的东西,又有互相补充、互相调和的东西,我没有感觉出这个问题有多么让人伤脑筋。我们今天大家坐在这也不能说每个人都一样,大家关心的方面都一样,理解的方面都一样,经验都一样,也是不可能的。这并不会带来什么危害。

2015 年 5 月 28 日

在中国李商隐研究会第九届年会
暨唐代文学学术研讨会闭幕式上的发言

我今天在这儿,是一个非常有兴趣的学生。由于听力的影响,我听懂了一半的发言,就这一半的发言,已经够我受用的了。

我一看,这是第九届研讨会了,二十多年了,而前边原来李商隐研究会的一些骨干,在我印象中一些重要的人物,一个都没有来。第一任会长是刘学锴,他现在在北京养老了。副会长是余恕诚,他已经去世了。后来第二任会长是董乃斌,他也没有来。陈伯海也没有来。起了巨大作用的黄世中,本来我们这次没有他这个会也开不成,结果他又病了,而且很痛苦。原来还有几个,特别是当时《文学遗产》的主编陶文鹏,我记得他是用广东话还是湖南话或广西话朗诵李商隐的诗,朗诵得非常好,也没有来。我得稍微回忆一下,第一次会议是在广西的平乐。第二次会议是在河南焦作,新民县或博爱县,这两个我分不清了。只记得会开完了以后,因为李商隐的坟墓在那儿,而且修建了李商隐公园,在那儿又有很多的竹子,又有很多生姜,那儿生姜很出名,出产得特别好。后来还产生一个效果,就是我们在A县开完会以后,B县的很多领导带着一点生姜和小米来找我,因为刘震云是那边的人,也把他带来了。他们说李商隐不在那个县,是在我们这个县,下次李商隐的年会一定得在我们这个地方开。我虽读过李商隐的诗,但我哪知道李商隐的坟墓在哪儿啊。回顾这个特别好,特别令人难忘。王安先生回忆了刘学锴居然在一次会议上唱戏,这是别人都不能相信的。还有一次会是在烟台,那是我张罗的。还有一次会是在广西,我只参加了开幕式。当然更重要的一次是在温州,冬天开的。二十多年里能开九次这样的会,我觉得非常有福气,非常幸福,我的幸福指数起码增加了三点七。你想想,大家能够坐在这儿,用一天甚至用一天半的时间,还开过两天,两天时间你在那儿大谈李商隐,多好啊!还吃着生姜,还唱着歌,真是一个难得的机会。

李商隐研讨会这个事儿,大致上都是依靠一些高校来做,说明高校还是有它的优越性,有它的特点,而且对李商隐特别有兴趣。当时还有一个很简单的想法,想提高李商隐的地位。李商隐的诗一方面朝向艺术,因为他在教化上能够值得一谈的有限,其实也不是没有,他的《咏史诗》有时候也有自己的对修齐治平、对家国事情的看法。但是他整个的情绪比较消沉,他在审美的境界里,你说他难解吧,我有时候觉得他相当普及,相当通俗。"昨夜星辰"是琼瑶小说的题目,也是流行歌曲,而且是非常好的流行歌曲的题目。昨夜星辰,再说一遍我眼泪都快出来了,而且昨夜星辰是什么意思呢,就是美国那个最成功的流行歌曲"Yesterday Once More",一唱"Yesterday Once More"啊,你说多少心情就出来了。"相见时难"我曾经用过它做小说题目,但是没有写好,对不起大家。

我有时候有一个零碎的想法,在这儿就不发挥了。有时候语言和文字是了不起的东西,一般情况下,语言文字用来叙事、理论,它是一种表意符号。但是在诗歌当中呢,它又是一种审美符号,到了李商隐的诗歌尤其是到了李商隐的抒情诗当中,它又变成了李商隐的抒情诗的特殊符号。我说这个没有任何高下之别,董乃斌先生就专门论过,他写过《李商隐传》,而且他还论过,比如说李商隐喜欢用蝴蝶、金玉,有些相当豪华的和女性的东西做诗歌符号。他那个符号很高雅,也很深奥,但是他反映的生活的内容实际又很世俗。"昨夜星辰昨夜风",我相信它是狎妓诗。"隔座送钩春酒暖,分曹射覆蜡灯红。嗟余听鼓应官去,走马兰台类转蓬。"这是他狎妓的经验。这和艳诗无关，因为他写得那么高雅，这个古人的生活我们也很难按现在的道德或者法律标准来要求。当时就想多谈谈李商隐有助于开阔我们的审美，开发我们的审美能力和扩展精神的空间，现在看起来这个作用已经达到了。我记得有几次开李商隐的研究会，大家还报道这样的好消息，说是教育部审过的这个关于古典文学教科书里边李商隐的地位比原来提高了多少多少，这个课文增加了比如说五百字，等等类似的情况。所以正在这个基础上稍微扩点容，这也是我的建议，就是说咱们不仅可以谈李商隐，也可以谈谈整个唐代文学，为了能使这部分内容延续下去。

最后，我再说一点怎么能延续下去。今天王安先生说下次希望到四川文化艺术学院，到绵阳去开。绵阳是一个非常重要的地方，我们的科技，有许多最尖端的科技都在那里，那儿的风光和美食都非常好，我就觉得这是一个非常好的消息。问题是现在这个李商隐研究会原来的一些老人已经找不到了，现在会长是谁我都不知道，只剩下我这个名誉会长了，幸亏还有一个名誉会长在这儿，证明这个会议的合法性和这个传承性。所以我建议中国海洋大学先给联络一下，我希望咱们会议的与会专家一致同意中国海洋大学联络有关李商隐研究会的组织问题。这是我第一个愿望，因为咱们看起来这么谈谈挺好，我觉得这个好事应该让它延续下去。再有，我个人一直有一个希望，我特别希望在座的同学们，无论如何应该写一出李商隐的戏，可以是歌剧，可以是戏曲，可以是京剧，可以是粤剧，也可以是话剧，如果你们各位特别是年轻人有这个志气的话，我将尽我的努力帮助与协助。总之还有这么多的知识和快乐，这样的知识和快乐不是每天都有的。谢谢大家！

2016 年 9 月 30 日

极 致 与 从 容[*]

大家好,非常高兴能有机会来到常熟理工学院与大家有所交流。我今天选的讲演题目是"极致与从容",极致与从容说的是文学对于人生的体验的极致和从容。从我个人来说,我比较喜欢的一个词是"体验",我觉得文学是体验的成果。体验包含着记忆,也包含着幻想;体验包含着怀念,也包含着忘却;体验包含着自省,也包含着原谅、宽恕;体验包含着智商,也包含着情商。我觉得一个文学细胞多一点的人,他会特别重视自己的人生体验。在某种意义上,我们甚至可以说生命的意义就在于对生命的体验,因为人是有灵性的,人是有情感的,人是有记忆的,人是知道什么是自我、什么是世界的。所以他必然会对人生的各种经历有所体验。在没有体验以前,这个只是他经过的一段事情。比如说一个人非常成功,成功的人很多,但是对于成功的体验,个人的深浅不同,个人的感觉不同,个人的对它的把握的程度——使他真正变成人生的一部分的程度——也并不完全相同。在某种意义上来说,文学的特点,就是能够强化你的体验,细化你的体验,美化你的体验,固化你的体验。体验可能转瞬就消失了,你经历的这个事件,消失得很快。这一分钟已经不是上一分钟了,但当你用文学的形式把它记录下来,描绘下来,就变成了更长久的存在。而人在体验当中往往会自觉不自觉地追求对体验的极致,即追

---

[*] 本文是作者在常熟理工学院"东吴讲坛"的演讲。

求体验的最大化和最强化。

我常常想起我八九岁的时候开始读《水浒传》，里面有很多内容都是我所无法体验的，也不可能有这种体验。但是当看到李逵招揽朋友，说"我们这里大块吃肉，大碗饮酒，大秤分金银"，我就觉得世界上竟然有这么痛快的生活——"大块吃肉，大碗饮酒，大秤分金银"使我觉得很痛快；甚至当看到林冲被陆虞候、高俅一家所迫害，最后被迫害急了，林冲杀人了，逼上梁山，也有一种痛快的感觉，快意恩仇。八九岁的王某人在读了《水浒传》之后开始有这种感觉。你要读了《史记》呢，你就会感觉到那么强烈的、强化的体验是你的人生不可能得到的。比如说越王勾践他都失败到那种程度，受侮辱到那种程度，隐忍到那种程度，耐心到那种程度，最后能翻过个儿来，这太不可思议了，但是《史记》上是这样写的。比如说看了荆轲刺秦，太子丹的遭遇已经让你非常地感动了，最后荆轲被说服，被鼓动，决定去刺秦王，他找了秦王的仇敌樊於期，樊於期马上割掉了自己的脑袋献给荆轲，让荆轲去刺秦，这也是不可思议的。我读了《史记》最感动的是范雎、蔡泽这一段，范雎在魏国出使齐国，齐王给他了礼物，回到魏国后被怀疑里通卖国，魏公子齐等几个人给他屈打成招，把他活活打死了，扔到了厕所里，然后大家在他身上尿尿。这一段在迫害这一点上达到了极致——活活打死，然后往他身上撒尿，这已经达到了极致，他居然还没死，这种在理论上不完全可信。魏公子齐和几个人在那吃喝玩乐的时候一边惩戒叛徒，而且又扔到了厕所里，他居然没有死，从病理或者医学或者生理的角度来讲这种可能性非常小，因为他总会有呼吸，一点呼吸都没有那早就死了。但是他硬是没死，他活了，而且跑了，跑到了秦国来当宰相，这只能说是极致，已经进入不可思议的极致了。这是一个小的细节，也是极致。司马迁也在追求极致，虽然我完全相信司马迁是追求真实地写史，他到处搜集材料，不大可能是他编造的，但是证明民间当时已经有这种极致化的口头语言。比如张良学艺、黄石公，这已经发展到了不可思议的程度。

什么程度呢？就是天不亮张良就去了，黄石公愤怒："这么晚才来！"第二天半夜他就去了，黄石公仍然愤怒："你这么晚才来！"第三天张良晚上吃完饭，太阳还没完全落下去他就去了，黄石公说"就应该这样"。就这么一个小的事情，也达到了极致。极致也包含着政治性的极致，比如韩信受胯下之辱，这也是极致，政治的荣辱、进退、成败、生死、兴衰、存亡，都达到了极致。古代爱情的极致，比如说抱柱守信的故事，尾生和一个女子有个约会，潮水上涨到约会的那个地方，女子没有来，他就抱着柱子，最后被淹死在那里，这既是爱情的极致，也是信用的极致。当然，我们从国外也可以找到这样极致的例子，比如说《罗密欧与朱丽叶》，把爱情写到了极致，把爱情被两个家庭的矛盾所摧毁也写到了极致。

我最近看的《列子》，《列子》里极致的故事确实也是令人拍案叫绝。愚公移山，这是一种极致不用多说了，连毛主席都讲过，家喻户晓。夸父追日，这个达到了极致。夸父追日一上来就是夸父他自不量力，这句话带有对夸父的微词，有对夸父的批评。但是一整个写下来，我觉得夸父仍然是一个悲情的英雄。我要追赶那个太阳，越往下写越极致，而且是正面的——他渴极了，喝掉了黄河里的水，全部水喝干了，谁能把黄河里的水喝干呢？夸父喝干了。还渴，接着喝渭河的水，又把渭河里的水喝干了。还渴，两条大河的水都喝干了。北方的两条大河的水都喝干了，然后到大泽，到一个大湖里，到那儿去喝水去了，但是没走到，渴死了。渴死了以后把他的手杖一扔，他的尸体变成了肥料，手杖变成了桃花林，数千里。我总觉得他非常地悲壮，非常有英雄气概，是不论胜败的英雄。现在西方世界把堂吉诃德当做一个正面的形象——骑着驴，带着一个村妇做他的情人儿，然后用他的武器挑战风车——这样的一个悲壮的形象、理想主义的形象，而夸父就更悲壮。

去年还是前年，有一段时间我们文坛也讲起路遥，因为习近平同志跟路遥也认识，也长谈过。我们到处谈路遥，其中谈得最意味深长的就是贾平凹,贾平凹说路遥就是夸父,这一句话里,既包含了悲情,也包含了遗憾,是不是还有某些批评,我就不便再分析了。但是《列子》里头最令我拍案叫绝的不是夸父,也不是愚公,是宝剑。写卫国,那个国家有一个婴儿被叫做黑卵,卵就是蛋,现在北方喜欢起这种名。黑蛋是个霸王,练功练硬气功,练金钟罩铁布衫。他可以伸着脖子让你砍,砍的结果就是刀刃卷了;他可以摊开胸脯让别人拿枪来扎,扎的结果就是枪头掉了。就是这么一个人,把一个叫来丹的爸爸给杀了。年轻人是大孝子,一定立志要为他爸报仇,要手刃敌人。但是这个人空有报仇之志,人很衰弱,衰弱到什么程度呢?《列子》说的也够绝的了,说他吃饭要数米粒,吃多了消化不了。我想那个数米粒,我个人估计他最多吃到八九十,因为一百粒就数不清楚了,就算他特别细心,吃一顿饭能吃一百零五粒,这很可怕了。还有说他走路顺着风走,古人写起文章来真简约啊,一句废话没有,说他逆着风他走不过去,要被风吹回去,大概这个意思。但是他又不想委托别人去杀这个黑蛋,必须他自己上。他的孝心就感动了本国的好多人,就为他出主意,让他去找另外一个诸侯国家的老人,说那个人有从周朝传下来的宝剑,于是他就去找那个人去了。说我听说你有宝剑,很悲情地说了自己的情况。那个人就说我的宝剑有三等,第一等叫含光,就是你看不见,什么时候都看不见,第二你拿不住它,它的重量是零,古人说零就是无重量,它砍什么东西都没有声音,没有动静,没有影子,不见血。比如说你从一个人脑袋上砍过去,因为这个剑太快了,砍过去以后人一动不动脑袋没有动,因为这个刃太快了,阻力是零,所以砍过去以后,脑袋还落在那儿,血流不出来,但是它确实杀了人。这是第一等剑。第二等剑叫随影,就是你在早晨,未明时分,和晚上太阳一落山,天地快要黑的时候能看到它的影子,这是随影的含义。这种剑呢,从一个人的身上砍过去后会听见"咔"一点小的声音,被砍的人呢可能略有反应,但是同样也有一个问题,它的刃太快了、太薄了,所以砍过去以后永远杀不死他,原来的血管在什么地方还是在什么地方,死不了,也许身上有点痒。第三种最差的是宵练,夜里能看见、白天看不见。这个一砍人,就"咔嚓"一响,响完也还照常。所以剑太好了杀不死人,因为它杀过去以后千分之一秒或者百分之一秒立刻就能接住,所以它没用,不能杀人。这个孝子又说,我用最差的剑试一试杀人,他拿了那个剑经过千辛万苦终于潜入了黑蛋的家。黑蛋那天喝了酒,半光着身子,躺在窗户旁边。他就过去了,拿剑就往他身子砍了三次,第一次、第二次、第三次他听到了"咔嚓""咔嚓""咔嚓"的响声,因为是仇人,他认为一次砍不死,三次肯定砍死了。他出门的时候看到了黑蛋的儿子,黑蛋儿子一看是他,有所警惕,因为是他们家的一个仇人。"你小子来干吗的呢",他也话也不说,上去就照着黑蛋儿子,嚓嚓嚓,然后黑蛋儿子什么反应?——"哎哟,你是不是来教我跳舞呢,你这是什么舞啊"。这个孝子失望了,原来他拿着剑杀黑蛋的儿子,根本感觉不到宝剑的威力和破坏性,相反地被看成是在跳舞——人的想象力能到这个程度啊,太惊人了。你可以认为他这是在胡说八道,但这不是胡说八道。我相信咱们学校的数学老师,咱们的数学教授,如果来分析这个问题,它绝对是微积分的一个问题。因为这个刃,材料第一要科学,第二要薄,这个刃要薄到什么程度,要薄到以有间论无间,这是老子的理论。无间,人体是无间的,没有空隙,可是有一个道,它虽然无间,但是你的道可以在他无间的身体里来回地、自由地摆来摆去,摇来摇去。这不但是文学,而且游入数学的海里,我数学基本功不行,我讲不下去了。我女儿最怕我的两件事,一个是到大学里不讲文学讲数学,一个是不讲中文讲英文。每次我出门以前,我女儿都是来请求我,你可千万别提数学,但是我要在这儿忍不住请常熟的数学教授帮我分析分析这个问题,因为虽然这个故事荒诞无稽,但是这个故事影响着中国的武侠小说,尤其是影响着古龙。在座读过古龙的书而且知道飞刀小李的请举手。嗯,不少。飞刀小李绝对受《列子》影响,但是他不能说杀不了人。飞刀小李是什么情况呢?他用刀"嚓"的一声,那对手本来很凶,飞刀小李其貌不扬,个儿也不高,体重也很轻,量级也是在最低最低的五十公斤以下的量级,所以对手拿飞刀小李根本不放在眼里,但是忽然看见脚底下有半只胳膊在地上,不知道发生了什么,再一看,自己的左半边儿或者右半边儿已经没了,等他看到了,然后又过了五分之一秒以后,血"啪"一下崩出来,这个描写也是极致。这种极致在生活中很难发生,这种夸张在生活中也并不科学。如果理工学院学理工的学生都这么极致、这么夸张,那咱们这学校也就乱套了,那肯定不能出现;但是在文学里,你体验一下,你想一想那个极致的程度,你体验一下,你设想一下,你假设一下,人的体验可以达到那样的高度。

下面我们讲俄罗斯的一个具有很大争议的作家,就是陀思妥耶夫斯基,他是把对社会的不满,这种批判,这种揭露,这种控诉,这种痛恨,这种绝望,全部都把它写到极致。世界上很少有这样的作品。作家本身很不幸,贵族出身,有癫痫症,北方管这叫抽羊角风。他由于抨击社会,曾经被捆绑处死。他在《白痴》这个小说中写过捆绑处死的经验,里面写的是在绞刑架上,但是有的记载他捆绑处死是枪决,四个人判处死刑,执行"嘣""嘣""嘣"三个人枪毙了。到了他那儿,沙皇下令特赦,不枪决了你可以回家了。这本身就是一种极致了,世界上那么多伟大的作家呀,被捆绑处过死刑的我知道的就他一个,不得了。所以他写作的作品的一个特色,就是让你读了以后怎么难受怎么写。你看到他的故事以后,你最怕出什么事儿,他就准出什么事儿。让你看着明明不费吹灰之力的好事儿就是实现不了。他把你的痛苦拿捏到了极致,把你的神经拿捏到了极致,把你的良心拿捏到了极致,他把你的恐惧拿捏到了极致,他把你的恶心拿捏到了极致,把这个凹凸感拿捏到了极致。他是怎么写作的?他喜欢赌博,喜欢轮盘赌,跟书商订立合同,三年后我交一千八百页的小说,外国的不讲字数讲页数,然后拿着一大笔钱到赌场去了,一星期,全部赌完输光了,就开始零零星星地借钱,又生病又赌钱的,然后还剩下三四个月,该交稿了,如果他交不出稿就只能坐监狱,他雇了一个速记员,开始发疯地在屋子里抓着自己的头发一页一页地说,说得很随便,后面的速记员飞速地记下来。俄罗斯当时的文学大咖都不喜欢他,他也痛恨这些人,他第一个痛恨的就是别林斯基,第二个痛恨的屠格涅夫,都是视如仇敌。但是他写书,是极致的书,人生的痛苦的极致,是控诉的极致,诅咒的极致,也是同情的极致。他是用这种方式来写书的,所以他有个特点,他分段很少,他能一连十页不分段。我给他计算,他少得了百分之三十的版税,看看台湾的、香港的作家写作,一个字就是一行。"来了?"这是第一行。"嗯。"这是第二行。"一个人?"又一行。"嗯。"又一行。这一下子二百多万人民币的版税。可是陀思妥耶夫斯基写的他一连十页不分段,满满堂堂的。他下次笔,他一话接着一话,他不能分,他吃亏太大了。他反对暴力革命,所以十月革命以后一直压着他,一直对他评价不高。后来好一点。我不知道为什么高尔基特别痛恨陀思妥耶夫斯基,高尔基说,假如狼能写作,写出来的就像陀思妥耶夫斯基,但是仅仅靠这一句话就否定陀思妥耶夫斯基?如果狼来当一个工厂的厂长那是不合适的,如果是狼写的一部小说,只要我们知道是狼写的,那你看看说不定有点意义,某些就达到了极致了。作家米兰·昆德拉离开了捷克,半逃亡到了法国,听说非常困难,法国那边儿的话剧院就约米兰·昆德拉改编陀思妥耶夫斯基的《白痴》成话剧,而且给他一笔钱,此前呢,米兰·昆德拉没有好好地阅读过陀思妥耶夫斯基的东西,但是看完以后,米兰·昆德拉讲,这个人写作是这样的?这个人的火气怎么这么大呀,怎么这么愤怒啊。钱也不管用,把钱退回去了,而且他认为陀思妥耶夫斯基这人要是掌了权,指不定是法西斯分子。但是这也是人间的沧桑啊,天若有情天亦老,人间正道是沧桑。苏联解体后,高尔基大街恢复了原来的领导,要反对德兰,而且在街的中心,立有一个陀思妥耶夫斯基的坐像,这个坐像是根据列宾的画(做成的),我非常感动,我一看这儿,陀思妥耶夫斯基!我眼泪就出来了。终于陀思妥耶夫斯基又坐落在了莫斯科一条繁华的大街上。这是一种极致。

那么下面我再讲一个极致，我觉得是在我青年时读过的作品当中，在思维上、在逻辑上、在情节上、在哲学上、在宗教上，关键是在信仰上，都达到了极致的一个作品。我很怀疑，现在已经没有几个人知道了，就是许地山——台湾现代作家落花生（笔名）——翻译的印度的作品《二十夜问》，我请问在座的哪位读过或者知道《二十夜问》，请举手。到现在为止还没有，那我可以详细地讲一下：一个美丽的公主到了成家的年龄了，她决定凡是来求婚的可以每天晚上向她提出一个问题，总共有二十个晚上的时间，这个问题如果能难倒她，她就下嫁。如果连问二十个晚上的问题都难不倒她，就把求婚的这个人杀死。暴力爱情和智慧就这样纠结在一起。终于来了一个最理想的白马王子，这个白马王子前面十九个问题特别花哨，特别美好。每次我碰到这个地方，我就想起王尔德写的《快乐王子》，那个小燕子给王子讲它走过的地方，看到的内容，美妙的风景啊，奇怪的民俗啊，引人注目，讲得简直美好极了。现在我说的《二十夜问》里的白马王子向公主提的问题，每一个问题的提出，就是这华丽散文，就是一篇赋，中国的赋。公主就几句很巧妙的话，百分之百的准确回答，答回去了。就这样十九个晚上过去了，到了第二十天，这个王子非常的绝望，觉得我今天就要死在这儿了。这个时候他忽然得到了启示——解决了！毫无疑问就这么解决。于是晚上他笑嘻嘻地胸有成竹地到了公主那儿，他说："亲爱的公主，我要问的是，有这样一个美丽的公主，她提出来在二十个晚上中必须提出一个问题把她难倒，如果不难倒就把求婚者杀掉，如果难倒了的话就立刻委身于这位英勇智慧的求婚者，请问他应该问什么问题呢？"棒不棒？这问题本身就已经包含了答案。然后公主大悦。这还不算难，这是印度的哲学，印度的宗教。比极致还要极致——公主大悦，过来拥抱住了这个白马王子，脱掉了他的衣服，以下三百字，儿童不宜。然后这三百字以后，公主和王子说："我们已经达到了人生幸福的极致，达到了爱恋的极致，达到了智慧的极致,达到了青春的极致,我们可以走啦。"上天听到了他们的祈祷,一个雷"啪"一下,升天了。完了,这吓不死你,哎呀,我的妈呀,怎么有这样的故事啊。所以印度人啊,虽然有很多缺点很多毛病,但故事可是挺玄,你姑且就当故事听,无意提倡在这个新婚之夜自杀啊,或者是新婚之夜啪啪啊,没什么意思。单独说它有这么一个事。就这么一个故事,能达到这步,我至今难忘。而且这本身就非常数学,这完全就是一个数学悖论,这个和那个罗素悖论,理发师悖论,一模一样。理发师悖论是什么呢?说是一个理发师,他明确声明,他绝对不给曾经自己给自己理发的人理发。那么现在又牵扯到了一个问题,你这理发师给自己理过发吗?如果你给自己理发,你属于绝对不能给他理发的那个人,如果你不给自己理发,你属于绝对应该给他提供理发服务的那个人。类似的这样的数学悖论实在是太多啦,例如有一个暴君,说早晨进他这城的人回答问话,回答假话的话就被烧死,回答真话的话就被淹死。别人都因为这不敢进他这城,但是一个聪明的小孩,就进来了。说:"你干什么来了?"他说:"我来为投河自尽的。"如果你认为他说的是假话,应该把他扔到河里去,投到河里就变成了真话,就应该烧死,烧的话,那他这个假话就应该投河。就是说人这个逻辑,有这么一个矛盾,肯定与否定之间的一个矛盾。你对什么都肯定,你必然对否定也是肯定;你对什么都否定,你必然对否定是否定。而你对肯定的否定,就是否定,你否定了否定,就是肯定。

我觉得,我们对文学要敢于开拓自己的思维理念,要敢于追求文学的极致。但是从我们整个价值观念来说,中国不喜欢极致,中国喜欢的是中庸之道,中庸之道完全是有道理的,恰恰是中国,我们的圣人,孔、孟都讲应该是"《诗》三百一言以蔽之,曰:'思无邪'"。恰恰是孔子告诉我们应该是:"怨而不怒,乐而不淫",后来到了孟子,又加了"哀而不伤"。恰恰是孔子告诉我们"过犹不及",我们还有许许多多这方面的说法。从思想的修养来说,从心理的平衡来说,从心理和生理的健康来说，上面说的这些孔孟的中庸之道是非常好的，从社会的稳定来说，也是非常好的。所以，在极致的另一面，是文学的从容，这点恰恰是中国文学表现得非常美好。《诗经》里的很多东西就是这样，有些是把极致从容化，很简单的诗有时候觉得它是极致，有时候觉得它是从容。就比如说："江南可采莲，莲叶何田田，鱼戏莲叶间，鱼戏莲叶东，鱼戏莲叶西，鱼戏莲叶南，鱼戏莲叶北。"这有一种动态的极致，描写的极致。因为它太简单了，东西南北都说一遍，可是你永远没有办法跟它比拟。你读这个就跟看动画一样，鱼儿就在这游，但是行笔很从容，很快乐。中国古诗里有很多表达这样一种从容的性情，或者是既从容又极致，或者是当极致变为历史以后，就有一种非常从容的、淡然的回忆。比如说，苏东坡的《念奴娇》中"羽扇纶巾，谈笑间，樯橹灰飞烟灭"。这里"樯橹灰飞烟灭"，是不得了的呀，但是"羽扇纶巾，谈笑间"，这里头有着从容，就是说"青山不厌三杯酒，长日惟消一局棋"。有些道家喜欢渲染闲适，渲染虚境，它里头又表现了极致从容，就是把从容也可以发展到极致，"宠辱不惊，看庭前花开花落；去留无意，望天空云卷云舒"，这诗就是把从容做到了极致。

中华文化，它强调淡然处之，强调虚境，强调不骄不躁，强调智者不变、变者不智，强调知者不博、博者不知。它有另一面的，表面看着消极的那样一种提倡，一种追求。所以庄子提倡的是呆若木鸡，本来这是一个斗鸡的最高境界，可是人就误解这个说法了。现在我们说的呆若木鸡呢，是一个人傻、呆板。比如你今天上哪儿去开会，说今天你们看见张老师了吗？看见了。你跟他说你的问题了吗？说了。那他怎么说的？他呆若木鸡。可是列子与庄子的故事讲这呆若木鸡是说斗鸡，这斗公鸡也是中国传统几千年的文化了，这鸡很厉害，瞪着眼儿，见着别的鸡就想去搏杀，这鸡很容易就被打败了。两个月以后，它已经没有什么表情了。但是呢，听到别的鸡打鸣儿、翅膀振翼的声音，它就警惕起来，马上俩眼儿就瞪起来，左右看，也不行；最后又过两个月以后,这个鸡就跟个死鸡一样,一动不动,眼珠也不转,也不听,也不看,呆若木鸡,真正厉害的鸡就是呆若木鸡啊,我们说这是有城府啊,你看我们周围真正厉害的人,都是面部无表情的。中国的武侠小说,写这彪形大汉,拿着什么好刀好剑,这都不厉害,最厉害的是什么呢?上来一个瘸子,上来一个儿童,上来一个妇女,或者上来一个傻子——嘴都闭不上的,流口水,而且身上没有武器,这也太可怕了,因为这些人都有邪招,没有邪招这些人敢上战场来挑衅?刚一过去,耳朵后面一根针扎入要害,再看你已经死了,他们还呆若木鸡,跟没事儿一样,这也是一种对特殊状态的追求。但是文学里头,真正很有把握、很老到的,有时用一些最简单的话、用一些最不带感情色彩的话,写出了最沉痛的,或者最深重的或者最激烈的感情,这种书我也看过。当年苏联有一个非常长寿的老作家,叫卡达耶夫。卡达耶夫是一直到八十年代末才死的,他活了将近一百岁。他写过一个很短的小说,叫《妻》,写苏联卫国战争期间战场上牺牲的人的妻子,因为苏联的红军伤亡率极高,写这个妻子知道她丈夫死了,而且已经埋起来了,也不可能运回家里,她费尽千辛万苦就找她丈夫的坟墓。找到了坟墓,又费尽千辛万苦,用野花编了一个花环,送到丈夫的坟墓上,确实证明是她丈夫的坟墓。最后结束的时候,说了句什么呢?最后怎么结尾的呢?我到现在还记得,我佩服得不得了,因为他前边儿写了那么多,英勇杀敌,英勇牺牲,丈夫阵亡,找不到尸体,找不到连队,找不到军部,更找不到埋葬的地方,就一直把你的心揪着,直到野花环放在丈夫的坟墓上,行了个礼,说了几句话,最后结尾翻成中文,就五个字:"然后她走了"。等于她见到了她的丈夫,找到了丈夫英勇牺牲的地方,知道了她丈夫英勇牺牲的情景,知道她丈夫的尸骨就埋在这里,用当地最普通的野花给丈夫上了坟,然后她走了。我觉得比写什么词儿都好,你别再啰唆了,再啰唆就完了,所以说,此地无声胜有声。印度泰戈尔我也比较喜欢,泰戈尔不是一般的人,我去过加尔各答他的故居,他两米多高,他在家乡是唱歌儿的,老的录音带就是泰戈尔唱的歌儿,人家婚丧嫁娶他都去唱歌儿。泰戈尔写诗词。中国诗人写诗词是非常令人感动的,"十年生死两茫茫,不思量,自难忘",写"人生如白驹过隙",尤其是不用悲痛的口气,而是用非常豪迈潇洒的口气写生死,写得那么痛快,但里边儿也包含着悲哀,"君不见,黄河之水天上来,奔流到海不复回。君不见,高堂明镜悲白发,朝如青丝暮成雪"。但是泰戈尔怎么写的呢?他说上帝上苍,右手拿着生命的酒壶,左手拿着生命的酒杯,他缓缓地把这生命的酒浆倒在这杯子里。等到这杯子倒满了以后,他轻轻把这杯子里的酒就倾倒掉,然后再倒第二杯。他怎么能琢磨出这么一种意象?不大,很自然也很美丽,该往里倒的时候就往里倒,倒到太满的时候,就倒掉再来新的一杯。有时候我觉得普希金的诗,也有这样的一种意境,现在普遍比较流行的:"假如生活欺骗了你,不要悲伤,不要心急。忧郁的日子需要镇静,相信吧,快乐的日子将会来临。"你说他是忧郁吗,他把忧郁也那么美化,他把忧郁变成了一个诗人的享受,诗人连忧郁的体验都没有,当不成诗人的。普希金给他的奶妈写的诗,一开头以为是给他情人写的:"让我们来同干一杯吧,我不幸的青春时代的好友,让我们借酒来浇愁。酒杯在哪?这样欢乐马上就会涌向心头。"他的深情在当中,他的纯洁,他回到了他的童年时代。当然中国的艾青也是这样,说大堰河我的母亲,写奶妈或者写什么,都有这样的从容淡定,不急不慌,不忽悠,也不故意夸张。文学追求体验,体验追求极致,极致的极致,就是从容。今天就给大家讲到这儿,谢谢大家。

(作者答与会者问)

问:王蒙先生您好,非常崇敬您,在这里我想问您一个问题,就是您在多次演讲中反复提到,您的第一身份是革命者,请问这个身份对您的创作有什么影响呢?谢谢。

答:革命是我的历史,也是我的生活。在二十世纪的中国,很难找到一个词儿比革命更和每个人都有关系,有的关系是亲密的,有的关系是阻隔的,是保持着距离的,有的也许是相抵触的,但是关键在于革命也是我的生活,是我的体验,是我的追求,也是我的梦,也是和每天的柴米油盐酱醋茶一样的,最具体最生动的经验,每个人都有各自的不同的体验。生活在北极的人,他写的北极的生活对于生活在热带的人来说是很生疏的,但是生活在热带的人仍然会体察到在北极的人的生活中有趣的东西,他表现的能力,感染别人的能力,让别人分享、共享他的北极生活的体验。而我从少年时代就向往着革命、追求着革命、投身于革命,那么革命对我而言是充满激情的事情,是充满了情感,充满了体验的事情。在革命中的体验太多了,有希望也有失望,有凯歌也有无奈,有许多的自信也有困惑。这些东西啊,二十世纪的中国人想完全不提革命、不写革命,是有相当的困难的,我是把革命作为我的非常切近的生活体验来写到我的作品当中的。

问:王老先生您好,我有一个问题就是,今天您讲的是极致与从容,我们从文学中体验到了极致与从容,那结合您生活中的经历,您从文学中体验到的是极致还是从容?

答:从我个人经历来说,极致也不够极致,从容也不够从容。但是我经历的事不少,见的世面也比较广,兴趣也非常广泛,对于自己越不熟悉的东西越想尝试。我希望下一次再来常熟理工学院的时候,最好是讲一节数学。我在写作当中所得到的那种快乐,得到的那种生命的体验是非常宝贵的。我是一九三四年出生的,我正式开始投入写作是一九五三年,我十九岁。现在我每天还都在坚持写作,我每年平均大概出三部书以上。我近几年不光是写孔孟老庄,而且小说也没有断过。近几年有三本小说集《明年我将衰老》《奇葩奇葩处处哀》《女神》,所以我听到采访我的小朋友问我,您现在还出书吗,我就很伤心,证明我的书没有引起你们的兴趣。我害怕采访的人问我一些"您是去过新疆吗","您现在还写作吗"这一类的问题。这个时候我就想起最有意思的故事,就是一个老文学人,楼适夷,他百多岁去世了。当时他在《人民日报》上写过一篇文章。有一个夏天,天全都是阴云,还下雨,房子都黑了,看不见了,他和他老伴在睡觉。没过多久雨过天晴,太阳又照到窗户上了。这时候有人敲门,只好穿上衣服。来的是一个上海的记者说,今天火车误点了,我只能先到您这儿来采访,这是报社给我的任务。楼适夷说听到有记者采访我非常感动,感觉到社会没有把我忘记,一个百岁老人已经没有什么活动了,竟然还派记者不远千里来采访我。然而他在采访问的第一个问题是"您贵姓?"。只是因为记者的本子上地址写的是这儿离火车站最近,到底是采访谁记者也没搞清楚。所以我想如果被采访的时候被人问到"您贵姓",也是一种极致与从容。

问:王蒙先生您好,现在的很多优秀作品都把社会现实展现到极致。现在的互联网传媒也是特别发达,生活中发生的重大事件人们通过网络新闻就可以了解到,好像人们也不需要通过文学作品来了解社会了,您认为现在这些反映现代社会现实的作品还有存在的价值吗?

答:互联网非常的发达,目前为止我所知道的,互联网上的东西就是浏览起来更方便一些。我看过国外的,还有中国的数据,中国在一页网页上——至于在手机的荧光屏上我还没有见过这个数字——停留的时间平均一两秒钟,更适合浏览。网络上的东西与纸质的书籍相比更海量化,非常便捷舒适。网上的很多东西是人们在消费智能,但是书不完全是消费智能,书有的时候是在培养你的智能,这是不一样的。我还有一个观点,就是发明和推广互联网的技术的人是一批智商的大咖,这批智商的大咖通过和互联网有关的硬件和软件的发达,提供给了智商远远不及他们的群众,该部分群众很多只是在消费这种智能,而不是在学习和培养这种智能,还可能会上瘾,可能被捆住,可能被迷住。因为迎合消费的秘诀——美国人这样告诉我——商业设计的一个原则就是你要认定你的消费者是白痴,就是一定要到简单到最简单的程度,趣味到最趣味的程度,让一个没有脑子的人都欢迎你的产品。前不久我和张炜先生——一个山东的作家,在北京还谈到这个话题,下一步怎样写得更好,先从扔掉你的手机做起。他的话比较极致,我做不到。第一我并不准备扔掉我的手机,第二如果只是靠互联网来上学、来获取知识,我对你的智力的前途表示悲观。

2018 年 4 月

我的新疆故事与文学创作^{*}

大家好,我有机会在这里做一些交流,关于新疆故事是半个多世纪以前的事情了,有些背景我们也没有必要再多去说它。我挑几个事说一说,再谈一谈我对文学的看法。

上个世纪一九五九年冬天和一九六〇年的春天,连续有几年国家的经济状况非常困难,粮食的供应发生了问题,政策上做了一些调整,一九六二年情况有一些好转。八届十一中全会在北戴河召开,在这次会议上提出了千万不要忘记阶级斗争,提出了两条道路、两种制度、两条路线的斗争是长期的,而且有时是很激烈的。那时候我经过了一段曲折,在北京师范学院任教,现在这个学院就叫首都师范大学。一九六三年的时候,我参加全国文联组织的反修学习时,遇到了一些省市的文联作家协会的领导,就谈到我的一个愿望,我说想离开北京,到地方上看一看、走一走。为什么我当时有离开北京的想法呢?虽然我当时在大学里教书,状态不错,但是整个北京的工作气氛、政治气氛我很难理解,无产阶级专政下继续革命、反修等等很多东西都是我觉得很难掌握的。我很尊敬大学,但是我追求的不是当一个大学的老师,我追求的是文学创作。当时有几个地方都表示欢迎我去,我选择了新疆,我选择新疆有一个原因,觉得新疆的事情跟内地不完全一样,我比较能够找得着感觉。因为我完全相信新疆最

---

* 本文是作者在温州瓯海文化讲堂的演讲。

中心的问题是祖国的统一、民族的团结,是爱国主义,关于这个东西我容易掌握。当时中苏关系也非常紧张,还有保卫边疆、发展边疆,这个东西容易掌握,可是其他的我掌握不了,所以就选择到了新疆。

这些情况我不再过多地交代了。但是这里有一个很有趣的问题,有一个很有趣的说法。中国古代,尤其在明朝以后,有一个很时兴、很流行的说法,最早是戏剧家李渔在他的小说《十二楼·思过楼》里提出来的:叫大乱避乡、小乱避城。政治性动乱要往乡下躲,小土匪之类的动乱往城里走,这是中国人总结的乱世经验,我的选择符合了这样一个经验。在整个"文化大革命"的过程中,我个人在新疆安然无恙。"文化大革命"结束后,见到一些老朋友的时候,他们都认为发生了奇迹。因为我如果当时在北京的大学的话,起码会打折两条腿。我的处境那种情况之下不好说。所以我总结出,我在一个并不快乐的时代选择了一个当时最快乐的去处。这是我说的第一点。

第二点,我在新疆过了一年后形势进一步紧张,但是新疆的人对我很好。新疆维吾尔自治区党委的领导都对我好,他们挖空心思想了一个主意,觉得我在乌鲁木齐待着目标太大,就让我去农村条件最好的地方去劳动锻炼。中文是非常伟大的,"锻炼"一词,太好了,每天早上跑步也是锻炼,游泳、爬山也是锻炼,而我到了新疆,在人民公社担任副大队长,属于副股级村干部,给了我很多的机会、给了我许多新的经验。我这里只说一个细节,我在伊犁农村住在贫下中农的家里,而且是少数民族维吾尔族,住一个四平方米小房子,有一个土炕,我躺在那儿就可以睡觉了。那个门是歪着的,故意留了一个口,也真是可爱,这样燕子可以飞到房间里去,所以留一个口。我进去没有几天就来了两位燕子朋友在那里做窝,后来小燕子就出来了六七只。早上六点钟,小燕子和它们的父母就开始家庭联欢了,吵成一团。然后这个村里的农民就说,王蒙先生是一个好人,这间房子已经有七年没有燕子来做窝,但是他进来几天燕子就来做窝了。

这个说法科学不科学我实在不知道，因为我也没办法把这个经验报告给中央组织部，用一个干部住的那间房子有没有燕子做窝，来衡量他是否善良。但是我想老百姓有想法不是坏的想法，我不能说从燕子做窝这件事情说明我有多么可爱、多么忠诚或者多么伟大，但是我没糟践过这些小动物，没有威胁过这些小动物，我和这些小燕子成了朋友。到现在我想念起这一家燕子仍然很感动。这一家燕子就陪伴我了解一个陌生的地方、一个陌生的民族、了解一个全新的生活的经验。

　　燕子这一家还给我一个深刻的教训。有一天我忽然看到有一个小燕子掉到地上了，我就把这个小燕子拿起来，再把它放到那个窝里，我往窝里一放，没过几分钟，那只小燕子就又被扔地上了，那个大燕子对我怒目而视，我这才明白，小燕子病了，不可能给它打抗生素，病了只能把它淘汰，免得使这一个窝的燕子都会受感染、受伤害，所以这个燕子给了我一个教育。仅仅有仁爱也是不够的，还要有原则，还要防止危险，还要警惕不测，还要清洁环境，还要当机立断。

　　这是我说的燕子的故事，是我在新疆最快乐、最离奇的事，如果不是新疆的少数民族，没有人能理解这样一个事情。我在那里待下来了，我非常认真地实践毛泽东主席的一个说法，他说知识分子要见世面，要和工农群众相结合，我觉得我有一个结合的好机会了。我首先从学习维吾尔语开始。我开始用维吾尔语来背诵语录，用维吾尔语来背诵"老三篇"。有一天我正在大声朗诵《纪念白求恩》的时候，有一个房东老太太来敲窗户，看看谁在朗诵，我说是我啊，她说还以为是广播员，讲得这么字正腔圆，这么好。

　　这样我也就认识了当地各种各样的人。其中有一个人是伊犁哈萨克自治州党校的干部，他请我到他家里坐一坐，说多坐一会儿，待会儿有重要的客人来。过了一会儿来了一个人，穿着大衣，因为深秋了，很冷了，东张西望进来，我印象像汽车或者火车上的那种西北的贼娃子，就是小偷。他拿着一个瓶子，写着"药用酒精，禁止内服"。

他说,今天我们三个人的任务就是喝掉这瓶酒精。我说药用酒精不能喝,他说没关系,我已经喝了三年了,党校的朋友跟我说他就是反修医院一个科的主任。当时我们就喝起来了,喝了三巡以后他一拍桌子,说你们知道老王是什么人吗?党校的老师就说,他是一个写作的人。他非常激烈地说,他是斯大林文学奖获得者。我说"不是不是",我当然不是。然后内科主任说,王先生,不要害怕,不要萎缩,得了斯大林文学奖就是得了,不怕。党校那个朋友一听说我得斯大林文学奖也一愣,愣了大概五到六秒钟突然就明白了,心有灵犀一点通,说没错,他就是斯大林文学奖获得者。于是我也开始有点模糊,我是不是得了斯大林文学奖?我自己也忘了?自己不敢承认了?他们两个当时证明我是得了斯大林文学奖,我不能再否认了,再喊这两个人就闹起来了,整个党校的人就都来了,传出去以后就变成我冒充斯大林文学奖获得者。

他们再往前推一步,说老王不但是斯大林文学奖的获得者,而且他还在克里姆林宫受到了斯大林同志的接见,《真理报》刊登过,还是头版,而且他家里一直有这个照片,后来由于他老婆不懂事把这个报纸弄丢了……两个人说得跟疯了一样。

几十年来我一直不能理解,撒酒疯说一些不着边际的话我见得多了,但是能到这个程度,实在不多。一直到五十多年以后,我见到在北京工作和生活的维吾尔族领导同志,我问他这是怎么回事,他听了以后也觉得很可笑,他说他们俩喝多了酒,就当上了斯大林文学奖的评奖委员会主任了,你就算是在那一天在新疆荣获伊犁土产的斯大林文学奖啦。这不是在一个不快乐的年代,获得了最大的快乐了吗?

不要小看这个事情,当时中苏关系很坏,中国不否定斯大林,当时斯大林文学奖早已没有了,苏联当时又搞了列宁文学奖,他们不说我获得了列宁文学奖,而说我获得了斯大林文学奖,这是政治正确,是很有意思的一件事,他们很有头脑。我想在"文革"已经发生的情况下，没有人有这样浪漫的遭遇了。而且即使在新疆，即使在当时特殊的情况下，我又开始了写作。《这边风景》的写作受当时时代许多影响，但是在写到生活的时候，有人过誉地称赞它是维吾尔族的清明上河图，因为我完全和当地的农民打成一片。

所以文学从某种意义上说，就是对生活的爱，对生活的记忆和留念。全世界都用流水象征表示时间，正因为它是逝水，希望自己经历过的一些很重要、很美好或者是很不美好，但是非常思念着美好的时光，希望把这种经历留下来，这就是文学。希望把自己的经历能够有所命名，这就是文学。

我常常举一个例子，我小的时候看到月亮，对月亮的感觉没法表述，它也很亮，但它跟太阳不一样。我一生看到的第一本书叫做《小学生模范作文选》，它选的第一篇文章叫《秋夜》。《秋夜》第一句是"皎洁的月儿在夜空升起"，我一下子就觉得月亮离我近了。从那个时候很长一段时间，看到天上的月亮就想起"皎洁"。那时候没有什么雾霾，所以那月亮非常亮，看到的月亮就是"皎洁"。生活是非常可爱的，生命是短促的，但是人们仍然愿意体会这种生活，愿意记载这种生活，愿意命名这种生活。

我还喜欢一个命题，爱情和爱情诗，它们之间是怎么样一种互动的关系和互相影响的关系。当然从唯物论说你是先有爱情后有爱情诗，你没有爱情哪来的爱情诗？我们又反过来说，你如果没有爱情诗、没有爱情的文学，那你的爱情剩下什么了？当然你有这种相喜悦的情感，然后还有许多其他的东西，也有一些庸俗的内容，而正是爱情的文学、爱情的诗，让你一下子把爱情理想化了、审美化了、文明化了、道德化了，而且难忘，永远不忘记。所以对于具体的一个人来说，很可能是爱情诗在前，爱情在后。因为你上小学的时候可能就读到爱情诗了，窈窕淑女，君子好逑，五岁的时候就读到了或者八岁的时候就读到了，但是你当时并不懂，但是在你的脑子已经播种了诗意的美好的种子，有这种诗意美好的种子和没有诗意美好的种子完全不一样。

我在新疆的时候是困难时期,内地的粮食供应太困难,有人就跑到新疆去。我见过一个小伙子给内地原来的农村里的女孩子写情书,他写情书不停地在背诵当地的民歌、小曲和地方戏里表达爱情的东西,什么哥是天上一片云、妹是河里一条鱼,他就是背诵那些,来表达他的情感。

我读《阿Q正传》,遗憾不是阿Q革命不成功,是他觉悟太低,最后死都不知为何如此下场。我对阿Q遗憾的还有他对吴妈的追求的失败。因为他跟吴妈本来挺适合、挺好的,但是他突然有一天晚上跪下来,说我要和你困觉,这是绍兴话,于是他就变成了性骚扰,吴妈要上吊,阿Q几年的工钱都被没收了。相反的,他如果有一点文学的修养,他对吴妈产生了好感,他本来可以背徐志摩的诗,"我是天空里的一片云,偶尔投影在你的波心……"如果他不懂徐志摩,如果他知道温州的琦君呢,也会好得多,虽然我也不知道琦君有没有爱情诗,但是至少他语言会美丽得多,至少会躲开性骚扰。所以文学不但能表达你的思想感情,也可以改变你的生活,文学可以使美好更加美好,文学还可以使很多的不美好,甚至在对不美好的这种描绘之中表达美好。

比如我也读过一些女作家的爱情小说,有些女作家的爱情小说表达一种思想感情,男人是靠不住的,男人一个好人也没有,不要信男人的话,但是恰恰在这样的描述当中,我感受到了我们的女生、我们的女作家她们多么希望有好的男人、多么希望有既潇洒又真诚,既有才华又有担当、负责任,她们希望有真正的能够对得起女子痴情的这样的人、好的男性,有幸福的生活,也只有在文学当中表达出了人民对情感的一种向往,对于道德的这种向往,对于理想的这种向往,哪怕是在许多许多的抱怨、哭泣、诅咒、愤怒、呼冤,在这样的过程中仍然表达的是对更好美好生活的赤诚和追求,所以我还有一句话,文学有它批判的功能,这是毫无疑问,文学里会表达出人们对生活的不

541

满意,但是归根到底作家并不是世界的审判官,宁可我认为作家是世界的期盼,世界的情人,作家对世界有很高的期盼,有很美好的期待,当他看不到、得不到的时候他才会有那么多的叹息、痛苦、失落,所以你不管有多少叹息、痛苦和失落,你要表达的仍然是一种好的期盼。

(作者答与会者问)

问:您对中国传统中孝字的理解是不是人与生俱来的应有的本性。

答:我想孝是人的本性,这一点也正是儒家的学说。儒家学说一个有意思的事情,这也是中国传统文化中的一个特别,他们追求把天道、与天地同时与生俱来的这样一个道理、这样一个道德、这样一个原则和人的本性和人性和教化,叫王者,实行王道、要把天道、人性、王道三者统一,成为天下的教化,把这三者结合起来,把自然、信仰、政治结合起来。所以尤其孟子,明确的主张人是性善,因为人是本来应该有这些美好的东西。孔子讲孝悌本来就有的,对父母有孝,对兄长,里面很少谈姊妹,按我们现在,对兄长、对姊妹都应该有悌的感觉。孔子认为一些政治的、社会的价值标准是从孝悌产生的,既然你对你的父母是很孝顺的,将来你到社会上对长者、对领导、对大臣,就像对待父母一样。那么既然你和你的兄弟姊妹是友爱的,那么你到了社会上,你和你的同事、同学、朋友、同乡,这些横向打交道的人你也应该是友爱的,所以他把孝的意义提得非常重。但是老子他是从另外一个意义上,既然孝悌这些东西是与生俱来的用不着在那没完没了地讲,所以老子喜欢逆向思维,他说是家庭不和有孝慈,本来你孩子就很孝顺就不需要天天讲孝顺,国家出了乱七八糟的事这时候要强调谁是奸臣、谁是坏人,论谁是忠臣。老子对孝有自己不同的看法。

但是中国传统文化强调的是一致性,它强调人心和天心的一致性,人心从哪来? 是从天来,天是物质,又是精神,又是自然世界,他对天的理解这几个方面都有。这是传统文化的特点。

我们也可以从别的方面找到例子,孝这个字在国外是没有的,但如果我们认为外国人就都是对父母没有任何责任心的人,这个也不符合实际的情况,外国也有各种不同的情况,确实有很孤独、孤单的父母,有被子女所冷淡的父母,但是我也见过对子女特别好的父母和对父母特别好的子女。

问:你能谈谈《这边风景》吗?

答:另外一个问题说到尘封四十年的《这边风景》,刚才我也讲到《这边风景》,你不管这个书里面有什么预设的或者不能不预设的政治主题,但是这是长篇小说,你写的是生活、写的是家庭、写的是男女老少,你写的是各种不同的民族,你写的是风霜雨露、衣食住行、春夏秋冬,《这边风景》不管在人民公社时期写的也好,你成败的关键在于你能不能写出活人,你能不能写出生活来,你能不能写出性格来,你能不能写出那种生活的魅力来,包括生活中的艰苦、生活中的困苦,生活中的意外,生活中受到的恶势力、坏人反面的影响,而我如果说对于尘封多年的作品还有点什么信心的话,因为从年龄来说,我写这个书的时候大概是三十九岁到四十二岁这个期间,这个期间从生理上来说应该是写作最强的时候,在我细致写内心的时候,言语、行动,写他们的说话、对答、场景上,和描写的细致和生动上是别的作品所无法比拟的。

这里头我顺便谈一个问题,中国非常重视文学的教化作用,孔子曾经讲《诗》三百,一言以蔽之,曰:思无邪。什么叫思无邪?怨而不怒,某些事有所不满,但是不是愤怒,因为愤怒就站在对立面了,哀而不伤,它很悲哀,你写到聚会就会写到离别,你写到生的美好就会写到死的悲哀,你写到丰年也会写灾年,你写到好人会写到坏人,所以他要哀而不伤,不是一种破坏性的心理状态仍然是建设性的心理状态。然后是叫乐而不淫,但是不搞的乐极生悲,不使你的欲望泛滥,这是孔子的说法,其中还是孟子补充的说法。有的时候你从文学的角度来说对这些并不欢迎,因为文学里面可以各式各样,文学里面可以有夸张,可以达到极致,不一定适可而止,好了还要再好,怒了还要再怒,允许极致。人们对文学的观念并不能决定文学的成败。我过去认为文学有很多附加的要求,不是,各种不同的都有对文学各种各样的看法。其中最有趣的是土耳其诺贝尔文学获得者,帕穆克写的《我的名字叫红》,我现在问一下咱们在场的朋友读过这个《我的名字叫红》的请举手。哦,没有。它里面讲什么,尤其以波斯为代表,有发达的细密画,因为细密画也是联合国教科文组织所确定的非物质文化遗产,细密画是二维空间,有点像中国国画,就是它不允许有立体性的表现,他们认为细密画里面表达的不是人的眼睛世界,是真主的眼睛里的世界。大家回去网上一搜几百张就出来了,完全另外一种风格。这个画里面没有肉欲、没有罪恶,只有高洁、只有美丽,连里面的马都是能飞的,它用很特殊的要求发展变成这么一派艺术、一派文学。所以真正的天才、真正的艺术家,这也是我过去喜欢说的话,他是有一种免疫的力量。在他的作品里他充满着艺术的感受和才能。而各种的似乎是外加的要求,也能与特定的生活状态相结合,被天才的艺术家消化,而成就一种特殊的灵感与契机。

比如说李白《清平乐》,是他奉旨写杨贵妃的,他有三首诗,这三首诗你如果从他的处境上来说,奉皇帝之命现场给杨贵妃作诗,你可以用很负面的评语去说李白,但是这个表达了李白的才华、表达了真正唐代的美女的风度、魅力,体现了在李白人生一度的高峰上他得的宠幸,他的诗是不朽的。

尽管《这边风景》是在"文革"那种并不正常的政治气氛下写的,但是依靠了我独有的对新疆农村的生活、对少数民族的生活,对少数民族打得烂熟的,对他们的心理、对他们的思想、对他们的情感、对他们的生活方式、对他们开玩笑的方式、对他们说话方式的体会,这也是不可多得的作品。

我可以这么说,那个书所有的对话我都是用维吾尔语先构思,比如说它里面有一个词,说有多少办法呢?汉族没有用多少办法,我们会说是有什么办法,没辙,有什么主意,维吾尔族问的是你有多少办法,而不是有没有办法。如果他是维吾尔人,他一看这个就知道,所以人的经验、人的知识、人对生活的体会、人对生活的热爱和拥抱,这对作品的意义是无法估量的。

北京有一个女作家毕淑敏她有一句名言,有时候政治歪曲了生活,但是生活又消解了脱离实际的政治。就是你即使是按照政治的要求来写的,有这方面的成分,但是你对生活的热爱、你对生活的体会、熟知,你写这种活生生的人和事就会出现,仍然能有自己的创造与价值。

问:你心目中的红学是怎么样的?

答:一位朋友问我红学,红学繁杂,我认为红学在中国是很特殊的,他大概有这么几种。一种是围绕着红学的考证学,围绕着红学的历史学,但现在这种说法仍然有各种各样,比如说作者是不是曹雪芹,作者当然是曹雪芹,但是仍然有各种奇怪的说法,如说《红楼梦》是冒辟疆写的,他老家是浙江吗?

还有一个事,你怎么去续,续四十回,而且是曹雪芹写的那么漂亮的作品?不是靠胡编乱造,而是句句生动,字字过硬!从文学常识上说,续书是不可能的。不用说给别人续,你给自己续一下,不要续四十回,你续四十字,我给自己续,哪一段能续上。

红学的另一种就是对作品的分析,对作品的分析很自然,对《红楼梦》对大多数老百姓来说,那是个很正常的小说,哪些写得好,哪些写得不好,有人说后四十回写得好,有人说后四十回写得不好,有的说后四十回不容易,这又有不同的看法。

还有,因为确实《红楼梦》里面有打哑谜的一些东西,它没有给你完全说清楚,每个人的姓名,好像姓名都有含义,一上来就是甄英莲,人们说是真应怜的意思。有很多哑谜,有很多欲说还休的东西。红学上三大派,文学派、考证派、索引派,索引派是一边看着这个一边老想着它是别的东西，把《红楼梦》当密码本来分析，也很有趣。这个世界上搞索引的不只是中国，但是欧洲、欧美很少有拿古典文学书当索引。台湾出版一本书叫《圣经密码》，著这个书的人说是什么呢？他是中央情报局的密码专家，专门破解各种密码的。我问一下这个，咱们在座看过电视剧《暗算》的请举手，少数几个人，可怜的温州，人们太辛苦太忙碌了。这个是很轰动的，麦家先生里面特别讲密码的问题。美国就有人把《圣经》当电报密码，然后研究它的系统，找到了规律，给它加以破译。在那一说，所有人间的事情《圣经》上早就宣布了，哪年什么战争，哪年哪月苏联要完蛋，甚至它宣布中国要完蛋，但是它失败了，《圣经密码》遇到中国也不灵了。别的都算出来了。所以这是一种智力游戏的性质。台湾出的书叫《圣经密码》，看完以后你会得神经病的。

对《红楼梦》有各种不同的说法，但是对于多数人来说我们把它当小说看，我们把它当中国封建社会的，毛主席说的，是"百科全书"，我们也会把它当做非常动人的爱情故事来看。

概述生命的意义不是我能够做到的，我觉得每个人跟每个人都是不一样的，但是既然活下来了，你好好地活，你在活的可能的范围内做最多的好事，体会最多的人生的滋味，感谢你获得了这次活一次的机会，而且多半没有下一次了。我想生命是非常值得珍贵的，这个大家不会有其他的意见，因此应该把它过得好。我已经84岁半，但是我相信活一天，这一天应该是有意义的，活两天，这两天就应该是有意义的。

有一次有一个省的电视台设了一个局，找一个小女孩作家对我进行采访，这个小女孩非常天真、非常老实，问我会不会写着写着脑子卡壳了、写不下来了，如果我回答是是是，我现在已经傻瓜了，你还来干吗，你赶紧回家。我说没有，那时是七十四五岁，如果我表述没有，人家二十六岁的女孩，我想在人家面前装嫩吗？我说今年暂时还没有，我估计明年我将衰老，所以这就是我得到小说选刊奖的那篇小说的题目,叫《明年我将衰老》,如果明年没衰老呢?没关系,还有明年。说实在的,我恰恰是今年,我感觉到我开始衰老,但是开始以后到底怎么个衰老法,且看明年。如果明年或者明年的明年还有机会,我愿意仍然到这个琦君讲座上来和大家一起分享渐渐衰老或者仍然不算衰老的经验。

问:青年一代生活还算快乐的时代,您对青年一代有什么好的建议。

答:你好好学习,快乐当中必然会有不快乐,不快乐当中必然有对快乐的期望,生活非常丰富,眼界也是非常丰富,生活有多么快乐,有多么美好,有多么遗憾,有多少不满足,都可以在文学中得到一定的补偿。假设你的爱情生活非常的幸福,你会成为一个很好的爱情小说家,如果你的爱情生活非常的不幸福,你多半会成为一个更成功的爱情小说家,因为世界文学史证明,很多写爱情写得非常好的,比如丹麦的安徒生,法国的福楼拜,他们的特点是都是老光棍,万一你不幸老光棍了,你更要写出你对爱情的期待、向往、美梦。

2018 年

文学中的党史与党史中的文学*

重视文学,是国际共产主义运动的一个特色,不仅仅是中国,而中国尤其鲜明。

第一,一九二一年,也就是一百年前,当时推动建党的,有一批文化人,陈独秀是文学家,我们讲文学史永远不可能不讲陈独秀在新文化运动、白话文运动中的先锋作用与引领作用,他写着各种各样的文章,他的豪言壮语是:给我十年时间编《新青年》,我要唤醒所有的中国人。

而李大钊的散文,那种感情、那种理论、那种信念,那种动人肝肠,感人肺腑的痛陈疾呼,在文学史上也是无与伦比的。烈士方志敏的文章一样地强烈真挚。当然更重要的是瞿秋白,瞿秋白是一个大作家,在我的少年时代已经非常感动地阅读他的《饿乡纪程》与《赤都心史》。他担任的是党的总书记。共产党某种意义上是容易接受左翼文人、进步文人的,他们是较早接受了马克思主义的一个群体。

毛泽东的诗词与书法独树一帜,永垂不朽。我们也不会忘记陈毅的《赣南游击词》与《梅岭三章》,还有那么多感天动地的革命烈士诗作。

第二,共产党建党的时候,和帝国主义、封建主义、官僚资本主义、国民党以及各个军阀相比,共产党太弱小了,什么都没有:军事实

---

* 本文是作者在中国海洋大学的演讲。

力、国家机器、政法系统、财源、金融、黄金、美元、银圆、白银以及一切的资源,一切的硬实力都在反对派手里。但是共产党建立起来了,而且最后取得了胜利。在建党的时候,靠的是文化优势,靠的是软实力,靠的是理论优势、信念优势,靠的是马克思主义,靠的是中国传统文化中有那么一些很容易和社会主义共产主义思想接轨的东西,比如说世界大同、天下为公、老吾老以及人之老、幼吾幼以及人之幼,得民心者得天下,邦有道则知、邦无道则愚,以及老子提出的天道与人道的差别——所有的革命和起义都有替天行道这样一个口号。因为老子说:"天之道,其犹张弓欤?高者抑之,下者举之;有余者损之,不足者补之。天之道,损有余而补不足。人之道,则不然,损不足以奉有余。"天道要求的是平衡均匀,如同拉弓射箭,抬高处要向下按一按,向下出溜的地方要抬一抬,力气多余的地方要压缩,气力不够的地方要加力。人间的规律反过来了,越穷越吃亏,越冷越撒尿(suī),越是弱势越要受古老的订婚戒指剥削。农民起义是替天行道,就是"损有余以奉不足",也就是要开仓放粮,削富济贫,造反有理。替天行道就是造反有理,就是社会革命、社会革命党,就是马克思主义。

一九四〇年在《新民主主义论》当中,毛泽东提出国民党对共产党进行了两个围剿:一个是军事围剿,围剿的结果是红军进行了二万五千里长征;另一个是文化围剿,毛泽东说,奇怪的是在白区的文化机构里头,我们一个人也没有,我们没有抵抗的力量,但是文化围剿对于国民党而言是完全的失败,根本就进行不下去,这个是值得人民深思的。就是说鲁迅代表的中国的有良心的作家,从内心里就是反对蒋介石国民党反动派的文化围剿的,是同情革命,同情志支持向往中国共产党的。

这让我想到一个文化方面的大人物曾经跟我说过的话,他说从文化上、文艺上、思想理论上,某种意义上说,中国的革命比苏俄的革命更成熟。苏联十月革命的时候,最最同情革命拥护革命的高尔基也被吓跑了，最著名的指挥家、音乐家，还有一大批作家，像夏里亚平等。其中包括后来对斯大林非常崇敬的小托尔斯泰即阿·托尔斯泰与后来获得诺贝尔文学奖的作家蒲宁都吓跑了。连最最支持革命的高尔基经过一番摩擦以后也于一九二二年一度离开了苏联。

但是，中国在一九四九年十月一日到来时是这样的，从美国、英国、法国、日本，香港，从全世界的各个角落，冒着各种的危险，冒着被国民党特务刺杀的生命危险回到祖国。都云集北京，几乎全部都来了。老舍先生有一个说法，这是他的统计，他说跟着国民党到台湾去或域外去的大致上可以说是百分之十，有十个作家里面有一个跟着走的，离开的人屈指可数。

第三，五四运动以来，新文化在客观上起了一个同情革命、推动革命、要求革命的作用，不仅仅左翼作家如此，许多非左翼作家也是这样。鲁、郭、茅、巴、老、曹等，都是如此。鲁迅就不必说了，他有非常明确的对待国民党反动派的批判态度和对于马克思主义的接受的说法。郭沫若也是一个非常重要的人物，郭沫若从政治经历来说，他曾经当面拍着桌子痛骂蒋介石，他写的《屈原》，抗日战争时期在重庆上演，那样震动人心，当然他的新诗是划时代的，他的戏剧《虎符》《蔡文姬》等，影响很大，还可以讲一大堆他的甲骨文研究、他的文学翻译的贡献，不仅是文学的巨大贡献，更是对革命、对社会、对历史的巨大贡献。为什么我专门要说一下这个呢，因为现在所谓的民间，有一种无知的糊涂的低层次的思维，就是得机会就骂郭沫若，这是非常之令人反感的，给郭沫若提包都完全不够资格的这么一批草包，听到一些流言蜚语，什么郭沫若结过几次婚，什么这个那个事儿，都是无端的攻击。说什么郭沫若没有骨头，没有骨头他敢拍着桌子当面骂蒋介石？无非就是有的人做梦想让郭沫若反对毛泽东，这个是不可能的，因为郭沫若个人对毛主席非常的崇拜。顺便说一下，茅盾，他原来就是共产党员，大革命失败以后脱党，后来又重新入了党。巴金，初期很难说是马克思主义者，他算不算无政府主义者，我也说不太清楚,但是巴金的作品是鼓励人们革命的,你看《灭亡》和《新生》,这是他幻想的革命,可是你看看他的幻想革命的小说,你就要想革命,而要革命,你只可能走一条路,就是跟着共产党走。老舍在一九四九年以前也不是共产主义者,但是《骆驼祥子》读完了之后,也让人革命。解放前,我和我的地下党直接领导者发生过一个小的争论:他问我最近看什么书,我说看《骆驼祥子》,他就表示好像看老舍的东西不理想,我说行,我说看完《骆驼祥子》会激起你的革命热情。曹禺的《日出》《雷雨》《原野》《北京人》,几乎没有一个不是鼓励你批判的。有人说曹禺的《蜕变》寄托了对国民党政权的某些幻想,这个说法是没有道理的,因为曹禺不可能在抗日战争期间写歌颂平型关战役或者百团大战,也不可能写歌颂彭德怀、林彪的文章,脱离实际。我还喜欢举谢冰心的例子,谢冰心是一个爱国主义者,是一个很高尚很高贵的人物,她当然没有参加共产主义革命,也没有打游击或者参加地下党,但是谢冰心解放前的一个小说《去国》——写一个叫英士的留学生,回到中国以后,一切碰壁,一切爱国报国之心全部都化为乌有,最后只能再一次离开中国,这个也是具有很强的批判性的。

所以,我们可以看出来,文学在中国从来是革命的元素,是革命的一个契机,是人民革命思潮的一种表现。当然,还有一批作家,后来就直接参与了党的解放区的文艺工作者队伍,著名的像丁玲、艾青、萧军、欧阳山、周扬等。艾青同志曾保留着一个毛主席给他写的信的原件,他是能背诵下来的——就是毛主席约他去杨家岭毛主席的住地聊聊天,而且信里边还提到说这两天下雨,你过来渡河不好过,我派一匹马去接你一下——艾青能全部把它背下来。另外,就是毛主席还给萧军写过信,因为萧军脾气比较暴躁,毛主席就像一个大哥哥一样批评他,说不要这么暴躁,对别人对你自己都没有什么好处。

在革命根据地,一九四二年毛主席《延安文艺座谈会上的讲话》

推动了文学艺术工作者的革命化、工农兵人民化、与对人民生活的深入与理解,党的"七大"上提出的民族的科学的大众的文化的方针,简明准确,深入浅出。解放区的文艺运动与作品也给人非常大的影响,例如《兄妹开荒》《白毛女》《李有才板话》和《小二黑结婚》。我读赵树理的时候,激动得简直就没法活,我不能想象世界上有这样的文学,我读赵树理的作品,像读到我自己的梦一样,就是文学能够和人民结合起来,和人民的语言结合起来,不带翻译腔,不带知识分子腔。

另外,我还愿意提一下在白区的就是没有到根据地去,但是也起着很不一般的作用的大作家、文学家,一个是阳翰笙,一个是夏衍,他们实际上是白区的一个工作点,许多人要到解放区去,都是通过他们。中央电视台播出的《绝密使命》,是写十年内战时期的交通站,各种交通站,阳翰笙和夏衍也是交通站。阳翰笙同志曾经照顾过李鹏同志,李鹏同志的父亲李硕勋同志牺牲了,阳翰笙同志照顾作为烈士子弟的李鹏同志的行程和安全。阳翰笙同志去世以后,有一个追思会,李鹏同志也参加了,这种关系之密切令人难忘。

第五,我想谈一下,就是我们谈论中国文学的时候,一定不能不谈在中国翻译和引进的外国文学,因为它在中国起的作用非常大。首先是俄苏文学,很多人走向革命离不开俄苏文学,到现在我还记得怎么和地下党建立的关系:我当时在北京平民中学就是现在的四十一中,我参加学校讲演比赛,变成了一个小明星,我们学校还有一个棒球大明星叫何平,他见着我,他说小王蒙最近看什么书呢,我到现在我也无法解释,我说我看的都是一些批判性的书,我说我思想"左倾",一下子他眼睛就放着光了,因为他是地下党。他当天就把我约到他家里去,给我看了两本书,一本是华岗的《社会发展史纲》,再一个就是苏联瓦西列夫斯卡娅的《虹》。我学的第一个革命歌曲是《喀秋莎》。法捷耶夫是我最喜欢的一个作家,他的《青年近卫军》给我的印象非常深——当然,法捷耶夫的人生也引起我极大的感慨,因为在苏共二十大以后法捷耶夫自杀了,这个事让我心里非常的难过,但是即使这样,我希望各位找法捷耶夫的文章读一下,不一样,从内心最深处发出的对社会主义共产主义的追求,那种境界,那种思想,那种纯粹,用我们现在的话那种初心,我是至今愿意为之泪下,我愿意向法捷耶夫行礼,我仍然要表达我对他的崇拜。

谈到世界文学,我还有一个非常个人化的体会,就是一批批判现实主义作家,虽然不是共产主义者,实际上就跟我说的鲁郭茅巴老曹谢一样,也起了推动俄罗斯革命化的作用。契诃夫是和革命最没有关系的,但是契诃夫的最后一篇小说《新娘》,写一个中产阶级的新娘,在她临到结婚的时候,忽然感觉一切是那样无聊,她逃婚了,参加革命去了。还有陀思妥耶夫斯基,他的《被侮辱与被损害的》,由后来担任了中国作协党组书记的著名作家邵荃麟翻译,"被侮辱与被损害的",我认为这是共产党搞革命的一个关键语言,就是要为"被侮辱与被损害"的人谋幸福谋翻身,这是一个旗帜,把革命鼓动起来宣传起来,将正义性表现出来。陀思妥耶夫斯基本人坚决反对暴力革命,所以高尔基找机会就骂他,但是"被侮辱与被损害的",这个词太厉害了,就读那标题,我也热血沸腾,人怎么能够被侮辱?人怎么能够被损害?被侮辱和被损害的怎么能够不反抗呢?而其他的更多我就不说了,托尔斯泰,被列宁称为俄罗斯革命的一面镜子,说他是最天才,最清醒的现实主义作家。

再扩大一点,英国法国的那些现实主义作家,他也都有一种鼓动社会革命鼓动追求社会主义、共产主义的这样一个力量。比如《双城记》《雾都孤儿》,比如巴尔扎克的《人间喜剧》,雨果的《悲惨世界》。所以,有一种现实主义的文学,有一种亲革命性,有一种亲左翼思想性,有一种亲共产主义性。更不要说法共作家阿拉贡,他的名著就叫《共产党人》,他逝世时候法国为他举行了国葬。匈牙利文学理论家卢卡契,其历史地位崇高伟大。他参加了一九五七年的匈牙利十月事件,后来在苏联军队干预下,事件被平息,一些领导事件的人物被处死,但卢卡契被处理为"回到他原本应该待在那里的书斋去"。

第六,中华人民共和国成立以后,革命、建设、发展、改革开放,推动了全新的文学语境文学受众与文学氛围的形成。对于旧中国遗留下来的封建迷信、丑恶黄赌毒会道门恶势力、对于文化上的空虚、懒惰、停滞、苟且、低级、无病呻吟与病态悲观……反复扫荡,然后是扫盲、卫生、体育、文化、出版……事业的发达,建设了我们的充实、健康、建设性的文化主调。全面小康、脱贫,带来了文化发展文学发展教育发展的前所未有的可能性。

一九四九年以后,我们的革命文学也发生了一些曲折,有些文学战线上的政治运动后来证明不一定妥当,比如说把艾青划成右派啊等等。由于革命的惯性,由于某些简单化急性病,在人民夺取政权以后有些事还习惯用阶级斗争化的方式来解决,有处理的不妥当的地方,这方面我们积累了丰富的与厚重的经验,须要牢记。

但是我们也还要看到,在文学上我们有很多想法实现了。

比如说一个想法就是希望更多的劳动人民拿起笔来,这是毛主席的思想,这个实现了——我们有农民作家乔典运,工人作家胡万春、沙叶新、蒋子龙,曾经还有部队战士作家高玉宝、崔八娃;还有一个理想,就是让更多的人接受文学。

党中央的一个思想就是希望作家到工农兵群众中去,到大众中去,尤其是到农村去,这个也是前所未有的,有些人虽然本身并不是地地道道的农民——我们知道在解放区的时候,丁玲写了《太阳照在桑干河上》,周立波写了《暴风骤雨》,康濯的《我的两家房东》,柯蓝的《洋铁桶的故事》,还有马烽、西戎的《吕梁英雄传》——所以,我们对所谓深入生活的提倡的这一系列活动,有它的意义,同时,也使我们的文学呈现出一些不一样的情况——就我个人来说,虽然我是在一种特殊的情况下去的新疆,但是客观上我也等于践行了这个所谓和农民同吃同住同劳动的号召,而且我是和边疆的少数民族的农民在一起——这样的话,会给文艺带来一些新的气象。

　　第七,从文学中的党史来说,解放以后我们有许多作品和党史有关,比如说写大革命的《大浪淘沙》,还有李心田的《闪闪的红星》,写的是第二次国内革命战争时期的一些情况,高云览的《小城春秋》,写的十年内战时期的事甚至还有大革命晚期的事,更多写的好像是抗战时期的事。陶承《我的一家》,后来拍摄的影片《革命家庭》,与李六如同志写的《六十年的变迁》都有助于我们从某一个角度了解党史。

　　抗战时期和解放战争时期的作品就更多了,例如《红日》《风云初记》《正红旗下》《林海雪原》《苦菜花》《保卫延安》《红岩》《野火春风斗古城》《铁道游击队》,给咱们革命文学、党史教育起到很大作用。

　　谈到抗日,你不能不谈到《黄河大合唱》,说到《黄河大合唱》的时候,咱们把它作为一个音乐作品,但是它也是文学作品,它是诗,光未然的诗,当时《黄河大合唱》的作用太大了——我想起大歌唱家王昆同志曾经跟我说过,她说过老解放区几位歌唱家,饮酒激动,他们说中国革命怎么胜利的,最初是靠我们唱歌胜利的,因为开始人民解放军的军力没法和国民党比,但是一唱歌国民党就完了,国民党没歌可唱。这一点,台湾的一位诗人,我们聊天时,他认为这个分析太对了。他说他在台湾上中学春游的时候无歌可唱,刚一唱贺绿汀的《清流》:"门前一道清流,夹岸两行垂柳,风景年年依旧,只有那流水总是一去不回头,流水哟!请你莫把光阴带走。"——这本来与政治无关,但贺老师是共产党员,是共产党的文化领导干部。这个就让台湾青少年无歌可唱。

　　中国有一个传统,就是把军事的胜负和唱歌连起来,自古以来谁歌唱得好,谁胜利,谁歌词写得好,谁胜利。失败者是怎样的人呢?他们叫做"四面楚歌",一支军队四面楚歌了,你完蛋了。

　　反映一九四九年以后的生活,《创业史》《山乡巨变》《谁是最可爱的人》《英雄儿女》……琳琅满目。

改革开放以来，文艺生活大大地活跃了。这里头又出现了许多新的课题，比如说娱乐性的东西，这也是正常的，作为一个执政党，让老百姓健康娱乐这是很重要的一项文化使命。所以，对于一九四九年以后，我觉得我们可以更宽泛地理解，因为和夺取政权的那种这个时代又不完全一样，我们的文学起的作用既有政治教育作用，也有娱乐休闲作用，甚至也有所谓精神消费性作用。就拿我们引进的一些不是中国内地的作品来说，我们也可以看得出来，我们的文学的生活是越来越丰富，我们的路子越来越宽，比如说金庸，金庸的一大批作品在中国大陆大量出版大量翻印。我们的翻译作品，它的广泛性也是前所未有，包括现实主义、超现实主义，也有现代主义，我们的文学生活应该是呈现强国大国的发展状况。

但是你再广泛，我们仍然有一个主调，我们仍然有一个实现中华民族振兴的这样一个中国梦的主调。我们看二〇三五年远景规划，那里边提到美丽中国、健康中国、文化强国、体育强国、教育强国、人才强国等，对于整个国家的全局性的愿景和规划。所以，在纪念党的建立一百周年，回顾党的一百年的历程，回顾文学一百年的历程，这里边有许许多多让我们受到鼓舞，也得到经验，这样的一些过程，我觉得这是一件很有意思的事情。

几点结论：

一、出自对于理想的追求，对于半殖民地半封建的旧中国的积贫积弱的痛心疾首，对于民族精神的解放与振奋的期待，对于实现中华民族的伟大复兴的中国梦的执着，文学的激情与理想，必然发展深化成为革命的激情与理想——习近平新时代中国特色社会主义思想建设发展的激情与理想。中国现当代文学汇入党领导的革命洪流，是历史的必然。

二、对于被压迫被剥削的劳苦大众的民胞物与之心，对于正义、幸福、和谐的社会主义社会的希望。使中国作家必然认同习近平同志的"以人民为中心"的方针,与习近平同志文艺座谈会上提出的思想与方向。

三、我们文学写作人要珍惜百年来文学与党的事业的紧密联系,珍惜我们的经验与智慧,学大局,识大体,知大势,明党心国心民心与构建人类命运共同体之心,勇于创新,乐于发展,解放思想,好上再好,为人民,为子孙万代,为世界、为一个一百年与又一个一百年,呕心沥血,让作品说话,留下我们这一代写作人的文学丰碑。

四、为了实现二〇三五年建设文化强国的远景规划,我们在发展文化教育,提高阅读与出版事业水平,培育砥砺青年作家,展示文学人才阵容与当代经典作品阵容方面,任重道远。这一切,都要在党的切实与全面的领导下扎实进行。

2021年6月20日